中國文學

魏晉南北朝隋唐五代卷

第三版

四川大學中文系古代文學教研室 編寫

王紅 周嘯天 主編

四川人民出版社

圖書在版編目（CIP）數據

中國文學. 魏晉南北朝隋唐五代卷／四川大學中文系古代文學教研室編寫；王紅，周嘯天主編. —3版. —成都：四川人民出版社，2023.9
ISBN 978-7-220-13376-3

Ⅰ.①中… Ⅱ.①四… ②王… ③周… Ⅲ.①中國文學-古代文學史-魏晉南北朝時代-教材②中國文學-古代文學史-隋唐時代-教材③中國文學-古代文學史-五代（907-960）-教材 Ⅳ.①I209.2

中國國家版本館 CIP 數據核字（2023）第 143179 號

ZHONGGUO WENXUE · WEI JIN NAN-BEI CHAO SUI-TANG WU DAI JUAN
中國文學・魏晉南北朝隋唐五代卷

四川大學中文系古代文學教研室編寫
王　紅　周嘯天　主編

出 版 人	黃立新
選題策劃	江　澄
責任編輯	李京京
版式設計	李其飛
封面設計	張　科
特約校對	丁　偉
責任印製	周　奇
出版發行	四川人民出版社（成都三色路238號）
網　　址	http://www.scpph.com
E-mail	scrmcbs@sina.com
新浪微博	@四川人民出版社
微信公衆號	四川人民出版社
發行部業務電話	（028）86361653　86361656
防盜版舉報電話	（028）86361653
照　　排	四川勝翔數碼印務設計有限公司
印　　刷	成都東江印務有限公司
成品尺寸	170mm×240mm
印　　張	34
字　　數	570千
版　　次	2023年9月第1版
印　　次	2023年9月第1次印刷
書　　號	ISBN 978-7-220-13376-3
定　　價	59.80元

■版權所有・侵權必究
本書若出現印裝質量問題，請與我社發行部聯繫調換
電話：（028）86361656

第三版前言

《中國文學》是我們爲本科生編寫的古代文學教材，初版於 1999 年，2006 年經過修訂，出第二版，即"修訂版"。本書的編寫宗旨及我們的教學理念，見《第一版前言》和《修訂版前言》，茲不贅述。至 2020 年，修訂版已第 10 次印刷，證明此書經得起時間的檢驗，謂之"傳世之書"，當不爲過。最近，出版社擬重新設計版式，我們借此機會，在第二版的基礎上再次進行修訂，主要是校正文字錯誤、更新參考書目等，是爲第三版。這應該是此書最後一次修訂，可稱爲"珍藏版"。

本書是四川大學中文系古代文學教研室的集體項目，被列入四川大學"211"和"985"建設計劃，是四川大學新世紀教學改革的標誌性成果之一，曾榮獲教育部"全國普通高校優秀教材"二等獎。2010 年，四川大學文學與新聞學院各專業基於"原典閱讀"而推出的本科系列教材，就是以此書爲範式而編寫的。參加此書編寫的諸位同人，畢業於不同大學，研究方向也不同，性格各異，但在教學科研以及日常生活工作中，通力合作，互相幫助，互相支持，互相欣賞，留下了許多美好的回憶。

此書編寫伊始的 1997 年，大家正值盛年，最年長者周嘯天不過知天命，金諍 46 歲，周裕鍇 43 歲，劉黎明 41 歲，謝謙 41 歲，王紅 38 歲，最年少者呂肖奐32歲，皆年富力强，意氣飛揚。每憶望江文科樓時代，間周一次的學院大會結束後，大家餘興未盡，相邀至紅瓦樓或工會小茶館，清茶一杯，相交如水，暢論天下，笑談古今，互相調侃，解構神聖，亦莊亦諧，雅俗共存，濟濟一堂，其樂融融。嘗相與戲謂曰：中國高校最快樂之教研室，非我川大古代文學莫屬耶？而今芳華零落，風流雲散，七位分卷主編，兩位病逝，三位退休，一位延聘，一位在崗，此書也就成爲我們人生曾經輝煌的共同紀念。

全書修訂統籌分工：謝謙：先秦兩漢卷；王紅：魏晉南北朝隋唐五代卷；呂肖奐：宋金元卷；謝謙：明清卷。謝謙負責全書修訂的統籌工作。

四川大學中文系古代文學教研室
2023 年 3 月 12 日

修訂版前言

《中國文學》講授的是先秦至近代之傳統文學，照學界通行的說法，即所謂"中國古代文學"是也。我們之所以去"古代"二字，是基於這樣的觀念：五四新文學之前的傳統文學、神話傳說時代勿計，自孔子刪定"六經"始，至少也有兩千多年歷史，我華夏歷代先哲之智慧與文心，以聲韻優美、字體形象的語言符號作為載體，流傳至今，播在人口，並非完全死去的文本，怎能輕易以"古代"二字，將其推向遙遠的時空，而在今日華夏子孫心中形成一種疏離感？何況所謂"古代"去今未遠，百年文運，比之上下兩千餘年，不過彈指之間。即使文學有古今之別，但中國傳統文學非歐洲古典文學可比，今日之歐洲讀者翻閱古希臘語、拉丁語古典文學，也許如睹"天書"，即或是五百年前的英語、法語、德語、西班牙語、斯拉夫語詩文，今人睹之，也可能是"匪夷所思"。而華夏子孫因有表意而非拼音的方塊字，却能超越千年時空去涵詠玩味充滿先哲魅力的不朽篇章。唐詩宋詞元曲明清小說勿論，即使是兩三千年前的經典，稍具文言常識，也能通其大意，啓我性靈，潤我文心。這是漢語言文字獨具的魅力，也是世界文學史上的奇迹。

中國高校文科學生應該知道這樣的常識：我們今日之語言文學與傳統

語言文學之間，若超越政體結構與意識形態的因素，僅以書寫語言而論，並沒有人們通常所想象的那樣分明的"隔代"界綫。華夏古人的書寫語言，有文言文與白話文之分。文言文是一種雅致的書面語言，也可以說是知識精英體面的書寫語言，必須熟讀經典且經專門訓練纔能運用自如。這在古人那裏，不僅是語言藝術的競技，更是教養與身份的體現，這很類似拉丁文之於歐洲學人。所以"五四"白話文學運動前後，文壇宿儒學界名流不遺餘力捍衛這一書寫語言的正統性與權威性，就不難理解。蘇曼殊以古雅甚至古奧的文言譯歌德、雪萊、拜倫之詩，林紓以桐城古文雅潔的風格譯西洋小說，嚴復以秦漢諸子語言譯西洋學術名著，無疑是投知識精英之雅趣。"五四"之後，陳寅恪、錢穆、錢鍾書等國學大師博雅君子堅持以文言寫學術論著，是否也出自不願從俗不願趨同的文化貴族心理，茲不必論。但文言文並非古人的"死語言"，而是貴族化的雅語，却是不言而喻的。白話文更接近口語而並非口語，也是古人的書寫語言，祇不過是世俗化平民化的書面語言，明人馮夢龍謂其"諧於里耳"，便於在民間廣泛傳播。樂府民歌、禪宗燈錄、道學家語錄、詞曲、戲劇、小說等通俗文學，以及一些比較另類的文人創作，皆以白話文出之，形成了中國文學的另一書寫傳統，"五四"以後白話文即取代文言文而成爲通行的書寫語言。這當然是歷史的進步，是文化包括文學非貴族化的必然趨勢。我們無意去爭論文言書寫與白話書寫孰優孰劣的問題，這完全取決於作者與讀者個人的審美趣味以及所處的語境。但是，無論何種書寫形式書寫傳統，由於漢字表意而非拼音的特點，尤其是它超越時空的歷史延續性，注定了中國文學古今的不可分割性。我們這裏說的是廣義的文學，即以語言文字的藝術性爲前提的書面表達。這種表達也許是"純文學"的，也許非"純文學"甚至實用性的，如新聞、公文等應用文寫作，但"文采"二字是不可或缺的。尤其是對於今日文科學生而言，掌握這樣的書面表達，可能就是他們將來安身立命的看家本領。

基於這樣的認識，我們在《中國文學》的編寫與教學實踐過程中，盡可能淡化"古代"與"現代"的分界，以培養學生對博大精深源遠流長的傳統文學的親切感，在體悟中國文化與文學深厚底蘊的同時，虛心學習前人的語言藝術與藝術表達，並化爲自己的一種書寫能力。所以，我們力求以"讀"與"寫"貫穿"中國文學"的整個教學過程。"寫"不僅是寫作家評論或詩詞賞析之類的文字，而且包括各種文體的摹寫與訓練，嘗試文言寫作，自然也是題中應有之義。簡而言之，即不僅化先哲之智慧文心爲今日文科學生之人文素質，也變先哲之語言文采爲今日文科學生之書寫能力。這是改革新中國成立以來高校文科教學理念與人才培養模式的一種嘗試。我們曾以"原典閱讀與中文學科人才培養"爲題申報國家教育部"新世紀高等教育與教學改革重點項目"並獲准立項，謝謙、劉黎明、王紅、金諍、周裕鍇、呂肖奐、周嘯天等教師爲此付出了辛勤的勞動。金諍青年才俊，爲人儒雅，治學嚴謹，有古學者之遺風，却不幸英年早逝，先我們而去。當《中國文學》榮獲國家教育部"全國普通高校優秀教材"二等獎，而後被評爲四川大學校級精品課程、四川省精品課程，並申報國家級優秀教學成果獎之際，緬懷逝者，誦"我思古人"之章，怎能不爲之愴然？

本次修訂，廣泛聽取了專家和學生的建議，但主要還是總結本書初版以來的教學經驗，力求完善教學的各個環節。其間謝謙、周裕鍇先後訪學美國與日本，親歷世界名校的文學教學，獲益匪淺，爲本教材的修訂建議良多。我們認爲，文學教材不是學術論著，它不應該太"個性化"，而應該爲課堂內外的教與學提供適合的選文與闡釋空間。所以我們的工作，主要是根據教學需要，增删篇目，更換"輯錄"、"思考題"等相關內容，也更正了初版中的一些文字錯誤。至於有讀者建議，是否應該考慮廣大自學者的理解水平，深入淺出，化繁爲簡，則非我們所能。因爲，《中國文學》作爲中國百年名校精品課程的教材，乃爲培養高級專門人才而編寫，自有其品位與追求，不敢爲擴大讀者面而改絃易轍也。謂其爲"陽春白雪"似有自譽之嫌，但絕非"家傳戶誦"的自學讀本或普及讀物，特爲讀者提醒。

全書修訂統籌分工：劉黎明：先秦兩漢卷；王紅：魏晉南北朝隋唐五代卷；呂肖奐：宋金元卷；謝謙：明清卷。四川大學教務處爲本書的編寫修訂以及課程建設鼎力相助，而榮譽則歸我輩，曰："此吾四川大學之光榮也！"爲此感愧不已。先哲孟子人生之樂，其一曰："得天下英才而教育之。"質諸同仁，於心皆有戚戚焉。

四川大學中文系古代文學教研室
2005 年 1 月 20 日

第一版前言

本書係我們爲高校中文系學生編寫的教學用書。

我國高校中文系本科的文學課程，均以五四新文學運動以前的中國文學即中國古代（包括近代）文學爲主，學習時間多爲兩年。這門課程的重要性是不言而喻的。新中國成立以來流行的教學模式，是"文學史"加上"作品選"，而以"史"爲主，許多院校甚至將這門課程徑稱爲"中國文學史"。既然是"史"，所講就多是諸如作家地位、藝術成就、時代思潮、發展規律之類的宏觀問題。這種教學模式自有其優點，不僅高屋建瓴，而且理論性強；但其局限與流弊也是顯而易見的：易走入以論代史而忽略中國文學多元化特質的誤區。學生甚至教師本人，無須多讀和細讀文學經典，祇須死記硬背文學史上歸納的條條款款，即可應付教學，應付考試，即可高談闊論，甚至不讀《紅樓夢》，也能大談《紅樓夢》的藝術特色或中國古典小說發展規律之類。這樣培養出來的學生，不僅難以成爲高層次的學術人才，而且也難以適應當今社會對文科人才的要求。

我們認爲，中國文學這門課程不應當成"史"或"論"來教學，而應當着重講授中國各體文學本身，應該引導學生多讀和細讀經典文學原著。通過多讀與細讀，去感受中國文學的藝術魅力，從而培養學生典雅的氣質與高貴的情趣，並進一步體悟中國文化的深厚底蘊；再輔以背誦與模擬訓練，將古典名篇的語言藝術化爲己有，從而轉化爲一種實用的技能，即能以優美雅致的文筆撰寫各類文章，包括應用文、學術文以及美文等。至於文學發展史一類見仁見智的理論問題，作初步瞭解即可。這又涉及對中文系學生培養目標的認識。事實上，中外高等學校母語系的培養目標，主要是社會各行業包括國家各級機關廣泛需要的高級文職人員，而不可能是作家、詩人或文學批評家。衆所周知，作家或詩人無法由高校批量生產，而文學批評家則社會所需有限。這不是貶低中外高校母語系的功能，而是給予其準確的定位。簡言之，我國高校的中文系，正如世界各國高校的母語系一樣，主要培養的是社會各界需要的高級文才，所以中國文學的教學，應該既務虛又務實，以培養學生氣質、情趣、談吐與文筆爲主要目標。即使培養高層次的學術人才，也需要扎實的文獻基礎。

基於這樣一種認識，我們在本系被定爲國家基礎學科人才培養與科學研究基地以及國家"211工程"重點投資建設學科後，即着手對我系中國文學的教學進行改革，初步成果就是這部集體編寫的中國文學教材。與通行的教材有所不同，我們淡化了"史"與"論"的色彩，而更注重講授中國各體文學的特點，注重解讀文本與閱讀文獻資料。在作品選目和講授內容上也與通行教材有所不同，如"先秦兩漢卷"以"五經"開篇，略去中國文學的起源與神話傳說；"魏晉南北朝隋唐五代卷"有玄言詩、宮體詩等內容和"白話詩人與詩僧"專節；"宋金元卷"有"宋駢文"、"四六文"與"宋筆記文"專節，並注意選錄白體、晚唐體、西崑體、永嘉四靈等流派的代表作品；"明清卷"則有"八股文"、"翻譯文學"專節，而減少了明清通俗文學的比重。作家傳略多據正史原文縮寫，關於作家與作品附錄資料也多爲原文節錄。道理非常簡單：外文系的學生理應多讀和細讀外文原著，中文系的學生也應多讀和細讀古文原著。全書各卷的編寫體例，基本上按照時代分爲上下編，每編按照文體分爲若干章，每章分若干節，即一個教學單元。每節的主要內容爲"作家傳略"與"作品選讀",後附"輯錄"(權威評論或有關資料)與"參考書目",並設計了一些"思考題",但沒有統一的標準答案。我們提倡開放式的教學,注重引導學生多讀和細讀文學原著,鼓勵學生根據所學知識與閱讀經驗自己去思考分析,展開討論,言之成理、持之有據即可,不必拘於現成的結論。主講教師在組織討論時,可給予學生適當的引導或啓發。

全書編寫分工如下:先秦兩漢文學,劉黎明;魏晉南北朝文學,周嘯天;隋唐五代文學,王紅;宋金元文學宋文部分,呂肖奐,通論及宋詩,周裕鍇,宋詞及元代文學,金諍;明清文學,謝謙。謝謙負責全書的組織工作。

四川大學中文系古代文學教研室
1999年5月

目　錄

上編　魏晉南北朝文學

通　論 …………………………………………………………（003）

第一章　魏晉南北朝詩

概　說 ……………………………………………………………（008）

第一節　鄴下詩人 ………………………………………………（012）

曹操：○蒿里行　○短歌行［附：○步出夏門行（選二首）］　曹丕：○燕歌行　曹植：○七哀　○贈白馬王彪　○野田黃雀行（附：○白馬篇　○美女篇）

陳琳：○飲馬長城窟行　王粲：○七哀詩（選一首）

劉楨：○贈從弟（選一首）　蔡琰：○悲憤詩

第二節　竹林詩人 ………………………………………………（031）

阮籍：○詠懷詩（選三首）［附：○詠懷詩（選四首）］

嵇康：○送秀才入軍（選二首）

第三節　太康詩人 …………………………………………（038）

陸機：○赴洛道中作（選一首）　潘岳：○悼亡詩（選一首）　左思：○詠史（選二首）○嬌女詩［附：○詠史（選五首）］　張協：○雜詩（選一首）　劉琨：扶風歌（附：○重贈盧諶）　郭璞：○游仙詩（選一首）

【附·玄言詩】孫綽：答許詢　支遁：○詠懷詩

第四節　陶淵明詩 …………………………………………（053）

○歸園田居（選三首）○時運（選一章）○飲酒（選一首）○移居（選二首）○讀山海經十三首（選一首）

【附】○停雲（選二章）○擬古九首（選一首）○雜詩十二首（選一首）○挽歌詩三首（選一首）

第五節　元嘉三大家 ………………………………………（060）

顏延之：○五君詠（選三首）　謝靈運：○登池上樓（附：○登江中孤嶼　○石壁精舍還湖中作）

鮑照：○代出自薊北門行　○擬行路難（選四首）

第六節　新體詩 ……………………………………………（070）

沈約：○別范安成　○傷謝朓　謝朓：○之宣城郡出新林浦向板橋　○晚登三山還望京邑（附：○玉階怨　○王孫游　○同王主簿有所思）　何遜：○臨行與故游夜別○相送　陰鏗：○和傅郎歲暮還湘州　徐陵：○關山月○別毛尚書　○內園逐涼　庾信：○擬詠懷（選二首）○寄王琳（附：○烏夜啼）　江總：○雜曲（選一首）

【附·宮體詩】梁武帝蕭衍：○河中之水歌　梁簡文帝蕭綱：○和湘東王橫吹曲（折楊柳）○采蓮曲　○詠內

人畫眠　梁元帝蕭繹：○詠霧　○詠細雨　徐摛：○胡無人行　庾肩吾：○奉和春夜應令　陳後主陳叔寶：○三婦豔詞　○玉樹後庭花

第二章　南北朝樂府

概　說 ·· (089)

第一節　南朝樂府 ·· (092)

○子夜歌（選四首）○子夜四時歌（選四首）○懊儂歌　○讀曲歌（選一首）○西洲曲

第二節　北朝樂府 ·· (097)

○琅琊王歌辭（選二首）○折楊柳歌辭（選四首）○幽州馬客吟歌辭（選一首）

【附】○地驅樂歌辭（選一首）○折楊柳枝歌　○隴頭歌辭（三首）

第三章　魏晉南北朝文

概　說 ·· (101)

第一節　散文 ··· (105)

曹操：○讓縣自明本志令　曹丕：○典論·論文　曹植：○與楊德祖書　嵇康：○與山巨源絕交書　王羲之：○蘭亭集序　陶淵明：○五柳先生傳（附：○與子儼等疏）　酈道元：○水經注·河水·龍門

【附】楊衒之：○洛陽伽藍記·景林寺

第二節　駢文 ··· (124)

003

　　　　　魯褒：○錢神論（節選）　　孔稚珪：○北山移文

　　　　　丘遲：○與陳伯之書　　劉勰：○文心雕龍·神思

　　第三節　辭賦·俳賦 ……………………………………（137）

　　　　　王粲：○登樓賦　曹植：○洛神賦　向秀：○思舊賦并序

　　　　　陶淵明：○歸去來兮辭并序　鮑照：○蕪城賦　江淹：

　　　　　○別賦　庾信：○哀江南賦（節選）并序（附：○春賦）

第四章　魏晉南北朝小說

　　概　說 ………………………………………………………（160）

　　第一節　志怪小說 ………………………………………（164）

　　　　　干寶：○搜神記·三王墓（附：○搜神記·韓憑妻）

　　　　　劉義慶：○幽明錄·劉晨阮肇　吳均：○續齊諧記·陽羨

　　　　　書生

　　第二節　軼事小說 ………………………………………（171）

　　　　　○西京雜記·王嬙　劉義慶：○世說新語·德行（一則）

　　　　　○世說新語·言語（一則）○世說新語·雅量（一則）

　　　　　【附】○世說新語·巧藝（一則）○世說新語·任誕（一

　　　　　則）○世說新語·汰侈（一則）○世說新語·忿狷（一則）

　　　　　○世說新語·惑溺（一則）

下編　隋唐五代文學

通　論 ……………………………………………………………（179）

第一章　隋唐詩

概　說 ……………………………………………………（185）

第一節　隋代詩人 ………………………………………（189）

　　　　楊素：○出塞（選一首）○贈薛番州（選一首）

　　　　薛道衡：○昔昔鹽　楊廣：○春江花月夜二首

第二節　初唐詩人 ………………………………………（196）

　　　　王勃：○山中（附：○秋日別薛昇華）　楊炯：○從軍行　盧照鄰：○長安古意　駱賓王：○上吏部侍郎帝京篇（節選）　沈佺期：○雜詩三首（選一首）○遙同杜員外審言過嶺　宋之問：○題大庾嶺北驛（附：○度大庾嶺　○渡漢江）　陳子昂：○感遇（選一首）○薊丘覽古贈盧居士藏用（燕昭王）○送魏大從軍〔附：○度荊門望楚　○修竹篇序（節選）〕

　　　　【附·初唐其他詩人詩作】虞世南：○從軍行（其一）王績：○野望　上官儀：○早春桂林殿應詔　杜審言：○和晉陵陸丞早春游望　劉希夷：○代悲白頭翁

第三節　初盛唐之際詩人 ………………………………（219）

　　　　張若虛：○春江花月夜　張九齡：○感遇（選二首）（附：○旅宿淮陽亭口號　○望月懷遠）

　　　　【附·初盛唐之際其他詩人詩作】張說：○鄴都引

　　　　王灣：○次北固山下

第四節　盛唐山水田園詩人 ……………………………（224）

　　　　孟浩然：○秋登萬山寄張五　○宿桐廬江寄廣陵舊游　○夏日南亭懷辛大（附：○臨洞庭湖贈張丞相　○過故

人莊 ○宿建德江） 王維：○輞川閒居贈裴秀才迪 ○漢江臨泛 ○皇甫岳雲溪雜題五首（鳥鳴磵） ○鹿柴 ○辛夷塢（附：○終南別業 ○酬張少府 ○山居秋暝 ○終南山 ○過香積寺）

第五節 盛唐邊塞詩人 ……………………………… (233)

高適：○燕歌行［附：○宋中十首（選一首）○薊中作］ 岑參：○涼州館中與諸判官夜集 ○走馬川行奉送出師西征（附：○與高適薛據同登慈恩寺浮圖 ○白雪歌送武判官歸京） 王昌齡：○從軍行七首（選三首）○出塞二首（選一首）○采蓮曲二首（選一首）○西宮春怨 ○芙蓉樓送辛漸二首（選一首） 李頎：○古從軍行 ○送魏萬之京（附：○別梁鍠）

第六節 李白 ……………………………………… (249)

○蜀道難 ○長相思 ○子夜吳歌四首（選一首）○襄陽歌 ○江上吟 ○聞王昌齡左遷龍標遙有此寄 ○宣州謝朓樓餞別校書叔雲 ○陪族叔刑部侍郎曄及中書賈舍人至游洞庭五首（選二首）○哭晁卿衡

【附】○廬山謠寄盧侍御虛舟 ○山中問答 ○月下獨酌四首（一）○獨坐敬亭山

第七節 杜甫 ……………………………………… (264)

○同諸公登慈恩寺塔 ○自京赴奉先縣詠懷五百字 ○哀江頭 ○羌村三首（選一首）○贈衛八處士 ○新安吏 ○佳人 ○夢李白二首 ○秦州雜詩二十首（選一首）○登樓 ○秋興八首（選二首）○詠懷古迹五首（選一首）

○登高 ○登岳陽樓 ○江南逢李龜年

【附】○丹青引贈曹將軍霸 ○旅夜書懷 ○秋興八首（選一首）○詠懷古迹五首（選一首）○白帝城最高樓

第八節　白居易等詩人 …………………………………（292）

白居易：○井底引銀瓶 ○長恨歌　元稹：○遣悲懷三首

張籍：○節婦吟 ○秋思　王建：○宮詞一百首（選三首）

劉禹錫：○西塞山懷古 ○竹枝詞九首（選二首）

第九節　韓孟詩派與李賀 …………………………………（316）

韓愈：○山石 ○八月十五夜贈張功曹 ○謁衡岳廟遂宿岳寺題門樓（附：○嗟哉董生行 ○調張籍）

孟郊：○苦寒吟 ○秋懷（選一首）○游終南山

賈島：○憶江上吳處士（附：○題李凝幽居）

李賀：○李憑箜篌引 ○秋來 ○金銅仙人辭漢歌并序（附：○蘇小小墓 ○夢天 ○浩歌）

第十節　中唐其他詩人 ……………………………………（339）

劉長卿：○逢雪宿芙蓉山主人 ○送靈澈上人　韋應物：○寄全椒山中道士（附：○寄李儋元錫）　錢起：○省試湘靈鼓瑟　李益：○夜上受降城聞笛（附：○喜見外弟又言別 ○春夜聞笛）　柳宗元：○登柳州城樓寄漳汀封連四州 ○酬曹侍御過象縣見寄（附：○漁翁 ○與浩初上人同看山寄京華親故）

【附・大曆十才子詩】錢起：○歸雁　韓翃：○寒食　司空曙：○江村即事　李端：○宿淮浦憶司空文明　盧綸：○晚次鄂州

第十一節　杜牧與李商隱 ………………………………………（353）

　　杜牧：○題宣州開元寺水閣閣下宛溪夾溪居人
　　○登樂游原　○赤壁　○寄揚州韓綽判官（附：○過華清宮絕句三首　○沈下賢）　李商隱：○無題二首（選一首）　○賈生　○杜工部蜀中離席　○無題四首（選一首）　○錦瑟　○春雨　○隋宮　○常娥〔附：○宿駱氏亭寄懷崔雍崔袞　○回中牡丹爲雨所敗二首（選一首）　○夜雨寄北　○無題〕

第十二節　晚唐其他詩人 ………………………………………（375）

　　許渾：○金陵懷古（附：○咸陽城東樓）　趙嘏：○長安晚秋　羅隱：○魏城逢故人　溫庭筠：○過陳琳墓　韓偓：○故都（附：○繞廊）

第十三節　詩僧與白話詩人 ……………………………………（385）

　　王梵志：○遙看世間人（附：○城外土饅頭　○梵志翻著襪）　寒山：○城中娥眉女　○吾心似秋月
　　皎然：○尋陸鴻漸不遇（附：○聞鐘）
　　貫休：○古塞下曲四首（選一首）

第二章　唐　文

概　說 ……………………………………………………………（393）

第一節　初盛唐駢文 ……………………………………………（395）

　　王勃：○秋日登洪府滕王閣餞別序
　　駱賓王：○代李敬業傳檄天下文

第二節　初盛唐散文 ……………………………………………（410）

　　陳子昂：○諫用刑書（節選）

　　　　　李白：○與韓荊州書（節選）

　　　　　【附】王維：○山中與裴秀才迪書

　　第三節　韓愈 ·· （416）

　　　　　○原道　○進學解　○張中丞傳後叙　○藍田縣丞廳壁記

　　　　　○送董邵南序　○祭田橫墓文

　　　　　【附】○送李愿歸盤谷序　○試大理評事王君墓誌銘

　　　　　○柳子厚墓誌銘

　　第四節　柳宗元 ·· （442）

　　　　　○桐葉封弟辯　○愚溪詩序　○始得西山宴遊記

　　　　　【附】○鶻說　○蝜蝂傳　○鈷鉧潭西小丘記

　　第五節　中晚唐古文 ·· （451）

　　　　　李翱：○題燕太子丹傳後　皮日休：○讀《司馬法》

　　　　　【附·晚唐小品文】皮日休：○鹿門隱書（四則）

　　　　　羅隱：○英雄之言

　　第六節　中晚唐駢文 ·· （456）

　　　　　陸贄：○奉天請罷瓊林大盈二庫狀（節選）

　　　　　李商隱：○上河東公啓

第三章　唐五代詞

概　說 ·· （464）

　　第一節　唐文人詞 ·· （467）

　　　　　李白：○菩薩蠻　○憶秦娥　溫庭筠：○菩薩蠻（選二首）○更漏子［附：○夢江南（選二首）］

　　　　　【附·中唐文人詞】韋應物：○調笑令　白居易：○憶

江南 ○長相思　劉禹錫：○憶江南

第二節　花間詞 …………………………………………（473）

韋莊：○菩薩蠻（選二首）○荷葉杯（附：○思帝鄉 ○女冠子二首 ○秦婦吟）

【附】皇甫松：○夢江南　牛希濟：○生查子　歐陽炯：○南鄉子　顧敻：○訴衷情　孫光憲：○浣溪沙 ○謁金門　鹿虔扆：○臨江仙　李珣：○巫山一段雲 ○南鄉子

第三節　南唐詞 …………………………………………（482）

馮延巳：○鵲踏枝（附：○謁金門）　李璟：○浣溪沙（附：○浣溪沙）　李煜：○烏夜啼 ○清平樂 ○浪淘沙 ○破陣子（附：○虞美人 ○烏夜啼 ○一斛珠）

第四章　唐小說

概　說 ………………………………………………………（490）

○南柯太守傳 ○霍小玉傳 ○柳毅傳 ○唐人志怪（一則）

附說　敦煌俗文學 ………………………………………（516）

中國文學
【魏晉南北朝隋唐五代卷】

上編 魏晉南北朝文學

通 論

在中國文學發展史上，魏晉南北朝是繼漢開唐的重要時代，亦即通常所謂"文學自覺的時代"。文學同歷史、哲學日益劃清界限，文學的觀念更加明晰，文學創作逐漸成爲一種自覺的藝術活動，作品的審美功能日益加強。雖然曹丕仍祖述《詩大序》，將文學作用提到"經國之大業，不朽之盛事"（《典論·論文》），亦即事功的高度來加以認識，而在實際寫作中，作家却更加自覺地按照美的規律來創造。

此期文學中最重要的事件，一是五言詩取代四言詩而興盛；一是四聲的發現和漢字形態特徵的自覺。詞藻繁衍，聲律學與駢偶學興盛，詩歌創作聲色大開，形成一場新體詩運動。詩歌創作日益遠離漢詩的渾厚古拙，而趨向精妍新巧，最後導致了律詩的形成。這一趨勢，深刻地影響到賦與文的創作，俳賦、駢文得以成立。從此，中國古代文學家不僅通過詩文來言志抒懷，表情達意，同時也按美的規律來創作，從中獲得游戲一般的審美愉悦。這不能不説是中國文學的一大轉折點。

魏晉南北朝詩的發展大抵以晉室南渡爲界，分爲前後兩期。前期始於曹魏，而止於西晉。此期的政治特點是從分裂走向統一，也就是三國歸晉的過程，而詩風則有一個從悲涼慷慨向華靡繁縟的轉變過程。漢獻帝建安年間（196—220），實際執政者的曹氏父子同時又是詩文領袖，他們和圍繞在他們周圍的作家——七子、蔡琰，形成了一個鄴下文人集團。其時詩歌面向艱難時世，內容充實，慷慨悲歌，以風骨著稱。魏齊王正始年間（240—249），實際掌權者爲司馬氏，統治集團內部矛盾加劇，政治迫害滋多。詩人阮籍、嵇康不滿現實，嘯傲於竹林，以詩歌抒發內心苦悶，或清峻脫俗，或旨趣遙深，詩風爲之一變。晉武帝太康年間（280—289），天下安定，權貴賈謐門下，聚集了潘岳、陸機等一大批文士，號稱"二十四友"，此時的詩歌創作，片面追求形式的華美，內容上較乏新意。唯左思有所創新，並在一定程度上弘揚了建安風力。

後期始於晉室南渡，止於南北朝。其間產生了一位大詩人即陶淵明，他從大自然和勞動生活中發現了一片淨土，並用詩文描繪了一個理想的世界（世外桃源），求得了心靈的解放和心理的平衡，在藝術上達到了詩情與哲理的結合，深厚與真純的統一，從而超越時代，對後世有深遠的影響。陶淵明開創的田園詩，與謝靈運開創的山水詩，繼玄言詩之後，成爲這一時期詩壇的重要收穫。此外，另一重要的文學現象，就是永明體亦即新體詩的產生，標誌著漢語詩歌在聲律上的自覺。梁陳時代的宮體詩，則對新體詩的聲律詞采的技巧有進一步的發展，而內容上則比較貧弱。後來，庾信因經歷喪亂，由南入北，所作詩文在內容手法上均有大的突破。

東晉以來，長江流域經濟增長，商業發達，城市繁榮，世風奢靡，音樂文藝蓬勃發展。南朝樂府機關采集南北民歌，主要滿足統治階層娛樂的需要，當時的樂府詩較漢樂府已有顯著的不同。現存南朝樂府內容比較狹窄，絕大多數是情歌，文人加工的痕跡較爲明顯。南朝樂府以五言四句體爲主，以《子夜歌》系列最受歡迎。《西洲曲》在五言四句體的基礎上，發展成爲長篇，全詩如多首五絕組成，聲情搖曳，首尾呼應，堪稱南朝樂府最成熟、精緻的作品。北朝民歌多半是北魏以後的作品，陸續傳到南方，由梁代的樂府機關保存。與南朝樂府相比，北朝民歌口頭創作居多，以謠體爲主，數量較南朝民歌爲少，而內容比較開闊，藝術表現質樸剛健，生氣勃勃。《敕勒歌》雖由鮮卑語譯來，却是北朝民歌的上乘之作。

　　魏晉南北朝文（散文與辭賦）較先秦兩漢有較大發展，主要趨勢是學術性減少，文藝性增强和個性的張揚。散文家更重抒寫情志，而不是發表見解。述志、言情、體物類散文，尤其是書札，寫得情真語暢，佳作纍纍。抒情賦的興盛，則是此期辭賦的突出特色，賦作在内容上突破了"勸"與"諷"的功利藩籬，題材變得十分廣泛，或寫男女愛情如《洛神賦》（曹植）、《閑情賦》（陶淵明）；或寫田園山水情趣如《歸去來兮辭》（陶淵明）、《游天台山賦》（孫綽）；或寫離愁別恨如《恨賦》、《別賦》（江淹）；或寫身世或滄桑之感如《登樓賦》（王粲）、《蕪城賦》（鮑照）、《哀江南賦》（庾信）。另一重要文學現象，是此期散文和辭賦的漸趨駢儷，產生了俳賦和駢文。俳賦與駢文的共同特點是講求聲律、對偶和用典，對形式美有更多的追求，統稱駢體。

　　魏晉南北朝文言短篇小說即筆記小說，已初具規模，頗有可觀。大體分爲志怪、軼事兩類。志怪小說以干寶《搜神記》爲代表，其間保留了大量的民間傳説，反映了人民的愛憎、憧憬和價值判斷，延續了古代神話的浪漫主義精神。軼事小說以劉義慶《世説新語》爲集成，通過大量片段的記載，使當時士族階級的形形色色的心理狀態及生活風貌躍然紙上，比正史更生動地反映了那一時代士大夫的面貌，在語言藝術上亦有很高造詣，其文學價值不容低估。

　　創作感性認識的豐富積纍，造成文學理論的升騰。"文筆"之説盛行，文學理論批評逐漸由單篇論文發展爲成部的系統的專著。提出了諸如"神韻"、"境界"、"形象"、"風骨"等一系列重要的概念和範疇，對後世文論影響深遠。劉勰《文心雕龍》和鍾嶸《詩品》標誌着中國傳統文論劃時代的高峰。《文心雕龍》下篇論述文學創作和文學批評，對諸如藝術想象、藝術創作的主客觀關係、作家的才具修養對創作的影響、繼承與創新、創作技巧等問題的探討，尤具卓見。鍾嶸《詩品》針對刻意追求聲律藻繪的時風，糾偏補弊，提出詩貴"吟詠情性"，並對五言詩的重要作家、作品及其相互傳承關係，進行了系統的批評，對中國詩話的形成和發展有開創之功。

創作的繁榮、作品的滋多，導致了選學的興起。蕭統《文選》大膽地將經史諸子排斥在文學範疇之外，提出"事出於沉思，義歸乎翰藻"的選擇標準，入選作品中辭賦、駢文占了很大比重，詩歌也偏重於顏延之、謝靈運為代表的格律嚴謹的作品。《文選》在後世成為歷代文人必修的課本，對唐代文學的繁榮有不可估量的影響。

|輯 錄|

◎劉勰《文心雕龍·時序》：自獻帝播遷，文學蓬轉，建安之末，區宇方輯。魏武以相王之尊，雅愛詩章；文帝以副君之重，妙善辭賦；陳思以公子之豪，下筆琳琅；並體貌英逸，故俊才雲蒸。仲宣委質於漢南，孔璋歸命於河北，偉長從宦於青土，公幹徇質於海隅，德璉綜其斐然之思，元瑜展其翩翩之樂，文蔚、休伯之儔，于叔、德祖之侶，傲雅觴豆之前，雍容衽席之上，灑筆以成酣歌，和墨以藉談笑，觀其時文，雅好慷慨，良由世積亂離，風衰俗怨，並志深而筆長，故梗概而多氣也。至明帝纂戎，制詩度曲，徵篇章之士，置崇文之觀，何、劉群才，迭相照耀。少主相仍，唯高貴英雅，顧盼合章，動言成論。於時正始餘風，篇體輕澹，而嵇、阮、應、繆、並馳文路矣。逮晉宣始基，景、文克構，並迹沈儒雅，而務深方術。至武帝惟新，承平受命，而膠序篇章，弗簡皇慮。降及懷、愍，綴旒而已。然晉雖不文，人才實盛：茂先搖筆而散珠，太冲動墨而橫錦，岳、湛曜聯璧之華，機、雲標二俊之采，應、傅、三張之徒，孫、摯、成公之屬，並結藻清英，流韻綺靡，前史以為運涉季世，人未盡才，誠哉斯談，可為歎息。元皇中興，披文建學，劉、刁禮吏而寵榮，景純文敏而優擢。逮明帝秉哲，雅好文會，升儲御極，孳孳講藝，練情於誥策，振采於辭賦，庾以筆才逾親，溫以文思益厚，揄揚風流，亦彼時之漢武也。及成、康促齡，穆、哀短祚，簡文勃興，淵乎清峻，微言精理，函滿玄席，澹思濃采，時灑文囿。至孝武不嗣，安、恭已矣。其文史則有袁、殷之曹，孫、干之輩，雖才或淺深，珪璋足用。自中朝貴玄，江左稱盛，因談餘氣，流成文體。是以世極迍邅，而辭意夷泰，詩必柱下之旨歸，賦乃漆園之義疏。故知文變染乎世情，興廢繫乎時序，原始以要終，雖百世可知也。自宋武愛文，文帝彬雅，秉文之德，孝武多才，英采雲構。自明帝以下，文理替矣。爾其縉紳之林，霞蔚而飆起；王、袁聯宗之龍章，顏、謝重葉以鳳采，何、范、張、沈之徒，亦不可勝也。蓋聞之於世，故略舉大較。

參考書目

《魏晉南北朝文學史參考資料》，北京大學中國文學史教研室選注，中華書局1978年版。

《魏晉風度及文章與藥及酒之關係》，魯迅著，載《而已集》，見《魯迅全集》第三卷，人民文學出版社1991年版。

《漢魏六朝百三家集題辭注》，張溥著，殷孟倫注，人民文學出版社1960年版。

《魏晉南北朝文學史料述略》，穆克宏著，中華書局1997年版。

《中古文學史料叢考》，曹道衡、沈玉成著，中華書局2003年版。

《中古文學繫年》，陸侃如著，人民文學出版社1985年版。

《中國中古文學史講義》，劉師培著，人民文學出版社1982年版。

《十四朝文學要略》，劉永濟著，黑龍江人民出版社1984年版。

《中古文學史論》，王瑤著，北京大學出版社1986年版。

《南北朝文學編年史》，曹道衡、劉躍進著，人民文學出版社2000年版。

《魏晉南北朝文論選》，張明高、郁沅著，人民文學出版社1999年版。

《魏晉南北朝文學思想史》，羅宗強著，中華書局2002年版。

《美的歷程·魏晉風度》，李澤厚著，文物出版社1981年版。

《中國美學史》第二卷（上、下），李澤厚、劉綱紀主編，中國社會科學出版社1987年版。

《南朝佛教與文學》，普慧著，江蘇人民出版社2019年版。

第一章

魏晉南北朝詩

概　說

　　漢末建安時代（196—220）是天下大亂軍閥混戰的時代，這二十幾年間，社會的經濟、政治、思想、文學等各個方面都有急劇的變化和發展，文壇領袖人物正好是左右政治局勢的曹氏父子，所以文學史上通常把它和兩漢分開來，作爲魏晉南北朝時代的開端。這個時期的主要作家都集中在北方，而且在政治上大都隸屬於曹氏集團。因爲曹魏舊都鄴城（今河南安陽北），故又稱鄴下文人集團。產生在這一時期的詩歌，一方面反映着社會的動亂與民生的疾苦，充滿悲天憫人的情調；一方面便是表現亂世英雄建功立業，收拾金甌的使命感或雄心壯志。作家多於鞍馬間爲文，從而形成了一種悲涼慷慨、剛健有力的風格，文學史上就把這種風格叫作"建安風骨"。

　　史載曹操愛好音樂，"漢自東京大亂，絕無金石之樂；樂章亡缺，不可復知。及魏武平荊州，獲漢雅樂郎河南杜夔，能識舊法，以爲軍謀祭酒，使創定雅樂"（《晉書·樂志》）。建安詩人大都受漢樂府的影響，而曹操尤甚。他喜用樂府舊題，作政治抒懷，其最成功之作當推以樂府舊題所作的抒情詩，風格悲涼沉鬱，氣魄很大。曹植是建安時期創作最豐富、最負盛名的作家，他是第一個大力寫作五言詩的人，其詩脫胎於漢樂府與《古詩十九首》，注意用詞的形象生動、詞采的華美、韻律的和諧、詩篇的起結，並努力錘煉警句，故其作品有濃厚的新鮮綺麗之感，且獨具朝氣蓬勃的精神。"七子"的稱呼，起於曹丕《典論・論文》，指的是鄴下文人集團中除三曹以外孔融、陳琳等七個作家，以王粲成就爲高。

魏晉之際統治階級內部矛盾尖銳激烈，時代的特點是"亂"與"篡"（魯迅語）。統治者却提倡名教，要人遵守，使當時名士十分反感。佛、老思想在士大夫中間流傳開來，與漢末以來人倫月旦之風合在一起，形成清談的風氣。魏正始時代（240—249）出現了號稱"竹林七賢"的文人集團，代表人物爲嵇康、阮籍。其時與建安相隔不過二十年，但文人思想、作品內容與風格差異很大。不再是積極入世、慷慨悲歌，而代之以師心使氣、隱晦曲折。阮籍是曹植以後五言詩創作的一大宗師，《詠懷》八十餘首，集中表現詩人內心的苦悶。

西晉太康年間（280—289）詩壇呈現了繁榮氣象，當時詩人潘岳、陸機、左思、劉琨等以文才依附權貴賈謐，並稱"二十四友"。其時詩歌創作傾向是模擬古人，追求詞藻華麗和對偶工整，而"采縟於正始，力柔於建安"（《文心雕龍・明詩》）。唯左思與劉琨之作頗具風力，直攀建安，不在此限。東晉時期，清談老莊玄理的風氣進一步影響到文學，玄言詩盛行一時，直到東晉末年，纔出現了一個劃時代的偉大詩人陶淵明，給詩壇帶來了新的內容和風格，並昭示着充滿希望的未來。然陶詩的平淡，與玄言詩仍有一定的關聯。

陶淵明是中國文學史上的偉大作家，他的詩、文、辭賦都達到了相關體裁的極詣。陶詩從內容上大致可分兩類，一類爲詠懷、詠史，與前代作家阮籍、左思之作相承；一類爲田園詩，則基本上是個人的新創。在他以前沒有一個詩人寫過這樣多的詩來歌詠農村，他的田園詩在思想和手法上都大大突破傳統，開闢出一個新的天地。從漢末《古詩十九首》以來，詩中就充滿憂生之嗟,詩人苦苦思索生命的價值和人生的意義,苦苦掙扎但走不出人生的苦悶。陶詩的最大意義乃在於詩人開始表現一種新的人生觀與自然觀,他反對用對立的態度看待人與自然的關係,強調人與自然的統一,追求人與自然的和諧,從投身自然、參加勞動、享受親情、從事精神創造中找到了生命的價值和人生的意義,並提出了自己的社會政治理想。與此同時,詩人也成功地創造了一種新的詩歌風格和美學型範,那就是平淡與醇厚的統一,情景與哲理的結合。陶淵明成就了中古時期新型的、具有田園色彩的士大夫典型,在這個意義上,正是"六朝第一流人物"。其全部詩文展示着一種平實的、有深度、有魅力的人生境界,其人品與詩品對後世文人的影響,不在屈子之下。

緊承陶淵明與田園詩,晉宋之際的山水詩代替玄言詩,也是南北朝詩壇的一件大事。劉宋元嘉時代(424—453)的作家中,謝靈運是第一個專門從事山水詩寫作的詩人。其山水詩絕大部分作於任永嘉太守以後,不少詩句生動細緻地刻畫了自然界的優美景色,情調比較開朗,給人以清新之感。然亦時見雕琢與堆砌,與陶淵明白描、渾成的詩風不同。劉勰說:"宋初文詠,體有因革,莊老告退,而山水方滋。儷采百字之偶,爭價一句之奇;情必極貌以寫物,辭必窮力而追新",謝靈運就是這種詩風的代表。與謝靈運並稱"元嘉三大家"的詩人還有顏延之和鮑照。鮑照的五言詩以風格清新俊逸著稱,而其主要成就在七言歌行。七言歌行包括七言的齊言詩和以七言句爲主的雜言詩。漢末張衡、曹丕等人的七言詩,皆限於齊言,且句句入韻;鮑照則大力學習樂府的七言形式,夾用雜言,隔句用韻,他以思想充實、風格豪邁的成熟之作,大大推動了七言詩體的發展。

律詩的產生,是繼五言詩興盛以後,中國詩歌發展的一大轉折點。律詩的形成有一個漫長的過程,大約起自齊永明年間(483—493),而告成於唐初。"永明體"的產生是文學史上重要事件之一:"永明末,盛爲文章。吳興沈約、陳郡謝朓、琅邪王融以氣類相推轂,汝南周顒善識聲韻。約等文皆用宮商，以平上去入爲四聲，以此制韻，不可增減，世呼爲'永明體'。"（《南齊書·陸厥傳》）沈約是較早揭示律詩音樂美的本質、提倡回忌聲病的詩人。回忌聲病不免煩瑣，却是通向積極調聲的第一步。在沈約等人的提倡之下，新體詩的創作雲蒸霞蔚，知名作家有謝朓、何遜、陰鏗等八十餘人。謝朓以"永明體"寫山水詩，語言清新精警，與謝靈運並稱"大小謝"。

新體詩在梁、陳宫廷中演變出一種以詠物、豔情爲主，詩風輕豔的詩體，時稱"宫體"。宫體詩的主要作家是梁簡文帝蕭綱父子及徐摛、庾肩吾父子，所以"宫體"之外，别有"徐庾體"之稱。"宫體詩"比"永明體"更趨於用典、藻繪和格律化。然而，詩人庾信中歲經歷侯景之亂，由南入北，對動亂時世和北方景物有較深的感受，晚作多寫國破家亡、身世飄零之痛，風格一轉而爲老成，自當刮目相看。

新體詩句式工穩，音韻諧婉，風格圓轉，對唐代近體詩的繁榮，有着直接的影響。

參考書目

《漢魏六朝詩選》，余冠英選注，人民文學出版社1979年版。

《詩品注》，鍾嶸著，陳延傑注，見《中國古典文學理論批評專著選輯》，人民文學出版社1980年版。

《漢魏六朝詩講錄》，葉嘉瑩著，河北教育出版社2001年版。

《中國早期古典詩歌的生成》，[美]宇文所安著，胡秋蕾、王宇根、田曉菲譯，三聯書店2012年版。

第一節　鄴下詩人

曹　操（155—220）

《三國志・魏書・武帝紀》：太祖武皇帝，沛國譙人也，姓曹，諱操，字孟德，漢相國曹參之後。桓帝世，曹騰爲中常侍大長秋，封費亭侯。養子嵩嗣，官至太尉，莫能審其生出本末。嵩生太祖。太祖少機警，有權數，而任俠放蕩，不治行業，故世人未之奇也。惟梁國橋玄、南陽何顒異焉。玄謂太祖曰：“天下將亂，非命世之才不能濟也。能安之者，其在君乎？”年二十，舉孝廉，爲郎。光和末，黃巾起，拜騎都尉，討潁川賊。會靈帝崩，太子即位，太后臨朝。大將軍何進與袁紹謀誅宦官，太后不聽。進乃召董卓，欲以脅太后。卓未至而進見殺。卓到，廢帝爲弘農王，而立獻帝。卓遂殺太后及弘農王。太祖至陳留，散家財，合義兵，將以誅卓。冬十二月，始起兵於己吾，是歲中平六年也。（建安）十三年春正月，公還鄴，作玄武池以肄舟師。漢罷三公官，置丞相、御史大夫。夏六月，以公爲丞相。二十一年夏五月，天子進公爵爲魏王。二十五年春正月庚子，王崩於洛陽，年六十六。諡曰武王。二月丁卯，葬高陵。

蒿里行

【題解】　郭茂倩《樂府詩集》卷二十七引崔豹《古今注》：“《薤露》《蒿里》，泣喪歌也。本出田橫門人，橫自殺，門人傷之，爲作悲歌。言人命奄忽，如薤上之露，易晞滅也。亦謂人死魂魄歸於蒿里。至漢武帝時，李延年分爲二曲，《薤露》送王公貴人，《蒿里》送士大夫庶人，使挽柩者歌之，亦謂之挽歌。"鍾惺《古詩歸》評本篇云："漢末實錄，真詩史也。"

關東有義士，興兵討群凶。初期會盟津，乃心在咸陽。軍合力不齊，躊躇而雁行。勢利使人爭，嗣還自相戕。淮南弟稱號，刻璽於北方。鎧甲生蟣蝨，萬姓以死亡。白骨露於野，千里無雞鳴。生民百遺一，念之斷人腸。

中華書局版《曹操集·詩集》（下同）

○盟津：即孟津（今屬河南），初平元年（190），關東各州郡起兵討伐董卓，會師於此。曹丕《典論·自敘》略云：山東牧守於是大興義兵，兗、豫之師，戰於滎陽。河內之甲，軍於孟津。○"乃心"句：《史記·高祖本紀》："（懷王）與諸將約，先入定關中者王之。"○"躊躇"句：《三國志·魏書·武帝紀》："卓兵強，紹等莫敢先進。（略）太祖責讓之，因為謀曰：'今兵以義動，持疑而不進，失天下望，竊為諸君恥之。'"○"淮南"二句：分別指建安二年（197）袁術在壽春譖稱帝號，及初平二年（191）袁紹謀廢獻帝，而立幽州牧劉虞，私刻金璽事。事詳《三國志·魏書·武帝紀》裴注引《獻帝起居注》。○"白骨"四句：清陳祚明曰："悲哀。筆下整嚴，老氣無敵。"（《采菽堂古詩選》卷五）

短歌行

【題解】《樂府詩集》卷三十《相和歌辭》五：《樂府解題》曰："《短歌行》，魏武帝'對酒當歌，人生幾何'，晉陸機'置酒高堂，悲歌臨觴'，皆言當及時為樂也。"陳祚明評此詩："跌宕悠揚，極悲涼之致。"（《采菽堂古詩選》卷五）

對酒當歌，人生幾何？譬如朝露，去日苦多。慨當以慷，憂思難忘。何以解憂，唯有杜康。青青子衿，悠悠我心。但為君故，沉吟至今。呦呦鹿鳴，食野之蘋。我有嘉賓，鼓瑟吹笙。明明如月，何時可輟？憂從中來，不可斷絕。越陌度阡，枉用相存。契闊談讌，心念舊恩。月明星稀，烏鵲南飛。繞樹三匝，何枝可依？山不厭高，水不厭深。周公吐哺，天下歸心。

　　○《漢書·蘇武傳》：李陵謂蘇武曰："人生如朝露。"○"青青"兩句：語出《詩經·鄭風·子衿》。○"呦呦"四句：語出《詩經·小雅·鹿鳴》。○契闊：《詩經·邶風·擊鼓》："死生契闊。"○"山不厭高"兩句：《管子·形勢解》："海不辭水，故能成其大；山不辭土石，故能成其高；明主不厭人，故能成其衆。"○"周公"兩句：《韓詩外傳》卷三載周公戒伯禽曰："吾文王之子，武王之弟，成王之叔父也。又相天下。吾於天下亦不輕矣。然一沐三握髮，一飯三吐哺，猶恐失天下之士。"

附：　　步出夏門行（選二首）

東臨碣石，以觀滄海。水何澹澹，山島竦峙。樹木叢生，百草豐茂。秋風蕭瑟，洪波湧起。日月之行，若出其中。星漢燦爛，若出其裏。幸甚至哉，歌以詠志。（原第一首）

神龜雖壽，猶有竟時。騰蛇乘霧，終爲土灰。老驥伏櫪，志在千里。烈士暮年，壯心不已。盈縮之期，不但在天。養怡之福，可得永年。幸甚至哉，歌以詠志。（原第四首）

| 輯　錄 |

◎鍾嶸《詩品》下：曹公古直，甚有悲涼之句。

◎敖器之《敖陶孫詩評》：魏武帝如幽燕老將，氣韻沉雄。

◎《古詩歸》卷七譚元春評：此老詩歌中有霸氣，而不必王，有菩薩氣，而不必佛。"山不厭高，水不厭深"，"水何澹澹，山島竦峙"，吾即取爲此老詩品。

◎又鍾惺評：老瞞生漢末，無坐而臣人之理，然其發念起手，亦自以仁人忠臣自負，不肯便認作奸雄。如"瞻彼洛城郭，微子爲哀傷"，"生民百遺一，念之斷人腸”，“不戚年往，憂世不治”，亦是真心真話，不得概以"奸"之一字抹殺之。

◎張溥《魏武帝集題辭》：間讀本集，《苦寒》、《猛虎》、《短歌》、《對酒》，樂府稱絕。又助之以子桓、子建。帝王之家，文章瑰瑋，前有曹魏，後有蕭梁，然曹氏稱最矣。孟德御軍三十餘年，手不捨書，兼草書亞崔、張，音樂比桓、蔡，圍棋埒王、郭，復好養性，解方藥，周公所謂多材多藝，孟德誠有之。《述志》一令，似乎欺人，未嘗不抽序心腹，慨當以慷也。

◎陳祚明《采菽堂古詩選》卷五：孟德所傳諸篇，雖並屬擬古，然皆以寫己懷來，始而憂貧，繼而憫亂，慨地勢之須擇，思解脫而未能，亹亹之詞，數者而已。本無泛語，根在性情，故其跌宕悲涼，獨臻超越。細揣格調，孟德全是漢音，丕、植便多魏響。取法乎上，僅得乎中，孟德欲爲三代以上之詞，劣乃似漢；子桓兄弟取法於漢體，遂漸淪矣。

◎王士禛《古詩選·五言詩凡例》：曹氏父子兄弟，往往以樂府題敘漢末事，雖謂之古詩亦可。

◎方東樹《昭昧詹言》卷二：大約武帝詩沉鬱直樸，氣直而逐層頓斷，不一順平放，時時提筆換氣。尋其意緒，無不明白，玩其筆勢文法，凝重屈蟠，誦之令人意滿。

曹 丕（187—226）

《三國志·魏書·文帝紀》：文皇帝諱丕，字子桓，武帝太子也。中平四年冬，生於譙。建安十六年爲五官中郎將、副丞相，二十二年立爲魏太子。太祖崩，嗣位爲丞相、魏王，尊王后曰"王太后"，改建安二十五年爲延康元年。冬十月，漢帝以衆望在魏，乃召群公卿士，告祠高廟，使兼御史大夫張音持節奉璽綬禪位。改延康爲黃初，大赦。黃初元年十一月癸酉，以河內之山陽邑萬戶奉漢帝爲山陽公，行漢正朔，以天子之禮郊祭，上書不稱臣，京都有事於太廟，致胙，封公之四子爲列侯。追尊皇祖太王曰太皇帝，考武王曰武皇帝，尊王太后曰皇太后。初，帝好文學，以著述爲務，自所勒成垂百篇。又使諸儒撰集經傳，隨類相從，凡千餘篇，號曰《皇覽》。

燕歌行

【題解】《樂府詩集》卷三十二《相和歌辭》七：《樂府解題》曰："晉樂奏魏文帝'秋風'、'別日'二曲，言時序遷換，行役不歸，婦人怨曠無所訴也。"《廣題》曰："燕，地名也，言良人從役於燕，而爲此曲。"

秋風蕭瑟天氣涼，草木搖落露爲霜，群燕辭歸雁南翔。念君客游思斷腸，慊慊思歸戀故鄉，何爲淹留寄他方？賤妾煢煢守空房，憂來思君不敢忘，不覺淚下沾衣裳。援琴鳴弦發清商，短歌微吟不能長，明月皎皎照我牀。星漢西流夜未央，牽牛織女遙相望，爾獨何辜限河梁。

中華書局影印胡刻本《文選》卷二七

〇"明月"句：《古詩十九首》："明月何皎皎，照我羅牀帷。"〇"星漢"句：《詩經·小雅·庭燎》："夜如何其？夜未央。"

| 輯　錄 |

◎劉勰《文心雕龍·才略》：魏文之才，洋洋清綺，舊談抑之，謂去植千里。然子建思捷而才俊，詩麗而表逸，子桓慮周而力緩，故不競於先鳴，而樂府清越，《典論》辯要，迭用短長，亦無懵焉。但俗情抑揚，雷同一響，遂令文帝以位尊減才，思王以勢窘益價，未爲篤論也。

◎鍾嶸《詩品》中：魏文帝，其源出李陵，頗有仲宣之體則。新奇百許篇，率鄙直如偶語，惟"西北有浮雲"十餘首，殊美贍可玩，始見其工矣，不然，何以銓衡群彥，對揚厥弟者耶？

◎王夫之《古詩評選》卷一：讀子桓樂府即如引人於張樂之野，泠風善月，人世陵囂之氣，淘汰俱盡。古人所貴於樂者，將無在此？

◎沈德潛《古詩源》卷五：子桓詩有文士氣，一變乃父悲壯之習矣。要其便娟婉約，能移人情。

◎張玉穀《古詩賞析》卷八:(《燕歌行》)仿柏梁句句用韻,而一氣卷舒者,創體也。今人遇此體概曰柏梁,豈知柏梁乃聯句,文氣不貫乎?

曹　植（192—232）

《三國志·魏書·陳思王傳》：陳思王植字子建。年十歲餘，誦讀詩、論及辭賦數十萬言，善屬文。太祖嘗視其文，謂植曰："汝倩人邪？"植跪曰："言出爲論，下筆成章，顧當面試，奈何倩人？"時鄴銅爵臺新成，太祖悉將諸子登臺，使各爲賦。植援筆立成，可觀，太祖甚異之。性簡易，不治威儀，輿馬服飾，不尚華麗。每進見難問，應聲而對，特見寵愛。建安十六年封平原侯，十九年徙封臨菑侯。太祖征孫權，使植留守鄴，戒之曰："吾昔爲頓丘令，年二十三，思此時所行，無悔於今。今汝亦二十三矣，可不勉與！"植既以才見異，而丁儀、丁廙、楊修等爲羽翼。太祖狐疑，幾爲太子者數矣。而植任性而行，不自雕勵，飲酒不節。文帝御之以術，矯情自飾，宮人左右並爲之說，故遂定爲嗣。二十二年，增植邑五千，並前萬戶。植嘗乘車行馳道中，開司馬門出。太祖大怒，公車令坐死。由是重諸侯科禁，而植寵日衰。太祖既慮終始之變，以楊修頗有才策，而又袁氏之甥也，於是以罪誅修。植益內不自安。二十四年，曹仁爲關羽所圍，太祖以植爲南中郎將，行征虜將軍，欲遣救仁，呼有所勑戒。植醉不能受命，於是悔而罷之。文帝即王位，誅丁儀、丁廙並其男口。植與諸侯並就國。黃初二年，監國謁者灌均希指，奏植醉酒悖慢，劫脅使者。有司請治罪。帝以太后故，貶安鄉侯。其年改封鄄城侯。三年，立爲鄄城王，邑二千五百戶。四年，徙封雍丘王。植常自憤怨抱利器而無所施，上疏求自試。六年二月，以陳四縣封植爲陳王，邑三千五百戶。植每欲求別見獨談，論及時政，幸冀試用，終不能得。既還，悵然絕望。時法制，待藩國既自峻迫，寮屬皆賈豎下才，兵人給其殘老，大數不過二百人。又植以前過，事事復減半。十一年中而三徙都，常汲汲無歡，遂發疾薨，時年四十一。遺令薄葬。初，植登魚山，臨東阿，喟然有終焉之心，遂營爲墓。

七　哀

【題解】吳兢《樂府古題要解》："《七哀》起於漢末。"《文選》六臣注呂向云："七哀謂痛而哀，義而哀，感而哀，怨而哀，耳目聞見而哀，口歎而哀，鼻酸而哀。王粲亦有《七哀詩》。"俞樾《文體通釋》："古人之詞，少則曰一，多則曰九，半則曰五，小半則曰三，大半則曰七。是以枚乘《七發》至七而止，屈原《九歌》至九而終。不然，《七發》何以不六，《九歌》何以不八乎？若欲舉其實，則《管子》有《七臣》、《七主》篇，可以釋七。"

明月照高樓，流光正徘徊。上有愁思婦，悲歎有餘哀。借問歎者誰，言是宕子妻。君行踰十年，孤妾常獨棲。君若清路塵，妾若濁水泥。浮沉各異勢，會合何時諧？願爲西南風，長逝入君懷。君懷良不開，賤妾當何依？

《四部叢刊》本《曹子建集》卷五（下同）

○"願爲"二句：《古詩》曰："從風入君懷，四座莫不歎。"

贈白馬王彪

【題解】原序："黄初四年五月，白馬王、任城王與余俱朝京師，會節氣。到洛陽，任城王薨。至七月，與白馬王還國。後有司以二王歸藩，道路宜異宿止，意毒恨之。蓋以大別在數日，是用自剖，與王辭焉，憤而成篇。"白馬王彪，《魏書·武文世王公傳》曰："楚王彪字朱虎。建安二十一年，封壽春侯。黄初二年，進爵，徙封汝陽公。……七年，徙封白馬。"

謁帝承明廬，逝將歸舊疆。清晨發皇邑，日夕過首陽。伊洛廣且深，欲濟川無梁。泛舟越洪濤，怨彼東路長。顧瞻戀城闕，引領情內傷。

　　太谷何寥廓，山樹鬱蒼蒼。霖雨泥我途，流潦浩縱橫。中逵絕無軌，改轍登高崗。修阪造雲日，我馬玄以黃。

　　玄黃猶能進，我思鬱以紆。鬱紆將何念，親愛在離居。本圖相與偕，中更不克俱。鴟梟鳴衡軛，豺狼當路衢。蒼蠅間白黑，讒巧令親疏。欲還絕無蹊，攬轡止踟躕。

　　踟躕亦何留？相思無終極。秋風發微涼，寒蟬鳴我側。原野何蕭條，白日忽西匿。歸鳥赴喬林，翩翩厲羽翼。孤獸走索群，銜草不遑食。感物傷我懷，撫心常太息。

　　太息將何為？天命與我違。奈何念同生，一往形不歸。孤魂翔故域，靈柩寄京師。存者忽復過，亡沒身自衰。人生處一世，去若朝露晞。年在桑榆間，影響不能追。自顧非金石，咄唶令心悲。

　　心悲動我神，棄置莫復陳。丈夫志四海，萬里猶比鄰。恩愛苟不虧，在遠分日親。何必同衾幬，然後展殷勤？憂思成疾疢，無乃兒女仁！倉卒骨肉情，能不懷苦辛？

　　苦辛何慮思？天命信可疑。虛無求列仙，松子久吾欺。變故在斯須，百年誰能持？離別永無會，執手將何時？王其愛玉體，俱享黃髮期。收淚即長路，援筆從此辭。

　　○"中逵"四句：語出《詩經·周南·卷耳》："陟彼高崗，我馬玄黃。"○同生：《三國志·魏書·武文世王公傳》曰："卞皇后生文皇帝、任城威王彰、陳思王植、蕭懷王熊。"○"去若"句：《漢書·蘇武傳》：李陵謂蘇武曰："人生如朝露，何久自苦如此？"《薤露》歌曰："薤上露，何易晞。"○"憂思"句：《詩經·小雅·小弁》曰："心之憂矣，疢如疾首。"○松子：即赤松子。舊題劉向撰《列仙傳》卷上："赤松子者，神農時雨師也。服水玉以教神農，能入火自燒。往往至崑崙山上，常止西王母石室中，隨風雨上下。炎帝少女追之，亦得仙俱去。至高辛時復爲雨師，今之雨師本是焉。"

野田黃雀行

【題解】《樂府詩集》卷三十九《相和歌辭》十四："《古今樂錄》曰：'王僧虔《技錄》有《野田黃雀行》，今不歌。'《樂府解題》曰：'晉樂奏東阿王"置酒高殿上"，始言豐膳樂飲，盛賓主之獻酬。中言歡極而悲，嗟盛時不再。終言知命而無憂也。'《空侯引》亦用此曲。按漢鼓吹鐃歌亦有《黃雀行》，不知與此同否？"陳祚明《采菽堂古詩選》六："此應自比黃雀，望援於人，語悲而調爽。或亦有感於親友之蒙難，心傷莫救。"

高樹多悲風，海水揚其波。利劍不在掌，結友何須多！不見籬間雀，見鷂自投羅？羅家得雀喜，少年見雀悲。拔劍捎羅網，黃雀得飛飛。飛飛摩蒼天，來下謝少年。

《四部叢刊》本《曹子建集》卷六

〇"高樹"二句：張玉穀《古詩賞析》："樹高多風，海大揚波。"

附： 白馬篇

白馬飾金羈，連翩西北馳。借問誰家子，幽并游俠兒。少小去鄉邑，揚聲沙漠垂。宿昔秉良弓，楛矢何參差。控弦破左的，右發摧月支。仰手接飛猱，俯身散馬蹄。狡捷過猴猿，勇剽若豹螭。邊城多緊急，虜騎數遷移。羽檄從北來，厲馬登高堤。長驅蹈匈奴，左顧凌鮮卑。棄身鋒刃端，性命安可懷？父母且不顧，何言子與妻！名在壯士籍，不得中顧私。捐軀赴國難，視死忽如歸。

美女篇

美女妖且閑，采桑岐路間。柔條紛冉冉，落葉何翩翩。攘袖見素手，皓腕約金環。頭上金爵釵，腰佩翠琅玕。明珠交玉體，珊瑚間木難。羅衣何飄飄，輕裾隨風還。顧盼遺光彩，長嘯氣若蘭。行徒用息駕，休者以忘餐。借問女何居，乃在城南端。青樓臨大路，高門結重關。容華耀朝日，誰不希令顏。媒氏何所營，玉帛不時安？佳人慕高義，求賢良獨難。衆人徒嗷嗷，安知彼所觀。盛年處房室，中夜起長歎。

輯　錄

◎《世說新語·文學》：文帝嘗令東阿王七步中作詩，不成者行大法。應聲便爲詩曰："煮豆持作羹，漉豉以爲汁。萁在釜下燃，豆在釜中泣。本自同根生，相煎何太急！"帝有慚色。

◎鍾嶸《詩品》上：魏陳思王植。其源出於國風。骨氣奇高，詞采華茂，情兼雅怨，體被文質，粲溢今古，卓爾不群。陳思之於文章也，譬人倫之有周孔，鱗羽之有龍鳳，音樂之有琴瑟，女工之有黼黻。俾爾懷鉛吮墨者，抱篇章而景慕，映餘暉以自燭。故孔氏之門如用詩，則公幹升堂，思王入室，景陽、潘、陸，自可坐於廊廡之間矣。

◎李瀚《蒙求集注》：謝靈運嘗云："天下才共有一石，曹子建獨得八斗，我得一斗，自古及今同用一斗，奇才敏捷，安有繼之。"

◎張戒《歲寒堂詩話》：鍾嶸《詩品》以古詩第一，子建次之，此論誠然。觀子建"明月照高樓"、"高臺多悲風"、"南國有佳人"、"驚風飄白日"、"謁帝承明廬"等篇，鏗鏘音節，抑揚態度，溫潤清和，金聲而玉振之，辭不迫切而意已獨至，與三百五篇異世同律，此所謂韻不可及也。

◎《敖陶孫詩評》：曹子建如三河少年，風流自賞。

◎胡應麟《詩藪·內篇》卷二：子建《雜詩》全法《十九首》意象，規模酷肖，而奇警絕到弗如。《送應氏》、《贈王粲》等篇，全法蘇、李詞藻，氣骨有餘，而清和婉順不足，然東西京後，惟斯人得其具體。

◎又：子建《名都》、《白馬》、《美女》諸篇，辭極贍麗，然句頗尚工，語多致飾，視東西京樂府天然古質，殊自不同。

◎陳祚明《采菽堂古詩選》卷六：子建既擅凌厲之才，兼饒藻組之學，故風雅獨絕。不甚法孟德之健筆，而窮態極變，魄力厚於子桓。要之，三曹固各成絕技，使後人攀仰莫及。

◎沈德潛《古詩源》卷五：子建詩五色相宣，八音朗暢，使才而不矜才，用博而不逞博。蘇、李以下，故推大家。仲宣、公幹烏可執金鼓而抗顏行也！

◎又《說詩晬語》：陳思極工起調，如"驚風飄白日，忽然歸西山"，如"明月照高樓，流光正徘徊"，如"高臺多悲風，朝日照北林"，皆高唱也。

◎成書《多歲堂古詩存》卷三：魏詩至子建始盛，武帝雄才而失之粗，子桓雅秀而傷於弱；風雅當家，詩人本色，斷推此君。

◎方東樹《昭昧詹言》卷二：子建樂府諸篇，意厚詞贍，氣格渾雄，但被後人盜襲熟濫，幾成習見陳言。故在今日不容復擬，政與《古詩十九首》同成窠臼。究其真精妙髓，固分毫未損，亦分毫未昭。

陳　琳（？—217）

《三國志·魏書·王粲傳》：始文帝爲五官將，及平原侯植皆好文學。粲與北海徐幹字偉長、廣陵陳琳字孔璋、陳留阮瑀字元瑜、汝南應瑒字德璉、東平劉楨字公幹並見友善。琳前爲何進主簿。進欲誅宦官，太后不聽。進乃召四方猛將，並使引兵向京城，欲以劫恐太后。琳諫進曰："《易》稱'即鹿無虞'，諺有'掩目捕雀'。夫微物尚不可欺以得志，況國之大事，其可以詐立乎？今將軍總皇威，握兵要，龍驤虎步，高下在心。以此行事，無異於鼓洪爐以燎毛髮。但當速發雷霆，行權立斷，違經合道，天人順之。而反釋其利器，更徵於他。大兵合聚，彊者爲雄，所謂倒持干戈，授人以柄，必不成功，祇爲亂階。"進不納其言，竟以取禍。琳初避難冀州，袁紹使典文章。袁氏敗，琳歸太祖，太祖謂曰："卿昔爲本初移書，但可罪狀孤而已，惡惡止其身，何乃上及父祖邪！"琳謝罪。太祖愛其才而不咎。太祖並以琳、瑀爲司空軍謀祭酒，管記室，軍國書檄，多琳、瑀所作也。琳徙門下督。（建安）二十二年卒。

又裴松之注引《典略》：琳作諸書及檄，草成呈太祖。太祖先苦頭風，是日疾發，臥讀琳所作，翕然而起曰："此愈我病。"數加厚賜。

飲馬長城窟行

【題解】《樂府詩集》卷三十八《相和歌辭》十三：《飲馬長城窟行》。一曰《飲馬行》。長城，秦所築以備胡者。其下有泉窟，可以飲馬。古辭云："青青河畔草，綿綿思遠道。"言征戍之客，至於長城而飲其馬，婦人思念其勤勞，故作是曲也。酈道元《水經注》曰："始皇二十四年，使太子扶蘇與蒙恬築長城，起自臨洮，至於碣石。東暨遼海，西並陰山，凡萬餘里。民怨勞苦，故楊泉《物理論》曰：'秦築長城，死者相屬。'民歌曰：'生男慎勿舉，生女哺用脯。不見長城下，屍骨相支拄。'其冤痛如此。今白道南谷口有長城，自城北出有高阪，傍有土穴出泉，挹之不窮。歌錄云：'飲馬長城窟'，信非虛言也。"《樂府解題》曰："古詞傷良人游蕩不歸，或云蔡邕之辭。若魏陳琳辭云：'飲馬長城窟，水寒傷馬骨。'則言秦人苦於長城之役也。"《廣題》曰："長城南有溪阪，上有土窟，窟中泉流。漢時將士征塞北，皆飲馬此水也。按趙武靈王既襲胡服，自代並陰山下至高闕爲塞，山下有長城，武靈王之所築也。其山中斷，望之若雙闕，所謂高闕者焉。"《古今樂錄》曰："王僧虔《技錄》云：'《飲馬行》，今不歌。'"

飲馬長城窟，水寒傷馬骨。往謂長城吏，慎莫稽留太原卒。官作自有程，舉築諧汝聲。男兒寧當格鬥死，何能怫鬱築長城！長城何連連，連連三千里。邊城多健少，內舍多寡婦。作書與內舍，便嫁莫留住。善事新姑嫜，時時念我故夫子。報書往邊地，君今出語一何鄙！身在禍難中，何爲稽留他家子？生男慎莫舉，生女哺用脯。君獨不見長城下，死人骸骨相撑拄。結髮行事君，慊慊心意關。明知邊地苦，賤妾何能久自全？

中華書局版《先秦漢魏晉南北朝詩·魏詩》卷三

輯　錄

◎沈德潛《古詩源》卷六：(《飲馬長城窟行》)"舉築諧汝聲"言同聲用力也。"作書與內舍"，健少作書也。"報書往邊地"二句，內舍答書也。"身在禍難中"六語，又健少之詞。"結髮行事君"四句，又內舍之詞。無問答之痕而神理井然，可與漢樂府競爽矣。

王　粲（177—217）

《三國志·魏書·王粲傳》：王粲字仲宣，山陽高平人也。曾祖父龔，祖父暢，皆爲漢三公。父謙爲大將軍何進長史。進以謙名公之冑，欲與爲婚，見其二子，使擇焉。謙弗許。以疾免，卒於家。獻帝西遷，粲徙長安，左中郎將蔡邕見而奇之。時邕才學顯著，貴重朝廷，常車騎填巷，賓客盈坐。聞粲在門，倒屣迎之。粲至，年既幼弱，容狀短小，一坐盡驚。邕曰："此王公孫也，有異才，吾不如也。吾家書籍文章，盡當與之。"年十七，司徒辟，詔除黃門侍郎，以西京擾亂，皆不就，乃之荆州依劉表。表以粲貌寢而體弱通侻，不甚重也。表卒，粲勸表子琮，令歸太祖。太祖辟爲丞相掾，賜爵關內侯。太祖置酒漢濱，粲奉觴賀曰："方今袁紹起河北，仗大衆，志兼天下，然好賢而不能用，故奇士去之。劉表雍容荆楚，坐觀時變，自以爲西伯可規。士之避亂荆州者，皆海內之儁傑也，表不知所任，故國危而無輔。明公定冀州之日，下車即繕其甲卒，收其豪傑而用之，以橫行天下。及平江漢，引其賢儁而置之列位，使海內回心，望風而願治，文武並用，英雄畢力，此三王之舉也。"後遷軍謀祭酒。魏國既建，拜侍中。博物多識，問無不對。時舊儀廢弛，興造制度，粲恒典之。初，粲與人共行，讀道邊碑。人問曰："卿能闇誦乎？"曰："能。"因使背而誦之，不失一字。觀人圍棋，局壞，粲爲覆之。棋者不信，以帊蓋局，使更以他局爲之。用相比校，不誤一道。其彊記默識如此。性善算，作算數，略盡其理。善屬文，舉筆便成，無所改定，時人常以爲宿構，然正復精意覃思，亦不能加也。著詩、賦、論、議垂六十篇。建安二十一年，從征吳。二十二年春，道病卒，年四十一。

七哀詩（選一首）

【題解】 初平三年（192），董卓部將李傕、郭汜作亂於長安，詩人往荆州避亂時作。吳兢《樂府古題要解》："《七哀》起於漢末。"《文選》六臣注吕向云："七哀謂痛而哀，義而哀，感而哀，怨而哀，耳目聞見而哀，口歎而哀，鼻酸而哀。"俞樾《文體通釋》："古人之詞，少則曰一，多則曰九，半則曰五，小半則曰三，大半則曰七。是以枚乘《七發》至七而止，屈原《九歌》至九而終。不然，《七發》何以不六，《九歌》何以不八乎？若欲舉其實，則《管子》有《七臣》、《七主》篇，可以釋七。"原作共三首，本篇爲第一首。

西京亂無象，豺虎方遘患。復棄中國去，委身適荆蠻。親戚對我悲，朋友相追攀。出門無所見，白骨蔽平原。路有飢婦人，抱子棄草間。顧聞號泣聲，揮涕獨不還。"未知身死處，何能兩相完？"驅馬棄之去，不忍聽此言。南登霸陵岸，迴首望長安。悟彼下泉人，喟然傷心肝！

中華書局校點本《王粲集》卷一

○中國：指中原地區。○荆蠻：指荆州，乃沿用周人舊稱。○"路有"六句：吳淇《六朝選詩定論》："人當亂離之際，一切皆輕，最難割捨者胃肉，而慈母於幼子尤甚。寫其重者，他可知矣。"○下泉：黄泉，又《詩

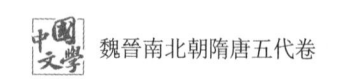

經·曹風》篇名，《毛詩序》："《下泉》，思治也。曹人思明王賢伯也。"

|輯　錄|

◎曹植《王仲宣誄》：既有令德，材技廣宣。彊記洽聞，幽贊微言，文若春華，思若湧泉。發言可詠，下筆成篇。何道不洽，何藝不閑。

◎劉勰《文心雕龍·才略》：仲宣溢才，捷而能密，文多兼善，辭少瑕累，摘其詩賦，則七子之冠冕乎？

◎鍾嶸《詩品》上：魏侍中王粲，其源出於李陵。發愀愴之詞，文秀質羸，在曹、劉間別構一體，方陳思不足，比魏文有餘。

◎陳繹曾《文筌·詩譜》：真實有餘，澄濾不足。

◎陳祚明《采菽堂古詩選》卷七：王仲宣詩跌宕不足而真摯有餘，傷亂之情，《小雅》變風之餘也。與子桓兄弟氣體本殊，無緣相比。

◎方東樹《昭昧詹言》卷二：建安七子，除陳思，其餘略同，而仲宣爲偉，局面闊大。公幹氣緊，不如仲宣。

◎又：(《七哀詩》) 蒼涼悲慨，才力豪健，陳思而下，一人而已。

劉　楨（？—217）

《三國志·魏書·王粲傳》：瑒、楨各被太祖辟爲丞相掾屬。楨以不敬被刑，刑竟署吏。(建安)二十二年卒。

《三國志》裴松之注引《典略》：文帝嘗賜楨廓落帶，其後師死，欲借取以爲像，因書嘲楨曰："夫物因人爲貴。故在賤者之手，不御至尊之側。今雖取之，勿嫌其不反也。"楨答曰："楨聞荆山之璞，曜元后之寶；隨侯之珠，燭衆士之好；南垠之金，登窈窕之首；驪貂之尾，綴侍臣之幘：此四寶者，伏朽石之下，潛汙泥之中，而揚光千載之上，發彩疇昔之外，亦皆未能初自接於至尊也。夫尊者所服，卑者所修也；貴者所御，賤者所先也。故夏屋初成，而大匠先立其下；嘉禾始熟，而農夫先嘗其粒。恨楨所帶，無他妙飾，若實殊異，尚可納也。"楨辭旨巧妙皆如是，由是特爲諸公子所親愛。其後，太子嘗請諸文學，酒酣坐歡，命夫人甄氏出拜。坐中衆人咸伏，而楨獨平視。太祖聞之，乃收楨，減死輸作。

贈從弟（選一首）

【題解】 原作共三首，本篇原列第二，以松柏譬喻其從弟稟賦之堅貞。

亭亭山上松，瑟瑟谷中風。風聲一何盛，松枝一何勁。冰霜正慘悽，終歲常端正。豈不罹凝寒，松柏有本性。

中華書局影印胡刻本《文選》卷二三

○"豈不"二句：《論語·子罕》："歲寒，然後知松柏之後凋也。"

| 輯　錄 |

◎鍾嶸《詩品》上：魏文學劉楨。其源出於古詩，仗氣愛奇，動多振絕，真骨淩霜，高風跨俗。但氣過其文，雕潤恨少。然自陳思已下，楨稱獨步。

◎皎然《詩式》：鄴中七子，陳、王最高。劉楨辭氣偏正得中，不拘對屬，偶式有之，語懷興驅，勢逐情起，不由作意，氣格自高，與《十九首》其流一也。

◎陳祚明《采菽堂古詩選》卷七：公幹詩筆氣雋逸，善於琢句，古而有韻。比漢多姿，多姿故近；比晉有氣，有氣故高。如翠峰插空，高雲曳壁，秀而不近。本無浩蕩之勢，頗饒顧盼之姿。《詩品》以爲"氣過其文"，此言未允。

◎方東樹《昭昧詹言》卷二：（公幹詩）直書胸臆，一往清警，纏綿悱惻，自是一體。大約此體但用敘事，羌無故實，而所下句字必樸質沉頓，感慨深至，不雕琢字法。

◎劉熙載《藝概·詩概》：公幹氣勝，仲宣情勝，皆有陳思之一體，後世詩率不越此兩宗。

蔡 琰（生卒年不詳）

《後漢書·列女傳·董祀妻傳》：陳留董祀妻者，同郡蔡邕之女也，名琰，字文姬，博學有才辯，又妙於音律。適河東衛仲道，夫亡無子，歸寧於家。興平中，天下喪亂，文姬爲胡騎所獲，沒於南匈奴左賢王。在胡中十二年，生二子。曹操素與邕善，痛其無嗣，乃遣使者以金璧贖之，而重嫁於祀。祀爲屯田都尉，犯法當死。文姬詣曹操請之。時公卿名士及遠方使驛，坐者滿堂。操謂賓客曰："蔡伯喈女在外，今爲諸君見之。"及文姬進，蓬首徒行，叩頭請罪，音辭清辯，旨甚酸哀。衆皆爲改容。操曰："誠實相矜，然文狀已去，奈何！"文姬曰："明公廄馬萬匹，虎士成林，何惜疾足一騎而不濟垂死之命乎？"操感其言，乃追原祀罪。時且寒，賜以頭巾履襪。操因問曰："聞夫人家先多墳籍，猶能憶識之不？"文姬曰："昔亡父賜書四千許卷，流離塗炭，罔有存者。今所誦憶，裁四百餘篇耳。"操曰："今當使十吏就夫人寫之。"文姬曰："妾聞男女之別，禮不親授。乞給紙筆，真草唯命。"於是繕書送之，文無遺誤。後感傷亂離，追懷悲憤，作詩二章。

悲憤詩

【題解】本篇作者自述漢末亂中被掠至南匈奴及歸漢的經歷，是感傷亂離，追懷悲憤之作。事詳《後漢書·列女傳·董祀妻傳》。余冠英《漢魏六朝詩選》："蔡琰如何入南匈奴人之手，本詩略而不敍，史傳也不曾明載，《後漢書》祇言其時在興平二年（195）。是年十一月李傕、郭汜等軍大爲南匈奴左賢王所破，疑蔡琰就在這次戰爭中由李、郭軍轉入南匈奴。"元陳繹曾稱蔡詩"真情極切，自然成文"（《文筌·詩譜》）。

漢季失權柄，董卓亂天常。志欲圖篡弑，先害諸賢良。逼迫遷舊邦，擁主以自彊。海內興義師，欲共討不祥。卓衆來東下，金甲耀日光。平土人脆弱，來兵皆胡羌。獵野圍城邑，所向悉破亡。斬截無孑遺，尸骸相撐拒。馬邊懸男頭，馬後載婦女。長驅西入關，迴路險且阻。還顧邈冥冥，肝脾爲爛腐。所略有萬計，不得令屯聚。或有骨肉俱，欲言不敢語。失意機微間，輒言斃降虜："要當以亭刃，我曹不活汝！"豈復惜性命，不堪其詈罵。或便加棰杖，毒痛參并下。旦則號泣行，夜則悲吟坐。欲死不能得，欲生無一可。彼蒼者何辜？乃遭此厄禍！

邊荒與華異，人俗少義理。處所多霜雪，胡風春夏起。翩翩吹我衣，肅肅入我耳。感時念父母，哀歎無窮已。有客從外來，聞之常歡喜。迎問其消息，輒復非鄉里。邂逅徼時願，骨肉來迎己。己得自解免，當復棄兒子。天屬綴人心，念別無會期。存亡永乖隔，不忍與之辭。兒前抱我頸，問母欲何之："人言母當去，豈復有還時！阿母常仁惻，今何更不慈？我尚未成人，奈何不顧思！"見此崩五內，恍惚生狂癡。號泣手撫摩，當發復回疑。兼有同時輩，相送告離別。慕我獨得歸，哀叫聲摧裂。馬爲立踟躕，車爲不轉轍。觀者皆歔欷，行路亦嗚咽。

去去割情戀，遄征日遐邁。悠悠三千里，何時復交會？念我出腹子，胸臆爲摧敗。既至家人盡，又復無中外。城郭爲山林，庭宇生荆艾。白骨不知誰，縱橫莫覆蓋。出門無人聲，豺狼號且吠。煢煢對孤景，怛咤糜肝肺。登高遠眺望，魂神忽飛逝。奄若壽命盡，旁人相寬大。爲復彊視息，雖生何聊賴？托命於新人，竭心自勖厲。流離成鄙賤，常恐復捐廢。人生幾何時，懷憂終年歲。

中華書局標點本《後漢書》卷八四

○孑遺：《詩經·大雅·雲漢》："周餘黎民，靡有孑遺。"○"馬邊"二句：《三國志·魏書·董卓傳》："嘗遣軍到陽城，適值二月社，民各在其社下，悉就斷其男子頭，駕其車牛，載其婦女財物，以所斷頭繫車轅軸，連軫而還洛。"○"邂逅"二句：曹丕《蔡伯喈女賦序》："家公與蔡伯喈有管、鮑之好，乃命使者周近持玄璧於匈奴贖其女還。"○出腹子：親生子。○新人：指董祀。

| 輯　錄 |

◎沈德潛《古詩源》卷三:(《悲憤詩》)段落分明，而滅去脫卸轉接痕迹，若斷若續，不碎不亂。少陵《奉先詠懷》、《北征》等作，往往似之。激昂酸楚，讀去如驚蓬坐振，沙礫自飛，在東漢人中，力量最大。

◎吳闓生《古今詩範》：東坡不信此詩，疑爲僞造。吾以謂決非僞者，因其爲文姬肺腑中言，非他人之所能代也。

◎又：東坡不信此傳者，以爲琰非卓衆所掠，所言失實。後人又疑中幅言己陷胡一段佚去。吾謂此詩以哀痛爲主，紀載固不暇求詳，且其情事，亦不忍詳言矣。

參考書目

《曹操集》，中華書局 2018 年版。

《曹子建集》，《四部叢刊》本。

《曹植集校注》，趙幼文校注，中華書局 2016 年版。

《文選》，李善注，中華書局影印胡刻本。

《先秦漢魏晉南北朝詩》漢詩、魏詩，逯欽立輯校，中華書局 1983 年版。

《王粲集》，俞紹初校點，中華書局 1980 年版。

《魏武帝魏文帝詩注》，黃節注，人民文學出版社 1958 年版。

《三曹詩選》，余冠英選注，人民文學出版社 1979 年版。

《建安七子集》（修訂本），俞紹初輯校，中華書局 2016 年版。

《三曹資料彙編》，河北師範學院中文系古典文學教研組編，中華書局 **2004** 年版。

思考題

1. 鍾嶸《詩品》謂"曹公古直，甚有悲涼之句"，結合作品予以說明。

2. 簡論曹植在中國詩史上的地位。
3. 鍾嶸云曹植詩"骨氣奇高，詞采華茂"，試舉例論述之。
4. 思考蔡琰《悲憤詩》的藝術造詣。

第二節　竹林詩人

阮　籍（210—263）

《晉書·阮籍傳》：阮籍字嗣宗，陳留尉氏人也。父瑀，魏丞相掾，知名於世。籍容貌瓌傑，志氣宏放，傲然獨得，任性不羈，而喜怒不形於色。或閉戶視書，累月不出；或登臨山水，經日忘歸。博覽群籍，尤好莊老。嗜酒能嘯，善彈琴。當其得意，忽忘形骸，時人多謂之癡。惟族兄文業每歎服之，以爲勝己，由是咸共稱異。籍嘗隨叔父至東郡，兗州刺史王昶請與相見，終日不開一言，自以不能測。太尉蔣濟聞其有雋才而辟之。鄉親共喻之，乃就吏。後謝病歸。復爲尚書郎，少時，又以病免。及曹爽輔政，召爲參軍，籍因以疾辭，屏於田里。歲餘而爽誅，時人服其遠識。宣帝爲太傅，命籍爲從事中郎。及帝崩，復爲景帝大司馬從事中郎。高貴鄉公即位，封關內侯，徙散騎常侍。籍本有濟世志，屬魏晉之際，天下多故，名士少有全者，籍由是不與世事，遂酣飲爲常。文帝初欲爲武帝求婚於籍，籍醉六十日，不得言而止。鍾會數以時事問之，欲因其可否而致之罪，皆以酣醉獲免。籍聞步兵廚營人善釀，有貯酒三百斛，乃求爲步兵校尉，遺落世事。雖去佐職，恒游府內，朝宴必與焉。會帝讓九錫，公卿將勸進，使籍爲其辭。籍沉醉忘作，臨詣府，使取之，見籍方據案醉眠，使者以告，籍便書案，使寫之，無所改竄。辭甚清壯，爲時所重。籍雖不拘禮教，然發言玄遠，口不臧否人物。性至孝。籍又能爲青白眼，見禮俗之士，以白眼對之。（母終）嵇喜來弔，籍作白眼，喜不懌而退。喜弟康聞之，乃齎酒挾琴造焉，籍大悅，乃見青眼。由是禮法之士疾之若讎。而帝每保護之。籍嫂嘗歸寧，籍相見與別。或譏之，籍曰："禮豈爲我設邪！"鄰家少婦有美色，當壚沽酒。籍嘗詣飲，醉，便臥其側。籍既不自嫌，其夫察之，亦不疑也。兵家女有才色，未嫁而死。籍不識其父兄，徑往哭之，盡哀而還。其外坦蕩而內淳至，皆此類也。時率意獨駕，不由徑路，車迹所窮，輒慟哭而反。嘗登廣武，觀楚漢戰處，歎曰："時無英雄，使豎子成名！"登武牢山，望京邑而歎，於是賦《豪傑詩》。景元四年冬，卒，時年五十四。籍能屬文，初不留思。作《詠懷詩》八十餘篇，爲世所重。

詠懷詩（選三首）

【題解】 阮籍五言詩今存八十二首，以"詠懷"爲總題。《文選》李善注引顏延之云："阮籍在晉文代常慮禍患，故發此詠。"又李善云："詠懷者謂人情懷。籍於魏末晉文之代，常慮禍患及己，故有此詩。多刺時人無故舊之情，逐勢利而已。觀其體趣，實謂幽深，非夫作者不能探測之。"本篇原列第一，方東樹《昭昧詹言》："此是八十一首發端，不過總言所以詠懷，不能已於言之故。"

夜中不能寐，起坐彈鳴琴。薄帷鑒明月，清風吹我襟。孤鴻號外野，翔鳥鳴北林。徘徊將何見？憂思獨傷心。（原第一首）

○"徘徊"二句：陳祚明曰："人未有無所見而憂者，公果何所見乎？反若自疑，不敢以告人也。"（《采菽堂古詩選》卷八）

【題解】 本篇原列第三。陳祚明曰："此悲魏社將墟。"（《采菽堂古詩選》卷八）

嘉樹下成蹊，東園桃與李。秋風吹飛藿，零落從此始。繁華有憔悴，

堂上生荆杞。驅馬捨之去，去上西山趾。一身不自保，何況戀妻子！凝霜被野草，歲暮亦云已。（原第三首）

○"嘉樹"二句：《漢書·李廣傳贊》："桃李不言，下自成蹊。"

【題解】 本篇原列第十一。陳祚明曰："此傷國無人焉。不能爲君防患於未然，至禍已成，而不可救也。"（《采菽堂古詩選》卷八）

湛湛長江水，上有楓樹林。皋蘭被徑路，青驪逝駸駸。遠望令人悲，春氣感我心。三楚多秀士，朝雲進荒淫。朱華振芬芳，高蔡相追尋。一爲黃雀哀，淚下誰能禁。（原第十一首）

人民文學出版社校訂本《阮步兵詠懷詩注》

○"湛湛"四句：《楚辭·招魂》曰："湛湛江水兮上有楓，目極千里兮傷春心"、"皋蘭被徑兮斯路漸"、"青驪結駟兮齊千乘"○朝雲：《高唐賦》云："妾旦爲朝雲，暮爲行雨。"○"高蔡"三句：《戰國策·楚策四》："莊辛諫楚王曰：'鄢必危矣。王獨不見黃雀俯啄白粒，仰栖茂樹，鼓翅奮翼，自以爲與人無爭。不知夫公子王孫左挾彈，右攝丸，以其頸爲的，晝游茂樹，夕調乎酸鹹，倏忽之間，墜於公子之手。蔡聖侯之事因是已。南游高陂，北陵巫山，飲茹溪之流，食湘波之魚，左抱幼妾，右擁嬖女。與之馳騁乎高蔡之中，而不以國家爲事。不知夫子發方受命於宣王，繫己以朱絲而見之也。'"

附： 詠懷詩（選四首）

獨坐空堂上，誰可與親者。出門臨永路，不見行車馬。登高望九州，悠悠分曠野。孤鳥西北飛，離獸東南下。日暮思親友，晤言用自寫。（原第十七首）

駕言發魏都，南向望吹臺。簫管有遺音，梁王安在哉。戰士食糟糠，

賢者處蒿萊。歌舞曲未終，秦兵已復來。夾林非吾有，朱宮生塵埃。軍敗華陽下，身竟爲土灰。（原第三十一首）

一日復一夕，一夕復一朝。顏色改平常，精神自損消。胸中懷湯火，變化故相招。萬事無窮極，智謀苦不饒。但恐須臾間，魂氣隨風飄。終身履薄冰，誰知我心焦。（原第三十三首）

洪生資制度，被服正有常。尊卑設次序，事物齊紀綱。容飾整顏色，磬折執圭璋。堂上置玄酒，室中盛稻粱。外厲貞素談，戶內滅芬芳。放口從衷出，復說道義方。委曲周旋儀，姿態愁我腸。（原第六十七首）

|輯 錄|

◎鍾嶸《詩品》上：晉步兵阮籍。其源出於《小雅》，無雕蟲之功。而《詠懷》之作，可以陶性靈，發幽思。言在耳目之內，情寄八荒之表。洋洋乎會於風雅，使人忘其鄙近，自致遠大，頗多感慨之詞。厥旨淵放，歸趣難求。

◎《文選》卷二三李善注：嗣宗身仕亂朝，常恐罹謗遇禍，因茲發詠，故每有憂生之嗟。雖志在刺譏，而文多隱避，百代之下，難以情測。

◎王世貞《藝苑巵言》卷三：阮公《詠懷》，遠近之間，遇境即際，興窮即止，坐不著論宗佳耳。

◎陸時雍《詩鏡》卷七：八十二首俱憂時閔亂，無一忿世嫉俗語。

◎陳祚明《采菽堂古詩選》卷八：阮公詠懷，神至之筆。觀其抒寫，直取自然，初非琢煉之勞，吐以匠心之感，與《十九首》若離若合，時一冥符。但錯出繁稱，辭多悠謬；審其大旨，始睹厥真。悲在衷心，乃成楚調；而子昂、太白目爲古詩，共相仿效，是猶強取龍門憤激之書，命爲國史也。且子昂、太白所處之時，寧有阮公之情，而能效其所作也哉！公詩自學《離騷》，而後人以爲類《十九首》耳。

◎沈德潛《古詩源》卷六：阮公詠懷，反覆零亂，興寄無端，和愉哀怨，雜集於中，令讀者莫求歸趣。此其爲阮公之詩也。必求時事以實之，則鑿矣。

◎吳汝綸《古詩鈔》卷二：阮公雖云志在刺譏，文多隱避。要其八十一章決非一時之作，吾疑其總集平生所爲詩，題爲《詠懷》耳。

嵇 康（223—262）

《晉書·嵇康傳》：嵇康字叔夜，譙國銍人也。其先姓奚，會稽上虞人，以避怨徙焉。銍有嵇山，家於其側，因而命氏。兄喜有當世才，歷太僕、宗正。康早孤，有奇才，遠邁不群，身長七尺八寸，美詞氣，有風儀，而土木形骸，不自藻飾，人以爲龍章鳳姿。天質自然，恬靜寡欲，含垢匿瑕，寬簡有大量。學不師受，博覽，無不該通，長好莊、老。與魏宗室婚，拜中散大夫。常修養性服食之事，彈琴詠詩，自足於懷。以爲神仙禀之自然，非積學所得，至於導養得理，則安期、彭祖之倫可及，乃著《養生論》。又以爲君子無私，其論曰（略）。蓋其胸懷所寄，以高契難期，每思郢質。所與神交者惟陳留阮籍、河內山濤，豫其流者河內向秀、沛國劉伶、籍兄子咸、琅邪王戎，遂爲竹林之游，世所謂"竹林七賢"也。戎自言與康居山陽二十年，未嘗見其喜慍之色。康嘗采藥，游山澤，會其得意，忽焉忘反。時有樵蘇者遇之，咸謂爲神。至汲郡山中，見孫登，康遂從之游。登沉默自守，無所言說。康臨去，登曰："君性烈而才雋，其能免乎！"山濤將去選官，舉康自代。康乃與濤書告絕曰（略）。此書既行，知其不可羈屈也。性絕巧而好鍛，宅中有一柳樹甚茂，乃激水圜之。每夏月，居其下以鍛。東平呂安，服康高致，每一相思，輒千里命駕，康友而善之。後安爲兄所枉訴，以事繫獄，辭相證引，遂復收康。康性慎言行，一旦縲紲，乃作《幽憤詩》。初，康居貧，嘗與向秀共鍛於大樹之下，以自贍給。潁川鍾會，貴公子也，精練有才辯，故往造焉。康不爲之禮，而鍛不輟。良久會去，康謂曰："何所聞而來？何所見而去？"會曰："聞所聞而來，見所見而去。"會以此憾之，及是，言於文帝曰："嵇康，臥龍也，不可起。公無憂天下，顧以康爲慮耳。"因譖康。帝既昵聽信會，遂并害之。康將刑東市，太學生三千人請以爲師，弗許。康顧視日影，索琴彈之，曰："昔袁孝尼嘗從吾學《廣陵散》，吾每靳固之。《廣陵散》於今絕矣！"時年四十。海內之士，莫不痛之。康善談理，又能屬文，其高情遠趣，率然玄遠，撰上古以來高士爲之傳贊，欲友其人於千載也。又作《太師箴》，亦足以明帝王之道焉。復作《聲無哀樂論》，甚有條理。

送秀才入軍（選二首）

【題解】 此二詩是作者送其兄嵇喜從軍之作。《古詩紀》將十八首四言體與一首五言體合在一起，作爲一組。此二詩原列第九、第十四。

良馬既閑，麗服有暉。左攬繁弱，右接忘歸。風馳電逝，躡景追飛。淩厲中原，顧盼生姿。（原第九首）

息徒蘭圃，秣馬華山。流磻平皋，垂綸長川。目送歸鴻，手揮五弦。俯仰自得，游心太玄。嘉彼釣叟，得魚忘筌。郢人逝矣，誰與盡言？（原第十四首）

《四部叢刊》本《嵇中散集》卷一

○繁弱：《荀子·性惡》："繁弱、巨黍，古之良弓也。"《新序》："楚王載繁弱之弓，忘歸之矢，以射兕於夢。"○華山：有花草的山，與"蘭圃"對舉。○磻：古人弋射時，箭繩另一端所繫的石塊。○五弦：樂器名，似琵琶而小。○"得魚"句：《莊子·外物》："筌者所以在魚，得魚而忘筌。言者所以在意，得意而忘言。"○"郢人"句：《莊子·徐無鬼》："莊子送葬，過惠子之墓，顧謂從者曰：郢人堊漫其鼻端若蠅翼，使匠石斲之。匠石運斤成風，聽而斲之，盡堊而鼻不傷，郢人立不失容。宋元君聞之，召匠石曰：'嘗試爲寡人爲之。'匠石曰：'臣則嘗能斲之。雖然，臣之質死久矣。'自夫子之死也，吾無以爲質矣，吾無與言之矣。"

輯　錄

◎劉勰《文心雕龍·明詩》：正始明道，詩雜仙心，何晏之徒，率多浮淺。唯嵇志清峻，阮旨遙深。嵇康師心以遣論，阮籍使氣以命詩，殊聲而合響，異翮而同飛。

◎鍾嶸《詩品》中：晉中散嵇康，頗似魏文，過爲峻切，訐直露才，傷淵雅之致，然託諭清遠，良有鑒裁，亦未失高流矣。

◎陳繹曾《詩譜》：嵇康人品胸次高，自然流出。

◎王夫之《古詩評選》卷二：中散五言頹唐不成音理，而四言居勝。

◎陳祚明《采菽堂古詩選》卷八：叔夜詩實開晉人之先，四言中饒雋語，以全不似三百篇故佳。五言句法初不矜琢，同於秀氣。時代所限，不能爲漢音之古樸，而復少魏響之鮮妍，所緣漸淪而下也。

參考書目

《阮步兵詠懷詩注》，黃節注，華忱之校訂，人民文學出版社1984年版。
《阮籍集校注》，陳伯君校注，中華書局1987年版。
《嵇中散集》，《四部叢刊》本。
《嵇康集校注》，戴明揚校注，中華書局2014年版。
《先秦漢魏晉南北朝詩》晉詩，逯欽立輯校，中華書局1983年版。

思考題

1. 試論阮籍《詠懷詩》的思想意義和藝術特色。
2. 你如何理解"嵇志清峻，阮旨遙深"？

第三節　太康詩人

陸　機（261—303）

《晉書·陸機傳》：陸機字士衡，吳郡人也。祖遜，吳丞相；父抗，吳大司馬。機身長七尺，其聲如雷。少有異才，文章冠世。伏膺儒術，非禮不動。抗卒，領父兵爲牙門將。年二十而吳滅，退居舊里，閉門勤學，積有十年。至太康末，與弟雲俱入洛，造太常張華。華素重其名，如舊相識，曰："伐吳之役，利獲二俊。"薦之諸公。後太傅楊駿辟爲祭酒。會駿誅，累遷太子洗馬、著作郎。太安初，（成都王）穎與河間王顒起兵討長沙王乂，假機後將軍、河北大都督，督北中郎將王粹、冠軍牽秀等諸軍二十餘萬人。機始臨戎而牙旗折，意甚惡之。列軍自朝歌至於河橋，鼓聲聞數百里，漢魏以來，出師之盛未嘗有也。長沙王乂奉天子與機戰於鹿苑，機軍大敗，赴七里澗，而死者如積焉，水爲之不流。初，宦人孟玖弟超並爲穎所嬖寵。超領萬人爲小都督，未戰，縱兵大掠。機錄其主者，超將鐵騎百餘人，直入機麾下奪之，顧謂機曰："貉奴能作督不！"機司馬孫拯勸機殺之，機不能用。超宣言於衆曰："陸機將反。"又還書與玖，言機持兩端，軍不速決。及戰，超不受機節度，輕兵獨進而沒。玖疑機殺之，遂譖機於穎，言其有異志。穎大怒，使（牽）秀密收機。遂遇害於軍中，時年四十三。機天才秀逸，辭藻宏麗。張華嘗謂之曰："人之爲文，常恨才少，而子更患其多。"弟雲嘗與書曰："君苗見兄文，輒欲燒其筆硯。"後葛洪著書，稱機文："猶玄圃之積玉，無非夜光焉，五河之吐流，泉源如一焉。其弘麗妍贍，英銳漂逸，亦一代之絕乎！"其爲人所推服如此。然好游權門，與賈謐親善，以進趣獲譏。所著文章凡二百餘篇，並行於世。

赴洛道中作（選一首）

【題解】 本篇是太康末年（289）作者赴洛陽途中所作。原作共二首，此其一。

總轡登長路，嗚咽辭密親。借問子何之，世網嬰我身。永歎遵北渚，遺思結南津。行行遂已遠，野途曠無人。山澤紛紆餘，林薄杳阡眠。虎嘯深谷底，雞鳴高樹巔。哀風中夜流，孤獸更我前。悲情觸物感，沉思鬱纏綿。佇立望故鄉，顧影悽自憐。

中華書局版《陸機集》卷四

輯 錄

◎《世說新語·賞譽》：孫興公云："潘文爛若披錦，無處不善。陸文若排沙簡金，往往見寶。"

◎《文心雕龍·鎔裁》：至如士衡才優，而綴辭尤繁；士龍思劣，而雅好清省。及雲之論機，亟恨其多，而稱清新相接，不以爲病。

◎鍾嶸《詩品》上：晉平原相陸機。其源出於陳思。才高詞贍，舉體華美。氣少於公幹，文劣於仲宣。尚規矩，不貴綺錯，有傷直致之奇。然其咀嚼英華，厭飫膏澤，文章之淵泉也。張公（華）歎其大才，信矣。

◎陳繹曾《詩譜》：士衡才思有餘，但胸中書太多，所擬能痛割捨乃佳耳。

◎李重華《貞一齋詩說》：陸士衡《擬古詩》名重當世，余每病其呆板。

◎沈德潛《古詩源》卷七：士衡詩亦推大家，然意欲逞博，而胸少慧珠，筆又不足以舉之，遂開出排偶一家。西京以來，空靈矯健之氣，不復存矣。降自梁、陳，專攻隊仗，邊幅復狹，令閱者白日欲臥，未必非士衡爲之濫觴也。

◎又：蘇李十九首，每近於風，士衡輩以作賦之體行之，所以未能感人。

◎劉熙載《藝概·詩概》：劉彥和謂"士衡矜重"，而近世論陸詩者，或以累句訾

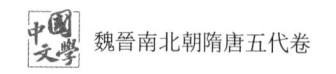

之。然有累句,無輕句,便是大家品位。

潘　岳（247—300）

《晉書·潘岳傳》：潘岳字安仁,滎陽中牟人也。祖瑾,安平太守；父芘,琅玡內史。岳少以才穎見稱鄉邑,號爲奇童,謂終、賈之儔也。早辟司空太尉府,舉秀才。泰始中,武帝躬耕藉田,岳作賦以美其事。岳才名冠世,爲衆所疾,遂栖遲十年。出爲河陽令。轉懷令。岳頻宰二邑,勤於政績,調補尚書度支郎,遷廷尉評,以公事免。選爲長安令。作《西征賦》,述所經人物山水,文清旨詣。徵補博士,未召,以母疾輒去官,免。尋爲著作郎,轉散騎侍郎,遷給事黃門侍郎。岳性輕躁,趨世利,與石崇等諂事賈謐。每候其出,與崇輒望塵而拜。構愍懷之文,岳之辭也。謐二十四友,岳爲其首。初,芘爲琅玡內史,孫秀爲小史給岳,而狡黠自喜。岳惡其爲人,數撻辱之,秀常銜忿。及趙王倫輔政,秀爲中書令。俄而秀遂誣岳及石崇、歐陽建謀奉淮南王允、齊王冏爲亂,誅之,夷三族。岳美姿儀,辭藻絕麗,尤善爲哀誄之文。少時常挾彈出洛陽道,婦人遇之者,皆連手縈繞,投之以果,遂滿車而歸。時張載甚醜,每行,小兒以瓦石擲之,委頓而反。

悼亡詩（選一首）

【題解】本篇當作於元康九年（299）作者之妻楊氏去世周年之際。何焯《義門讀書記》：“安仁《悼亡》,蓋在終制之後,荏苒冬春,寒暑忽易,是一期已周也。古人未有喪而賦詩者。”原詩共三首,此其一。

荏苒冬春謝,寒暑忽流易。之子歸窮泉,重壤永幽隔。私懷誰克從,淹留亦何益？僶俛恭朝命,迴心反初役。望廬思其人,入室想所歷。幃屏無彷彿,翰墨有餘迹。流芳未及歇,遺掛猶在壁。悵恍如或存,周遑忡驚惕。如彼翰林鳥，雙栖一朝隻。如彼游川魚，比目中路析。春風緣隟來，晨霤承簷滴。寢息何時忘，沉憂日盈積。庶幾有時衰，莊缶猶可擊。

中華書局影印胡刻本《文選》卷二三

〇"私懷"句：宋玉《神女賦》："情獨私懷，誰者可語。"〇"流芳"二句：《文選》六臣注呂延濟云："遺掛謂平生玩用之物尚在於壁。"余冠英《漢魏六朝詩選》："'流芳'、'遺掛'都承翰墨而言，言亡妻筆墨遺迹，掛在牆上，還有餘芳（近人以遺掛爲影像，未審是否）。"〇翰林：栖鳥之林。〇比目：《爾雅·釋地》："東方有比目魚焉，不比不行。"〇莊缶：《莊子·至樂》："莊子妻死，惠子吊之，莊子則方鼓盆而歌。"

| 輯　錄 |

◎《世說新語·文學》：孫興公曰："潘文淺而淨，陸文深而蕪。"

◎鍾嶸《詩品》上：晉黃門郎潘岳。其源出於仲宣。《翰林》歎其翩翩然如翔禽之有羽毛，衣服之有綃縠，猶淺於陸機。謝混云："潘詩爛若舒錦，無處不佳。陸文如披沙簡金，往往見寶。"嶸謂益壽輕華，故以潘爲勝，《翰林》篤論，故歎陸爲深。余常言：陸才如海，潘才如江。

◎陳祚明《采菽堂古詩選》卷十一：安仁情深之子，每一涉筆，淋灕傾注，宛轉側折，旁寫曲訴，刺刺不能自休。夫詩以道情，未有情深而語不佳者；所嫌筆端繁冗，不能裁節，有遜樂府古詩含蘊不盡之妙耳。安仁過情，士衡不及情；安仁任天真，士衡準古法。夫詩以道情，天真既優，而以古法繩之，曰未盡善可也。蓋古人之能用法者，中亦以天真爲本也。情則不及，而曰吾能用古法；無實而襲其形，何益乎？故安仁有詩而士衡無詩。鍾嶸惟以聲格論詩，曾未窺見詩旨。其所云"陸深而蕪，潘淺而淨"，互易評之，恰合不謬矣。不知所見何以顛倒至此！

◎沈德潛《古詩源》卷七：安仁詩品，又在士衡之下，兹特取《悼亡》二詩，格雖不高，其情自深也。

◎又：潘、陸如翦綵爲花，絕少生韻。

左　思（約250—約305）

《晉書·左思傳》：左思字太沖，齊國臨淄人也。其先齊之公族，有左右公子，因爲氏焉。家世儒學。父雍，起小吏，以能擢授殿中侍御史。思貌寢口訥，而辭藻壯麗。不好交游，惟以閑居爲事。造《齊都賦》，一年乃成。復欲賦三都，會妹芬入宫，移家京師，乃詣著作郎張載，訪岷、邛之事。遂構思十年，門庭藩溷，皆著筆紙，遇得一句，即便疏之。自以所見不博，求爲秘書郎。及賦成，時人未之重。思自以其作不謝班、張，恐以人廢言，安定皇甫謐有高譽，思造而示之。謐稱善，爲其賦序，張載爲注《魏都》，劉逵注《吳》、《蜀》而序之。司空張華見而歎曰："班、張之流也。使讀之者盡而有餘，久而更新。"於是豪貴之家競相傳寫，洛陽爲之紙貴。初陸機入洛，欲爲此賦，聞思作之，撫掌而笑，與弟雲書曰："此間有傖父欲作《三都賦》，須其成，當以覆酒甕耳。"及思賦出，機絕歎伏，以爲不能加也，遂輟筆焉。秘書監賈謐請講《漢書》。謐誅，退居宜春里，專意典籍。齊王冏命爲記室督，辭疾不就。及張方縱暴都邑，舉家適冀州。數歲，以疾終。

詠　史（選二首）

【題解】晉武帝咸寧末（280）滅吳前作。胡應麟《詩藪·外編》："'詠史'之名，起自孟堅，但指一事。魏杜摯《贈毌丘儉》疊用古人名，堆垛寡變。太沖題實因班，體亦本杜，而造語奇偉，創格新特，錯綜震蕩，逸氣干雲，遂爲古今絕唱。"原詩共八首，本篇爲第一首。

弱冠弄柔翰，卓犖觀群書。著論準過秦，作賦擬子虛。邊城苦鳴鏑，羽檄飛京都。雖非甲冑士，疇昔覽穰苴。長嘯激清風，志若無東吳。鉛刀貴一割，夢想騁良圖。左眄澄江湘，右盼定羌胡。功成不受爵，長揖歸田廬。（原第一首）

○弱冠：《禮記·曲禮》："人生二十曰弱冠。"○"邊城"二句：似指晉對吳和對涼州羌胡的戰爭。《晉書·武帝紀》："咸寧五年十一月，大舉伐吳。"伐吳詔曰："孫皓犯境，夷虜擾邊。……上下戮力，以南夷句吳，北威戎狄。"○穰苴：本春秋齊人，此指《司馬穰苴兵法》。《史記·司馬穰苴列傳》："齊威王使大夫追論古者司馬兵法，而附穰苴於其中，因號《司馬穰苴兵法》。"○"鉛刀"二句：《文選》李善注引《東觀漢記》："超曰：'臣乘聖漢威神，出萬死之志，冀立鉛刀一割之用。'"

【題解】 本篇原列第五。陳祚明稱之爲"俯視一世"（《采菽堂古詩選》卷一一）。

皓天舒白日，靈景耀神州。列宅紫宮裏，飛宇若雲浮。峨峨高門內，藹藹皆王侯。自非攀龍客，何爲歘來游？被褐出閶闔，高步追許由。振衣千仞岡，濯足萬里流。（原第五首）

中華書局影印胡刻本《文選》卷二一

○許由：堯時隱士。堯欲讓位許由，由逃往箕山隱居，事見《高士傳》。并見《呂氏春秋·求人篇》。

嬌女詩

【題解】 本篇出於徐陵《玉臺新詠》，以作者的兩個女兒爲對象，描繪童真。

吾家有嬌女，皎皎頗白皙。小字爲紈素，口齒自清歷。鬢髮覆廣額，雙耳似連璧。明朝弄梳臺，黛眉類掃迹。濃朱衍丹脣，黃吻瀾漫赤。嬌語若連瑣，忿速乃明懂。握筆利彤管，篆刻未期益。執書愛綈素，誦習矜所獲。其姊字惠芳，面目粲如畫。輕妝喜樓邊，臨鏡忘紡績。翠釵擬京兆，立的成復易。玩弄眉頰間，劇兼機杼役。從容好趙舞，延袖象飛翮。上下弦柱際，文史輒卷襞。顧眄屏風畫，如見巳指摘。丹青日塵闇，明義爲隱賾。馳騖翔園林，果下皆生摘。紅葩綴紫蔕，萍實驟抵擲。貪華風雨中，倏忽數百適。務躡霜雪戲，重綦常累積。并心注肴饌，端坐理盤槅。翰墨戢函案，相與數離逖。動爲罏鉦屈，屣履任之適。心爲荼荈劇，吹噓對鼎䥶。脂膩漫白袖，煙薰染阿錫。衣被皆重地，難與沈水碧。任其孺子意，羞受長者責。瞥聞當與杖，掩淚俱向壁。

中華書局版《先秦漢魏晉南北朝詩·晉詩》卷七

○明憁：明目張膽貌。憁，《玉篇》："乖庆也，頑也。"○舉觶：吳兆宜《玉臺新詠注》："疑作觚。《正字通》引《文選》云：操觚進牘。或以觚爲筆。"○京兆：指張敞，敞爲婦畫眉事見《漢書》本傳。○"動爲"句：余冠英《漢魏六朝詩選》："罏，缶也，古人用爲樂器。鉦，樂器名，鐃鐸之類。屈，疑是'出'字之誤。"

附： 詠 史（選五首）

鬱鬱澗底松，離離山上苗。以彼徑寸莖，蔭此百尺條。世胄躡高位，英俊沉下僚。地勢使之然，由來非一朝。金張籍舊業，七葉珥漢貂。馮公豈不偉，白首不見招。（原第二首）

吾希段干木，偃息藩魏君。吾慕魯仲連，談笑却秦軍。當世貴不羈，遭難能解紛。功成恥受賞，高節卓不群。臨組不肯緤，對珪寧肯分？連璽耀前庭，比之猶浮雲。（原第三首）

濟濟京城內，赫赫王侯居。冠蓋蔭四術，朱輪竟長衢。朝集金張館，暮宿許史廬。南鄰擊鐘磬，北里吹笙竽。寂寂揚子宅，門無卿相輿。寥寥空宇中，所講在玄虛。言論準宣尼，辭賦擬相如。悠悠百世後，英名擅八區。（原第四首）

荊軻飲燕市，酒酣氣益震。哀歌和漸離，謂若傍無人。雖無壯士節，與世亦殊倫。高眄邈四海，豪右何足陳？貴者雖自貴，視之若埃塵；賤者雖自賤，重之若千鈞。（原第六首）

主父宦不達，骨肉還相薄。買臣困采樵，伉儷不安宅。陳平無產業，歸來翳負郭。長卿還成都，壁立何寥廓？四賢豈不偉，遺烈光篇籍。當其未遇時，憂在填溝壑。英雄有屯邅，由來自古昔。何世無奇才？遺之在草澤。（原第七首）

|輯　錄|

◎劉勰《文心雕龍·才略》：左思奇才，業深覃思，盡銳於《三都》，拔萃於《詠史》。

◎鍾嶸《詩品》上：晉記室左思。其源出於公幹。文典以怨，頗爲精切，得諷諭之致。雖野於陸機，而深於潘岳。謝康樂嘗言："左太沖詩，潘安仁詩，古今難比。"

◎張蔚然《西園詩麈·習氣》：在六朝而無六朝習氣者，左太沖、陶彭澤也。

◎陳祚明《采菽堂古詩選》卷十一：太沖一代偉人，胸次浩落，灑然流詠。似孟德而加以流麗，仿子建而獨能簡貴。創成一體，垂式千秋。其雄在才，而其高在志。有其才而無其志，語必虛僑；有其志而無其才，音難頓挫。鍾嶸以爲"野於陸機"，悲哉，彼安知太沖之陶乎漢、魏，化乎矩度哉！

◎沈德潛《古詩源》卷七：鍾嶸評左詩謂"野於陸機，而深於潘岳"，此不知太沖者也。太沖胸次高曠，而筆力又復雄邁，陶冶漢、魏，自製偉詞，故是一代作手，豈潘、陸輩所能比垺！

◎又：太沖《詠史》，不必專詠一人、專詠一事，詠古人而己之性情俱見。此千秋絕唱也。後惟明遠、太白能之。

◎黃子雲《野鴻詩的》：太沖祖述漢、魏，而修詞造句，全不沿襲一句。落落寫來，自成大家，視潘、陸諸人，何足數哉！

◎成書《多歲堂古詩存》卷四：太康詩二陸才不勝情，二潘才情俱減，情深而才大者，左太沖一人而已。

張 協（？—307）

《晉書·張協傳》：協字景陽，少有俊才，與（張）載齊名。辟公府掾，轉秘書郎，補華陰令，征北大將軍從事中郎，遷中書侍郎，轉河間內史。在郡清簡寡欲。於是時天下已亂，所在寇盜，協遂棄絕人事，屏居草澤，守道不競，以屬詠自娛，擬諸文士作《七命》，世以為工。永嘉初，復徵為黃門侍郎，托疾不就，終於家。

雜 詩（選一首）

【題解】本篇寫思婦感時懷遠之情。原題共十首，此其一。

秋夜涼風起，清氣蕩暄濁。蜻蛚吟階下，飛蛾拂明燭。君子從遠役，佳人守煢獨。離居幾何時，鑽燧忽改木。房櫳無行迹，庭草萋以綠。青苔依空牆，蜘蛛網四屋。感物多所懷，沉憂結心曲。

中華書局版《先秦漢魏晉南北朝詩·晉詩》卷七

〇蜻蛚：即蟋蟀。〇改木：《文選》李善注引《鄒子》："春取榆柳之火，夏取棗杏之火，季夏取桑柘之火，秋取柞楢之火，冬取槐檀之火。"

| 輯 錄 |

◎吳淇《六朝選詩定論》：（雜詩）前云蜻蛚云云，尚未感物，祇是感時而思。凡人所思，未有不低頭，低頭則目之所觸，正在昔日所行之地上。房櫳既無行迹，意者其在室之外乎，於是又稍稍抬頭一看，前庭又無行迹，惟草之萋綠而已。於是又

稍稍抬頭平看，惟見空牆而已。於是不覺回首向内仰屋而歎，惟見蛛網而已。如此寫來，真抉情之三昧。

劉　琨（271—318）

《晉書·劉琨傳》：劉琨字越石，中山魏昌人，漢中山靖王勝之後也。少得儁朗之目，與范陽祖納俱以雄豪著名。年二十六爲司隸從事。秘書監賈謐參管朝政，京師人士無不傾心。石崇、歐陽健、陸機、陸雲之徒，並以文才降節事謐，琨兄弟亦在其間，號曰"二十四友"。太尉高密王泰辟爲掾，頻遷著作郎、太學博士、尚書郎。永嘉元年爲并州刺史，加振威將軍，領匈奴中郎將。琨翦除荆棘，收葬枯骸，造府朝，建市獄。寇盗互來掩襲，恒以城門爲戰場。百姓負楯以耕，屬鞭而耨。琨撫循勞徠，甚得物情。在官未朞，流人稍復，鷄犬之音復相接矣。愍帝即位，拜大將軍，都督并州軍事，加散騎常侍、假節。三年，帝遣大鴻臚趙廉持節拜琨爲司空，都督并、冀、幽三州諸軍事。琨上表讓司空，受都督。尋又災旱，琨窮蹙不能復守。幽州刺史鮮卑段匹磾數遣信要琨，欲與同獎王室，琨由是率衆赴之。建武元年，琨與匹磾期討石勒。匹磾推琨爲大都督，琨、匹磾進屯固安以俟衆軍。匹磾從弟末波納勒厚賂，獨不進，乃沮其計。琨、匹磾以勢弱而退。是歲元帝轉琨爲侍中、太尉，其餘如故，並贈名刀。匹磾奔其兄喪，琨遣世子群送之，而末波率衆要擊匹磾而敗走之。群爲末波所得，末波厚禮之，許以琨爲幽州刺史，共結盟而襲匹磾，密遣使齎群書請琨爲内應，而爲匹磾邏騎所得。（琨）竟爲匹磾所拘，自知必死，神色怡如也。爲五言詩贈其別駕盧諶。琨詩托意非常，攄暢幽憤，遠想張、陳，感鴻門、白登之事，用以激諶。諶素無奇略，以常詞酬和，殊乖琨心。重以詩贈之。乃謂琨曰："前篇帝王大志，非人臣所言矣。"然琨既忠於晉室，素有重望，被拘經月，遠近憤歎。會王敦密使匹磾殺琨，匹磾又懼衆反己，遂稱有詔收琨。遂縊之，時年四十八。琨少負志氣，有縱横之才，善交勝己，而頗浮誇。與范陽祖逖爲友，聞逖被用，與親故書曰："吾枕戈待旦，志梟逆虜，常恐祖生先吾著鞭。"其意氣相期如此。

扶風歌

【題解】 本篇作於永嘉元年（307）出任并州刺史時，事詳《晉書》本傳。

朝發廣莫門，莫宿丹水山。左手彎繁弱，右手揮龍淵。顧瞻望宮闕，俯仰御飛軒。據鞍長歎息，淚下如流泉。繫馬長松下，發鞍高岳頭。烈烈悲風起，泠泠澗水流。揮手長相謝，哽咽不能言。浮雲爲我結，歸鳥爲我旋。去家日已遠，安知存與亡？慷慨窮林中，抱膝獨摧藏。麋鹿游我前，猿猴戲我側。資糧既乏盡，薇蕨安可食？攬轡命徒侶，吟嘯絕巖中。君子道微矣，夫子故有窮。惟昔李騫期，寄在匈奴庭。忠信反獲罪，漢武不見明。我欲竟此曲，此曲悲且長。棄置勿重陳，重陳令心傷。

中華書局影印胡刻本《文選》卷二八

○"朝發"二句：廣莫門，晉都洛陽北門。丹水山，即丹朱嶺，在今山西高平縣北。○莫：通暮。○摧藏：通悽愴。○"君子"二句：《論語‧衛靈公》："夫子在陳絕糧，子路慍，見曰：'君子亦有窮乎？'子曰：'君子固窮，小人窮斯濫矣。'"○"惟昔"四句：李，指李陵，其陷身匈奴，獲罪於漢武，事詳《史記‧李將軍列傳》。陳沆《詩比興箋》："時琨領匈奴中郎將，故借李陵以見志。《文選》注：'騫期即愆期。'蓋恐曠日持久，討賊不效，區區孤忠，不獲見諒於朝廷耳。"○竞：通竟。

附： **重贈盧諶**

握中有懸璧，本自荊山璆。惟彼太公望，昔在渭濱叟。鄧生何感激，千里來相求。白登幸曲逆，鴻門賴留侯。重耳任五賢，小白相射鈎。苟能隆二伯，安問黨與讎？中夜撫枕歎，想與數子游。吾衰久矣乎，何其不夢周？誰云聖達節，知命故不憂？宣尼悲獲麟，西狩涕孔丘。功業未及建，夕陽忽西流。時哉不我與，去乎若雲浮。朱實隕勁風，繁英落素秋。狹路傾華蓋，駭駟摧雙輈。何意百煉剛，化爲繞指柔！

|輯　錄|

◎劉勰《文心雕龍·才略》：劉琨雅壯而多風，亦遇之於時勢也。

◎鍾嶸《詩品》中：晉太尉劉琨、晉中郎盧諶詩，其源出於王粲。善爲悽戾之詞，自有清拔之氣。琨既體良才，又罹厄運，故善叙喪亂，多感恨之詞。中郎仰之，微不逮者矣。

◎陳祚明《采菽堂古詩選》卷十二：越石英雄失路，滿衷悲憤，即是佳詩。隨筆傾吐，如金笳成器，木檀商聲，順風而吹，嘹飃悽戾，足使櫪馬仰歔，城烏俯咽。

◎沈德潛《古詩源》卷八：越石英雄失路，萬緒悲涼。故其詩隨筆傾吐，哀音無次，讀者烏得於語句間求之！

◎劉熙載《藝概·詩概》：劉公幹、左太冲詩壯而不悲，王仲宣、潘安仁悲而不壯，兼悲壯者，其惟劉越石乎？

郭　璞（276—324）

《晉書·郭璞傳》：郭璞字景純，河東聞喜人也。父瑗，尚書都令史。時尚書杜預有所增損，瑗多駁正之，以公方著稱，終於建平太守。璞好經術，博學有高才，而訥於言論。詞賦爲中興之冠，好古文奇字，妙於陰陽算曆。璞既過江，宣城太守殷佑引爲參軍。蘇峻之難，王敦之謀逆也，溫嶠、庾亮使璞筮之，璞對不決。嶠、亮復令占己之吉凶，璞曰："大吉。"於是勸帝討敦。初，璞每言殺我者"山宗"，至是果有姓崇者構璞於敦。敦將舉兵，又使璞筮，璞曰："無成。"敦固疑璞之勸嶠、亮，又聞卦凶，乃問璞曰："卿更筮吾壽幾何？"答曰："思向卦，明公起事，必禍不久。若住武昌，壽不可測。"敦大怒，曰："卿壽幾何？"曰："命盡今日日中。"敦怒收璞，詣南崗斬之。及王敦平，追贈弘農太守。

游仙詩（選一首）

【題解】 陳祚明《采菽堂古詩選》卷十二："景純本以仙姿游於方內，其超越恒情，乃在造語奇傑，非關命意。《游仙》之作，明屬寄托之詞，如以'列仙之趣'求之，非本旨矣。"何焯《義門讀書記》："景純《游仙》當與屈子《遠游》同旨。蓋自傷坎壈，不成匡濟，寓旨懷生，用以寫鬱。鍾嶸《詩品》譏其無'列仙之趣'，此以辭害意也。"原詩共有十四首，此其一。

京華游俠窟，山林隱遯栖。朱門何足榮，未若托蓬萊。臨源挹清波，陵岡掇丹荑。靈溪可潛盤，安事登雲梯。漆園有傲吏，萊氏有逸妻。進則保龍見，退爲觸藩羝。高蹈風塵外，長揖謝夷齊。

中華書局影印胡刻本《文選》卷二一

○蓬萊：海中仙山名，借指隱栖之境。《史記·孝武本紀》載："安期生，仙者，通蓬萊中，合則見人，不合則隱。"○"漆園"二句：莊子爲漆園吏，拒絕作楚相，事詳《史記·老莊申韓列傳》。老萊子逃世，耕於蒙山之陽，事詳《列女傳》。《晉書·郭璞傳》引璞《客傲》："若乃莊周偃蹇於漆園，老萊婆娑於林窟……吾不能鑯韻於數賢，故寂然玩此員策與智骨。"○"進則"二句：龍見，《易·乾卦》："九二，見龍在田，利見大人。"王弼注："出潛離隱故曰見龍，處於地上故曰在地。德施周普，居中不廢，雖非君位，君之德也。"觸藩羝，《易·大壯》："上六，羝羊觸藩，不能退，不能遂，無攸利，艱則吉。"《文選》李善注："進謂求仙也，退謂處俗也。"

| 輯　錄 |

◎劉勰《文心雕龍·才略》：景純豔逸，足冠中興，《郊賦》既穆穆以大觀，《仙詩》亦飄飄而凌雲矣。

◎鍾嶸《詩品》中：晉弘農太守郭璞。憲章潘岳，文體相輝，彪炳可玩。始變永嘉平淡之體，故稱中興第一。《翰林》以爲詩首。但《游仙》之作，詞多慷慨，乖遠玄宗。其云"奈何虎豹姿"，又云"戢翼栖榛梗"，乃是坎壈詠懷，非列仙之趣也。

◎陳繹曾《詩譜》：郭璞構思險怪而造語精圓，三謝皆出於此，杜、李精奇處皆取此，本出自淮南小山。

◎劉熙載《藝概·詩概》：嵇叔夜、郭景純皆亮節之士，雖《秋胡行》貴玄默之致，《游仙詩》假栖遁之言，而激烈悲憤，自在言外，乃知識曲宜聽其真也。

【附·玄言詩】

孫　綽（314—371）

答許詢

仰觀大造，俯覽時物。機過患生，吉凶相拂。智以利昏，識由情屈。野有寒枯，朝有炎鬱。失則震驚，得必充詘。

支　遁（314—366）

詠懷詩

傲兀乘尸素，日往復月旋。弱喪困風波，流浪逐物遷。中路高韻益，窈窕欽重玄。重玄在何許？采真游理間。苟簡爲我養，逍遙使我閑。寥亮心神瑩，含虛映自然。亹亹沉情去，彩彩沖懷鮮。踟躕觀象物，未始見牛全。毛鱗有所貴，所貴在忘筌。

| 輯　錄 |

◎《世說新語·文學》：簡文稱許掾（詢）云，玄度五言詩可謂妙絕時人。

◎《世說新語》劉孝標注引《續晉陽秋》：詢有才藻，善屬文，自司馬相如、王褒、揚雄諸賢，世尚賦頌，皆體則《詩》、《騷》，傍綜百家之言。及至建安，而詩章大盛。逮乎西朝之末，潘、陸之徒，雖時有質文，而宗歸不異也。正始中，王弼、何晏，好莊、老玄勝之談，而世遂貴焉。至過江佛理尤盛，故郭璞五言，始會合道家之言而韻之。詢及太原孫綽，轉相祖尚，又加以三世之辭，而《詩》、《騷》之體盡矣。詢、綽並爲一時文宗，自此作者悉體之。至義熙中謝混始改。

◎《文心雕龍·時序》：自中朝貴玄，江左稱盛，因談餘氣，流成文體。是以世極迍邅，而辭意夷泰，詩必柱下之旨歸，賦乃漆園之義疏。

參考書目

《陸機集》，金濤聲點校，中華書局1982年版。

《陸機集校箋》，楊明校箋，上海古籍出版社2016年版。

《先秦漢魏晉南北朝詩》晉詩，逯欽立輯校，中華書局1983年版。

思考題

1. 左思在太康詩人中有何獨到的建樹？
2. 試述玄言詩對後來詩歌發展的正、負面影響。

第四節　陶淵明詩

陶淵明（約365—427）

《宋書·陶潛傳》：陶潛字淵明，或云淵明字元亮，尋陽柴桑人也。曾祖侃，晉大司馬。潛少有高趣，嘗著《五柳先生傳》以自況，時人謂之實錄。親老家貧，起爲州祭酒。不堪吏職，少日自解歸。州召主簿不就，躬耕自資，遂抱羸疾。復爲鎮軍、建威參軍。謂親朋曰："聊欲弦歌，以爲三逕之資，可乎？"執事者聞之，以爲彭澤令。公田悉令吏種秫稻，妻子固請種秔，乃使二頃五十畝種秫，五十畝種秔。郡遣督郵至縣，吏白："應束帶見之。"潛歎曰："我不能爲五斗米折腰向鄉里小人！"即日解印綬去職，賦《歸去來》。義熙末，徵著作佐郎，不就。潛不解音聲，而蓄素琴一張，無弦，每有酒適，輒撫弄以寄其意。貴賤造之者，有酒輒設。潛若先醉，便語客："我醉欲眠，卿可去。"其真率如此。潛弱年薄宦，不潔去就之迹。自以曾祖晉世宰輔，恥復屈身後代。自高祖王業漸隆，不復肯仕。所著文章，皆題年月，義熙以前則書晉氏年號，自永初以來，唯云甲子而已。潛元嘉四年卒，時年六十三。

歸園田居（選三首）

【題解】 作於晉安帝義熙二年（406），去年作者自彭澤歸隱。原詩共五首，此處選前三首。

少無適俗韻，性本愛丘山。誤落塵網中，一去三十年。羈鳥戀舊林，池魚思故淵。開荒南畝際，守拙歸園田。方宅十餘畝，草屋八九間。榆柳蔭後簷，桃李羅堂前。曖曖遠人村，依依墟里煙。狗吠深巷中，鷄鳴桑樹

顛。戶庭無塵雜，虛室有餘閒。久在樊籠裏，復得返自然。（原第一首）

野外罕人事，窮巷寡輪鞅。白日掩荆扉，虛室絕塵想。時復墟曲中，披草共來往。相見無雜言，但道桑麻長。桑麻日已長，我土日已廣。常恐霜霰至，零落同草莽。（原第二首）

種豆南山下，草盛豆苗稀。晨興理荒穢，帶月荷鋤歸。道狹草木長，夕露霑我衣。衣霑不足惜，但使願無違。（原第三首）

上海古籍出版社版《陶淵明集校箋》卷二

○塵網：喻仕途。東方朔《與友人書》："不可使塵網名繮拘鎖。"○三十年：當作十三年，蓋作者自太元十八年（393）爲江州祭酒，至此年（406）剛好是十三年。○"狗吠"二句：漢樂府《雞鳴》："雞鳴高樹顛，狗吠深宮中。"○"種豆"二句：漢楊惲《拊缶歌》："田彼南山，蕪穢不治。種一頃豆，落而爲萁。人生行樂耳，須富貴何時。"

時　運（選一章）

【題解】原序："時運，游暮春也。春服既成，景物斯和，偶景獨游，欣慨交心。"詩共四章。本篇原列第一。

邁邁時運，穆穆良朝。襲我春服，薄言東郊。山滌餘靄，宇曖微霄。有風自南，翼彼新苗。

上海古籍出版社版《陶淵明集校箋》卷一

○春服：《論語·先進》："暮春者，春服既成，冠者五六人，童子六七人，浴乎沂，風乎舞雩，詠而歸。"

飲　酒（選一首）

【題解】　原序："余閑居寡歡，兼比夜已長，偶有名酒，無夕不飲。顧影獨盡，忽焉復醉。既醉之後，輒題數句自娛，紙墨遂多，辭無詮次，聊命故人書之，以爲歡笑爾。"詩共二十首，本篇原列第五。《文選》將此詩與第七首合爲《雜詩》二首。

結廬在人境，而無車馬喧。問君何能爾？心遠地自偏。采菊東籬下，悠然見南山。山氣日夕佳，飛鳥相與還。此中有真意，欲辯已忘言。

上海古籍出版社版《陶淵明集校箋》卷三

○"采菊"二句：南山，指廬山。見，《文選》作"望"。蘇軾《東坡題跋》："因采菊而見山，境與意會，此句最有妙處。近歲俗本皆作'望南山'，則此一篇神氣都索然矣。"○"欲辯"句：《莊子·齊物論》："辯也者，有不見也。夫大道不稱，大辯不言。"又《外物》："言者所以在意也，得意而忘言。"

移　居（選二首）

【題解】　本篇約作於義熙六年（410）。作者有《戊申歲六月中遇火》詩，宋李公焕《箋注陶淵明集》注云："按靖節舊宅，居於柴桑縣之柴桑里。至是屬回祿之變，越後年，徙居南里之南村。"

昔欲居南村，非爲卜其宅。聞多素心人，樂與數晨夕。懷此頗有年，今日從茲役。弊廬何必廣，取足蔽牀席。鄰曲時時來，抗言談在昔。奇文共欣賞，疑義相與析。

春秋多佳日，登高賦新詩。過門更相呼，有酒斟酌之。農務各自歸，閑暇輒相思。相思則披衣，言笑無厭時。此理將不勝，無爲忽去茲。衣食當須紀，力耕不吾欺。

上海古籍出版社版《陶淵明集校箋》卷二

○南村：在潯陽城下。陶澍《靖節先生年譜考異》引《江州志》："本居山南之上京，後遇火徙此。"○"非爲"句：《左傳·昭公三年》："非宅是卜，惟鄰是卜。"○鄰曲：鄰居。作者《與殷晉安別》："去歲家南里，薄作少時鄰。"○"衣食"二句：張玉穀《古詩賞析》："後二忽跟農務，以衣食當勤力耕收住，蓋第耽相樂，本務易荒，樂何能久。以此自警，意始周匝無弊，而用筆則矯變異常。"

讀山海經十三首（選一首）

【題解】 龔斌《陶淵明集校箋》："《山海經》共十八卷，載海內外絕域山川人物之異，保存了許多古代神話。……東晉郭璞曾爲《山海經》作注並題圖贊。詩言：'泛覽周王傳，流觀山海圖'，則淵明所讀之書有《穆天子傳》及《山海經》郭璞圖贊之本。"關於此詩作年，逯欽立以爲"《讀山海經》詩遇火前作品"，即作於義熙四年戊申（408）之前。龔斌因第一首寫環境之美和幽居自得之樂，近《歸園田居》、《和郭主簿》，而淵明晚年常受飢寒之苦，已不復再見"歡然酌春酒，摘我園中蔬"之欣豫情趣，判定此詩大概作於歸田前期。詩共十三首，本篇原列第一，爲全組詩發端，叙幽居耕讀之樂。

孟夏草木長，繞屋樹扶疏。衆鳥欣有托，吾亦愛吾廬。既耕亦已種，時還讀我書。窮巷隔深轍，頗迴故人車。歡然酌春酒，摘我園中蔬。微雨從東來，好風與之俱。泛覽周王傳，流觀山海圖。俯仰終宇宙，不樂復何如？

上海古籍出版社版《陶淵明集校箋》卷四

○"窮巷"二句：《漢書·陳平傳》："（張）負隨平至其家，家乃負郭窮巷，以席爲門，然門外多長者車轍。"○春酒：《詩·豳風·七月》："爲此春酒，以介眉壽。"○周王傳：指《穆天子傳》。

【附】

停　雲（選二章）

藹藹停雲，濛濛時雨。八表同昏，平路伊阻。靜寄東軒，春醪獨撫。良朋悠邈，搔首延佇。（原第一章）

東園之樹，枝條載榮。競用新好，以怡余情。人亦有言，日月於征。安得促席，説彼平生。（原第三章）

擬古九首（選一首）

日暮天無雲，春風扇微和。佳人美清夜，達曙酣且歌。歌竟長太息，持此感人多。皎皎雲間月，灼灼葉中華。豈無一時好，不久當如何。（原第七首）

雜詩十二首（選一首）

白日淪西阿，素月出東嶺。遙遙萬里暉，蕩蕩空中景。風來入房戶，夜中枕席冷。氣變悟時易，不眠知夕永。欲言無予和，揮杯勸孤影。日月擲人去，有志不獲騁。念此懷悲悽，終曉不能靜。（原第二首）

挽歌詩三首（選一首）

荒草何茫茫，白楊亦蕭蕭。嚴霜九月中，送我出遠郊。四面無人居，高墳正嶕嶢。馬爲仰天鳴，風爲自蕭條。幽室一已閉，千年不復朝。千年不復朝，賢達無奈何。向來相送人，各自還其家。親戚或余悲，他人亦已歌。死去何所道，托體同山阿。（原第三首）

|輯　錄|

◎蕭統《陶淵明集序》：有疑陶淵明之詩，篇篇有酒。吾觀其意不在酒，亦寄酒爲迹者也。其文章不群，辭采精拔，跌宕昭彰，獨超衆類，抑揚爽朗，莫之與京。橫素波而旁流，干青雲而直上。語時事則指而可想，論懷抱則曠而且真。加以貞志不休，安道苦節，不以躬耕爲恥，不以無財爲病，自非大賢篤志，與道汙隆，孰能如此乎！

◎鍾嶸《詩品》中：宋徵士陶潛。其源出於應璩，又協左思風力。文體省淨，殆無長語。篤意真古，辭興婉愜。每觀其文，想其人德，世歎其質直。至如"歡言酌春酒"、"日暮天無雲"，風華清靡，豈直爲田家語耶！古今隱逸詩人之宗也。

◎蘇軾《與蘇轍書》：淵明作詩不多，然其詩質而實綺，癯而實腴，自曹、劉、鮑、謝、李、杜諸人，皆莫及也。

◎朱熹《朱子語類》卷一百三十六：陶淵明詩，人皆說是平淡，據某看他自豪放，但豪放得來不覺耳。其露出本相者，是《詠荆軻》一篇，平淡底人如何說得這樣言語出來。

◎元好問《論詩絕句》：一語天然萬古新，豪華落盡見真淳。南窗白日羲皇上，未害淵明是晉人。

◎陳繹曾《文筌·詩譜》：陶淵明心存忠義，身處閒逸，情真景真，意真事真，幾於《十九首》矣，但氣差緩耳。至其工夫精密，而天然無斧鑿痕迹，又有出於《十九首》之表者。盛唐諸家風韻皆出此。

◎唐順之《答茅鹿門知縣》：即如以詩爲喻，陶彭澤未嘗較聲律，雕文句，但信手寫出，便是宇宙間第一等好詩。何則？其本色高也。自有詩以來，其較聲律，雕文句，用心最苦而立說最嚴者，無如沈約。苦却一生精力，使人讀其詩，祇見其細縛齷齪，滿卷累牘，竟不曾道出一兩句好話。何則？其本色卑也。

◎鍾惺《古詩歸》卷九：其語言之妙，往往累言說不出處，數字回翔略盡；有一種清和婉約之氣在筆墨外，使人心平累消。

◎又：陶公山水朋友詩文之樂，即從田園耕鑿中一段憂勤討出，不別作一副曠達之語，所以爲真曠達也。

◎沈德潛《說詩晬語》卷上：晉人多尚放達，獨淵明有憂勤語，有自任語，有知足語，有悲憤語，有樂天安命語，有物我同得語，倘幸列孔門，何必不在季次、原憲下。

◎又：陶詩胸次浩然，其有一段淵深樸茂不可到處。唐人祖述者，王右丞有其清腴，孟山人有其閑遠，儲太祝有其樸實，韋左司有其沖和，柳儀曹有其峻潔：皆學焉而得其性之所近。

◎陳沆《詩比興箋》卷二：案讀陶詩者有二蔽：一則惟知《歸園》、《移居》及田間詩十數首，景物堪玩，意趣易明，至若《飲酒》、《貧士》便已罕尋，《擬古》、《雜詩》意更難測，徒以陶公爲田舍之翁，閑適之祖，此一蔽也。二則聞淵明恥事二姓，高尚羲皇，遂乃逐景尋響，望文生義，稍涉長林之想，便謂"采薇"之吟。豈知考其甲子，多在強仕之年，寧有未到義熙，預興易代之感？至於《述酒》、《述史》、《讀山海經》，本寄憤悲，翻謂恒語，此二蔽也。宋王質、明潘璁均有淵明年譜，當並覽之，俾知早歲肥遁，匪關激成，老閱滄桑，別有懷抱；庶資論世之胸，而無害志之鑿矣。

◎劉熙載《藝概·詩概》：陶詩"吾亦愛吾廬"，我亦具物之情也；"良苗亦懷新"，物亦具我之情也。《歸去來辭》亦云："善萬物之得時，感吾生之行休。"

◎厲志《白華山人詩說》卷一：赤堇氏云："昔人以太白比仙，摩詰比佛，少陵比聖；吾謂仙、佛、聖猶許人學步，惟淵明詩如混沌元氣，不可收拾。"此評最確。

參考書目

《陶淵明集校箋》，龔斌校箋，上海古籍出版社 1999 年版。

《陶淵明集》，王瑤編注，人民文學出版社 1983 年版。

《陶淵明集箋注》，袁行霈撰，中華書局 2003 年版。

《陶淵明資料彙編》（全二册），北京師範大學中文系、北京大學中文系文學史教研室編，中華書局2004年版。

思考題

1. 舉例說明陶淵明詩歌的藝術特色。
2. 或稱陶淵明爲"六朝第一流人物"（沈德潛），試予說明。
3. 以作品爲例說說陶詩的"平淡"。

第五節　元嘉三大家

顏延之（384—456）

《宋書·顏延之傳》：顏延之字延年，琅邪臨沂人也。曾祖含，右光祿大夫。祖約，零陵太守。父顯，護軍司馬。延之少孤貧，居負郭，室巷甚陋。好讀書，無所不覽。文章之美，冠絕當時。飲酒，不護細行。後將軍、吳國內史劉柳以爲行參軍，因轉主簿、豫章公世子中軍行參軍。義熙十二年，高祖北伐。延之與同府王參軍俱奉使至洛陽，道中作詩二首，文辭藻麗，爲謝晦、傅亮所賞。永初中，徙尚書儀曹郎，太子中舍人。時尚書令傅亮自以文義之美，一時莫及。延之負其才辭，不爲之下，亮甚疾焉。廬陵王義真頗好辭義，待接甚厚，徐羨之等疑延之爲同異，意甚不悅。少帝即位，以爲正員郎兼中書，尋徙員外常侍，出爲始安太守。元嘉三年，徵爲中書侍郎，尋轉太子中庶子，頃之領步兵校尉，賞遇甚厚。延之好酒疎誕，不能斟酌當世。見劉湛、殷景仁專當要任，意有不平。常云："天下之務，當與天下共之。豈一人之智所能獨了！"辭甚激揚。每犯權要。謂湛曰："吾名器不升，當由作卿家吏。"湛深恨焉，言於彭城王義康，出爲永嘉太守。延之甚怨憤，乃作《五君詠》，以述竹林七賢、山濤、王戎以貴顯被黜。湛及義康以其辭旨不遜，大怒。時延之已拜，欲黜爲遠郡。乃以光祿勳車仲遠代之。延之與仲遠世素不協，屏居里巷不豫人間者七載。劉湛誅，起延之爲始興王浚後軍諮議參軍、御史中丞，在任縱容，無所舉奏，遷國子祭酒。坐啓買人田不肯還直，復爲秘書監，光祿勳。孝建三年卒，時年七十三，追贈散騎常侍特進金紫光祿大夫如故。諡曰"憲子"。延之與陳郡謝靈運俱以詞彩齊名，自潘岳、陸機之後，文士莫及也。江左稱"顏謝"焉，所著並傳於世。

五君詠（選三首）

【題解】　作於元嘉中出爲永嘉太守時，事詳《宋書》本傳。原詩共五首，此處所選爲第一、第二、第五首。

阮步兵

阮公雖淪迹，識密鑒亦洞。沉醉似埋照，寓辭類託諷。長嘯若懷人，越禮自驚衆。物故不可論，途窮能無慟。（原第一首）

嵇中散

中散不偶世，本自餐霞人。形解驗默仙，吐論知凝神。立俗迕流議，尋山洽隱淪。鸞翮有時鎩，龍性誰能馴？（原第二首）

向常侍

向秀甘淡薄，深心託豪素。探道好淵玄，觀書鄙章句。交呂既鴻軒，攀嵇亦鳳舉。流連河裏游，惻愴山陽賦。（原第五首）

中華書局影印胡刻本《文選》卷二一

〇"沉醉"二句：《文選》李善注引臧榮緒《晉書》："籍拜東平相，

不以政事爲務，沉醉日多。善屬文論，初不苦思，率爾便成。作五言詩《詠懷》八十餘篇，爲世所重。"○"長嘯"二句：《文選》李善注引《魏氏春秋》："籍少時，常游蘇門山。有隱者，莫知姓名。籍從與談太古無爲之道，及論五帝三王之義。蘇門生蕭然，曾不經聽。籍乃對之長嘯，清韻響亮。蘇門生逌爾而笑。籍既降，蘇門生亦嘯，若鸞鳳之音焉。"孫盛《晉陽秋》："阮籍嫂嘗歸家，籍相見與別。或以禮譏之。籍曰：'禮豈爲我設耶？'"嵇康《司馬長卿贊》："長卿慢世，越禮自放。"○"物故"二句：臧榮緒《晉書》："阮籍雖放誕，不拘禮教，發言玄遠，口不評論臧否人物。"《魏氏春秋》："籍時率意獨駕，不由徑路。車迹所窮，輒慟哭而返。"○"中散"二句：孫盛《晉陽秋》："嵇康性不偶俗。"○鎩：殘羽。○"探道"二句：謂向秀曾注《莊子》。《世說新語·文學》："初，注《莊子》者數十家，莫能究其旨要。向秀於舊注外爲解義，妙析奇致，大暢玄風。"○"交呂"二句：《文選》李善注引《向秀別傳》："秀常與嵇康偶鍛於洛邑，與呂子（安）灌園於山陽。取其餘利，以供酒食之費。"參向秀《思舊賦序》。○山陽賦：指向秀《思舊賦》。賦云："濟黃河以泛舟兮，經山陽之舊居。"

輯 錄

◎沈約《宋書·謝靈運傳論》：爰逮宋氏，顏、謝騰聲，靈運之興會標舉，延年之體裁明密，並方軌前秀，垂範後昆。

◎《南史·顏延之傳》：延之嘗問鮑照，己與謝靈運優劣。照曰："謝公詩如初發芙蓉，自然可愛。君詩如鋪錦列繡，亦雕繢滿眼。"延年終身病之。

◎鍾嶸《詩品》中：宋光祿大夫顏延之。其源出於陸機，尚巧似。體裁綺密，情喻淵深。動無虛散，一句一字，皆致意焉。又喜用古事，彌見拘束。雖乖秀逸，是經綸文雅才。雅才減若人，則蹈於困躓矣。湯惠休曰："謝詩如芙蓉出水，顏如錯彩鏤金。"顏終身病之。

◎張溥《顏光祿集題辭》：江左詞采，顏謝齊名，延年文莫長於庭誥，詩莫長於五言。

◎劉熙載《藝概・詩概》：《宋書》謂"靈運興會標舉，延年體裁明密"，所以示學者當相濟有功，不必如惠休上人好分優劣。

謝靈運（385—433）

《宋書・謝靈運傳》：謝靈運，陳郡陽夏人也。祖玄，晉車騎將軍。父瑍，生而不慧，爲秘書郎，蚤亡。靈運幼便穎悟，玄甚異之，謂親知曰："我乃生瑍，瑍那得生靈運！"靈運少好學，博覽群書；文章之美，江左莫逮。從叔混特知愛之。襲封康樂公，食邑二千戶。性奢豪，車服鮮麗，衣裳器物，多改舊制，世共宗之，咸稱謝康樂也。高祖受命，降公爵爲侯，食邑五百戶。起爲散騎常侍，轉太子左衛率。靈運爲性褊激，多愆禮度，朝廷唯以文義處之，不以應實相許。自謂才能宜參權要，既不見知，常懷憤憤。廬陵王義真少好文籍，與靈運情款異常。少帝即位，權在大臣。靈運構扇異同，非毀執政，司徒徐羨之等患之，出爲永嘉太守。郡有名山水，靈運素所愛好。出守既不得志，遂肆意游遨，遍歷諸縣，動逾旬朔，民間聽訟，不復關懷。所至輒爲詩詠，以致其意焉。在郡一周，稱疾去職。靈運父祖並葬始寧縣，并有故宅及墅，遂移籍會稽，修營別業，傍山帶江，盡幽居之美。太祖登祚，誅徐羨之等，徵爲秘書監，再召不起。上使光祿大夫范泰與靈運書，敦獎之，乃出就職，使整理秘閣書，補足闕文。靈運詩書皆兼獨絕，每文竟，手自寫之，文帝稱爲"二寶"。既自以名輩，才能應參時政。既至，文帝唯以文義見接，每侍上宴，談賞而已。靈運意不平，多稱疾不朝直。穿池植援，種竹樹菫，驅課公役，無復期度。出郭游行，或一日百六七十里，經旬不歸。既無表聞，又不請急。上不欲傷大臣，諷旨令自解。靈運既東還，與族弟惠連、東海何長瑜、潁川荀雍、泰山羊璿之，以文章賞會，共爲山澤之游，時人謂之"四友"。靈運因父祖之資，生業甚厚，奴僮既衆，義故門生數百。鑿山浚湖，功役無已。尋山陟嶺，必造幽峻，巖障千重，莫不備盡。登躡常著木履，上山則去前齒，下山去其後齒。嘗自始寧南山，伐木開徑，直至臨海，從者數百人。臨海太守王琇驚駭，謂爲山賊，徐知是靈運，乃安。（後）爲臨川内史，賜秩中二千石。在郡游放，不異永嘉，爲有司所糾。司徒遣使隨州從事鄭望生收靈運。靈運執錄望生，興兵叛逸，遂有逆志。爲詩曰："韓亡子房奮，秦帝魯連恥。本自江海人，忠義感君子。"追討擒之，送廷尉治罪。廷尉奏靈運率部衆反叛，論正斬刑。徙付廣州。（後）詔於廣州行棄市刑，時元嘉十年，年四十九。所著文章傳於世。

登池上樓

【題解】 景平元年（423）初春作於永嘉。案集中有《永初三年七月十六日之郡（永嘉）初發都》詩，《宋書》本傳謂其"在郡一周，稱疾去職"。

潛虯媚幽姿，飛鴻響遠音。薄霄愧雲浮，棲川怍淵沉。進德智所拙，退耕力不任。徇祿反窮海，臥痾對空林。衾枕昧節候，褰開暫窺臨。傾耳聆波瀾，舉目眺嶇嶔。初景革緒風，新陽改故陰。池塘生春草，園柳變鳴禽。祁祁傷豳歌，萋萋感楚吟。索居易永久，離群難處心。持操豈獨古，無悶徵在今。

人民文學出版社版《謝康樂詩注》卷二

○"進德"二句：《易·乾卦·文言》："子曰：'君子進德修業，欲及時也。'"劉履《選詩補注》："言虯以深潛而自媚，鴻能奮飛而揚音。二者出處雖殊，亦各得其所矣，今我希近薄霄，則拙於施德，無能爲用，故有愧於飛鴻。退效棲川，則不任力耕，無以自養，故有慚於潛虯也。"○緒風：冬日餘風。《楚辭·九章·涉江》："乘鄂渚而反顧兮，欸秋冬之緒風。"○"祁祁"二句：《詩經·豳風·七月》："春日遲遲，采蘩祁祁。女心傷悲，殆及公子同歸。"《楚辭·招隱士》："王孫游兮不歸，春草生兮萋萋。"○無悶：《易·乾卦·文言》："龍德而隱者，不易乎世，不成乎名，遯世而無悶。"

附：　　　　　　　　登江中孤嶼

江南倦歷覽，江北曠周旋。懷新道轉迥，尋異景不延。亂流趨正絕，孤嶼媚中川。雲日相輝映，空水共澄鮮。表靈物莫賞，蘊真誰爲傳。想像崑山姿，緬邈區中緣。始信安期術，得盡養生年。

石壁精舍還湖中作

昏旦變氣候，山水含清暉。清暉能娛人，游子憺忘歸。出谷日尚早，入舟陽已微。林壑斂暝色，雲霞收夕霏。芰荷迭映蔚，蒲稗相因依。披拂趨南逕，愉悅偃東扉。慮澹物自輕，意愜理無違。寄言攝生客，試用此道推。

| 輯　錄 |

◎鍾嶸《詩品》上：宋臨川太守謝靈運。其源出於陳思，雜有景陽之體，故尚巧似，而逸蕩過之。頗以繁富爲累。嶸謂若人興多才高，寓目輒書，內無乏思，外無遺物，其繁富，宜哉！然名章迥句，處處間起；麗典新聲，絡繹奔會。譬猶青松之拔灌木，白玉之映塵沙，未足貶其高潔也。

◎白居易《讀謝靈運詩》：吾聞達士道，窮通順冥數。通乃朝廷來，窮即江湖去。謝公才廓落，與世不相遇。壯士鬱不用，須有所洩處。洩爲山水詩，逸韻諧奇趣。大必籠天海，細不遺草樹。豈惟玩景物，亦欲攄心素。往往即事中，未能忘興諭。因知康樂作，不獨在章句。

◎陳繹曾《文筌·詩譜》：謝靈運以險怪爲主，以自然爲工，李杜深處多取此。

◎王世貞《藝苑卮言》卷四：謝靈運天質奇麗，運思精鑿，雖格體創變，是潘、陸之餘法也。其雅縟乃過之。"清暉能娛人，游子憺忘歸"寧在"池塘春草"下耶？"掛席拾海月"，事俚而語雅；"天雞弄和風"，景近而趣遙。

◎陳祚明《采菽堂古詩選》卷十七：康樂情深於山水，故山游之作彌佳，他或不逮。抑亦登覽所及，吞納衆奇，故詩愈工乎？龍門足迹遍天下，乃能作《史記》。子瞻海外之文益奇。善游者以游爲學可也。

◎沈德潛《古詩源》卷十：陶詩合下自然，不可及處，在真在厚。謝追琢而返於自然，不可及處，在新在俊。千古並稱，厥有由夫！

◎方東樹《昭昧詹言》：陶公不煩繩削，謝則全由繩削，一天事，一人功也。每篇百遍爛熟，謝從陶出，而加琢句工矣。

◎施補華《峴傭說詩》：大謝山水游覽之作，極爲巉峭可喜。巉峭則可矯平熟，巉峭却失深厚。故大謝之詩，勝於陸士衡之平，顏延之之澀，然視左太沖、郭景純，已遜自然，何以望子建、嗣宗之項背乎！

◎劉熙載《藝概·詩概》：陶、謝用理語各有勝境，鍾嶸《詩品》稱"孫綽、許詢、桓、庾諸公詩，皆平典似道德論"。此由乏理趣耳，夫豈尚理之過哉！

鮑　照（約412—466）

《南史·鮑照傳》：鮑照字明遠，東海人，文辭贍逸，嘗爲古樂府，文甚遒麗。元嘉中，河、濟俱清，當時以爲美瑞，照爲《河清頌》，其叙甚工。照始嘗謁義慶，未見知。欲貢詩言志，人止之曰："郎位尚卑，不可輕忤大王。"照勃然曰："千載上有英才異士，沉沒而不聞者，安可數哉！大丈夫豈可遂蘊智能，使蘭艾不辨，終日碌碌與燕雀相隨乎？"於是奏詩。義慶奇之，賜帛二十匹。尋擢爲國侍郎，甚見知賞。遷秣陵令。文帝以爲中書舍人。上好文章，自謂人莫能及。照悟其旨，爲文章多鄙言累句，咸謂照才盡，實不然也。臨海王子頊爲荆州，照爲前軍參軍，掌書記之任。子頊敗，爲亂兵所殺。

代出自薊北門行

【題解】《樂府詩集》卷六十一《雜曲歌辭》一：“魏曹植《豔歌行》曰：‘出自薊北門，遙望胡地桑。枝枝自相值，葉葉自相當。’《樂府解題》曰：‘《出自薊北門行》，其致與《從軍行》同，而兼言燕薊風物，及突騎勇悍之狀。若鮑照云“羽檄起邊亭”，備敘征戰辛苦之意。’《通典》曰：‘燕本秦上谷郡，薊即漁陽郡，皆在遼西。’《漢書》曰：‘薊，故燕國也。’”

羽檄起邊亭，烽火入咸陽。徵騎屯廣武，分兵救朔方。嚴秋筋竿勁，虜陣精且彊。天子按劍怒，使者遙相望。雁行緣石徑，魚貫度飛梁。簫鼓流漢思，旌甲被胡霜。疾風衝塞起，沙礫自飄揚。馬毛縮如蝟，角弓不可張。時危見臣節，世亂識忠良。投軀報明主，身死爲國殤。

上海古籍出版社版《鮑參軍集注》卷三

○羽檄：古代緊急軍事公文。《漢書·高帝紀》：“吾以羽檄徵天下兵。”顏師古注：“檄者，以木簡爲書，長尺二寸，用徵召也，其有急事，則加以鳥羽插之，示速疾也。”○廣武：縣名。故城在今山西代縣西。○朔方：郡名。地處今內蒙境內黃河以南。○“馬毛”句：《文選》李善注引《西京雜記》：“元封二年，大雪深五尺，野鳥獸皆死，牛馬蜷縮如蝟。”○“身死”句：《楚辭·九歌·國殤》：“身既死兮神以靈，魂魄毅兮爲鬼雄。”國殤，爲國捐軀者。

擬行路難（選四首）

【題解】《樂府詩集》卷七十《雜曲歌辭》十：“《樂府解題》曰：‘《行路難》，備言世路艱難及離別悲傷之意，多以君不見爲首。’按《陳武別傳》曰：'武常牧羊，諸家牧豎有知歌謠者，武遂學《行路難》。'則所起亦遠矣。"《晉書·袁瓌傳》："舊歌有《行路難》曲，辭頗疏質。山松（瓌之曾孫）好之，乃文其辭句，婉其節制，因酣醉縱歌之，聽者莫不流涕。"原詩共十八首，這裏所選的四首，原列第一、第二、第四、第六首。

奉君金卮之美酒，瑇瑁玉匣之雕琴。七綵芙蓉之羽帳，九華蒲萄之錦衾。紅顏零落歲將暮，寒光宛轉時欲沉。願君裁悲且減思，聽我抵節行路吟。不見柏梁銅雀上，寧聞古時清吹音。（原第一首）

洛陽名工鑄爲金博山。千斲復萬鏤，上刻秦女攜手仙。承君清夜之歡娛，列置幃裏明燭前。外發龍鱗之丹綵，內含麝芬之紫煙。如今君心一朝異，對此長歎終百年。（原第二首）

瀉水置平地，各自東西南北流。人生亦有命，安能行歎復坐愁。酌酒以自寬，舉杯斷絕歌路難。心非木石豈無感，吞聲躑躅不敢言。（原第四首）

對案不能食，拔劍擊柱長歎息。丈夫生世會幾時，安能蹀躞垂羽翼。棄置罷官去，還家自休息。朝出與親辭，暮還在親側。弄兒牀前戲，看婦機中織。自古聖賢盡貧賤，何況我輩孤且直。（原第六首）

上海古籍出版社版《鮑參軍集注》卷四

○蒲萄：與七綵、芙蓉、九華等，皆指花紋。《文選》李善注引《鄴中記》："錦有葡萄文錦。"○節：打擊樂器，即拊鼓。《宋書·樂志》："革音有節。"○"不見"句：柏梁，柏梁臺。《漢書·武帝紀》："元鼎二年春起柏梁臺。"銅雀，銅雀臺。建安十五年（210）曹操建於鄴城。○金博山：博山爐。《晉東宮舊事》："太子服用，則有博山香爐，一云爐象海中博山，下有盤貯湯，使潤氣蒸香，以象海之回環，此器世多有之，形制大小不一。"○秦女攜手仙：指蕭史與弄玉，劉向《列仙傳》："蕭史者，秦穆公時人也，善吹簫，能致白孔雀於庭。穆公有女字弄玉，好之。公遂以女妻焉。日教弄玉作鳳鳴，居數年，吹似鳳聲，鳳凰來止其屋，公爲作鳳臺。夫婦止其上，不下數年，一旦皆隨鳳凰飛去。"○"瀉水"二句：《世說新語·文學》："殷中軍問：'自然無心於稟受，何以正善人少惡人多？'……劉尹答曰：'譬如寫水著地，正自縱橫流漫，略無正方圓者。'一時歎絕，以爲名通。"○蹀躞：小步行走貌。

輯 錄

◎鍾嶸《詩品》中：宋參軍鮑照。其源出於二張，善制形狀寫物之詞。得景陽之諔詭，含茂先之靡嫚。骨節強於謝混，驅邁疾於顏延。總四家而擅美，跨兩代而孤出。嗟其才秀人微，故取湮當代。然貴尚巧似，不避危仄，頗傷清雅之調。故言險俗者，多以附照。

◎朱熹《朱子語類》：鮑明遠才健，其詩乃《選》之變體，李太白專學之。如"腰鎌刈葵藿，倚杖牧雞豚"，分明說出個倔強不肯甘心之意；如"疾風衝塞起，沙礫自飄揚。馬尾縮如蝟，角弓不可張"，分明說出邊塞之狀，語又峻健。

◎陳繹曾《文筌·詩譜》：六朝文氣雖緩，唯劉越石、鮑明遠佳處有西漢骨氣，李骨杜筋取此。

◎陸時雍《詩鏡總論》：鮑照材力標舉，凌厲當年，如五丁鑿山，開人世之所未有。當其得意時，直前揮霍，目無堅壁矣。駿馬輕貂，雕弓短劍，秋風落日，馳騁平岡，可以想此君意氣所在。

◎王夫之《古詩評選》卷一：明遠樂府自是七言全極，顧於五言歌行，亦以七言手筆行之，句疏氣迫，未免失五言風軌。但其謀篇不雜，若《門有車馬》、《東武》、《結客》諸作，一氣內含，自躋此體腸，要當從大段著眼，乃知其體度。若徒以光俊求之，則且去吳均未遠矣。

◎又：七言之制，斷以明遠爲祖何？前雖有作者，正荒忽中鳥徑耳。柞棫初拔，即開夷庚，明遠於此，實已範圍千古，故七言不自明遠來皆荑稗而已。

◎成書《多歲堂古詩存例言》：《擬行路難》十八首，淋漓豪邁，不可多得，但議論太快，遂爲後世粗豪藉口矣。

◎劉熙載《藝概·詩概》：明遠長句，慷慨任氣，磊落使才，在當時不可無一，不能有二。杜少陵《簡薛華醉歌》云："近來海內爲長句，汝與山東李白好。何劉沈謝力未工，才兼鮑照愁絕倒。"此雖意重推薛，然亦見鮑之長句，何、劉、沈、謝均莫及也。

參考書目

《謝康樂詩注·鮑參軍詩注》，黃節撰，中華書局2008年版。
《鮑參軍集注》，錢仲聯增補集說校，上海古籍出版社2005年版。
《先秦漢魏晉南北朝詩》宋詩，逯欽立輯校，中華書局1983年版。

思考題

1. "元嘉三大家"創作風貌有何異同？
2. 試比較鮑照與左思的詩歌。

第六節　新體詩

沈　約（441—513）

《梁書·沈約傳》：沈約字休文，吳興武康人也。祖林子，宋征虜將軍；父璞，淮南太守。璞元嘉末被誅。約幼潛竄，會赦免。既而流寓孤貧，篤志好學，晝夜不倦。起家奉朝請。濟陽蔡興宗聞其才而善之。興宗爲郢州刺史，引爲安西外兵參軍兼記室。及爲荆州，又爲征西記室參軍，帶厥西令。興宗卒，始爲安西晉安王法曹參軍，轉外兵，並兼記室。入爲尚書度支郎。齊初爲征虜記室，帶襄陽令。所奉之王，齊文惠太子也。太子入居東宮，爲步兵校尉，管書記，直永壽省，校四部圖書。遷太子家令，後以本官兼著作郎，遷中書郎，本邑中正，司徒右長史，黄門侍郎。時竟陵王亦招士，約與蘭陵蕭琛、琅邪王融、陳郡謝朓、南鄉范雲、樂安任昉等皆游焉。當世號爲得人。明帝即位，進號輔國將軍，徵爲五兵尚書，遷國子祭酒。時高祖勛業即就，天人允屬，約嘗扣其端，高祖默而不應。佗日又進。約出，高祖召范雲告之，雲對略同約旨。高祖曰："我起兵於今三年矣，功臣諸將實有其勞，然成帝業者，乃卿二人也。"梁臺建，爲散騎常侍、吏部尚書兼右僕射。高祖受禪，爲尚書僕射，封建昌侯，邑千戶，常侍如故。又拜約母謝爲建昌國太夫人。九年，轉左光禄大夫，侍中、少傅如故，給鼓吹一部。尋加特進。十二年卒官，年七十三。諡曰"隱"。

别范安成

【題解】 本篇寫暮年離別的感傷。范安成即范岫，岫在齊曾爲安成内史，故云。《梁書·范岫傳》："（齊）文惠太子在東宫，沈約之徒以文才見引，岫亦預焉。"

生平少年日，分手易前期。及爾同衰暮，非復别離時。勿言一樽酒，明日難重持。夢中不識路，何以慰相思？

中華書局影印胡刻本《文選》卷二十

〇"夢中"二句：戰國時人張敏與高惠友善，嘗於夢中尋惠，中道迷路。事見《韓非子》。

傷謝朓

【題解】 本篇録自作者《懷舊詩》，原共九首，此列第二。南齊始安王遙光謀逆，謝朓不肯相附，遂被誣下獄死，年三十六，事見《南齊書·謝朓傳》。

吏部信才傑，文鋒振奇響。調與金石諧，思逐風雲上。豈言陵霜質，忽隨人事往。尺璧爾何冤，一旦同丘壤。

中華書局版《先秦漢魏晉南北朝詩·梁詩》卷七

○"吏部"句：《南齊書·謝朓傳》："建武四年，出爲晉安王鎮北諮議、南東海太守，行南徐州事。啓王敬則反謀，上甚嘉賞之，遷尚書吏部郎。" ○"調與"二句：《南齊書·謝朓傳》："朓善草隸，長五言詩，沈約常云：'二百年來無此詩也。'"

輯 錄

◎《南齊書·陸厥傳》：永明末盛爲文章，吳興沈約、陳郡謝朓、琅邪王融以氣類相推轂，汝南周顒善識聲韻，約等文皆爲宮商，以平上去入爲四聲，以此制韻，不可增減，世呼爲"永明體"。

◎沈約《宋書·謝靈運傳論》：欲使宮羽相變，低昂互節，若前有浮聲，則後須切響。一簡之內，音韻盡殊；兩句之中，輕重悉異。妙達此旨，始可言文。自靈均以來，多歷年代，雖文體稍精，而此秘未睹。

◎鍾嶸《詩品》中：梁左光祿沈約。觀休文衆制，五言最優。詳其文體，察其餘論，固知憲章鮑明遠也。所以不閑於經綸，而長於清怨。永明相王愛文，王元長等皆宗附於約。於時謝朓未遒，江淹才盡，范雲名級又微，故約稱獨步。

◎陳繹曾《文筌·詩譜》：沈約佳處琢削，清瘦可愛。

◎沈德潛《古詩源》卷十二：家令詩較之鮑、謝，性情聲色俱遜一格矣。然在蕭梁之代，亦推大家。以篇幅尚闊，詞氣尚厚，能存古詩一脈也。爾時江屯騎、何水曹各自成家，可以鼎足。

謝　朓（464—499）

《南齊書·謝朓傳》：謝朓字玄暉，陳郡陽夏人也。祖述，吳興太守；父緯，散騎侍郎。朓少好學，有美名，文章清麗。解褐豫章王太尉行參軍，度隨王東中郎府，轉王儉衛軍東閣祭酒，太子舍人，隨王鎮西功曹，轉文學。子隆在荆州，好辭賦，數集僚友，朓以文才，尤被賞愛，流連晤對，不捨日夕。高宗輔政，以朓爲驃騎諮議，領記室，掌霸府文筆，又掌中書詔誥。除秘書丞未拜，仍轉中書郎，出爲宣城太守，以選復爲中書郎。建武四年，出爲晉安王鎮北諮議、南東海太守，行南徐州事。啓王敬則反謀，上甚嘉賞之，遷尚書吏部郎。朓善草隸，長五言詩，沈約常云："二百年來無此詩也。"東昏失德，江祏欲立江夏王寶玄，末更回惑，與弟祀密謂朓曰："江夏年少輕脫，不堪負荷神器，不可復行廢立。始安年長入纂，不乖物望。非以此要富貴，政是求安國家耳。"少日，遙光以朓兼知衛尉事，朓懼見引，即以祏等謀告左興盛、劉暄，興盛不敢發言。祏聞以告遙光。遙光大怒，乃稱敕召朓，仍回車付廷尉，與徐孝嗣、祏、暄等連名啓誅朓。又使御史中丞范岫奏收朓，下獄死，時年三十六。

之宣城郡出新林浦向板橋

【題解】　本篇作於出任宣城太守江行途中。《文選》李善注引《水經注》："江水經三山，又湘浦出焉。水上南北結浮橋渡水，故曰板橋浦。江又北經新林浦。"

江路西南永，歸流東北鶩。天際識歸舟，雲中辨江樹。旅思倦搖搖，孤游昔已屢。既歡懷祿情，復協滄洲趣。囂塵自茲隔，賞心於此遇。雖無玄豹姿，終隱南山霧。

上海古籍出版社版《謝宣城集校注》卷三（下同）

〇搖搖：神思恍惚貌。《詩經·王風·黍離》："行邁靡靡，中心搖搖。"○懷祿：漢楊惲《報孫會宗書》："懷祿貪勢，不能自退。"○"雖無"二句：《列女傳·賢明傳·陶答子妻》："南山有玄豹，霧雨七日而不下食者，何也？欲以澤其毛，而成文章也，故藏而遠害。"

晚登三山還望京邑

【題解】 本篇寫登三山還望京邑而引起的思鄉之情。三山，在今南京西南長江南岸。京邑，指金陵，故址在今南京東南。

灞涘望長安，河陽視京縣。白日麗飛甍，參差皆可見。餘霞散成綺，澄江靜如練。喧鳥覆春洲，雜英滿芳甸。去矣方滯淫，懷哉罷歡宴。佳期悵何許，淚下如流霰。有情知望鄉，誰能鬢不變？

○"灞涘"二句：王粲《七哀詩》："南登霸陵岸，回首望長安。"潘岳《河陽縣》："引領望京室，南路在伐柯。"○"去矣"二句：滯淫，滯留。王粲《七哀詩》："荊蠻非我鄉，何爲久滯淫？"懷哉，《詩經·王風·揚之水》："懷哉懷哉，曷月予旋歸哉。"

附： 玉階怨

夕殿下珠簾，流螢飛復息。長夜縫羅衣，思君此何極！

王孫游

綠草蔓如絲，雜樹紅英發。無論君不歸，君歸芳已歇。

同王主簿有所思

佳期期未歸，望望下鳴機。徘徊東陌上，月出行人稀。

|輯　錄|

◎鍾嶸《詩品》中：齊吏部謝朓。其源出於謝混。微傷細密，頗在不倫。一章之中，自有玉石。然奇章秀句，往往警遒，足使叔源失步，明遠變色。善自發詩端，而末篇多躓，此意銳而才弱也。至爲後進士子之所嗟慕。朓極與余論詩，感激頓挫過其文。

◎嚴羽《滄浪詩話》：謝朓之詩，已有全篇似唐人者，當觀其集方知之。

◎陳繹曾《詩譜》：謝朓藏險怪於意外，發自然於句中，齊、梁以下造語皆出此。

◎鍾惺《古詩歸》卷十三：（謝朓）往往以排語寫出妙思，康樂亦有之。然康樂排得可厭，却不失爲古詩。玄暉排得不可厭，業已浸淫近體。

◎王世貞《藝苑巵言》卷三：玄暉不唯工發端，撰造精麗，風華映人，一時之傑。……特不如靈運者，匪直材力小弱，靈運語俳而氣古，玄暉調俳而氣今。

◎胡應麟《詩藪·外編》：六朝句於唐人，調不同而語相似者："餘霞散成綺，澄江靜如練"，初唐也。"金波麗鳷鵲，玉繩低建章"，盛唐也。"天際識歸舟，雲中辨江樹"，中唐也。"魚戲新荷動，鳥散餘花落"，晚唐也。俱謝玄暉詩也。

◎陸時雍《詩鏡總論》：詩至於齊，情性既隱，聲色大開。謝玄暉豔而韻，如洞庭美人，芙蓉衣而翠羽旗，絕非世間物色。

◎王夫之《古詩評選》卷五：語有全不及情而情自無限者，心目爲政、不恃外物故也。"天際識歸舟，雲間辨江樹"，隱然一含情凝眺之人，呼之欲出。從此寫景，乃爲活景。故人胸中無丘壑、眼底無性情，雖讀盡天下書，不能道一句。司馬長卿謂讀千首賦便能作賦，自是英雄欺人。

◎沈德潛《古詩源》卷十二：玄暉靈心秀口。每誦名句，淵然泠然，覺筆墨之外，別有一段深情妙理。

◎又：康樂每板拙，玄暉多清俊，然詩品終在康樂下，能清不能厚也。

◎施補華《峴傭說詩》：謝玄暉名句絡繹，清麗居宗，雖不如魏晉諸賢之厚，然較之陰鏗、何遜、徐陵、庾信，骨丁堅强多矣。其秀氣成彩，江郎五色筆，尚不能逮。唐人往往仿之，不獨太白也。玄暉詩變有唐風，真確論矣。

何　遜（？—518）

《南史·何遜傳》：遜字仲言，八歲能賦詩，弱冠，州舉秀才。南鄉范雲見其對策，大相稱賞，因結忘年交，謂所親曰："頃觀文人，質則過儒，麗則傷俗，其能含清濁，中今古，見之何生矣！"沈約嘗謂遜曰："吾每讀卿詩，一日三復，猶不能已。"其爲名流所稱如此。梁天監中，兼尚書水部郎，南平王引爲賓客，掌記室事。後薦之武帝，與吳均俱進倖。後稍失意，帝曰："吳均不均，何遜不遜，未若吾有朱异，信則异矣。"自是疏隔，希復得見。卒於仁威廬陵王記室。東海王僧孺集其文爲八卷。初，遜文章與劉孝綽並見重，時謂之何、劉。梁元帝著論論之云："詩多而能者沈約，少而能者謝朓、何遜。"

臨行與故游夜別

【題解】《藝文類聚》、《文苑英華》題作《從政江州與故游別》。作者曾爲廬陵王記室，隨府江州（今江西九江）。本篇寫別友之情，即作於赴江州時。

歷稔共追隨，一旦辭群匹。復如東注水，未有西歸日。夜雨滴空階，曉燈暗離室。相悲各罷酒，何時同促膝。

中華書局點校本《何遜集》卷二（下同）

〇歷稔：多年。稔，穀物成熟。

相　送

【題解】本篇爲留別之作。張玉穀《古詩賞析》："此非送人詩，乃別送者詩也。制題亦欠明白。"

客心已百念，孤游重千里。江暗雨欲來，浪白風初起。

輯 錄

◎顔之推《顔氏家訓·文章篇》：何遜詩實爲精巧，多形似之言，揚都論者，恨其每病苦辛，饒貧寒氣，不及劉孝綽之雍容也。雖然，劉甚忌之。

◎胡應麟《詩藪·外編》：陰、何並稱舊矣，何擅寫情素，沖淡處往往顏、謝遺韻。陰惟解作麗語，當時以並仲言，後世以方太白，亦太過。

◎陸時雍《詩鏡總論》：何遜詩語語實際，了無滯色。其探景每入幽微，語氣悠柔，讀之殊不盡纏綿之致。

◎又：何遜以本色見佳，後之采真者，欲摹之而不及。陶之難摹，難其神也。何之難摹，難其韻也。何遜之後繼有陰鏗，陰、何氣韻相鄰，而風華自布，見其婉而巧矣。微芳幽馥，時欲襲人。

◎沈德潛《古詩源》卷十三：仲言詩雖乏風骨，而情詞宛轉，淺語俱深，宜爲沈、范心折。

陰 鏗 (生卒年不詳)

《南史·陰鏗傳》：鏗字子堅，博涉史傳，尤善五言詩，被當時所重。爲梁湘東王法曹行參軍。陳天嘉中，爲始興王中錄事參軍。文帝嘗宴群臣賦詩，徐陵言之。帝即日召鏗預宴，使賦新成安樂宮。鏗援筆便就，帝甚歎賞之。累遷晉陵太守，員外散騎常侍。頃之，卒。有文集三卷行於世。

和傅郎歲暮還湘州

【題解】 本篇是送行之作。湘州，今湖南長沙。郎，郎官。傅郎，其人不詳。

蒼茫歲欲暮，辛苦客方行。大江靜猶浪，扁舟獨且征。棠枯絳葉盡，蘆凍白花輕。戍人寒不望，沙禽迥未驚。湘波各深淺，空軫念歸情。

中華書局版《先秦漢魏晉南北朝詩·陳詩》卷一

| 輯　錄 |

◎陳祚明《采菽堂古詩選》卷二十九：陰子堅詩聲調既亮，無齊、梁晦澀之習，而琢句抽思，務極新雋。尋常景物，亦必搖曳出之，務使窮態極妍，不肯直率。此種情思，更能運以亮筆，一洗《玉臺》之陋，頓開沈、宋之風。且覺比《玉臺》則特妍，較沈、宋則尤媚。六朝不淪於晚唐者，全賴有此大雅君子，振起而維挽之。宜乎太白仰鑽，少陵推許，榛途之闢，此功不小也。

◎沈德潛《古詩源》卷十四：詩至於陳，專攻琢句，古詩一綫絕矣。少陵絕句云："頗學陰何苦用心。"又贈太白云："李侯有佳句，往往似陰鏗。"此特賞其句，非取其格也。

徐　陵（507—583）

《南史·徐陵傳》：陵字孝穆，母臧氏嘗夢五色雲化爲鳳，集左肩上，已而誕陵。年數歲，家人携以候沙門釋寶誌，寶誌摩其頂曰："天上石麒麟也。"光宅寺慧雲法師每嗟陵早就，謂之顏回。八歲屬文，十三通《莊》、《老》義。及長，博涉史籍，縱橫有口辯。父摛爲晉安王諮議，王又引陵參寧蠻府軍事。王立爲皇太子，東宮置學士，陵充其選。稍遷尚書度支郎，出爲上虞令。御史中丞劉孝儀與陵先有隙，風聞劾陵在縣贓污，因坐免。久之，爲通直散騎侍郎。太清二年，兼通直散騎常侍，使魏。及侯景入寇，陵父摛先在圍城之內。陵不奉家信，便蔬食布衣，若居哀恤。會齊受魏禪，梁元帝承制於江陵，復通使於齊。及魏平江陵，齊送貞陽侯明爲梁嗣，乃遣陵隨還。紹泰二年，又使齊，還除給事黃門侍郎，秘書監。陳受禪，加散騎常侍。天嘉四年，爲五兵尚書，領大著作。六年，除散騎常侍，御史中丞。時安成王頊爲司空，以帝弟之尊，權傾朝野，直兵鮑僧叡假王威風，抑塞辭訟，大臣莫敢言。陵乃奏彈之。文帝見陵服章嚴肅，若不可犯，爲斂容正坐。陵進讀奏狀。時安成王殿上侍立，仰視文帝，流汗失色，陵遣殿中郎引王下殿。自是朝廷肅然。後主即位，遷左光祿大夫、太子少傅。至德元年卒，年七十七，詔贈特進。陵器局深遠，容止可觀，性又清簡，無所營樹，俸祿與親族共之。自陳創業，文檄軍書及受禪詔策，皆陵所制，爲一代文宗。

關山月

【題解】《樂府詩集》卷二十三《橫吹曲辭》三：《樂府解題》曰："《關山月》，傷離別也。古《木蘭詩》曰：'萬里赴戎機，關山度若飛。朔氣傳金柝，寒光照鐵衣。'"按相和曲有《度關山》，亦類此也。

關山三五月，客子憶秦川。思婦高樓上，當窗應未眠。星旗映疏勒，雲陣上祁連。戰氣今如此，從軍復幾年？

《四部叢刊》本《徐孝穆文集》卷一

○秦川：關中，即隴山東至函谷關一帶。○"星旗"四句：旗，星名。《史記·天官書》："房心東北曲十二星曰旗。"疏勒，漢西域國名，城在今新疆疏勒縣。○祁連：指天山。

別毛尚書

【題解】本篇作於至德元年（583），作者於當年病逝。毛尚書，即毛喜。喜字伯武，滎陽陽武人，陳時官至吏部尚書，封東昌縣侯，爲人正直，言無回避，因得罪後主，於至德元年被外放爲永嘉內史。事見《陳書·毛喜傳》。詩題一作《別毛永嘉》。

願子厲風規，歸來振羽儀。嗟余今老病，此別空長離。白馬君來哭，黄泉我詎知。徒勞脫寶劍，空掛隴頭枝。

《四部叢刊》本《徐孝穆文集》卷一

○"白馬"句：《後漢書·范式傳》載：范式與張劭爲至交，式夢劭將死，來告葬期，遂素車白馬前往奔喪，靈車至墓地不動，式至執紼，靈車方動。○"徒勞"二句：劉向《新序·節士》載：吴臣季札使晉，路過徐國，徐君愛其劍，季札因使命在身，不便即獻，而心中默許之。及歸至徐，徐君已逝，遂掛劍於其墓樹而去。

内園逐涼

【題解】本篇寫家居閑適之情，整首皆對。陵爲東海人，在梁任上虞令時，爲御史中丞劉孝儀彈劾免官，詩當作於返里期間。

昔有北山北，今余東海東。納涼高樹下，直坐落花中。狹徑長無迹，茅齋本自空。提琴就竹筱，酌酒勸梧桐。

《四部叢刊》本《徐孝穆文集》卷一

○北山北：東漢逸民法真，字高卿，扶風郡人。詣府，太守擬請其擔任功曹官職，答云："以明府見待有禮，故敢自同賓末。若欲吏之，真將在北山之北，南山之南矣。"事見《後漢書·逸民列傳》。

庾　信（513—581）

《北史·庾信傳》：庾信字子山，南陽新野人。祖易，父肩吾，並《南史》有傳。信幼而俊邁，聰敏絶倫。博覽群書，尤善《春秋左氏傳》。身長八尺，腰帶十圍，容止頎然有過人者。父肩吾爲梁太子中庶子，掌管記。東海徐摛爲右衛率，摛子陵及信並爲抄撰學士。父子在東宫，出入禁闥，恩禮莫與比隆，既文並綺豔，故世號爲"徐庾體"焉。當時後進，競相模範。每有一文，都下莫不傳誦。累遷通直散騎常侍，聘於東魏，文章辭令，盛爲鄴下所稱。還爲東宮學士，領建康令。侯景作亂，梁簡文帝命信率宮中文武千餘人，營於朱雀航。及景至，信以衆先退。臺城陷後，信奔於江陵。梁元帝承制，除御史中丞。及即位，轉右衛將軍，封武康縣侯，加散騎侍郎，聘於西魏。屬大軍南討，遂留長安。江陵平，累遷儀同三司。周孝閔帝踐阼，封臨清縣子，除司水下大夫，出爲弘農郡守，遷驃騎大將軍，開府儀同三司，司憲中大夫，進爵義城縣侯。俄拜洛州刺史。信爲政簡靜，吏人安之。時陳氏與周通好，南北流寓之士，並許還其舊國。陳氏乃請王褒及信等十數人。武帝唯放王克、殷不害等，信及褒並惜而不遣。尋徵爲司宗中大夫。明帝、武帝並雅好文學，信特蒙恩禮。至於趙、滕諸王，周旋款至，有若布衣之交。群公碑誌，多相托焉。唯王褒頗與信埒，自餘文人，莫有逮者。信雖位望通顯，常作鄉關之思，乃作《哀江南賦》以致其意。大象初，以疾去職，隋開皇元年卒，有文集二十卷。文帝悼之，贈本官，加荆、雍二州刺史。

擬詠懷（選二首）

【題解】作者《擬詠懷》詩共二十七首，倪璠《庾子山集注》云："皆在周鄉關之思，其辭旨與《哀江南賦》同矣。"因魏阮籍有《詠懷》詩，故題作"擬"。這裏所選二首原列第十七、第二十六。

日晚荒城上，蒼茫餘落暉。都護樓蘭返，將軍疏勒歸。馬有風塵氣，人多關塞衣。陣雲平不動，秋蓬卷欲飛。聞道樓船戰，今年不解圍。（原第十七首）

蕭條亭障遠，悽慘風塵多。關門臨白狄，城影入黃河。秋風蘇武別，寒水送荆軻。誰言氣蓋世，晨起帳中歌。（原第二十六首）

中華書局版《庾子山集注》卷三

○"都護"二句：樓蘭，漢西域國名，傅介子斬其王後，改名鄯善。傅介子計斬樓蘭王事詳《漢書》本傳。疏勒，漢西域國名。東漢耿恭，永平時爲戊己校尉，引兵據疏勒城，匈奴攻城，恭堅守不降，後被迎歸。事詳《後漢書》本傳。○陣雲：雲形如牆。《史記·天官書》："陣雲如立垣。"○樓船：《漢書·楊僕傳》載，南越反，武帝拜僕爲樓船將軍，有功，封梁侯。○"秋風"二句：蘇武別，指漢李陵羈留匈奴，其送別蘇武歸國事，詳《漢書·蘇武傳》。送荆軻，燕太子丹等於易水送荆軻入秦，荆軻歌曰"壯士一去兮不復還"，事詳《史記·刺客列傳》。○"誰言"二句：《史記·項羽本紀》載，項羽兵壁垓下，四面楚歌，夜起自飲帳中，乃慷慨悲歌"力拔山兮氣蓋世"云。

寄王琳

【題解】 王琳，字子珩，平侯景有功。陳霸先篡敬帝位，琳與對抗，兵敗被殺。事見《南史》本傳。本篇當是作者在北方收到王琳書信時所作。

玉關道路遠，金陵信使疏。獨下千行淚，開君萬里書。

中華書局版《庾子山集注》卷四

○"玉關"四句：聞人倓《古詩箋》："玉關，喻己留滯長安也。金陵，梁故都，元帝遷江陵，爲蕭詧所敗。敬帝仍都建業，又爲陳霸先所篡，南北不通，故曰音信疏也。琳乃心梁室，艱險備嘗，信能不爲之淚下哉！"

附： **烏夜啼**

促柱繁弦非《子夜》，歌聲舞態異《前溪》。御史府中何處宿？洛陽城頭那得栖！彈琴蜀郡卓家女，織錦秦川竇氏妻。詎不自驚長淚落，到頭啼烏恒夜啼。

| 輯　錄 |

◎宇文逌《庾子山集序》：（信）妙善文詞，尤工詩賦；窮緣情之綺靡，盡體物之瀏亮。

◎張溥《庾子山集題辭》：史評庾詩"綺豔"，杜工部又稱其"清新"、"老成"。此六字者，詩家難兼，子山備之。玉臺瓊樓，未易幾及。令狐撰史，詆爲"淫放"、"輕險"，"詞賦罪人"。夫唐人文章，去徐、庾最近，窮形寫態，模範是出，而敢於毀侮，殆將諱所自來，先縱尋斧歟？

◎楊慎《升庵詩話》卷九：庾信之詩，爲梁之冠絕，啓唐之先鞭。史評其詩曰"綺豔"，杜子美稱之曰"清新"，又曰"老成"。"綺豔"、"清新"，人皆知之，而其"老成"，獨子美能發其妙。余嘗合而衍之曰：綺多傷質，豔多無骨，清易近薄，新易近尖。子山之詩，綺而有質，豔而有骨，清而不薄，新而不尖，所以爲老成也。若元人之詩，非不綺豔，非不清新，而乏老成。宋人詩則強作老成，而綺豔清新，概未之見。若子山者，可謂兼之矣。不然，則子美何以服之如此！

◎沈德潛《古詩源》卷十四：陳隋間人，但欲得名句耳。子山於琢句中，復饒清氣，故能拔出於流俗中，所謂軒鶴立雞群者耶！

◎又：子山詩固是一時作手，以造句能新，使事無迹，比何水部似又過之，武陵陳胤倩（祚明）謂少陵不能青出於藍，直是亦步亦趨，則又太甚矣。

◎劉熙載《藝概·詩概》：庾子山《燕歌行》開唐初七古，《烏夜啼》開唐七律，其他體爲唐五絕、五律、五排所本者，尤不可勝舉。

江　總（519—594）

《陳書·江總傳》：江總字總持，濟陽考城人也。祖蒨，梁光祿大夫，有名當代。父紑，本州迎主簿，少居父憂，以毀卒。總七歲而孤，依於外氏。幼聰敏，有至性。舅吳平光侯蕭勵，名重當時，特所鍾愛。及長，篤學有辭采。家傳賜書數千卷，總晝夜尋讀，未嘗輟手。年十八，解褐宣惠武陵王府法曹參軍。梁元帝平侯景，徵總爲明威將軍、始興內史，以郡秩米八百斛給總行裝。會江陵陷，遂不行。總自此流寓嶺南積歲。天嘉四年，以中書侍郎徵還朝，直侍中省。後主即位，除祠部尚書，又領左驍騎將軍，參掌選事，轉散騎常侍、吏部尚書，尋遷尚書僕射，參掌如故。至德四年，加宣惠將軍，量置佐史，尋授尚書令，給鼓吹一部，加扶，餘並如故。入隋，爲上開府，開皇十四年卒於江都，時年七十六。總篤行義，寬和溫裕，好學，能屬文，於五言七言尤善，然傷於浮豔，故爲後主所愛幸。多有側篇，好事者相傳諷玩，於今不絕。後主之世，總當權宰，不持政務，但日與後主游宴後庭，共陳暄、孔範、王瑗等十餘人，當時謂之狎客。有文集三十卷，並行於世焉。

雜　曲（選一首）

【題解】本篇寫思婦春思。詩共三首，此其一。

行行春逕蘼蕪綠，織素那復解琴心。乍憐南階悲綠草，誰堪東陌怨黃金。紅顏素月俱三五，夫婿何在今追虜。關山隴月春雪冰，誰見人啼花照戶。

中華書局版《先秦漢魏晉南北朝詩·陳詩》卷七

〇"行行"二句：蘼蕪、織素，漢古詩《上山采蘼蕪》云："上山采蘼蕪，下山逢故夫"、"新人工織縑，故人工織素"。琴心，《史記·司馬相如列傳》載，卓文君新寡，司馬相如以琴心挑之。此反用其意。

【附·宮體詩】

梁武帝蕭衍（464—549）

河中之水歌

河中之水向東流，洛陽女兒名莫愁。莫愁十三能織綺，十四采桑南陌頭，十五嫁爲盧家婦，十六生兒字阿侯。盧家蘭室桂爲梁，中有郁金蘇合香。頭上金釵十二行，足下絲履五文章，珊瑚掛鏡爛生光，平頭奴子擎履箱。人生富貴何所望，恨不早嫁東家王。

梁簡文帝蕭綱（503—551）

和湘東王橫吹曲（折楊柳）

楊柳亂成絲，攀折上春時。葉密鳥飛礙，風輕花落遲。城高短簫發，林空畫角悲。曲中無別意，並是爲相思。

采蓮曲

晚日照空磯，采蓮承晚暉。風起湖難渡，蓮多摘未稀。棹動芙蓉落，船移白鷺飛。荷絲傍繞腕，菱角遠牽衣。

詠內人晝眠

北窗聊就枕，南簷日未斜。攀鈎落綺障，插捩舉琵琶。夢笑開嬌靨，眠鬟壓落花。簟文生玉腕，香汗浸紅紗。夫婿恒相伴，莫誤是娼家。

梁元帝蕭繹（508—555）

詠　霧

三晨生遠霧，萬里暗城闉。從風疑細雨，映日似游塵。乍若飛煙散，時如佳氣新。不妨鳴樹鳥，時蔽摘花人。

詠細雨

風輕不動葉，雨細未沾衣。入樓如霧上，拂馬似塵飛。

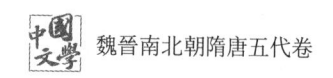

徐 摛（474—551）

胡無人行

列楹登魯殿，擁絮拭胡妝。猶將漢闈曲，誰忍奏甝房。遙憶甘泉夜，闇淚斷人腸。

庾肩吾（487—約553）

奉和春夜應令

春牖對芳洲，珠簾新上鉤。燒香知夜漏，刻燭驗更籌。天禽下北閣，織女入西樓。月皎疑非夜，林疏似更秋。水光懸蕩壁，山翠下添流。詎假西園讌，無勞飛蓋游。

陳後主陳叔寶（553—604）

三婦豔詞

大婦年十五，中婦當春戶。小婦正橫陳，含嬌情未吐。所愁曉漏促，不恨燈銷炷。

玉樹後庭花

麗宇芳林對高閣，新妝豔質本傾城。映戶凝嬌乍不進，出帷含態笑相迎。妖姬臉似花含露，玉樹流光照後庭。

| 輯　錄 |

◎《南史·梁簡文帝紀》：弘納文學之士，賞接無倦。雅好賦詩，其自序云七歲有詩癖，長而不倦。然帝文傷於輕靡，時號"宮體"。

◎《南史·徐摛傳》：(摛) 屬文好爲新變，不拘舊體。摛文體既別，春坊盡學之。"宮體"之號，自斯而始。

◎《隋書·文學傳序》：梁自大同之後，雅道淪缺，漸乖典則，爭馳新巧，簡文、湘東啓其淫放，徐陵、庾信分道揚鑣，其意淺而繁，其文匿而彩。詞尚輕險，情多哀思，格以延陵之聽，蓋亦亡國之音乎。

◎《隋書·音樂志》下：(陳) 後主嗣位，耽荒於酒，視朝之外，多在宴筵，尤重聲樂，遣宮女習北方簫鼓，謂之"代北"，酒酣則奏之。又於清樂中造《黃鸝留》及《玉樹後庭花》、《金釵兩邊垂》等曲，與幸臣等制其歌辭，豔麗相高，極於輕薄，男女唱和，其音甚哀。

◎《南史·張貴妃傳》：(陳後主)以宮人有文學者袁大捨等爲女學士。後主每引賓客對貴妃等游宴，則使諸貴人及女學士與狎客共賦新詩，互相贈答，采其尤豔麗者爲曲調，被以新聲，選宮女有容色者以千百數，令習而歌之，分部迭進，持以相樂。其曲有《玉樹後庭花》、《臨春樂》等。

◎《陳書·江總傳》：(江總) 好學，能屬文，於五言七言尤善，然傷於浮豔，故爲後主所愛幸。多有側篇，好事者相傳諷玩，於今不絕。後主之世，總當權宰，不持政務，但日與後主游宴後庭，共陳暄、孔範、王瑗等十餘人，當時謂之狎客。

參考書目

《謝宣城集校注》，曹融南校注集說，上海古籍出版社2001年版。
《徐孝穆文集》，《四部叢刊》本。
《徐陵集校箋》，許逸民校箋，中華書局2008年版。
《何遜集》，中華書局1980年點校本。
《何遜集校注》（修訂本），李伯齊校注，中華書局2010年版。
《庾子山集注》，清倪璠注，許逸民校點，中華書局2000年版。

《先秦漢魏晉南北朝詩》齊詩、梁詩、陳詩，逯欽立輯校，中華書局1983年版。

《玉臺新詠箋注》，陳徐陵編，清吳兆宜注、程琰刪補，穆克宏點校，中華書局1985年版。

思考題

1. 什麼是新體詩？新體詩的產生對於漢語詩歌的發展有何重要意義？
2. 大小謝山水詩有何異同？
3. 什麼是宮體詩？宮體詩有哪些代表詩人？你認爲應如何評價宮體詩？

第二章

南北朝樂府

概　說

在中國詩史上，樂府聲詩占有顯著的優勢。《詩經》以四言四句爲章、多章疊詠爲基本形式，就可以說是前樂府。繼而漢魏樂府，以雜言和五言體爲主，篇幅長短不定。而其中有一種值得注意的詩體，即五言四句的謠體，大體隔句用韻，如："采葵莫傷根，傷根葵不生。結交莫羞貧，羞貧友不成。""藁砧今何在，山上復安山。何當大刀頭，破鏡飛上天。"沈德潛《古詩源》謂之古絕句。到南北朝樂府中，這種五言四句體大量產生，成爲樂府民歌主要體裁。

東晉以來，長江流域經濟發展，商業發達，城市繁榮。宋文帝時出現經濟上升的勢頭，富庶的地區首推荊州和揚州，史稱"荊揚二州戶口半天下"（《宋書・何尚之傳》），"荊城跨南楚之富，揚部有全吳之沃"（《宋書・孔季恭等傳論》）。而齊初幾十年也是較爲安定的時期，當時繁榮的城市生活奢靡，妓女大量產生，音樂文藝蓬勃發展。"歌曲數百種，子夜最可憐；慷慨吐清音，明轉出天然"（《大子夜歌》），當時以《子夜歌》爲代表的歌辭大都是五言四句體。南歌多半出自商人、妓女、船戶和市民，主要反映城市中下層居民的生活和思想感情。也就是說，這些民歌是城市生活的產物，不是農業勞動的產物，這是和《詩經》、漢樂府都很不相同的。南朝和漢代一樣設有樂府機關，負責采集民歌配樂演唱。周代和漢代統治者采集民歌有觀風俗、行樂教的目的，南朝統治者采集民歌則主要供聲色娛樂的需要。宋廢帝時全國戶口不滿百萬，可是宮廷裏的樂工就有上千人，當時"王侯將相，歌伎填室；鴻商富賈，舞女成群。競相誇大，互有爭奪"（《通典·樂典一》引梁裴子野《宋略》）。所以現存南朝樂府民歌的內容比較狹窄，絕大多數是情歌。南朝樂府民歌大部分保存在《樂府詩集·清商曲辭》中，今存約五百首，主要分吳聲歌曲和西曲歌兩大類，此外，還有民間祭歌《神弦歌》。

關於吳歌，《宋書·樂志》說："吳歌雜曲，並出江東，晉宋以來，稍有增廣。"又說："始皆徒歌，既而被之弦管。"《樂府詩集》："蓋自永嘉渡江之後，下及梁陳，咸都建業，吳聲歌曲起於此也。"可見吳歌產生於長江下游，而以建業（今南京）為中心；吳歌原是徒歌，采入樂府始配樂歌唱。吳歌產生的時代以東晉和宋為主。吳歌的特色是豔麗而熾情，多反映市民階層的生活趣味，妓情和相思離別是主要的題材，以《子夜歌》、《讀曲歌》數量最多。《子夜歌》共四十二首，相傳為東晉女子名子夜的所造。此外，另有《子夜四時歌》七十五首，與《子夜歌》不同者唯在點明時序，是較早的四季相思調。關於西曲，《樂府詩集》裏說："西曲歌出於荊（今湖北江陵）、郢（今湖北宜昌）、樊（今湖北襄樊）、鄧（今河南鄧州），而其聲節送和，與吳歌亦異，故因其方俗而謂之西曲云。"可見西曲產生於長江中游和漢水兩岸的城市，而以江陵為中心；在唱法上與吳歌不同。此外，西曲的時代比吳歌稍晚，以齊、梁居多。西曲多寫水邊旅人思婦的別情，表現船戶、賈客生活的尤其多，風格比吳歌直率、開闊。總的說來，南歌在藝術表現方面上，多自然景物的描寫，情景交融，為後來的五絕藝術提供了有益的借鑒。其次是比興和雙關手法，雙關語由諧音構成，比如蓮花的"蓮"和憐愛的"憐"，"蓮子"和"憐子"，絲綫的"絲"和相思的"思",籬笆的"籬"和離別的"離",巧妙的雙關,增加了語言的活潑和委婉。三是代言體和問答體,南歌多用女子獨白的語氣寫來,設爲問答的也不少。此外,還有聯章體,五言長篇《西洲曲》,實際上就是由五言四句聯章體演變而成的。

北朝民歌今存約六十多首,大部分收在《樂府詩集·梁鼓角橫吹曲》中,少數收入同書《雜曲歌辭》和《雜歌謠辭》中。所謂橫吹曲,是一種在馬上演奏的軍樂,因爲樂器裏有鼓有角,所以叫"鼓角橫吹曲"。北歌多半是北魏以後的作品,陸續傳到南方,由梁代的樂府機關保存下來,所以叫"梁鼓角橫吹曲"。它們出於北方不同的民族,以鮮卑民歌爲多。如《敕勒歌》,據史書記載,公元546年,東、西魏兩個政權之間爆發一場大戰,東魏喪師數萬,軍心渙散,主帥高歡爲了安定軍心,在宴會上命大將斛律金唱此歌。而斛律金就是敕勒族人,其歌辭就是由鮮卑語譯成的。不過,北歌中也有漢人的作品。由於北朝生產力水準較低,以游牧業爲主要生產方式,沒有南方那樣豪華的都市生活,因而北歌從內容題材到藝術風格、表現手法與南歌有顯著的差別。一般說來,北歌表現北方的景色和風俗,富有地方特色。其次,北歌藝術表現較爲質樸而生活內容卻較爲開闊,其中有對俠義精神的謳歌,對命運不平的感喟,對不合理現實的幽默嘲謔,這些都是南歌中罕見的。第三,與南歌書面加工痕跡較明顯且有文人仿作不同,北歌口頭創作居多,以謠體爲主。北歌總的風格是剛健質樸,生氣勃勃。

要之,南北朝樂府民歌在文學上是富於創造性的,是在漢魏樂府基礎上另起爐灶,在風格和手法上都有許多新的貢獻,爲唐代五絕藝術開闢了道路。

參考書目

《漢魏樂府風箋》,黃節箋釋,陳伯君校訂,人民文學出版社1958年版。
《漢魏六朝樂府文學史》,蕭滌非著,人民文學出版社1984年版。

第一節　南朝樂府

郭茂倩《樂府詩集》卷四十四：《清商樂》一曰《清樂》。《清樂》者，九代之遺聲，其始即《相和》三調是也，並漢、魏已來舊曲。其辭皆古調及魏三祖所作。自晉朝播遷，其音分散，苻堅滅涼得之，傳於前後二秦。及宋武定關中，因而入南，不復存於內地。自時已後，南朝文物號爲最盛，民謠國俗，亦世有新聲。故王僧虔論三調歌曰："今之《清商》，實由《銅雀》，魏氏三祖，風流可懷。京、洛相高，江左彌重。而情變聽改，稍復零落，十數年間，亡者將半。所以追餘操而長懷，撫遺器而太息者矣。"後魏孝文討淮、漢，宣武定壽春，收其聲伎，得江左所傳中原舊曲《明君》、《聖主》、《公莫》、《白鳩》之屬，及江南吳歌、荊楚西聲，總謂之《清商樂》。至於殿庭饗宴，則兼奏之。遭梁、陳亡亂，存者蓋寡。及隋平陳得之，文帝善其節奏，曰："此華夏正聲也。"乃微更損益，去其哀怨，考而補之，以新定律呂，更造樂器。因於太常置清商署以管之，謂之"清樂"。

又引《晉書·樂志》曰："吳歌雜曲，並出江南。東晉已來，稍有增廣。其始皆徒歌，既而被之管弦。"蓋自永嘉渡江之後，下及梁陳，咸都建業，吳聲歌曲起於此也。《古今樂錄》曰："吳聲歌，舊器有篪、箜篌、琵琶，今有笙、箏，其曲有《命嘯》、吳聲、游曲、半折、六變、八解，《命嘯》十解，存者有《烏噪林》、《浮雲驅》、《雁歸湖》、《馬讓》，餘皆不傳。吳聲十曲：一曰《子夜》，二曰《上柱》，三曰《鳳將雛》，四曰《上聲》，五曰《歡聞》，六曰《歡聞變》，七曰《前溪》，八曰《阿子》，九曰《丁督護》，十曰《團扇郎》，並梁所用曲。《鳳將雛》以上三曲，古有歌，自漢至梁不改，今不傳。《上聲》以下七曲，內人包明月製舞《前溪》一曲，餘並王金珠所製也。游曲六曲：《子夜四時歌》、《警歌》、《變歌》，並十曲中間游曲也。半折、六變、八解，漢世已來有之。八解者，古彈、上柱古彈、鄭干、新蔡、大冶、小冶、當男、盛當。梁太清中，猶有得者，今不傳。又有《七日夜》、《女歌》、《長史變》、《黃鵠》、《碧玉》、《桃葉》、《長樂佳》、《歡好》、《懊惱》、《讀曲》，亦皆吳聲歌曲也。"

又卷四十七：《古今樂錄》曰："西曲歌有石城樂、《烏夜啼》、《莫愁樂》、《估客樂》、《襄陽樂》、《三洲》、《襄陽蹋銅蹄》、《采桑度》、《江陵樂》、《青陽度》、《青驄白馬》、《共戲樂》、《安東平》、《女兒子》、《來羅》、《那呵灘》、《孟珠》、《翳樂》、《夜度娘》、《長松標》、《雙行纏》、《黃督》、《黃纓》、《平西樂》、《攀楊枝》、《尋陽樂》、《白附鳩》、《拔蒲》、《壽陽樂》、《作蠶絲》、《楊叛兒》、《西烏夜飛》、《月節折楊柳歌》三十四曲。《石城樂》、《烏夜啼》、《莫愁樂》、《估客樂》、《襄陽樂》、《三洲》、《襄陽蹋銅蹄》、《采桑度》、《江陵樂》、《青驄白馬》、《共戲樂》、《安東平》、《那呵灘》、《孟珠》、《翳樂》、《壽陽樂》並舞曲。《青陽度》、《女兒子》、《來羅》、《夜黃》、《夜度娘》、《長松標》、《雙行纏》、《黃督》、《黃纓》、《平西樂》、《攀楊枝》、《尋陽樂》、《白附鳩》、《拔蒲》、《作蠶絲》並倚歌。《孟珠》、《翳樂》亦倚歌。"案西曲歌出於荆、郢、樊、鄧之間，而其聲節送和，與吳歌亦異，故因其方俗而謂之西曲云。

又卷四十七引《古今樂錄》："《神弦歌》十一曲，一曰《宿阿》，二曰《道君》，三曰《聖郎》，四曰《嬌女》，五曰《白石郎》，六曰《青溪小姑》，七曰《湖就姑》，八曰《姑恩》，九曰《采菱童》，十曰《明下童》，十一曰《同生》。"

子夜歌（選四首）

【題解】《樂府詩集》卷四十四《清商曲辭》一："《唐書·樂志》

曰：'《子夜歌》者，晉曲也。晉有女子名子夜，造此聲，聲過哀苦。'《宋書·樂志》：'晉孝武太元中，琅琊王軻家有鬼歌子夜，殷允爲豫章，豫章僑人庾僧虔家亦有鬼歌子夜。'殷允爲豫章亦是太元中，則子夜是此時以前人也。"《樂府詩集》共收《子夜歌》晉、宋、齊辭四十二首，選四首。

宿昔不梳頭，絲髮被兩肩。婉伸郎膝上，何處不可憐。

始欲識郎時，兩心望如一。理絲入殘機，何悟不成匹。

今夕已歡別，合會在何時？明燈照空局，悠然未有期。

夜長不得眠，明月何灼灼。想聞歡喚聲，虛應空中諾。

中華書局版《樂府詩集》卷四十四

○絲：諧音雙關"思"。○匹：雙關"匹配"意。《漢書·食貨志》："布帛廣二尺二寸爲幅，長四丈爲匹。"○空局：空的棋枰。○悠然未有期：音諧"油燃未有棋"。

子夜四時歌（選四首）

【題解】《樂府詩集》卷四十四《清商曲辭》一引《樂府解題》："後人更（《子夜歌》）爲四時行樂之詞，謂之《子夜四時歌》。又有《大子夜歌》、《子夜警歌》、《子夜變歌》，皆曲之變也。"《樂府詩集》收《子夜四時歌》晉、宋、齊辭共七十五首，其中《春歌》二十首、《夏歌》二十首、《秋歌》十八首、《冬歌》十七首。四時各錄一首。

春林花多媚，春鳥意多哀。春風復多情，吹我羅裳開。

青荷蓋淥水，芙蓉葩紅鮮。郎見欲采我，我心欲懷蓮。

秋風入窗裏，羅帳起飄颺。仰頭看明月，寄情千里光。

淵冰厚三尺，素雪覆千里。我心如松柏，君情復何似？

中華書局版《樂府詩集》卷四十四

○蓮：即"芙蓉"，音諧"憐"。

懊儂歌

【題解】《樂府詩集》卷四十六《清商曲辭》三："《古今樂錄》曰：'《懊儂歌》者，晉石崇綠珠所作，唯"絲布澀難縫"一曲而已。後皆隆安初民間訛謠之曲。宋少帝更製新歌三十六曲，齊太祖常謂之《中朝曲》，梁天監十一年，武帝敕法雲改爲《相思曲》。'《宋書·五行志》曰：'晉安帝隆安中，民忽作《懊惱歌》，其曲中有"草生可攬結，女兒可攬抱"之言。'"《樂府詩集》收《懊儂歌》十四首，錄一首。王士禎《分甘餘話》："樂府'江陵去揚州'一首，愈俚愈妙，然讀之未有不失笑者。余因憶再使西蜀時，北歸次新都，夜宿聞諸僕偶語曰'今日歸家，所餘道里無幾矣，當酌酒相賀也'。一人問'所餘幾何'？答曰'已行四十里，所餘不過五千九百六十里耳'。余不覺失笑，而復悵然有越鄉之悲。此語雖謔，乃得樂府之意。"

江陵去揚州，三千三百里。已行一千三，所有二千在。

中華書局版《樂府詩集》卷四十六

讀曲歌（選一首）

【題解】《樂府詩集》卷四十六《清商曲辭》三："《宋書·樂志》

曰：'《讀曲歌》者，民間爲彭城王義康所作也。其歌云"死罪劉領軍，誤殺劉第四"是也。'《古今樂錄》曰：'《讀曲歌》者，元嘉十七年袁后崩，百官不敢作聲歌，或因酒讌，止竊聲讀曲細吟而已，以此爲名。'"《樂府詩集》收《讀曲歌》八十九首，錄一首。

打殺長鳴雞，彈去烏臼鳥。願得連冥不復曙，一年都一曉。

中華書局版《樂府詩集》卷四十六

西洲曲

【題解】 本篇《樂府詩集》卷七十二《雜曲歌辭》十二作"古辭"；《玉臺新詠》作江淹詩，而宋本不載；《古詩源》作梁武帝詩，又曰一作晉辭。當是經過文人加工的南朝民歌。

憶梅下西洲，折梅寄江北。單衫杏子紅，雙鬢鴉雛色。西洲在何處，兩槳橋頭渡。日暮伯勞飛，風吹烏臼樹。樹下即門前，門中露翠鈿。開門郎不至，出門采紅蓮。采蓮南塘秋，蓮花過人頭。低頭弄蓮子，蓮子青如水。置蓮懷袖中，蓮心徹底紅。憶郎郎不至，仰首望飛鴻。鴻飛滿西洲，望郎上青樓。樓高望不見，盡日欄干頭。欄干十二曲，垂手明如玉。卷簾天自高，海水搖空綠。海水夢悠悠，君愁我亦愁。南風知我意，吹夢到西洲。

中華書局版《樂府詩集》卷七十二

○下西洲：到西洲。唐溫庭筠《西洲曲》："悠悠復悠悠，昨日下西洲。西洲風色好，遙見武昌樓。"○"折梅"句：盛弘之《荊州記》："陸凱與范曄交善，自江南寄梅花一枝，詣長安與曄，兼贈詩曰：'折梅逢驛使，寄與隴頭人。江南無所有，聊贈一枝春。'"

參考書目

《樂府詩集》，宋郭茂倩編撰，中華書局2017年版。

《先秦漢魏晉南北朝詩》晉詩，逯欽立輯校，中華書局1983年版。

思考題

《西洲曲》在格調上有何特色？

第二節　北朝樂府

郭茂倩《樂府詩集》卷二十五《古今樂錄》曰："梁鼓角橫吹曲有《企喻》、《琅琊王》、《鉅鹿公主》、《紫騮馬》、《黃淡思》、《地驅樂》、《雀勞利》、《慕容垂》、《隴頭流水》等歌三十六曲，二十五曲有歌有聲，十一曲有歌。是時樂府胡吹舊曲有《大白淨皇太子》、《小白淨皇太子》、《雍臺》、《搶臺》、《胡遵》、《利茄女》、《淳于王》、《捉搦》、《東平劉生》、《單迪歷》、《魯爽》、《半和企喻》、《比敦》、《胡度來》十四曲，三曲有歌，十一曲亡。又有《隔谷》、《地驅樂》、《紫騮馬》、《折楊柳》、《幽州馬客吟》、《慕容家自魯企由谷》、《隴頭》、《魏高陽王樂人》等歌二十七曲，合前三曲，凡三十曲，總六十六曲。"江淹《橫吹賦》云："奏《白臺》之二曲，起《關山》之一引，采菱謝而自罷，綠水慚而不進。"則《白臺》、《關山》又是二曲。按歌辭有《木蘭》一曲，不知起於何代也。

又引《舊唐書·音樂志》："北狄樂其可知者，鮮卑、吐谷渾、部落稽三國，皆馬上樂也。鼓吹本軍旅之音，馬上奏之，故自漢以來，北狄樂總歸鼓吹署。魏樂府始有北歌，即魏史所謂'真人代歌'是也。代都時命掖庭宮女晨夕歌之。周隋世，與西涼樂雜奏。今存者五十三章，其名目可解者六章：《慕容可汗》、《吐谷渾》、《部落稽》、《鉅鹿公主》、《白淨皇太子》、《企喻》也。其不可解者，咸多可汗之辭。此即後魏世所謂'簸羅迴'者是也。其曲亦多可汗之辭。北虜之俗，呼主爲'可汗'。吐谷渾，又慕容別種，知此歌是燕、魏之際鮮卑歌，歌音辭，虜竟不可曉。梁樂府鼓吹又有《大白淨皇太子》、《小白淨皇太子》、《企喻》等曲。隋鼓吹有《白淨皇太子曲》，與北歌校之，其音皆異。"又有《半和企喻》、《北敦》，蓋曲之變也。

琅琊王歌辭（選二首）

【題解】《樂府詩集》卷二十五《橫吹曲辭》五引《古今樂錄》曰："《琅琊王歌》八曲。"選二首。

新買五尺刀，懸著中梁柱。一日三摩挲，劇於十五女。

客行依主人，願得主人強。猛虎依深山，願得松柏長。

中華書局版《樂府詩集》卷二十五

折楊柳歌辭（選四首）

【題解】《樂府詩集》卷二十五《橫吹曲辭》五收《折楊柳歌辭》五首，選四首。

上馬不捉鞭，反折楊柳枝。蹀座吹長笛，愁殺行客兒。

腹中愁不樂，願作郎馬鞭。出入擐郎臂，蹀座郎膝邊。

遙看孟津河，楊柳鬱婆娑。我是虜家兒，不解漢兒歌。

健兒須快馬，快馬須健兒。跋跋黃塵下，然後別雄雌。

中華書局版《樂府詩集》卷二十五

○蹀座：行者與坐者。蹀，行。座，同坐。○孟津：黃河渡口名，在今河南。○跋跋：馬蹄聲。

幽州馬客吟歌辭（選一首）

【題解】《樂府詩集》卷二十五《橫吹曲辭》五收《幽州馬客吟歌辭》五首，選一首。

憎馬常苦瘦，剿兒常苦貧。黃禾起羸馬，有錢始作人。

中華書局版《樂府詩集》卷二十五

【附】

地驅樂歌辭（選一首）

驅羊入谷，白羊在前。老女不嫁，踢地喚天。

折楊柳枝歌

門前一樹棗，歲歲不知老。阿婆不嫁女，那得孫兒抱。

隴頭歌辭（三首）

隴頭流水，流離山下。念吾一身，飄然曠野。

朝發欣城，暮宿隴頭。寒不能語，舌捲入喉。

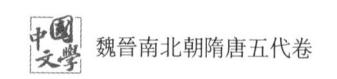

隴頭流水，鳴聲嗚咽。遙望秦川，心肝斷絕。

|輯　錄|

◎鄭振鐸《中國俗文學史》上:《子夜歌》四十二首，幾乎沒有一首不好。這些民歌都是很可信的出於民間的。在山明水秀的江南，產生著這樣漂亮的情歌並不足驚奇。所可驚奇的是，他們的想像有的地方，較之近代的《掛枝兒》、《山歌》以及《馬頭調》，更爲宛曲而奔放，其措辭造語，較之《詩經》裏的情詩，尤爲溫柔敦厚。祇有深情綺膩，而沒有一點粗獷之氣。祇有綺思柔語，而絕無一句下流卑污的話。不像《山歌》、《掛枝兒》等，有的地方甚至在赤裸裸的描寫性欲。這裏是祇有溫柔而沒有挑撥，祇有羞却與懷念而沒有過分大膽的沉醉。故她們和後來的許多民歌不同，她們是綺靡而不淫蕩的。她們是少女而不是蕩婦。

◎沈德潛《古詩源》卷十二:(《西洲曲》)續續相生，連跗接萼，搖曳無窮，情味愈出。似絕句數首，攢簇而成。樂府中又生一體。初唐張若虛、劉希夷七言古，發源於此。

◎王闓運《論唐詩諸家源流》:張若虛《春江花月夜》用《西洲》格調，孤篇橫絕，竟爲大家。

◎胡應麟《詩藪·內編》卷三:齊、梁後，七言無復古意。獨斛律金《敕勒歌》云(略)。大有漢魏風骨。金，武人，目不知書，此歌成於信口，咸謂宿根。不知此歌之妙，正在不能文者，以無意發之，所以渾樸莽蒼，暗合前古。推之兩漢，樂府歌謠，采自閭巷，大率皆然。使當時文士爲之，便欲雕繢滿眼，況後世操觚者。

參考書目

《先秦漢魏晉南北朝詩》梁詩、北齊詩，逯欽立輯校，中華書局 **1983** 年版。

思考題

舉例說明南北朝樂府民歌的不同特色。

第三章

魏晉南北朝文

概　說

　　文亦如詩，自魏晉南北朝而一變。先秦史乘偏重紀實，諸子之文則偏重說理，除被漢人視爲雕蟲小技的辭賦而外，純文藝的作品爲數不多。魏晉南北朝散文的一大變遷，就是特重抒寫情志，亦即個性的張揚。從建安開始，述志、言情、體物等類散文和辭賦都得到長足發展，書札應用之文，亦寫得情真而語暢，即是顯著標誌。

　　曹操是改造文章的祖師，其統治的特點是尚刑名，即立法很嚴，影響到文章，便形成了清峻通脫、質樸簡約的風格。曹丕又提倡"詩賦欲麗"、"文以氣爲主"，使文章於通脫之外，加上了華麗壯大。丕、植兄弟並長書札，多追懷昔游，品第時文，感時序流逝，恐榮名不立，清新流暢，頗富情韻。其作風影響建安一代，七子之作，與三曹多有共通之處。魏晉之際，天下多故，名士內心壓抑，爲文以老莊爲旨趣，風格轉爲狷急深邃。其時散文家大體可分兩派，一爲阮籍、嵇康，一爲王弼、何晏，而以阮、嵇成就爲高，其文以師心使氣爲特色，而"嵇康的論文，比阮籍更好，思想新穎，往往與古時舊說反對"（魯迅）。稍後，王羲之、陶淵明等人的散文漸趨平淡，詞約意雋，究其寫意真率而言，仍處在前輩作家的延長綫上。

文學的自覺，使魏晉南北朝文人漸漸重視詩文的音樂美和形式美，西晉文的一個突出特點，就是駢偶化——散文和辭賦都不約而同地朝着駢儷的方向發展，表現出一種詩化的傾向，逐漸形成了我國獨有的美文樣式——俳賦和駢文，統稱駢體（或俳體）。駢體的三大特點是：講究對仗而多用四六言句，講究平仄的相間相重，多用典故和華麗詞藻。駢體文大盛，是魏晉南北朝極爲重要的文學現象之一。

　　所謂駢儷，就是講究語句結構及詞性上的平行對稱。《文心雕龍》第三十三篇講聲律，第三十五篇講麗辭（即對偶），即已論及。由於漢語單音獨義，以母音爲主並具四聲，因此在行文上便於排偶。遠在先秦文中就出現了排偶的修辭，其後辭賦更是大量運用排偶。魏晉南北朝時代，作家已從理論上認識到文學與學術著作在文體上的區別，日益重視藝術形式的精美，排比對偶手法也就成爲他們悉心研究的一門學問，於是包括詩賦在內的各種文體都開始走向駢偶化。最初是駢散相間，雖多用對偶句式，但並不影響文章的疏宕之氣，到南北朝作家則把更多的精力用於藝術形式的精雕細琢。劉宋時代鮑照《登大雷岸與妹書》用駢體，開啓了文人在書信中記敘山水勝景的法門，以後梁代陶弘景、吳均的幾篇短篇駢體書信，也是歷來傳誦的名作。

　　元人祝堯總結駢賦形成的過程道："建安七子，獨王仲宣辭賦有古風；至晉陸士衡輩《文賦》等作，已用俳體；流至潘岳，首尾絕俳；迨沈休文等出，四聲八病起，而俳體又入於律矣；徐、庾繼出，又復隔句對聯，以爲駢四儷六，簇事對偶，以爲博物洽聞。"於是，西漢時不講求對仗聲律的散體賦，一變而爲字句工整對仗、音節輕重協調的駢賦。而古樸渾厚的秦漢散文也逐漸被句式駢整、辭語精雅、大量用典的駢文取代。定型的駢體體制的特點是隔句對仗，漸趨四六，講究平仄，漸趨律賦。而格律精嚴的律賦則成於唐初。

　　駢賦在藝術表現上較漢大賦有長足的進步，無論是以抒情爲主，還是以體物爲主的作品，都已不滿足於大賦以名詞羅列的簡單辦法來表現某種境界（如富庶、博大），而追求用生動傳神的形象描寫來創造意境，把情意與景物融爲一體。他們雖追求詞采之美，却不再頻繁使用衆多難以捉摸實際含義的形容詞和動詞，采取多種修辭方法（比喻、想象、用典等）來增强詞采和音律之美。同漢賦相比，這無疑也是一個重大的進步。

駢體創作到庾信，達到了爐火純青境界。他把現實的重大主題引入賦體的創作，以親身遭逢爲依據，寫出有梁一代盛衰興亡的史詩，《哀江南賦》并序是駢體的長篇巨製，在駢體發展史上具有里程碑的意義。作爲一種美文，駢體在中國文學史上曾發生過相當重要的影響，從某種意義上說，唐詩宋詞高度的藝術造詣，就是建築在駢體的基礎之上的。優秀的駢體文作品本身也具有很高的審美價值。

北朝散文值得重視的是北魏作家的兩部專著——酈道元《水經注》和楊衒之《洛陽伽藍記》。《水經注》是爲地理書《水經》而作的注釋，却有山水文學的價值，唐代柳宗元的山水記就深受這部著作的影響。《洛陽伽藍記》是記述洛陽佛寺的史志類著作，作者追尋故迹，撾拾舊聞，多有景物描寫，是處在山水文學邊緣上的作品。

| 輯　錄 |

◉劉師培《中國中古文學史講義》：建安文學，革易前型，遷蛻之由，可得而說：兩漢之世，戶習七經，雖及子家，必緣經術，魏武治國，頗雜刑名，文體因之，漸趨清峻，一也；建武以還，士民秉禮，洎及建安，漸尚通侻，侻則侈陳哀樂，通則漸藻玄思，二也；獻帝之初，諸方棋峙，乘時之士，頗慕縱横，騁詞之風，肇端於此，三也；又漢之靈帝，頗好俳詞（見楊賜、蔡邕傳），下習其風，益尚華靡，雖迄魏初，其風未革，四也。

◉又：魏代自太和以迄正始，文士輩出。其文約分兩派：一爲王弼、何晏之文，清峻簡約，文質兼備，雖闡發道家之緒，實與名法家言爲近者也。此派之文，蓋成

103

於傅嘏，而王、何集其大成，夏侯玄、鍾會之流，亦屬此派。溯其遠源，則孔融、王粲實開其基。一爲嵇康、阮籍之文，文章壯麗，摠采騁辭，雖闡發道家之緒，實與縱橫家言爲近也。此派之文，盛於竹林諸賢。溯其遠源，則阮瑀、陳琳已開其始，惟阮、陳不善持論，孔、王雖善持論，而不能藻以玄思，故世之論魏晉文學者，昧厥遠源之所出。

◎又：中國文學至兩漢魏晉而大盛，然斯時文學，未嘗別爲一科（故史書亦無《文苑傳》），故儒生學士，莫不工文。其以文學特立一科者，自劉宋始。考之史籍，則宋文帝時，於儒學、玄學、史學三館外，別立文學館《宋書》本紀），使司徒參軍謝元掌之（《南史·雷次宗傳》）。明帝立總明觀，分儒、道、文、史、陰陽爲五部（《宋書》本紀），此均文學別於衆學之徵也。故《南史》各傳，恒以文史文義並詞，而《文章志》諸書，亦以當時爲最盛（《文章志》始於摯虞，嗣則傅亮著《續文章志》。宋明帝撰《江左文章志》，沈約作《宋世文章志》。均見《隋書·經籍志》。今遺文時見群書所引）。更即簿錄之學言之，晉荀勗因《魏中經》區書目爲四部，其丁部之中，詩、賦、圖贊，仍與汲冢書並列，自齊王儉撰《七志》，始立文翰之名，梁阮孝緒撰《七錄》，易稱文集（《七錄》序云：王以詩賦之名，不兼餘制，故改爲文翰。竊以頃世文詞，總謂之集，變翰爲集，於名尤顯。故序《文集錄》爲內篇第四），而《文集錄》中，又區楚辭、別集、總集、雜文爲四部，此亦文學別爲一部之證也。

參考書目

《六朝文絜箋注》，清許槤評選，清黎經誥箋注，上海古籍出版社1982年版。

《魏晉文舉要》，高步瀛選注，中華書局1998年版。

《南北朝文舉要》，高步瀛選注，孫海通點校，中華書局1998年版。

第一節 散 文

曹 操（155—220）

傳略見"魏晉南北朝文學"第一章第一節。

讓縣自明本志令

【題解】 建安元年（196），曹操迎漢獻帝到洛陽，同年遷許昌。獻帝以曹操爲大將軍，封武平侯。建安十五年（210），曹操已統一北方大部分地區，政權逐漸鞏固，流言謂將篡漢自立，他因此寫了這篇令，表示要奉還大部分食邑，以明心迹。事見《三國志·魏書·武帝紀》及裴注。張溥《魏武帝集題辭》："述志一令，似乎欺世，未嘗不抽序心腹，慨當以慷。"

孤始舉孝廉，年少，自以本非巖穴知名之士，恐爲海內人之所見凡愚，欲爲一郡守，好作政教以建立名譽，使世士明知之。故在濟南，始除殘去穢，平心選舉，違迕諸常侍。以爲彊豪所忿，恐致家禍，故以病還。去官之後，年紀尚少，顧視同歲中，年有五十，未名爲老，內自圖之，從此却去二十年，待天下清，乃與同歲中始舉者等耳。故以四時歸鄉里，於譙東五十里築精舍，欲秋夏讀書，冬春射獵，求底下之地，欲以泥水自蔽，絕賓客往來之望，然不能得如意。後徵爲都尉，遷典軍校尉，意遂更欲爲國家討賊立功，欲望封侯作征西將軍，然後題墓道言"漢故征西將軍曹侯之墓"。此其志也。

○舉孝廉：操舉孝廉，事在熹平二年（174），時年二十。○故在濟南：操任濟南相（相當於郡太守），事在中平元年（184）。○除殘去穢：操在濟南，奏免八個貪官污吏，郡內肅然。〇諸常侍：常侍，職官名，東漢時由宦官充任。〇同歲：同年舉孝廉者。

而遭值董卓之難，興舉義兵。是時合兵能多得耳，然常自損，不欲多之。所以然者，多兵意盛，與彊敵爭，倘更爲禍始。故汴水之戰數千，後還到揚州更募，亦復不過三千人。此其本志有限也。後領兗州，破降黃巾三十萬衆。又袁術僭號於九江，下皆稱臣，名門曰建號門，衣被皆爲天子之制，兩婦預爭爲皇后。志計已定，人有勸術使遂即帝位，露布天下。答言"曹公尚在，未可也"。後孤討禽其四將，獲其人衆，遂使術窮亡解沮，發病而死。及至袁紹據河北，兵勢強盛。孤自度勢，實不敵之，但計投死爲國，以義滅身，足垂於後。幸而破紹，梟其二子。又劉表自以爲宗室，包藏奸心，乍前乍却，以觀世事，據有當州。孤復定之，遂平天下。身爲宰相，人臣之貴已極，意望已過矣。

〇後領兗州：後爲兗州刺史，事在初平三年（192）。〇討禽其四將：事在建安二年（197）九月，四將爲橋蕤、李豐、梁綱、樂就。〇幸而破紹，梟其二子：建安五年（200）破袁紹；九年擊敗袁尚，尚投遼東，爲遼東太守公孫康所殺；十年，斬殺袁譚。〇身爲宰相：建安十三年（208）復置丞相，任操。

今孤言此，若爲自大，欲人言盡，故無諱耳。設使國家無有孤，不知當幾人稱帝、幾人稱王。或者人見孤彊盛，又性不信天命之事，恐私心相評，言有不遜之志，妄相忖度，每用耿耿。齊桓、晉文所以垂稱至今日者，以其兵勢廣大，猶能奉事周室也。《論語》云："三分天下有其二，以服事殷，周之德可謂至德矣。"夫能以大事小也。昔樂毅走趙，趙王欲與之圖燕，樂毅伏而垂泣，對曰："臣事昭王，猶事大王；臣若獲戾，放在他國，沒世然後已，不忍謀趙之徒隸，況燕後嗣乎？"胡亥之殺蒙恬也，恬曰："自吾先人及至子孫，積信於秦三世矣。今臣將兵三十餘萬，其勢足以背叛，然自知必死而守義者，不敢辱先人之教以忘先王也。"孤每讀此二人書，未嘗不愴然流涕也。孤祖父以至孤身，皆當親重之任，可謂見信者也，以及子桓兄弟，過於三世矣。孤非徒對諸君說此也，常以語妻妾，皆令深知此意。孤謂之言："顧我萬年之後，汝曹皆當出嫁。欲令傳道我心，使他人皆知之。"孤此言皆肝鬲之要也。所以勤勤懇懇叙心腹者，見周公有金縢之書以自明，恐人不信之故。

○"《論語》"三句：語出《論語·泰伯》。○子桓：曹丕的字。○鬲：通膈。○金縢：《尚書》篇名。周武王病，周公作禱詞，願以身代，禱詞藏於金縢櫃中。武王死，成王即位，流言謂周公欲篡取王位，周公遂避嫌出居洛陽。後成王發櫃見禱詞，知其心迹，始得迎歸。

然欲孤便爾委捐所典兵衆，以還執事，歸就武平侯國，實不可也。何者？誠恐已離兵爲人所禍也。既爲子孫計，又已敗則國家傾危，是以不得慕虛名而處實禍，此所不得爲也。前朝恩封三子爲侯，固辭不受，今更欲受之，非欲復以爲榮，欲以爲外援爲萬安計。孤聞介推之避晉封，申胥之逃楚賞，未嘗不捨書而歎，有以自省也。奉國威靈，仗鉞征伐，推弱以克彊，處小而禽大，意之所圖，動無違事，心之所慮，何向不濟，遂蕩平天下，不辱主命，可謂天助漢室，非人力也。然封兼四縣，食戶三萬，何德堪之！江湖未靜，不可讓位；至於邑土，可得而辭。今上還陽夏、柘、苦三縣戶二萬，但食武平萬戶，且以分損謗議，少減孤之責也。

中華書局版《曹操集·文集》卷二

○介推之避晉封：介子推從重耳出亡十九年及避晉封事，見《左傳·僖公二十四年》。○申胥之逃楚賞：申包胥哭秦庭及避楚賞事，見《左傳·定公四年》及《左傳·定公五年》。

曹　丕（187—226）

傳略見"魏晉南北朝文學"第一章第一節。

典論·論文

【題解】 本篇是曹丕《典論》書中的一篇。《三國志·魏書·文帝紀》："初，帝好文學，以著述爲務，自所勒成垂百篇。"裴注引《魏書》載丕《與王朗書》自稱："生有七尺之形，死唯一棺之土，唯立德揚名，可以不朽，其次莫如著篇籍。疫癘數起，士人凋落，余獨何人，能全其壽？故論撰所著《典論》、詩賦，蓋百餘篇。"《文選》六臣注呂向云："文帝《典論》二十篇，兼論古者經典文事。有此篇，論文章之體也。"

文人相輕，自古而然。傅毅之於班固，伯仲之間耳。而固小之，與弟超書曰："武仲以能屬文，爲蘭臺令史，下筆不能自休。"夫人善於自見，而文非一體，鮮能備善，是以各以所長，相輕所短。里語曰："家有弊帚，享之千金。"斯不自見之患也。

○傅毅：字武仲，扶風茂陵人，東漢文學家。章帝時爲蘭臺令史，拜郎中，與班固等同主校讎書籍的工作。《後漢書·文苑傳》有傳。○"里語"三句：語出《東觀漢記》卷一《光武帝紀》。享，一作亨。《文選》李善注引《左傳》杜預注："亨，通也。亨或爲享。"

今之文人，魯國孔融文舉，廣陵陳琳孔璋，山陽王粲仲宣，北海徐幹偉長，陳留阮瑀元瑜，汝南應瑒德璉，東平劉楨公幹，斯七子者，於學無所遺，於辭無所假，咸以自騁驥騄於千里，仰齊足而並馳，以此相服，亦良難矣。蓋君子審己以度人，故能免於斯累而作論文。

○"今之文人"八句：所舉七人，即建安七子。孔融傳見《後漢書》卷七十，王粲傳見《三國志·魏書》卷二十一，徐幹等五人傳附見《王粲傳》。○齊足而並馳：毛萇《詩傳》："田獵齊足，尚疾也。"

王粲長於辭賦，徐幹時有齊氣，然粲之匹也。如粲之《初征》、《登樓》、《槐賦》、《征思》，幹之《玄猿》、《漏卮》、《圓扇》、《橘賦》，雖張、蔡不過也。然於他文，未能稱是。琳瑀之章表書記，今之雋也。應瑒和而不壯，劉楨壯而不密。孔融體氣高妙，有過人者，然不能持論，理不勝詞，以至乎雜以嘲戲。及其所善，揚、班儔也。

○齊氣：《文選》李善注："言齊俗文體舒緩，而徐幹亦有斯累。"○"如粲之"三句：王粲、徐幹諸賦中《征思》、《玄猿》、《漏卮》、《橘賦》已佚，《登樓賦》見《文選》，餘並見嚴可均《全後漢文》卷九十、九十三。○張、蔡：張衡、蔡邕，並有傳世賦作。○"琳瑀之章表書記"二句：作者《與吳質書》："孔璋章表殊健"，"元瑜書記翩翩"。○揚、班：揚雄、班固，揚有《解嘲》，班有《答賓戲》，即嘲戲之作。

常人貴遠賤近，向聲背實，又患闇於自見，謂己爲賢。夫文本同而末異：蓋奏議宜雅，書論宜理，銘誄尚實，詩賦欲麗。此四科不同，故能之者偏也。唯通才能備其體。文以氣爲主，氣之清濁有體，不可力強而致。譬諸音樂，曲度雖均，節奏同檢，至於引氣不齊，巧拙有素，雖在父兄，不能以移子弟。

○文以氣爲主：氣，郭紹虞《中國文學批評史》認爲特指才氣，所謂"齊氣"、"逸氣"，又兼指語氣。○曲度：曲譜。○"雖在父兄"二句：《文選》李善注引桓子《新論》："惟人心之所獨曉，父不能以禪子，兄不能以教弟也。"

蓋文章，經國之大業，不朽之盛事。年壽有時而盡，榮樂止乎其身，二者必至之常期，未若文章之無窮。是以古之作者，寄身於翰墨，見意於篇籍，不假良史之辭，不托飛馳之勢，而聲名自傳於後。故西伯幽而演《易》，周旦顯而制《禮》，不以隱約而弗務，不以康樂而加思。夫然，則古人賤尺璧而重寸陰，懼乎時之過已。而人多不強力，貧賤則懾於飢寒，富貴則流於逸樂，遂營目前之務，而遺千載之功，日月逝於上，體貌衰於下，忽然與萬物遷化，斯志士之大痛也。融等已逝，唯幹著論，成一家言。

中華書局影印胡刻本《文選》卷五十二

○"蓋文章"三句：《左傳·襄公二十四年》："太上有立德，其次有立功，其次有立言，雖久不廢，此之謂不朽。"○西伯幽而演《易》：《史記·太史公自序》："昔西伯拘羑里，演《周易》。"○"古人賤尺璧"二句：《淮南子·原道》："聖人不貴尺之璧，而重寸之陰，時難得而易失也。"○唯幹著論：《與吳質書》："偉長……著中論二十餘篇。"

曹　植（192—232）

傳略見"魏晉南北朝文學"第一章第一節。

與楊德祖書

【題解】　本篇是作者在建安二十一年（216）寫給楊修的一封書信。楊修，字德祖，華陰（今屬陝西）人。出身名門，博學多才，與曹植關係甚密，後因爲曹操所忌而被殺。《文選集評》引清方廷圭云："文章一道，寸心千古，作難知難，自知尤難，其中之詞賦，尤屬小技，故揚子雲亦薄之而不爲。篇中抑揚盡致，末以立功立言雙收，用意正大。但出自子建之口，亦屬空談耳。"

植白：數日不見，思子爲勞，想同之也。僕少小好爲文章，迄至於今，二十有五年矣，然今世作者，可略而言也。昔仲宣獨步於漢南，孔璋鷹揚於河朔，偉長擅名於青土，公幹振藻於海隅，德璉發迹於北魏，足下高視於上京。當此之時，人人自謂握靈蛇之珠，家家自謂抱荆山之玉，吾王於是設天網以該之，頓八紘以掩之，今悉集茲國矣。然此數子猶復不能飛軒絕迹，一舉千里也。以孔璋之才，不閑於詞賦，而多自謂能與司馬長卿同風，譬畫虎不成反爲狗也，前有書嘲之，反作論盛道僕贊其文。夫鍾期不失聽，於今稱之，吾亦不能妄歎者，畏後世之嗤余也。

○"昔仲宣"五句：所涉及王粲、陳琳、徐幹、劉楨、應瑒五人，皆属建安七子，参曹丕《典論·論文》。○靈蛇之珠：相傳隋侯救大蛇，獲報明月珠，典出《淮南子·覽冥訓》。○荆山之玉：即和氏璧，典出《韓非子·和氏》。○畫虎不成反爲狗：馬援《誡兄子嚴、敦書》："效季良不得，陷爲天下輕薄子，所謂畫虎不成反類狗者也。"○鍾期：即鍾子期，古之善聽琴而被俞伯牙引爲知音者，典出《呂氏春秋·本味》。

世人之著述，不能無病，僕常好人譏彈其文，有不善者，應時改定。昔丁敬禮常作小文，使僕潤飾之，僕自以才不過若人，辭不爲也。敬禮謂僕，卿何所疑難，文之佳惡，吾自得之，後世誰相知定吾文者邪？吾常歎此達言，以爲美談。昔尼父之文辭，與人通流，至於制《春秋》，游、夏之徒乃不能措一辭。過此而言不病者，吾未之見也。

○丁敬禮：丁翼，字敬禮，曹植密友之一，後爲曹丕所殺。○尼父：孔子字仲尼，故稱。○游、夏：孔子弟子言偃，字子游；卜商，字子夏。《論語·先進》："文學子游、子夏。"

蓋有南威之容，乃可以論其淑媛；有龍淵之利，乃可以議其斷割。劉季緒才不能逮於作者，而好詆訶文章，掎摭利病。昔田巴毀五帝，罪三王，訾五霸於稷下，一旦而服千人，魯連一說，使終身杜口。劉生之辯，未若田氏，今之仲連，求之不難，可無息乎？人各有好尚，蘭茝蓀蕙之芳，衆人所好，而海畔有逐臭之夫；咸池六莖之發，衆人所同樂，而墨翟有非之之論，豈可同哉！

○南威：古美女名，見《戰國策·魏策》。○龍淵：古寶劍名，見《晉書·張華傳》。○劉季緒：《文選》李善注引摯虞《文章志》："劉表子，官至樂安太守，著詩賦頌六篇。"○"昔田巴"六句：事見《文選》李善注、《史記·魯仲連傳》索隱。稷下，《史記·田敬仲完世家》集解引劉向《別錄》云："齊有稷門，城門也，談說之士，朝會於稷下也。"○海畔有逐臭之夫：典出《呂氏春秋·遇合篇》。○六莖：相傳顓頊時樂名。○"而墨翟"句：墨子有《非樂》篇。

111

今往僕少小所著辭賦一通相與。夫街談巷說，必有可采；擊轅之歌，有應風雅。匹夫之思，未易輕棄也。辭賦小道，固未足以揄揚大義，彰示來世也。昔揚子雲先朝執戟之臣耳，猶稱壯夫不爲也。吾雖德薄，位爲藩侯，猶庶幾戮力上國，流惠下民，建永世之業，留金石之功，豈徒以翰墨爲勳績，辭賦爲君子哉！若吾志未果，吾道不行，則將采庶官之實錄，辯時俗之得失，定仁義之衷，成一家之言，雖未能藏之於名山，將以傳之於同好，非要之皓首，豈今日之論乎？其言之不慙，恃惠子之知我也。明早相迎，書不盡懷，曹植白。

《四部叢刊》本《曹子建集》卷九（有據別本校改處）

〇"昔揚子雲"二句：揚雄《法言·吾子》："或問：'吾子少而好賦？'曰：'然，童子雕蟲篆刻。'俄而曰：'壯夫不爲也。'"〇庶官：《三國志》注作"史官"。〇恃惠子之知我也：以莊、惠喻彼此。《莊子·徐無鬼》載，惠子死後，莊周過其墓云："自夫子之死也，吾無以爲質矣，吾無與言之矣。"

嵇　康（223—262）

傳略見"魏晉南北朝文學"第一章第二節。

與山巨源絕交書

【題解】　本篇作於魏元帝景元三年（262）到四年間。山濤，字巨源，河內懷人，與嵇康同屬竹林七賢，四十歲後出仕。其任尚書吏部郎時，欲舉嵇康自代，事未果。後來嵇康便寫了這篇絕交書。《三國志·魏書·王粲傳》裴注引《魏氏春秋》："大將軍（司馬昭）嘗欲辟康，康既有絕世之言，又從子不善，避之河東，或云避世。及山濤爲選曹郎，舉康自代，康答書拒絕，因自說不堪流俗，而非薄湯、武。大將軍聞而怒焉。"

康白：足下昔稱吾於潁川，吾常謂之知言，然經怪此意尚未熟悉於足下，何從便得之也。前年從河東還，顯宗阿都說足下議以吾自代，事雖不行，知足下故不知之。足下傍通，多可而少怪，吾直性狹中，多所不堪，偶與足下相知耳。間聞足下遷，惕然不喜，恐足下羞庖人之獨割，引尸祝以自助，手薦鸞刀，漫之膻腥，故具爲足下陳其可否。

○潁川：指山濤的族父歆，《文選》李善注引虞預《晉書》：“山嶔守潁川”，梁章鉅認爲"守"是"字"之誤，見《文選旁證》。○顯宗：公孫崇，字顯宗，譙國人，曾爲尚書郎，見《文選》李善注引《晉氏八王故事》。○阿都：呂安，字仲悌，小名阿都，東平人，嵇康至友。○傍通：善於應變，揚雄《法言·問明》"旁通厥德"注：“動靜不能由一途，由一途不可以應萬變。應萬變而不失其正者，惟旁通乎。"○間聞足下遷：指山濤爲吏部郎中後遷大將軍從事中郎事，見《晉書·山濤傳》。○“恐足下”二句：語出《莊子·逍遙游》：“庖人雖不治庖，尸祝（祭師）不越樽俎而代之。”

吾昔讀書，得并介之人，或謂無之，今乃信其真有耳。性有所不堪，真不可強；今空語同知有達人無所不堪，外不殊俗，而內不失正，與一世同其波流，而悔吝不生耳。老子莊周，吾之師也，親居賤職；柳下惠、東方朔，達人也，安乎卑位，吾豈敢短之哉！又仲尼兼愛，不羞執鞭；子文無欲卿相，而三登令尹，是乃君子思濟物之意也。所謂達則兼善而不渝，窮則自得而無悶。以此觀之，故堯舜之君世，許由之巖栖，子房之佐漢，接輿之行歌，其揆一也。仰瞻數君，可謂能遂其志者也。故君子百行，殊途而同致，循性而動，各附所安。故有處朝廷而不出，入山林而不返之論。且延陵高子臧之風，長卿慕相如之節，志氣所托，不可奪也。

○“老子”二句：老子曾爲周柱下史，轉守藏史；莊周曾爲蒙漆園吏，職位都很低下。見《史記·老莊申韓列傳》。○“柳下惠”二句：春秋時人展禽，居柳下，諡惠，曾爲魯典獄官，被罷職三次，謂人云：“直道而事人,焉往而不三黜?枉道而事人,何必去父母之邦!"見《論語·微子》。東方朔,漢武帝時名士,平原厭次人,生平除一度爲太中大夫外,常爲郎官,參《漢書》本傳。○"又仲尼"二句:仲尼,孔子字。《論語·述而》:"子曰:'富而可求也,雖執鞭之士,吾亦爲之。如不可求,從吾所好。'"○子文:春秋時楚國人。令尹:楚職官名,相當於國相。《論語·公冶長》:"令尹子文,三仕爲令尹,無喜色;三已之,無愠色。"○許由之巖栖:許由,堯時隱士。堯欲讓位許由,由逃往箕山隱居,事見《呂氏春秋·求人篇》。○子房:即張良,字子房。○接輿之行歌:接輿,楚國隱者。其行歌而過孔子,事見《論語·微子》。○"故君子"二句:語出《易經·繫辭》:"天下同歸而殊途,一致而百慮。"○"故有"二句:語出《韓詩外傳》五:"朝廷之人爲祿,故入而不出;山林之士爲名,故往而不返。"○"且延陵"句:延陵,春秋吳國公子,字季札。吳王長子諸樊依父遺命,欲立季札爲君,季札舉子臧事謝絕,事見《左傳·襄公十四年》。子臧,春秋曹國公子,曹宣公死,曹人欲立子臧爲君,子臧不受,逃往宋國,事見《左傳·成公十五年》。○"長卿"句:長卿,司馬相如字。《史記·司馬相如傳》:"相如既學,慕藺相如之爲人,更名相如。"

吾每讀尚子平、臺孝威傳,慨然慕之,想其爲人。少加孤露,母兄見驕,不涉經學。性復疏懶,筋駑肉緩,頭面常一月十五日不洗,不大悶癢,不能沐也。每常小便,而忍不起,令胞中略轉乃起耳。又縱逸來久,情意傲散,簡與禮相背,懶與慢相成,而爲儕類見寬,不攻其過。又讀莊老,重增其放,故使榮進之心日頽,任實之情轉篤。此猶禽鹿少見馴育,則服從教制,長而見羈,則狂顧頓纓,赴蹈湯火,雖飾以金鑣,饗以佳餚,愈思長林而志在豐草也。

○尚子平:東漢人。《文選》李善注引王粲《英雄記》:"(子平)有道術,爲縣功曹,休歸,自入山擔薪,賣以供食飲。"○臺孝威:名佟,東漢隱士,見《後漢書·逸民傳》。○孤露:《左傳·昭公元年》杜預注:"露,羸也。"

　　阮嗣宗口不論人過，吾每師之而未能及；至性過人，與物無傷，唯飲酒過差耳。至爲禮法之士所繩，疾之如仇，幸賴大將軍保持之耳。吾不如嗣宗之賢，而有慢弛之闕，又不識人情，闇於機宜，無萬石之慎，而有好盡之累。久與事接，疵釁日興，雖欲無患，其可得乎！又人倫有禮，朝廷有法，自惟至熟，有必不堪者七，甚不可者二：臥喜晚起，而當關呼之不置，一不堪也。抱琴行吟，弋釣草野，而吏卒守之，不得妄動，二不堪也。危坐一時，痹不得搖，性復多蝨，把搔無已，而當裹以章服，揖拜上官，三不堪也。素不便書，又不喜作書，而人間多事，堆案盈机，不相酬答，則犯教傷義，欲自勉強，則不能久，四不堪也。不喜弔喪，而人道以此爲重，已爲未見恕者所怨，至欲見中傷者。雖瞿然自責，然性不可化，欲降心順俗，則詭故不情，亦終不能獲無咎無譽如此，五不堪也。不喜俗人，而當與之共事，或賓客盈坐，鳴聲聒耳，囂塵臭處，千變百伎，在人目前，六不堪也。心不耐煩，而官事鞅掌，機務纏其心，世故煩其慮，七不堪也。又每非湯、武而薄周、孔，在人間不止，此事會顯，世教所不容，此甚不可一也。剛腸疾惡，輕肆直言，遇事便發，此甚不可二也。以促中小心之性，統此九患，不有外難，當有內病，寧可久處人間邪？又聞道士遺言，餌朮黃精，令人久壽，意甚信之；游山澤，觀魚鳥，心甚樂之；一行作吏，此事便廢，安能捨其所樂而從其所懼哉！

　　○阮嗣宗：阮籍，字嗣宗。○"至爲"三句：禮法之士，指何曾等人。《文選》李善注引孫盛《晉陽秋》："何曾於太祖（司馬昭）坐，謂阮籍曰：'卿任性放蕩，敗禮傷教，若不革變，王憲豈得相容！'謂太祖宜投之四裔，以潔王道。太祖曰：'此賢素羸病，君當恕之。'"○萬石：漢石奮與子四人皆俸二千石，合爲萬石，因號"萬石君"。石奮父子皆以小心謹慎著稱。《史記》、《漢書》有傳。○無咎無譽：語出《易·屯卦》："囊括無咎無譽。"○鞅掌：煩擾，《詩經·小雅·北山》："或王事鞅掌。"○非湯、武而薄周、孔：湯、武，商湯和周武王；周、孔，周公和孔子，漢以來儒家奉爲聖人。○餌术黃精：服食术和黃精，《文選》李善注引《本草經》："术、黃精，久服輕身延年。"

　　夫人之相知，貴識其天性，因而濟之。禹不偪伯成子高，全其節也；仲尼不假蓋於子夏，護其短也；近諸葛孔明不偪元直以入蜀，華子魚不強幼安以卿相，此可謂能相終始，真相知者也。足下見直木不可以爲輪，曲木不可以爲桷，蓋不欲枉其天才，令得其所也。故四民有業，各以得志爲樂，唯達者爲能通之，此足下度內耳。不可自見好章甫，強越人以文冕也；己嗜臭腐，養鴛雛以死鼠也。吾頃學養生之術，方外榮華，去滋味，游心於寂寞，以無爲爲貴。縱無九患，尚不顧足下所好者。又有心悶疾，頃轉增篤，私意自試，不能堪其所不樂。自卜已審，若道盡塗窮則已耳，足下無事冤之，令轉於溝壑也。吾新失母兄之歡，意常淒切。女年十三，男年八歲，未及成人，況復多病。顧此恨恨，如何可言！今但願守陋巷，教養子孫，時與親舊叙闊，陳說平生，濁酒一杯，彈琴一曲，志願畢矣。足下若嬲之不置，不過欲爲官得人，以益時用耳。足下舊知吾潦倒麤疎，不切事情，自惟亦皆不如今日之賢能也。若以俗人皆喜榮華，獨能離之，以此爲快，此最近之，可得言耳。然使長才廣度，無所不淹，而能不營，乃可貴耳。若吾多病困，欲離事自全，以保餘年，此真所乏耳，豈可見黃門而稱貞哉！若趣欲共登王塗，期於相致，時爲歡益，一旦迫之，必發其狂疾，自非重怨，不至於此也。野人有快炙背而美芹子者，欲獻之至尊，雖有區區之意，亦已疏矣。願足下勿似之。其意如此，既以解足下，並以爲別。嵇康白。

《四部叢刊》本《嵇中散集》卷二

　○伯成子高：相傳爲夏禹時隱者，事見《莊子·天地篇》。○"仲尼"句：《孔子家語·致思》："孔子將行，雨而無蓋。門人曰：'商也有之。'孔子曰：'商之爲人也，甚吝於財。吾聞與人交，推其長者，違其短者，故能久也。'"○"近諸葛"句：徐庶字元直，本與諸葛亮同從劉備，後因母親爲曹操所獲，不得已而投曹操，劉備和諸葛亮未加阻留。見《三國志·蜀書·諸葛亮傳》。○"華子魚"句：華歆字子魚，魏文帝時拜相，曾薦舉管寧（字幼安），寧因舉家浮海而歸。事見《三國志·魏書·華歆傳》、同書《管寧傳》。○四民：士農工商。○章甫：冠名。《莊子·逍遙游》："宋人資章甫而適諸越。越人斷髮文身，無所用之。"○鵷雛：鳥名。《莊子·秋水》載，惠子爲梁相，恐莊子來取代他的位置，莊子對他說："南方有鳥，其名曰鵷雛，子知之乎？夫鵷雛發於南海，而飛於北海，非梧桐不止，非練實不食，非醴泉不飲。於是鴟得腐鼠，鵷雛過之，仰而視之曰'嚇！'今子欲以子之梁國嚇我耶？"○轉於溝壑：流離於山川河谷。《孟子·梁惠王》："凶年饑歲，君之民，老弱轉乎溝壑。"○黃門：指閹者。○"野人"四句：《列子·楊朱》載，宋國有田夫"謂其妻曰：'負日之暄，人莫知者，以獻吾君，將有重賞。'里之富室告之曰：'昔人有美戎菽甘枲莖芹萍子者，對鄉豪稱之。鄉豪取而嘗之，蜇於口，慘於腹，衆哂而怨之。'其人大慚"。

| 輯　錄 |

◎明盛如梓《庶齋老學叢談》：嵇阮齊名，皆博學有文，然二人立身行己，有相似者，有不同者。康著《養生論》，頗言性情，及觀《絕交書》，如出二人。處魏晉之際，不能晦迹韜光，而傲慢忤物，又不能危行言遜，而非薄聖人，竟致殺身，哀哉！籍放蕩不檢，則甚於康，不罹於禍者，在《勸進表》也。

◎王世貞《藝苑巵言》：嵇叔夜土木形骸，不事雕飾，想於文亦爾，如《養生論》、《絕交書》，類信筆成者，或遂重犯，或不相續，然獨造之語，自是奇麗超逸，覽之躍然而醒。詩少涉矜持，更不如嗣宗。吾每想其人，兩腋習習風舉。

◎江進之《亙史外記》：此等文字，終晉之世不多見，即終古亦不多見。彼其情真語真，句句都從肺腸流出，自然高古，自然絕特，所以難得。

◎又：六朝之文，余所深服者，嵇中散《絕交書》、《養生論》二篇。

◎清余元熹《漢魏名文乘》：雖是峻拒之意，不失和平之旨，名士風流，往往如此。

王羲之（303—361）

《晉書·王羲之傳》：王羲之字逸少，司徒導之從子也。羲之幼訥於言，人未之奇。年十三，嘗謁周顗，顗察而異之，時重牛心炙，坐客未噉，顗先割啗羲之，於是始知名。及長，辯贍，以骨鯁稱。尤善隸書，爲古今之冠。論者稱其筆勢，以爲飄若浮雲，矯若驚龍。時太尉郗鑒使門生求婿於導，導令就東廂遍觀子弟。門生歸，謂鑒曰："王氏諸少並佳，然聞信咸自矜持，惟一人在東牀坦腹食，獨若不聞。"鑒曰："正此佳婿邪！"訪之，乃羲之也。遂以女妻之。起家秘書郎，征西將軍庾亮請爲參軍，累遷長史。亮臨薨上疏稱羲之清貴有鑒裁，遷寧遠將軍、江州刺史。羲之既少有美譽，朝廷公卿皆愛其才器，頻召爲侍中、吏部尚書，皆不就。復授護國將軍，又推遷不拜。揚州刺史殷浩素雅重之，勸使應命。羲之既拜護軍，又苦求宣城郡，不許，乃以爲右軍將軍、會稽內史。羲之雅好服食養性，不樂在京師。初渡浙江，便有終焉之志。會稽有佳山水，名士多居之。謝安未仕時，亦居焉。孫綽、李充、許詢、支遁等，皆以文義冠世，並築室東土，與羲之同好。嘗與同志宴集於會稽山陰之蘭亭，羲之自爲之序，以申其志。性愛鵝。山陰有一道士養好鵝，羲之往觀焉，意甚悅，固求市之。道士云："爲寫《道德經》，當舉群相贈耳。"羲之欣然寫畢，籠鵝而歸，甚以爲樂。其任率如此。年五十九卒，贈金紫光祿大夫。

蘭亭集序

【題解】 本篇作於晉穆帝永和九年（353），《全晉文》題作"三月三日蘭亭詩序"。作者與當時名士孫統、孫綽、謝安、支遁等四十一人，於修禊日宴集於會稽山陰的蘭亭，各有詩作，作者因爲集序，後又精心書寫，成爲千古盛稱的《蘭亭帖》。《世說新語·企羨》："王右軍得人以《蘭亭集序》方（潘岳）《金谷詩序》，又以己敵石崇，甚有欣色。"《古文觀止》評："通篇著眼在死生二字。祇爲當時士大夫，務清談、鮮實效，一死生而齊彭殤，無經濟大略，故觸景興懷，俯仰若有餘痛。但逸少曠達人，故雖蒼涼感歎之中，自有無窮逸趣。"

永和九年，歲在癸丑，暮春之初，會於會稽山陰之蘭亭，修禊事也。群賢畢至，少長咸集。此地有崇山峻嶺，茂林修竹，又有清流激湍，映帶左右。引以爲流觴曲水。列坐其次，雖無絲竹管弦之盛，一觴一詠，亦足以暢叙幽情。是日也，天朗氣清，惠風和暢，仰觀宇宙之大，俯察品類之盛，所以游目騁懷，足以極視聽之娛，信可樂也。

夫人之相與，俯仰一世，或取諸懷抱，晤言一室之内；或因寄所托，放浪形骸之外。雖取捨萬殊，靜躁不同，當其欣於所遇，暫得於己，快然自足，曾不知老之將至。及其所之既倦，情隨事遷，感慨繫之矣。向之所欣，俯仰之間已爲陳迹，猶不能不以之興懷；況修短隨化，終期於盡。古人云："死生亦大矣。"豈不痛哉！

○"死生"句：《莊子·德充符》："死生亦大矣，而不得與之變。"

每覽昔人興感之由，若合一契，未嘗不臨文嗟悼，不能喻之於懷。固知一死生爲虛誕，齊彭殤爲妄作。後之視今，亦猶今之視昔，悲夫！故列叙時人，錄其所述。雖世殊事異，所以興懷，其致一也。後之覽者，亦將有感於斯文。

中華書局版《全上古三代秦漢三國六朝文·全晉文》卷二十六

○"固知"二句：一死生，《莊子·大宗師》："孰知生死存亡之一體者，事與之友矣。"齊彭殤，《莊子·齊物論》："莫壽於殤子，而彭祖爲夭。"

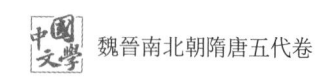

陶淵明（約365—427）

傳略見"魏晉南北朝文學"第一章第四節。

五柳先生傳

【題解】 本篇約作於晉孝武帝太元十七年（392）。蕭統《陶淵明傳》：淵明少有高趣，嘗著《五柳先生傳》以自況，時人謂之實錄。清林雲銘評注《古文析義》二編卷五："昭明作陶公傳，以此傳叙入，則此傳乃陶公實錄也。看來此老胸中，浩浩落落，總無一點粘著。即好讀書亦不知有章句，嗜飲酒亦不知有主客，無論富貴貧賤，非得孔、顏樂處，豈易語此乎！贊末'無懷'、'葛天'二句，即夷齊、神農、虞夏之思，暗寓不仕宋意，然以當身即是上古人物，無采薇忽沒之歎，更覺高渾也。後人仿作甚多，總無一似。"

先生不知何許人也，亦不詳其姓字。宅邊有五柳樹，因以爲號焉。閑靜少言，不慕榮利。好讀書，不求甚解。每有會意，便欣然忘食。性嗜酒，家貧不能常得。親舊知其如此，或置酒而招之。造飲輒盡，期在必醉，既醉而退，曾不吝情去留。環堵蕭然，不蔽風日。短褐穿結，簞瓢屢空，晏如也。常著文章自娛，頗示己志。忘懷得失，以此自終。贊曰：

〇簞瓢屢空：謂飲食不足所需。《論語·雍也》："子曰：'一簞食，一瓢飲，在陋巷，人不堪其憂，回也不改其樂，賢哉回也。'"

黔婁之妻有言："不戚戚於貧賤，不汲汲於富貴。"極其言，茲若人之儔乎？銜觴賦詩，以樂其志。無懷氏之民歟？葛天氏之民歟？

上海古籍出版社版《陶淵明集校箋》卷六

〇"黔婁"三句：黔婁，春秋時魯國賢者，不求仕進。《列女傳》載，黔婁死後，其妻對曾子曰："彼先生者，甘天下之淡味，安天下之卑位，不戚戚於貧賤，不忻忻於富貴，求仁而得仁，求義而得義，其諡爲'康'，不亦宜乎？"〇"無懷氏"二句：謂五柳先生好像是生活在上古淳樸之世的人。無懷氏、葛天氏，傳說中上古帝王。《路史·禪通記》謂無懷氏之民"甘其食樂其俗……老死不相往來。"葛天氏之治"不言而自信，不化而自行"。

附： 　　　　　　　　　與子儼等疏

　　告儼、俟、份、佚、佟：天地賦命，生必有死，自古聖賢，誰能獨免？子夏有言："死生有命，富貴在天。"四友之人，親受音旨，發斯談者，將非窮達不可妄求，壽夭永無外請故耶？吾年過五十，少而窮苦，每以家弊，東西游走。性剛才拙，與物多忤，自量爲己，必貽俗患。僶俛辭世，使汝等幼而飢寒。余嘗感孺仲賢妻之言，敗絮自擁，何慚兒子。此既一事矣。但恨鄰靡二仲，室無萊婦，抱茲苦心，良獨內愧。

　　少學琴書，偶愛閑靜，開卷有得，便欣然忘食。見樹木交蔭，時鳥變聲，亦復歡然有喜。常言五六月中，北窗下臥，遇涼風暫至，自謂是羲皇上人。意淺識罕，謂斯言可保。日月遂往，機巧好疏，緬求在昔，眇然如何！

　　疾患以來，漸就衰損。親舊不遺，每以藥石見救，自恐大分將有限也。汝輩稚小家貧，每役柴水之勞，何時可免？念之在心，若何可言。然汝等雖不同生，當思四海皆兄弟之義。鮑叔、管仲，分財無猜；歸生、伍舉，班荆道舊。遂能以敗爲成，因喪立功。他人尚爾，況同父之人哉。潁川韓元長，漢末名士，身處卿佐，八十而終，兄弟同居，至於沒齒。濟北氾稚春，晉時操行人也，七世同財，家人無怨色。《詩》曰："高山仰止，景行行止。"雖不能爾，至心尚之。汝其慎哉，吾復何言！

酈道元（約469—527）

　　《北史·酈道元傳》：道元字善長，初襲爵永寧侯，例降爲伯。御史中尉李彪以道元執法清刻，自太傅掾引爲書侍御史。彪爲僕射李沖所奏，道元以屬官坐免。景明中爲冀州鎮東府長史。刺史于勁，順皇后父也，西討關中，亦不至州。道元行事三年，爲政嚴酷，吏人畏之，奸盜逃於他境。後試守魯陽郡，道元表立黌序，崇勸學教。道元在郡，山蠻伏其威名，不敢爲寇。孝昌初，梁遣將攻揚州，刺史元法僧又於彭城反叛，詔道元持節兼侍中攝行臺尚書節度諸軍，依僕射李平故事。軍至渦陽敗退，道元追討，多有斬獲，後除御史中尉。道元素有嚴猛之稱，權豪始頗憚之，而不能有所糾正，聲望更損。雍州刺史蕭寶寅反狀稍露，侍中城陽王徽素忌道元，因諷朝廷，遣爲關右大使。寶寅慮道元圖己，遣其行臺郎中郭子恢圍道元於陰盤驛亭。道元與其弟、二子俱被害。道元好學，歷覽奇書，撰注《水經》四十卷、《本志》十三篇，又爲《七聘》及諸文，皆行於世。

水經注·河水·龍門

【題解】《水經》是一部記載水道的地理書，舊傳漢桑欽作。清代學者考證，爲三國時人作。酈道元有感於其書過於簡略，遂就其力所能及，廣泛收集各種記載，結合本人實地考察的見聞爲《水經》作注，水道由原書的一百三十七條，增加到一千二百五十二條，引書達四百三十多種，注文比原書增幅約二十倍，保存了大量的文獻和民俗方面的資料，文筆清麗可誦。劉熙載《藝概·文概》云："酈道元叙山水，峻潔層深，奄有楚辭《山鬼》、《招隱士》勝境，柳柳州游記，此其先導耶？"

河水南經北屈縣故城西。西四十里有風山，風山西四十里，河南孟門山。《山海經》曰："孟門之山，其上多金玉，其下多黃堊涅石。"《淮南子》曰："龍門未辟，呂梁未鑿，河出孟門之上，大溢逆流，無有丘陵，高阜滅之，名曰洪水。大禹疏通，謂之孟門。"故《穆天子傳》曰："北登孟門九河之隥。"孟門，即龍門之上口也。實爲河之巨阨，兼孟門津之名矣。

此石經始禹鑿，河中漱廣，夾岸崇深，傾岩返捍，巨石臨危，若墜復倚。古之人有言：“水非石鑿，而能入石。”信哉！其中水流交衝，素氣雲浮，往來遙觀者，常若霧露沾人，窺深悸魄。其水尚崩浪萬尋，懸流千丈，渾洪贔怒，鼓若山騰，浚波頹疊，迄於下口。方知慎子下龍門，流浮竹，非駟馬之追也。

文學古籍刊行社據《永樂大典》影印本《水經注》

【附】

楊衒之（生卒年不詳）

洛陽伽藍記·景林寺

景林寺，在開陽門內御道東。講殿疊起，房廡連屬，丹檻炫日，繡桷迎風，實爲勝地。寺西有園，多饒奇果，春鳥秋蟬，鳴聲相續。中有禪房一所，內置祇洹精舍，形制雖小，巧構難比。加以禪閣虛靜，隱室凝邃。嘉樹夾牖，芳杜匝階。雖云朝市，想同巖谷。靜行之僧，繩坐其內，餐風服道，結跏數息。

有石銘一所，國子博士盧白頭爲其文。白頭一字景裕，范陽人也。性愛恬靜，丘園放敖。學極六經，說通百氏。普泰初，起家爲國子博士。雖在朱門，以注述爲事。注《周易》，行之於世也。

|輯　錄|

◎紀昀《四庫全書總目提要》：(《洛陽伽藍記》) 以城內及四門之外，分叙五篇。叙次之後先，以東面三門、南面三門、北面三門，各署其新舊之名，以提綱領，體例絶爲明晰。其文穠麗秀逸，煩而不厭，可與酈道元《水經注》肩隨。其兼叙爾朱榮等變亂之事，委曲詳盡，多足與史傳參證。其他古迹藝文及外國土風道里，采撫繁富，亦足以廣異聞。

參考書目

《曹操集》，中華書局2018年版。

《水經注疏》，楊守敬、熊會貞疏，江蘇古籍出版社1989年版。

《洛陽伽藍記校釋》，周祖謨校釋，中華書局1963年版。

《全上古三代秦漢三國六朝文》，嚴可均輯校，中華書局1958年版。

《漢魏六朝散文選》，陳中凡選注，上海古典文學出版社1956年版。

思考題

魏晉南北朝散文與先秦兩漢散文有哪些顯著的區別？

第二節　駢　文

魯　褒（生卒年不詳）

《晉書·隱逸傳·魯褒傳》：褒字元道，南陽人也。好學多聞，以貧素自立。元康之後，綱紀大壞。褒傷時之貪鄙，乃隱姓名而著《錢神論》以刺之（略）。蓋疾時者，共傳其文。褒不仕，莫知其所終。

錢神論（節選）

【題解】《晉書·惠帝紀》："（其時）綱紀大壞，貨賂公行，勢位之家，以貴陵物，忠賢路絕，讒邪得志，更相薦舉，天下謂之'互市'焉。……南陽魯褒作《錢神論》……疾時之作也。"劉師培《中國中古文學史》："晉人之文，如張敏《頭責子羽文》、陸雲《嘲褚常侍文》、魯褒

《錢神論》，亦均諧文之屬。"

　　錢之爲體，有乾有坤。內則其方，外則其圓。其積如山，其流如川。動靜有時，行藏有節。市井便易，不患耗折。難朽象壽，不匱象道。故能長久，爲世神寶。親愛如兄，字曰孔方。失之則貧弱，得之則富強。無翼而飛，無足而走。解嚴毅之顏，開難發之口。錢多者處前，錢少者居後。處前者爲君長，在後者爲臣僕。君長者豐衍而有餘，臣僕者窮竭而不足。《詩》云："哿矣富人，哀哉煢獨。"豈是之謂乎？

　　○"《詩》云"二句：見《詩經·小雅·正月》。

　　錢之爲言泉也，百姓日用，其源不匱。無遠不往，無深不至。京邑衣冠，疲勞講肆，厭聞清談，對之睡寐，見我家兄，莫不驚視。錢之所祐，吉無不利。何必讀書，然後富貴。昔呂公欣悅於空版，漢祖克之於嬴二，文君解布裳而被錦繡，相如乘高蓋而解犢鼻，官尊名顯，皆錢所致。空版至虛，而況有實。嬴二雖少，以致親密。由是論之，可謂神物。

　　○吉無不利：《易經·繫辭》上："自天祐之，吉無不利。"○"呂公"二句：《史記·高祖本紀》載，呂公爲沛縣令貴客，往賀者送錢不滿一千則坐堂下。劉邦在空頭帖子上寫"賀錢一萬"，實不與一錢。呂公很吃驚，遂親往迎，後將女兒嫁給了他。《漢書·蕭何傳》載，劉邦去送夫役時，沛縣一般吏役祇送三百錢路費，唯蕭何送了五百，劉邦稱帝後即多封蕭何二千戶，以爲回報。克之，以蕭何爲能。○"文君"二句：漢時卓文君私奔司馬相如，因沒有錢，文君穿布裙賣酒，相如著犢鼻褌滌器，事見《史記·司馬相如列傳》。

　　無位而尊，無勢而熱。排朱門，入紫闥。錢之所在，危可使安，死可使活。錢之所去，貴可使賤，生可使殺。是故忿靜辯訟，非錢不勝；孤弱幽滯，非錢不拔；怨仇嫌恨，非錢不解；令問笑談，非錢不發。洛中朱衣，當途之士，愛我家兄，皆無已已。執我之手，抱我終始。不計儁劣，不論年紀。賓客輻輳，門常如市。諺云："錢無耳，可闇使。"豈虛也哉！又曰

"有錢可使鬼",而況於人乎!子夏云:"死生有命,富貴在天。"吾以死生無命,富貴在錢。何以明之?錢能轉禍爲福,因敗爲成,危者得安,死者得生。性命長短,相祿貴賤,皆在乎錢,天何與焉!

中華書局版《全上古三代秦漢三國六朝文·全晉文》卷一百十三

〇死可使活:晉律規定,錢可贖罪,贖死罪的價格是金二斤,見《晉書·刑法志》。

孔稚珪（448—501）

《南齊書·孔稚珪傳》:孔稚珪字德璋,會稽山陰人也。祖道隆,位侍中。父靈產,泰始中罷晉安太守,有隱遁之懷,於禹井山立館,事道精篤。稚珪少學涉有美譽,太守王僧虔見而重之,引爲主簿,州舉秀才,解褐宋安成王車騎法曹行參軍。轉尚書殿中郎。太祖爲驃騎,以稚珪有文翰,取爲記室參軍,與江淹對掌辭筆。遷正員郎,中書郎,尚書左丞。稚珪風韻清疏,好文詠,飲酒七八斗,與外兄張融情趣相得。又與琅邪王思遠、廬江何點、點弟胤並款交,不樂世務。居宅盛營山水,憑机獨酌,傍無雜事。門庭之內,草萊不剪,中有蛙鳴。或問之曰:"欲爲陳蕃乎?"稚珪笑曰:"我以此當兩部鼓吹,何必期效仲舉。"永元元年爲都官尚書,遷太子詹事,加散騎常侍。三年,稚珪疾,東昏屏除,以牀舉走,因此疾甚,遂卒,年五十五。贈金紫光祿大夫。

北山移文

【題解】北山,即鍾山,今名紫金山,在南京市東北。《文選》六臣注呂向云:"其先,周彥倫（顒）隱於此山。後應詔出爲海鹽令,欲却過此山。孔生乃假山靈之意移之,使不許得至。故云《北山移文》。"然《南齊書·周顒傳》,顒並無先隱後仕的經歷,亦未曾任海鹽令。此文可能出於游戲筆墨。《文選集評》孫礦云："六朝雖尚雕刻，然屬對尚未盡工，下字尚未盡險，至此篇則無不入髓，句必淨，字必巧，真可謂精絕之甚。此唐文所祖。鑄辭最工，極藻繪，極精巧，若精神喚應，全在虛字旋轉上。"許槤《六朝文絜箋注》："此六朝中極雕繪之作，煉格煉詞，語語精闢，其妙處尤在數虛字旋轉得法，當與徐孝穆《玉臺新詠序》並爲唐人軌範。"

鍾山之英，草堂之靈，馳煙驛路，勒移山庭。夫以耿介拔俗之標，瀟灑出塵之想，度白雪以方絜，干青雲而直上，吾方知之矣。若其亭亭物表，皎皎霞外，芥千金而不顧，屣萬乘其如脫，聞鳳吹於洛浦，值薪歌於延瀨，固亦有焉。豈期終始參差，蒼黃翻覆。淚翟子之悲，慟朱公之哭。乍迴迹以心染，或先貞而後黷。何其謬哉！嗚呼！尚生不存，仲氏既往。山阿寂寥，千載誰賞！

○草堂：《文選》李善注引梁簡文帝《草堂傳》："汝南周顒昔經在蜀，以蜀草堂寺林壑可懷，乃於鍾嶺雷次宗學館立寺，因名草堂，亦號山茨。"○"芥千金"句：戰國高士魯仲連義不帝秦，輕千金之贈，事並見《戰國策·趙策》、《史記·魯仲連傳》。○"屣萬乘"句：《淮南子·主術訓》："堯年衰志閔，舉天下而傳之舜，猶却行而脫屣也。"○"聞鳳吹"句：《列仙傳》："王子喬，周靈王太子晉也，好吹笙作鳳鳴，游伊、洛之間。"○"值薪歌"句：《文選》六臣注呂向云："蘇門先生游於延瀨，見一人采薪，謂之曰：'子以終此乎？'采薪人曰：'吾聞聖人無懷，以道德爲心，何怪乎而爲哀也！'遂爲歌二章而去。"○"豈期"四句：《淮南子·說林訓》："楊子見歧路而哭之，爲其可以南可以北；墨子見練絲而泣之，爲其可以黃可以黑。"○"尚生"句：《高士傳》："尚長字子平，河內朝歌人也。隱居不仕，性尚中和，好通《老》、《易》。……男女嫁娶既畢，敕斷家事勿相關，當如我死也。於是遂肆意與同好北海禽慶，俱游五岳名山，竟不知所終。"○"仲氏"句：《後漢書·仲長統傳》："仲長統字公理，山陽高平人也。……統性俶儻敢直言，不矜小節，默語無常，時人或謂之狂生。每州郡命召，輒稱疾不就。"

世有周子，雋俗之士。既文既博，亦玄亦史。然而學遁東魯，習隱南郭。偶吹草堂，濫巾北岳。誘我松桂，欺我雲壑。雖假容於江皋，乃纓情於好爵。其始至也，將欲排巢父，拉許由，傲百氏，蔑王侯，風情張日，霜氣橫秋。或歎幽人長往，或怨王孫不游。談空空於釋部，覈玄玄於道流。務光何足比，涓子不能儔。及其鳴騶入谷，鶴書赴隴，形馳魄散，志變神動。爾乃眉軒席次，袂聳筵上，焚芰製而裂荷衣，抗塵容而走俗狀。風雲悽其帶憤，石泉咽而下愴。望林巒而有失，顧草木而如喪。

○"既文既博"二句：《南齊書·周顒傳》："顒虛席晤語，辭韻如流，聽者忘倦，兼善《老》、《易》。"○東魯：指顏闔，《莊子·讓王》："魯君聞顏闔得道之人也，使人以幣先焉。……顏闔對曰：'恐聽者謬，而遺使者罪，不若審之。'使者還反審之，復來求之，則不得已。"○南郭：《莊子·齊物論》："南郭子綦，隱几而坐，仰天而噓，嗒焉似喪其偶。"○偶吹：濫竽充數，典出《韓非子·內儲說》。○巢父、許由：皆堯時隱士。堯欲召許由爲九州長，由不欲聞，洗耳於潁水之濱，巢父恐污其犢口，牽犢於上游飲之，事見《高士傳》。○百氏：諸子百家。○"或歎"二句：幽人長往，用潘岳《西征賦》："悟山潛之逸士，悼長往而不反。"王孫不游，反用《楚辭·招隱士》："王孫游兮不歸，春草生兮萋萋。"○"談空空"二句：《南齊書·周顒傳》："泛涉百家，長於佛理，著《三宗論》。……兼善《老》、《易》，與張融相遇，輒以玄言相滯，彌日不解。"空空，佛語，謂色即是空，空即是色。玄玄，《老子》："玄之又玄，眾妙之門。"○"務光"二句：《文選》李善注引《列仙傳》："務光者，夏時人也。……湯得天下，已而讓光，光遂負石沉蓼水而自匿。""涓子者，齊人也，好餌朮，隱於宕山，能風。"○鶴書：鶴頭書，指詔書。《文選》李善注引蕭子良《古今篆隸文體》："鶴頭書與偃波書，俱詔板所用。在漢則謂之尺一簡。彷彿鶴頭，故有其稱。"○"焚芰荷"句：《離騷》："製芰荷以爲衣兮，集芙蓉以爲裳。"

至其紐金章，綰墨綬。跨屬城之雄，冠百里之首。張英風於海甸，馳妙譽於浙右。道峽長殯，法筵久埋。敲撲喧囂犯其慮，牒訴倥傯裝其懷。琴歌既斷，酒賦無續。常綢繆於結課，每紛綸於折獄。籠張、趙於往圖，架卓、魯於前錄。希蹤三輔豪，馳聲九州牧。使我高霞孤映，明月獨舉，青松落蔭，白雲誰侶？澗石摧絕無與歸，石徑荒涼徒延佇。至於還飆入幕，寫霧出楹，蕙帳空兮夜鵠怨，山人去兮曉猿驚。昔聞投簪逸海岸，今見解蘭縛塵纓。

○張、趙：指張敞、趙廣漢，二人均曾任京兆尹，是西漢著名官吏。○卓、魯：指卓茂、魯恭，二人均曾任縣令，是東漢循吏。○"昔聞"句：《文選》李善注云是用漢疏廣事。廣，東海人，爲太子太傅，後棄官歸隱。

於是南岳獻嘲，北壟騰笑。列壑爭譏，攢峰竦誚。慨游子之我欺，悲無人以赴弔。故其林慚無盡，澗愧不歇。秋桂遺風，春蘿罷月。騁西山之逸議，馳東皋之素謁。今又促裝下邑，浪拽上京，雖情投於魏闕，或假步於山扃。豈可使芳杜厚顏，薜荔蒙恥，碧嶺再辱，丹崖重滓。塵游躅於蕙路，污淥池以洗耳。宜扃岫幌，掩雲關，斂輕霧，藏鳴湍，截來轅於谷口，杜妄轡於郊端。於是叢條瞋膽，疊穎怒魄，或飛柯以折輪，乍低枝而掃迹。請迴俗士駕，爲君謝逋客。

中華書局影印胡刻本《文選》卷四十三

○"雖情投"句：《呂氏春秋·審爲》："身在江海之上，心居魏闕之下。"

丘　遲（464—508）

《南史·丘遲傳》：遲字希範，八歲便屬文。（父）靈鞠常謂"氣骨似我"。黃門郎謝超宗、徵士何點並見而異之。在齊以秀才累遷殿中郎。梁武帝平建鄴，引爲驃騎主簿，甚被禮遇。時勸進梁王及殊禮，皆遲文也。及踐阼，遷中書郎，待詔文德殿。時帝著連珠，詔羣臣繼作者數十人，遲文最美。坐事免，乃獻責躬詩，上優辭答之。後出爲永嘉太守，在郡不稱職，爲有司所糾。帝愛其才，寢其奏。天監四年，中軍將軍臨川王宏北侵魏，以爲諮議參軍，領記室。時陳伯之在北，與魏軍來拒。遲以書喻之，伯之遂降。還拜中書侍郎，遷司空從事中郎；卒官。遲辭采麗逸，時有鍾嶸著詩評云："范雲婉轉清便，如流風回雪。遲點綴映媚，似落花依草。雖取賤文通，而秀於敬子。"其見稱如此。

與陳伯之書

【題解】 陳伯之，睢陵（今屬江蘇）人。齊末爲江州刺史，後降梁，封豐城縣公。後率部投魏爲平南將軍。梁天監四年（505）臨川王蕭宏領兵北征，陳率兵相拒，宏命記室丘遲作此書以勸降，陳果於來春歸降。清李兆洛《駢體文鈔》卷十九："（此書）情生意消，然而靡矣。情致綿麗自足，而古來樸健之體，至此無餘矣。"

遲頓首，陳將軍足下：無恙，幸甚幸甚。將軍勇冠三軍，才爲世出，棄燕雀之小志，慕鴻鵠以高翔。昔因機變化，遭遇明主，立功立事，開國稱孤，朱輪華轂，擁旄萬里，何其壯也！如何一旦爲奔亡之虜，聞鳴鏑而股戰，對穹廬以屈膝，又何劣邪！

○"將軍"四句：李陵《答蘇武書》："陵先將軍功略蓋天地，義勇冠三軍。"蘇武《報李陵書》："每念足下才爲世生，器爲時出。"《史記·陳涉世家》："陳涉少時，嘗與人傭耕，輟耕之壟上，悵恨久之，曰：'苟富貴，無相忘。'傭者笑而應曰：'若爲傭耕，何富貴也！'陳涉太息曰：'嗟呼，燕雀安知鴻鵠之志哉！'"○"立功"二句：《梁書·陳伯之傳》："力戰有功……進號征南將軍，封豐城縣公，邑二千戶。"

尋君去就之際，非有他故，直以不能內審諸己，外受流言，沉迷猖獗，以至於此。聖朝赦罪責功，棄瑕錄用，推赤心於天下，安反側於萬物，將軍之所知，不假僕一二談也。朱鮪涉血於友于，張繡剚刃於愛子，漢主不以爲疑，魏君待之若舊。況將軍無昔人之罪，而勳重於當世。夫迷途知反，往哲是與；不遠而復，先典攸高；主上屈法申恩，吞舟是漏。將軍松柏不翦，親戚安居，高臺未傾，愛妾尚在，悠悠爾心，亦何可言！

〇"推赤心"二句：《後漢書·光武帝紀》："降者更相語曰：'蕭王推赤心置人腹中，安得不投死乎？'"又載，漢兵破邯鄲，誅王郎，收文書，得吏人與郎交關謗毀者數千章。公會諸將燒之曰："令反側子自安。"〇"朱鮪"二句：朱鮪曾參與謀害漢光武帝之兄，以光武建大事不忌小怨，後獻城而降，事見《文選》李善注引謝承《後漢書》。張繡曾與曹操戰，殺其長子昂，後率衆以降，封列侯，事見《三國志·魏書·武帝紀》。〇迷途知反：語本《離騷》："回朕車以復路兮，及行迷之未遠。"〇吞舟是漏：桓寬《鹽鐵論·刑德》："明王茂其德教而緩其刑罰也，網漏吞舟之魚。"〇高臺未傾：活用桓譚《新論》雍門周說孟嘗君語："千秋萬歲後，高臺既已傾，曲池又已平。"

今功臣名將，雁行有序。佩紫懷黃，贊帷幄之謀；乘軺建節，奉疆埸之任。並刑馬作誓，傳之子孫。將軍獨靦顏借命，驅馳氈裘之長，寧不哀哉。夫以慕容超之強，身送東市；姚泓之盛，面縛西都。故知霜露所均，不育異類；姬漢舊邦，無取雜種。北虜僭盜中原，多歷年所，惡積禍盈，理至燋爛。況偽孽昏狡，自相夷戮，部落攜離，酋豪猜貳。方當繫頸蠻邸，縣首藁街。而將軍魚游於沸鼎之中，燕巢於飛幕之上，不亦惑乎！

〇佩紫懷黃：《史記·范雎蔡澤列傳》："懷黃金之印，結紫綬於要。"〇帷幄之謀：《史記·留侯世家》："運籌策帷幄中，決勝千里外，子房功也。"〇"夫以慕容超"二句：慕容超爲南燕君主，被劉裕所擒，斬首於建康；姚泓爲後秦君主，劉裕破慕容超後，復克長安，生擒姚泓。事見《宋書·武帝紀》。〇繫頸：《史記·高祖本紀》："沛公兵遂先諸侯至霸上，秦王子嬰素車白馬，繫頸以組……降軹道旁。"○"而將軍"三句：謂其處境險惡。《後漢書·張綱傳》："相聚偷生若魚游沸鼎中，喘息須臾間耳。"《左傳·襄公廿九年》："夫子在此也，猶燕之巢於幕上。"

暮春三月，江南草長，雜花生樹，群鶯亂飛。見故國之旗鼓，感平生於疇日，撫弦登陴，豈不愴悢！所以廉公之思趙將，吳子之泣西河，人之情也。將軍獨無情哉？想早勵良規，自求多福。

○"見故國"四句：《文選》李善注引袁宏《後漢紀·漢獻帝春秋》臧洪《報袁紹書》："每登城勒兵，望主人之旗鼓，感故交之綢繆，撫弦搦矢，不覺涕流之覆面也。"○"所以"三句：廉頗晚年居魏，趙王欲召未果，後入楚，曰："我思用趙人。"事見《史記·廉頗藺相如列傳》。吳起居魏，治西河之外，受讒被召回，因望西河而泣下，後西河爲秦所取，事見《呂氏春秋·觀表》。

當今皇帝盛明，天下安樂。白環西獻，楛矢東來。夜郎滇池，解辮請職；朝鮮昌海，蹶角受化。惟北狄野心，掘強沙塞之間，欲延歲月之命耳。中軍臨川殿下，明德茂親，摠茲戎重，弔民洛汭，伐罪秦中。若遂不改，方思僕言。聊布往懷，君其詳之。丘遲頓首。

中華書局影印胡刻本《文選》卷四十三

○"白環"二句：《文選》李善注引《世本》載："舜時，西王母獻白環及佩。"《孔子家語》："昔武王克商……於是肅慎氏貢楛矢石砮。"○"中軍"句：臨川王蕭宏任中軍將軍，天監四年（505），奉命北伐。○"弔民"二句：《孟子·滕文公》："湯始征自葛……誅其君，弔其民。"魏明帝《棹歌行》："伐罪以弔民，清我東南疆。"

劉 勰（約465—約521）

《南史·劉勰傳》：劉勰字彥和，東莞莒人也。父尚，越騎校尉。勰早孤，篤志好學。家貧，不婚娶，依沙門僧祐居，遂博通經論，因區別部類，錄而序之，定林寺經藏，勰所定也。梁天監中，兼東宮通事舍人。時七廟饗薦已用蔬果，而二郊農社猶有犧牲。勰乃表言，二郊宜與七廟同改。詔付尚書議，依勰所陳。遷步兵校尉，兼舍人如故。深被昭明太子愛接。初勰撰《文心雕龍》五十篇，論古今文體。既成，未爲時流所稱。勰欲取定於沈約，無由自達，乃負書候約於車前，狀若貨鬻者。約取讀，大重之，謂深得文理，常陳諸几案。勰爲文長於佛理，都下寺塔及名僧碑誌，必請勰制文。敕與慧震沙門於定林寺撰經。證功畢，遂求出家，先燔須髮自誓，敕許之。乃變服，改名慧地云。

文心雕龍·神思

【題解】　本篇原列《文心雕龍》第二十六，下篇之首。范文瀾《文心雕龍注》："《文心》上篇剖析文體，爲辨章篇制之論；下篇商榷文術，爲提挈綱維之言。上篇分區別囿，恢宏而明約；下篇探幽索隱，精微而暢朗。孫梅《四六叢話》謂彥和此書，總括大凡，妙抉其心，五十篇之內，百代之精華備矣，知言哉。"黃侃《文心雕龍札記》："此言思心之用，不限於身觀，或感物而造端，或憑心而構象，無有幽深遠近，皆思理之所行也。尋心智之象，約有二端：一則緣此知彼，有斟量之能；一則即異求同，有綜合之用。由此二方，以馭萬理，學術之原，悉從此出，文章之富，亦職茲之由矣。"

古人云：形在江海之上，心存魏闕之下，神思之謂也。文之思也，其神遠矣。故寂然凝慮，思接千載；悄焉動容，視通萬里。吟詠之間，吐納珠玉之聲；眉睫之前，卷舒風雲之色。其思理之致乎？故思理爲妙，神與物游。神居胸臆，而志氣統其關鍵；物沿耳目，而辭令管其樞機。樞機方通，則物無隱貌；關鍵將塞，則神有遁心。是以陶鈞文思，貴在虛靜，疏瀹五藏，澡雪精神，積學以儲寶，酌理以富才，研閱以窮照，馴致以懌辭。然後使玄解之宰，尋聲律而定墨；獨照之匠，闚意象而運斤。此蓋馭文之首術，謀篇之大端。夫神思方運，萬途競萌，規矩虛位，刻鏤無形，登山則情滿於山，觀海則意溢於海。我才之多少，將與風雲而並驅矣。方其搦翰，氣倍辭前；暨乎篇成，半折心始。何則？意翻空而易奇，言徵實而難巧也。是以意授於思，言授於意，密則無際，疏則千里，或理在方寸而求之域表，或義在咫尺而思隔山河。是以秉心養術，無務苦慮，含章司契，不必勞情也。

　　〇"形在"二句：語出《莊子·讓王》："中山公子牟謂瞻子曰：'身在江海之上，心居乎魏闕之下，奈何！'"〇"故思理"二句：語本《易·說卦》："神也者，妙萬物而爲言者也。"〇"物沿"二句：《易·繫辭上》："言行君子之樞機。"〇"疏瀹"二句：《莊子·知北游》："老聃曰：汝齋戒，疏瀹而心，澡雪而精神。"《白虎通·性情》："五藏者何也？謂肝心肺腎脾也。""五藏六府主性情。"〇運斤：《莊子·徐無鬼》："匠石運斤成風。"〇"是以"四句：劉永濟《文心雕龍校釋》："此言文意受之文思，文辭又受之文意。蓋有文意始有文辭，而其本皆在文思也。"

　　人之稟才，遲速異分，文之制體，大小殊功：相如含筆而腐毫，揚雄輟翰而驚夢，桓譚疾感於苦思，王充氣竭於思慮，張衡研京以十年，左思練都以一紀，雖有巨文，亦思之緩也。淮南崇朝而賦騷，枚皋應詔而成賦，子建援牘如口誦，仲宣舉筆似宿構，阮瑀據鞍而制書，禰衡當食而草奏，雖有短篇，亦思之速也。若夫駿發之士，心總要術，敏在慮前，應機立斷；覃思之人，情饒歧路，鑒在疑後，研慮方定。機敏故造次而成功，慮疑故愈久而致績。難易雖殊，並資博練。若學淺而空遲，才疏而徒速，以斯成器，未之前聞。是以臨篇綴慮，必有二患：理鬱者苦貧，辭溺者傷亂，然則博見爲饋貧之糧，貫一爲拯亂之藥，博而能一，亦有助乎心力矣。

　　〇"相如"句：《漢書·枚皋傳》："司馬相如善爲文而遲，故所作少而善於皋。"○"揚雄"二句：桓譚《新論·道賦篇》："余少時見揚子雲麗文高論，不自量年少新進，猥欲逮及。嘗激一事，而作小賦，用精思太劇，而立感動致疾病。子雲亦言：成帝時，趙昭儀方大幸，每上甘泉，詔使作賦，一首始成，卒暴倦臥，夢五藏出地，以手收內之。"○"王充"句：《後漢書·王充傳》："充好論說，始若詭異，終有理實。以爲俗儒守文，多失其真。乃閉門潛思，絕慶吊之禮，户牖牆壁，各置刀筆，著《論衡》八十五篇，二十餘萬言。年漸七十，志力衰耗。"○"張衡"句：《後漢書·張衡傳》："時天下承平日久，自王侯以下，莫不逾侈。衡乃擬班固《兩都》作《二京賦》，因以諷諫。精思附會，十年乃成。"○"左思"句：《文選》李善注引臧榮緒《晉書》曰："左思字太沖，齊國人。少博覽文史，欲作《三都賦》，乃詣著作郎張載訪岷、邛之事。遂構思十稔，門庭藩溷，皆著紙筆，遇得一句即疏之。賦成，張華見而咨嗟，都邑豪貴，競相傳寫。"○"淮南"句：淮南，淮南王劉安。荀悅《前漢紀·孝武皇帝紀》："初安朝，上使作《離騷賦》，旦受詔，食時畢。"○"枚皋"句：《漢書·枚皋傳》："上有所感，輒使賦之。爲文疾，受詔輒成，故所賦者多。"○"子建"句：子建，曹植字。楊修《答臨淄侯箋》："又嘗親見執事，握牘持筆，有所造作，若成誦在心，借書於手，曾不斯須，少留思慮。"○"仲宣"句：仲宣，王粲字。《三國志·魏書·王粲傳》："善屬文，舉筆便成，無所改定，時人常以爲宿構，然正復精意覃思，亦不能加也。"○"阮瑀"句：《三國志·魏書·王粲傳》注引《典略》："太祖嘗使瑀書與韓遂。時太祖適近出，瑀隨從，因於馬上具草，書成呈之，太祖攬筆欲有所定，而竟不能增損。"鞍，原作案，據顧廣圻校改。○"禰衡"句：《後漢書·禰衡傳》："劉表嘗與諸文人共草章奏，並極其才思。時衡出，還見之，開省未周，因毁以抵地。表愴然爲駭。衡乃從求筆札，須臾立成，辭義可觀。表大悅，益重之。"

若情數詭雜，體變遷貿。拙辭或孕於巧義，庸事或萌於新意，視布於麻，雖云未費，杼軸獻功，煥然乃珍。至於思表纖旨，文外曲致，言所不追，筆固知止。至精而後闡其妙，至變而後通其數，伊摯不能言鼎，輪扁不能語斤，其微矣乎。

○"伊摯"句：《呂氏春秋·本味》："湯得伊尹……明日設朝而見之，說湯以至味曰：鼎中之變，精妙微纖，口弗能言，志弗能喻。"

贊曰：神用象通，情變所孕。物以貌求，心以理應。刻鏤聲律，萌芽比興。結慮司契，垂帷制勝。

中華書局版《文心雕龍注》卷六

○"垂帷"句：語本《漢書·叙傳下·董仲舒傳》："下帷覃思。"

| 輯　錄 |

◉王闓運《湘綺樓論文》：駢儷之文起於東漢，大抵書奏用之，舒緩其詞，經傳雖有偶對，未有通篇整齊者也。自劉宋以後，日加綿密；至齊梁純爲排比，庾徐又加以抑揚，聲韻彌諧，意趣愈俗。唐人皆同律賦，宋體更入文心。自是遂有文賦二派，愈益俳矣。

參考書目

《文心雕龍注》，劉勰著，范文瀾注，人民文學出版社 1978 年版。

《駢文史論》，姜書閣著，人民文學出版社 1986 年版。

《駢體文鈔》，李兆洛選輯，世界書局 1936 年版。

思考題

1. 什麼是駢文？駢文的產生對漢語散文的發展有何意義？
2. 自擬題，試寫一短篇駢文。

第三節　辭賦・俳賦

王　粲（177—217）

傳略見"魏晉南北朝文學"第一章第一節。

登樓賦

【題解】《文選》李善注引盛弘之《荊州記》曰，粲嘗登湖北當陽城樓，感而作賦，即本篇。案《三國志・魏書》本傳，粲以西京擾亂，南適荊州依劉表，表以其貌寢體弱，不甚重也。故賦有"懼匏瓜之徒懸"語。此賦向有盛名，陸雲《與兄平原書》云："《登樓》名高，恐未可越耳。"李元度《賦學正鵠》曰："因登樓而四望，因四望而觸動其憂時感事去國懷鄉之思。凡三易韻，段落自明，文意悠然不盡。"

登茲樓以四望兮，聊暇日以銷憂。覽斯宇之所處兮，實顯敞而寡仇。挾清漳之通浦兮，臨曲沮之長洲。背墳衍之廣陸兮，臨皋隰之沃流。北彌陶牧，西接昭丘，華實蔽野，黍稷盈疇。雖信美而非吾土兮，曾何足以少留！

〇陶牧：陶朱公范蠡之墓，相傳在湖北江陵附近。《爾雅・釋地》："邑外謂之郊，郊外謂之牧。"〇昭丘：楚昭王墓，在當陽東南七十里。

遭紛濁而遷逝兮，漫踰紀以迄今。情眷眷而懷歸兮，孰憂思之可任？憑軒檻以遙望兮，向北風而開襟。平原遠而極目兮，蔽荊山之高岑。路逶迤而修迥兮，川既漾而濟深。悲舊鄉之壅隔兮，涕橫墜而弗禁。昔尼父之在陳兮，有"歸歟"之歎音。鍾儀幽而楚奏兮，莊舄顯而越吟。人情同於懷土兮，豈窮達而異心！

　　○"憑軒檻"四句：《文選》六臣注吕延濟云："荆州在帝鄉南，故向北開襟，思故國之風；而極目遠望，爲荆山所蔽，終不復見。"○"昔尼父"二句：《論語·公冶長》："子在陳曰：'歸歟，歸歟！'"朱熹《集注》："此孔子周流四方，道不行而思歸之歎也。"○"鍾儀"句：鍾儀，楚國樂官，曾被鄭俘虜，獻於晉，晉侯令其操琴，仍爲楚聲，范文子稱其"君子也，樂操土風，不忘舊也"。事見《左傳·成公九年》。○"莊舄"句：莊舄，越人，在楚國做高官，病中思鄉，仍操越音。事見《史記·張儀列傳》。

　　惟日月之逾邁兮，俟河清其未極。冀王道之一平兮，假高衢而騁力。懼匏瓜之徒懸兮，畏井渫之莫食。步棲遲以徙倚兮，白日忽其將匿。風蕭瑟而並興兮，天慘慘而無色。獸狂顧以求群兮，鳥相鳴而舉翼。原野闃其無人兮，征夫行而未息。心悽愴以感發兮，意忉怛而憯惻。循階除而下降兮，氣交憤於胸臆。夜參半而不寐兮，悵盤桓以反側。

中華書局校點本《王粲集》卷二

　　○"懼匏瓜"二句：《論語·陽貨》："（子曰）吾豈匏瓜也哉，焉能繫而不食？"《易經·井卦》："井渫不食，爲我心惻。"《文選》六臣注李周翰云："蓋喻修身全潔，畏時君之不用也。"

曹　植（192—232）

傳略見"魏晉南北朝文學"第一章第一節。

洛神賦

【題解】《文選》李善注引《記》："魏東阿王（曹植）漢末求甄逸女，既不遂，太祖回與五官中郎將（曹丕）。植殊不平，晝思夜想，廢寢與食。黃初中入朝，帝示植甄后玉鏤金帶枕，植見之，不覺泣。時已爲郭后譖死，帝意亦尋悟，因令太子留，宴飲，仍以枕賚植。植還，度轘轅，少許時，將息洛水上，思甄后，忽見女來，自云：'我本托心君王，其心不遂。此枕是我在家時從嫁，前與五官中郎將，今與君王。遂用薦枕席，歡情交集，豈常辭能具？爲郭后以糠塞口，今被髮，羞將此形貌重睹君王耳。'言訖，遂不復見所在。遣人獻珠於王，王答以玉佩，悲喜不能自勝，遂作《感甄賦》。後明帝見之，改爲《洛神賦》。"後世或以爲小說家言。宋劉克莊《後村詩話》云："《洛神賦》，子建寓言也，好事者乃造甄后事以實之。使果有之，當見誅於黃初之朝矣。唐彥謙：'驚鴻暫過游龍去，虛惱陳王一事無。'似爲子建分疏者。"

黃初三年，余朝京師，還濟洛川。古人有言，斯水之神，名曰宓妃。感宋玉對楚王神女之事，遂作斯賦。其辭曰：

○黃初：魏文帝曹丕年號。○京師：指魏都洛陽。○宓妃：傳說中伏羲氏之女，古代伏羲之"伏"作"宓"。○"感宋玉"句：宋玉有《神女賦》，見《文選》卷一九。

余從京域，言歸東藩。背伊闕，越轘轅，經通谷，陵景山。日既西傾，車殆馬煩。爾乃稅駕乎蘅皋，秣駟乎芝田，容與乎陽林，流眄乎洛川。於是精移神駭，忽焉思散。俯則未察，仰以殊觀，睹一麗人，於巖之畔。乃援御者而告之曰："爾有覿於彼者乎？彼何人斯？若此之豔也！"御者對曰："臣聞河洛之神，名曰宓妃。然則君王所見，無乃是乎？其狀若何？臣願聞之。"

○東藩：東方之藩國，指曹植封地甄城（在今山東西南）。○伊闕、轘轅、通谷、景山：洛陽附近四處地名，前二爲險隘。○殆：通怠。○稅駕：猶停車。○蘅皋、芝田：皆爲野地的美稱。○容與：悠閒的樣子。

余告之曰："其形也，翩若驚鴻，婉若游龍。榮曜秋菊，華茂春松。髣髴兮若輕雲之蔽月，飄颻兮若流風之迴雪。遠而望之，皎若太陽升朝霞；

迫而察之，灼若芙蓉出淥波。穠纖得衷，修短合度。肩若削成，腰如約素。延頸秀項，皓質呈露。芳澤無加，鉛華弗御。雲髻峨峨，修眉聯娟。丹脣外朗，皓齒內鮮，明眸善睞，輔靨承權。瓌姿豔逸，儀靜體閑。柔情綽態，媚於語言。奇服曠世，骨像應圖。披羅衣之璀粲兮，珥瑤碧之華琚。戴金翠之首飾，綴明珠以耀軀。踐遠游之文履，曳霧綃之輕裾。微幽蘭之芳藹兮，步踟躕於山隅。

○驚鴻、游龍：以動物的靈活形容美人體態的輕盈。○秋菊、春松：以草木的芳鮮茂盛比喻美人的儀容。○"髣髴"二句：是以物態形容美人的蹤迹若隱若現。○穠纖得衷：肥瘦適中。○聯娟：細長而彎曲。○靨輔承權：是說臉上有酒渦，靨即酒渦，權通顴。○綽態：柔婉的姿態。○應圖：合於圖畫的標準。○"珥瑤碧"句：是說戴著玉飾，珥本耳環，此作動詞用。○"微幽蘭"句：是說微微透出蘭花般的香氣。

於是忽焉縱體，以遨以嬉。左倚采旄，右蔭桂旗。攘皓腕於神滸兮，采湍瀨之玄芝。余情悅其淑美兮，心振蕩而不怡。無良媒以接歡兮，託微波而通辭。願誠素之先達兮，解玉佩以要之。嗟佳人之信修，羌習禮而明詩。抗瓊珶以和予兮，指潛淵而爲期。執眷眷之款實兮，懼斯靈之我欺。感交甫之棄言兮，悵猶豫而狐疑。收和顏而靜志兮，申禮防以自持。

○攘皓腕：是說捋起袖子露出雪白的手腕。○心振蕩而不怡：心情激動不安。○羌習禮而明詩：是說有文化修養，羌爲發語詞。○斯靈：指洛神。○交甫：鄭交甫。相傳其人遇神女於漢水，並獲贈玉佩，然而剛離開幾步，神女和玉佩就都沒有了。事見《韓詩外傳》。○禮防：禮法的約束。

於是洛靈感焉，徙倚彷徨，神光離合，乍陰乍陽。竦輕軀以鶴立，若將飛而未翔。踐椒塗之郁烈，步蘅薄而流芳。超長吟以永慕兮，聲哀厲而彌長。爾乃衆靈雜遝，命儔嘯侶，或戲清流，或翔神渚，或采明珠，或拾翠羽。從南湘之二妃，携漢濱之游女。歎匏瓜之無匹兮，詠牽牛之獨處。揚輕袿之猗靡兮，翳修袖以延佇。體迅飛鳧，飄忽若神，陵波微步，羅襪生塵。動無常則，若危若安。進止難期，若往若還。轉眄流精，光潤玉顏。含辭未吐，氣若幽蘭。華容婀娜，令我忘餐。

○神光離合：是說女神身影若隱若現。○椒塗、蘅薄：和上文蘅皐、芝田一樣，爲野地之美稱。○雜遝：紛紜衆多。○南湘之二妃：指堯之二女即舜妃娥皇、女英。虞舜南巡而死，二妃爲湘水之神。○漢濱游女：漢水女神。《詩·周南·漢廣》："漢有游女，不可求思。"○匏瓜、牽牛：皆星名，匏瓜星不與別的星座相鄰，牽牛星與織女星相隔，所以說無匹、獨處。○袿：女子的上衣。○陵波：行走在波上，陵通淩。○轉眄流精：轉動眼睛，精光四射。

於是屏翳收風，川后靜波。馮夷鳴鼓，女媧清歌。騰文魚以警乘，鳴玉鸞以偕逝。六龍儼其齊首，載雲車之容裔，鯨鯢踴而夾轂，水禽翔而爲衛。於是越北沚，過南岡，紆素領，回清陽，動朱唇以徐言，陳交接之大綱。恨人神之道殊兮，怨盛年之莫當。抗羅袂以掩涕兮，淚流襟之浪浪。悼良會之永絕兮，哀一逝而異鄉。無微情以效愛兮，獻江南之明璫。雖潛處於太陰，長寄心於君王。忽不悟其所舍，悵神宵而蔽光。

○屏翳：風神。○川后、馮夷：皆水神，馮讀如憑。○警乘：準備駕車出發。○玉鸞：車鈴，鸞通鑾。○容裔：同容與。○夾轂：圍繞在車的左右。

於是背下陵高，足往神留，遺情想像，顧望懷愁。冀靈體之復形，御輕舟而上溯。浮長川而忘反，思綿綿而增慕。夜耿耿而不寐，霑繁霜而至曙。命僕夫而就駕，吾將歸乎東路。攬騑轡以抗策，悵盤桓而不能去。

《四部叢刊》本《曹子建集》卷三

○"冀靈體"句：是說希望洛神的形體重新出現。○騑：車轅旁邊的馬。○抗策：舉起鞭策。

向　秀（約227—272）

《晉書·向秀傳》：向秀字子期，河內懷人也。清悟有遠識，少爲山濤所知。雅好老莊之學。莊周著內外數十篇，歷世方士，雖有觀者，莫適論其旨統也。秀乃爲之隱解，發明奇趣，振起玄風。讀之者超然心悟，莫不自足一時也。惠帝之世，郭象又述而廣之。儒墨之迹見鄙，道家之言遂盛焉。始，秀欲注，嵇康曰："此書詎復須注，正是妨人作樂耳。"及成，示康曰："殊復勝不？"又與康論養生，辭難往復，蓋欲發康高致也。康善鍛，秀爲之佐，相對欣然，傍若無人。又共呂安灌園於山陽。康既被誅，秀應本郡計入洛。文帝問曰："聞有箕山之志，何以在此？"秀曰："以爲巢、許狷介之士，未達堯心，豈足多慕。"帝甚悅。秀乃自此役，作《思舊賦》云。後爲散騎侍郎，轉黃門侍郎、散騎常侍，在朝不任職，容迹而已。卒於位。

思舊賦并序

【題解】 作者的友人嵇康、呂安因不滿現實，爲司馬昭所殺。本篇是作者被迫應郡舉自洛陽歸來，經過山陽嵇康舊居有感而作。劉熙載《藝概·賦概》："賦必有關著自己痛癢處，如嵇康叙琴，向秀感笛，豈可與無病呻吟者同語。"魯迅《南腔北調集·爲了忘却的記念》："年輕時讀向子期《思舊賦》，很怪他爲什麽祇有寥寥的幾行，剛開頭却又煞了尾。然而，現在我懂得了。"

余與嵇康、呂安居止接近，其人並有不羈之才。然嵇志遠而疏，呂心曠而放，其後各以事見法。嵇博綜技藝，於絲竹特妙。臨當就命，顧視日影，索琴而彈之。余逝將西邁，經其舊廬，於時日薄虞淵，寒冰悽然。鄰人有吹笛者，發聲寥亮。追思曩昔游宴之好，感音而歎，故作賦云。

〇呂安（？—262）：字仲悌，三國魏東平（今屬山東）人，與嵇康友善，亦爲司馬昭所殺。〇虞淵：傳說中日入處。

將命適於遠京兮，遂旋反而北徂。濟黃河以汎舟兮，經山陽之舊居。瞻曠野之蕭條兮，息余駕乎城隅。踐二子之遺迹兮，歷窮巷之空廬。歎黍離之愍周兮，悲麥秀於殷墟。惟古昔以懷今兮，心徘徊以躊躇。棟宇存而弗毁兮，形神逝其焉如。昔李斯之受罪兮，歎黃犬而長吟。悼嵇生之永辭兮，顧日影而彈琴。托運遇於領會兮，寄餘命於寸陰。聽鳴笛之慷慨兮，妙聲絶而復尋。停駕言其將邁兮，遂援翰而寫心。

中華書局影印胡刻本《文選》卷十六

〇黍離：《詩經·王風》篇名，《毛詩序》："《黍離》，閔宗周也。周大夫行役至於宗周，過故宗廟宮室，盡爲禾黍。閔周室之顛覆，彷徨不忍去而作是詩也。"〇麥秀：古逸詩，《尚書大傳》載，殷商王室微子去朝見周天子，過殷墟，見已淪爲田畝，歌道："麥秀蘄蘄兮禾黍油油兮，彼狡童兮不我好仇。"〇"昔李斯"二句：《史記·李斯列傳》："（李斯臨刑）顧謂其中子曰：'吾欲與若復牽黃犬，俱出上蔡東門逐狡兔，豈可得乎？'遂父子相哭，而夷三族。"〇"托運遇"二句：《文選》六臣注李周翰云："言康之刑，是運遇會合當終之秋。索琴而彈，是寄命於分寸之陰耳。此向生思舊之深，故再言也。"

陶淵明（約365—427）

傳略見"魏晉南北朝文學"第一章第四節。

歸去來兮辭并序

【題解】本篇作於晉安帝義熙元年（405）辭彭澤令歸田之時。蕭統《陶淵明傳》："會郡遣督郵至縣，吏請曰：'應束帶見之。'淵明歎曰：'我豈能爲五斗米折腰向鄉里小兒！'即日解綬去職。賦《歸去來》。"洪邁

《容齋隨筆·五筆》："觀其語意，乃以妹喪而去，不緣督郵。所謂'矯厲違己'之說，疑心有所屬，不欲盡言之耳。辭中止喜還家之樂，略不及武昌，自可見也。"

余家貧，耕植不足以自給。幼稚盈室，缾無儲粟，生生所資，未見其術。親故多勸余爲長吏，脫然有懷，求之靡途。會有四方之事，諸侯以惠愛爲德，家叔以余貧苦，遂見用於小邑。於時風波未靜，心憚遠役。彭澤去家百里，公田之利，足以爲酒，故便求之。及少日，眷然有歸歟之情。何則？質性自然，非矯厲所得。飢凍雖切，違己交病。嘗從人事，皆口腹自役。於是悵然慷慨，深愧平生之志。猶望一稔，當斂裳宵逝。尋程氏妹喪於武昌，情在駿奔，自免去職。仲秋至冬，在官八十餘日。因事順心，命篇曰歸去來兮。乙巳歲十一月也。

○生生所資：維持生活的憑藉。○脫然有懷：豁然萌生了念頭。○會有四方之事：經營四方的大事，指劉裕等起兵勤王事。《晉書·虞潭傳》："大駕逼遷，潭勢弱，不能獨振，乃固以俟四方之舉。"○彭澤：縣名，在今江西湖口東。○矯厲：指勉強。○平生之志：指隱居之志。○一稔：秋收後，稔指穀物成熟。○程氏妹：嫁到程家的妹妹。○情在駿奔：猶言歸心似箭。

歸去來兮，田園將蕪胡不歸？既自以心爲形役，奚惆悵而獨悲。悟已往之不諫，知來者之可追。實迷途其未遠，覺今是而昨非。舟遙遙以輕颺，風飄飄而吹衣。問征夫以前路，恨晨光之熹微。

○胡不歸：語出《詩經·邶風·式微》："式微式微，胡不歸？"○"悟已往"二句：《論語·微子》："鳳兮鳳兮，何德之衰？往者不可諫，來者猶可追。已而，已而！今之從政者殆而。"○"實迷途"二句：上句語出《離騷》："回朕車以復路兮，及行迷之未遠。"下句語出《莊子·寓言》："莊子謂惠子曰：'孔子行年六十而六十化，始時所是，卒而非之，未知今之所謂是之非五十九非也。'"

乃瞻衡宇，載欣載奔。僮僕歡迎，稚子候門。三徑就荒，松菊猶存。攜幼入室，有酒盈樽。引壺觴以自酌，眄庭柯以怡顏。倚南窗以寄傲，審容膝之易安。園日涉以成趣，門雖設而常關。策扶老以流憩，時矯首而遐觀。雲無心以出岫，鳥倦飛而知還。景翳翳以將入，撫孤松而盤桓。

○三徑：漢蔣詡於王莽執政時隱居，舍中開三徑，祇與隱士求仲、羊仲交往。事見《文選》李善注引《三輔決錄》。

歸去來兮，請息交以絕游。世與我而相違，復駕言兮焉求。悅親戚之情話，樂琴書以消憂。農人告余以春及，將有事於西疇。或命巾車，或棹孤舟。既窈窕以尋壑，亦崎嶇而經丘。木欣欣以向榮，泉涓涓而始流。善萬物之得時，感吾生之行休。已矣乎！寓形宇內復幾時，曷不委心任去留？胡爲乎遑遑欲何之？富貴非吾願，帝鄉不可期。懷良辰以孤往，或植杖而耘耔。登東皋以舒嘯，臨清流而賦詩。聊乘化以歸盡，樂夫天命復奚疑！

上海古籍出版社版《陶淵明集校箋》卷五

○"曷不"句：嵇康《琴賦》："齊萬物兮超自得，委性命兮任去留。"○植杖：《論語·微子》："子路問曰：'子見夫子乎？'丈人曰：'四體不勤，五谷不分，孰爲夫子？'植其杖而耘。"○"樂夫"句：《易經·繫辭》："樂天知命故不憂。"

|輯　錄|

◎明孫月峰評、閔齊華注《文選》卷十三：風格亦本楚騷，但騷侈此約，騷華此實。其妙處乃在無一語非真境，而語却無一字不琢煉，總之成一種冲泊趣味，雖不是文章當行，要可稱逸品。

◎清伍涵芬《讀書樂趣》卷三：陶元亮《歸去來辭》，一種曠情逸致，令人反復吟詠，翩然欲仙，然尤妙於"息交絕游"一句，下即接云："悅親戚之情話，樂琴書以消憂。"若無此兩句，不將疑是孤僻一流，同於槁木乎？

◎清黃本驥《疑學》卷五《讀文筆得》：歐陽公曰："晉無文章，惟陶淵明《歸去來辭》一篇而已。"余謂陶公胸懷澹遠,妙處尚在語言文字之外。《歸去來辭》直是曾點沂水春風一段注腳,即謂之超越秦漢,上接風騷可也。

◎清吳梯《巾箱拾羽》卷十三:陶淵明《歸去來兮辭》,字字如肺肝出,遂高步晉人之上。

鮑　照（約412—466）

傳略見"魏晉南北朝文學"第一章第五節。

蕪城賦

【題解】　本篇作於宋孝武帝大明三四年間（459—460）客江北時（錢仲聯說）。《文選》李善注:"集云:'登廣陵故城。'"宋本題下注:"'登廣陵城作。'"錢仲聯《鮑參軍集注》:"考宋文帝元嘉二十七年冬十二月,北魏太武帝南犯,兵至瓜步,廣陵太守劉懷之逆燒城府船乘,盡帥其民渡江。孝武帝大明三年四月,竟陵王誕據廣陵反;七月,沈慶之討平之,殺三千餘口。是十年之間,廣陵兩遭兵禍,照蓋有感於此而賦。"又引姚鼐評:"驅邁蒼涼之氣,驚心動魄之辭,皆賦家之絕境也。"林紓評:"文不敢斥言世祖之夷戮無辜,亦不言竟陵之肇亂,入手言廣陵形勝及其繁盛,後乃寫其凋敝衰颯之形,俯仰蒼茫,滿目悲涼之狀,溢於紙上,真足以驚心動魄矣。"

瀰迆平原,南馳蒼梧漲海,北走紫塞雁門。柂以漕渠,軸以崑岡。重江複關之隩,四會五達之莊。當昔全盛之時,車掛轊,人駕肩;廛閈撲地,歌吹沸天。孳貨鹽田,鏟利銅山,才力雄富,士馬精妍。故能奓秦法,佚周令,劃崇墉,刳濬洫,圖修世以休命。是以板築雉堞之殷,井幹烽櫓之勤,格高五岳,袤廣三墳,崒若斷岸,矗似長雲。製磁石以禦衝,糊頳壤以飛文。觀基扃之固護,將萬祀而一君。出入三代,五百餘載,竟瓜剖而豆分。

　　○紫塞：《古今注》："秦築長城，土色紫，漢塞亦然；一云雁門草皆紫色，故曰紫塞。"○柂：同柁，舵。梁章鉅《文選旁證》："六臣本校云：'柂，善作弛。'非也。此注引《廣雅》：'拖，引也。'是李本作'拖'之明證。濟注：'柂，舟具也。'蓋改之使配下句'軸'字，乃五臣作'柂'之明證。段校作'扡'。"○全盛之時：《文選》李善注說："謂漢時也。"張銑注說："謂（漢）吳王濞時。"○"車掛"二句：語本《史記·蘇秦列傳》："臨淄之途，車轂擊，人肩摩。"○"孳貨"二句：《史記·吳王濞列傳》："吳有豫章郡銅山，濞則招致天下亡命者盜鑄錢，煮海水爲鹽。"○"才力"二句：《文選》李善注："班固傳贊曰：'材力有餘，士馬強盛。'"○"故能"四句：《文選》六臣注劉良云："言奢侈過於秦、周之法令，乃開崇城，鑿深溝，以謀長世之美命也。"夸，《文選》李善注："聲類曰'夸'，侈字也。'軼'，過也。'佚'與'軼'通。《西都賦》曰：'覽秦制，跨周法。'"○"井幹"句：《文選》李善注："《淮南子》曰：'大構架，興宮室，雞棲井幹。'許慎曰：'皆屋構魪也。'郭璞《上林賦》注曰：'櫓，望樓也。'"○三墳：與五岳對舉，當是地名合稱。諸說不同，《文選》李善注謂："未詳。或曰，《毛詩》曰'遵彼汝墳'，又曰'鋪敦淮墳'，《爾雅》曰'墳莫大於河墳'，此蓋三墳。"○"製磁石"二句：劉文典《三餘札記》："案《西征賦》：'門磁石而梁木蘭兮。'注：'《三輔黃圖》曰：阿房前殿以木蘭爲梁，磁石爲門，懷刃者輒止之。'江文通《銅劍贊序》：'又造阿房之宮，其門悉用磁石；磁石吸鐵，以防外兵之入焉。'"○"觀基扃"句：《文選》李善注："《說文》曰：'扃，外閉之關也。凡文士之言基扃，泛論城闕，猶車稱軨，舟謂之艫耳，非獨指扃也。固護，言牢固也。'"劉文典《三餘札記》："案《禮·曲禮》：'毋固護。'鄭注：'欲專之曰固，爭取曰護。'得其誼。馬季長《長笛賦》：'或乃聊慮固護，專美擅工。'注：'精心專一之貌。'亦通。此文之'固護'，與上文之'殷勤',誼實相類。"

澤葵依井，荒葛胃塗。壇羅虺蜮，階鬭麏鼯。木魅山鬼，野鼠城狐。風嗥雨嘯，昏見晨趨。飢鷹屬吻，寒鴟嚇雛。伏虣藏虎，乳血飡膚。崩榛塞路，崢嶸古馗。白楊早落，塞草前衰。稜稜霜氣，蔌蔌風威。孤蓬自振，驚沙坐飛。灌莽杳而無際，叢薄紛其相依。通池既已夷，峻隅又已頹。直視千里外，惟見起黃埃。凝思寂聽，心傷已摧。

○"寒鴟"句：語本《莊子·秋水》。詳前嵇康《與山巨源絕交書》注。○伏虣：虣，《文選》李善注："《字書》曰：'虣，古文暴字，蒲到切。''虣'，或爲'䖃'。《爾雅》曰：'䖃，白虎。䖃，戶甘切。'"梁章鉅《文選旁證》："'䖃'，當依《說文》作'甝'。"○坐飛：《文選》李善注曰："無故而飛曰坐飛。"張相《詩詞曲語辭匯釋》："無故而飛，猶云自然飛也，坐亦自然，坐與自互文。"

若夫藻扃黼帳，歌堂舞閣之基，琁淵碧樹，弋林釣渚之館，吳蔡齊秦之聲，魚龍爵馬之玩，皆薰歇燼滅，光沉響絕。東都妙姬，南國佳人，蕙心紈質，玉貌絳脣，莫不埋魂幽石，委骨窮塵；豈憶同輿之愉樂，離宮之苦辛哉？天道如何，吞恨者多，抽琴命操，爲蕪城之歌。歌曰："邊風急兮城上寒，井徑滅兮丘隴殘。千齡兮萬代，共盡兮何言！"

上海古籍出版社版《鮑參軍集注》卷一

○"琁淵"句：琁，字亦作璇。《文選》李善注："琁淵，玉池也。碧樹，玉樹也。"○"吳蔡"句：《文選》李善注："《楚辭》曰：'吳歈蔡謳'，《漢書·藝文志》有齊歌秦歌。"○魚龍：《漢書·西域傳》："漫衍魚龍角抵之戲，以觀視之。"顏師古注："魚龍者，爲舍利之獸，先戲於庭極畢，乃入殿前激水，化成比目魚，跳躍漱水，作霧障日畢，化成黃龍八丈，出水敖戲於庭，炫耀日光。《西京賦》云：'海鱗變而成龍。'即爲此色也。"爵馬，亦屬表演技藝。○"東都"二句：陸機《擬東城一何高》："京洛多妖麗，玉顏侔瓊蕤。"曹植《美女篇》："南國有佳人，華容若桃李。"○離宮：猶言冷宮，司馬相如《長門賦》："期城南之離宮。"○命操：作爲琴曲，《文選》李善注引《琴道》："琴有《伯夷之操》。夫遭遇異時，窮則獨善其身，故謂之操。"

江　淹（444—505）

《南史·江淹傳》：江淹字文通，濟陽考城人也，父康之，南沙令，雅有才思。淹少孤貧，常慕司馬長卿、梁伯鸞之爲人，不事章句之學，留情於文章。早爲高平檀超所知，常升以上席，甚加禮焉。起家南徐州從事，轉奉朝請。宋建平王景素好士，淹隨景素在南兗州。（後）黜爲建安吳興令。及齊高帝輔政，聞其才，召爲尚書駕部郎、驃騎參軍事。相府建，補記室參軍。高帝讓九錫及諸章表，皆淹制也。齊受禪，復爲驃騎豫章王嶷記室參軍。建元二年，始置史官，淹與司徒左長史檀超共掌其任，所爲條例，並爲王儉所駁，其言不行。淹任性文雅，不以著述在懷，所撰十三篇，竟無次序。又領東武令參掌詔策。後拜中書侍郎。王儉嘗謂曰："卿年三十五，已爲中書侍郎，才學如此，何憂不至尚書金紫，所謂富貴卿自取之，但問年壽何如爾。"永元中，崔慧景舉兵圍都，衣冠悉投名刺，淹稱疾不往。及事平，時人服其先見。東昏末，淹以秘書監兼衛尉。又副領軍王瑩。及梁武至新林，淹微服來奔，位相國右長史。天監元年爲散騎常侍、左衛將軍，封臨沮縣伯。以疾遷金紫光祿大夫，改封醴陵侯，卒。武帝爲素服舉哀，謚曰"憲"。淹少以文章顯，晚節才思微退。嘗宿於冶亭，夢一丈夫自稱郭璞，謂淹曰："吾有筆在卿處多年，可以見還。"淹乃探懷中得五色筆一以授之，爾後爲詩絶無美句。時人謂之才盡。凡所著述，自撰爲前後集，並《齊史》十志，並行於世。

別賦

【題解】本篇以離情別緒爲賦寫對象，籠罩甚廣，不爲一人一事而發。于光華《文選集評》引何焯曰："文法與《恨賦》同而氣舒詞麗，一起尤警，通篇祇寫'黯然銷魂'四字。"李元度《賦學正鵠》："總起總收，中分七段平叙。情中有景，景中有情。或就春說，或就秋說，或合春秋、兼四時說。煉句各極其妙，而一起尤超拔，已制全局之勝，故通篇祇發明'黯然銷魂'四字，殆非五色筆不能。"錢鍾書《管錐編》第四册："《別賦》曰'蓋有別必怨，有怨必盈'，實即恨之一端，其所謂'一赴絕國，詎相見期'，詎非《恨賦》之'遷客海上，流戍隴陰'耶？然則《別賦》乃《恨賦》之附庸而蔚爲大國者，而他賦之於《恨賦》，不啻衆星之拱北辰也。"

黯然銷魂者，唯別而已矣！況秦吳兮絕國，復燕宋兮千里；或春苔兮始生，乍秋風兮暫起。是以行子腸斷，百感悽惻。風蕭蕭而異響，雲漫漫而奇色。舟凝滯於水濱，車逶遲於山側。棹容與而詎前，馬寒鳴而不息。掩金觴而誰御，橫玉柱而霑軾。居人愁臥，怳若有亡。日下壁而沉彩，月上軒而飛光。見紅蘭之受露，望青楸之離霜。巡層楹而空掩，撫錦幕而虛涼。知離夢之躑躅，意別魂之飛揚。

故別雖一緒，事乃萬族。至若龍馬銀鞍，朱軒繡軸，帳飲東都，送客金谷。琴羽張兮簫鼓陳，燕趙歌兮傷美人。珠與玉兮豔暮秋，羅與綺兮嬌上春。驚駟馬之仰秣，聳淵魚之赤鱗。造分手而銜涕，感寂寞而傷神。乃有劍客慚恩，少年報士，韓國趙廁，吳宮燕市，割慈忍愛，離邦去里，瀝泣共訣，抆血相視。驅征馬而不顧，見行塵之時起。方銜感於一劍，非買價於泉裏。金石震而色變，骨肉悲而心死。

○龍馬：《周禮·夏官·廋人》："馬八尺以上爲龍。" ○"帳飲"句：

用漢疏廣事，疏廣爲太子太傅，年老乞歸，公卿大夫故人邑子設祖道供帳東都門外送行，見《漢書·疏廣傳》。〇"送客"句：用晉石崇事，石崇於金谷造園，每餞送於此，見《文選》李善注引石崇《金谷詩序》及《晉書·石苞傳》。〇"驚駟馬"二句：《韓詩外傳》："淳于髡曰：'昔者瓠巴鼓瑟而潛魚出聽，伯牙鼓琴而六馬仰秣。'"〇"韓國"二句：韓國，指聶政刺殺韓相俠累事。趙廁，指豫讓行刺趙襄子事。吳宮，指專諸刺殺王僚事。燕市，指荊軻刺秦王事。四事皆見《史記·刺客列傳》。〇"金石"句：《文選》李善注引《燕太子丹》："荊軻與武陽入秦，秦王陛戟而見燕使，鼓鐘並發，群臣皆呼萬歲，武陽大恐，面如死灰色。"〇"骨肉"句：用《史記·刺客列傳》所載聶政刺殺俠累後自殺，暴屍於市，其姊聶嫈伏屍而哭，亦自殺事。心死，《莊子·田子方》："夫哀莫大於心死。"

或乃邊郡未和，負羽從軍。遼水無極，雁山參雲。閨中風暖，陌上草薰。日出天而曜景，露下地而騰文。鏡朱塵之照爛，襲青氣之烟熅。攀桃李兮不忍別，送愛子兮霑羅裙。至如一赴絕國，詎相見期。視喬木兮故里，訣北梁兮永辭。左右兮魂動，親賓兮淚滋。可班荊兮增恨，惟樽酒兮叙悲。值秋雁兮飛日，當白露兮下時。怨復怨兮遠山曲，去復去兮長河湄。又若君居淄右，妾家河陽。同瓊佩之晨照，共金爐之夕香，君結綬兮千里，惜瑤草之徒芳。慚幽閨之琴瑟，晦高臺之流黃。春宮閟此青苔色，秋帳含茲明月光，夏簟清兮晝不暮，冬釭凝兮夜何長？織錦曲兮泣已盡，迴文詩兮影獨傷。

〇"至如"二句：《文選》李善注引《琴道》："雍門周以琴見孟嘗君，孟嘗君曰：'先生鼓琴，亦能令悲乎？'對曰：'臣之所能令悲者，無故生離，遠赴絕國，無相見期，臣爲一揮琴而太息，未有不悽愴而流涕者。'"〇"視喬木"句：可見王充《論衡·佚文篇》。〇班荊：布荊草於地而坐。《左傳·襄公二十六年》載，伍舉將奔晉，聲子於鄭郊"班荊相與食，而言復故"。〇晨照：宋孝武帝《擬漢李夫人賦》："俟玉羊（月也）晨照。"

○"織錦"二句：武則天《璇璣圖序》："前秦苻堅時，竇滔鎮襄陽，攜寵姬趙陽臺之任，斷妻蘇蕙音問，蕙因織錦爲迴文，五彩相宣，縱橫八寸，題詩二百餘首，計八百餘言，縱橫反覆，皆成章句，名曰《璇璣圖》以寄滔。"

儻有華陰上士，服食還仙。術既妙而猶學，道已寂而未傳。守丹竈而不顧，煉金鼎而方堅。駕鶴上漢，驂鸞騰天。暫游萬里，少別千年。惟世間兮重別，謝主人兮依然。下有芍藥之詩，佳人之歌。桑中衛女，上宮陳娥。春草碧色，春水淥波，送君南浦，傷如之何！至乃秋露如珠，秋月如珪。明月白露，光陰往來，與子之別，思心徘徊。

○華陰上士：《文選》李善注引《列仙傳》："修芊者，魏人也。華陰山下石室中有龍石，叚其上，取黃精食之，後去，不知所之。"○芍藥之詩：《詩經·鄭風·溱洧》："維士與女，伊其相謔，贈之以勺藥。"○"桑中"二句：《詩經·鄘風·桑中》："云誰之思，美孟姜矣。期我乎桑中，要我乎上宫，送我乎淇之上矣。"衛女，鄘屬衛國，故云。陳娥，用衛莊姜送別陳女戴媯於野事，見《詩經·邶風·燕燕》毛序。

是以別方不定，別理千名。有別必怨，有怨必盈，使人意奪神駭，心折骨驚。雖淵、雲之墨妙，嚴、樂之筆精，金閨之諸彥，蘭臺之群英，賦有凌雲之稱，辯有雕龍之聲，誰能摹暫離之狀，寫永訣之情者乎？

中華書局版《江文通集彙注》卷一

○淵、雲：王襃字子淵，揚雄字子雲，二人爲西漢著名辭賦家。○嚴、樂：嚴安、徐樂，二人曾上書漢武帝，得武帝贊賞。○金閨：指漢代金馬門，漢武帝時學士待詔於此以備顧問。○蘭臺：東漢中央藏書之處。○凌雲之稱：司馬相如奏《大人賦》，武帝飄飄有凌雲之氣。○雕龍之聲：戰國齊騶奭被目爲"雕龍奭"，《集解》引劉向《別錄》曰："騶奭修（騶）衍之文，飾若雕鏤龍文，故曰'雕龍'。"

輯　錄

◎鍾嶸《詩品》中：齊光祿江淹，文通詩體總雜，善於摹擬，筋力於王微，成就於謝朓。

◎沈德潛《古詩源》卷十三：文通頗能修飭，而風骨未高。

◎劉熙載《藝概·詩概》：江文通詩有悽涼日暮，不可如何之意。此詩之多情而人之不濟也。雖長於雜擬，於古人蒼壯之作，亦能肖吻，究非其本色耳。

◎于光華《文選集評》引何焯評：賦家至齊梁，變態已盡，至文通已幾乎唐人之律賦矣。特其秀色，非後人之所及也。

庾　信（513—581）

傳略見"魏晉南北朝文學"第一章第六節。

哀江南賦（節選）并序

【題解】本篇作於作者晚年。《北史》本傳："信雖位望通顯，常作鄉關之思，乃作《哀江南賦》。"題名本《楚辭·招魂》："魂兮歸來哀江南。"張溥《庾開府集題辭》："周滕王逌序《庾開府集》云：子山妙擅文詞，尤工詩賦。……後羈長安，臣於宇文，陳帝通好請還，終留不遣。……鄉關之思，僅寄於《哀江南》一賦，其視徐孝穆之得返舊都，奚啻李都尉之望蘇屬國哉？"鮑覺生《賦則》評："密麗典雅，精思足以緯之，激氣足以驅之，下開三唐，不止為子山集中壓卷。"李調元《賦話》："（宋）太宗端拱中進士劉安國酷愛《哀江南賦》，雖日旴未食而不飢。蓋詞氣鼓動，快哉愜心而已。故前賢評品，以為風雅之變，而流宕之胜者。"

粵以戊辰之年，建亥之月，大盜移國，金陵瓦解。余乃竄身荒谷，公私塗炭。華陽奔命，有去無歸。中興道銷，窮於甲戌。三日哭於都亭，三年囚於別館。

○戊辰之年：梁武帝太清二年（548）歲在戊辰。○建亥之月：指夏曆十月。○大盜移國：指侯景篡梁。景於太清二年八月起兵叛梁，十月攻陷梁國都金陵（今南京）。○竄身荒谷：作者於時奔往江陵。○公私塗炭：全國上下都陷於水深火熱之中。○"華陽奔命"二句：指作者奉使從江陵（位於華山之陽）出使西魏，被扣留北方。○"中興道銷"二句：是說侯景被討滅後，西魏兵又攻陷江陵，殺了梁元帝，使梁室中興希望落空，這一年是甲戌年（554）。○"三日"句：三國蜀亡時，蜀將羅憲守永安城，聞後主出降，曾率部下到都亭痛哭三日。○別館：使館外的館舍。

　　天道周星，物極不反。傅燮之但悲身世，無處求生；袁安之每念王室，自然流涕。昔桓君山之志事，杜元凱之平生，並有著書，咸能自序。潘岳之文采，始述家風；陸機之詞賦，先陳世德。信年始二毛，既逢喪亂；藐是流離，至於暮齒。《燕歌》遠別，悲不自勝；楚老相逢，泣將何及！畏南山之雨，忽踐秦庭；讓東海之濱，遂餐周粟。下亭漂泊，高橋羈旅。楚歌非取樂之方，魯酒無忘憂之用。追爲此賦，聊以記言，不無危苦之辭，惟以悲哀爲主。

○"天道"二句：是說天道周而復始，而梁亡不可復興。周星，指歲星十二年運行一周。○傅燮：後漢人，官漢陽太守，爲叛軍所困，率部戰死。○袁安：後漢人，官司徒。和帝時痛心外戚擅權，每與公卿言及國事，輒鳴咽流涕。○桓君山：桓譚，後漢人，官給事中，著有《新論》廿九篇。○杜元凱：杜預，晉初儒將，著有《春秋經傳集解》。○咸能自序：桓、杜二書，皆有自序。此與以下說潘岳有《家風詩》，陸機有《祖德》《述先》兩賦，均有援例之意。○藐是：一作"狼狽"，義同。○燕歌：即《燕歌行》，樂府詩題，多寫從軍離別之苦。○楚老：《列子·周穆王篇》載，有人生於燕而長於楚，老來還鄉，不覺流淚。○南山之雨：《列女傳》："南山有玄豹，霧雨七日而不下食者，何也？欲以澤其毛，而成文章也，故藏而遠害。"○踐秦庭：《史記·楚世家》載，楚昭王時，楚都被吳國攻陷，申包胥至秦庭乞師救援，遂復楚國。此自譬使魏的本意是保梁。○"讓東海"二句：《史記·伯夷列傳》載，伯夷、叔齊本孤竹君之二子，兄弟相互辭讓君位逃至海濱，後因武王滅紂，恥不食周粟，餓死於首陽山。此處反其意而用之，自謂未能如夷、齊之保全名節。○下亭：後漢孔嵩被徵召，旅宿下亭，馬被盜竊。此自形漂泊之苦。○高橋：一作皋橋，在蘇州市閶門內。漢時梁鴻曾在橋邊皋家做傭工。此自形寄迹異鄉之苦。○楚歌：指鄉思之歌。《史記·項羽本紀》載，項羽被困垓下，夜聞漢軍四面皆楚歌。○魯酒：指薄酒。語出《莊子·胠篋》。

日暮途遠，人間何世！將軍一去，大樹飄零；壯士不還，寒風蕭瑟。荆璧睨柱，受連城而見欺；載書橫階，捧珠盤而不定。鍾儀君子，入就南冠之囚；季孫行人，留守西河之館。申包胥之頓地，碎之以首；蔡威公之淚盡，加之以血。釣臺移柳，非玉關之可望；華亭鶴唳，豈河橋之可聞！

○"將軍"二句：後漢馮異，每逢諸將爭功，輒回避於大樹下，軍中號大樹將軍。見《後漢書·馮異傳》。○"壯士"二句：荆軻離燕赴秦時，於易水作歌曰："風蕭蕭兮易水寒，壯士一去兮不復還。"見《史記·刺客列傳》。○"荆璧"二句：此反用藺相如完璧歸趙事，自傷使魏被欺。事出《史記·廉頗藺相如列傳》。○"載書"二句：此反用毛遂為平原君敦促楚王結盟合縱抗秦事，自嘲使魏未達到結盟的目的。事出《史記·平原君列傳》。○"鍾儀"二句：見王粲《登樓賦》注。○"季孫"二句：《左傳》昭公十三年載，季孫意如隨昭公參加平丘之盟，為晉侯所扣。此自譬被魏扣留。○申包胥：見前"忽踐秦庭"注。○蔡威公：春秋時蔡國國君，知國家將亡，閉門而泣，淚盡繼之以血。事見劉向《說苑》。○釣臺：在武昌（今屬湖北武漢），晉陶侃鎮武昌，曾令諸營種柳樹。○"華亭"二句：陸機為成都王穎帶兵與長沙王乂戰於河橋，兵敗為穎所殺，臨刑前曰："華亭鶴唳，豈可復聞乎？"見《晉書·陸機傳》。

孫策以天下爲三分，衆纔一旅；項籍用江東之子弟，人惟八千；遂乃分裂山河，宰割天下。豈有百萬義師，一朝卷甲，芟夷斬伐，如草木焉？江淮無涯岸之阻，亭壁無藩籬之固。頭會箕斂者，合從締交；鋤耰棘矜者，因利乘便。將非江表王氣，終於三百年乎？

○一旅：五百人。謂孫策開創吳國基業時，領兵不多。○項籍：即項羽。○"江淮"二句：是說山川險阻並沒有幫助梁朝禦敵，挽救其頹運。○頭會箕斂者：按人頭、用箕舀收取租賦的人，指乘時起事的豪傑。○鋤耰棘矜者：以農具爲武器的人，指農民起義的領袖。

是知并吞六合，不免軹道之災；混一車書，無救平陽之禍。嗚呼，山岳崩頹，既履危亡之運；春秋迭代，必有去故之悲；天意人事，可以悽愴傷心者矣！況復舟楫路窮，星漢非乘槎可上；風飆道阻，蓬萊無可到之期。窮者欲達其言，勞者須歌其事。陸士衡聞而撫掌，是所甘心；張平子見而陋之，固其宜矣！

○軹道：地名，在今陝西咸陽，秦子嬰出降的地方。○混一車書：車同軌書同文，本爲秦始皇統一天下後采取的措施，這裏用來指晉的統一。○平陽：地名，在今山西臨汾，爲晉懷帝、愍帝殺身之處。○"星漢"句：傳說大海與天河相通，有人乘槎（木排）浮海至天河，遇牛郎織女星。此反用。○"陸士衡"四句：是說自己要作此賦以發抒憂鬱，也管不得別人怎樣加以評論了。據載，陸機（字士衡）聞左思將作《三都賦》，曾不以爲然，撫掌大笑，事見《晉書·左思傳》；而張衡鄙薄班固的《兩都賦》，另作《二京賦》，賦見《文選》。案：以上是序的全文，以下爲賦的正文節選。

水毒秦涇，山高趙陘。十里五里，長亭短亭。饑隨蟄燕，暗逐流螢。秦中水黑，關上泥青。於時瓦解冰泮，風飛電散。渾然千里，淄、澠一亂。雪暗如沙，冰橫似岸。逢赴洛之陸機，見離家之王粲。莫不聞隴水而掩泣，向關山而長歎。況復君在交河，妾在清波。石望夫而逾遠，山望子而逾多。

才人之憶代郡，公主之去清河。栩陽亭有離別之賦，臨江王有愁思之歌。別有飄颻武威，羈旅金微。班超生而望返，溫序死而思歸。李陵之雙鳧永去，蘇武之一雁空飛。

中華書局版《庾子山集注》卷二

○"水毒"二句：春秋時晉秦發生戰事，秦人曾在涇水上游投毒，事見《左傳·襄公十四年》。趙陘，即井陘，是形勢極險要地。○"逢赴洛"二句：陸機在吳亡後，被徵召入洛陽；王粲於漢末避亂到荆州，各見《晉書》、《三國志·魏書》本傳。○"聞隴水"句：《隴頭歌》："隴頭流水，流離四下，念我行役，飄然曠野。登高望遠，涕淚雙墮。"○"石望夫"二句：石望夫，武昌有石峰像人形，傳說是婦人望夫所化。山望子，漢武帝有思子臺，中山有韓夫人望子陵。○"才人"句：南齊謝朓有《詠邯鄲故才人嫁爲廝養卒婦》詩，蓋秦末趙王武臣爲燕所俘，賴廝養卒之力得脫，故有此舉。代郡，此代指邯鄲。○"公主"句：晉惠帝之女清河公主，遇亂後被人賣爲奴婢。○"栩陽亭"二句：《漢書·藝文志》著錄有《別栩陽賦》五篇、《臨江王及愁思節士歌詩》四篇，並失傳。○"班超"二句：班超投筆從戎，鎮守西域，晚年上疏乞歸，有"但願生入玉門關"之語；溫序東漢初爲護羌校尉，戰敗被擒自殺，後托夢其子云"久客思鄉里"。各見《後漢書》本傳。○"李陵"句：李陵《贈蘇武別》："雙鳧相背飛，相遠日已長。"○"蘇武"句：《漢書·蘇武傳》："常惠教使者謂單于，言天子射上林中，得雁，足有繫帛書，言武等在某澤中。"

附： 春　賦

宜春苑中春已歸，披香殿裏作春衣。新年鳥聲千種囀，二月楊花滿路飛。河陽一縣并是花，金谷從來滿園樹。一叢香草足礙人，數尺游絲即橫路。開上林而競入，擁河橋而爭渡。出麗華之金屋，下飛燕之蘭宮。釵朵多而訝重，髻鬟高而畏風。眉將柳而爭綠，面共桃而競紅。影來池裏，花落衫中。

苔始綠而藏魚，麥纔青而覆雉。吹簫弄玉之臺，鳴佩凌波之水。移戚里而家富，入新豐而酒美。石榴聊泛，蒲桃醱醅。芙蓉玉碗，蓮子金杯。新芽竹笋，細核楊梅。綠珠捧琴至，文君送酒來。

玉管初調，鳴弦暫撫，《陽春》、《淥水》之曲，對鳳迴鸞之舞。更炙笙簧，還移箏柱。月入歌扇，花承節鼓。協律都尉，射雉中郎，停車小苑，連騎長楊。金鞍始被，柘弓新張。拂塵看馬埒，分朋入射堂。馬是天池之龍種，帶乃荊山之玉梁。豔錦安天鹿，新綾織鳳凰。

三日曲水向河津，日晚河邊多解神。樹下流杯客，沙頭渡水人。鏤薄窄衫袖，穿珠帖領巾。百丈山頭日欲斜，三晡未醉莫還家。池中水影懸勝鏡，屋裏衣香不如花。

中華書局版《庾子山集注》卷一

| 輯 錄 |

◎《四庫全書總目提要》：（庾信）駢偶之文，則集六朝之大成，而導四傑之先路，自古迄今，屹然為四六宗匠。

◎許槤《六朝文絜》（評庾信《春賦》）：六朝小賦，每以五七言相雜成文，其品致疏越，自然遠俗。初唐四子頗效此法。

參考書目

《江文通集彙注》，明胡之驥注，李長路、趙威點校，中華書局1999年版。

《庾子山集注》，清倪璠注，許逸民校點，中華書局2000年版。

《漢魏六朝賦選》，瞿蛻園選注，上海古籍出版社1979年版。

思考題

1. 俳賦與辭賦有何異同？俳賦和駢文有何異同？

2. 王若虛指摘《哀江南賦》"崩如鉅鹿之沙，碎於長平之瓦"、"申包胥之頓地，碎之以首"等句爲"尤不成文"，進而認爲庾賦"類不足觀"（《滹南遺老集·文辯》）。杜甫却認爲"庾信文章老更成，凌雲健筆意縱横。今人嗤點流傳賦，不覺前賢畏後生"。對此，你有何看法？

第四章

魏晉南北朝小說

概　說

　　魏晉南北朝時代是古代小說發展的重要時期，小說已經成爲一種頗有影響的文學體裁。其時小說大致可分兩類，一類是志怪小說；一類是志人小說，或稱軼事小說。志怪小說記述神仙方術、鬼魅妖怪、殊方異物、佛法靈異等內容，也保存了一些具有進步意義的民間故事和傳說。軼事小說記述人物的軼聞瑣事、言談舉止，從中可以窺見當時社會政治狀況和人物風貌。

　　志怪書在漢以前已經有《山海經》、《穆天子傳》，也就是陶淵明在《讀山海經》詩中提到的"山海圖"和"周王傳"。《山海經》專記八荒異物，是古代神話傳說的結集；《穆天子傳》記周穆王北絕流沙、西登崑崙見西王母的故事。魏晉南北朝的志怪小說就是從這兩個系統發展下來的。

　　魏晉南北朝是充滿戰亂和動蕩的年代，儒學實際上遭到敗壞，宗教迷信思想有了產生和傳播的條件，當時佛道二教都很盛行，服食養生神仙方術之說，流行於士大夫中間。志怪小說就是在這種背景下發展起來的，雖然系統大致有兩個，一類專記絕域殊方的山川物產，是《山海經》派，另一類專記神仙靈異之迹，是《穆天子傳》派；但也增添了新的內容，寫煉丹服食、白日飛升或游戲人間、度人濟世的道術之士，與專寫海外靈境和天上神仙的作品就有所不同。

南朝文人喜讀佛經，茹素奉佛的人也很多，生死輪回、因果報應的說法深入人心，因此志怪小說又出現新的一類，專寫奉佛的好處，經文佛象的靈異。有的完全出於佛教徒之手，如王琰的《冥祥記》；道士也一樣大量搜集和編造神怪故事，來進行宗教宣傳，如王浮的《神異記》。一些文人則出於耳濡目染、好異獵奇，對當時民間關於神異的傳說認爲實有其事，予以搜集筆錄、加工整理，結集成書，如張華的《博物志》、干寶的《搜神記》。

魏晉南北朝志怪小說的數量本來很多，但大多已經散失，現存東晉干寶的《搜神記》是比較完整的一部，代表着這個時期志怪小說的面貌。此外，比較重要的還有托名東方朔的《神異經》和《十洲記》，托名班固的《漢武帝故事》和《漢武帝內傳》，舊題曹丕或張華的《列異傳》，舊題張華的《博物志》，托名陶潛的《搜神後記》，題晉王嘉撰、梁蕭綺錄的《拾遺記》，宋劉義慶的《幽明錄》，東陽無疑的《齊諧記》，齊王琰的《冥祥記》，梁吳均的《續齊諧記》，北齊顏之推的《冤魂志》等。

魏晉南北朝志怪小說的內容十分複雜，其中有很多純屬宣揚宗教迷信的作品，屬於糟粕。還有一些本來是流傳於民間的神話故事和傳說，因爲帶有怪異的成分，被搜集加工寫進志怪小說之中，這些作品曲折地反映了社會矛盾，表達了人民的愛憎和要求，充滿美麗的幻想，富有積極浪漫主義的色彩，是志怪小說中的精華。

遠在先秦，《莊子》、《韓非子》、《戰國策》等子史書中，就常通過人物的生活片段、傳聞軼事或隻言片語來表現人物性格特點。這可以說是軼事類小說的肇始。軼事小說的發展是漢末以來門閥世族品藻人物和魏晉以來門閥世族崇尚清談的結果。漢代郡國舉士，注重鄉評里選，而品藻人物的風氣大盛於東漢之末，一言毀譽，往往決定人的終身，主要依據則是其人的言談舉止及軼聞瑣事。《後漢書·郭泰傳》後面附左原、茅容十數人的事迹，體例實在和《世說新語》很相近。魏晉士大夫好尚清談，講究言語舉止，品評標榜，相扇成風，一經品題，身價十倍，世俗流傳，以爲美談。好事者予以記錄，集成專帙，流行於世，往往成爲後生學習名士言談風度的教材，如裴啓《語林》、郭澄之《郭子》都是這樣的書，可惜大都失傳了。就唐宋類書所引，有許多材料已見收於《世說新語》——大概《世說新語》是同類書的集大成者，故此書一出，餘書盡廢。以後還有沈約《俗說》、殷芸《小說》，後來也都亡佚了。

《世說新語》是劉宋時代臨川王劉義慶編著的一本主要記載東漢後期到晉宋間一些名士言行軼事的筆記小說。此書《宋書》本傳不載，《隋書》、新舊《唐志》及《南史》但稱《世說》，宋黃伯思《東觀餘論》說："《世說》之名，筆於劉向，其書已亡，故義慶所集名《世說新書》，段成式《酉陽雜俎》引王敦澡豆事尚作《世說新書》可證，不知何人改爲'新語'。"疑此書本名《世說》，後人以與劉向書同名，因增字以爲區別，或稱"新書"，或稱"新語"。

《世說新語》通行本爲六卷，分德行、言語、政事、文學、方正、雅量、識鑒、賞譽、品藻、規箴、捷悟、夙惠、豪爽、容止、自新、企羨、傷逝、栖逸、賢媛、術解、巧藝、寵禮、任誕、簡傲、排調、輕詆、假譎、黜免、儉嗇、汰侈、忿狷、讒險、尤悔、紕漏、惑溺、仇隙等三十六門，門自爲卷。書中所載均爲實有的歷史人物，但他們的言論或故事則有一部分出於傳聞，不盡符合事實。還有相當多的篇幅係雜采衆書而成。

《世說新語》以零碎片段的記載，再現士族風貌。漢末到晉宋間士族階級也就是當時主要的統治階級的思想生活，得以藝術真實的面貌展示在讀者面前。讀這樣一部書，比讀一部歷史更能深入瞭解那一個時代的真實狀況。《世說新語》的作者毫不隱瞞觀點，却讓事實說話，是其高明處。一般說，從題目大多可以看出作者對人物所持態度，是褒是貶，在不掩飾地將當時統治階級頹廢墮落的生活面貌予以暴露的同時，也記載了一些可敬可愛的歷史人物的語言行事。

《世說新語》在藝術上達到相當高的成就，它出以隨筆，長於用短，通過記述人物的片言隻語或一兩個行爲，生動表現人物的性格特徵。作者手段高明之處在於，抓住關鍵的細小情節，不著議論，把當時的社會風貌和人物內心世界集中反映出來，使人見微知著。其每則故事，少的十餘字，多的也不過三四百字，一般的是百字左右，由於突出了對象的重要特徵，給讀者留下的印象十分深刻。《世說新語》涉及人物近六百之多，每則故事雖然都是片段軼事記載，然而同一個人物往往見諸多門，特殊的例子如謝安，即見於二十五門百餘則，合起來也可以看到這個人物的方方面面，全書涉及面之廣，足以使它成爲魏晉時代一部社會風俗史。《世說新語》記言篇幅多於記事，其人物語言的特點是，往往如實記載當時口語，不加雕飾，如"寧馨"、"阿堵"之類，就很能描摹人物的語氣，然有些語彙爲歷來辭書不曾著錄，不很好懂，可供漢語史研究者爬梳探索。《世說新語》的敘述語言，則質樸無華，簡約含蓄，雋永傳神，能將口語提煉熔鑄爲生動活潑的文學語言，有許多得到廣泛運用的成語即出自書中，如"難兄難弟"、"拾人牙慧"、"咄咄怪事"、"一往情深"、"漸入佳境"、"遺臭萬年"、"鶴立鷄群"等。這就增強了它的可讀性，因此歷來爲人們樂讀的典籍。

《世說新語》中不少故事和名言，成爲後世詩詞取資的材料。此外它還爲後代戲曲提供了素材，如關漢卿《玉鏡臺》、秦簡夫《剪髮待賓》等即取材於《世說新語》。而摹仿它的著作也不斷出現，如唐王方慶《續世說新書》(已佚)，宋王讜《唐語林》、孔平仲《續世說》，明何良俊《何氏語林》、李紹文《明世說新語》，清吳肅公《明語林》、李清《女世說》等，直到民初，還有易宗夔《新世說》等。凡此，足見此書影響之大。

第一節　志怪小說

干　寶（？—336）

《晉書·干寶傳》：干寶字令升，新蔡人也。祖統，吳奮武將軍、都亭侯。父瑩，丹陽丞。寶少勤學，博覽書記，以才器召爲著作郎。平杜弢有功，賜爵關內侯。中興草創，未置史官，中書監王導上疏曰："宜備史官，敕佐著作郎干寶等漸就撰集。"元帝納焉。寶於是始領國史。以家貧，求補山陰令，遷始安太守。王導請爲司徒右長史，遷散騎常侍。著《晉紀》，自宣帝迄於愍帝五十三年，凡二十卷，奏之。其書簡略，直而能婉，咸稱良史。性好陰陽術數，留思京房、夏侯勝等傳。寶父先有所寵侍婢，母甚妒忌。及父亡，母乃生推婢於墓中。寶兄弟年小，不之審也。後十餘年，母喪，開墓，而婢伏棺如生。載還，經日乃蘇，言其父常取飲食與之，恩情如生。在家中，吉凶輒語之，考校悉驗。地中亦不覺爲惡。既而嫁之，生子。又寶兄嘗病氣絕，積日不冷，後遂寤，云見天地間鬼神事，如夢覺，不自知死。寶以此遂撰集古今神祇靈異、人物變化，名爲《搜神記》，凡三十卷，以示劉惔，惔曰："卿可謂鬼之董狐。"寶既博采異同，遂混虛實，因作序以陳其志曰："雖考先志於載籍，收遺逸於當時，蓋非一耳一目之所親聞睹也，亦安敢謂無失實者哉！衛朔失國，二傳互其所聞；呂望事周，子長存其兩說。若此比類，往往有焉。從此觀之，聞見之難一，由來尚矣。夫書赴告之定辭，據國史之方策，猶尚若茲，況仰述千載之前，記殊俗之表，綴片言於殘闕，訪行事於故老。將使事不二迹，言無異途，然後爲信者，固亦前史之所病。然而國家不廢注記之官，學士不絕誦覽之業，豈不以其所失者小，所存者大乎？今之所集，設有承於前載者，則非余之罪也。

若使采訪近世之事，苟有虛錯，願與先賢前儒分其譏謗。及其著述，亦足以明神道之不誣也。群言百家，不可勝覽。耳目所受，不可勝載。今粗取足以演八略之旨，成其微說而已。幸將來好事之士，錄其根體，有以游心寓目而無尤焉。"寶又爲《春秋左氏義外傳》，注《周易》、《周官》凡數十篇，及雜文集，皆行於世。

搜神記·三王墓

【題解】《隋書·經籍志》："《搜神記》三十卷，晉干寶撰。"《宋書·藝文志》說是十卷，《四庫全書總目提要》說是二十卷。魯迅《中國小說史略》："《搜神記》今存者正二十卷，然亦非原書，其書於是神祇、靈異、人物變化之外，頗言神仙五行，又偶有釋氏說。"本篇《法苑珠林》卷三六、《太平御覽》卷三四三引作《搜神記》。本事流傳甚廣，且頗有異辭。《太平御覽》卷三六四引《吳越春秋》、《列異傳》載其事。《吳越春秋》云："干將吳人，莫邪，干將之妻也。干將作劍，莫邪斷髮剪爪，投於爐中，金鐵乃濡，遂以成劍。陽曰干將，陰曰莫邪。"《正字通》云："干將、莫邪，當時鑄劍者夫婦之名。"同書卷三四三《列士傳》作"爲晉君鑄劍"。《吳地記》謂爲吳王闔廬鑄劍。《太平寰宇記》卷一零五蕪湖縣："楚干將鏌鋣之子，復父仇。三人以三人頭共葬，在宣城縣。即蕪湖也。"同書卷十二宋城縣："三王陵在縣西北四十五里。晉伏滔《北征記》云：'魏惠王徙都於此，號梁王，爲眉間赤、任敬所殺。三人同葬，故謂三王陵。'"餘不具錄。

楚干將、莫邪爲楚王作劍，三年乃成。王怒，欲殺之。劍有雌雄。其妻重身當產，夫語妻曰："吾爲王作劍，三年乃成。王怒，往必殺我。汝若生子是男，大，告之曰：'出戶望南山，松生石上，劍在其背。'"於是即將雌劍，往見楚王。王大怒，使相之："劍有二，一雄一雌，雌來雄不來。"

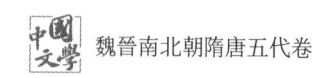

王怒,即殺之。

○重身:《素問·奇病論》注:"重身,謂身中有身。"

莫邪子名赤,比後壯,乃問其母曰:"吾父所在?"母曰:"汝父爲楚王作劍,三年乃成。王怒,殺之。去時囑我:'語汝子出戶望南山,松生石上,劍在其背。'"於是子出戶南望,不見有山,但睹堂前松柱下,石低之上,即以斧破其背,得劍。日夜思欲報楚王。

○石低:徐震堮《漢魏六朝小說選》:"'低'應該是'砥'字,就是柱礎。"

王夢見一兒,眉間廣尺,言欲報仇。王即購之千金。兒聞之,亡去。入山行歌。客有逢者,謂:"子年少,何哭之甚悲耶?"曰:"吾干將莫邪子也。楚王殺吾父,吾欲報之。"客曰:"聞王購子頭千金。將子頭與劍來,爲子報之。"兒曰:"幸甚。"即自刎,兩手捧頭及劍奉之,立僵。客曰:"不負子也。"於是屍乃仆。客持頭往見楚王,王大喜。客曰:"此乃勇士頭也,當於湯鑊煮之。"王如其言。煮頭三日三夕,不爛。頭踔出湯中,瞋目大怒。客曰:"此兒頭不爛,願王自往臨視之,是必爛也。"王即臨之。客以劍擬王,王頭隨墮湯中。客亦自擬己頭,頭復墮湯中。三首俱爛,不可識別。乃分其湯肉葬之,故通名"三王墓"。今在汝南北宜春縣界。

中華書局版汪紹楹校注《搜神記》卷十一

○汝南北宜春縣:汝南,郡名,漢置,治平輿,在今河南汝南東南。晉移治懸瓠城,即今汝南縣治。北宜春,西漢時縣名宜春,東漢時改爲北宜春。《晉書·地理志》:"北宜春屬汝南郡。"

附: 　　　　　　搜神記·韓憑妻

宋康王舍人韓憑,娶妻何氏,美。康王奪之。憑怨,王囚之,論爲城旦。妻密遺憑書,繆其辭曰:"其雨淫淫,河大水深,日出當心。"既而王得其書,以示左右;左右莫解其意。臣蘇賀對曰:"其雨淫淫,言愁且思也；河大水深，不得往來也；日出當心，心有死志也。"俄而憑乃自殺。

其妻乃陰腐其衣。王與之登臺，妻遂自投臺；左右攬之，衣不中手而死。遺書於帶曰："王利其生，妾利其死，願以屍骨，賜憑合葬。"

王怒，弗聽，使里人埋之，冢相望也。王曰："爾夫婦相愛不已，若能使冢合，則吾弗阻也。"宿昔之間，便有大梓木生於二冢之端，旬日而大盈抱。屈體相就，根交於下，枝錯於上。又有鴛鴦，雌雄各一，恒栖樹上，晨夕不去，交頸悲鳴，音聲感人。宋人哀之，遂號其木曰相思樹。相思之名，起於此也。南人謂此禽即韓憑夫婦之精魂。今睢陽有韓憑城，其歌謠至今猶存。

劉義慶（403—444）

《宋書·劉義慶傳》：（臨川烈武王）道規無子，以長沙景王第二子義慶爲嗣。義慶幼爲高祖所知，常曰："此我家豐城也。"年十三，襲封南郡公，除給事，不拜。義熙十二年，從伐長安，還拜輔國將軍、北青州刺史，未之任，徙督豫州諸軍事，豫州刺史，復督淮北諸軍事，豫州刺史、將軍並如故。永初元年，襲封臨川王，徵爲侍中。元嘉元年，轉散騎常侍、秘書監，徙度支尚書，遷丹陽尹，加輔國將軍，常侍並如故。在京尹九年，出爲使，持節都督荆、雍、益、寧、梁、南北秦七州諸軍事，平西將軍，荆州刺史。在州八年，爲西土所安。撰《徐州先賢傳》十卷，奏上之。又擬班固《典引》爲《典叙》，以述皇代之美。爲性簡素，寡嗜欲。愛好文義，才辭雖不多，然足爲宗室之表。受任歷藩，無浮淫之過。唯晚節奉養沙門，頗致費損。少善騎乘，及長，以世路艱難，不復跨馬。招聚文學之士，近遠必至。太尉袁淑、東海何長瑜、鮑照等並爲辭章之美，引爲佐史國臣。太祖與義慶書，常加意斟酌。二十一年薨於京邑，時年四十二。追贈侍中、司空，諡曰"康王"。

幽明錄・劉晨阮肇

【題解】《隋書・經籍志》："《幽明錄》二十卷，宋劉義慶撰。"原書已軼。魯迅輯《古小說鈎沉》，得二百六十六條，是目前最完備的本子。

漢明帝永平五年，剡縣劉晨、阮肇共入天台山取穀皮，迷不得返。經十三日，糧食乏盡，飢餒殆死。遙望山上，有一桃樹，大有子實；而絕巖邃澗，了無登路。攀援藤葛，乃得至上。各啖數枚，而飢止體充。復下山，持杯取水，欲盥漱。見蕪菁葉從山腹流出，甚鮮新。復一杯流出，有胡麻飯糝。相謂曰："此必去人徑不遠。"便共沒水，逆流二三里，得度山，出一大溪。

溪邊有二女子，姿質妙絕，見二人持杯出，便笑曰："劉阮二郎捉向所失流杯來。"晨、肇既不識之，緣二女便呼其姓，如似有舊，乃相見欣喜。問："來何晚耶？"因邀還家。其家筒瓦屋。南壁及東壁下各有一大牀，皆施絳羅帳，帳角懸鈴，金銀交錯。牀頭各有十侍婢。敕云："劉阮二郎，經涉山岨，向雖得瓊實，猶尚虛弊，可速作食。"食胡麻飯、山羊脯、牛肉，甚甘美。食畢行酒，有一群女來，各持五三桃子，笑而言："賀汝婿來。"酒酣作樂，劉阮欣怖交並。至暮，令各就一帳宿，女往就之，言聲清婉，令人忘憂。

至十日後，欲求還去，女云："君已來是，宿福所牽，何復欲還耶？"遂停半年。氣候草木，當是春時，百鳥啼鳴，更懷悲思，求歸甚苦。女曰："罪牽君，當可如何？"遂呼前來女子，有三四十人，集會奏樂，共送劉阮，指示還路。

既出，親舊零落，邑屋改異，無復相識。問訊得七世孫，傳聞上世入山，迷不得歸。至晉太元八年，忽復去，不知何所。

魯迅輯校《古小說鈎沉》

吳 均（469—520）

《南史·吳均傳》：吳均字叔庠，吳興故鄣人也。家世寒賤，至均好學，有俊才。沈約嘗見均文，頗相稱賞。梁天監初，柳惲爲吳興，召補主簿，日引與賦詩。均文體清拔有古氣，好事者或效之，謂爲"吳均體"。均嘗不得意，贈惲詩而去。久之復來，惲遇之如故，弗之憾也。薦之臨川靖惠王，王稱之於武帝，即日召入賦詩，悅焉。待詔著作，累遷奉朝請。先是，均將著史以自名，欲撰《齊書》，求借齊起居注及群臣行狀，武帝不許。遂私撰《齊春秋》，奏之。書稱帝爲齊明帝佐命，帝惡其實錄，以其書不實，使中書舍人劉之遴詰問數十條，竟支離無對。敕付省焚之，坐免職。尋有敕召見，使撰通史，起三皇迄齊代。均草本紀、世家已畢，唯列傳未就，卒。均注范曄《後漢書》九十卷，著《齊春秋》三十卷、《廟記》十卷、《十二州記》十六卷、《錢唐先賢傳》五卷、《續文釋》五卷，文集二十卷。

續齊諧記·陽羨書生

【題解】唐段成式《酉陽雜俎·續集·貶誤篇》："釋氏《譬喻經》云：'昔梵志作術，吐出一壺，中有女子與屏，處作家室。梵志少息，女復作術，吐出一壺，中有男子，復與共臥。梵志覺，次第互吞之，柱杖而去。'余以吳均嘗覽此事，訝其說，以爲至怪也。"南朝宋時有東陽無疑撰《齊諧記》七卷，取《莊子·逍遙游》"齊諧者，志怪者也"一語爲書名，書已佚。吳均《續齊諧記》應是續東陽無疑之書。

東晉陽羨許彥，於綏安山行，遇一書生，年十七八，臥路側，云脚痛，求寄鵝籠中。彥以爲戲言。書生便入籠，籠亦不更廣，書生亦不更小，宛然與雙鵝並坐，鵝亦不驚。彥負籠而去，都不覺重。

○綏安：地名，故城在今江蘇宜興西南。

前息樹下，書生乃出籠，謂彥曰："欲爲君薄設。"彥曰："甚善。"乃口中吐出一銅奩子，奩子中具諸饌殽，海陸珍羞方丈。其器皿皆銅物。氣味芳美，世所罕見。酒數行，乃謂彥曰："向將一婦人自隨，今欲暫邀之。"彥曰："甚善。"又於口中吐一女子，年可十五六，衣服麗綺，容貌絕倫。共坐宴。

俄而書生醉臥，此女謂彥曰："雖與書生結妻，而實懷外心。向亦竊將一男子同來，書生既眠，暫喚之，願君勿言。"彥曰："甚善。"女子於口中吐出一男子，年可二十三四，亦穎悟可愛，乃與彥叙寒溫。書生臥欲覺。女子口吐一錦行障。書生仍留女子共臥。

男子謂彥曰："此女子雖有情，心亦不甚。向復竊將女人同行。今欲暫見之，願君勿泄言。"彥曰："善。"男子又於口中吐一女子，年二十許。共讌酌，戲調甚久，聞書生動聲，男曰："二人眠已覺。"因取所吐女人，還納口中。

須臾，書生處女子乃出，謂彥曰："書生欲起。"更吞向男子，獨對彥坐。書生然後謂彥曰："暫眠遂久，君獨坐當悒悒耶？日又晚，便與君別。"還復吞此女子，諸銅器悉納口中。留大銅盤，可廣二尺餘，與彥別曰："無以藉君，與君相憶也。"

後太元中彥爲蘭臺令史，以盤餉侍中張散。散看其銘，題云，是漢永平三年所作也。

上海古典文學出版社《漢魏六朝小說選》

〇太元：晉孝武帝司馬曜的年號（376—396）。〇永平：漢明帝劉莊的年號（58—75），永平三年爲公元 60 年。

參考書目

《搜神記》，干寶撰，汪紹楹校注，中華書局 1985 年版。

《古小說鈎沉》，魯迅輯校，人民文學出版社 1953 年版。

《漢魏六朝小說選》，徐震堮選注，上海古典文學出版社 1955 年版。

《中國小說史略》，魯迅撰，人民文學出版社 1973 年版。

思考題

請思考志怪小說的思想藝術造詣及其對後世小說發展的影響。

第二節　軼事小說

作者不詳

西京雜記·王嬙

【題解】《西京雜記》六卷，舊題葛洪撰。《四庫全書總目提要》："按《隋書·經籍志》載此書二卷，不著撰人名氏。《漢書·匡衡傳》顏師古注稱'今有《西京雜記》者出於里巷'，亦不言作者爲何人。至段成式《酉陽雜俎·廣動植篇》始載葛稚川就上林令魚泉問草木名，今在此書第一卷中。張彥遠《歷代名畫記》載毛延壽畫王昭君事，亦引爲葛洪《西京雜記》。……今考《晉書·葛洪傳》，載洪所著有《抱朴子》、《神仙》、《良吏》、《集異》等傳，《金匱要方》、《肘後備急方》，並諸雜文，共五百餘卷。並無《西京雜記》之名。則作洪撰者，自屬舛誤。……其中所述，雖多爲小說家言，而摭采繁富，取材不竭，李善注《文選》，徐堅作《初學記》，已引其文。杜甫詩用事謹嚴，亦多采其語，詞人沿用數百年，久成故實，固有不可遽廢者焉。"本篇所記王嬙嫁匈奴呼韓邪單于，事在漢元帝竟寧元年（前33）。題目爲編者所加。

元帝後宮既多，不得常見，乃使畫工圖形，案圖召幸之。諸宮人皆賂畫工，多者十萬，少者亦不減五萬。獨王嬙不肯，遂不得見。後匈奴入朝，求美人爲閼氏。於是上案圖以昭君行。及去，召見，貌爲後宮第一，善應對，舉止閑雅。帝悔之而名籍已定。帝重信於外國，故不復更人。乃窮案其事，畫工皆棄市，籍其家資皆巨萬。畫工有杜陵毛延壽，爲人形，醜好老少，必得其真；安陵陳敞、新豐劉白、龔寬，並工爲牛馬飛鳥衆勢，人形好醜，不逮延壽；下杜陽望亦善畫，尤善布色；樊育亦善布色，同日棄市。京師畫工於是差稀。

江蘇廣陵古籍刻印社版《筆記小說大觀》（一）《西京雜記》卷二
〇閼氏：匈奴君長妻的稱號，相當於皇后。

劉義慶（403—444）
傳略見本章第一節。

世說新語·德行（一則）

【題解】《四庫全書總目提要》：" 《世說新語》三卷，宋臨川王劉義慶撰，梁劉孝標注。義慶事迹具《宋書》。孝標名峻，以字行，事迹具《梁書》。黃伯思《東觀餘論》謂《世說》之名肇於劉向，其書已亡。故義慶所集，名《世說新書》。段成式《酉陽雜俎》引王敦澡豆事，尚作《世說新書》可證。不知何人改爲《新語》，蓋近世所傳。然相沿已久，不能復正矣。所記分三十八門，上起後漢，下迄東晉，皆軼事瑣語，足爲談助。唐《藝文志》稱劉義慶《世說》八卷，劉孝標續十卷。《崇文總目》惟載十卷，晁公武謂當是孝標續，義慶元本八卷，通成十卷。又謂家有詳略二本，迥不相同。今其本皆不傳。惟陳振孫《書錄解題》作三卷，與今本合。其每卷析爲上下。……義慶所述，劉知幾《史通》深以爲譏。然義慶本小說家言，而知幾繩之以史法，擬不於倫，未爲通論。孝標所注，特爲典贍，高似孫《緯略》亟推之，其糾正義慶之紕漏，尤爲精核。所引諸書，今已佚其十之九，惟賴是注以傳。故與裴松之《三國志注》、酈道元《水經注》、李善《文選注》同爲考證家所引據焉。"本篇錄自《世說新語·德行第一》，原列第四四則。

王恭從會稽還，王大看之。見其坐六尺簟，因語恭："卿東來，故應有此物，可以一領及我。"恭無言。大去後，即舉所坐者送之。既無餘席，便坐薦上。後大聞之，甚驚曰："吾本謂卿多，故求耳。"對曰："丈人不悉恭，恭作人無長物。"

中華書局版徐震堮《世說新語校箋》（下同）

○王恭：劉孝標注引周祗《隆安記》："恭字孝伯，太原晉陽人。祖父濛，司徒左長史，風流標望。父蘊，鎮軍將軍，亦得世譽。"《恭別傳》曰："恭清廉貴峻，志存格正，起家著作郎，歷丹陽尹、中書令，出爲五州都督、前將軍、青兗二州刺史。"○王大：劉孝標注："王忱小字佛大。《晉安帝紀》曰：'忱字元達，平北將軍坦之第四子也。甚得名於當世。與族子恭少相善，齊聲見稱。仕至荆州刺史。'"

世說新語·言語（一則）

【題解】 本篇錄自《世說新語·言語第二》，原列第三一則。

過江諸人，每至美日，輒相邀新亭，藉卉飲宴。周侯中坐而歎曰："風景不殊，正自有山河之異！"皆相視流淚。唯王丞相愀然變色曰："當共勠力王室，克復神州，何至作楚囚相對！"

○新亭：劉孝標注引《丹陽記》："新亭，吳舊立，先基崩淪。隆安中，丹陽尹司馬恢之徒創今地。"○周侯：名顗，字伯仁，汝南安城（今河南原武東南）人，官至尚書僕射。侯是尊稱。○楚囚：用《左傳》鍾儀事，詳前王粲《登樓賦》注。

世說新語·雅量（一則）

【題解】 本篇錄自《世說新語·雅量第六》，原列第十五。

祖士少好財，阮遙集好屐，並恒自經營。同是一累，而未判其得失。人有詣祖，見料視財物，客至，屏當未盡，餘兩小簏著背後，傾身障之，意未能平。或有詣阮，見自吹火蠟屐，因歎曰："未知一生當著幾量屐！"神色閑暢。於是勝負始分。

〇祖士少：名約。劉孝標注引《祖約別傳》："約字士少，范陽遒人。累遷平西將軍、豫州刺史，鎮壽陽。與蘇峻反，峻敗，約投石勒。約本幽州冠族，賓客填門。勒登高望見車騎，大驚。又使占奪鄉里先人田地，地主多恨。勒惡之，遂誅約。"〇阮遙集：名孚。劉孝標注引《晉陽秋》："阮孚字遙集，陳留人，咸第二子也。少有智調，而無雋異。累遷侍中、吏部尚書，廣州刺史。"《孚別傳》："孚風韻疏誕，少有門風。"〇量：通"緉"、"兩"。量詞，猶雙。

【附】

世說新語·巧藝（一則）

顧長康畫人，或數年不點目精。人問其故，顧曰："四體妍媸，本無關於妙處，傳神寫照，正在阿堵中。"

世說新語·任誕（一則）

王子猷居山陰，夜大雪，眠覺，開室命酌酒，四望皎然。因起彷徨，詠左思《招隱詩》，忽憶戴安道。時戴在剡，即便夜乘小船就之。經宿方至，造門不前而返。人問其故，王曰："吾本乘興而行，興盡而返，何必見戴!"

世說新語·汰侈（一則）

石崇與王愷爭豪，並窮綺麗以飾輿服。武帝，愷之甥也，每助愷。嘗以一珊瑚樹高二尺許賜愷，枝柯扶疏，世罕其比。愷以示崇，崇視訖，以鐵如意擊之，應手而碎。愷既惋惜，又以爲疾己之寶，聲色甚厲。崇曰："不足恨，今還卿。"乃命左右悉取珊瑚樹，有三尺四尺，條幹絕世，光彩溢目者六七枚，如愷許比甚衆。愷惘然自失。

世說新語·忿狷（一則）

王藍田性急。嘗食鷄子，以筯刺之不得，便大怒，舉以擲地。鷄子於地圓轉未止，仍下地以屐齒蹍之，又不得。瞋甚，復於地取納口中，齧破即吐之。王右軍聞而大笑，曰："使安期有此性，猶當無一毫可論，況藍田耶！"

世說新語·惑溺（一則）

韓壽美姿容，賈充辟以爲掾。充每聚會，賈女於青璅中看，見壽，説之，恒懷存想，發於吟詠。後婢往壽家，具述如此，並言女光麗。壽聞之心動，遂請婢潛修音問，及期往宿。壽蹻捷絕人，踰牆而入，家中莫知。自是充覺女盛自拂拭，説暢有異於常。後會諸吏，聞壽有奇香之氣，是外國所貢，一著人則歷月不歇。充計武帝唯賜己及陳騫，餘家無此香，疑壽與女通，而垣牆重密，門閣急峻，何由得爾？乃托言有盜，令人修牆。使返曰："其餘無異，唯東北角如有人迹，而牆高非人所踰。"充乃取女左右婢拷問，即以狀對。充秘之，以女妻壽。

參考書目

《西京雜記》，見《筆記小說大觀》，江蘇廣陵古籍刻印社版。

《世說新語校箋》，劉義慶著，徐震堮校箋，中華書局 1984 年版。

《世說新語箋疏》，劉義慶著，劉孝標注，余嘉錫箋疏，中華書局 2007 年版。

《世說新語校釋》，劉義慶撰，劉孝標注，龔斌校釋，上海古籍出版社 2011 年版。

《世說新語詞典》，張萬起編，商務印書館 1993 年版。

思考題

《世說新語》的文化內涵與藝術風貌及其對古代筆記小說的影響。

中國文學
【魏晉南北朝隋唐五代卷】

下編 隋唐五代文學

通　論

　　隋唐五代文學，特別是有唐一代文學，在中國文學史上占有重要地位。它標誌着中國古代文學已發展到成熟的階段。詩歌、散文、小説、戲曲等各種基本的文學樣式在唐代都已出現，詩和文的創作更取得了高度成就。

　　隋王朝完成了統一中國的大業，在政治、經濟上爲繼之出現的唐帝國初步奠基；而隋代文學却並未有大的成就。三十餘年間，它基本上承六朝餘緒，成就不高，雖有一些值得稱道的詩文作品，但尚無象徵一代文風的標誌性創作。隋文帝時提出了改革浮靡文風的要求，却由於僅恃行政命令，當時又不具備革新文風的理論和實踐條件而收效甚微。從總體上看，這一時期爲六朝文學向唐代文學的過渡時期。

　　唐王朝經過太宗貞觀到玄宗開元年間一百多年的發展，達到了國力强大、經濟實力雄厚的全盛階段。其間雖有曲折，但國家的基本趨勢是繁榮向上的。多次發生於上層權力中心的事變，並未引起具有破壞性的社會動蕩。同時，唐文化在繼承的基礎上，也出現了全面高漲的態勢。唐代的經學、史學、書法、繪畫、建築、音樂、舞蹈等都取得了相當的成就，文學更放射出絢爛的異彩。特別是詩歌的發展更值得驕傲。經過"初唐四傑"、陳子昂、沈宋等人近百年的努力，既掃蕩齊梁頹風，又吸收其韻律、藝術表現手法方面的優長而加以發展，創作出爲後世所稱道的"唐音"，體現了新的時代精神和新的藝術風格。於是，在盛唐詩壇上湧現出李白、杜甫以及王維、孟浩然、高適、岑參等大家名家，雙峰並峙，群星麗天，形成煌煌盛唐氣象，使後世難以望其項背。

"安史之亂"是唐王朝由盛而衰的轉折點。自此之後，中央政權削弱，藩鎮割據形成，社會矛盾日益加劇。唐德宗貞元到憲宗元和年間，遭連年戰亂破壞的社會經濟有所恢復，朝廷曾一度振作，希圖中興。於是一些有識之士發出了革除弊端、裨補時闕、挽回頹勢的呼聲。反映在文學領域，遂有韓愈、柳宗元等倡導的古文運動和白居易、元稹等倡導的新樂府運動，產生了大量爲時爲事而作、有爲而作的文學作品。古文在理論和創作實踐上達到全盛期，韓柳古文成爲後世創作的典範。詩壇也再度活躍，形成了唐代文學開元、天寶以後又一個高潮。同時，城市經濟發展迅速，水陸交通發達，中外商人雲集各大城市，長安、洛陽、益州等都市極度繁榮。安史之亂以後，江南海運、漕運繁忙，揚州、廣州成爲商業貿易中心，隨着城市經濟的活躍，形成了新興的市民階層。中唐以後的文學開始出現世俗化傾向，白居易、元稹一派平易淺俗的詩歌風靡朝野，傳奇小說、曲子詞、變文等適應城市生活需要的文學樣式也興盛起來，較之初盛唐，文學創作有了更加多元化的發展。

元和中興的局面未能維持很久。自唐文宗以後，多種社會危機愈演愈烈，唐王朝無可挽回地走向沒落與衰亡。杜牧、李商隱等詩人的詩歌，在藝術上善於借鑒前人，也能自求發展，窮力創新，但已不免抹有衰颯感傷的色彩。唐末皮日休、陸龜蒙等人的詩文，繼承了新樂府運動和古文運動的傳統，較多地顯露出批判現實的憤激情緒。與此同時，新興的傳奇、曲子詞創作更趨活躍，尤其是與唐代新樂共生的新體詩曲子詞，已隱然顯示出代替詩歌而興盛的趨勢。進入五代十國以後，戰亂頻仍，社會震蕩，文學衰落，唯有西蜀和南唐保持着相對安定，因而成爲詞的發展基地。在晚唐溫庭筠、韋莊詞的基礎上，兩地詞人的創作爲宋詞的興盛開闢了道路。

　　唐文學的空前繁榮是在唐文化的大背景之上出現的，而唐代文化是一種融會南北、貫通中外的兼容并包的開放型文化。作爲經濟富庶、國力強盛的大國，唐王朝不僅以恢宏氣度融南北文化爲己用，而且在中外文化交流上表現出高度的自信和開放。唐本土文化是當時世界上的先進文化，唐長安是當時最繁榮的國際都市之一，各國使節往來不絕，外國王侯貴族、官員、學問僧、求法僧、藝術家、商人大量湧入，僅與唐帝國通商者就有高麗、日本、天竺、大食以及東南亞、中亞等地許多國家。唐文化輸出到境外，影響及於周邊各國，日本文化的漢化就是明顯的例證。輸出的同時也在不斷引進，唐人以兼收并蓄的氣魄大量吸收異域文化的營養成分，並且迅速消化，融進本土文化。宗教方面，不僅佛教盛極一時，西方的景教、波斯的祆教與摩尼教、阿拉伯的伊斯蘭教等也在此時進入中土。中國傳統的音樂、舞蹈、繪畫、雕塑乃至日常器物、服飾、飲食，都因爲異國異族文化的影響而發生了重大改變。愛好胡服、胡酒、胡樂、胡舞，甚至成爲時尚。異域異質文化傳入中土，不僅給文學創作提供了新的題材，增添了絢麗的光彩，還促成了新的文學體裁的產生，如曲子詞是配合燕樂樂曲演唱的，而燕樂則大多采用或融合了少數民族和西域音樂。總之，南北文化、國內各民族文化、中外文化匯聚交流，給唐文化帶來無窮生機與活力。更重要的是，唐帝國兼收并蓄的宏偉氣魄與開放型的文化，深刻影響了一代士風。唐代文人眼界開闊，胸襟豪放，少思想禁忌，多創造精神；喜仗義行俠，重交友，好漫游，千里赴舉，萬里出塞，旅食天下，四海爲家。終生安住一地的士人，幾不可見，且大多脫略形迹，不拘小節，宴游歌舞，豪飲攜妓，習以爲常。正是這些閱歷豐富、個性張揚的士人，構成了唐代文學的創作主體。

　　唐王朝不僅創造了自由、開放的文化氛圍，還爲士人提供了相對寬鬆的創作環境。宋人就曾指出唐人作詩無避忌："唐人歌詩，其於先世及當時事，直辭詠寄，略無避隱。至宮禁嬖昵，非外間所應知者，皆反復極言，而上之人亦不以爲罪。……今之詩人不敢爾也。"（洪邁《容齋續筆》卷二）唐代君王不但顯示了這種文字忌諱少的雅量，而且大都愛好文藝，有的本人就善於寫詩作文，影響所及，從宮廷、官邸到酒樓、妓館，吟詩唱曲成了普遍的風氣，從王侯將相直至和尚、道士、妓女，各種身份的作者熱情投入創作，這也爲文學的發展提供了有利的環境。唐代作家作品數量之多，範圍之廣，大大超越了前代。僅《全唐詩》所收，就有詩人二千二百餘家，詩作近五萬首；《全唐文》所收，則有作者三千餘人，文章一萬八千四百餘篇。各種藝術風格紛呈，各種文學流派爭勝，使得整個唐代文學園地呈現出空前繁榮的景象。

唐代承襲並完善了隋代的科舉制度，以科舉取士。科目除了進士、明經之常選，還有各種不定期舉行的制科。科舉突破了門第出身的限制，士人不問門第高下，均可"懷牒自列於州縣"，以鄉貢應試。這爲出身不等的士人提供了相對均等的機會。雖然錄取的人數並不是很多，但科舉却喚起廣大中下層士人的希望和幻想，刺激他們產生進取的活力和競爭的膽量。最受人們重視的進士科以詩賦取士，以至寫詩成了當時士人的必修科目。伴隨科舉而來的"行卷""溫卷"風尚，也有助於鍛煉士子的寫作技能，對詩文創作及傳奇小說的興起，都有一定促進作用。

作爲强盛的大一統王朝，唐王朝始終未曾建立單一的思想統治。這也有助於人們思想的活躍和文學創作的活躍。唐代統治者對意識形態采取開放的、包容的態度。歷朝除武后崇佛外，基本以儒家思想爲統治思想，但同時提倡、扶植佛、道。這種政策在唐初已確立，以後大抵相沿不改。各代君王由於政治需要或個人嗜好，曾左佛右道或左道右佛，但綜觀唐世，大體是三教並崇的。唐太宗曾命孔穎達等修《五經正義》，以指導士子學習、理解儒家經義，並頒布天下，規定爲科試經義的依據。當時科舉中的明經科，以儒家經典爲主要考試內容。在文學上，杜甫、韓愈、白居易等人的詩文及文學主張中，可看出儒家思想的深刻影響。唐代佛教大盛，玄奘、義淨等高僧曾先後游歷天竺（今印度），帶回上千部佛經，大量翻譯傳播。除純粹取自天竺佛學的法相宗外，還出現了結合中國特點的天台宗、華嚴宗、禪宗、淨土宗等佛教宗派，其中禪宗影響尤大。道教在唐代視如國教，老子李耳被奉爲皇室的先祖，尊爲太上玄元皇帝。李林甫、賀知章、顏真卿、李泌、元載等著名官員，都是道教信徒。當時佛道兩教的寺觀，遍布全國通都大邑、名山勝境，影響及於社會的各個方面。在文人中，王勃、王維、梁肅、白居易、柳宗元、李商隱、司空圖等，都曾與佛教發生過密切的關係。王維等人的山水詩，往往將寫景與禪趣結合在一起。即使是反對佛教的韓愈也對佛典有所借鑒，他的名篇《南山詩》的體制風格就被認爲是參仿曇無讖《佛所行讚》譯文而成。王梵志、寒山、拾得一派的詩，則往往用通俗的語言闡說佛理。佛經故事對唐人傳奇的題材、構思以及細節描寫也有一定影響。變文更是由佛經直接演變而來的，它那種講唱合體的形式，又影響了《長恨歌》和《長恨歌傳》一類詩文的寫作。佛教談神悟境界，談象外之說，對文學批評有所啓迪，導致了皎然《詩式》以及題爲司空圖所作的《詩品》這一派詩論的出現。道教與當時文學的關係，也並不亞於佛教，李白就是深受道教影響的大詩人。傳奇小說中，直接取材於神仙傳說或明顯帶着道教神異色彩的，更比比皆是。

　　唐代文學生氣勃勃，新異多變，唐人熱情地投入創作，這一時代，進行理論總結的時機尚不成熟。然而豐富多彩的文學創作實踐，已爲文學理論的發展提供了基礎。唐人的文學理論，既有重視作品現實內容和社會功能的一派，如陳子昂、韓愈、柳宗元、白居易、元稹、皮日休等；又有側重於探討作品藝術形式和藝術風格的一派，如皎然、司空圖等。他們的理論和主張，都是從創作實踐的經驗中總結出來後，又指導、推動了創作實踐。其中如"文以載道"說、諷喻說、象外說等，對唐文學和後世文學的發展產生了深遠的影響。

| 輯　錄 |

◎《隋書·文學傳序》：高祖初統萬機，每念斲雕爲樸，發號施令，咸去浮華。然時俗詞藻，猶多淫麗，故憲臺執法，屢飛霜簡。煬帝初習藝文，有非輕側之論，暨乎即位，一變其風。其《與越公書》、《建東都詔》、《冬至受朝詩》及《擬飲馬長城窟》，並存雅體，歸於典制。雖意在驕淫，而詞無浮蕩，故當時綴文之士，遂得依而取正焉。

◎《新唐書·文藝傳序》：唐有天下三百年，文章無慮三變。高祖、太宗，大難始夷，沿江左餘風，綺句繪章，揣合低卬，故王、楊爲之伯。玄宗好經術，群臣稍厭雕琢，索理致，崇雅黜浮，氣益雄渾，則燕、許擅其宗。是時，唐興已百年，諸儒爭自名家。大曆、貞元間，美才輩出，擩嚌道真，涵泳聖涯，於是韓愈倡之，柳宗元、李翶、皇甫湜等和之，排逐百家，法度森嚴，抵轢晉、魏，上軋漢、周，唐之文完然爲一王法，此其極也。若侍從酬奉則李嶠、宋之問、沈佺期、王維，制冊則常袞、楊炎、陸贄、權德輿、王仲舒、李德裕，言詩則杜甫、李白、元稹、白居易、劉禹錫，譎怪則李賀、杜牧、李商隱，皆卓然以所長爲一世冠，其可尚已。

第一章

隋唐詩

概　說

隋唐五代文學，最盛者莫如詩，尤其是作爲其主體的唐詩。

隋王朝一統江山，結束了南北長期分裂的局面，其時詩人一般是齊、周舊臣以及由陳入隋者，"時俗詞藻，猶多淫麗"（《隋書·文學傳序》）。雖然薛道衡、盧思道、楊素、楊廣等作者也有少數剛健清新之作，透露出一點新的時代氣息，但並無足以標誌一代文風的不朽之作。詩入唐代，由靡轉健，積健爲雄，三百年間不斷推陳出新，纔形成了雄視千古的態勢。

唐高祖武德元年（618）以後百年間，通常稱初唐。初唐之始，太宗君臣所作尚難超越宮廷貴族生活的狹窄，唯王績意趣澹遠，導王、孟之先路。至被稱爲"初唐四傑"的王勃、楊炯、盧照鄰、駱賓王登上詩壇，風氣漸轉。他們名高位下，熱切抒寫建功立業的豪情壯志與悲歡離合的人生感慨，從而推動詩歌"由宮廷走到市井"，"從臺閣移至江山與塞漠"（聞一多《唐詩雜論》）。陳子昂繼起，倡"漢魏風骨"以掃除齊梁"采麗競繁"的積弊，其詩作古雅沖淡，但未能充分汲取六朝詩歌的藝術經驗，因而質樸有餘，文采不足。與其同時的沈佺期、宋之問及號稱"文章四友"的李嶠、崔融、蘇味道、杜審言著力於詩歌藝術形式的探求與新創，實現了五七言律詩格律的定型。杜審言與沈宋也有不少風調清新的作品爲後人稱道。

玄宗開元元年（713）以後五十餘年謂之盛唐。這是唐王朝的鼎盛期，現實生活的無限豐富與廣闊，開拓了詩人的胸懷和詩歌的意境。許多著名詩人同時出現，雖造詣有深淺、風格有差異、成就有高下，但創作大多明快爽朗，天然渾成，個性鮮明，卓然名家，互不相掩，共同形成了"盛唐之音"的彬彬之盛。在題材方面，表現邊塞戰爭和歌詠田園山水者居多。前者以高適、岑參、王昌齡、李頎最爲知名，他們的作品或豪放壯烈，或奇思異彩，或慷慨，或哀婉，合而觀之，有如一部聲情悲壯的邊塞交響樂。後者則以王維、孟浩然、儲光羲、常建等最爲擅場，他們在發掘自然美方面，把六朝以來的山水詩向前大大推進了一步。其中尤以王維的成就爲高。此外，諸如社會政治、朋友聚散、游俠習尚、音樂舞蹈、書法繪畫、佛理禪趣等，無不入詩，展示了濃郁豐滿的盛唐氣象。

標誌着盛唐詩也是唐詩最高成就的，是李白與杜甫。李白是站在盛世頂峰的詩人，他的魅力就是盛唐的魅力。他高揚自我、狂放不羈的個性，無所拘限、自由創造的藝術，天馬行空、飄逸不群的風格，成爲後人難以企及的境界。杜甫代表着另一種"盛唐"。社會的劇變引起詩歌創作的重大變化，明麗和美的意境轉換成直面慘淡人生的沉吟悲慨，這種轉換完成於杜甫。他以仁民愛物之心寫下了動亂時代的"詩史"，所作包孕深閎，沉鬱頓挫。在詩歌藝術方面，他善學習，善創新，"盡得古今之體勢，而兼人人之所獨專"（元稹《唐檢校工部員外郎杜君墓係銘》），爲後來詩歌藝術的發展開闢了萬千途徑。

自代宗大曆（766—779）至穆宗長慶（821—824）年間爲中唐。中唐前期，唐王朝處於大亂後的衰落時期，詩歌也失却了盛唐的青春風貌。劉長卿與"大曆十才子"多工五言律體，語言精緻，詩風近王維；李益有色調蒼涼的邊塞絕句；顧況善仿效俚歌俗曲，但他們都達不到開元詩人的水準。唯有韋應物古近體均可觀，是大曆詩人中的佼佼者。貞元至長慶年間，隨着社會改革思潮的興起，詩壇重又出現活躍景象。詩到元和體變新，各種風格流派求新求變，爭奇鬥豔。元、白、張、王之舒徐坦易，孟郊、賈島之瘦煉峭刻，李賀之淒豔詭激，皆爲一時之傑。尤其是古文家而兼詩人的韓愈標新立異，洗削凡近，以文爲詩，化醜爲美，矜才使學，硬語盤空，雖有時流於怪誕僻澀，但堪稱唐詩之一大變，對後世宋詩影響甚大。他如柳宗元的山水之詠、劉禹錫的民歌體詩及懷古之作，也都有獨到成就。

自敬宗寶曆初（825）至唐亡爲晚唐。唐王朝衰亡的命運逐漸逼臨，詩歌中彌漫着對國家命運和個人前途的惶惑、感傷，藝術上則藻飾的風氣漸濃。杜牧雄姿英發，聲色高華，是晚唐風格最明快的詩人，但悠揚風調中不時流出傷時憂國的感喟。李商隱深情綿邈，內心鬱積着對人生、政治、愛情的痛苦激情，欲罷不能，欲語還休，從而形成意境朦朧、造語精麗、富於暗示的詩風，創造性極爲顯著。與李商隱同時的溫庭筠，才思清綺，詞采穠麗，也爲唐詩增添了一種新色彩。他如許渾、劉滄、薛能、馬戴、趙嘏、張祜等人，體貌各殊，也各有佳篇秀句流傳於世。唐亡以前的最後五十年，詩歌趨於衰落。詩人雖多，却無大的作家、大的創造。吳融、韓偓、司空圖、杜荀鶴、羅隱、韋莊等雖未能在藝術上超越前人，但各有特色，可視爲唐音的"餘響"。

與文人詩相輝映，唐代民間白話詩創作也呈繁盛之勢。匯集了王梵志與其他無名詩人之作的"王梵志詩"，標誌着中國白話通俗文學的崛起。它們以通俗的語言闡說佛理，刻畫世俗人生情態。作者從社會下層觀察生活，以白描、敘述和議論的手法再現和評價生活，質樸明快，展現出與努力創造"意境"的傳統文人詩迥然不同的藝術風貌。其犀利潑辣、機智幽默處，對後世宋詩特色的形成也有影響。寒山、拾得直接繼承了王梵志詩的傳統，寒山詩內容豐富，風格多樣，大抵不拘格律，不限雅俗，信手拈弄，涉筆成趣，顯示了白話詩自然灑脫的風姿。此外，僧人也是一個不可小視的創作群體。其中，皎然的閑澹與清壯；貫休的不忘世情，敢怒敢言，率意放辭；齊己的含蓄有味，都卓然名家，堪爲唐代詩僧的代表。

|輯　錄|

◎高棅《唐詩品彙·總序》：有唐三百年詩，衆體備矣。故有往體、近體、長短篇、五七言律句絕句等製，莫不興於始，成於中，流於變，而陊之於終。至於聲律興象，文詞理致，各有品格高下之不同。略而言之，則有初唐、盛唐、中唐、晚唐之不同。詳而分之，貞觀、永徽之時，虞（世南）魏（徵）諸公稍離舊習；王楊盧駱，因加美麗。劉希夷有閨帷之作，上官儀有婉媚之體，此初唐之始製也。神龍以還，洎開元初，陳子昂古風雅正，李巨山（嶠）文章宿老，沈宋之新聲，蘇（頲）張（說）之大手筆，此初唐之漸盛也。開元、天寶間，則有李翰林之飄逸，杜工部之沉鬱，孟襄陽之清雅，王右丞之精緻，儲光羲之真率，王昌齡之聲俊，高適、岑參之悲壯，李頎、常建之超凡，此盛唐之盛者也。大曆、貞元中，則有韋蘇州之雅澹，劉隨州之閑曠，錢（起）郎（士元）之清贍，皇甫（冉、曾）之冲秀，秦公緒（系）之山林，李從一（嘉祐）之臺閣，此中唐之再盛也。下暨元和之際，則有柳愚溪（宗元）之超然復古，韓昌黎之博大其詞，張王樂府得其故實，元白序事務在分明，與夫李賀、盧仝之鬼怪，孟郊、賈島之飢寒，此晚唐之變也。降而開成以後，則有杜牧之之豪縱，溫飛卿之綺靡，李義山之隱僻，許用晦（渾）之偶對，他若劉滄、馬戴、李頻、李群玉輩，尚能䡉勉氣格，特邁時流，此晚唐變態之極，而遺風餘韻猶有存者焉。是皆名家擅場，馳騁當世。或稱才子，或推詩豪，或謂五言長城，或爲律詩龜鑒，或號詩人冠冕，或尊海内文宗，靡不有精粗邪正、長短高下之不同。觀者苟非窮精闡微，超神入化，玲瓏透徹之悟，則莫能得其門而臻其壺奧矣。

◎胡應麟《詩藪·外編》卷三：甚矣，詩之盛於唐也！其體，則三、四、五言，六、七、雜言，樂府、歌行、近體、絕句，靡弗備矣。其格，則高卑、遠近、濃淡、淺深、巨細、精粗、巧拙、強弱，靡弗具矣。其調，則飄逸、渾雄、沉深、博大、綺麗、幽閑、新奇、猥瑣，靡弗詣矣。其人，則帝王、將相、朝士、布衣、童子、婦人、緇流、羽客，靡弗預矣。

◎《詩藪‧內編》卷一：詩至於唐而格備，至於絕而體窮。故宋人不得不變而之詞，元人不得不變而之曲。

參考書目

《唐人選唐詩》（十種），上海古籍出版社 1978 年版。

《唐詩品彙》，明高棅編選，上海古籍出版社 1982 年版。

《唐詩別裁集》，清沈德潛編，中華書局 1981 年版。

《唐宋詩舉要》，高步瀛選注，上海古籍出版社 1978 年版。

《唐集叙錄》，萬曼著，中華書局 1980 年版。

《唐詩紀事校箋》，宋計有功著，王仲鏞校箋，巴蜀書社 1989 年版。

《唐代詩人叢考》，傅璇琮著，中華書局 1980 年版。

《唐才子傳校箋》，傅璇琮主編，中華書局 1987 年版。

《唐詩人行年考》，譚優學著，四川人民出版社 1981 年版。

《唐詩人行年考‧續編》，譚優學著，巴蜀書社 1987 年版。

《唐五代人物傳記資料綜合索引》，傅璇琮、許逸民、張忱石編撰，中華書局 1982 年版。

《隋唐五代文學史料學》，陶敏、李一飛著，中華書局 2001 年版。

《初唐詩》，[美] 宇文所安著，賈晉華譯，三聯書店 2004 年版。

《盛唐詩》，[美] 宇文所安著，賈晉華譯，三聯書店 2004 年版。

第一節　隋代詩人

楊　素（約 544—606）

《隋書‧楊素傳》：楊素字處道，弘農華陰（今屬陝西）人也。少落拓，有大志，不拘小節。及高祖爲丞相，素深自結納。高祖受禪，加上柱國。及大舉伐陳，以素爲行軍元帥。及還，拜荊州總管，進爵郢國公，改封越國公。素多權略，乘機赴敵，應變無方，然大抵馭戎嚴整，有犯軍令者立斬之，無所寬貸。素之貴盛，近古未聞。煬帝初爲太子，忌蜀王秀，與素謀之，構成其罪，後竟廢黜。朝臣有違忤者，素皆陰中之。若有附會及親戚，雖無才用，必加進擢。朝廷靡然，莫不畏附。及上不豫，皇太子慮上有不諱，須豫防擬，乃手自爲書，封出問素。素錄出事狀以報太子。宮人誤送上所，上覽而大恚。所寵陳貴人，又言太子無禮。上遂發怒，欲召庶人勇。太子謀之於素，素矯詔追東宮兵士帖上臺宿衛，門禁出入，又令張衡侍疾。上以此日崩，由是頗有異論。大業元年，遷尚書令，尋拜太子太師，餘官如故。前後賞賜，不可勝計。明年，拜司徒，改封楚公。其年，卒官。謚曰景武。素雖有建立之策及平楊諒功，然特爲帝所猜忌，外示殊禮，內情甚薄。素寢疾之日，帝每令名醫診候，賜以上藥。然密問醫人，恒恐不死。素貪冒財貨，營求產業，時議以此鄙之。

出塞（選一首）

【題解】 樂府《橫吹曲辭·漢橫吹曲》舊題。《樂府詩集》卷二一："《晉書·樂志》曰：'《出塞》、《入塞》曲，李延年造。'曹嘉之《晉書》曰：'劉疇嘗避亂塢壁，賈胡百數欲害之，疇無懼色，援笳而吹之，爲《出塞》、《入塞》之聲，以動其游客之思，於是群胡皆垂泣而去。'按《西京雜記》曰：'戚夫人善歌《出塞》、《入塞》、《望歸》之曲。'則高帝時已有之，疑不起於延年也。"原作兩首，此處選第二首。

漢虜未和親，憂國不憂身。握手河梁上，窮涯北海濱。據鞍獨懷古，慷慨感良臣。歷覽多舊迹，風日慘愁人。荒塞空千里，孤城絕四鄰。樹寒偏易古，草衰恒不春。交河明月夜，陰山苦霧辰；雁飛南入漢，水流西咽秦。風霜久行役，河朔備艱辛。薄暮邊聲起，空飛胡騎塵。

中華書局版《先秦漢魏晉南北朝詩·隋詩》卷四（下同）

○河梁：《文選·李陵〈與蘇武三首〉》（其三）："携手上河梁，游子暮何之。"○北海：《左傳·僖公四年》："君處北海，寡人處南海，唯是風馬牛不相及也。"《漢書·蘇武傳》："乃徙武北海上無人處。"

贈薛番州（選一首）

【題解】 大業二年（606）楊素贈薛道衡之作。《隋書·楊素傳》："素嘗以五言詩七百字贈番州刺史薛道衡，詞氣宏拔，風韻秀上，亦爲一時盛作。未幾而卒，道衡歎曰：'人之將死，其言也善，豈若是乎！'"詩題"番州"，舊作"播州"，誤。案隋有番州而無播州，《隋書·地理志》："南海郡……仁壽元年置番州，大業初府廢。"今據此及《隋書》薛道衡、楊素、房彥謙諸傳改。原詩共十四章，此爲第十四章，"就目前冬景，透寫銜悲望遠、傷離贈詩之情，爲諸章總結"（清張玉穀《古詩賞析》卷二二）。

銜悲向南浦，寒色黯沉沉。風起洞庭險，煙生雲夢深。獨飛時慕侶，寡和乍孤音。木落悲時暮，時暮感離心。離心多苦調，詎假雍門琴！

○南浦：《楚辭·九歌·河伯》："子交手兮東行，送美人兮南浦。"《文選·江淹〈別賦〉》："送君南浦，傷如之何！"○寡和：《文選·宋玉〈對楚王問〉》："客有歌於郢中者，……其曲彌高，其和彌寡。"○"木落"句：《楚辭·九歌·湘夫人》："嫋嫋兮秋風，洞庭波兮木葉下。"○雍門琴：劉向《說苑·善說》："雍門子周以琴見乎孟嘗君。孟嘗君曰：'先生鼓琴亦能令文悲乎？'……雍門子周曰：'臣之所爲足下悲者，一事也。夫聲敵帝而困秦者，君也；連五國之約，南面而伐楚者，又君也。天下未嘗無事，不縱則橫。縱成則楚王，橫成則秦帝。楚王秦帝，必報仇於薛矣。夫以秦楚之强而報仇於弱薛，譬之猶摩蕭斧而伐朝菌也，必不留行矣。天下有識之士無不爲足下寒心酸鼻者。千秋萬歲之後，廟堂必不血食矣。……'於是孟嘗君泫然，泣涕承睫而未殞。雍門子周引琴而鼓之，徐動宮徵，微揮羽角，切終而成曲。孟嘗君涕浪汗增，欷而就之曰：'先生之鼓琴，令文若破國亡邑之人也。'"

| 輯　錄 |

◎陳祚明《采菽堂古詩選》卷三十五：越公詩清遠有氣格，規摹西晉，不意武夫凶人有此雅調。

◎王士禛《帶經堂詩話》卷四：楊處道沉雄華贍，風骨甚遒，已辟唐人陳、杜、沈、宋之軌。

◎沈德潛《說詩晬語》上：楊素幽思健筆，詞氣清蒼。

◎吳喬《圍爐詩話》卷二：楊素詩樸勁不似隋人。

◎黃子雲《野鴻詩的》：越公《贈薛播州》數篇，高迥雅逸，纖靡掃盡，大業之朝，足稱首傑。觀者不以人廢言可也。

◎劉熙載《藝概·詩概》：隋楊處道詩甚爲雄深雅健。齊、梁文辭之弊，貴清綺不重氣質，得此可以矯之。

薛道衡（540—609）

《隋書·薛道衡傳》：薛道衡字玄卿，河東汾陰（今山西萬榮）人也。高祖受禪，河間王弘北征突厥，召典軍書，還除內史舍人。及八年伐陳，還除吏部侍郎。除名，配防嶺表。晉王廣陰令人諷道衡，從揚州路，將奏留之。道衡不樂王府，遂出江陵道而去。晉王由是銜之。後數歲，授內史侍郎，加上儀同三司。煬帝嗣位，轉番州刺史。上《高祖文皇帝頌》，帝覽之不悅，顧謂蘇威曰："道衡致美先朝，此《魚藻》之義也。"於是拜司隸大夫，將置之罪。道衡不悟。會議新令，久不能決，道衡謂朝士曰："向使高熲不死，令決當久行。"有人奏之，帝怒曰："汝憶高熲邪？"付執法者勘之。及奏，帝令自盡。道衡殊不意，未能引訣。憲司重奏，縊而殺之，時年七十。天下冤之。有集七十卷。

昔昔鹽

【題解】 楊慎《升庵詩話》卷三："梁樂府《夜夜曲》，或名《昔昔豔》，昔即夜也。列子：'昔昔夢爲君。'鹽亦曲之別名。"毛先舒曰："樂府題有《昔昔鹽》及他名鹽者甚，'鹽'疑當讀作豔。……蓋古歌多稱豔者。"（《詩辯坻》卷二）沈德潛曰："鹽，引之轉而訛也。"（《古詩源》卷十四）本篇寫閨怨，胡應麟曰："薛道衡《昔昔鹽》等篇，大是唐人排律，時有失粘耳。"（《詩藪·內編》卷四）

垂柳覆金堤，蘼蕪葉復齊。水溢芙蓉沼，花飛桃李蹊。采桑秦氏女，織錦竇家妻。關山別蕩子，風月守空閨。恒斂千金笑，長垂雙玉啼。盤龍隨鏡隱，彩鳳逐帷低。飛魂同夜鵲，倦寢憶晨雞。暗牖懸蛛網，空梁落燕泥。前年過代北，今歲往遼西。一去無消息，那能惜馬蹄。

中華書局版《先秦漢魏晉南北朝詩·隋詩》卷四

〇桃李蹊：《史記·李將軍列傳》："諺曰：'桃李不言，下自成蹊'。"〇"采桑"句：漢樂府《陌上桑》："秦氏有好女，自名爲羅敷。羅敷喜蠶桑，采桑城南隅。"〇"織錦"句：《晉書·列女傳》："竇滔妻蘇氏……名蕙，字若蘭，善屬文。滔苻堅時爲秦州刺史，被徙流沙。蘇氏思之，織錦爲迴文旋圖詩以贈。"〇雙玉：淚。玉即玉筯，梁劉孝威《獨不見》："誰憐雙玉筯，流面復流襟。"〇"飛魂"句：曹操《短歌行》："月明星稀，烏鵲南飛，繞樹三匝，何枝可依？"〇"暗牖"二句：沈德潛曰："暗牖懸蛛網二句，從張景陽'青苔依空牆，蜘蛛網四屋'化出，而其發原，則在'伊威在室，蠨蛸在戶'，但後人愈巧耳。"（《古詩源》卷十四）〇代：隋州名，治所在今山西代縣。〇惜馬蹄：《玉臺新詠·蘇伯玉妻〈盤中

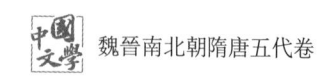

詩〉》："何惜馬蹄歸不數。"

|輯　錄|

◎《隋書·薛道衡傳》：江東雅好篇什，陳主尤愛雕蟲，道衡每有所作，南人無不吟誦焉。……道衡每至構文，必隱坐空齋，蹋壁而臥，聞戶外有人便怒，其沉思如此。

◎唐劉餗《隋唐嘉話》：薛道衡聘陳，爲《人日詩》云："入春纔七日，離家已二年。"南人嗤之曰："是底言？誰謂此虜解作詩！"及云："人歸落雁後，思發在花前。"乃喜曰："名下固無虛士。"

◎胡應麟《詩藪·內編》卷三：六朝歌行可入初唐者，盧思道《從軍行》、薛道衡《豫章行》，音響格調，咸自停匀，體氣丰神，尤爲煥發。

◎吳喬《圍爐詩話》引馮班語：齊梁以來，南北文章頗爲不同。北多骨氣，而文不及南。鄴下才人，盧思道、薛道衡皆有盛譽。自隋煬有非傾側之論，徐庾之文少變，於時文多雅正。薛道衡氣格清拔，與楊素酬唱之作，義山極道之。唐初文字，兼學南北，以人言之，道衡亦不可缺。

楊　廣（569—618）

《隋書·煬帝紀》：煬皇帝諱廣，高祖第二子也。開皇元年，立爲晉王。好學，善屬文，沉深嚴重，朝野屬望。尤自矯飾，當時稱爲仁孝。八年冬，大舉伐陳，以上爲行軍元帥。及太子勇廢，立上爲皇太子。（仁壽）四年七月，高祖崩，上即皇帝位於仁壽宮。（大業元年三月）營顯仁宮，采海內奇禽異獸草木之類，以實園苑。徙天下富商大賈數萬家於東京。辛亥，發河南諸郡男女百餘萬，開通濟渠，八月壬寅，上御龍舟，幸江都，舳艫相接，二百餘里。十二年秋七月，又幸江都宮。（義寧）二年三月，右屯衛將軍宇文化及等以驍果作亂，入犯宮闈。上崩於溫室，時年五十。

春江花月夜二首

【題解】 樂府《清商曲辭·吳聲歌曲》舊題。《舊唐書·音樂志》二："《春江花月夜》、《玉樹後庭花》、《堂堂》，並陳後主所作。叔寶常與宮中女學士及朝臣相和爲詩，太樂令何胥又善於文詠，采其尤豔麗者以爲此曲。"清陳祚明稱此詩"語並宏亮，其氣渾渾，自居唐先"（《采菽堂古詩選》卷三五）。

暮江平不動，春花滿正開。流波將月去，潮水帶星來。

夜霧含花氣，春潭漾月暉。漢水逢游女，湘川値兩妃。

中華書局版《先秦漢魏晉南北朝詩·隋詩》卷三

〇"漢水"句：舊題漢劉向《列仙傳·江妃二女》："（江妃二女）出游於江漢之湄，逢鄭交甫。見而悅之，不知其神人也。謂其僕曰：'我欲下請其佩。'……（二女）遂手解佩與交甫。交甫悅，受而懷之，中當心。趨去數十步，視佩，空懷無佩。顧二女，忽然不見。"〇兩妃：指傳說中舜之二妃娥皇、女英。漢劉向《列女傳·有虞二妃》："舜陟方，死於蒼梧，號曰重華。二妃死於江湘之間，俗謂之湘君。"

| 輯　錄 |

◎沈德潛《說詩晬語》卜：煬帝豔情篇什，同符後主，而邊塞諸作，鏗然獨異，剝極將復之候也。

參考書目

《先秦漢魏晉南北朝詩·隋詩》，逯欽立輯校，中華書局1983年版。

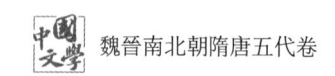

思考題

《隋書·文學傳序》云"煬帝初習藝文，有非輕側之論，暨乎即位，一變其風"，當如何理解？

第二節　初唐詩人

王　勃（650—676）

《舊唐書·文苑傳》上：王勃字子安，絳州龍門（今山西河津）人。六歲解屬文，構思無滯，詞情英邁。年未及冠，應幽素舉及第。乾封初，詣闕上《宸游東岳頌》，又上《乾元殿頌》。沛王賢聞其名，召爲沛府修撰，甚愛重之。諸王鬥鷄，互有勝負，勃戲爲《檄英王鷄文》。高宗覽之，怒曰："據此是交搆之漸。"即日斥勃，不令入府。久之，補虢州參軍。勃恃才傲物，爲同僚所嫉。有官奴曹達犯罪，勃匿之，又懼事泄，乃殺達以塞口。事發，當誅，會赦除名。時勃父福畤爲雍州司戶參軍，坐勃左遷交趾令。上元二年，勃往交趾省父，渡南海，墮水而卒，時年二十八。初，吏部侍郎裴行儉典選，有知人之鑒。李敬玄尤重楊炯、盧照鄰、駱賓王與勃等四人，必當顯貴。行儉曰："士之致遠，先器識而後文藝。勃等雖有文才，而浮躁淺露，豈享爵祿之器耶！楊子沉靜，應至令長，餘得令終爲幸。"果如其言。勃文章邁捷，下筆則成，尤好著書。勃亡後，並多遺失。有文集三十卷。

山　中

【題解】　近人高步瀛《唐宋詩舉要》："此疑咸亨二年（671）寓巴蜀

時作。"雖爲一時感興，亦內蘊渾厚，氣度慷慨。

長江悲已滯，萬里念將歸。況屬高風晚，山山黃葉飛。

中華書局版《王子安集注》卷三

附：　　　　　　　秋日別薛昇華

送送多窮路，遑遑獨問津。悲涼千里道，淒斷百年身。心事同漂泊，生涯共苦辛。無論去與住，俱是夢中人。

《文苑英華》卷二百八十六

|輯　錄|

◎杜甫《戲爲六絕句》：王楊盧駱當時體，輕薄爲文哂未休。爾曹身與名俱滅，不廢江河萬古流。

◎《舊唐書·文苑傳·楊炯傳》：炯與王勃、盧照鄰、駱賓王以文詞齊名，海內稱爲王楊盧駱，亦號爲四傑。

◎王世貞《藝苑卮言》卷四：盧駱王楊，號稱四傑。詞旨華靡，固沿陳隋之遺；翩翩意象，老境超然勝之。五言遂爲律家正始。內子安稍近樂府，楊盧尚宗漢魏，賓王長歌雖極浮靡，亦有微瑕，而綴錦貫珠，滔滔洪遠，故是千秋絕藝。

◎胡應麟《詩藪·內編》卷三：歌行兆自《大風》、《垓下》、《四愁》、《燕歌》而後，六代寥寥。至唐大暢，王楊四子，婉轉流麗。

◎卷六：唐初五言絕，子安諸作已入妙境。

◎胡震亨《唐音癸籤》卷五：王子安雖不廢藻飾，如璞含珠媚，自然發其彩光。盈川視王微加澄汰，清骨明姿，居然大雅。范陽較楊微豐，喜其領韻疏拔，時有一往任筆，不拘整對之意。義烏富有才情，兼深組織，正以太整且豐之故，得擅長什之譽，將無風骨有可窺乎！

◎陸時雍《詩鏡總論》：王勃高華，楊炯雄厚，照鄰清藻，賓王坦易。子安其最傑乎？調入初唐，時帶六朝錦色。

◎劉熙載《藝概・詩概》：唐初四子沿陳、隋之舊，故雖才力迥絶，不免致異議。

楊　炯（650—約693）

《舊唐書・文苑傳》上：楊炯，華陰（今屬陝西）人。幼聰敏博學，善屬文。神童舉，拜校書郎，爲崇文館學士，遷詹事司直。則天初，坐從祖弟神讓犯逆，左轉梓州司法參軍。秩滿，選授盈川令。炯至官，爲政殘酷，人吏動不如意，輒榜殺之。又所居府舍，多進士亭臺，皆書榜額，爲之美名，大爲遠近所笑。無何卒官。文集三十卷。炯與王勃、盧照鄰、駱賓王以文詞齊名，海内稱爲王楊盧駱，炯聞之，謂人曰："吾愧在盧前，恥居王後。"當時議者，亦以爲然。其後崔融、李嶠、張說俱重四傑之文。崔融曰："王勃文章宏逸，有絶塵之迹，固非常流所及。炯與照鄰可以企之，盈川之言信矣。"說曰："楊盈川文思如懸河注水，酌之不竭，既優於盧，亦不減王。'恥居王後'，信然；'愧在盧前'，謙也。"

從軍行

【題解】　樂府《相和歌辭・平調曲》舊題。《樂府詩集》卷三十二引《樂府解題》曰："《從軍行》，皆軍旅苦辛之辭。"王夫之稱此詩"裁樂府作律，以自意起止，泯合入化"（《唐詩評選》卷三）。

烽火照西京，心中自不平。牙璋辭鳳闕，鐵騎繞龍城。雪暗凋旗畫，風多雜鼓聲。寧爲百夫長，勝作一書生。

中華書局版《盧照鄰集・楊炯集》

○牙璋：《周禮・春官・典瑞》："牙璋以起軍旅，以治兵守。"鄭玄注引鄭衆曰："牙璋瑑以爲牙。牙齒，兵象，故以牙璋發兵，若今時以銅虎符發兵。"○鳳闕：《史記・封禪書》："（武帝）作建章宫，度爲千門萬户。

前殿度高未央。其東則鳳闕，高二十餘丈。"○龍城：漢時匈奴大會諸部祭天之所。《史記·匈奴列傳》："歲正月，諸長小會單于庭，祠。五月，大會龍城，祭其先、天地、鬼神。"《索隱》引崔浩云："西方胡皆事龍神，故名大會處爲龍城。"一說即十六國北燕都城黃龍城（見《宋書·夷蠻傳·東夷高句驪國》）。○百夫長：《書·牧誓》："千夫長，百夫長。"孔傳："師帥卒帥。"孔穎達疏："百人爲卒，卒長皆上士。"

| 輯　錄 |

◎胡應麟《詩藪·內編》卷四：盈川近體，雖神俊輸王，而整肅渾雄。究其體裁，實爲正始。然長歌遂爾絶響。

◎賀裳《載酒園詩話·又編》：楊盈川詩不能高，氣殊蒼厚。"寧爲百夫長，勝作一書生"是憤語，激而成壯。

盧照鄰（634—約685）

《舊唐書·文苑傳》上：盧照鄰字昇之，幽州范陽（今河北涿州）人也。博學，善屬文。初授鄧王府典簽，王甚愛重之，曾謂群官曰："此即寡人相如也。"後拜新都尉，因染風疾去官，處太白山中，以服餌爲事。後疾轉篤，徙居陽翟之具茨山，著《釋疾文》、《五悲》等誦，頗有騷人之風，甚爲文士所重。照鄰既沉痼攣廢，不堪其苦，嘗與親屬執別，遂自投潁水而死，時年四十。文集二十卷。

長安古意

【題解】　古意猶擬古、仿古，爲諷詠前代故事以寄意的詩題。本篇乃托古詠今之作。王夫之稱此詩"是將西京諸賦改入七言者"（《唐詩評選》卷一），沈德潛評曰："長安大道，豪貴驕奢，狹邪豔冶，無所不有。自娑寵而俠客而金吾而權臣，皆向娼家游宿，自謂可永保富貴矣。然轉瞬滄桑，徒存墟墓，不如讀書自守者之爲得也。借言子雲，聊以自況云爾。"（《唐詩別裁集》卷五）

長安大道連狹斜，青牛白馬七香車。玉輦縱橫過主第，金鞭絡繹向侯家。龍銜寶蓋承朝日，鳳吐流蘇帶晚霞。百丈游絲爭繞樹，一群嬌鳥共啼花。啼花戲蝶千門側，碧樹銀臺萬種色。複道交窗作合歡，雙闕連甍垂鳳翼。梁家畫閣天中起，漢帝金莖雲外直。樓前相望不相知，陌上相逢詎相識？借問吹簫向紫煙，曾經學舞度芳年。得成比目何辭死，願作鴛鴦不羨仙。比目鴛鴦真可羨，雙去雙來君不見？生憎帳額繡孤鸞，好取門簾帖雙燕。雙燕雙飛繞畫梁，羅帷翠被鬱金香。片片行雲著蟬鬢，纖纖初月上鴉黃。鴉黃粉白車中出，含嬌含態情非一。妖童寶馬鐵連錢，娼婦盤龍金屈膝。御史府中烏夜啼，廷尉門前雀欲栖。隱隱朱城臨玉道，遙遙翠幰沒金堤。挾彈飛鷹杜陵北，探丸借客渭橋西。俱邀俠客芙蓉劍，共宿娼家桃李蹊。娼家日暮紫羅裙，清歌一囀口氛氳。北堂夜夜人如月，南陌朝朝騎似雲。南陌北堂連北里，五劇三條控三市。弱柳青槐拂地垂，佳氣紅塵暗天起。漢代金吾千騎來，翡翠屠蘇鸚鵡杯。羅襦寶帶爲君解，燕歌趙舞爲君開。別有豪華稱將相，轉日回天不相讓。意氣由來排灌夫，專權判不容蕭相。專權意氣本豪雄，青虬紫燕坐春風。自言歌舞長千載，自謂驕奢凌五公。節物風光不相待，桑田碧海須臾改。昔時金階白玉堂，即今唯見青松在。寂寂寥寥揚子居，年年歲歲一牀書。獨有南山桂花發，飛來飛去襲人裾。

中華書局版《盧照鄰集·楊炯集》

〇狹斜：小街曲巷。古樂府有《長安有狹斜行》，述少年冶游之事，後亦稱娼家居處爲狹斜。〇"青牛"句：《拾遺記》卷七："（魏）文帝所愛美人，姓薛名靈芸。……帝以文車迎之……駕青色之牛，日行三百里。"梁蕭綱《烏栖曲》："青牛丹轂七香車，可憐今夜宿倡家。"〇複道：宮苑內樓閣間架木空際構成的道路。《史記·秦始皇本紀》："秦每破諸侯，寫放其宮室，作之咸陽北阪上，南臨渭，自雍門以東至涇、渭，殿屋複道周閣相屬。"○"梁家"句：《後漢書·梁冀傳》："冀乃大起第舍……堂寢皆有陰陽奧室，連房洞户，柱壁雕鏤，加以銅漆；窗牖皆有綺疏青瑣，圖以雲氣仙靈。臺閣周通，更相臨望。"○漢帝金莖：《史記·孝武本紀》："其後則又作柏梁、銅柱、承露仙人掌之屬矣。"司馬貞《索隱》引《三輔故事》曰："建章宮承露盤高三十丈，大七圍，以銅爲之。上有仙人掌承露，和玉屑飲之。"班固《西都賦》："抗仙掌以承露，擢雙立之金莖。"李善注："金莖，銅柱也。"○吹簫向紫煙：《列仙傳》卷上："蕭史者，秦穆公時人也。善吹簫，能致孔雀白鶴於庭。穆公有女字弄玉，好之。公遂以女妻焉。日教弄玉作鳳鳴，居數年，吹似鳳聲，鳳凰來止其屋。公爲作鳳臺，夫婦止其上。不下數年，一旦隨鳳凰飛去。"○比目：《爾雅·釋地》："東方有比目魚焉，不比不行，其名謂之鰈。"○"羅帷"句：翠被指以翡翠鳥羽毛爲飾的被，《楚辭·招魂》："翡翠珠被，爛齊光些。"鬱金香，《本草綱目》卷十四"鬱金香"條"集解"引陳藏器《本草拾遺》："鬱金香，生大秦國。二月、三月有花，狀如紅藍。四月、五月采花，即香也。"○蟬鬢：晉崔豹《古今注·雜注》："魏文帝宫人，絕所愛者，有莫瓊樹、薛夜來、田尚衣、段巧笑四人，日夕在側。瓊樹乃製蟬鬢，縹緲如蟬，故曰蟬鬢。"○"纖纖"句：六朝婦女喜於額上塗黄爲飾，《木蘭詩》之"對鏡帖花黄"、蕭綱《美女篇》之"約黄能效月"、虞世南《應詔嘲司花女》之"學畫鴉黄半未成"均指此。唐代仍沿此習（李商隱《無題》"八字宫眉捧額黄"可證）。本句即描寫這種黄色新月狀的額妝。○鐵連錢：馬毛色呈鐵連錢狀花紋。○蟠龍金屈膝：蟠龍，釵名。崔豹《古今注·雜注》："盤龍釵，梁冀婦（孫壽）所製。"屈膝，同屈戌，門窗、屏風等物各扇相連處的鉸鏈，用於此處或指釵製作複雜，是以金屈戌將若干部分連綴而成。一說金屈膝指金屈戌的屏風，蟠龍爲屏風上的雕飾。○"御史府"二句：《漢書·朱博傳》："（御史）府中列柏樹，常有野烏數千栖宿其上，晨去暮來，號曰朝夕鳥。"《史記·汲鄭列傳》："始翟公爲廷尉，賓客闐門；及廢，門外可設雀羅。"〇杜陵：漢宣帝的陵墓，在長安東南。〇"探丸"句：《漢書·尹賞傳》："永始、元延間……（長安）閭里少年羣輩殺吏，受賕報仇，相與探丸爲彈，得赤丸者斫武吏，得黑丸者斫文吏，白者主治喪。"《漢書·朱雲傳》："朱雲少時通輕俠，借客報仇。"顔師古注："借，助也。"渭橋，位於長安西北渭水上。〇芙蓉劍：即純鈞劍。漢袁康《越絕書》卷十一："昔者越王勾踐有寶劍五，聞於天下。客有能相劍者名薛燭，王召而問之。……王取純鈞，薛燭……手振拂，揚其華，捽如芙蓉始出。"〇桃李蹊：借用《史記·李將軍列傳》"桃李不言，下自成蹊"語暗示娼家爲熱鬧去處。〇北里：唐長安平康里位於城北，亦稱北里，爲娼家聚居處。〇"五劇"句：劇爲交錯的道路。《爾雅·釋宮》"三達謂之劇旁"郭璞注："今南陽冠軍樂鄉，數道交錯，俗呼之五劇鄉。"條爲通達的道路。班固《西都賦》："披三條之廣路。"市爲商業繁盛的大街。左思《魏都賦》："廓三市而開廛。"此句以成語狀長安城道路縱橫、街市繁榮貌，五、三並非實數。〇金吾：漢代禁衛軍軍官執金吾的簡稱。《漢書·百官公卿表上》："中尉，秦官，掌徼巡京師，有兩丞、候、司馬、千人。武帝太初元年更名爲執金吾。"唐置左、右金吾，有金吾大將軍。〇"翡翠"句：屠蘇，藥酒名。梁宗懍《荆楚歲時記》："（正月一日）長幼悉正衣冠，以次拜賀，進椒柏酒，飲桃湯，進屠蘇酒。"鸚鵡杯，以鸚鵡螺製成的酒杯。（舊題）唐劉恂《嶺表錄異》卷中："鸚鵡螺，旋尖處屈而朱，如鸚鵡嘴，故以此名。殼上青綠斑文，大者可受二升。殼內光瑩如雲母。裝爲酒杯，奇而可玩。"〇"羅襦"句：《史記·滑稽列傳》："日暮酒闌，合尊促坐，男女同席，履舄交錯，杯盤狼藉，堂上燭滅……羅襦襟解，微聞薌澤。"〇"燕歌"句：戰國時燕趙一帶以歌舞著名，故云。〇轉日回天：東漢時宦官左悺封上蔡侯，權傾一時，時號"左回天"（見《後漢書·單超傳》）。〇灌夫：漢武帝時人，家資豪富，任俠尚氣。與丞相武安侯田蚡不睦，曾使酒罵坐，辱田。終被田陷害，族誅。事見《史記·魏其武安侯列傳》。○"專權"句：蕭相，指漢高祖時宰相蕭何，其爲人素以恭敬謹慎稱。事見《史記·蕭相國世家》。判，同拚。○"青虯"句：青虯，原作"青虹"，據《全唐詩》改。《楚辭·九章·涉江》："駕青虯兮驂白螭。"虯爲有角龍，此處借指馬。紫燕，亦作"紫鷰"，駿馬名。《西京雜記》卷上："文帝自代還，有良馬九匹，皆天下之駿馬也。一名浮雲，一名赤電，一名絕群，一名逸驃，一名紫鷰騮……號爲九逸。"○五公：《文選·班固〈西都賦〉》"冠蓋如雲，七相五公"。李善注："公，御史大夫、將軍通稱也。《漢書》曰：'張湯爲御史大夫，徙杜陵；杜周爲御史大夫，徙茂陵；蕭望之爲前將軍，徙杜陵；馮奉世爲右將軍，徙杜陵；史丹爲大將軍，徙杜陵。'"又《後漢書·班固傳》"七相五公"李賢注曰："五公謂田蚡爲太尉，長陵人，張安世爲大司馬，朱博爲司空，並杜陵人，平晏爲司徒，韋賞爲大司馬，並平陵人也。"○"桑田"句：《神仙傳》卷五"王遠"條載麻姑謂王方平（即王遠）曰："接待以來，已見東海三爲桑田。向到蓬萊，水又淺於往昔會時略半也，豈將復還爲陵陸乎！"○"寂寂"句：揚子，指漢代揚雄。揚終生仕宦不得意，家貧，人罕至其門，閉門著《法言》、《太玄》。事見《漢書·揚雄傳》。此處用左思《詠史》（其四）"寂寂揚子宅，門無卿相輿。寥寥空宇中，所講在玄虛。……悠悠百世後，英名擅八區"意。○"獨有"句：南山，指長安之南的終南山。南山桂花，暗用《楚辭》淮南小山《招隱士》"桂樹叢生兮山之幽，偃蹇連蜷兮枝相繚"。喻指隱居生涯。

| 輯　錄 |

◎胡應麟《詩藪·內編》卷三：李杜歌行，擴漢魏而大之，而古質不及；盧駱歌行，衍齊梁而暢之，而富麗有餘。

◎毛先舒《詩辯坻》卷四：初唐如《帝京》、《疇昔》、《長安》（指《長安古意》）、《汾陰》等作，非巨匠不辦。非徒博麗，即氣概充碩，無紀濱之養者，一望却走。

唐人無賦，此調可上敵班、張。蓋風神流動，詞旨宕逸，即文章屬第二義。

◎聞一多《唐詩雜論·四傑》：盧駱的歌行，是用鋪張揚厲的賦法膨脹過了的樂府新曲。

駱賓王（619— ？）

郗雲卿《駱賓王文集序》：駱賓王，婺州義烏（今屬浙江）人也。年七歲，能屬文。高宗朝，與盧照鄰、楊炯、王勃文詞齊名，海內稱焉。仕至侍御史。後以天后即位，頻貢章疏諷諫，因斯得罪，貶授臨海丞。文明中，與嗣業於廣陵共謀起義。兵事既不捷，因致逃遁。

《舊唐書·文苑傳》上：駱賓王，少善屬文，尤妙於五言詩。嘗作《帝京篇》，當時以為絕唱。然落魄無行，好與博徒游。高宗末，為長安主簿，坐贓，左遷臨海丞。怏怏失志，棄官而去。文明中，與徐敬業於揚州作亂。敬業軍中書檄，皆賓王之詞也。敬業敗，伏誅。

上吏部侍郎帝京篇（節選）

【題解】 吏部侍郎，疑為裴行儉，說見清陳熙晉《駱臨海集箋注》卷一。原作有《啟》曰："昨引注日，垂索鄙文。拜手驚魂，承恩累息。……君侯蘊明略以佐時，虛靈臺以照物。觀梁父之曲，識臥龍於孔明；聽康衢之歌，得飯牛於甯戚。是用異人翹首，俊乂歸誠。猥以疵賤之資，謬奉清通之盼。雖仲由之瑟，終闋響於丘門；而宋玉之歌，儻均音於郢路。……庶道叶起予，陳卜商之四始；恐吾幾失子，效然明於一言。"沈德潛《唐詩別裁集》卷五《帝京篇》評曰："此因己之不遇而言，故始盛而以衰颯終也。首敘形勢之雄，宮闕之壯；次敘王侯貴戚游俠倡家之奢僭無度；至'古來'以下慨世道之變遷；'已焉（矣）哉'以下，傷一己之湮滯。"

山河千里國，城闕九重門。不睹皇居壯，安知天子尊。……秦塞重關一百二，漢家離宮三十六。桂殿陰岑對玉樓，椒房窈窕連金屋。三條九陌麗城隈，萬戶千門平旦開。……王侯貴人多近臣，朝游北里暮南鄰。陸賈分金將燕喜，陳遵投轄正留賓。趙李經過密，蕭朱交結親。……古來榮利若浮雲，人生倚伏信難分。始見田竇相移奪，俄聞衛霍有功勳。未厭金陵氣，先開石槨文。朱門無復張公子，灞亭誰畏李將軍！……莫矜一旦擅豪華，自言千載長驕奢。倏忽搏風生羽翼，須臾失浪委泥沙。……已矣哉，歸去來！馬卿辭蜀多文藻，揚雄仕漢乏良媒。三冬自矜誠足用，十年不調幾遭迴。汲黯薪逾積，孫弘閣未開。誰憐長沙傅，獨負洛陽才。

上海古籍出版社版《駱臨海集箋注》卷一

〇"山河"二句：《史記·留侯世家》："夫關中，左殽、函，右隴、蜀……此所謂金城千里，天府之國也。"《楚辭·宋玉〈九辯〉》："君之門以九重。"〇"秦塞"二句：《史記·高祖本紀》："秦，形勝之國，帶河山之險，縣隔千里，持戟百萬，秦得百二焉。"裴駰《集解》引應劭曰："河山之險，與諸侯相縣隔，地絕千里，所以能禽諸侯者，得天下之利百二也。"蘇林曰："得百中之二焉。秦地險固，二萬人足當諸侯百萬人也。"《文選·班固〈西都賦〉》："離宮別館，三十六所。"〇"桂殿"句：《三輔黃圖》卷二："桂宮，漢武帝造，周回十餘里。"《海內十洲記》："崑崙山……其一角有積金爲天墉城。……城上安金臺五所、玉樓十二所。"〇椒房：《文選·班固〈西都賦〉》："後宮則有掖庭、椒房、後妃之室。"《三輔黃圖》卷三："椒房殿在未央宮，以椒和泥塗，取其溫而芬芳也。"又《後漢書·皇后紀》"自處椒房，二紀於茲"注引《漢官儀》曰："皇后稱椒房，取其蕃實之意也。"〇金屋：《漢武故事》："（漢武帝）年四歲，立爲膠東王。……數歲，長公主嫖抱置膝上，問曰：'兒欲得婦不？'膠東王曰：'欲得婦。'長公主指左右長御百餘人，皆云不用。末指其女問曰：'阿嬌好不？'於是乃笑對曰：'好！若得阿嬌作婦，當作金屋貯之也。'"

○三條：見《長安古意》注。○九陌：《三輔黃圖》卷二："《三輔舊事》云：長安城中八街九陌。"○"陸賈"句：《史記·酈生陸賈列傳》："陸賈者，楚人也。以客從高祖定天下，名爲有口辯士，居左右，常使諸侯。……孝惠帝時……乃病免家居。……有五男，乃出所使越得橐中裝賣千金，分其子，子二百金，令爲生産。陸生常安車駟馬，從歌舞鼓琴瑟侍者十人，寶劍直百金，謂其子曰：'與汝約：過汝，汝給吾人馬酒食，極欲，十日而更。所死家，得寶劍車騎侍從者。'呂太后時……右丞相陳平……用其計（結好周勃，抑諸呂）……乃以奴婢百人，車馬五十乘，錢五百萬，遺陸生爲飲食費。陸生以此游漢廷公卿間，名聲藉甚。"《文選·潘岳〈西征賦〉》："陸賈之優游宴喜。"○"陳遵"句：《漢書·游俠傳》："陳遵字孟公，杜陵人也。……居長安中，列侯近臣貴戚皆貴重之。……遵者（嗜）酒，每大飲，賓客滿堂，輒關門，取客車轄投井中，雖有急，終不得去。"○趙李：《漢書·何並傳》："陽翟輕俠趙季、李款多畜賓客，以氣力漁食閭里，至奸人婦女，持吏長短，縱橫郡中。"○蕭朱：《漢書·蕭育傳》："育爲人嚴猛尚威……少與陳咸、朱博爲友，著聞當世。往者有王陽、貢公，故長安語曰：'蕭朱結綬，王貢彈冠'，言其相薦達也。"○"古來"句：《論語·述而》："不義而富且貴，於我如浮雲。"○"人生"句：《老子》五十八章："禍兮福之所倚，福兮禍之所伏。孰知其極？其無正也。"○田竇：漢武帝時武安侯田蚡、魏其侯竇嬰。二人爭鬥事見《史記·魏其武安侯列傳》。○衛霍：漢武帝時大將軍衛青、驃騎將軍霍去病屢建軍功，名重一時。事見《史記·衛將軍驃騎列傳》。○"未厭"二句：《晉書·元帝紀》："始秦時望氣者云：'五百年後金陵有天子氣'，故始皇東游以厭之，改其地曰秣陵，塹北山以絕其勢。"《莊子·則陽》："狶韋曰：夫（衛）靈公也死，卜葬於故墓不吉，卜葬於沙丘而吉。掘之數仞，得石槨焉，洗而視之，有銘焉，曰：'不馮其子，靈公奪而里之。'"○張公子：《漢書·外戚傳》："成帝每微行出，常與張放俱，而稱富平侯家，故曰張公子。"○"灞亭"句：《史記·李將軍列傳》："（李廣廢爲庶人後）嘗夜從一騎出，從人田間飲。還至霸陵亭，霸陵尉醉，呵止廣。廣騎曰：'故李將軍。'尉曰：'今將軍尚不得夜行，何乃故也！'止廣宿亭下。"○搏風：《莊子·逍遙游》："鵬之徙於南冥也，水擊三千里，搏扶搖而上者九萬里。"○"馬卿"句：《史記·司馬相如列傳》："司馬相如者，蜀郡成都人也，字長卿。……蜀人楊得意爲狗監，侍上（武帝）。上讀《子虛賦》而善之，曰：'朕獨不得與此人同時哉！'得意曰：'臣邑人司馬相如自言爲此賦。'上驚，乃召問相如。相如曰：'有是。然此乃諸侯之事，未足觀也。請爲天子游獵賦。'……賦奏，天子以爲郎。"○"揚雄"句：《漢書·揚雄傳》："揚雄字子雲，蜀郡成都人也。……年四十餘，自蜀來至游京師，大司馬車騎將軍王音奇其文雅，召以爲門下史，薦雄待詔。歲餘，奏《羽獵賦》，除爲郎，給事黃門，與王莽、劉歆並。哀帝之初，又與董賢同官。當成、哀、平間，莽、賢皆爲三公，權傾人主，所薦莫不拔擢，而雄三世不徙官。"○"三冬"句：《漢書·東方朔傳》："東方朔字曼倩，平原厭次人也。……上書曰：'臣朔少失父母，長養兄嫂。年十三學書三冬，文史足用。'"○"十年"句：《漢書·張釋之傳》："張釋之字季……以貲爲騎郎，事文帝，十年不得調，亡所知名。"○"汲黯"句：《史記·汲鄭列傳》："汲黯字長孺，濮陽人也。……始黯列爲九卿，而公孫弘、張湯爲小吏。……已而弘至丞相，封爲侯；湯至御史大夫；故黯時丞相史皆與黯同列，或尊用過之。黯褊心，不能無少望，見上，前言曰：'陛下用群臣如積薪耳，後來者居上。'"○"孫弘"句：《漢書·公孫弘傳》："公孫弘，菑川薛人也。……起徒步，數年至宰相封侯。於是起客館，開東閣以延賢人，與參謀議。弘身食一肉，脫粟飯，故人賓客仰衣食，奉祿皆以給之，家無所餘。"○"誰惜"二句：《史記·屈原賈生列傳》："賈生名誼，洛陽人也。年十八，以能誦詩屬書聞於郡中。……文帝召以爲博士，是時賈生年二十餘，最爲少。每詔令議下，諸老先生不能言，賈生盡爲之對，人人各如其意所欲出。……天子議以爲賈生任公卿之位，絳、灌、東陽侯、馮敬之屬盡害之，乃短賈生曰：'洛陽之人，年少初學，專欲擅權，紛亂諸事。'於是天子後亦疏之，不用其議，乃以賈生爲長沙王太傅。"

| 輯　錄 |

◎賀裳《載酒園詩話·又編》：《帝京篇》……淋漓磊落，竭其才思。今人或病其過於橫溢。余以讀詩者如漢文節儉，自不作露臺可耳，必不得謂未央壯麗，追罪蕭何。

沈佺期（約656—714）

《新唐書·文藝傳》中：沈佺期字雲卿，相州內黃（今屬河南）人。及進士第，由協律郎累除給事中，考功受賕，劾未究，會張易之敗，遂長流驩州。稍遷台州錄事參軍事。入計，得召見，拜起居郎兼修文館直學士。既侍宴，帝詔學士等舞《回波》，佺期爲弄辭悅帝，還賜牙、緋。尋歷中書舍人、太子少詹事。開元初卒。

雜詩三首（選一首）

【題解】《文選》有"雜詩"一目，李善注王粲《雜詩》曰："不拘流例，遇物即言，故云雜也。"舉凡不屬獻詩、公宴、游覽、行旅、贈答、哀傷、樂府諸目者，概可列於此。後世循之，遂亦爲傳統詩題。佺期原作共三首，均寫閨中少婦對塞上征人的思憶，本篇原列第三。

聞道黃龍戍，頻年不解兵。可憐閨里月，長在漢家營。少婦今春意，良人昨夜情。誰能將旗鼓，一爲取龍城。

中華書局版《全唐詩》卷九十六（下同）

○黃龍：《宋書·夷蠻傳·東夷高句驪國》："先是，鮮卑慕容寶治中山，爲索虜所破，東走黃龍。義熙初，寶弟熙爲其下馮跋所殺，跋自立爲主，自號燕王，以其治黃龍城，故謂之黃龍國。"黃龍城故址在今遼寧省朝陽市。此處泛指東北邊塞。〇"誰能"二句：《左傳·成公二年》："師之耳目，在吾旗鼓，進退從之。"此處希望有人能指揮大軍一舉破敵，以結束戰爭。龍城，指敵方要地。參見楊炯《從軍行》注。

遙同杜員外審言過嶺

【題解】　神龍（705—706）初，作者與杜審言坐交通張易之流嶺南，杜流峰州（治所在今越南河西省境內），沈流驩州（治所在今越南榮市）。此詩作於貶謫途中，爲初唐七律中較成熟的作品。

天長地闊嶺頭分，去國離家見白雲。洛浦風光何所似，崇山瘴癘不堪聞。南浮漲海人何處，北望衡陽雁幾群。兩地江山萬餘里，何時重謁聖明君。

〇洛浦風光：酈道元《水經注·洛水》："昔王子晉好吹鳳笙，招延與道士浮丘同游伊洛之浦。"又《文選·曹植〈洛神賦〉》寫洛水之濱人神邂逅事，亦可能爲此語之所本。〇"南浮"句：《論語·公冶長》："子曰：'道不行，乘桴浮於海。'"此句云自己浮海南行。〇北望句：衡陽有回雁峰，爲衡山七十二峰之一。相傳北雁南飛，至此而止。

| 輯　錄 |

◎元稹《唐檢校工部員外郎杜君墓係銘并序》：沈宋之流，研練精切，穩順聲勢，謂之律詩。由是而後，文體之變極焉。

◎《舊唐書·文苑傳中·沈佺期傳》：佺期善屬文，尤長七言之作。與宋之問齊名，時人稱爲沈宋。

◎胡應麟《詩藪·內編》卷五：七言律濫觴沈、宋，其時遠襲六朝，近沿四傑，故體裁明密，聲調高華，而神情興會，縟而未暢。

宋之問（約656—712）

《新唐書·文藝傳》中：宋之問字延清，一名少連，汾州（治所在今山西汾陽）人。甫冠，武后召與楊炯分直習藝館。累轉尚方監丞、左奉宸內供奉。武后游洛南龍門，詔從臣賦詩，左史東方虬詩先成，后賜錦袍，之問俄頃獻，后覽之嗟賞，更奪袍以賜。於時張易之等烝昵寵甚，之問與閻朝隱、沈佺期、劉允濟傾心媚附，易之所賦諸篇，盡之問、朝隱所爲，至爲易之奉溺器。及敗，貶瀧州，逃歸洛陽，匿張仲之家。會武三思復用事，仲之與王同皎謀殺三思安王室，之問得其實，令兄子曇與冉祖雍上急變，因丐贖罪，由是擢鴻臚主簿，天下醜其行。景龍中，遷考功員外郎，諂事太平公主，故見用。及安樂公主權盛，復往諧結，故太平深疾之，發其知貢舉時賕餉狼藉，下遷汴州長史。未行，改越州長史。睿宗立，以獪險盈惡詔流欽州。賜死桂州。

題大庾嶺北驛

【題解】此詩作於之問南流瀧州過大庾嶺時。大庾嶺，五嶺之一，在今江西省大余縣、廣東省南雄縣交界處，向爲嶺南、嶺北之交通咽喉。《元和郡縣圖志》卷三四："嶺南道韶州始興縣：大庾嶺，一名東嶠山，即漢塞上也，在縣東北一百七十二里。……本名塞上，漢伐南越，有監軍姓庾城於此地，衆軍皆受庾節度，故名大庾。"

陽月南飛雁，傳聞至此回。我行殊未已，何日復歸來？江靜潮初落，林昏瘴不開。明朝望鄉處，應見隴頭梅。

中華書局版《全唐詩》卷五十二

○陽月：農曆十月。漢董仲舒《雨雹對》："十月，陰雖用事，而陰不孤立。此月純陰，疑於無陽，故謂之陽月。"○"明朝"二句：南朝宋陸凱《贈范曄詩》："折梅逢驛使，寄與隴頭人。江南無所有，聊寄一枝春。"語本此。又因大庾嶺多梅，別稱梅嶺，故作此設想。

附：　　　　　　　　度大庾嶺

度嶺方辭國，停軺一望家。魂隨南翥鳥，淚盡北枝花。山雨初含霽，江雲欲變霞。但令歸有日，不敢恨長沙。

渡漢江

嶺外音書斷，經冬復歷春。近鄉情更怯，不敢問來人。

| 輯　錄 |

◎《新唐書・文藝傳中・宋之問傳》：魏建安後迄江左，詩律屢變，至沈約、庾信，以音韻相婉附，屬對精密。及之問、沈佺期，又加靡麗，回忌聲病，約句準篇，如錦繡成文。學者宗之，號爲"沈、宋"。語曰"蘇、李居前，沈、宋比肩"，謂蘇武、李陵也。

◎王世貞《藝苑卮言》卷四：五言至沈宋，始可稱律。

◎胡應麟《詩藪・內編》卷四：沈七言律，高華勝宋；宋五言排律，精碩過沈。

◎又：沈、宋本自並驅，然沈視宋稍偏枯，宋視沈較縝密。沈製作亦不如宋之繁富。

陳子昂（659—700）

盧藏用《陳氏別傳》：陳子昂，字伯玉，梓州射洪縣（今屬四川）人也。始以豪家子馳俠使氣，至年十七八未知書。嘗從博徒入鄉學，慨然立志，因謝絕門客，專精墳典。數年之間，經史百家，罔不該覽。尤善屬文，雅有相如子雲之風骨。年二十一，始東入咸京。游太學，歷抵群公，都邑靡然屬目矣。由是爲遠近所稱籍甚，以進士對策高第。屬高宗大帝崩於洛陽宫，靈駕將西歸，子昂乃獻書闕下。時皇上以太后居攝，覽其書而壯之，召見問狀。子昂貌寢寡援，然言王霸大略，君臣之際，甚慷慨焉。上壯其言而未深知也，乃拜麟臺正字。秩滿，隨常牒補右衛胄曹。上數召見，問政事，言多切直，書奏輒罷之。以繼母憂解官，服闋，拜右拾遺。屬契丹以營州叛，建安郡王攸宜親總戎律。特敕子昂參謀帷幕。軍次漁陽，前軍王孝傑等相次陷沒，三軍震慴。子昂進諫，建安以子昂素是書生，謝而不納。子昂體弱多疾，感激忠義，嘗欲奮身以答國士。自以官在近侍，又參預軍謀，不可見危而惜身苟容。他日，又進諫，言甚切至，建安謝絕之，乃署以軍曹。子昂知不合，因箝默下列，但兼掌書記而已。因登薊北樓，感昔樂生燕昭之事，賦詩數首，乃泫然流涕而歌曰："前不見古人，後不見來者，念天地之悠悠，獨愴然而涕下。"時人莫之知也。及軍罷，以父老表乞罷職歸侍。天子優之，聽帶官取給而歸。本縣令段簡，貪暴殘忍，聞其家有財，乃附會文法，將欲害之。子昂荒懼，使家人納錢二十萬，而簡意未塞，數興曳就吏。子昂素羸疾，又哀毁，杖不能起。於是遂絕，年四十二。

感　遇（選一首）

【題解】《舊唐書·文苑傳中·陳子昂傳》："初爲《感遇詩》三十首，京兆司功王適見而驚曰：'此子必爲天下文宗矣！'由是知名。"此爲附會之說，《感遇》不似少作，亦未必成於一時一地。盧藏用曰："至於感激頓挫，微顯（疑爲顯微）闡幽，庶幾見變化之朕，以接乎天人之際者，則感遇之篇存焉。"（《陳子昂文集序》）皎然云："子昂《感遇》三十首，出自阮公《詠懷》。"（《詩式》卷三）二說爲近。這組詩作共三十八首，"詞旨幽邃，音節豪宕"（朱熹《齋居感興詩序》），"盡削浮靡，一振古雅"（《詩藪·内編》卷二）。本篇爲第二首，以楚騷手法托物感興，自傷不遇。

蘭若生春夏，芊蔚何青青。幽獨空林色，朱蕤冒紫莖。遲遲白日晚，嫋嫋秋風生。歲華盡搖落，芳意竟何成！

中華書局版《陳子昂集》卷一

○蘭若：《漢書·司馬相如傳》：《子虛賦》曰："衡蘭芷若。"注引張揖曰："若，杜若也。"顏師古曰："蘭即今之澤蘭也。"○"芊蔚"句：《廣雅·釋訓》："芊芊、蔚蔚，茂也。"《楚辭·九歌·少司命》："秋蘭兮青青，綠葉兮紫莖。"洪興祖《補注》曰："青青，茂盛也，音菁。"○"朱蕤"句：《說文》："蕤，艸木華垂貌。"紫莖，見前注。○"遲遲"二句：《楚辭·九辯》："白日晼晚其將入兮。"《九歌·湘夫人》："嫋嫋兮秋風，洞庭波兮木葉下。"○"歲華"句：《楚辭·九辯》："蕭瑟兮，草木搖落而變衰。"

薊丘覽古贈盧居士藏用（燕昭王）

【題解】薊丘，即薊門，遺址在今北京市德勝門外。盧藏用，陳子昂好友，早年曾隱居終南山，故稱居士。這組詩共七首，寫於作者隨建安郡王武攸宜北征契丹時。前有序云："丁酉歲（697），吾北征。出自薊門，歷觀燕之舊都，其城池霸業，迹已蕪沒矣。乃慨然仰歎，憶昔樂生、鄒子，群賢之游盛矣。因登薊丘，作七詩以志之，寄終南盧居士。"七首分詠軒轅臺、燕昭王、樂毅、燕太子丹、田光、鄒衍、郭隗。此爲第二首。燕昭王，名姬平，史稱其於齊破燕後即位，卑身厚幣以招賢者，爲郭隗改築宮館而師事之，於是樂毅自魏往，鄒衍自齊往，劇辛自趙往，士爭趨燕，助昭王大敗齊國（見《史記·燕召公世家》）。

南登碣石館，遙望黃金臺。丘陵盡喬木，昭王安在哉？霸圖悵已矣，驅馬復歸來。

中華書局版《陳子昂集》卷二（下同）

○碣石館：《史記·孟子荀卿列傳》："（鄒衍）如燕，昭王擁彗先驅，請列弟子之座而受業，築碣石宫，身親往師之。"○黄金臺：蔡夢弼《杜工部草堂詩箋》卷三五《晚晴》詩注引《春秋後語》："燕昭王曰：'安得賢士以報齊讎。'郭隗曰：'王能築臺於碣石山前，尊隗爲師，天下賢士必自至也。'王如其言，作臺以黄金飾之，號曰黄金臺。"《文選·鮑照〈放歌行〉》李善注引《上谷郡圖經》："黄金臺，易水東南十八里。燕昭王置千金於臺上以延天下之士。"案《史記·燕召公世家》："郭隗曰：'王必欲致士，先從隗始。況賢於隗者，豈遠千里哉！'於是昭王爲隗改築宫而師事之。"祇云"築宫"不言"臺"。唐人詠黄金臺詩乃雜糅歷史與傳説之作，宋人對此多有考辨，説詳葛立方《韻語陽秋》卷六、周密《齊東野語》卷十八。

送魏大從軍

【題解】 此爲送友人從軍之作。魏大，名不詳。不稱名、字而直呼其行第，爲唐人特有習俗。平輩間如此稱呼可表關係密切，詩文中多見；上稱下則顯親切，如《唐摭言》卷十五載高祖呼裴寂爲裴三，玄宗呼宋濟作宋五，德宗呼陸贄爲陸九等。

匈奴猶未滅，魏絳復從戎。悵别三河道，言追六郡雄。雁山橫代北，孤塞接雲中。勿使燕然上，獨有漢臣功。

○"匈奴"句：《史記·衛將軍驃騎列傳》："天子爲治第，令驃騎（霍去病）視之，對曰：'匈奴未滅，無以家爲也。'"○魏絳：春秋時晉國大夫，曾論"和戎有五利"，晉悼公從其言，使盟諸戎。事見《左傳·襄公四年》。○三河：黄河中部平原地區。《史記·貨殖列傳》："昔唐人都河東，殷人都河内，周人都河南。夫三河在天下之中，若鼎足，王者所更居也。"○六郡雄：《漢書·地理志下》："漢興，六郡良家子，選給羽林、期門，以材力爲官，名將多出焉。"顏師古注："六郡謂隴西、天水、安定、北地、上郡、西河。"《漢書·趙充國傳》："趙充國字翁孫，隴西上邽人也。……始爲騎士，以六郡良家子善騎射補羽林。爲人沉勇有大略，少好將帥之節，而學兵法，通知四夷事。武帝時，以假司馬從貳師將軍擊匈奴。昭帝時……官至後將軍。"○雁山：雁門山的省稱。山在代州（今山西代縣）北。○雲中：郡名，治所在今山西大同。○"勿使"二句：燕然，山名，在今蒙古國境內。《後漢書·竇憲傳》："（憲）與北單于戰於稽落山，大破之。……憲、（耿）秉遂登燕然山，去塞三千餘里，刻石勒功，紀漢威德，令班固作銘。"

附： 度荊門望楚

遙遙去巫峽，望望下章臺。巴國山川盡，荊門煙霧開。城分蒼野外，樹斷白雲隈。今日狂歌客，誰知入楚來。

修竹篇序（節選）

東方公足下：文章道弊，五百年矣。漢魏風骨，晉宋莫傳，然而文獻有可徵者。僕嘗暇時觀齊梁間詩，彩麗競繁，而興寄都絕，每以永歎。思古人，常恐逶迤頹靡，風雅不作，以耿耿也。一昨於解三處見明公詠孤桐篇，骨氣端翔，音情頓挫，光英朗練，有金石聲。遂用洗心飾視，發揮幽鬱。不圖正始之音，復睹於茲，可使建安作者，相視而笑。

| 輯　錄 |

◎盧藏用《陳子昂文集序》：道喪五百歲而得陳君，橫制頹波，天下翕然，質文一變。

◎韓愈《薦士》：國朝盛文章，子昂始高蹈。

◎元好問《論詩三十首》：沈宋橫馳翰墨場，風流初不廢齊梁。論功若準平吳例，合著黃金鑄子昂。

◎方回《瀛奎律髓》卷一：陳拾遺子昂，唐之詩祖也。不但《感遇詩》三十八首爲古體之祖，其律詩亦近體之祖也。

◎陳繹曾《文筌・詩譜》：陳子昂初變齊梁之弊，以理勝情，以氣勝辭，祖《十九首》、郭景純、陶淵明，故立意玄而造語精圓。

◎胡震亨《唐音癸籤》卷五：子昂自以復古反正，於有唐一代詩功爲大耳。正如夥涉爲王，殿屋非必沈沈，但大澤一呼，爲群雄驅先，自不得不取冠漢史。

◎沈德潛《唐詩別裁集》卷一：(伯玉) 追建安之風骨，變齊梁之綺靡，寄興無端，別有天地。

◎葉燮《原詩》卷一：吾猶謂子昂古詩，尚蹈襲漢魏蹊徑，竟有全似阮籍《詠懷》之作者，失自家體段。

◎吳喬《圍爐詩話》卷三：貞觀之詩，未脫齊梁，後雖有陳子昂復古，其詩傷於重滯。

◎黃子雲《野鴻詩的》：唐初伯玉、雲卿諸公，獨創法局，運雄偉之斤，斲衰靡之習，而使淳風再造，不愧騷雅元勳。所嫌意不加新，而詞稍麤率耳。

【附・初唐其他詩人詩作】

虞世南（558—638）

從軍行（其一）

塗山烽候驚，弭節度龍城。冀馬樓蘭將，燕犀上谷兵。劍寒花不落，弓曉月逾明。凜凜嚴霜節，冰壯黃河絕。蔽日卷征蓬，浮天散飛雪。全兵值月滿，精騎乘膠折。結髮早驅馳，辛苦事旌麾。馬凍重關冷，輪摧九折危。獨有西山將，年年屬數奇。

王　績（589—644）

野　望

東皋薄暮望，徙倚欲何依！樹樹皆秋色，山山唯落暉。牧人驅犢返，獵馬帶禽歸。相顧無相識，長歌懷采薇。

上官儀（約608—664）

早春桂林殿應詔

步輦出披香，清歌臨太液。曉樹流鶯滿，春堤芳草積。風光翻露文，雪華上空碧。花蝶來未已，山光曖將夕。

杜審言（約645—708）

和晉陵陸丞早春游望

獨有宦游人，偏驚物候新。雲霞出海曙，梅柳渡江春。淑氣催黃鳥，晴光轉綠蘋。忽聞歌古調，歸思欲沾巾。

劉希夷（651—？）

代悲白頭翁

洛陽城東桃李花，飛來飛去落誰家？洛陽女兒好顏色，坐見落花長歎息。今年花落顏色改，明年花開復誰在？已見松柏摧爲薪，更聞桑田變成海。古人無復洛城東，今人還對落花風。年年歲歲花相似，歲歲年年人不同。寄言全盛紅顏子，應憐半死白頭翁。此翁頭白真可憐，伊昔紅顏美少年。公子王孫芳樹下，清歌妙舞落花前。光祿池臺開錦繡，將軍樓閣畫神仙。一朝臥病無相識，三春行樂在誰邊！宛轉蛾眉能幾時，須臾鶴髮亂如絲。但看古來歌舞地，惟有黃昏鳥雀悲。

參考書目

《王子安集注》，清蔣清翊注，上海古籍出版社1995年版。

《盧照鄰集·楊炯集》，徐明霞點校，中華書局1980年版。

《楊炯集箋注》，祝尚書箋注，中華書局2016年版。

《盧照鄰集箋注》（增訂本），祝尚書箋注，上海古籍出版社2011年版。

《駱臨海集箋注》，清陳熙晉箋注，上海古籍出版社1985年版。

《沈佺期宋之問集校注》，陶敏、易淑瓊校注，中華書局2001年版。

《陳子昂集》（修訂本），徐鵬校點，中華書局2013年版。

《四傑》、《宮體詩的自贖》，聞一多著，見上海古籍出版社1998年版《唐詩雜論》。

《初唐四傑年譜》，張志烈著，巴蜀書社1993年版。

思考題

1. 試述"四傑"詩作對齊梁風習的"因"與"革"。
2. 沈宋對唐詩的主要貢獻是什麼？
3. 有論者認為陳子昂詩"以理勝情，以氣勝辭"，你以為如何？
4. 說說陳子昂《感遇》詩創作的得與失。

第三節　初盛唐之際詩人

張若虛（生卒年不詳）

《全唐詩》卷一百十七：張若虛，揚州人，兗州兵曹。與賀知章、張旭、包融號吳中四士。

春江花月夜

【題解】　樂府舊題。詳見楊廣《春江花月夜二首》題解。同題作品多短章，此詩則爲富於波瀾的長篇，"將春江花月夜五字煉成一片奇光，分合不得"（鍾惺語，見《唐詩歸》卷五）。作者存詩僅兩首，但本篇自明代起即備受重視，以至王闓運稱其"孤篇橫絕，竟爲大家"（陳兆奎輯《王志》卷二），聞一多譽爲"詩中的詩，頂峰上的頂峰"（《宮體詩的自贖》）。

春江潮水連海平，海上明月共潮生。灩灩隨波千萬里，何處春江無月明。江流宛轉繞芳甸，月照花林皆似霰。空裏流霜不覺飛，汀上白沙看不見。江天一色無纖塵，皎皎空中孤月輪。江畔何人初見月？江月何年初照人？人生代代無窮已，江月年年祇相似。不知江月待何人，但見長江送流水。白雲一片去悠悠，青楓浦上不勝愁。誰家今夜扁舟子？何處相思明月樓？可憐樓上月裴回，應照離人妝鏡臺。玉戶簾中卷不去，搗衣砧上拂還來。此時相望不相聞，願逐月華流照君。鴻雁長飛光不度，魚龍潛躍水成文。昨夜閑潭夢落花，可憐春半不還家。江水流春去欲盡，江潭落月復西斜。斜月沉沉藏海霧，碣石瀟湘無限路。不知乘月幾人歸，落月搖情滿江樹。

中華書局版《全唐詩》卷一百十七

○"青楓"句：暗用《楚辭·招魂》"湛湛江水兮上有楓，目極千里兮傷春心"，及《九歌·河伯》"送美人兮南浦"意。○"可憐"句：曹植《七哀詩》："明月照高樓，流光正徘徊。上有愁思婦，悲歎有餘哀。"○"鴻雁"二句：寓魚雁傳書意。《漢書·蘇武傳》："常惠教（漢）使者謂單于，言天子射上林中，得雁，足有係帛書，言武等在某澤中。"樂府古辭《飲馬長城窟行》："客從遠方來，遺我雙鯉魚。呼兒烹鯉魚，中有尺素書。"○"碣石"句：碣石，山名，在今河北省昌黎縣北。瀟湘，本二水名，在湖南省零陵縣合流後稱瀟湘。此句言人相距之遙。

| 輯　錄 |

◎胡應麟《詩藪·內編》卷三：張若虛《春江花月夜》流暢婉轉，出劉希夷《白頭翁》之上。

◎毛先舒《詩辯坻》卷三：張若虛《春江潮水》篇，不著粉澤，自有腴姿，而纏綿蘊藉，一意縈紆。調法出没，令人不測，殆化工之筆哉！

張九齡（678—740）

《舊唐書·張九齡傳》：張九齡字子壽，一名博物。曾祖家於始興，今為曲江（今廣東韶關）人。九齡幼聰敏，善屬文。登進士第，應舉登乙第，拜校書郎。玄宗在東宮，舉天下文藻之士，親加策問，九齡對策高第，遷右拾遺。（張）說卒後，上召拜九齡為秘書少監、集賢院學士，副知院事。再遷中書侍郎。（開元）二十一年十二月，拜中書侍郎、同中書門下平章事。明年，遷中書令，兼修國史。時范陽節度使張守珪以裨將安禄山討奚、契丹敗衂，執送京師，請行朝典。九齡奏曰："禄山狼子野心，面有逆相，臣請因罪戮之，冀絕後患。"上曰："卿勿以王夷甫知石勒故事，誤害忠良。"遂放歸藩。二十三年，加金紫光禄大夫，累封始興縣伯。李林甫自無學術，以九齡文行爲上所知，心頗忌之。二十四年，遷尚書右丞相，罷知政事。左遷荆州大都督府長史。俄請歸拜墓，因遇疾卒，年六十八，贈荆州大都督，諡曰文獻。

案：唐徐浩《唐尚書右丞相中書令張公神道碑》稱九齡開元二十八年"五月七日，遘疾薨於韶州曲江之私第，享年六十三"，新舊《唐書》本傳云六十八歲，誤。

感遇（選二首）

【題解】 共十二首。高棅曰："張曲江公《感遇》等作，雅正沖澹，體合風騷，駸駸乎盛唐矣。"（《唐詩品彙·五言古詩叙目》）沈德潛曰："《感遇》詩，正字古奥，曲江藴藉，本原同出嗣宗而精神面目各別，所以千古。"（《唐詩別裁集》卷一）此處選一、七兩首。

蘭葉春葳蕤，桂華秋皎潔。欣欣此生意，自爾爲佳節。誰知林栖者，聞風坐相悦。草木有本心，何求美人折？（原第一首）

○葳蕤：《楚辭·東方朔〈七諫〉》"上葳蕤而防露兮"，王逸注："葳蕤，盛貌。"○坐相悦：張相《詩詞曲語辭匯釋》卷四："坐，甚辭，猶深也；殊也。……坐相悦，猶云深相悦也。"○"草木"二句：《楚辭·離騷》："惟草木之零落兮，恐美人之遲暮。"王逸注："美人謂懷王也。"沈德潛云："'草木有本心，何求美人折'，想見君子立品，即昌黎'不采而佩，於蘭何傷'意。"（《唐詩別裁集》卷一）

江南有丹橘，經冬猶緑林。豈伊地氣暖，自有歲寒心。可以薦嘉客，奈何阻重深！運命推所遇，循環不可尋。徒言樹桃李，此木豈無陰？（原第七首）

《四部叢刊》本《唐丞相曲江張先生文集》卷三

○"江南"句：屈原《橘頌》："受命不遷，生南國兮。"高步瀛云此詩"即屈子《橘頌》之意"(《唐宋詩舉要》卷一)。〇歲寒心:《論語·子罕》:"歲寒,然後知松柏之後凋也。"〇"徒言"二句:《韓詩外傳》卷七:"(趙簡子曰:)夫春樹桃李,夏得陰其下,秋得食其實。"

附:　　　　　　　　旅宿淮陽亭口號

日暮荒亭上,悠悠旅思多。故鄉臨桂水,今夜眇星河。暗草霜華發,空亭雁影過。興來誰與晤,勞者自為歌。

望月懷遠

海上生明月,天涯共此時。情人怨遙夜,竟夕起相思。滅燭憐光滿,披衣覺露滋。不堪盈手贈,還寢夢佳期。

【附·初盛唐之際其他詩人詩作】

張　說（667—731）

鄴都引

君不見魏武草創爭天祿,群雄睚眦相馳逐。晝携壯士破堅陣,夜接詞人賦華屋。都邑繚繞西山陽,桑榆汗漫漳河曲。城郭為墟人代改,但有西園明月在。鄴傍高塚多貴臣,蛾眉曼睩共灰塵。試上銅臺歌舞處,唯有秋風愁殺人。

王　灣（生卒年不詳）

次北固山下

客路青山外,行舟綠水前。潮平兩岸闊,風正一帆懸。海日生殘夜,江春入舊年。鄉書何處達，歸雁洛陽邊。

輯　錄

◎胡應麟《詩藪·內編》卷二：唐初承襲梁、隋，陳子昂獨開古雅之源，張子壽首創清澹之派。盛唐繼起，孟浩然、王維、儲光羲、常建、韋應物，本曲江之清澹，而益以風神者也；高適、岑參、王昌齡、李頎、孟雲卿，本子昂之古雅，而加以氣骨者也。

◎胡震亨《唐音癸籤》卷五：張曲江五言以興寄爲主，而結體簡貴，選言清冷，如玉磬含風，晶盤承露，故當於塵外置賞。

◎賀貽孫《詩筏》：張曲江《感遇》，則語語本色，絕無門面矣，而一種孤勁秀澹之致，對之令人意消。蓋詩品也，而人品繫之。

◎劉熙載《藝概·詩概》：曲江之《感遇》出於《騷》，射洪之《感遇》出於《莊》，纏綿超曠，各有獨至。

參考書目

《賀知章、包融、張旭、張若虛詩注》，王啓興、張虹注，上海古籍出版社1986年版。

《張若虛〈春江花月夜〉的被理解和被誤解》、《張若虛〈春江花月夜〉集評》，程千帆著，見上海古籍出版社1984年版《古詩考索》。

《張九齡集校注》，熊飛校注，中華書局2008年版。

思考題

1. 盧照鄰《長安古意》、張若虛《春江花月夜》是"宮體"嗎？試聯繫"宮體"發展的歷史辨析之。

2. 張九齡《感遇》與陳子昂《感遇》有何不同？

第四節　盛唐山水田園詩人

孟浩然（689—740）

《新唐書·文藝傳》下：孟浩然字浩然，襄州襄陽（今湖北襄樊）人。少好節義，喜振人患難，隱鹿門山。年四十，乃游京師。嘗於太學賦詩，一座嗟伏，無敢抗。張九齡、王維雅稱道之。維私邀入內署，俄而玄宗至，浩然匿牀下，維以實對，帝喜曰："朕聞其人而未見也，何懼而匿？"詔浩然出。帝問其詩，浩然再拜，自誦所爲，至"不才明主棄"之句，帝曰："卿不求仕，而朕未嘗棄卿，奈何誣我？"因放還。采訪使韓朝宗約浩然偕至京師，欲薦諸朝。會故人至，劇飲歡甚，或曰："君與韓公有期。"浩然叱曰："業已飲，遑恤他！"卒不赴。張九齡爲荆州，辟置於府。府罷，開元末，病疽背卒。

王士源《孟浩然集序》：孟浩然骨貌淑清，風神散朗，救患釋紛以立義表，灌蔬藝竹以全高尚。交游之中，通脫傾蓋，機警無匿。學不爲儒，務掇菁藻；文不按古，匠心獨妙，五言詩天下稱其盡美矣。間游秘省，秋月新霽，諸英華賦詩作會，浩然句曰："微雲淡河漢，疏雨滴梧桐。"舉坐嗟其清絕，咸閣筆不復爲繼。開元二十八年，王昌齡游襄陽，時浩然疾疹發背，且愈，相得歡甚，浪情宴謔，食鮮疾動，終於冶城南園，年五十有二。

秋登萬山寄張五

【題解】萬山，一本作"蘭山"。《元和郡縣圖志》卷二一："山南道襄州襄陽縣：萬山，一名漢皋山，在縣西十一里。"張五，或說即張子容、張諲。王維集有《戲贈張五弟諲三首》、《故人張諲工詩善易卜兼能丹青草隸頃以詩見贈聊獲酬之》、《答張五弟》諸詩。但張子容行八，張諲則兩度隱少室山，行蹤似未到襄陽，姑存疑。

北山白雲裏，隱者自怡悅。相望試登高，心隨雁飛滅。愁因薄暮起，興是清秋發。時見歸村人，平沙渡頭歇。天邊樹若薺，江畔舟如月。何當載酒來，共醉重陽節。

上海古籍出版社版《孟浩然詩集箋注》卷上（下同）

〇"北山"二句：北山，即萬山。陶弘景《詔問山中何所有賦詩以答》："山中何所有，嶺上多白雲。祇可自怡悅，不堪持寄君。"〇登高：梁吳均《續齊諧記》："汝南桓景隨費長房游學累年，長房謂曰：'九月九日汝家中當有災，宜急去，令家人各作絳囊盛茱萸以繫臂，登高飲菊花酒，此禍可除。'……今世人九日登高飲酒，婦人帶茱萸囊，蓋始於此。"〇"天邊"二句：梁戴暠《度關山》："長安樹如薺。"薛道衡《敬酬楊僕射山齋獨坐詩》："遙原樹若薺，遠水舟如葉。"二詩爲孟所本。〇"何當"二句：《宋書·陶潛傳》："嘗九月九日無酒，出宅邊菊叢中坐久，值（王）弘送酒至，即便就酌，醉而後歸。"重陽節，舊以農曆九月九日爲重陽節。《全三國文》卷七曹丕《九日與鍾繇書》："歲往月來，忽復九月九日。九爲陽數，而日月並應，俗嘉其名，以爲宜於長久，故以享宴高會。"又見前"登高"注。

宿桐廬江寄廣陵舊游

【題解】　作於越中。"桐廬江"原作"廬江"，據別本改。《元和郡縣圖志》卷二五："江南道睦州桐廬縣：桐廬江，源出杭州於潛縣界天目山，南流至縣東一里入浙江。"《通典·州郡典》十一："廣陵郡，今之揚州，理江都、江陽二縣。"

山暝聽猿愁，滄江急夜流。風鳴兩岸葉，月照一孤舟。建德非吾土，維揚憶舊游。還將兩行淚，遙寄海西頭。

○"建德"句：建德，唐睦州州治（見《元和郡縣圖志》卷二五），今浙江省建德縣。非吾土，王粲《登樓賦》："雖信美而非吾土兮"。○維揚，即惟揚。《尚書·禹貢》："淮海惟揚州。"宋費袞《梁溪漫志》卷九："古今稱揚州爲惟揚，蓋掇取'淮海惟揚州'之語。"○海西頭，隋煬帝《泛龍舟》："借問揚州在何處，淮南江北海西頭。"

夏日南亭懷辛大

【題解】 孟集中與辛大有關之詩共四首，《都中送辛大》云："南國辛居士，言歸舊竹林。未逢調鼎用，徒有濟川心。"觀諸作知辛與孟同鄉，曾入京而未見用，二人過從甚密。孟集又有《西山尋辛諤》詩，此辛諤或即爲辛大之名。

山光忽西落，池月漸東上。散髮乘夕涼，開軒臥閑敞。荷風送香氣，竹露滴清響。欲取鳴琴彈，恨無知音賞。感此懷故人，中宵勞夢想。

○"開軒"句：《文選·左思〈魏都賦〉》"周軒中天"李善注："軒，長廊之有窗也"。阮籍《詠懷》十五："開軒臨四野，登高望所思。"閑敞，《文選·張衡〈南都賦〉》"體爽塏以閑敞"張銑注："閑敞，清虛貌。"○"欲取"二句：《呂氏春秋·孝行覽·本味》："伯牙鼓琴，鍾子期聽之。方鼓琴而志在太山，鍾子期曰：'善哉乎鼓琴，巍巍乎若太山。'少選之間，而志在流水，鍾子期又曰：'善哉乎鼓琴，湯湯乎若流水。'鍾子期死，伯牙破琴絕弦，終身不復鼓琴，以爲世無足復爲鼓琴者。"《淮南子·修務訓》："鍾子期死，而伯牙絕弦破琴，知世莫賞也。"○中宵：中夜。陶淵明《辛丑歲七月赴假還江陵夜行涂口》："懷役不遑寐，中宵尚孤征。"

附：　　　　　　臨洞庭湖贈張丞相

八月湖水平，涵虛混太清。氣蒸雲夢澤，波撼岳陽城。欲濟無舟楫，端居恥聖明。坐觀垂釣者，徒有羨魚情。

過故人莊

故人具鷄黍，邀我至田家。綠樹村邊合，青山郭外斜。開軒面場圃，把酒話桑麻。待到重陽日，還來就菊花。

宿建德江

移舟泊煙渚，日暮客愁新。野曠天低樹，江清月近人。

輯　錄

◎李白《贈孟浩然》：吾愛孟夫子，風流天下聞。紅顏棄軒冕，白首臥松雲。醉月頻中聖，迷花不事君。高山安可仰，徒此揖清芬。

◎杜甫《解悶十二首》（其六）：復憶襄陽孟浩然，清詩句句盡堪傳。

◎陳師道《後山詩話》：子瞻謂孟浩然之詩，韻高而才短，如造內法酒手而無材料爾。

◎嚴羽《滄浪詩話·詩辨》：（孟襄陽詩）一味妙悟而已。

◎陳繹曾《文筌·詩譜》：孟浩然詩祖建安，宗淵明，沖淡中有壯逸之氣。

◎胡應麟《詩藪·內編》卷四：孟詩淡而不幽，時雜流麗；閑而非遠，頗覺輕揚。可取者，一味自然。

◎《詩藪·外編》卷四：靖節清而遠，康樂清而麗，曲江清而澹，浩然清而曠，常建清而僻，王維清而秀，儲光羲清而適，韋應物清而潤，柳子厚清而峭。

◎沈德潛《唐詩別裁集》卷一：（孟）襄陽詩從靜悟得之，故語淡而味終不薄。

王　維（701—761）

《舊唐書·文苑傳》下：王維字摩詰，太原祁人。徙家於蒲（今山西永濟），遂爲河東人。開元九年進士擢第。歷右拾遺、監察御史、左補闕、庫部郎中。居母喪，服闕，拜吏部郎中。天寶末，爲給事中。禄山陷兩都，玄宗出幸，維扈從不及，爲賊所得，服藥取痢，僞稱瘖病。禄山遣人迎置洛陽，拘於普施寺，迫以僞署。禄山宴其徒於凝碧宫，其樂工皆梨園弟子、教坊工人。維聞之悲惻，潛爲詩曰："萬户傷心生野煙，百官何日再朝天？秋槐花落空宫裏，凝碧池頭奏管弦。"賊平，陷賊官三等定罪。維以《凝碧詩》聞於行在，肅宗嘉之，會（其弟）縉請削己刑部侍郎以贖兄罪，特宥之，責授太子中允。乾元中，遷太子中庶子、中書舍人，復拜給事中，轉尚書右丞。維以詩名盛於開元、天寶間，凡諸王駙馬豪右貴勢之門，無不拂席迎之。尤長五言詩。書畫特臻其妙，筆蹤措思，參於造化。弟兄俱奉佛，居常蔬食，不茹葷血，晚年長齋，不衣文綵。得宋之問藍田别墅，在輞口，與道友裴迪浮舟往來，彈琴賦詩，嘯詠終日。嘗聚其田園所爲詩，號《輞川集》。在京師日飯十數名僧，以玄談爲樂。齋中無所有，唯茶鐺、藥臼、經案、繩牀而已。退朝之後，焚香獨坐，以禪誦爲事。妻亡不再娶，三十年孤居一室，屏絶塵累。乾元二年七月卒。

輞川閑居贈裴秀才迪

【題解】　據兩唐書本傳，王維得宋之問輞川别業，風景奇勝。宋程大昌《雍録》卷七："輞川在藍田縣西南二十里，王維别墅在焉。本宋之問别圃也。"裴秀才迪，《唐詩紀事》卷十六："裴迪初與王維俱居終南。天寶後，爲蜀州刺史，與杜甫友善。"《唐才子傳》卷二："（王維在輞川）日與文士丘丹、裴迪、崔興宗游覽賦詩，琴樽自樂。"

寒山轉蒼翠，秋水日潺湲。倚杖柴門外，臨風聽暮蟬。渡頭餘落日，墟里上孤煙。復值接輿醉，狂歌五柳前。

中華書局版《王右丞集箋注》卷七

○潺湲：《楚辭·九歌·湘君》"橫流涕兮潺湲"，王逸注："潺湲，流貌。"○"墟里"句：自陶淵明《歸園田居》一"曖曖遠人村，依依墟里煙"化出。○接輿：《論語·微子》："楚狂接輿歌而過孔子曰：'鳳兮鳳兮！何德之衰？……'孔子下，欲與之言。趨而辟之，不得與之言。"皇甫謐《高士傳》卷上："陸通，字接輿，楚人也。好養性，躬耕以爲食。楚昭王時通見楚政無常，乃佯狂不仕，故時人謂之楚狂。"○五柳：《晉書·隱逸傳·陶潛傳》："（陶潛）嘗著《五柳先生傳》以自況曰：'先生不知何許人，不詳姓字，宅邊有五柳樹，因以爲號焉。'"

漢江臨泛

【題解】 漢江，即漢水，源出今陝西省寧強縣嶓塚山。《書·禹貢》："嶓塚導漾，東流爲漢。"孔傳："泉始出山爲漾水，東南流爲沔水，至漢中東流爲漢水。"漢水東南流經襄陽、鍾祥等地，於漢口入長江。此詩當作於湖北襄陽一帶。

楚塞三湘接，荆門九派通。江流天地外，山色有無中。郡邑浮前浦，波瀾動遠空。襄陽好風日，留醉與山翁。

中華書局版《王右丞集箋注》卷八

○"楚塞"句：楚塞，楚國邊界。江淹《望荆山》："奉義至江漢，始知楚塞長。"三湘，陶淵明《贈長沙公》："遙遙三湘，滔滔九江。"清陶澍集注："湘水發源會瀟水，謂之瀟湘；及至洞庭陵子口，會資江謂之資湘；又北與沅水會於湖中，謂之沅湘。"（《靖節先生集》卷一）○"荆門"句：荆門，山名，《大清一統志·湖北荆州府》："荆門山在宜都縣西北五十里。"九派，《文選·郭璞〈江賦〉》："流九派乎潯陽"，李善注："水別流

229

爲派。"《書·禹貢》"過九江，至於東陵"，孔傳："江分爲九道在荆州。"《漢書·地理志》（上）"九江郡"注引應劭曰："江自廬江尋陽分爲九。"○"江流"二句：《瀛奎律髓》卷一稱其"足敵孟（浩然）、杜（甫）岳陽之作。"○"襄陽"二句：《晉書·山簡傳》："（簡）鎮襄陽，……唯酒是耽。諸習氏，荆土豪族，有佳園地，簡每出嬉游，多之池上，置酒輒醉，名之曰高陽池。"

皇甫岳雲溪雜題五首（鳥鳴磵）

【題解】 此詩爲《皇甫岳雲溪雜題五首》的第一首。皇甫岳，趙殿成注："按《唐書·宰相世系表》有皇甫岳，乃皇甫恂之子，未知即此人否。"雲溪，應爲皇甫岳別墅所在地。《詩藪·內編》卷六："太白五言絕自是天仙口語，右丞却入禪宗。如'人閑桂花落……''木末芙蓉花……'讀之身世兩忘，萬念皆寂。"

人閑桂花落，夜靜春山空。月出驚山鳥，時鳴春澗中。

中華書局版《王右丞集箋注》卷十三（下同）

○"月出"二句：梁王籍《入若邪溪詩》："蟬噪林逾靜，鳥鳴山更幽。"可與此詩參看。

鹿 柴

【題解】 此詩與下一首《辛夷塢》均出自《輞川集》。《輞川集》凡二十題，皆以地名爲題。原序云："余別業在輞川山谷。其游止有孟城坳、華子岡、文杏館、斤竹嶺、鹿柴、木蘭柴、茱萸沜、宮槐陌、臨湖亭、南垞、欹湖、柳浪、欒家瀨、金屑泉、白石灘、北垞、竹里館、辛夷塢、漆園、椒園等。與裴迪閒暇，各賦絕句云爾。"胡應麟稱王輞川諸作"自出機軸，名言兩忘，色相俱泯"（《詩藪·內編》卷六）。柴，通砦、寨，原指用於防守的柵欄、籬障，此處指有籬落的村墅。

空山不見人，但聞人語響。返景入深林，復照青苔上。

○返景：即反景。梁劉孝綽《侍宴集賢堂應令詩》："反景入池林，餘光映泉石。"唐徐堅《初學記·天部》："日西落，光反照於東，謂之反景。"

辛夷塢

【題解】辛夷塢，輞川地名，以塢中有辛夷樹而得名。案辛夷有草木二種。《楚辭·九歌·湘夫人》"辛夷楣兮藥房"，王逸注："辛夷，香草也。"朱熹《集注》："辛夷，樹大連合抱，高數仞，其花初發如筆，北人呼爲木筆；其花最早，南人呼爲迎春。"此詩所詠，蓋木本之辛夷也。

木末芙蓉花，山中發紅萼。澗戶寂無人，紛紛開且落。

○"木末"句：《楚辭·九歌·湘君》："搴芙蓉兮木末。"

附：   **終南別業**

中歲頗好道，晚家南山陲。興來每獨往，勝事空自知。行到水窮處，坐看雲起時。偶然值林叟，談笑無還期。

酬張少府

晚年唯好靜，萬事不關心。自顧無長策，空知返舊林。松風吹解帶，山月照彈琴。君問窮通理，漁歌入浦深。

山居秋暝

空山新雨後，天氣晚來秋。明月松間照，清泉石上流。竹喧歸浣女，

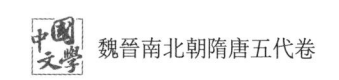

蓮動下漁舟。隨意春芳歇，王孫自可留。

終南山

太乙近天都，連山到海隅。白雲迴望合，青靄入看無。分野中峰變，陰晴衆壑殊。欲投人處宿，隔水問樵夫。

過香積寺

不知香積寺，數里入雲峰。古木無人徑，深山何處鐘。泉聲咽危石，日色冷青松。薄暮空潭曲，安禪制毒龍。

| 輯　錄 |

一、關於王維

◎殷璠《河岳英靈集》卷上：維詩詞秀調雅，意新理愜，在泉爲珠，著壁成繪，一字一句，皆出常境。

◎蘇軾《書摩詰藍田煙雨圖》：味摩詰之詩，詩中有畫；觀摩詰之畫，畫中有詩。

◎陳師道《後山詩話》：右丞、蘇州，皆學於陶，王得其自在。

◎魏慶之《詩人玉屑》卷二引朧翁詩評：王右丞如秋水芙蕖，倚風自笑。

◎趙殿成《王右丞集箋注》附錄二引《史鑑類編》：王維之作，如上林春曉，芳樹微烘，百囀流鶯，宮商叠奏，黄山紫塞，漢館秦宮，芊綿偉麗於氤氳杳渺之間，真所謂有聲畫也，非妙於丹青者，其孰能之。

◎施補華《峴傭說詩》：摩詰五言古，雅淡之中，別饒華氣。

二、王孟之比較

◎王世貞《藝苑巵言》卷四：摩詰才勝孟襄陽，由工入微，不犯痕迹，所以爲佳。孟造思極苦，既成乃得超然之致。第其句不能出五字外，篇不能出四十字外，此其所短也。

◎賀貽孫《詩筏》：詩中有畫，不獨摩詰也。浩然情景悠然，尤能寫生，其便娟之姿，逸宕之氣，似欲超王而上，然終不能出王範圍內者，王厚於孟故也。吾嘗譬之，王如一輪秋月，碧天似洗；而孟則江月一色，蕩漾空明。雖同此月，而孟所得者，特其光與影耳。

參考書目

《孟浩然詩集箋注》，佟培基箋注，上海古籍出版社 2000 年版。

《孟浩然詩集校注》，李景白校注，中華書局 2018 年版。

《孟浩然集校注》，徐鵬校注，人民文學出版社 1989 年版。

《王右丞集箋注》，清趙殿成箋注，上海古籍出版社 1984 年版。

《王維集校注》，陳鐵民校注，中華書局 1997 年版。

思考題

1. 蘇軾說孟浩然詩"韻高而才短"，"才"當如何理解？你怎樣看？
2. 沈德潛說孟詩"語淡而味終不薄"，試舉例說明。
3. 孟浩然哪些作品可算得"沖淡中有壯逸之氣"？
4. 試結合作品論述王維的"詩中有畫"。
5. 以作品為例說說王維晚期作品的禪味。
6. 試比較王孟山水詩的藝術風格。

第五節　盛唐邊塞詩人

高　適（約 703—765）

《舊唐書·高適傳》：高適者，渤海蓨（今河北景縣。案此爲高適之郡望）人也，少濩落，不事生業，家貧，客於梁、宋，以求丐取給。適年過五十，始留意詩什，數年之間，體格漸變，以氣質自高，每吟一篇已，爲好事者稱誦。宋州刺史張九皋深奇之，薦舉有道科。時右相李林甫擅權，薄於文雅，唯以舉子待之。解褐汴州封丘尉，非其好也，乃去位，客游河右。河西節度哥舒翰見而異之，表爲左驍衛兵曹，充翰府掌書記。從翰入朝，盛稱之於上前。祿山之亂，徵翰討賊，拜適左拾遺，轉監察御史，仍佐翰守潼關。及翰兵敗，適奔赴行在，謁見玄宗，因陳潼關敗亡之勢，玄宗嘉之，尋遷侍御史。至成都，拜諫議大夫，賜緋魚袋。適負氣敢言，權幸憚之。（至德）二年，永王璘起兵於江東，欲據揚州。初，上皇以諸王分鎮，適切諫不可。及是永王叛，肅宗聞其論諫有素，召而謀之，奇其對，以適兼御史大夫、揚州大都督府長史、淮南節度使。詔與江東節度來瑱率本部兵平江淮之亂，會於安州。師將渡而永王敗，乃招季廣琛於歷陽。兵罷，李輔國惡適敢言，短於上前，乃左授太子少詹事。未幾，蜀中亂，出爲蜀州刺史，遷彭州。後梓州副使段子璋反，適率州兵從西川節度使崔光遠攻子璋，斬之。天子以適代光遠爲成都尹、劍南西川節度使。代宗即位，吐蕃陷隴右，漸逼京畿。適練兵於蜀，臨吐蕃南境以牽制之，師出無功，而松、維等州尋爲蕃兵所陷。代宗以黃門侍郎嚴武代還，用爲刑部侍郎，轉散騎常侍，加銀青光祿大夫，進封渤海縣侯，食邑七百戶。永泰元年正月卒，贈禮部尚書，諡曰忠。適喜言王霸大略，務功名，尚節義。逢時多難，以安危爲己任。有唐已來，詩人之達者，唯適而已。

案：兩唐書本傳皆謂適年過五十，始留意詩什，此說與事實不符。又高適於二十歲左右與開元二十三年兩入長安求仕不遂，其間（約開元二十年）曾北上薊門。諸事亦不見於本傳。詳《唐才子傳校箋》卷二。

燕歌行

【題解】 樂府《相和歌辭·平調曲》舊題。《樂府詩集》卷三十二："《樂府解題》曰：'晉樂奏魏文帝"秋風"、"別日"二曲，言時序遷換，行役不歸，婦人怨曠無所訴也。'《廣題》曰：'燕，地名也，言良人從役於燕，而爲此曲。'"原序云："開元二十六年，客有從元戎（《文苑英華》、《全唐詩》作御史大夫張公）出塞而還者，作《燕歌行》以示，適感征戍之事，因而和焉。"舊說多以爲此詩刺張守珪。張爲營州都督、河北節度副大使，後以功拜輔國大將軍、右羽林大將軍，兼御史大夫。開元二十六年（738）部將敗於奚族餘部，張隱瞞敗狀，虛報戰功，事頗泄。（見《舊唐書·張守珪傳》）今綜覽全篇，非爲一人一事而作，主旨即"感征戍之事"，而聲情高壯，跌宕多姿，迥出前人同題作品之上。

漢家煙塵在東北，漢將辭家破殘賊。男兒本自重橫行，天子非常賜顏色。摐金伐鼓下榆關，旌旆逶迤碣石間。校尉羽書飛瀚海，單于獵火照狼山。山川蕭條極邊土，胡騎憑陵雜風雨。戰士軍前半死生，美人帳下猶歌舞！大漠窮秋塞草腓，孤城落日鬥兵稀。身當恩遇常輕敵，力盡關山未解圍。鐵衣遠戍辛勤久，玉箸應啼別離後。少婦城南欲斷腸，征人薊北空回首。邊庭飄颻那可度，絕域蒼茫無所有！殺氣三時作陣雲，寒聲一夜傳刁斗。相看白刃血紛紛，死節從來豈顧勳。君不見沙場征戰苦，至今猶憶李將軍！

中華書局版《高適詩集編年箋注》

〇"漢家"二句：開元年間，唐和地處東北的契丹、奚族戰爭不斷，故云。以漢代唐乃唐詩常用手法，邊塞詩中更爲習見，本篇中即多用漢代地名、職官、典故等。〇橫行：《史記·季布欒布列傳》："上將軍樊噲曰：'臣願得十萬衆，橫行匈奴中。'"〇賜顏色：《文選·江淹〈詣建平王上書〉》："大王惠以恩光，顧以顏色。"李善注引曹植《豔歌》曰："長者賜顏色，泰山可動移。"○"摐金"句：《文選·司馬相如〈子虛賦〉》："摐金鼓"注引韋昭曰："摐，擊也。"《詩經·小雅·采芑》："鉦人伐鼓"。毛傳："伐，擊也。"榆關即渝關，又稱臨閭關、臨渝關。《通典·州郡典》八"北平郡平州盧龍縣"："臨閭關今名臨渝關，在縣城東一百八十里。"故址即今河北省秦皇島市東山海關。○碣石，見張若虛《春江花月夜》注。○"校尉"句：校尉，漢代武職。《漢書·百官公卿表》稱武帝初置中壘、屯騎、步兵、越騎、長水、胡騎、射聲、虎賁八校尉。羽書，即羽檄。《漢書·高帝紀》："吾以羽檄徵天下兵，未有至者。"顏師古注："檄者，以木簡爲書，長尺二寸，用徵召也。其有急事，則加以鳥羽插之，示速疾也。"瀚海，《史記·衛將軍驃騎列傳》："登臨瀚海。"《索隱》引崔浩云："北海名，群鳥之所解羽，故云瀚海。"又引《廣異志》云："在沙漠北。"漢以後往往稱沙漠爲瀚海。明周祈《名義考》卷四"瀚海"："以沙飛若浪，人馬相失若沉，視猶海然，非真濁晦之海也。"○"單于"句：《史記·匈奴列傳》"匈奴單于曰頭曼"《集解》引《漢書音義》曰："單于者，廣大之貌，言其象天單于然。"《漢書·文帝紀》顏注曰："單于，匈奴天子之號也。"狼山有數處，用漢典當爲霍去病所封狼居胥山之省稱（事見《史記·衛將軍驃騎列傳》），地在今蒙古國境內；言唐事則爲東北邊塞之狼山（《新唐書·地理志》"河北道幽州范陽郡"載居庸關北有狼山）。○腓：《詩經·小雅·四月》："秋日淒淒，百卉具腓。"毛傳："腓，病也。"○玉筋：指思婦之淚。劉孝威《獨不見》："誰憐雙玉筋，流面復流襟。"○"少婦"句：沈佺期《獨不見》："白狼河北音書斷，丹鳳城南秋夜長。"○三時：《左傳·桓公六年》"謂其三時不害"，杜預注："三時，春夏秋。"○刁斗：《史記·李將軍列傳》"不擊刁斗以自衛"《集解》引孟康曰："以銅作鐎器，受一斗，晝炊飯食，夜擊持行，名曰刁斗。"○"至今"句：《唐詩別裁集》卷五："李廣愛惜士卒，故云。或云李牧，亦可。"案此處兼取抵禦外敵與愛惜士卒二義。《史記·李將軍列傳》："廣居右北平，匈奴聞之，號曰漢之飛將軍，避之，數歲不敢入右北平。……廣之將兵，乏絕之處，見水，士卒不盡飲，廣不近水；士卒不盡食，廣不嘗食。寬緩不苛，士以此愛樂爲用。"《廉頗藺相如列傳》："李牧者，趙之北邊良將也。常居代雁門，備匈奴。以便宜置吏，市租皆輸入幕府，爲士卒費。日擊數牛饗士。習騎射，謹烽火，多間諜，厚遇戰士。……大破匈奴十餘萬騎。……其後十餘歲，匈奴不敢近趙邊城。"

附：   **宋中十首**（選一首）

梁王昔全盛，賓客復多才。悠悠一千年，陳迹唯高臺。寂寞向秋草，悲風千里來。

薊中作

策馬自沙漠，長驅登塞垣。邊城何蕭條，白日黃雲昏。一到征戰處，每愁胡虜翻。豈無安邊書，諸將已承恩。惆悵孫吳事，歸來獨閉門。

| 輯　錄 |

◎殷璠《河岳英靈集》卷上：適詩多胸臆語，兼有氣骨。

◎嚴羽《滄浪詩話·詩體》：高岑之詩悲壯，讀之使人感慨。

◎葉燮《原詩》卷四：盛唐大家，稱高岑王孟。高岑相似，而高爲稍優。高七古爲勝，時見沉雄，時見冲澹，不一色，其沉雄直不減杜甫。高十古干五律，可無遺議矣。

◎翁方綱《石洲詩話》卷一：高之渾樸老成，亦杜陵之先鞭也。

◎施補華《峴傭說詩》：高達夫七古骨整氣遒，已變初唐之靡。

◎《高適詩集編年箋注·附錄》引宋育仁《三唐詩品》：高適達夫，其源出於左太沖，才力縱橫，意態雄傑，妙於造語，每以俊言取致，發端既遠，研意彌新。在小謝之間，居然一席。七古與岑一骨，豪放音多，排奡騁妍，自然沉鬱，駢語之中，獨能頓宕，啓後人無限法門，當爲七言不祧之祖。

岑　參（715—769）

唐杜確《岑嘉州集序》：南陽岑公，聲稱尤著。公諱參，代爲本州冠族。曾大父文本、大父長倩、伯父義，皆以學術、德望官至臺輔。早歲孤貧，能自砥礪，遍覽史籍，尤工綴文。屬辭尚清，用意尚切，其有所得，多入佳境，迥拔孤秀，出於常情。每一篇絕筆，則人人傳寫，雖閭里士庶，戎夷蠻貊，莫不諷誦吟習焉。天寶三載，進士高第，解褐右内率府兵曹參軍。轉右威衛錄事參軍，又遷大理評事兼監察御史，充安西節度判官。入爲右補闕，頻上封章，指述權佞，改爲起居郎，尋出爲虢州長史。又改太子中允兼殿中侍御史，充關西節度判官。聖上潛龍藩邸，總戎陝服，參佐僚史，皆一時之選，由是委公以書奏之任。入爲祠部、考工二員外郎，轉虞部、庫部二正郎，又出爲嘉州刺史。副元帥、相國杜公鴻漸表公職方郎中兼侍御史，列於幕府。無幾使罷，寓居於蜀。

《唐才子傳》卷三：參天寶三年趙岳榜第二人及第，別業在杜陵山中，後終於蜀。參累佐戎幕，往來鞍馬烽塵間十餘載，極征行離別之情，城障塞堡，無不經行。

涼州館中與諸判官夜集

【題解】　天寶十三載（754），岑參二度出塞，赴庭州（治所在今新疆維吾爾自治區吉木薩爾縣），任安西北庭節度判官，途經武威郡（今屬甘肅）時作此詩。《元和郡縣圖志》卷四十："隴右道涼州：天寶元年，改爲武威郡。……州城本爲匈奴所築，漢置爲縣。城不方，有頭尾兩翅，名爲鳥城。南北七里，東南三里。"

彎彎月出挂城頭，城頭月出照涼州。涼州七里十萬家，胡人半解彈琵琶。琵琶一曲腸堪斷，風蕭蕭兮夜漫漫。河西幕中多故人，故人別來三五春。花門樓前見秋草，豈能貧賤相看老。一生大笑能幾回，斗酒相逢須醉倒。

上海古籍出版社版《岑參集校注》卷二（下同）

○河西：涼州爲河西節度使治所。○三五春：天寶十載（751），參曾短期居留武威，故云。○花門樓：當爲涼州客舍名。岑參《戲問花門酒家翁》明抄本題下有注曰："在涼州。"

走馬川行奉送出師西征

【題解】 岑參天寶十三載（754）出塞後，嘗從安西北庭節度使封常清駐輪臺（今新疆輪臺縣）。其間，封兩次出師，岑均曾獻詩。此爲諸作之一。聞一多謂詩中"西征"指破播仙（見《岑嘉州繫年考證》），非是。此次西征無考（說詳陳鐵民、侯忠義《岑參集校注》附《岑參年譜》）。走馬川，不詳，其地當在輪臺附近。今人孫映逵《岑參"西征"詩本事及有關邊塞地名——與胡大浚先生商榷》（《徐州師範學院學報》一九八二年第三期）謂即北庭川，可備一說。此詩章法甚奇，"句句用韻，三句一轉"，"勢險節短"（沈德潛《唐詩別裁集》卷五）。

君不見走馬川行雪海邊，平沙莽莽黃入天。輪臺九月風夜吼，一川碎石大如斗，隨風滿地石亂走。匈奴草黃馬正肥，金山西見煙塵飛，漢家大將西出師。將軍金甲夜不脫，半夜軍行戈相撥，風頭如刀面如割。馬毛帶雪汗氣蒸，五花連錢旋作冰，幕中草檄硯水凝。虜騎聞之應膽慴，料知短兵不敢接，車師西門佇獻捷。

○"君不見"句：行，疑涉詩題而衍。雪海，《新唐書·西域傳》下："出安西西北千里所，得勃達嶺……北三日行度雪海，春夏常雨雪。"○金山：即今阿爾泰山。《資治通鑒·梁武帝普通二年》："西海在酒泉之北，去高車所居金山千餘里。"胡三省注："金山形如兜鍪，其後突厥居金山之陽，即此山。"○五花連錢：宋郭若虛《圖畫見聞志》卷五云，唐開元天寶間，承平日久，世尚輕肥，喜剪馬鬃毛爲花瓣狀，剪三瓣者稱三花馬。據此，疑五花馬即剪馬毛爲五瓣者。連錢即連錢驄。《爾雅·釋畜第十九》："青驪驎駰"郭璞注云："色有深淺，斑駁隱粼，今之謂連錢驄。"○短兵不敢接：《楚辭·九歌·國殤》："車錯轂兮短兵接。"

附： **與高適薛據同登慈恩寺浮圖**

塔勢如湧出，孤高聳天宮。登臨出世界，磴道盤虛空。突兀壓神州，崢嶸如鬼工。四角礙白日，七層摩蒼穹。下窺指高鳥，俯聽聞驚風。連山若波濤，奔湊似朝東。青槐夾馳道，宮館何玲瓏。秋色從西來，蒼然滿關中。五陵北原上，萬古青濛濛。淨理了可悟，勝因夙所宗。誓將挂冠去，覺道資無窮。

白雪歌送武判官歸京

北風捲地白草折，胡天八月即飛雪。忽如一夜春風來，千樹萬樹梨花開。散入珠簾濕羅幕，狐裘不暖錦衾薄。將軍角弓不得控，都護鐵衣冷難著。瀚海闌干百丈冰，愁雲慘淡萬里凝。中軍置酒飲歸客，胡琴琵琶與羌笛。紛紛暮雪下轅門，風掣紅旗凍不翻。輪臺東門送君去，去時雪滿天山路。山回路轉不見君，雪上空留馬行處。

| 輯　錄 |

一、關於岑參

◎杜甫《渼陂行》：岑參兄弟皆好奇。

◎殷璠《河岳英靈集》卷中：參詩語奇體峻，意亦造奇。

◎毛先舒《詩辯坻》卷三：嘉州輪臺諸作，奇姿傑出，而風骨渾勁，琢句用意，俱極精思，殆非子美、達夫所及。

◎施補華《峴傭說詩》：岑嘉州七古勁骨奇翼，如霜天一鶚，故施之邊塞最宜。

二、高岑之比較

◎胡震亨《唐音癸籤》卷五引《吟譜》：高適詩尚質主理，岑參詩尚巧主景。

◎王世貞《藝苑卮言》卷四：高岑一時不易上下，岑氣骨不如達夫遒上，而婉縟過之。選體時時入古，岑尤陡健。歌行磊落奇俊，高一起一伏，取是而已，尤爲正宗。

◎又：五言近體，高岑俱不能佳。七言，岑稍濃厚。

◎胡應麟《詩藪·內編》卷五：嘉州詞勝意，句格壯麗而神韻未揚；常侍意勝詞，情致纏綿而筋骨不逮。

◎《師友詩傳續錄》：王士禛曰：高悲壯而厚，岑奇逸而峭。

王昌齡（約698—756）

《新唐書·文藝傳》下：昌齡字少伯，江寧（今屬江蘇）人。第進士，補秘書郎。又中宏辭，遷汜水尉。不護細行，貶龍標尉。以世亂還鄉里，爲刺史閭丘曉所殺。昌齡工詩，緒密而思清，時謂王江寧云。

案：據《唐才子傳校箋》卷二，昌齡籍貫京兆，開元十五年（727）進士，授校書郎。又中宏辭，遷汜水尉，貶嶺南。開元二十八年（740）任江寧丞。天寶間再貶龍標尉。

從軍行七首（選三首）

【題解】樂府《相和歌辭·平調曲》舊題。詳楊炯《從軍行》題解。

烽火城西百尺樓，黃昏獨坐海風秋。更吹羌笛關山月，無那金閨萬里

愁。（原第一首）

中華書局校刊本《全唐詩》卷一百四十三（下同）

○海風：西北地區常稱湖爲海，此處即指邊塞湖泊上吹來的風。○關山月：樂府《橫吹曲辭·漢橫吹曲》舊題。《樂府詩集》卷二十三引《樂府解題》曰："《關山月》，傷離別也。"○"無那"句：吳昌祺曰："無那言無如深閨遠隔而愁我，若曰我愁，則淺一層。"（《刪訂唐詩解》卷十三）

琵琶起舞換新聲，總是關山舊別情。撩亂邊愁聽不盡，高高秋月照長城。（原第二首）

青海長雲暗雪山，孤城遙望玉門關。黃沙百戰穿金甲，不破樓蘭終不還！（原第四首）

○青海，即今青海省之青海湖。古名仙（鮮）水、西海，又稱卑禾羌海（見《大清一統志》卷四一二）。北魏時始名青海。《北史·吐谷渾傳》："青海周回千餘里，海內有小山。"唐時，對吐蕃的戰爭，多發生在這一帶。○玉門關：故址在今甘肅省敦煌市西。《元和郡縣圖志》卷四十："隴右道沙州壽昌縣：玉門故關，在縣西北一百一十七里。……此西域之門戶也。班超在西域上疏曰：'臣不敢望酒泉郡，但願生入玉門關。'（案：事見《後漢書·班超傳》）即此是也。"○"不破"句：樓蘭，漢西域國名。據《漢書·西域傳》、《傅介子傳》，鄯善國，本名樓蘭，王治扜泥城（今新疆維吾爾自治區若羌縣）。漢武帝欲通大宛諸國，樓蘭當道，攻劫漢使，爲漢所敗。後雖降服於漢，又結好匈奴。昭帝元鳳四年，大將軍霍光遣平樂監傅介子往樓蘭，計斬其王。遂更其國名爲鄯善。沈德潛曰："作豪語看亦可，然作歸期無日看，倍有意味。"（《唐詩別裁集》卷十九）

出塞二首（選一首）

【題解】 樂府《橫吹曲辭·漢橫吹曲》舊題，詳楊素《出塞》題解。原作二首，此處選第一首。沈德潛曰："'秦時明月'一章，前人推獎之而未言其妙。蓋言師勞力竭，而功不成，由將非其人之故，得飛將軍備邊，邊烽自熄，即高常侍《燕歌行》歸重'至今人說李將軍'也。防邊筑城，起於秦漢，明月屬秦，關屬漢，詩中互文。"（《說詩晬語》卷上）

秦時明月漢時關，萬里長征人未還。但使龍城飛將在，不教胡馬度陰山！

〇龍城飛將：《史記·李將軍列傳》："（李）廣居右北平，匈奴聞之，號曰漢之飛將軍，避之，數歲不敢入右北平。"龍城，見楊炯《從軍行》"龍城"條、沈佺期《雜詩三首》"黃龍"條注。〇陰山：即今綿亘於內蒙古自治區、東北與興安嶺相接的陰山山脈。漢時，匈奴屢據此襲擾漢邊。

采蓮曲二首（選一首）

【題解】 樂府《清商曲辭·江南弄》舊題。《樂府詩集》卷五十引《古今樂錄》云："梁天監十一年冬，武帝改西曲，制……《江南弄》七曲：……三曰《采蓮曲》。"作者原作二首，此處選第二首。此詩意本梁元帝蕭繹《采蓮曲》"蓮花亂臉色，荷葉雜衣香"，但風調自然，意態靈動，迥出蕭上。

荷葉羅裙一色裁，芙蓉向臉兩邊開。亂入池中看不見，聞歌始覺有人來。

西宮春怨

【題解】 此詩借漢典寫宮怨，胡應麟稱之爲"意在言外"，"言情造極"（《詩藪·内編》卷六）。

西宮夜靜百花香，欲捲珠簾春恨長。斜抱雲和深見月，朦朧樹色隱昭陽。

○雲和：《周禮·春官·大司樂》："雲和之琴瑟"鄭衆注："雲和，地名也。"鄭玄注："雲和、空桑、龍門者皆山名。"後世遂以雲和爲琴瑟之代稱。○昭陽：《漢書·外戚傳》下："孝成趙皇后，本長安宮人……屬陽阿主家，學歌舞，號曰飛燕。成帝嘗微行出，過陽阿主……見飛燕而說之，召入宮，大幸。有女弟復召入，俱爲倢伃，貴傾後宮。……皇后（飛燕）即立，後寵少衰，而弟絕幸，爲昭儀。居昭陽舍，其中庭彤朱而殿上髹漆，切皆銅遝冒黃金塗，白玉階，壁帶往往爲黃金釭，函藍田璧，明珠、翠羽飾之，自後宮未嘗有焉。"自《三輔黃圖》誤以昭陽殿爲飛燕居處以來，唐人詩中每沿其誤。此處指承寵者居處。

芙蓉樓送辛漸二首（選一首）

【題解】 芙蓉樓，在潤州（今江蘇鎮江）。《元和郡縣圖志》卷二五："江南道潤州：晉王恭爲刺史，改創西南樓名萬歲樓，西北樓名芙蓉樓。"辛漸，事迹不詳。此詩當爲昌齡官江寧丞時作。原作二首，選第一首。

寒雨連江夜入吳，平明送客楚山孤。洛陽親友如相問，一片冰心在玉壺。

○楚山：潤州春秋時屬吳，戰國時屬楚。楚山仍指送客處，與上句之"吳"同義互文。○"一片"句：陸機《漢高祖功臣頌》："周苛慷慨，心若懷冰。"鮑照《白頭吟》："直如朱絲繩，清如玉壺冰。"語本此。又唐姚崇《冰壺誡》序曰："夫洞澈無暇，澄空見底，當官明白者，有類是乎！故內懷冰清，外涵玉潤，此君子冰壺之德也。"（《全唐文》卷二百六）可與王詩參看。

| 輯　錄 |

◎王世貞《藝苑卮言》卷四：七言絕句，王江陵（案當爲寧）與太白爭勝毫釐，俱是神品。

◎胡應麟《詩藪·內編》卷六：太白諸絕句，信口而成，所謂無意於工而無不工者。少伯深厚有餘，優柔不迫，怨而不怒，麗而不淫。余嘗謂古詩、樂府後，惟太白諸絕近之；《國風》、《離騷》後，惟少伯諸絕近之。體若相懸，調可默會。

◎又：大概李寫景入神，王言情造極。王宮詞樂府，李不能爲；李覽勝紀行，王不能作。

◎葉燮《原詩》卷四：七言絕句，古今推李白、王昌齡。李俊爽，王含蓄，兩人辭調意俱不同，各有至處。

李　頎（約690—約751）

《唐才子傳》卷二：頎，開元二十三年賈季鄰榜進士及第，調新鄉縣尉。性疏簡，厭薄世務，慕神仙，服餌丹砂，期輕舉之道，結好塵喧之外。一時名輩，莫不重之。工詩，發調既清，修辭亦秀，雜歌咸善，玄理最長，多爲放浪之語，足可震蕩心神。惜其偉材，祇到黃綬。

案：李頎籍貫不詳，僅知其入仕前曾久居潁陽（今河南登封西）。《唐才子傳》稱其爲"東川人"，後遂有東川在雲南、在四川諸說，均誤，今不取。

古從軍行

【題解】《從軍行》爲樂府《相和歌辭·平調曲》舊題，說見楊炯

《從軍行》題解。此詩擬古題，故曰"古從軍行"。

白日登山望烽火，黃昏飲馬傍交河。行人刁斗風沙暗，公主琵琶幽怨多。野雲萬里無城郭，雨雪紛紛連大漠。胡雁哀鳴夜夜飛，胡兒眼淚雙雙落。聞道玉門猶被遮，應將性命逐輕車。年年戰骨埋荒外，空見蒲桃入漢家。

中華書局校刊本《全唐詩》卷一百三十三

〇交河：《漢書·西域傳》下："車師前國，王治交河城。河水分流繞城下，故號交河。去長安八千一百五十里。"《元和郡縣圖志》卷四十："隴右道西州交河縣：本漢車師前王庭也……貞觀十四年於此置交河縣……交河，出縣北天山，水分流於城下，因以爲名。"故址在今新疆維吾爾自治區吐魯番市西北。〇刁斗：見高適《燕歌行》注。〇"公主"句：《文選·石崇〈王明君詞·序〉》："昔公主嫁烏孫，令琵琶馬上作樂，以慰其道路之思。"《宋書·樂志》一引傅玄《琵琶賦》："漢遣烏孫公主嫁昆彌，念其行道思慕，故使工人裁箏、筑，爲馬上之樂。欲從方俗語，故名曰琵琶，取其易傳於外國也。"據《漢書·西域傳》，漢武帝以江都王劉建女細君爲公主，遣嫁烏孫。〇"聞道"句：《史記·大宛列傳》："（漢武帝）拜李廣利爲貳師將軍……以往伐宛。期至貳師城取善馬，故號'貳師將軍'。……往來二歲。還至敦煌，士不過什一二。使使上書言：'道遠多乏食；且士卒不患戰，患飢。人少，不足以拔宛。願且罷兵，益發而復往。'天子聞之大怒，而使使遮玉門曰：'軍有敢入者輒斬之！'"〇輕車：輕車將軍之簡稱。《史記·李將軍列傳》："（李）廣之從弟李蔡……爲輕車將軍，從大將軍擊右賢王，有功中率，封爲樂安侯。"此處泛指將帥。〇蒲桃：即葡萄。《漢書·西域傳》上："宛王蟬封與漢約，歲獻天馬二匹。漢使采蒲陶、目宿種歸。天子以天馬多，又外國使來眾，益種蒲陶、目宿離宮旁，極望焉。"

送魏萬之京

【題解】《唐詩紀事》卷二十二："魏萬後名顥，上元初登第。"萬登第前居王屋山，曾遠道訪李白，遇於廣陵，甚爲相得。白盡出其文，囑萬編集。事見李白《送王屋山人魏萬還王屋》詩并序、魏顥《李翰林集序》。明鍾惺稱此詩"淨亮無浮響"，譚元春云"調中有骨"（《唐詩歸》卷一四）。

朝聞游子唱離歌，昨夜微霜初渡河。鴻雁不堪愁裏聽，雲山況是客中過。關城樹色催寒近，御苑砧聲向晚多。莫見長安行樂處，空令歲月易蹉跎。

中華書局校刊本《全唐詩》卷一百三十四

〇離歌：即驪歌。《漢書·儒林傳·王式》載式除爲博士，諸同僚共持酒肉爲賀，博士江公心嫉之，命歌吹諸生"歌《驪駒》"。顏師古注引服虔曰："逸《詩》篇名也，見《大戴禮》。客欲去歌之。"文穎曰："其辭曰：'驪駒在門，僕夫具存；驪駒在路，僕夫整駕'也。"後因稱告別之歌爲驪歌。

附： 別梁鍠

梁生倜儻心不羈，途窮氣蓋長安兒。回頭轉眄似鵰鶚，有志飛鳴人豈知。雖云四十無祿位，曾與大軍掌書記。抗辭請刃誅部曲，作色論兵犯二帥。一言不合龍頷侯，擊劍拂衣從此棄。朝朝飲酒黃公壚，脫帽露頂爭叫呼。庭中犢鼻昔嘗挂，懷裏琅玕今在無？時人見子多落魄，共笑狂歌非遠圖。忽然遭躍紫騮馬，還是昂藏一丈夫。洛陽城頭曉霜白，層冰峨峨滿川澤。但聞行路吟新詩，不歎舉家無擔石。莫言貧賤長可欺，覆簣成山當有時。莫言富貴長可托，木槿朝看暮還落。不見古時塞上翁，倚伏由來任天作。去去滄波勿復陳，五湖三江愁殺人。

|輯　錄|

◎殷璠《河岳英靈集》卷上：頎詩發調既清，修辭亦秀。雜歌咸善，玄理最長。

◎王世懋《藝圃擷餘》：李頎七言律，最響亮整肅。

◎管世銘《讀雪山房唐詩序例》：李東川五七古俱卓然成家。

◎又：李東川七言古詩，唯讀得兩漢書爛熟，故信手揮灑，無一俗料俗韻。

參考書目

《高適詩集編年箋注》，劉開揚著，中華書局1981年版。

《岑參集校注》，陳鐵民、侯忠義校注，上海古籍出版社1981年版。

《岑嘉州詩箋注》，廖立箋注，中華書局2004年版。

《王昌齡詩注》，李雲逸注，上海古籍出版社1984年版。

《李頎詩歌校注》，王錫九校注，中華書局2018年版。

思考題

1. 高適《燕歌行》與前代同題作品有何不同？
2. 如何理解岑詩之"奇"？
3. 試比較高適、岑參、王昌齡邊塞詩之異同。
4. 試討論盛唐邊塞詩中所表現的"盛唐氣象"。
5. 李頎的人物詩創作有何意義？

第六節　李　白

李　白（701—762）

李陽冰《草堂集序》：李白，字太白，隴西成紀（今甘肅秦安西）人，涼武昭王暠九世孫。中葉非罪，謫居條支，易姓與名。神龍之始，逃歸於蜀，復指李樹而生伯陽。驚姜之夕，長庚入夢，故生而名白，以太白字之。天寶中，皇祖下詔，徵就金馬，降輦步迎，如見綺、皓，以七寶牀賜食，御手調羹以飯之。置於金鑾殿，出入翰林中，問以國政，潛草詔誥，人無知者。醜正同列，害能成謗，格言不入，帝用疏之。公乃浪迹縱酒，以自昏穢。詠歌之際，屢稱東山。又與賀知章、崔宗之等自為八仙之游，謂公謫仙人。天子知其不可留，乃賜金歸之。遂就從祖陳留采訪大使彥允，請北海高天師授道籙於齊州紫極宮，將東歸蓬萊，仍羽人駕丹丘耳。陽冰試弦歌於當塗，公遐不棄我，乘扁舟而相顧。臨當挂冠，公又疾亟。草稿萬卷，手集未修。枕上授簡，俾予為序。

魏顥《李翰林集序》：白久居峨眉，與丹丘因持盈法師（案即玉真公主）達，白亦因之入翰林，名動京師。以張垍讒逐。游海岱間，年五十餘尚無祿位。白眸子炯然，哆如餓虎，或時束帶，風流蘊藉。少任俠，手刃數人。與友自荊徂揚，路亡權窆，迴櫂方暑，亡友糜潰，白收其骨，江路而舟。白始娶於許，生一女一男，曰明月奴，女既嫁而卒。又合於劉，劉訣。次合於魯一婦人，生子曰頗黎。終娶於宋（案當為宗）。間攜昭陽、金陵之妓，迹類謝康樂，世號為李東山。

《新唐書‧文藝傳》中：白十歲通詩書，既長，隱岷山。州舉有道，不應。喜縱橫術，擊劍為任俠，輕財重施。更客任城，與孔巢父、韓準、裴政、張叔明、陶沔居徂徠山，日沉飲，號"竹溪六逸"。天寶初，南入會稽，與吳筠善，筠被召，故白亦至長安。玄宗召見金鑾殿，有詔供奉翰林。白猶與飲徒醉於市。帝坐沉香子亭，意有所感，欲得白爲樂章，召入，而白已醉，左右以水頹面，稍解，授筆成文，婉麗精切無留思。白嘗侍帝，醉，使高力士脫靴。力士素貴，恥之，摘其詩以激楊貴妃，帝欲官白，妃輒沮止。白自知不爲親近所容，益鶩放不自修，與知章、李適之、汝陽王璡、崔宗之、蘇晉、張旭、焦遂爲"酒八仙人"。懇求還山，帝賜金放還。安祿山反，轉側宿松、匡廬間，永王璘辟爲府僚佐。璘起兵，逃還彭澤；璘敗，當誅。初，白游并州，見郭子儀，奇之。子儀嘗犯法，白爲救免。（案：白救子儀事，詹鍈已詳加考訂，指爲僞托。見《李白詩文繫年》。）至是子儀請解官以贖，有詔長流夜郎。會赦，還尋陽，坐事下獄。時宋若思將吳兵三千赴河南，道尋陽，釋囚辟爲參謀，未幾辭職。李陽冰爲當塗令，白依之。代宗立，以左拾遺召，而白已卒，年六十餘。

蜀道難

【題解】　樂府《相和歌辭·瑟調曲》舊題。《樂府詩集》卷四十引《樂府解題》曰："《蜀道難》備言銅梁、玉壘（均蜀中山名）之阻，與《蜀國弦》頗同。"千載以來，此詩諸解紛紜。今人詹鍈綜之爲罪嚴武、刺章仇兼瓊、諷玄宗幸蜀、即事成篇別無寓意四說，並一一辯駁，指前三說爲謬，且謂此詩與作者《劍閣賦》、《送友人入蜀》爲先後之作，內容亦無二致，有發明陰鏗《蜀道難》"蜀道難如此，功名詎可要？"之意（見《李白詩文繫年》，下同）。孟棨《本事詩·高逸》云李白初至京，賀知章往訪，見《蜀道難》，"讀未竟，稱歎者數四，號爲謫仙"。殷璠《河岳英靈集》亦選入此詩，稱之爲"奇之又奇"。此詩寫作年代，詹鍈繫於天寶二年（743），安旗主編《李白全集編年注釋》則繫於開元十九年（731）。

噫吁嚱！危乎高哉！蜀道之難，難於上青天！蠶叢及魚鳧，開國何茫然。爾來四萬八千歲，不與秦塞通人煙。西當太白有鳥道，可以橫絕峨眉巔。地崩山摧壯士死，然後天梯石棧相鈎連。上有六龍回日之高標，下有衝波逆折之回川。黃鶴之飛尚不得過，猿猱欲度愁攀援。青泥何盤盤，百步九折縈巖巒。捫參歷井仰脅息，以手撫膺坐長歎。問君西游何時還？畏途巉巖不可攀。但見悲鳥號古木，雄飛雌從繞林間。又聞子規啼夜月，愁空山。蜀道之難，難於上青天，使人聽此凋朱顏！連峰去天不盈尺，枯松倒挂倚絕壁。飛湍瀑流爭喧豗，砯崖轉石萬壑雷。其險也如此，嗟爾遠道之人胡爲乎來哉！劍閣崢嶸而崔嵬，一夫當關，萬夫莫開。所守或匪親，化爲狼與豺。朝避猛虎，夕避長蛇，磨牙吮血，殺人如麻。錦城雖云樂，不如早還家。蜀道之難，難於上青天，側身西望長咨嗟！

中華書局版《李太白全集》卷三（下同）

〇噫吁嚱：《苕溪漁隱叢話·後集》卷四引《宋景文筆記》曰："蜀人見物驚異，輒曰噫吁嚱。李白作《蜀道難》，因用之。"〇"蠶叢"二句：《文選·左思〈蜀都賦〉》劉逵注引揚雄《蜀王本紀》："蜀王之先，名蠶叢、柏灌、魚鳧、蒲澤、開明。……從開明上至蠶叢，積三萬四千歲。"《華陽國志》卷三："蜀侯蠶叢，其目縱，始稱王。……次王曰柏灌，次王曰魚鳧。"〇"西當"二句：《元和郡縣圖志》卷二："關內道鳳翔府郿縣：太白山，在縣東南五十里。"王琦注（以下簡稱王注，均見《李太白全集》）引慎蒙《名山記》："太白山，在鳳翔府郿縣東南四十里，鍾西方金宿之秀，關中諸山莫高於此。其山巔高寒，不生草木，常有積雪不消，盛夏視之猶爛然，故以太白名。"《元和郡縣圖志》卷三一："劍南道嘉州峨眉縣：峨眉大山，在縣西七里。……兩山相對，望之如峨眉，故名。"〇"地崩"二句：《藝文類聚·獸部》（中）引揚雄《蜀王本紀》："秦惠王欲伐蜀，乃刻五石牛，置金其後。蜀人見之……以爲此天牛也，能便金。蜀王以爲然，即發卒千人，使五丁力士拖牛成道。"《華陽國志》卷三：

"（秦）惠王知蜀王好色，許嫁五女於蜀。蜀遣五丁迎之。還到梓潼，見一大蛇入穴中。一人攬其尾，掣之不禁，至五人相助，大呼拖蛇，山崩，時壓殺五人及秦五女並將從，而山分爲五嶺。"○"上有"句：王注："《初學記》：《淮南子》云：爰止羲和，爰息六螭，是謂懸車。注曰：日乘車，駕以六龍，羲和御之。日至此而薄於虞泉，羲和至此而回六螭。《蜀都賦》：羲和假道於峻岐，陽烏回翼乎高標。琦案：高標，是指蜀山之最高而爲一方之標識者言也。"○逆折：《文選・司馬相如〈上林賦〉》："橫流逆折"。司馬彪注："逆折，旋回也。"○青泥：《元和郡縣圖志》卷二二："山南道興州長舉縣：青泥嶺，在縣西北五十三里接溪山東，即今通路也。懸崖萬仞，山多雲雨，行者屢逢泥淖，故號青泥嶺。"其地在今陝西省略陽縣北。○"捫參"句：王注："捫參歷井者，謂仰視天星，去人不遠，若可以手捫及之，極言其嶺之高也。參井二宿，本相近。參三星，居西方七宿之末，占度十，爲蜀之分野。井八星，居南方七宿之首，占度三十三，爲秦之分野。青泥嶺，乃自秦入蜀之路，故舉二方分野之星相聯者言之。《漢書》：豪強脅息。顏師古注：脅，斂也，屏氣而息。"○"問君"句：《漢書・終軍傳》載軍西入關時曰："大丈夫西游，終不復傳還。"○子規：鳥名。即杜鵑。又名杜宇、子鵑。《文選・左思〈蜀都賦〉》："鳥生杜宇之魄。"劉逵注引《蜀記》曰："昔有人姓杜名宇，王蜀，號曰望帝。宇死，俗說云宇化爲子規。子規，鳥名也。蜀人聞子規鳴，皆曰望帝也。"又《華陽國志》卷三："後有王曰杜宇，教民務農……號曰望帝……其相開明決玉壘山以除水害，帝遂……禪位於開明，帝升西山隱焉。時適二月，子鵑鳥啼，故蜀人悲子鵑鳥啼也。"○砯：《文選・木華〈海賦〉》："磊匒匌而相豗。"李善注："相豗，相擊也。"○砯崖：《文選・郭璞〈江賦〉》："砯崖鼓作"。李善注："砯，水擊崖之聲也。"○"劍閣"五句：劍閣在今四川省劍閣縣北。《水經注・漾水》："又東南逕小劍戍北，西去大劍三十里，連山絕險，飛閣通衢，故謂之劍閣也。"《元和郡縣圖志》卷三三："劍南道劍州普安縣：劍閣道，自利州益昌縣界西南十里，至大劍鎮合今驛道。秦惠王使張儀、司馬錯從石牛道伐蜀，即此也。後諸葛亮相蜀，又鑿石駕空爲飛梁閣道，以通行路。"張載《劍閣銘》："一人荷戟，萬夫趦趄。形勝之地，匪親勿居。"崢嶸，《文選・孫綽〈游天台山賦〉》："陟峭崿之崢嶸"。李善注引《字林》："崢嶸，山高貌。"崔嵬，《楚辭・九章・涉江》："帶長鋏之陸離兮，冠切雲之崔嵬。"王逸注："崔嵬，高貌。"○錦城：即錦官城，故址在今四川省成都市南。《初學記》卷二七引晉任豫《益州記》："錦城在益州南，笮橋東，流江南岸，昔蜀時故錦官處也，號錦里，城墉猶在。"《元和郡縣圖志》卷三一："劍南道成都府成都縣：錦城在縣南十里，故錦官城也。"後因以錦官城、錦城、錦里爲成都別稱。

長相思

【題解】　樂府《雜曲歌辭》名。王注："長相思，本漢人詩中語。古詩：'客從遠方來，遺我一書札。上言長相思，下言久離別。'蘇武詩：'生當復來歸，死當長相思。'李陵詩：'行人難久留，各言長相思。'六朝始以名篇，如陳後主'長相思，久相憶'、徐陵'長相思，望歸難'、江總'長相思，久別離'諸作，並以'長相思'發端。太白此篇，正擬此格。"此詩格調雖擬樂府，詩意實祖《楚辭》，故諸家多以之爲比興之作（詳《唐宋詩醇》卷二、陳沆《詩比興箋》卷三）。

長相思，在長安。絡緯秋啼金井闌，微霜淒淒簟色寒。孤燈不明思欲絕，卷帷望月空長歎。美人如花隔雲端。上有青冥之高天，下有淥水之波瀾。天長路遠魂飛苦，夢魂不到關山難。長相思，摧心肝！

○"絡緯"句：崔豹《古今注・魚蟲》："莎雞一名促織，一名絡緯，一名蟋蟀。促織謂鳴聲如急織，絡緯謂其鳴聲如紡績也。"王琦曰："古樂府多有玉琳金井之辭，蓋言其木石美麗，價值金玉耳。"○"美人"句：《楚辭・

《離騷》：「惟草木之零落兮，恐美人之遲暮。」王逸注：「美人謂懷王也。」《文選·宋玉〈神女賦〉》：「曄兮如花，溫乎如瑩。」《文選·謝莊〈月賦〉》：「美人邁兮音塵闕，隔千里兮共明月。臨風歎兮將焉歇，川路長兮不可越。」

子夜吳歌四首（選一首）

【題解】 樂府《清商曲辭·吳聲歌曲》有《子夜歌》、《子夜四時歌》等曲（見《樂府詩集》卷四四、四五）。《舊唐書·音樂志》二：「《子夜》，晉曲也。晉有女子夜造此聲，聲過哀苦，晉日常有鬼歌之。」因屬吳聲歌曲，故又稱《子夜吳歌》。李白這組詩《樂府詩集》題作《子夜四時歌四首》，本首標爲《秋歌》。

長安一片月，萬戶擣衣聲。秋風吹不盡，總是玉關情。何日平胡虜，良人罷遠征。

中華書局版《李太白全集》卷六

○擣衣：古時裁衣必先擣帛，秋季乃爲遠人製寒衣時，故六朝以來詩賦多假此以寫閨思，如《文選》有謝惠連《擣衣詩》。○玉關：即玉門關。見王昌齡《從軍行》注。

襄陽歌

【題解】 據《元和郡縣圖志》卷二一，後漢建安十三年（208）置襄陽郡，唐武德七年（624）置都督府，貞觀六年（632）改爲襄州。此詩爲李白早年游襄州之作，詹鍈繫之於開元二十二年（734），以爲與《與韓荆州書》作於同時。是年韓朝宗以荆州長史兼山南東道采訪使，治所在襄陽。白往謁，求薦不遂，乃作此詩以抒憤。

落日欲沒峴山西，倒著接䍦花下迷。襄陽小兒齊拍手，攔街爭唱《白銅鞮》。傍人借問笑何事，笑殺山公醉似泥。鸕鶿杓，鸚鵡杯，百年三萬六千日，一日須傾三百杯。遙看漢水鴨頭綠，恰似葡萄初醱醅。此江若變作春酒，壘麴便築糟丘臺。千金駿馬換小妾，笑坐雕鞍歌《落梅》。車傍側挂一壺酒，鳳笙龍管行相催。咸陽市中歎黃犬，何如月下傾金罍？君不見晉朝羊公一片石，龜頭剝落生莓苔。淚亦不能爲之墮，心亦不能爲之哀。清風朗月不用一錢買，玉山自倒非人推。舒州杓，力士鐺，李白與爾同死生。襄王雲雨今安在？江水東流猿夜聲。

中華書局版《李太白全集》卷七

〇峴山：《元和郡縣圖志》卷二一："山南道襄州襄陽縣：峴山，在縣東南九里。山東臨漢水，古今大路。"〇"倒著"句：以晉人山簡自比。《世說新語·任誕》："山季倫（簡）爲荊州，時出酣暢，人爲之歌曰：'山公時一醉，徑造高陽池。日莫倒載歸，茗艼無所知。復能乘駿馬，倒著白接䍦，舉手問葛彊，何如并州兒？'高陽池在襄陽，彊是其愛將，并州人也。"《晉書·山簡傳》所載略同。《廣韻》"五支"："接䍦，白帽。"〇《白銅鞮》：即《白銅蹄》。南朝梁歌謠名。《隋書·音樂志》上："初（梁）武帝之在雍鎮，有童謠云：'襄陽白銅蹄，反縛揚州兒。'識者言，白銅蹄謂馬也。白，金色也。及義師之興，實以鐵騎，揚州之士，皆面縛，果如謠言。故即位之後，更造新聲，帝自爲之詞三曲，又令沈約爲三曲，以被弦管。"〇鸕鶿杓：楊齊賢注："鸕鶿，水鳥也，其頸長，刻杓爲之形。"（《分類補注李太白詩》卷七）〇鸚鵡杯：見盧照鄰《長安古意》注。〇三百杯：《世說新語·文學》注引《鄭玄別傳》："袁紹辟玄，及去，餞之城東，欲玄必醉。會者三百餘人，皆離席奉觴，自旦及暮，度玄飲三百餘杯，而溫克之容，終日無怠。"〇鴨頭綠：《急就篇》卷二顏師古注："春草、雞翹、鳧翁，皆謂染彩而色似之，若今染家言鴨頭綠、翠毛碧云。"〇醱醅：發酵成酒。庾信《春賦》："石榴聊泛，蒲桃醱醅。"〇"千金"句：《樂府詩集》卷七十三梁簡文帝《愛妾換馬》題解引《樂府解題》：

"《愛妾換馬》，舊說淮南王所作，疑淮南王即劉安也。"又《獨異志》卷中："魏曹彰性倜儻，偶逢駿馬，愛之，其主所惜也。彰曰：'余有美妾可換，惟君所選。'馬主因指一妓，彰遂換之。"○《落梅》：即《梅花落》，樂府古曲（見《樂府詩集》卷二十四）。○"咸陽"句：《史記·李斯列傳》載李斯具五刑，論腰斬咸陽市，臨刑前顧謂其中子曰："吾欲與若復牽黃犬，俱出上蔡東門逐狡兔，豈可得乎？"○金罍：《詩·周南·卷耳》："我姑酌彼金罍"。孔穎達《正義》："罍……酒罇也。韓詩云，天子以玉飾，諸侯大夫皆以黃金飾，士以梓。"○"君不見"句：羊公，即羊祜，西晉時都督荊州諸軍事，綏遠懷近，甚得人心。性樂山水，常登峴山，置酒言詠，終日不倦。嘗謂人曰："自有宇宙，便有此山，由來賢達勝士，登此遠望，如我與卿者多矣，皆湮滅無聞，使人悲傷。如百歲後有知，魂魄猶應登此也。"後舉杜預自代。死後，襄陽百姓於峴山祜平生游憩之所建碑立廟，望其碑者莫不墮淚，杜預因名之爲墮淚碑（見《晉書·羊祜傳》）。一片石，指碑碣。《朝野僉載》卷六："梁庾信從南朝初至北方……時溫子昇作《韓陵山寺碑》，信讀而寫其本。南人問信曰：'北方文字何如？'信曰：'惟有韓陵山一片石堪共語。'"○"玉山"句：《世說新語·容止》："山公曰：'嵇叔夜之爲人也，巖巖若孤松之獨立；其醉也，傀俄若玉山之將崩。'"○舒州杓，力士鐺：皆酒器。《新唐書·地理志》五："淮南道舒州同安郡……土貢：紵布、酒器、鐵器。"又《韋堅傳》："豫章力士甕飲器、茗鐺、釜。"○"襄王"句：《文選·宋玉〈高唐賦〉》云楚襄王與宋玉游於雲夢之臺，望高唐之觀。玉曰："昔者先王嘗游高唐，怠而晝寢。夢見一婦人，曰：'妾巫山之女也，爲高唐之客，聞君游高唐，願薦枕席。'王因幸之。去而辭曰：'妾在巫山之陽，高丘之阻，旦爲行雲，暮爲行雨，朝朝暮暮，陽臺之下。'"案宋玉所云先王乃懷王，非襄王，後人往往牽涉誤用。○"江水"句：《水經注·江水》："漁者歌曰：巴東三峽巫峽長，猿鳴三聲淚沾裳。"

江上吟

【題解】 詹鍈繫此詩於開元二十二年（734），郭沫若以爲係長流夜郎、半途赦回江夏時所作（《李白與杜甫》）。觀此詩蔑視功名富貴及求仙輕舉，志在著作以傳千秋不刊之文的情感，亦似晚年所作。

木蘭之枻沙棠舟，玉簫金管坐兩頭。美酒樽中置千斛，載妓隨波任去留。仙人有待乘黃鶴，海客無心隨白鷗。屈平詞賦懸日月，楚王臺榭空山丘。興酣落筆搖五岳，詩成笑傲凌滄洲。功名富貴若長在，漢水亦應西北流。

中華書局版《李太白全集》卷七

〇"木蘭"句：木蘭，木名，又名杜蘭、林蘭，狀若楠樹。司馬相如《子虛賦》："桂椒木蘭。"《本草綱目·木一》："木蘭枝葉俱疏，其花內白外紫，亦有四季開者，深山生者尤大，可以爲舟。"《述異記》下："木蘭洲在潯陽江中，多木蘭樹，吳王闔閭植木蘭於此，用構宮殿也。七里洲中，有魯班刻木蘭爲舟，舟至今在洲中，詩家云木蘭舟，出於此。"《史記·司馬相如列傳》："浮文鷁，揚桂枻。"《集解》引韋昭曰："枻，檝也。"《山海經·西山經》："崑崙之丘……有木焉，其狀如棠，華黃赤實，其味如李而無核，名曰沙棠，可以御水，食之使人不溺。"《述異記》上："漢成帝常與趙飛燕游太液池，以沙棠木爲舟。"〇"美酒"句：《太平御覽·飲食部》四引《吳書》曰："鄭泉，字文淵，陳郡人。博學有奇志，而性嗜酒。其閒居每日：'願得美酒五百斛舡，以四時甘脆置兩頭，反復以飲之，憊即往啖肴膳，酒有斗升減，則隨益之，不亦快乎？'"〇"仙人"句：高步瀛《唐宋詩舉要》卷二："《元和郡縣志》曰：'江南道鄂州：城西臨大江，西南角因磯名樓，爲黃鶴樓。'案黃鶴樓因黃鶴磯而名，鶴鵠字通，此說自正。而後人傳曾仙人乘鶴有數說。唐閻伯瑾《黃鶴樓記》引《圖經》曰：'費禕登仙，嘗駕鶴返憩於此，遂以名樓。'《文苑英華》卷八百一十、《太平寰宇記》卷一百一十二從之，此一說也。《述異記》卷上曰：'荀瓌，字叔偉，東游憩江夏黃鶴樓上，望西南有物飄然降自霄漢，俄頃已至，乃駕鶴之賓也。……已而辭去，跨鶴騰空而滅。'此又一說也。《輿地紀勝》卷六十六引《南齊志》以爲世傳仙人王子安每乘黃鶴過此。此又一說也。神仙之說不可究詰已。"○"海客"句：《列子·黃帝篇》："海上之人有好漚鳥者，每旦之海上，從漚鳥游。漚鳥之至者百住而不止。其父曰：'吾聞漚鳥皆從汝游，汝取來，吾玩之。'明日之海上，漚鳥舞而不下也。"○"屈平"句：《史記·屈原賈生列傳》："若《離騷》者……其文約，其辭微，其志潔，其行廉，其稱文小而其指極大，舉類邇而見義遠。其志潔，故其稱物芳。其行廉，故死而不容自疏。……推此志也，雖與日月爭光可也。"○楚王臺榭：《左傳·昭公七年》："楚子（靈王）成章華之臺。"《水經注·沔水》中："（龍）陂北有楚莊王釣臺，高三丈四尺。……（離）湖側有章華臺，臺高十丈，基廣十五丈。"《大清一統志·湖北荆州府》："章華臺在監利縣西北。""釣臺在江陵縣東。"○滄洲：謝朓《之宣城郡出新林浦向板橋》："既歡懷祿情，復協滄洲趣。"

聞王昌齡左遷龍標遙有此寄

【題解】《新唐書·文藝傳》下稱王昌齡"不護細行，貶龍標尉"。其時不可考。但此詩選入《河岳英靈集》，故應作於天寶十二載（753）前。龍標，唐屬黔中道巫州，即今湖南黔陽縣。沈德潛稱此詩"即'將心寄明月，流影入君懷'意，出以搖曳之筆，語意一新"（《唐詩別裁集》卷二十）。

楊花落盡子規啼，聞道龍標過五溪。我寄愁心與明月，隨君直到夜郎西。

中華書局版《李太白全集》卷十三

○五溪：《水經注·沅水》："武陵有五溪，謂雄溪、樠溪、無溪、酉溪、辰溪其一焉。"其地在今湖南省西部和貴州省東部。又楊齊賢曰："武陵有五溪，曰雄溪、蒲溪、酉溪、沅溪、辰溪。"（見《分類補注李太白詩》卷十三）○"隨君"句：君原作風，據別本改。夜郎，漢有夜郎，爲西南小國，其地在今貴州省西北部及雲南、四川二省部分地區。唐亦有夜郎縣，屬黔中道業州，即今湖南省新晃侗族自治縣，距龍標約百里。

宣州謝朓樓餞別校書叔雲

【題解】宣州，治所在今安徽省宣州市。謝朓樓，又名北樓、疊嶂樓。《江南通志》卷三十四："北樓在（寧國）府治北，南齊宣城守謝朓建……亦名謝公樓。……唐（刺史）獨孤霖改建疊嶂樓。"詹鍈曰："此詩《文苑英華》題作《陪侍御叔華登樓歌》，當以一作爲是。案詩云：'蓬萊文章建安骨，中間小謝又清發。'則所登者必係謝朓樓無疑也。"且繫本詩於天寶十二載（753）秋，可從。李華，字遐叔，開元進士，天寶十一載（752）爲監察御史，權幸見疾，徙右補闕。祿山之亂後，因曾任僞官被貶。華以文章著，與蕭穎士齊名。事見《舊唐書·文苑傳》、《新唐書·文藝傳》。此詩當爲李白在宣城（唐宣州州治）陪李華登謝朓樓時所作。

棄我去者，昨日之日不可留；亂我心者，今日之日多煩憂。長風萬里送秋雁，對此可以酣高樓。蓬萊文章建安骨，中間小謝又清發。俱懷逸興壯思飛，欲上青天覽明月。抽刀斷水水更流，舉杯消愁愁更愁。人生在世不稱意，明朝散髮弄扁舟。

中華書局版《李太白全集》卷十八

○"蓬萊"句：《後漢書·竇章傳》："是時學者稱東觀（東漢官方藏書機構）爲老氏藏室，道家蓬萊山。"李賢注："言東觀經籍多也。蓬萊，海中神山，爲仙府，幽經祕錄並皆在焉。"建安骨，即建安風骨。蓬萊，《文苑英華》作蔡氏。○小謝：即南朝齊詩人謝朓。朓字玄暉，曾爲宣城太守，詩風清俊。事見《南齊書》本傳。○"明朝"句：《後漢書·袁閎傳》："延熹末，黨事將作，閎遂散髮絕世，欲投迹深林。"弄扁舟用范蠡事。蠡於滅吴後，乘扁舟浮於江湖，變姓名，適齊爲鴟夷子皮（見《史記·越王勾踐世家》、《貨殖列傳》）。

陪族叔刑部侍郎曄及中書賈舍人至游洞庭五首（選二首）

【題解】 此詩作於乾元二年（759）秋。曄，即李曄，唐宗室，乾元二年四月，以忤宦官李輔國，由刑部侍郎貶嶺下尉（事見《舊唐書·李峴傳》、《資治通鑑·唐肅宗乾元二年》）。賈舍人至，即賈至，字幼鄰，天寶末官中書舍人，本年貶岳州司馬。兩唐書有傳。

南湖秋水夜無煙，耐可乘流直上天。且就洞庭賒月色，將船買酒白雲邊。（原第二首）

○耐可：張相《詩詞曲語辭匯釋》卷二："耐可，有那可與寧可兩解。李白《陪族叔曄及賈舍人至游洞庭詩》……此當作那可解，猶云安得也。"

帝子瀟湘去不還，空餘秋草洞庭間。淡掃明湖開玉鏡，丹青畫出是君山。（原第五首）

中華書局版《李太白全集》卷二十

○帝子：《楚辭·九歌·湘夫人》"帝子降兮北渚"王逸注："帝子，謂堯女也。……堯二女娥皇、女英，隨舜不反，没於湘水之渚，因爲湘夫人。"○君山：《水經注·湘水》："（洞庭）湖中有君山……是山湘君之所游處，故曰君山矣。"

哭晁卿衡

【題解】 晁衡，日本阿倍仲麻吕，唐時譯爲仲滿。開元初隨遣唐使來華，慕中國之風，因留不去，改姓名爲晁衡（亦作朝衡）。歷官左補闕、儀王友、秘書監等職。事見兩唐書《東夷列傳》。天寶十二載（753），衡隨遣唐使藤原等歸國，海上遇風暴，漂流至安南，遇盗，同舟死者多人，衡幸免，後輾轉復至長安。時誤傳其已死，白遂作此詩弔之。

日本晁卿辭帝都，征帆一片遶蓬壺。明月不歸沉碧海，白雲愁色滿蒼梧。

中華書局版《李太白全集》卷二十五

○蓬壺：即蓬萊。《史記·封禪書》："自（齊）威（王）、宣（王）、燕昭（王）使人入海求蓬萊、方丈、瀛洲。此三神山者，其傳在勃海中……諸仙人及不死之藥皆在焉。"晉王嘉《拾遺記》卷一"高辛"："三壺則海中三山也。一曰方壺，則方丈也；二曰蓬壺，則蓬萊也；三曰瀛壺，則瀛洲也。形如壺器。此三山上廣、中狹、下方，皆如工製。"○"明月"句：明月，《楚辭·九章·涉江》："被明月兮珮寶璐。"王逸注："言己背被明月之珠。"《史記·李斯列傳》："垂明月之珠，服太阿之劍。"碧海，《海內十洲記》："東復有碧海，廣狹浩汗，與東海等，水既不鹹苦，正作碧色，甘香味美。扶桑在碧海之中。"○蒼梧：據《水經注·淮水》，故東海郡朐縣（今江蘇東海）東北海中有大洲，名郁洲或郁山，相傳山自蒼梧飛徙而來，因又稱蒼梧山。

【附】

廬山謠寄盧侍御虛舟

我本楚狂人，鳳歌笑孔丘。手持綠玉杖，朝別黃鶴樓。五岳尋仙不辭遠，一生好入名山游。廬山秀出南斗旁，屏風九疊雲錦張，影落明湖青黛光。金闕前開二峰長，銀河倒挂三石梁。香爐瀑布遙相望，迴崖沓嶂凌蒼蒼。翠影紅霞映朝日，鳥飛不到吳天長。登高壯觀天地間，大江茫茫去不還。黃雲萬里動風色，白波九道流雪山。好爲廬山謠，興因廬山發。閑窺石鏡清我心，謝公行處蒼苔沒。早服還丹無世情，琴心三疊道初成。遙見仙人彩雲裏，手把芙蓉朝玉京。先期汗漫九垓上，願接盧敖游太清。

山中問答

問余何事栖碧山，笑而不答心自閑。桃花流水窅然去，别有天地非人間。

月下獨酌四首（一）

花間一壺酒，獨酌無相親。舉杯邀明月，對影成三人。月既不解飲，影徒隨我身。暫伴月將影，行樂須及春。我歌月徘徊，我舞影零亂。醒時同交歡，醉後各分散。永結無情游，相期邈雲漢。

獨坐敬亭山

衆鳥高飛盡，孤雲獨去閑。相看兩不厭，祇有敬亭山。

| 輯　錄 |

◎杜甫《春日憶李白》：白也詩無敵，飄然思不群。清新庾開府，俊逸鮑參軍。

◎白居易《李白墓》：采石江邊李白墳，繞田無限草連雲。可憐荒壟窮泉骨，曾有驚天動地文。但是詩人多薄命，就中淪落不過君。

◎胡仔《苕溪漁隱叢話・前集》卷五引王安石語：詩人各有所得，"清水出芙蓉，天然去雕飾"，此李白所得也。

◎又引黃庭堅語：余評李白詩，如黃帝張樂於洞庭之野，無首無尾，不主故常。

◎嚴羽《滄浪詩話·詩評》：太白天材豪逸，語多率然而成者。

◎王世貞《藝苑卮言》卷四：太白古樂府，窈冥惝恍，縱橫變幻，極才人之致。然自是太白樂府。

◎胡應麟《詩藪·內編》卷三：唐七言歌行，垂拱四子，詞極藻豔，然未脫梁、陳也。張、李、沈、宋，稍汰浮華，漸趨平實，唐體肇矣，然而未暢也。高、岑、王、李，音節鮮明，情致委折，濃纖修短，得衷合度，暢乎，然而未大也。太白、少陵，大而化矣，能事畢矣。

◎卷六：太白五七言絕，字字神境，篇篇神物。

◎沈德潛《說詩晬語》卷上：太白想落天外，局自變生，大江無風，濤浪自湧。白雲卷舒，從風變滅。

◎沈德潛《唐詩別裁集》卷二十：七言絕句以語近情遙、含吐不露為貴，祇眼前景、口頭語而有弦外音，使人神遠，太白有焉。

◎趙翼《甌北詩話》卷一：太白詩之不可及處，在乎神識超邁，飄然而來，忽然而去，不屑屑於雕章琢句，亦不勞勞於鏤心刻骨，自有天馬行空，不可羈勒之勢。

◎又：青蓮集中古詩多，律詩少。五律尚有七十餘首，七律祇十首而已。蓋才氣豪邁，全以神運，自不屑束縛於格律對偶，與雕繪者爭長。然有對偶處，仍自工麗；且工麗中別有一種英爽之氣，溢出行墨之外。

◎方東樹《昭昧詹言》卷十二：大約太白詩與莊子文同妙，意接詞不接，發想無端，如天上白雲，卷舒滅現，無有定形。

◎劉熙載《藝概·詩概》：太白詩以《莊》、《騷》為大源，而於嗣宗之淵放，景純之俊上，明遠之驅邁，玄暉之奇秀，亦各有所取，無遺美焉。

◎又：海上三山，方以為近，忽又是遠。太白詩言在口頭，想出天外，殆亦如是。

參考書目

《李太白全集》，清王琦注，中華書局 **1985** 年版。

《李白集校注》，瞿蜕園、朱金城校注，上海古籍出版社 1980 年版。

《李白全集編年注釋》，安旗主編，巴蜀書社 1992 年版。

《李太白全集校注》，郁賢皓校注，鳳凰出版社 2015 年版。

《詩人李白》，林庚著，古典文學出版社 1957 年版。

《李白詩文繫年》，詹鍈編著，人民文學出版社 1984 年版。

《李白資料彙編·金元明清之部》，裴斐、劉善良主編，中華書局 1994 年版。

《李白全集校注匯釋集評》，詹鍈主編，百花文藝出版社 1996 年版。

思考題

1. 以七言歌行爲例，論李白詩歌的抒情特點。
2. 李白樂府詩如何出入於傳統與現實之間？
3. 試比較李白與王昌齡的七言絕句，分別指出二人的藝術個性。
4. "酒"在李白詩中地位如何？李白如何表現飲酒行爲與飲酒時的情感世界？
5. 說說李白如何運用"月"的意象。
6. "美酒樽中置千斛，載妓隨波任去留"應當如何評價？
7. 試評說李白"從璘"事件。

第七節　杜　甫

杜　甫（712—770）

《舊唐書·文苑傳》下：杜甫字子美，本襄陽人，後徙河南鞏縣。曾祖依藝，位終鞏令。祖審言，位終膳部員外郎。父閑，終奉天令。甫天寶初

（案：當作開元二十三年）應進士不第。

《新唐書·文藝傳》上：甫字子美，少貧不自振，客吳越、齊趙間。李邕奇其材，先往見之。舉進士不中第，困長安。天寶十三載，玄宗朝獻太清宮，饗廟及郊，甫奏賦三篇。帝奇之，使待制集賢院，命宰相試文章，擢河西尉，不拜，改右衛率府冑曹參軍。會祿山亂，天子入蜀，甫避走三川。肅宗立，自鄜州羸服欲奔行在，爲賊所得。至德二年，亡走鳳翔上謁，拜右拾遺。與房琯爲布衣交，琯時敗陳濤斜，又以客董廷蘭，罷宰相。甫上疏言："罪細，不宜免大臣。"帝怒，詔三司雜問。宰相張鎬曰："甫若抵罪，絕言者路。"帝乃解。然帝自是不甚省錄。時所在寇奪，甫家寓鄜，彌年艱窶，孺弱至餓死，因許甫自往省視。從還京師，出爲華州司功參軍。關輔饑，輒棄官去，客秦州，負薪采橡栗自給。流落劍南，結廬成都西郭。召補京兆功曹參軍，不至。會嚴武節度劍南東、西川，往依焉。武再帥劍南，表爲參謀，檢校工部員外郎。武以世舊，待甫甚善。武卒，崔旰等亂，甫往來梓、夔間。大曆中，出瞿唐，下江陵，溯沅、湘以登衡山，因客耒陽。游岳祠，大水遽至，涉旬不得食，縣令具舟迎之，乃得還。令嘗饋牛炙白酒，大醉，一昔卒，年五十九。甫曠放不自檢，好論天下大事，高而不切。少與李白齊名，時號"李杜"。嘗從白及高適過汴州，酒酣登吹臺，慷慨懷古，人莫測也。又善陳時事，律切精深，至千言不少衰，世號"詩史"。

元稹《唐檢校工部員外郎杜君墓係銘》：（甫）扁舟下荊楚間，竟以寓卒，旅殯岳陽。

案：杜甫卒因，以元說爲是。

同諸公登慈恩寺塔

【題解】作於天寶十一載（752）秋（詳聞一多《岑嘉州繫年考證》）。原注："時高適、薛據先有作。"故云"同諸公"。諸公謂同游者高適、薛據、岑參、儲光羲。同，即和。五人皆有詩（薛詩今佚，餘者均存），岑、杜二首最佳。岑詩已見前，可參看。慈恩寺在長安曲江北，建於唐太宗貞觀二十年（646），乃太子李治（即高宗）爲紀念其母文德皇后所建。高宗永徽三年（652）僧玄奘在寺中建塔。慈恩寺塔又名大雁塔，今尚存於陝西省西安市。清楊倫評此詩："前半寫盡窮高極遠，可喜可愕之趣，入後尤覺對此茫茫，百端交集，所謂渾涵汪茫千彙萬狀者，於此見之。視同時諸作，其氣魄力量，自足壓倒群賢，雄視千古。"（《杜詩鏡銓》卷一。以下簡稱《鏡銓》）

高標跨蒼穹，烈風無時休。自非曠士懷，登茲翻百憂。方知象教力，足可追冥搜。仰穿龍蛇窟，始出枝撐幽。七星在北戶，河漢聲西流。羲和鞭白日，少昊行清秋。秦山忽破碎，涇渭不可求。俯視但一氣，焉能辨皇州？迴首叫虞舜，蒼梧雲正愁。惜哉瑤池飲，日晏崑崙丘。黃鵠去不息，哀鳴何所投？君看隨陽雁，各有稻粱謀。

中華書局版《杜詩詳注》卷二

○象教：《文選·王巾〈頭陀寺碑文〉》："正法即沒，象教陵夷。"李周翰注："象教謂爲形象以教人也。"○七星：《史記·天官書》："北斗七星，所謂'旋、璣、玉衡以齊七政'。"○"河漢"句：《詩經·小雅·大東》："維天有漢。"毛傳："漢，天河也。"楊倫曰："天漢秋漸轉西，以逼近，故若聞其聲也。"○羲和：《離騷》"吾令羲和弭節兮"，王逸注："羲和，日御也。"○少昊：相傳爲黃帝之子，司秋之神，見《禮記·月令》。○"迴首"句：虞舜，《史記·五帝本紀》："虞舜者，名曰重華。"《索隱》："虞，國名。……舜，謚也。"或以爲此處借指唐太宗，仇兆鰲《杜詩詳注》（以下簡稱仇注）引《杜詩博議》："高祖號神堯皇帝，太宗受內禪，故以虞舜方之。"○蒼梧：《山海經·海內經》："南方蒼梧之丘，蒼梧之淵，其中有九嶷山，舜之所葬。"○"惜哉"二句：《列子·周穆王》："（周穆王）別日升崑崙之丘，以觀黃帝之宮。……遂賓於西王母，觴於瑤池之上，西王母爲王謠，王和之，其辭哀焉。乃觀日之所入，日行萬里。"又見《穆天子傳》三。錢謙益曰："唐人多以王母喻貴妃，瑤池日晏，言天下將亂，而宴樂之不可以爲常也。"（《錢注杜詩》卷一。以下簡稱錢注）○黃鵠：《韓詩外傳》卷二載田饒事魯哀公而不見察，謂哀公曰："……夫黃鵠一舉千里，止君園池，食君魚鼈，啄君黍粱……君猶貴之者何也？以其所從來者遠也。故臣將去君，黃鵠舉矣。"○隨陽雁：《書·禹貢》："陽鳥攸居。"孔傳："隨陽之鳥，鴻雁之屬。"

自京赴奉先縣詠懷五百字

【題解】　作於玄宗天寶十四載（755）冬十一月。是時正當安史之亂爆發前夕，杜甫自長安赴奉先縣（今陝西蒲城）探望妻兒，就途中和歸家後之所見所感寫成此詩，爲其十年旅食京華生活的總結。《鏡銓》曰："五古前人多以質厚清遠勝，少陵出而沉鬱頓挫，每多大篇，遂爲詩道中另闢一門徑。無一語蹈襲漢魏，正深得其神理。此及《北征》，尤爲集內大文章，見老杜生平大本領；所謂巨刃摩天，乾坤雷硠者，惟此種足以當之。"（卷三）

杜陵有布衣，老大意轉拙。許身一何愚，竊比稷與契。居然成濩落，白首甘契闊。蓋棺事則已，此志常覬豁。窮年憂黎元，歎息腸內熱。取笑同學翁，浩歌彌激烈。非無江海志，蕭灑送日月。生逢堯舜君，不忍便永訣。當今廊廟具，構廈豈云缺？葵藿傾太陽，物性固莫奪。顧惟螻蟻輩，但自求其穴。胡爲慕大鯨，輒擬偃溟渤？以茲悟生理，獨恥事干謁。兀兀遂至今，忍爲塵埃沒。終愧巢與由，未能易其節。沉飲聊自遣，放歌破愁絕。

○"杜陵"句：據《漢書·地理志》，杜陵縣屬京兆尹。《元和郡縣圖志》卷一："京兆府萬年縣：杜陵，在縣東南二十里，漢宣帝陵也。"宋敏求《長安志》卷十一："杜陵故城在（萬年）縣東南一十五里。漢宣帝以杜東原上爲初陵，置縣曰杜陵。""少陵原在縣南四十里……宣帝許皇后葬於此。"杜甫祖籍杜陵，在長安時居處又近杜陵，故每自稱"杜陵布衣"、"杜陵野客"或"少陵野老"。○"竊比"句：稷、契爲傳說中堯舜時代的賢臣。《孟子‧離婁下》："稷思天下有飢者，由（猶）己飢之也。"《禮記‧祭法》："契爲司徒而民成……此皆有功烈於民者也。"○瓠落：同瓠落、廓落。語出《莊子‧逍遙游》："魏王貽我大瓠之種，我樹之成而實五石。……剖之以爲瓢，則瓠落無所容。非不呺然大也，吾爲其無用而掊之。"○契闊：《詩‧邶風‧擊鼓》："死生契闊。"毛傳："契闊，勤苦也。"○蓋棺：《韓詩外傳》卷八載孔子曰："學而不已，闔棺乃止。"○黎元：百姓。《漢書‧谷永傳》："使天下黎元咸安家樂業。"○"葵藿"二句：《淮南子‧說林訓》："聖人之於道，猶葵之與日也。雖不能與終始哉，其鄉之誠也。"曹植《求通親表》："若葵藿之傾葉，太陽雖不爲之迴光，然終向之者，誠也。"○溟渤：海之別稱。○矻矻：猶言砣砣。《漢書‧王褒傳》："終日矻矻。"應劭注："矻矻，勞極貌。"

歲暮百草零，疾風高岡裂。天衢陰崢嶸，客子中夜發。霜嚴衣帶斷，指直不得結。凌晨過驪山，御榻在嵽嵲。蚩尤塞寒空，蹴踏崖谷滑。瑤池氣鬱律，羽林相摩戛。君臣留歡娛，樂動殷膠葛。賜浴皆長纓，與宴非短褐。彤庭所分帛，本自寒女出。鞭撻其夫家，聚斂貢城闕。聖人筐篚恩，實欲邦國活。臣如忽至理，君豈棄此物？多士盈朝廷，仁者宜戰栗。況聞內金盤，盡在衛霍室。中堂舞神仙，煙霧蒙玉質。煖客貂鼠裘，悲管逐清瑟。勸客駝蹄羹，霜橙壓香橘。朱門酒肉臭，路有凍死骨。榮枯咫尺異，惆悵難再述。

○崢嶸：見李白《蜀道難》注。○"凌晨"二句：驪山在今陝西省臨潼區。《元和郡縣圖志》卷一："京兆府昭應縣：華清宮在驪山上，開元十一年初置溫泉宮，天寶六年改爲華清宮。"《雍錄》卷四："溫泉在驪山。……自秦漢隋唐人主皆嘗游幸，惟玄宗特侈。蓋即山建宮，百司庶府皆行，各有寓止。自十月往，至歲盡乃還宮。又緣楊妃之故，其奢蕩特爲章著，大抵宮殿包裹驪山一山，而繚牆周遍其外。觀風樓下，又有夾城可通禁中。"《資治通鑑·唐玄宗天寶十四載》："冬十月庚寅，上幸華清宮。"嶙峨，通嵯峨。《文選·張衡〈西京賦〉》："直嵯峨以高居。"薛綜注："嵯峨，高貌也。"〇蚩尤：傳說中的古代部落首領，與黃帝戰於涿鹿，兵敗被殺（見《史記·五帝本紀》等）。據說其與黃帝作戰時興大霧（見《古今注·輿服》），故以之爲霧的代稱。一說代指兵氣。錢注："《皇覽》：蚩尤塚在東郡壽張縣闞鄉城中，高七丈，民常十月祀之。有赤氣出，如匹絳帛，民名爲蚩尤旗（案見《史記·五帝本紀》集解引）。余案此正十一月初，借蚩尤以喻兵象也。"（卷一）〇羽林：皇室禁軍。《新唐書·兵志》："高宗龍朔二年，始取越騎、步射置左右羽林軍，大朝會則執仗以衛階陛，行幸則夾馳道爲內仗。"〇膠葛：《文選·司馬相如〈上林賦〉》："張樂乎膠葛之㝢。"呂向注："膠葛，廣大貌。"〇"賜浴"二句：唐鄭處誨《明皇雜錄》卷下："（玄宗）又嘗於（華清）宮中置長湯屋數十間。"陳鴻《長恨歌傳》："時每歲十月，駕幸華清宮，內外命婦，熠燿景從。浴日餘波，賜以湯沐。"長纓，《韓非子·外儲說左上》："鄒君好服長纓，左右皆服長纓。"因借指貴人。短褐，《史記·秦始皇本紀》載賈誼《過秦論》："夫寒者利裋褐"。《集解》引徐廣曰："一作'短'，小襦也，音豎。"《索隱》："趙岐曰：褐以毛毳織之，若馬衣。或以褐編衣也。裋，一音豎。謂褐布豎裁，爲勞役之衣，短而且狹，故謂之短褐，亦曰豎褐。"〇"彤庭"句：彤庭，《漢書·外戚傳》下："（飛燕女弟）居昭陽舍，其中庭彤朱而殿上髹漆。"班固《西都賦》："玉階彤庭。"此處指朝廷。《資治通鑑·唐玄宗天寶八載》："是時州縣殷富，倉庫積粟帛，動以萬計。楊釗奏請所在糶變爲輕貨，及徵丁租地稅皆變布帛輸京師。……上以國用豐衍，故視金帛如糞壤，賞賜貴寵之家，無有限極。"〇"聖人"句：唐人每稱天子曰聖人，如《資治通鑑·唐肅宗至德元載》載軍士指肅宗曰：

"衣黄者,聖人也。"又哥舒翰對安祿山曰:"臣肉眼不識聖人。"(時祿山已稱帝。)筐篚,出《詩經·小雅·鹿鳴》毛序:"《鹿鳴》,燕群臣嘉賓也。既飲食之,又實幣帛筐篚,以將其厚意。然後忠臣嘉賓,得盡其心矣。"○多士:出《詩經·大雅·文王》:"濟濟多士,文王以寧。"又《書·多方》亦屢用"多士"一語。○衛霍:衛青、霍去病皆漢武帝時外戚,貴寵無比(見《史記》、《漢書》本傳)。此處借指楊貴妃的親屬。宋樂史《楊太真外傳》上:"(玄宗)又賜虢國(夫人)照夜璣,秦國(夫人)七葉冠,(楊)國忠鏒子帳,蓋希代之珍。其恩寵如此。"

北轅就涇渭,官渡又改轍。群冰從西下,極目高崒兀。疑是崆峒來,恐觸天柱折。河梁幸未拆,枝撑聲窸窣。行李相攀援,川廣不可越。老妻寄異縣,十口隔風雪。誰能久不顧?庶往共飢渴。入門聞號咷,幼子餓已卒。吾寧捨一哀,里巷亦嗚咽!所愧爲人父,無食致夭折。豈知秋禾登,貧窶有倉卒。生常免租稅,名不隸征伐。撫迹猶酸辛,平人固騷屑。默思失業徒,因念遠戍卒。憂端齊終南,澒洞不可掇!

中華書局版《杜詩詳注》卷四(下同)

○"群冰"四句:冰,原作"水",據校語改。崆峒,山名。《元和郡縣圖志》卷三九:"隴右道岷州溢樂縣:崆峒山在縣西二十里。"其地在今甘肅省岷縣西。天柱折:《神異經·中荒經》:"崑崙之山,有銅柱焉。其高入天,所謂天柱也。"《列子·湯問》:"共工氏與顓頊爭爲帝,怒而觸不周之山,折天柱,絶地維。"明王嗣奭以爲天柱折等皆隱語,乃憂國家將覆(見《杜臆》卷一)。○"枝撑"句:仇注:"枝撑,河梁交柱。窸窣,橋動有聲也。李賀《神弦曲》:'海神山鬼來座中,紙錢窸窣鳴飈風。'窸窣,蓋唐人方言也。"○行李:《左傳·僖公三十年》:"行李之往來,共其乏困。"杜預注:"行李,使人。"同上襄公八年(前565)"亦不使一介行李,告於寡君"。杜注:"行李,行人也。"○"生常"二句:唐代凡皇親貴戚、五品以上官員的父祖兄弟子孫及本身有官職者,皆免徵賦役(見《唐六典》卷三）。○騷屑：《楚辭·九歎·思古》："風騷屑以搖木兮"。王逸注："騷屑，風聲貌。"此處引申爲動蕩不安意。○終南：終南山，又名中南山或南山，即秦嶺。西起今甘肅省天水市，東至今河南省陝縣，山脈綿亘八百餘里。見《元和郡縣圖志》卷一、二。○澒洞：《淮南子·精神訓》："窈窈冥冥，芒芠漠閔，澒濛鴻洞，莫知其門。"高誘注："皆未成形之氣也。"

哀江頭

【題解】 至德二載（757），杜甫陷於叛軍所占的長安時作。江，指曲江。《太平寰宇記》卷二五："關西道雍州長安縣：曲江池，漢武帝所造，名爲宜春苑。其水曲折，有似廣陵之江，故名之。"唐康駢《劇談錄》卷下："曲江池本秦世隑洲。開元中，疏鑿遂爲勝境，其南有紫雲樓、芙蓉苑，其西有杏園、慈恩寺。花卉環周，煙水明媚，都人游玩，盛於中和、上巳之節。綵幄翠幬，匝於堤岸；鮮車健馬，比肩擊轂。入夏則菰蒲蔥翠，柳陰四合，碧波紅蕖，湛然可愛。"安史亂後，江頭冷寂，景物荒涼。杜甫撫今追昔、感時傷事以成此詩。

少陵野老吞聲哭，春日潛行曲江曲。江頭宮殿鎖千門，細柳新蒲爲誰綠？憶昔霓旌下南苑，苑中萬物生顔色。昭陽殿裏第一人，同輦隨君侍君側。輦前才人帶弓箭，白馬嚼齧黃金勒。翻身向天仰射雲，一笑正墜雙飛翼。明眸皓齒今何在？血污游魂歸不得。清渭東流劍閣深，去住彼此無消息。人生有情淚沾臆，江草江花豈終極！黃昏胡騎塵滿城，欲往城南望城北。

○"江頭"句：《舊唐書·文宗紀》下："上好爲詩，每誦杜甫《曲江行》（即本篇）……乃知天寶已前，曲江四岸皆有行宮臺殿、百司廨署。"○"憶昔"句：霓旌，《文選·宋玉〈高唐賦〉》："蜺（同霓）爲旌。"《文選·司馬相如〈上林賦〉》："天子校獵……拖蜺旌，靡雲旗。"李善注引張揖曰："析羽毛，染以五采，綴以縷爲旌，有似虹蜺之氣也。"南苑，即芙蓉苑，位於曲江之南。○"昭陽"句：指楊貴妃。唐人習用趙飛燕喻楊貴妃，如李白《宮中行樂詞》"宮中誰第一？飛燕在昭陽"，白居易《長恨歌》"昭陽殿裏恩愛絕"皆是。案昭陽殿爲飛燕妹趙昭儀所居，自《三輔黃圖》誤作飛燕居處以來，後人屢承其誤。說見王昌齡《西宮春怨》注。○"輦前"句：才人，唐宮中女官，正四品（見《新唐書·百官志》）。此處泛指宮女。王建《宮詞》有"射生宮女宿紅妝，把得新弓各自張"之語，本句當即指"射生宮女"。○明眸皓齒：曹植《洛神賦》："丹唇外朗，皓齒內鮮，明眸善睞，輔靨承權。"此處代指楊貴妃。○"血污"句：指馬嵬兵變、楊妃被殺事。○"清渭"二句：仇注："馬嵬驛，在京兆府興平縣，渭水自隴西而來，經過興平，蓋楊妃稾葬渭濱，上皇巡行劍閣，是去住西東，兩無消息也。"清渭，即渭水。劍閣，見李白《蜀道難》注。○"欲往"句：望，向。欲南而向北，極寫內心哀傷迷惘狀。一說望城北爲眺望王師，《唐音癸籤》卷二二："曲江在都城東南。《兩京新記》云：其地最高，四望寬敞。靈武行在，正在長安之北。公自言往城南潛行曲江者，欲望城北，冀王師之至耳。"

羌村三首（選一首）

【題解】 唐肅宗至德二載（757），杜甫因疏救房琯觸怒肅宗，閏八月，被放歸鄜州（治所在今陝西富縣）探望妻子。這三首詩即寫於歸家後。此爲第一首，寫初歸時情事。羌村，在鄜州城北，杜甫家人寄居處。

崢嶸赤雲西，日腳下平地。柴門鳥雀噪，歸客千里至。妻孥怪我在，驚定還拭淚。世亂遭飄蕩，生還偶然遂。鄰人滿牆頭，感歎亦歔欷。夜闌更秉燭，相對如夢寐。

中華書局版《杜詩詳注》卷五

○崢嶸：見李白《蜀道難》注。○"妻孥"八句：仇注："此記悲歡交集之狀。家人乍見而駭，鄰人遙望而憐，道出情事逼真。……亂後忽歸，猝然怪驚，有疑鬼疑人之意。偶然遂，死方幸免。如夢寐，生恐未真。司空曙詩：'乍見翻疑夢，相悲各問年。'是用杜句。陳後山詩：'了知不是夢，忽忽心未穩。'是翻杜語。"

贈衛八處士

【題解】　處士，《荀子·非十二子》："古之所謂處士者，德盛者也，能靜者也，修正者也，知命者也，箸是（王先謙集解引劉台拱曰"疑當作著定"）者也。"仇注引黃鶴注："處士，隱者之號。……唐有隱逸衛大經，居蒲州。衛八亦稱處士，或其族子。蒲至華止一百四十里，恐是乾元二年（759）春在華州時至其家作。山岳，指華岳言。"案衛八名不詳，衛大經族人之說亦無確據。全詩素樸而深厚，"無句不關人情之至，情景逼真，兼極頓挫之妙"（《鏡銓》卷五引張上若語）。

人生不相見，動如參與商。今夕復何夕，共此燈燭光？少壯能幾時，鬢髮各已蒼。訪舊半爲鬼，驚呼熱中腸。焉知二十載，重上君子堂。昔別君未婚，兒女忽成行。怡然敬父執，問我來何方。問答未及已，驅兒羅酒漿。夜雨剪春韭，新炊間黃粱。主稱會面難，一舉累十觴。十觴亦不醉，感子故意長。明日隔山岳，世事兩茫茫！

中華書局版《杜詩詳注》卷六

○"動如"句：參商爲二星名。參即參宿，商爲辰星，即心宿（見《史記·天官書》）。參在西，商在東，此出彼没，永不相見。《左傳·昭公元年》子產曰："昔高辛氏有二子，伯曰閼伯，季曰實沈，居於曠林，不相能也，日尋干戈，以相征討。后帝不臧，遷閼伯於商丘，主辰。商人是因，故辰爲商星。遷實沈於大夏，主參，唐人是因，以服事夏商。"○"今夕"句：《詩經・唐風・綢繆》："今夕何夕，見此良人！"○"少壯"二句：漢武帝《秋風辭》："少壯幾時兮奈老何。"○父執：《禮記・曲禮上》："見父之執，不謂之進，不敢進；不謂之退，不敢退；不問不敢對。"孔穎達疏："父之執，謂執友與父同志者也。"○間黃粱：語出《楚辭・招魂》："稻粢穱麥，挐黃粱些。"王逸注："挐，糅也。"錢注以爲間黃粱即糅以黃粱之意（卷一）。黃粱，即黃小米。○"明日"二句：仇注引周甸注："前日人生，後日世事，前日如參商，後日隔山岳，總見人生聚散不常，別易會難耳。"

新安吏

【題解】原注："收京後作。雖收兩京，賊猶充斥。"仇注："此下六詩（案指本篇與《潼關吏》、《石壕吏》、《新婚別》、《垂老別》、《無家別》），多言相州師潰事，乃乾元二年（759）自東都回華州時，經歷道途，有感而作。"時郭子儀、李光弼等九節度使圍安慶緒於鄴城（即相州，治所在今河南安陽），師潰於城下，洛陽震動。郭子儀以朔方軍退守河陽（今河南孟州）保東京，並四處抽丁擴充兵員。杜甫憂念時局，悲憫百姓，作此六詩，後人合稱之爲"三吏"、"三別"。清黃生《杜詩說》卷一謂"諸詩自製新題，便有千古自命之意"。本篇爲"三吏"首篇。新安（今屬河南），唐屬河南道河南府，近洛陽，杜甫西行入關，首站即此地。

客行新安道，喧呼聞點兵。借問新安吏："縣小更無丁？""府帖昨夜下，次選中男行。""中男絕短小，何以守王城？"肥男有母送，瘦男獨伶俜。白水暮東流，青山猶哭聲。"莫自使眼枯，收汝淚縱橫。眼枯即見骨，天地終無情。我軍取相州，日夕望其平。豈意賊難料，歸軍星散營。就糧近故壘，練卒依舊京。掘壕不到水，牧馬役亦輕。況乃王師順，撫養甚分明。送行勿泣血，僕射如父兄。"

中華書局版《杜詩詳注》卷七（下同）

○府帖：即軍帖，指徵兵的文書、名册。唐爲府兵制，故稱府帖。○中男：據《舊唐書·食貨志》上，唐高祖武德七年（624）定制："男女始生者爲黄，四歲爲小，十六爲中，二十一爲丁，六十爲老。……至天寶三年（744），又降優制，以十八爲中男，二十二爲丁。"○王城：東都洛陽。仇注："唐之東都，即周之王城，今爲河南府。"○伶俜：《文選·潘岳〈寡婦賦〉》："少伶俜而偏孤兮"李善注："伶俜，單子貌。"○"白水"二句：《杜臆》："此時瘦男哭，肥男亦哭，肥男之母哭，同行同送者哭。哭者衆，宛若聲從山水出，而山哭，水亦哭矣！至暮，則哭別者已分手去矣，白水亦東流，獨青山在，而猶帶哭聲，蓋氣青色慘，若有餘哀也。止著一哭字，猶屬青山，而包括許多哭聲，何等筆力，何等蘊藉！"（卷三）白水即黄河。《爾雅·釋水》："河出崑崙虚，色白。"《左傳·僖公二十四年》："（晉）公子曰：'所不與舅氏同心者，有如白水！'投其璧於河。"○"豈意"二句：《資治通鑑·唐肅宗乾元二年》："二月……郭子儀等九節度使圍鄴城……人皆以爲克在朝夕……城久不下，上下解體。（史）思明乃自魏州引兵趣鄴……三月壬申，官軍步騎六十萬陳於安陽河北，思明自將精兵五萬敵之。……大風忽起，吹沙拔木，天地晝晦，咫尺不相辨，兩軍大驚，官軍潰而南，賊潰而北，棄甲仗輜重委積於路。子儀以朔方軍斷河陽橋保東京。……諸節度各潰歸本鎮。"○僕射：指郭子儀。據兩唐書本傳，郭於至德二載（757）官左僕射，當年因收復兩京之功加司徒，乾元元年（758）進位中書令。《杜臆》："子儀時已進中書令，而稱其舊官，蓋功著於僕射時，且御士卒寬，郭僕射熟於人口，就其易曉者言之，俾無所懼而勇往收功，報效朝廷。"（卷三）

佳　人

【題解】乾元二年（759）秋流寓秦州（治所在今甘肅天水）時作。

仇注以此詩爲寫實："天寶亂後，當是實有其人，故形容曲盡其情。"陳沆斥仇注等爲"愚子說夢"："夫放臣棄婦，自古同情。守志貞居，君子所托。兄弟謂同朝之人，官高謂勳戚之屬，如玉喻新進之猖狂，山泉明出處之清濁。摘花不插，膏沐誰容？竹柏天真，衡門招隱。此非寄托，未之前聞。"（《詩比興箋》卷三）王嗣奭、黃生之說則較爲折中："大抵佳人事必有所感，而公遂藉以寫自己情事。"（《杜臆》卷三）"偶然有此人有此事，適切放臣之感，故作此詩，全是托事起興，故題但云《佳人》而已。後人無其事而擬作，與有其事而題必明道其事，皆不足與言古樂府者也。"（《杜詩說》卷一）今人蕭滌非曰黃生"此解最確"："在這位佳人身上我們看到詩人自身的影子和性格。我認爲這首詩的寫作過程和白居易的《琵琶行》差不多，祇是杜甫沒有明白說出'同是天涯淪落人，相逢何必曾相識'而已。"（見《杜甫詩選注》）

　　絕代有佳人，幽居在空谷。自云良家子，零落依草木。關中昔喪亂，兄弟遭殺戮。官高何足論，不得收骨肉。世情惡衰歇，萬事隨轉燭。夫婿輕薄兒，新人美如玉。合昏尚知時，鴛鴦不獨宿。但見新人笑，那聞舊人哭？在山泉水清，出山泉水濁。侍婢賣珠迴，牽蘿補茅屋。摘花不插髮，采柏動盈掬。天寒翠袖薄，日暮倚修竹。

　　○"絕代"句：仇注："李延年歌：'北方有佳人，絕世而獨立。'唐人避太宗諱，故改世爲代。"○良家子：清白人家的子女。《史記·外戚世家》："呂太后時，竇姬以良家子入宮侍太后。"同上《李將軍列傳》："廣以良家子從軍擊胡。"《索隱》引如淳云："非醫、巫、商賈、百工也。"良家亦作世家解。《後漢書·陳蕃傳》："桓帝欲立所幸田貴人爲皇后，蕃以田氏卑微，竇族良家，爭之甚固。"《晉書·后妃傳》上："泰始中，（晉武）帝博選良家以充後宮。……名家盛族子女，多敗衣瘁貌以避之。"○"零落"句：《楚辭·離騷》："惟草木之零落兮，恐美人之遲暮。"○合昏：《文選·陸倕〈新刻漏銘〉》"合昏暮卷"李善注引周處《風土記》：

"合昏，槿也，華晨舒而昏合。"《本草綱目·木二》"合歡"《集解》引陳藏器曰："其葉至暮即合，故云合昏。"○"在山"二句：《詩經·小雅·四月》："相彼泉水，載清載濁。"語本此。仇注："此謂守貞清而改節濁也。或以新人舊人爲清濁，或以前華後憔爲清濁，或以在家棄外爲清濁，皆未當。"黃生曰："'在山'二句，似喻非喻，最是樂府妙境。"○"天寒"二句：黃生曰："末二語，嫣然有韻，本美其幽閒貞靜之意，却無半點道學氣。"

夢李白二首

【題解】 乾元二年（759）秋作於秦州。李白因從璘事件於乾元元年長流夜郎，此時已中途遇赦放還。杜甫尚未得到消息，積思成夢，遂爲詩以寄意。陸時雍謂此二詩"是魂是人，是夢是真，都覺恍惚無定。親情苦意，無不備極矣"（仇注引）。

死別已吞聲，生別常惻惻。江南瘴癘地，逐客無消息。故人入我夢，明我長相憶。恐非平生魂，路遠不可測。魂來楓林青，魂返關塞黑。君今在羅網，何以有羽翼？落月滿屋梁，猶疑照顏色。水深波浪闊，無使蛟龍得！（一）

○"死別"二句：死別，《古詩爲焦仲卿妻作》："生人作死別，恨恨那可論。"吞聲，鮑照《擬行路難》："吞聲躑躅不敢言。"生別，《楚辭·九歌·少司命》："悲莫悲兮生別離。"《文選·蘇武〈詩四首〉》（其三）："握手一長歎，淚爲生別滋。"○"江南"二句：隋孫萬壽《遠戍江南寄京邑親友》："江南瘴癘地，從來多逐臣。"○"魂來"句：《楚辭·招魂》："湛湛江水兮上有楓，目極千里兮傷春心，魂兮歸來哀江南。"○"君今"二句：仇注將其前移至"長相憶"下，且云："舊在關塞黑之下，今從黃生本移在此處。"現仍從諸家舊本。○"落月"二句：《文選·宋玉〈神女賦〉》:"其始來也,耀乎若白日初出照屋梁;其少進也,皎若明月舒其光。"

浮雲終日行,游子久不至。三夜頻夢君,情親見君意。告歸常局促,苦道來不易。江湖多風波,舟楫恐失墜。出門搔白首,若負平生志。冠蓋滿京華,斯人獨憔悴。孰云網恢恢,將老身反累。千秋萬歲名,寂寞身後事。(二)

○"浮雲"二句:《文選·古詩十九首》:"浮雲蔽白日,游子不顧反。"又李白《送友人》:"浮雲游子意",此亦兼用其意。○"三夜"二句:仇注:"此因頻夢而作,故詩語更進一層。前云明我憶,是白知公;此云見君意,是公知白。……前章說夢處,多涉疑詞;此章說夢處,宛如目擊。形愈疏而情愈篤,千古交情,惟此爲至。然非公至性,不能有此至情。非公至文,亦不能寫此至性。"○"江湖"二句:仇注引吳山民曰:"子美《天末懷李白》詩,其尾聯云'應共冤魂語,投詩贈汨羅'。今上篇云'水深波浪闊,無使蛟龍得'。此又云'江湖多風波,舟楫恐失墜'。疑是時必有妄傳太白墮水死者,故子美云云。後世遂有沉江騎鯨之說,蓋因公詩附會耳。"○"冠蓋"句:出班固《西都賦》:"冠蓋如雲,七相五公。"○憔悴:《楚辭·九歎·憂苦》:"倚石巖以流涕兮,憂憔悴而無樂。"王逸注:"中心憔悴,無歡樂之時也。"○網恢恢:《老子》七十三章:"天網恢恢,疏而不失。"○"千秋"二句:《世說新語·任誕》:"張季鷹(翰)縱任不拘,時人號爲'江東步兵'。或謂之曰:'卿乃可縱適一時,獨不爲身後名邪?'答曰:'使我有身後名,不如即時一杯酒。'"

秦州雜詩二十首(選一首)

【題解】 乾元二年(759)秋至秦州後作。《鏡銓》卷六引張上若曰:

"是詩二十首，首章叙來秦之由，其餘皆至秦所見所聞也：或游覽，或感懷，或即事，間有帶慨河北處，亦由本地觸發。大約在西言西，反復於吐蕃之驕橫，使節之絡繹，無能爲朝廷效一籌者。結以唐堯自聖，無須野人，惟有以家事付之婦與兒，此身訪道探奇，窮愁卒歲，寄語諸友，無復有立朝之望矣。"此處選第一首。

滿目悲生事，因人作遠游。遲迴度隴怯，浩蕩及關愁。水落魚龍夜，山空鳥鼠秋。西征問烽火，心折此淹留。

○隴：隴山，亦稱隴阪，綿亘於今陝西寶鷄、隴縣及甘肅天水、秦安等地。○關：隴關，一名大震關，在今陝西隴縣西隴山下。○"水落"二句：魚龍，龍魚川。《水經注·渭水》："（汧）水出（汧）縣西山，世謂之小隴山。……其水東北流，歷澗注以成淵。潭漲不測，出五色魚，俗以爲靈而莫敢采捕，因謂是水爲龍魚水，自下亦通謂之龍魚川。"鳥鼠，山名。上書同卷："渭水出隴西首陽縣渭谷亭南鳥鼠山。"楊倫云此二句"時地合說，並見作客凄涼之況"（《鏡銓》卷六）。○"西征"二句：《文選·潘岳〈西征賦〉》："潘子憑軾西征，自京徂秦。"同書江淹《別賦》："意奪神駭，心折骨驚。"浦起龍《讀杜心解》（以下簡稱《心解》）曰："'問烽火'者，向久歷中原之亂，今更恐蕃寇之偪。著一'問'字，覺一路驚惶，姑就此栖托矣。"（卷三之二）

登　樓

【題解】代宗廣德二年（764）春作於成都。此前杜甫在閬州，正擬舉家離蜀東下，聞嚴武再度鎮蜀，遂携眷重回成都。宋葉夢得曰："七言難於氣象雄渾，句中有力，而紆徐不失言外之意。自老杜'錦江春色來天地，玉壘浮雲變古今'與'五更鼓角聲悲壯，三峽星河影動摇'等句之後，嘗恨無復繼者。"（《石林詩話》卷下）沈德潛謂"氣象雄偉，籠蓋宇宙，此杜詩之最上者"(《唐詩別裁集》卷十三)。

　　花近高樓傷客心，萬方多難此登臨。錦江春色來天地，玉壘浮雲變古今。北極朝廷終不改，西山寇盜莫相侵！可憐後主還祠廟，日暮聊爲《梁父吟》。

中華書局版《杜詩詳注》卷十三

　　○"花近"二句：《杜臆》："此詩妙在突然而起，情理反常，令人錯愕，而傷心之故，至末始盡發之，而竟不使人知，此作者之苦心也。"（卷六）《峴傭說詩》："起得沉厚突兀，若倒裝一轉，萬方多難此登臨，花近高樓傷客心，便是平調。"○錦江：《華陽國志》卷三："其道西城，故錦官也。錦江，織錦濯其中則鮮明，濯他江則不好。"案錦江爲岷江支流，自今四川省都江堰市流經成都城西南（參見《元和郡縣圖志》卷三一），杜甫草堂臨錦江。○玉壘：《文選·左思〈蜀都賦〉》"包玉壘而爲宇"劉淵林注："玉壘，山名也，湔水出焉，在成都西北岷山界。"《大清一統志·四川成都府》："玉壘山在灌縣（今都江堰市）西北。"○"北極"二句：《爾雅·釋天》："北極謂之北辰。"此以北極星喻唐王朝。《舊唐書·代宗本紀》：廣德元年（763）十月"戊寅，吐蕃入京師，立廣武王承宏爲帝，仍逼前翰林學士于可封爲制封拜。辛巳，車駕至陝州。（郭）子儀在商州，會六軍使張知節、烏崇福、長孫全緒等率兵繼至，軍威遂振。……庚寅，子儀收京城。"西山寇盜，指吐蕃。《資治通鑑·唐代宗廣德元年》：十二月，"吐蕃陷松、維、保三州及雲山新築二城，西川節度使高適不能救，於是劍南西山諸州亦入於吐蕃矣。"《杜臆》："日終不改，亦幸而不改也；日莫相侵，亦難保其不侵也。終、莫二字有微意在。"○"可憐"二句：後主，指三國時蜀後主劉禪。其祠在成都錦官門外、先主劉備廟側。梁父吟，《三國志·蜀書·諸葛亮傳》："亮躬耕隴畝，好爲《梁父吟》。"此二句寓意深婉，故諸解不一。錢注："可憐後主還祠廟，其以代宗任用程元振、魚朝恩，致蒙塵之禍，而托諷於後主之用黃皓乎？"（卷十三）

《心解》駁錢說，又謂以諸葛勳名望於嚴武（卷四之一）。《鏡銓》云隱況代宗幸未失國，且傷時無諸葛之才並自傷不用（卷十一）。高步瀛曰："蓋意謂後主猶能祠廟三十餘年，賴武侯爲之輔耳。傷今之無人也。故聊爲《梁父吟》以寄慨，大意如此，不可深求。"（《唐宋詩舉要》卷五）

秋興八首（選二首）

【題解】　大曆元年（766）作於夔州（治所在今重慶奉節）。秋興，沈德潛曰："潘岳有《秋興賦》，言因秋而感興，重在興不在秋也。每章中時見秋意。"（《唐詩別裁集》卷十四）《鏡銓》："俞瑒曰：身居巫峽，心憶京華，爲八詩大旨。曰巫峽，曰夔府，曰瞿唐，曰江樓、滄江、關塞，皆言身之所處；曰故國，曰故園，曰京華、長安、蓬萊、昆明、曲江、紫閣，皆言心之所思，此八詩中綫索。"（卷十三）八首脈絡貫通，組織謹嚴，前人至有稱其"總是一篇文字，拆去一章不得"（《杜臆》）或"一事疊爲八章"（錢注）者。實則八詩既相互呼應又各自獨立，"才大氣厚，格高聲宏"（《鏡銓》引郝敬語），爲杜甫律詩代表作之一。此處所選爲一、二兩首。

玉露凋傷楓樹林，巫山巫峽氣蕭森。江間波浪兼天湧，塞上風雲接地陰。叢菊兩開他日淚，孤舟一繫故園心。寒衣處處催刀尺，白帝城高急暮砧。（原第一首）

○"玉露"句：隋李密《淮陽感秋》："金風蕩初節，玉露凋晚林。"語本此。錢注："《招魂》曰：'湛湛江水兮上有楓，目極千里兮傷春心。'宋玉以楓樹之茂盛傷心，此以楓樹之凋傷起興也。"又曰："玉露凋傷一章，秋興之發端也。江間塞上，狀其悲壯；叢菊孤舟，寫其悽緊。末二句結上生下，故即以夔府孤城次之。"○"巫山"句：《水經注‧江水》："江水歷峽東，逕新崩灘……其下十餘里有大巫山……其間首尾百六十里，謂之巫峽，蓋因山爲名也。自三峽七百里中，兩岸連山，略無闕處，重巖疊嶂，隱天蔽日，自非停午夜分，不見曦月。"○"叢菊"句：杜甫於永泰元年（765）夏離成都東行，擬出峽還鄉。但當年秋居雲安，次年秋季又滯留夔州，故云"叢菊兩開"。他日，有來日與昔日二意。《左傳·襄公三十一年》："他日我曰：子爲鄭國，我爲吾家，以庇焉，其可也。今而後知不足。"唐詩中亦兼作將來與過去解，如李商隱《櫻桃花下》"他日未開今日謝"即用後意。此處亦是。○"寒衣"二句：唐代製衣必先擣帛。秋季爲趕製寒衣之時，故婦女每於秋夜擣衣。白帝城，即夔州。《元和郡縣圖志·闕卷逸文》卷一："山南道夔州：白帝山，即州城所據也。……初，公孫述殿前井有白龍出，因號白帝城。"砧，擣衣所用墊石。

夔府孤城落日斜，每依北斗望京華。聽猿實下三聲淚，奉使虛隨八月槎。畫省香爐違伏枕，山樓粉堞隱悲笳。請看石上藤蘿月，已映洲前蘆荻花。（原第二首）

中華書局版《杜詩詳注》卷十七

○夔府：貞觀十四年（640）曾於夔州設都督府（見《舊唐書·地理志》二），故稱。○"每依"句：錢注："此句爲八首之綱骨，章重文疊，不出於此。"○"聽猿"句：《水經注·江水》載巴東漁歌："巴東三峽巫峽長，猿鳴三聲淚沾裳。"仇注引徐增注："本是聽猿三聲實下淚，拘於聲律，故爲實下三聲淚。"《杜臆》："'聽猿……'，古語也，今則實也。"（卷八）○"奉使"句：晉張華《博物志》卷十載：舊說天河與海通，近世有人居海渚者，見每年八月海上有浮槎去來，不失期。其人遂多齎糧，乘槎而去，到達天河，又隨槎而返。《荊楚歲時記》將此傳說附會於張騫，云騫奉漢武帝命通西域，尋河源，乘槎經月而至天河。此處合用二典。以張騫喻劍南節度使嚴武。武二次鎮蜀，表杜甫爲節度參謀，檢校工部員外郎。然永泰元年（765）武內招還朝，不久病逝。杜甫隨嚴武還朝之想成空，故曰"虛隨"。○"畫省"句：應劭《漢官儀》卷上："尚書郎給青縑白綾被以錦被、幃帳、氈褥、通中枕……給尚書史二人，女侍史二人，皆選端正，從直女侍執香爐燒，從入臺護衣。……省皆胡粉塗畫古賢人烈女。"工部屬尚書省，杜甫未能入省宿直，故云。

詠懷古迹五首（選一首）

【題解】 大曆元年（766）客居夔州時作。仇注引《杜臆》（案：與原文有出入，蓋仇氏之改寫也）："五首各一古迹，首章前六句，先發己懷，亦五章之總冒。其古迹，則庾信宅也。宅在荆州，公未到荆，而將有江陵之行，流寓等於庾信，故詠懷而先及之。然五詩皆借古迹以見己懷，非專詠古迹也。……懷庾信、宋玉，以斯文爲己任也。懷先主、武侯，歎君臣際會之難逢也。中間昭君一章，蓋入宫見妒，與入朝見妒者，千古有同感也。"五詩分詠庾信故居、宋玉宅、昭君村、永安宫（劉備廟）、武侯祠，此處選第三首。

群山萬壑赴荆門，生長明妃尚有村。一去紫臺連朔漠，獨留青塚向黄昏。畫圖省識春風面，環珮空歸夜月魂。千載琵琶作胡語，分明怨恨曲中論。

中華書局版《杜詩詳注》卷十七

○荆門：《水經注·江水二》："江水又東歷荆門虎牙之門。荆門在南，上合下開，開徹山南，有門象虎牙。"《大清一統志·湖北荆州府》："荆門山在宜都縣西北五十里，與虎牙山相對。"其地在今湖北省宜昌市東南。○"生長"句：明妃，即王昭君。《漢書·元帝紀》："竟寧元年春正月，匈奴虖韓邪單于來朝，詔……賜單于待詔掖庭王檣爲閼氏。"注引應劭曰："郡國獻女未御見，須命於掖庭，故曰待詔。王檣，王氏女，名檣，字昭君。"引文穎曰："本南郡秭歸人也。"又《匈奴傳》下："竟寧元年，（呼韓邪）單于復入朝……元帝以後宮良家子王牆字昭君賜單于。……王昭君號寧胡閼氏，生一男伊屠智牙師。……呼韓邪死……（其子）復株絫單于復妻王昭君，生二女。"《後漢書·南匈奴列傳》："昭君字嬙，南郡人也。初，元帝時以良家子選入掖庭。時呼韓邪來朝，帝勑以宮女五人賜之。昭君入宮數歲，不得見御，積悲怨，乃請掖庭令求行。呼韓邪臨辭大會，帝召五女以示之。昭君豐容靚飾，光明漢宮，顧景裴回，竦動左右。帝見大驚，意欲留之，而難於失信，遂與匈奴。生二子。及呼韓邪死，其前閼氏子代立，欲妻之，昭君上書求歸，成帝勑令從胡俗，遂復爲後單于閼氏焉。"晉石崇《王明君詞序》："王明君者，本是王昭君，以觸文帝（指司馬昭）諱改焉。"後人因又稱明妃。昭君村在今湖北省秭歸縣。《太平寰宇記》卷一四八："山南東道歸州興山縣：王昭君宅，漢王嬙即此邑之人，故曰昭君之縣，村連巫峽，是此地。"○紫臺：《文選·江淹〈恨賦〉》："明妃去時，仰天太息。紫臺稍遠，關山無極。"李善注："紫臺，猶紫宮也。"○青塚：即昭君墓，在今內蒙古自治區呼和浩特市南。仇注引《歸州圖經》："邊地多白草，昭君塚獨青。"○"畫圖"二句：見本書上編"魏晉南北朝文學"第四章第二節《西京雜記·王嬙》。清唐汝詢解曰："吾想其初爲延壽所誤，非帝罕識其面，然妃意終不忘君，故既歿而魂猶歸國也。"吳昌祺則曰："省識非罕識之謂。省，記憶也，言我曾於畫中記其貌，其如魂可歸而身不返，是以寄恨於琵琶也。"（《刪訂唐詩解》卷二十）○"千載"二句：《琴操》卷下："昭君至匈奴……恨帝始不見遇，心思不樂，心念鄉土，乃作怨曠思惟歌。"石崇《王明君詞序》："昔公主嫁烏孫，令琵琶馬上作樂，以慰其道路之思。其送明君，亦必爾也。其造新曲，多哀怨之聲。"《樂府詩集》卷五九"琴曲歌辭"有《昭君怨》，卷二九"相和歌辭"有《明君詞》、《昭君歎》等曲。

登 高

【題解】此爲登高感懷詩，約作於大曆二年（767）杜甫流寓夔州時。胡應麟謂此詩"如海底珊瑚，瘦勁難名，沉深莫測，而精光萬丈，力量萬鈞"。"一篇之中句句皆律，一句之中字字皆律，而實一意貫串，一氣呵成。"以至稱其爲"古今七言律第一"、"曠代之作"（《詩藪·內編》卷五）。

風急天高猿嘯哀，渚清沙白鳥飛迴。無邊落木蕭蕭下，不盡長江滾滾來。萬里悲秋常作客，百年多病獨登臺。艱難苦恨繁霜鬢，潦倒新停濁酒杯。

中華書局版《杜詩詳注》卷二十

○"無邊"句：《楚辭·九歌·湘夫人》："嫋嫋兮秋風，洞庭波兮木葉下。"《山鬼》："風颯颯兮木蕭蕭"。○"萬里"二句：宋羅大經曰："蓋萬里，地之遠也；秋，時之慘悽也；作客，羈旅也；常作客，久旅也；百年，暮齒也；多病，衰疾也；臺，高迥處也；獨登臺，無親朋也。十四字之間，含八意，而對偶又精確。"（《鶴林玉露·乙編》卷五）○"潦倒"句：仇注引朱鶴齡注："時公以肺疾斷酒，曰新停。"

登岳陽樓

【題解】作於大曆三年（768）冬。宋范致明《岳陽風土記》曰："岳陽樓，城西門樓也，下瞰洞庭景物寬闊。"宋唐庚云："過岳陽樓觀杜子美詩，不過四十字爾，氣象閎放，涵蓄深遠，殆與洞庭爭雄，所謂富哉言乎者。"（《唐子西文錄》）黃生評："前半寫景，如此闊大；轉落五六，身事如此落寞，詩境闊狹頓異。結語湊泊極難，不圖轉出'戎馬關山北'

五字,胸襟氣象,一等相稱,宜使後人閣筆也。"(《杜詩説》卷五)

昔聞洞庭水,今上岳陽樓。吴楚東南坼,乾坤日夜浮。親朋無一字,老病有孤舟。戎馬關山北,憑軒涕泗流。

中華書局版《杜詩詳注》卷二十二

○洞庭水:《元和郡縣圖志》卷二七:"江南道岳州巴陵縣:洞庭湖在縣西南一里五十步。周迴二百六十里。"○"吴楚"二句:乾坤日夜浮,出《水經注·湘水》:洞庭"湖水廣圓五百餘里,日月若出没於其中"。黄鶴稱此聯"尤爲雄偉。雖不到洞庭者讀之,可使胸次豁達"(仇注引)。○"戎馬"句:《資治通鑑·唐代宗大曆三年》:"八月壬戌,吐蕃十萬衆寇靈武。丁卯,吐蕃尚贊摩二萬衆寇邠州,京師戒嚴。……九月壬申,命郭子儀將兵五萬屯奉天以備吐蕃。"○涕泗:《詩經·陳風·澤陂》:"涕泗滂沱。"毛傳:"自目曰涕,自鼻曰泗。"

江南逢李龜年

【題解】 大曆五年(770)作於潭州(今湖南長沙)。《明皇雜録》卷下:"唐開元中,樂工李龜年、彭年、鶴年兄弟三人,皆有才學盛名。彭年善舞,鶴年、龜年能歌,尤妙製《渭川》,特承顧遇。於東都大起第宅,僭侈之制,逾於公侯。宅在東都通遠里,中堂制度甲於都下。其後龜年流落江南,每遇良辰勝賞,爲人歌數闋。座中聞之,莫不掩泣罷酒。"范攄《雲溪友議》卷中:"明皇幸岷山……李龜年奔迫江潭,杜甫以詩贈之。"錢注引《史記·秦始皇本紀》"王翦定荆江南地"、《項羽本紀》"徙義帝於江南"、《楚辭章句》"襄王流屈原於江南"證江湘之間亦稱江南,龜年流落江潭,故曰江南(卷十七)。黄生謂:"此詩與《劍器行》同意,今昔盛衰之感,言外黯然欲絶。見風韻於行間,寄感慨於字裏,即使龍標、供奉操筆,亦無以過。"(《杜詩説》卷十)

岐王宅裏尋常見，崔九堂前幾度聞。正是江南好風景，落花時節又逢君。

中華書局版《杜詩詳注》卷二十三

○岐王：《舊唐書·睿宗諸子傳》："惠文太子範，睿宗第四子也。……睿宗踐祚，進封岐王。""範好學工書，雅愛文章之士，士無貴賤，皆盡禮接待。"○崔九：原注："崔九即殿中監崔滌，中書令湜之弟。"《舊唐書·崔仁師傳》："（崔）湜美姿儀，早有才名，弟液、滌及從兄涖並有文翰，居清要，每宴私之際，自比東晉王導、謝安之家。""滌多辯智，善諧謔，素與玄宗款密。兄湜坐太平黨誅，玄宗常思之，故待滌踰厚，用爲秘書監，出入禁中，與諸王侍宴不讓席，而坐或在寧王之上。後賜名澄。"杜甫少年時曾在洛陽隨名士出入岐王與崔滌的宅第，聽過李龜年的歌唱。

【附】

丹青引贈曹將軍霸

將軍魏武之子孫，於今爲庶爲清門。英雄割據雖已矣，文采風流猶尚存。學書初學衛夫人，但恨無過王右軍。丹青不知老將至，富貴於我如浮雲。開元之中常引見，承恩數上南熏殿。凌煙功臣少顏色，將軍下筆開生面。良相頭上進賢冠，猛將腰間大羽箭。褒公鄂公毛髮動，英姿颯爽來酣戰。先帝天馬玉花驄，畫工如山貌不同。是日牽來赤墀下，迥立閶闔生長風。詔謂將軍拂絹素，意匠慘澹經營中。斯須九重真龍出，一洗萬古凡馬空。玉花却在御榻上，榻上庭前屹相向。至尊含笑催賜金，圉人太僕皆惆悵。弟子韓幹早入室，亦能畫馬窮殊相。幹惟畫肉不畫骨，忍使驊騮氣凋喪。將軍畫善蓋有神，必逢佳士亦寫真。即今飄泊干戈際，屢貌尋常行路人。途窮反遭俗眼白，世上未有如公貧。但看古來盛名下，終日坎壈纏其身。

旅夜書懷

細草微風岸，危檣獨夜舟。星垂平野闊，月湧大江流。名豈文章著，官應老病休。飄飄何所似，天地一沙鷗。

秋興八首（選一首）

昆吾御宿自逶迤，紫閣峰陰入渼陂。香稻啄餘鸚鵡粒，碧梧栖老鳳凰枝。佳人拾翠春相問，仙侶同舟晚更移。綵筆昔曾干氣象，白頭吟望苦低垂。（原第八首）

詠懷古迹五首（選一首）

搖落深知宋玉悲，風流儒雅亦吾師。悵望千秋一灑淚，蕭條異代不同時。江山故宅空文藻，雲雨荒臺豈夢思。最是楚宮俱泯滅，舟人指點到今疑。（原第二首）

白帝城最高樓

城尖徑仄旌旆愁，獨立縹緲之飛樓。峽坼雲霾龍虎臥，江清日抱黿鼉游。扶桑西枝對斷石，弱水東影隨長流。杖藜歎世者誰子？泣血迸空迴白頭。

| 輯　錄 |

一、關於杜甫

◎元稹《唐檢校工部員外郎杜君墓係銘并序》：至於子美，蓋所謂上薄風騷，下該沈宋，言奪蘇李，氣吞曹劉，掩顏謝之孤高，雜徐庾之流麗，盡得古今之體勢，而兼人人之所獨專矣。……茍以爲能所不能，無可無不可，則詩人以來，未有如子美者。是時山東人李白，亦以奇文取稱，時人謂之李杜。余觀其壯浪縱恣，擺去拘束，模寫物象及樂府歌詩，誠亦差肩於子美矣。至若鋪陳終始，排比聲韻，大或千言，次猶數百，辭氣豪邁而風調清深，屬對律切而脫棄凡近，則李尚不能歷其藩翰，況堂奧乎！

◎孟棨《本事詩·高逸》：杜逢祿山之難，流離隴蜀，畢陳於詩，推見至隱，殆無遺事，故當時號爲"詩史"。

◎陳師道《後山詩話》引蘇軾語：子美之詩，退之之文，魯公之書，皆集大成者也。

◎秦觀《韓愈論》：杜子美之於詩，實積衆家之長，適其時而已。昔蘇武、李陵之詩，長於高妙；曹植、劉公幹之詩，長於豪逸；陶潛、阮籍之詩，長於沖淡；謝靈運、鮑照之詩，長於峻潔；徐陵、庾信之詩，長於藻麗。於是杜子美者，窮高妙之格，極豪逸之氣，包沖淡之趣，兼峻潔之姿，備藻麗之態，而諸家之作所不及焉。然不集諸家之長，杜氏亦不能獨至於斯也。子美其集詩之大成者歟？

◎黃庭堅《答洪駒父書》（三）：老杜作詩，退之作文，無一字無來處，蓋後人讀書少，故誤韓杜自作此語耳。古之能爲文章者，真能陶冶萬物，雖取古人之陳言入於翰墨，如靈丹一粒，點鐵成金也。

◎胡應麟《詩藪·內編》卷四：盛唐一味秀麗雄渾。杜則精粗、鉅細、巧拙、新陳、險易、淺深、濃淡、肥瘦，靡不畢具，參其格調，實與盛唐大別。其能會萃前人在此，濫觴後世亦在此。且言理近經，敘事兼史，尤詩家絕睹。

◎胡震亨《唐音癸籤》卷十：少陵七律與諸家異者有五：篇製多，一也；一題數首不盡，二也；好作拗體，三也；詩料無所不入，四也；好自標榜，即以詩入詩，五也。此皆諸家所無。其他作法之變，更難盡數。

◎葉燮《原詩》卷一：千古詩人推杜甫，其詩隨所遇之人、之境、之事、之物，無處不發其思君王、憂禍亂、悲時日、念友朋、弔古人、懷遠道，凡歡愉、幽愁、離合、今昔之感，一一觸類而起，因遇得題，因題達情，因情敷句，皆因甫有其胸襟以爲基。

◎沈德潛《說詩晬語》卷上：蘇李、《十九首》後，五言最勝。大率優柔善入，婉而多風。少陵才力標舉，縱橫揮霍，詩品又一變矣。要其感時傷亂，憂黎元，希稷、卨，生平抱負，悉流露於楮墨間，詩之變，情之正也。

◎又：五言長篇，固須節次分明，一氣連屬。然有意本連屬而轉似不相連屬者，敘事未了，忽然頓斷，插入旁議，忽然聯續，轉接無象，莫測端倪，此運《左》、《史》法於韻語中，不以常格拘也。千古以來，且讓少陵獨步。

◎卷下：人謂詩主性情，不主議論。似也，而亦不盡然。試思二雅何處無議論？杜老古詩中，《奉先詠懷》、《北征》、《八哀》諸作，近體中，《蜀相》、《詠懷》、《諸葛》諸作，純乎議論。但議論須帶情韻以行，勿近傖父面目耳。

◎施補華《峴傭說詩》：少陵七律，無才不有，無法不備。義山學之，得其濃厚；東坡學之，得其流轉；山谷學之，得其奧峭；遺山學之，得其蒼鬱；明七子學之，佳者得其高亮雄奇，劣者得其空廓。

◎袁枚《隨園詩話》卷十四：人必先有芬芳悱惻之懷，而後有沉鬱頓挫之作。人但知少陵每飯不忘君，而不知其於友朋、弟妹、夫妻、兒女間，何在不一往情深耶！

◎方東樹《昭昧詹言》卷八：大約飛揚岪屼之氣，崢嶸飛動之勢，一氣噴薄，真味盎然，沉鬱頓挫，蒼涼悲壯，隨意下筆而皆具元氣，讀之而無不感動心脾者，杜公也。

二、李杜之比較

◎韓愈《調張籍》：李杜文章在，光焰萬丈長。不知群兒愚，那用故謗傷？蚍蜉撼大樹，可笑不自量。

◎葛立方《韻語陽秋》卷一：杜詩思苦而語奇，李詩思疾而語豪。

◎嚴羽《滄浪詩話·詩評》：李杜二公，正不當優劣。太白有一二妙處，子美不能道；子美有一二妙處，太白不能作。子美不能為太白之飄逸，太白不能為子美之沉鬱。太白《夢游天姥吟》、《遠別離》等，子美不能道；子美《北征》、《兵車行》、《垂老別》等，太白不能作。論詩以李杜為準，挾天子以令諸侯也。

◎王世貞《藝苑卮言》卷四：五言古、《選》體及七言歌行，太白以氣為主，以自然為宗，以俊逸高暢為貴；子美以意為主，以獨造為宗，以奇拔沉雄為貴。其歌行之妙，詠之使人飄揚欲仙者，太白也；使人慷慨激烈，歔欷欲絕者，子美也。《選》體，太白多露語率語，子美多穉語累語，置之陶謝間，便覺傖父面目，乃欲使之奪曹氏父子位耶！五言律、七言歌行，子美神矣，七言律，聖矣。五七言絕，太白神矣，七言歌行，聖矣，五言次之。太白之七言律，子美之七言絕，皆變體，間爲之可耳，不足多法也。

◎又：十首以前，少陵較難入；百首以後，青蓮較易厭。揚之則高華，抑之則沉實，有色有聲，有氣有骨，有味有態，濃淡深淺，奇正開闔，各極其則，吾不能不伏膺少陵。

◎胡應麟《詩藪・內編》卷三：李杜二公，誠爲勁敵。杜陵沉鬱雄深，太白豪逸宕麗。

◎又：闔闢縱橫，變幻超忽，疾雷震霆，淒風急雨，歌也；位置森嚴，筋脈聯絡，走月流雲，輕車熟路，行也。太白多近歌，少陵多近行。

◎卷四：太白筆力變化，極於歌行；少陵筆力變化，極於近體。李變化在調與詞，杜變化在意與格。

◎喬億《劍溪說詩》卷上：杜子美原本經史，詩體專是賦，故多切實之語；李太白枕藉莊騷，長於比興，故多惝怳之詞。

◎劉熙載《藝概・詩概》：太白早好縱橫，晚學黃、老，故詩意每托之以自娛。少陵一生却祇在儒家界內。

參考書目

《杜詩詳注》，清仇兆鰲注，中華書局1979年版。

《杜臆》，明王嗣奭撰，中華書局1983年版。

《錢注杜詩》，清錢謙益箋注，上海古籍出版社1979年版。

《讀杜心解》，清浦起龍著，中華書局1978年版。

《杜詩鏡銓》，清楊倫箋注，上海古籍出版社1980年版。

《杜甫全集校注》，蕭滌非主編，人民文學出版社2014年版。

《杜甫集校注》，謝思煒校注，上海古籍出版社2016年版。

《少陵先生年譜會箋》，聞一多著，見上海古籍出版社 1998 年版《唐詩雜論》。

《古典文學研究資料彙編·杜甫卷·上編》，華文軒編，中華書局 1982 年版。

《杜甫傳》，馮至著，人民文學出版社 1952 年版。

《杜甫叙論》，朱東潤著，人民文學出版社 1981 年版。

《杜甫評傳》，陳貽焮著，上海古籍出版社，上卷 1982 年版，中、下卷 1988 年版。

思考題

1. 前人爲何稱杜詩爲"詩史"？你如何看這個問題？
2. 舉例論述杜詩"沉鬱頓挫"的風格。
3. 應如何評價杜甫的忠君戀闕之情？
4. 試評《自京赴奉先縣詠懷五百字》。
5. 前人以爲杜詩於親情、友情，也表現得一往情深，試舉例說明之。
6. 試論《秋興八首》藝術上的得與失。
7. 杜詩"集大成"說起於何人？當如何理解？
8. 清人注杜，錢（謙益）、仇（兆鼇）、浦（起龍）、楊（倫）諸家爲善，試選擇一家注本，談談其特點。

第八節　白居易等詩人

白居易（772—846）

《舊唐書·白居易傳》：白居易字樂天，太原人。（曾祖）溫徙於下邽

（今陝西渭南），今爲下邽人焉。貞元十四年（案應爲貞元十六年），始以進士就試，禮部侍郎高郢擢升甲科，吏部判入等，授秘書省校書郎。元和元年四月，憲宗策試制舉人，應才識兼茂、明於體用科，策入第四等，授盩厔縣尉、集賢校理。居易文辭富豔，尤精於詩筆。自讎校至結綬畿甸，所著歌詩數十百篇，皆意存諷賦，箴時之病，補政之缺，而士君子多之，而往往流聞禁中。章武皇帝（憲宗）納諫思理，渴聞讜言，二年十一月，召入翰林爲學士。三年五月，拜左拾遺。王承宗拒命，上令神策中尉吐突承璀爲招討使，諫官上章者十七八，居易面論，辭情切至。既而又請罷河北用兵，凡數千百言，皆人之難言者，上多聽納。唯諫承璀事切，上頗不悅，謂李絳曰："白居易小子，是朕拔擢致名位，而無禮於朕，朕實難奈。"九年冬，授太子左贊善大夫。十年七月，盜殺宰相武元衡，居易首上疏論其冤，急請捕賊以雪國恥。宰相以宮官非諫職，不當先諫官言事。會有素惡居易者，掎摭居易，言浮華無行，其母因看花墮井而死，而居易作《賞花》及《新井》詩，甚傷名教，不宜置彼周行。執政方惡其言事，奏貶爲江表刺史。詔出，中書舍人王涯上疏論之，言居易所犯狀迹，不宜治郡，追詔授江州司馬。居易儒學之外，尤通釋典，常以忘懷處順爲事，都不以遷謫介意。時元稹在通州，篇詠贈答往來，不以數千里爲遠。十三年冬，量移忠州刺史。十四年三月，元稹會居易於峽口，時季弟行簡從行，三人於峽州西二十里黃牛峽口石洞中，置酒賦詩，戀戀不能訣。其年冬（案應爲十五年夏）召還京師，拜司門員外郎。明年轉主客郎中、知制誥，加朝散大夫，始著緋。凡朝廷文字之職，無不首居其選，然多爲排擯，不得用其才。除杭州刺史。俄而元稹罷相，自馮翊轉浙東觀察使。交契素深，杭、越鄰境，篇詠往來，不間旬浹。秩滿，除太子左庶子，分司東都。寶曆中，復出爲蘇州刺史。文宗即位，徵拜秘書監，賜金紫。大和二年正月，轉刑部侍郎，封晉陽縣男，食邑三百戶。三年，稱病東歸，求爲分司官，尋除太子賓客。居易初對策高第，擢入翰林，蒙英主特達顧遇，頗欲奮厲效報，蓄意未果，望風爲當路者所擠，流徙江湖。四五年間，幾淪蠻瘴。自是宦情衰落，無意於出處，唯以逍遙自得，吟詠情性爲事。大和已後，李宗閔、李德裕朋黨事起，是非排陷，朝升暮黜，天子亦無如之何。楊穎士、楊虞卿與宗閔善，居易妻，穎士從父妹也。居易愈不自安，懼以黨人見斥，乃求致身散地，冀於遠害。凡所居官，未嘗終秩，率以病免，固求分務，識者多之。五年，除河南尹。七年，復授太子賓客分司。大和末，李訓構禍，衣冠塗地，士林傷感，居易愈無宦情。開成元年（案應爲大和九年），除同州刺史，辭疾不拜，尋授太子少傅，進封馮翊縣開國侯。四年冬，得風病，伏枕者累月，乃放諸妓女樊、蠻等，仍自爲墓誌，病中吟詠不輟。會昌中，請罷太子少傅，以刑部尚書致仕。與香山僧如滿結香火社，每肩輿往來，白衣鳩杖，自稱香山居士。大中元年卒，時年七十六（案應爲會昌六年卒，年七十五），贈尚書右僕射。

　　白居易《白氏長慶集後序》：白氏前著《長慶集》五十卷，元微之爲序，後集二十卷，自爲序；今又續後集五卷，自爲記。前後七十五卷，詩筆大小凡三千八百四十首。（案：今存白居易詩二千八百餘首，文八百餘篇。）

井底引銀瓶

　　【題解】　此詩爲白《新樂府》五十首之一。《新樂府》題下自注："元和四年爲左拾遺時作。"詩前總序云："凡九千二百五十二言，斷爲五十篇。篇無定句，句無定字，繫於意不繫於文。首句標其目，卒章顯其志，《詩三百》之義也。其辭質而徑，欲見之者易諭也；其言直而切，欲聞之者深誡也；其事覈而實，使采之者傳信也；其體順而肆，可以播於樂章歌曲也。總而言之，爲君、爲臣、爲民、爲物、爲事而作，不爲文而作也。"每篇各有小序。陳寅恪曰："《新樂府》五十首，有總序，即摹毛詩之大序。每篇有一序，即仿毛詩之小序。又取每篇首句爲其題目，即效關雎爲篇名之例。"(《元白詩箋證稿》第五章)本篇序云："止淫奔也。"陳氏謂"樂天《新樂府》與《秦中吟》之所詠,皆貞元元和間政治社會之現相。此篇以'止淫奔'爲主旨,篇末以告誡癡小女子爲言,則其時社會風俗男女關係與之相涉可知。此不須博考旁求,元微之《鶯鶯傳》即足爲最佳之例證。蓋其所述者爲貞元間事,與此篇所諷刺者時間至近也"(同上)。元代白樸雜劇《牆頭馬上》即取材於此詩。

井底引銀瓶,銀瓶欲上絲繩絕;石上磨玉簪,玉簪欲成中央折。瓶沉簪折知奈何?似妾今朝與君別!憶昔在家爲女時,人言舉動有殊姿。嬋娟兩鬢秋蟬翼,宛轉雙蛾遠山色。笑隨戲伴後園中,此時與君未相識。妾弄青梅憑短牆,君騎白馬傍垂楊。牆頭馬上遙相顧,一見知君即斷腸。知君斷腸共君語,君指南山松柏樹。感君松柏化爲心,暗合雙鬟逐君去。到君家舍五六年,君家大人頻有言:聘則爲妻奔是妾,不堪主祀奉蘋蘩。終知君家不可住,其奈出門無去處!豈無父母在高堂,亦有親情滿故鄉。潛來更不通消息,今日悲羞歸不得。爲君一日恩,誤妾百年身。寄言癡小人家女,慎勿將身輕許人!

中華書局版《白居易集》卷四

○"嬋娟"句:見盧照鄰《長安古意》注。○"宛轉"句:《西京雜記》二:"(司馬相如妻)文君姣好,眉色如望遠山。"○弄青梅:李白《長干行》:"繞牀弄青梅。"○"暗合"句:唐時未嫁女子頭梳雙鬟,成婚時則綰結成髻。○"聘則爲妻"句:《禮記·內則》:"聘則爲妻,奔則爲妾。"○"不堪"句:意謂不能以主婦身份祭祀祖先。《詩經·召南·采蘩》毛序:"采蘩,夫人不失職也。夫人可以奉祭祀,則不失職矣。"又《召南·采蘋》毛序:"采蘋,大夫妻能循法度也。能循法度,則可以承先祖,共祭祀矣。"蘋、蘩皆水草,古代祭祖時用之。

長恨歌

【題解】 元和元年（806）作於盩厔尉任上。詩成，陳鴻爲作《長恨歌傳》。歌與傳皆寫玄宗與楊妃之事。此詩當時即負盛名，白《與元九書》云："及再來長安，又聞有軍使高霞寓者，欲聘倡妓，妓大誇曰：'我誦得白學士《長恨歌》，豈同他妓哉？'由是增價。……又昨過漢南日，適遇主人集衆樂娛他賓，諸妓見僕來，指而相顧曰：'此是《秦中吟》、《長恨歌》主耳。'"白自言"一篇長恨有風情"（《編集拙詩成一十五卷因題卷末戲贈元九李二十》），清人稱其"情文相生，沉鬱頓挫，哀艷之中，具有諷刺"（《唐宋詩醇》卷二二）。今人陳寅恪則認爲"《長恨歌》爲具備衆體體裁之唐代小說中歌詩部分，與《長恨歌傳》爲不可分離獨立之作品。故必須合併讀之，賞之，評之。明皇與楊妃之關係，雖爲唐世文人公開共同習作詩文之題目，而增入漢武帝李夫人故事，乃白陳之所特創。詩句傳文之佳勝，實職是之故"（《元白詩箋證稿》）。

漢皇重色思傾國，御宇多年求不得。楊家有女初長成，養在深閨人未識。天生麗質難自棄，一朝選在君王側。迴眸一笑百媚生，六宮粉黛無顔色。春寒賜浴華清池，溫泉水滑洗凝脂。侍兒扶起嬌無力，始是新承恩澤時。雲鬢花顔金步搖，芙蓉帳暖度春宵。春宵苦短日高起，從此君王不早朝。承歡侍宴無閒暇，春從春遊夜專夜。後宮佳麗三千人，三千寵愛在一身。金屋妝成嬌侍夜，玉樓宴罷醉和春。姊妹弟兄皆列土，可憐光彩生門戶。遂令天下父母心，不重生男重生女。驪宮高處入青雲，仙樂風飄處處聞。緩歌慢舞凝絲竹，盡日君王看不足。漁陽鼙鼓動地來，驚破《霓裳羽衣曲》。九重城闕煙塵生，千乘萬騎西南行。翠華搖搖行復止，西出都門百餘里。六軍不發無奈何，宛轉蛾眉馬前死。花鈿委地無人收，翠翹金雀玉搔頭。君王掩面救不得，回看血淚相和流。

○"漢皇"句：漢皇，漢武帝，此處暗指唐玄宗。傾國，《漢書·外戚傳》載武帝李夫人兄延年對武帝歌曰："北方有佳人，絕世而獨立。一顧傾人城，再顧傾人國。"○"楊家"六句：《新唐書·后妃傳》上："玄宗貴妃楊氏……幼孤，養叔父家。始爲壽王妃。開元二十四年，武惠妃薨，後廷無當帝意者。或言妃資質天挺，宜充掖庭，遂召內禁中，異之，即爲自出妃意者，丐籍女官，號太真，更爲壽王聘韋昭訓女，而太真得幸。善歌舞，邃曉音律，且智算警穎，迎意輒悟。帝大悅，遂專房宴，宮中號'娘子'，儀體與皇后等。"○華清池：即驪山華清宮溫泉。參見杜甫《自京赴奉先縣詠懷五百字》注。○凝脂：《詩經·衛風·碩人》："膚如凝脂。"○金步搖：《西京雜記》一："趙飛燕爲皇后，其女弟在昭陽殿，遺飛燕書曰：'今日嘉辰，謹上……黃金步搖。'"《後漢書·輿服志》下"皇后謁廟服"："假結，步搖，簪珥。步搖以黃金爲山題，貫白珠爲桂枝相繆，一爵九華……六獸……諸爵獸皆以翡翠爲毛羽。金題白珠璫繞，以翡翠爲華云。"《釋名·釋首飾》："步搖，上有垂珠，步則搖也。"步搖在天寶年間爲婦女所喜好的飾物，《新唐書·五行志》一："天寶初……婦人則簪步搖釵，衿袖窄小。"樂史《楊太真外傳》（上）載玄宗與楊妃定情之夕"授金釵鈿合。上又自執麗水鎮庫紫磨金琢成步搖，至妝閣，親與插鬢"。○"後宮"句：《後漢書·皇后紀》上："自武、元之後，世增淫費，乃至掖庭三千。"○"金屋"二句：金屋用漢武帝陳阿嬌事，與玉樓並見駱賓王《上吏部侍郎帝京篇》注。○"姊妹"二句：《新唐書·后妃傳》上："（楊氏）天寶初，進冊貴妃。追贈父玄琰太尉、齊國公。擢叔玄珪光祿卿，宗兄銛鴻臚卿，錡侍御史，尚太華公主。……而釗亦寖顯。釗，國忠也。三姊皆美劭，帝呼爲姨，封韓、虢、秦三國，爲夫人，出入宮掖，恩寵聲焰震天下。"○"不重"句：《史記·外戚世家》："衛子夫立爲皇后……天下歌之曰：'生男無喜，生女無怒，獨不見衛子夫霸天下！'"陳鴻《長恨歌傳》："當時謠詠有云：'生女勿悲酸，生男勿喜歡！'又曰：

'男不封侯女作妃，看女却爲門上楣。'其爲人羨慕如此！"○驪宮：即華清宮。○"漁陽"句：借東漢初彭寵據漁陽叛漢事（見《後漢書·彭寵傳》）言安禄山據范陽叛唐。《舊唐書·安禄山傳》："（天寶十四載）十一月，反於范陽。"漁陽爲范陽節度使統轄的八郡之一（見《舊唐書·地理志》二），此處以之泛指范陽地區。○"驚破"句：《楊太真外傳》上："進見之日，奏《霓裳羽衣曲》。"注："《霓裳羽衣曲》者，是玄宗登三鄉驛望女几山所作也。故劉禹錫詩有云《伏睹玄宗皇帝望女几山詩，小臣斐然有感》：'開元天子萬事足，惟惜當時光景促。三鄉驛上望仙山，歸作霓裳羽衣曲。……'又《逸史》云：羅公遠天寶初侍玄宗，八月十五日夜，宮中玩月，曰：'陛下能從臣月中游乎？'乃取一枝桂，向空擲之，化爲一橋，其色如銀。請上同登，約行數十里，遂至大城闕。公遠曰：'此月宮也。'有仙女數百，素練寬衣，舞於廣庭。上前問曰：'此何曲也？'曰：'《霓裳羽衣》也。'上密記其聲調，遂回橋，却顧，隨步而滅。旦諭伶官，象其聲調，作《霓裳羽衣曲》。"白居易《霓裳羽衣歌》"楊氏創聲君造譜"自注："開元中，西涼府節度楊敬述造。"此舞曲應是唐玄宗據楊所獻之曲潤色而成（詳《唐戲弄》上册《辨體·弄婆羅門》）。陳寅恪以爲"破"不僅有破散或破壞之意，且爲樂舞術語。據白居易《臥聽法曲霓裳》"宛轉柔聲入破時"，《霓裳羽衣曲》"入破時"本奏以緩歌柔聲之絲竹，今以驚天動地急迫之鞞鼓，與之對舉，愈見造語之妙（詳見《元白詩箋證稿》第一章）。○九重城闕：《楚辭·宋玉〈九辯〉》："君之門以九重。"○翠華：《文選·司馬相如〈上林賦〉》"建翠華之旗"李善注引張揖曰："以翠羽爲葆也"。○"西出"句：百餘里，指馬嵬驛。《元和郡縣圖志》卷二："關内道京兆府：興平縣東至府九十里。"又："馬嵬故城在縣西北二十三里。馬嵬於此築城以避難，未詳何代人也。"《雍録》卷六："馬嵬故城在興平縣西北二十三里……有驛，楊妃死於驛。"○"六軍"二句：六軍，《周禮·夏官·司馬》："王六軍。"後遂習用爲皇帝的護衛總數。但玄宗時祇有左右龍武、左右羽林四軍，肅宗至德二載（757）始益左右神武軍，備六軍之數。宛轉，《後漢書·馬援傳》："曉夕號泣，婉（同宛）轉塵中。"蛾眉，代指美女，語出《詩經·衛風·碩人》："螓首蛾眉。"○花鈿：《舊唐書·輿服志》"內外命婦服花釵"注："施兩博鬢，寶鈿飾也。"○"翠翹"句：委地的各種頭飾。翠翹、金雀皆釵名，玉搔頭即玉簪，《西京雜記》二："武帝過李夫人，就取玉簪搔頭，自此後宮人搔頭皆用玉。"

　　黃埃散漫風蕭索，雲棧縈紆登劍閣。峨嵋山下少人行，旌旗無光日色薄。蜀江水碧蜀山青，聖主朝朝暮暮情。行宮見月傷心色，夜雨聞鈴腸斷聲。天旋日轉迴龍馭，到此躊躇不能去。馬嵬坡下泥土中，不見玉顏空死處。君臣相顧盡霑衣，東望都門信馬歸。歸來池苑皆依舊，太液芙蓉未央柳。芙蓉如面柳如眉，對此如何不淚垂？春風桃李花開日，秋雨梧桐葉落時。西宮南苑多秋草，宮葉滿階紅不掃。梨園弟子白髮新，椒房阿監青娥老。夕殿螢飛思悄然，孤燈挑盡未成眠。遲遲鐘鼓初長夜，耿耿星河欲曙天。鴛鴦瓦冷霜華重，翡翠衾寒誰與共？悠悠生死別經年，魂魄不曾來入夢。

　　○峨嵋山：見李白《蜀道難》注。○行宮：《文選·左思〈吳都賦〉》："烏聞梁岷有陟方之館、行宮之基歟？"李善注："天子行所立，名曰行宮。"○"夜雨"句：《明皇雜錄·補遺》："明皇既幸蜀，西南行初入斜谷，屬霖雨涉旬，於棧道雨中聞鈴，音與山相應。上即悼念貴妃，采其聲爲《雨霖鈴》曲以寄恨焉。"○"天旋"句：肅宗至德二載（757）十月，郭子儀收復長安，肅宗派太子太師韋見素迎玄宗於蜀。十二月，玄宗還京。龍馭，《拾遺記》卷二："夏禹踰翠岑則神龍而爲馭。"○"馬嵬"二句：《新唐書·后妃傳》上："帝（玄宗）至自蜀，道過其所（楊妃葬處），使祭之……密遣中使者具棺槨它葬焉。啟瘞，故香囊猶在，中人以獻，帝視之，悽感流涕。"《唐宋詩舉要》卷二引吳北江曰："空死處言空見死處也。"○"太液"句：《三輔黃圖》卷四："太液池在長安故城西，建章宫北。"《史記·高祖本紀》："八年……蕭丞相營作未央宮，立東闕、北闕。"○"西宮"句：西宮，太極宮，亦稱西內。南苑，即南內，興慶宮。《新唐書·宦者傳》下："時太上皇（玄宗）居興慶宮……（李）輔國因妄言於帝（肅宗）曰：'太上皇居近市，交通外人，玄禮、力士等將不利陛下，六軍功臣反側不自安，願徙太上皇入禁中。'……會帝屬疾，輔國即詐言皇帝請太上皇按行宮中……與力士對執轡還西內，居甘露殿。侍衛才數十，皆尪老。"○梨園弟子：《雍錄》卷九："梨園在光化門北。……開元二年正月，置教坊於蓬萊宮，上自教法曲，謂之梨園弟子。至天寶中，即東宮置宜春北苑，命宮女數百人爲梨園弟子。"○"椒房"句：椒房，見駱賓王《上吏部侍郎帝京篇》注。阿監，內廷女官。《宋書·后妃傳》："紫極中監女史置一人，光興中監女史置一人……官品第四。"青娥，《方言》卷二："秦、晉之間，美貌謂之娥。"○翡翠衾：指以翡翠鳥羽毛爲飾的被，語出《楚辭·招魂》："翡翠珠被，爛齊光些。"

　　臨邛道士鴻都客，能以精誠致魂魄。爲感君王展轉思，遂教方士殷勤覓。排空馭氣奔如電，升天入地求之遍。上窮碧落下黄泉，兩處茫茫皆不見。忽聞海上有仙山，山在虚無縹緲間。樓閣玲瓏五雲起，其中綽約多仙子。中有一人字太真，雪膚花貌參差是。金闕西廂叩玉扃，轉教小玉報雙成。聞道漢家天子使，九華帳裏夢魂驚。攬衣推枕起徘徊，珠箔銀屏迤邐開。雲鬢半偏新睡覺，花冠不整下堂來。風吹仙袂飄飄舉，猶似《霓裳羽衣舞》。玉容寂寞淚闌干，梨花一枝春帶雨。含情凝睇謝君王，一別音容兩渺茫。昭陽殿裏恩愛絶，蓬萊宮中日月長。回頭下望人寰處，不見長安見塵霧。唯將舊物表深情，鈿合金釵寄將去。釵留一股合一扇，釵擘黃金合分鈿。但令心似金鈿堅，天上人間會相見。臨別殷勤重寄詞，詞中有誓兩心知。七月七日長生殿，夜半無人私語時。在天願作比翼鳥，在地願爲連理枝。天長地久有時盡，此恨綿綿無絶期。

中華書局版《白居易集》卷十二

○"臨邛"句：臨邛，臨邛縣屬劍南道邛州（見《元和郡縣圖志》卷三一），即今四川省邛崍市。鴻都，東漢洛陽宮門名，《後漢書·靈帝紀》：光和元年二月"始置鴻都門學生"。此處暗指長安。○"上窮"句：碧落，道教術語。《度人經》："昔於始青天中碧落高歌。"注："始青天乃東方第一天，有碧霞遍滿，是云碧落。"此指天界。黃泉，《左傳·隱公元年》："不及黃泉，無相見也。"杜預注："地中之泉，故曰黃泉。"○"忽聞"二句：《史記·封禪書》："自威、宣、燕昭使人入海求蓬萊、方丈、瀛洲。此三神山者，其傳在勃海中，去人不遠，患且至，則船風引而去。蓋嘗有至者，諸仙人及不死之藥皆在焉。其物禽獸盡白，而黃金銀爲宮闕。未至，望之如雲；及到，三神山反居水下。臨之，風輒引去，終莫能至云。"○綽約：《莊子·逍遙游》："藐姑射之山，有神人居焉，肌膚若冰雪，淖約若處子。"陸德明《釋文》："李云：淖約，柔弱貌。司馬云：好貌。"淖約，同綽約。○"轉教"句：小玉，作者《霓裳羽衣歌》"吳妖小玉飛作煙"句原注："夫差女小玉死後形見於王，其母抱之，霏微若煙霧散空。"雙成，《漢武帝內傳》："西王母命玉女董雙成吹雲和之笙。"○九華帳：《博物志》卷八："漢武帝好仙道，祭祀名山大澤，以求神僊之道。時西王母遣使乘白鹿告帝當來，乃供帳九華殿以待之。"○"風吹"二句：兩唐書《后妃傳》謂楊貴妃善歌舞，精音律。《楊太真外傳》上："上又宴諸王於木蘭殿，時木蘭花發，皇情不悅。妃醉中舞《霓裳羽衣》一曲，天顏大悅。"○闌干：縱橫貌，漢趙曄《吳越春秋·勾踐入臣外傳》："王與夫人歎曰：'吾已絕望，永辭萬民，豈料再還，重復鄉國。'言竟掩面，涕泣闌干。"○長生殿：今人朱金城曰："長生殿乃華清宮之齋殿，白氏此詩誤作寢殿。鄭嵎《津陽門詩注》云：'飛霜殿即寢殿，而白傳《長恨歌》以長生殿爲寢殿，殊誤矣。'又云：'有長生殿，乃齋殿也。有事於朝元閣，即御長生殿以沐浴也。'長生殿又名集靈臺。《舊書》卷九《玄宗紀》：'（天寶元午冬十月辛丑），新成長生殿，名曰集靈臺。'《唐會要》卷三十《華清宮》條：'天寶元年十月造長生殿，名爲集靈臺，以祀神。'《長安志》卷十五臨潼'長生殿，齋殿也。有事於朝元閣，即齋沐此殿。……天寶元年新作長生殿集靈臺以祀神'。陳寅恪《元白詩箋證稿》謂樂天作此詩時猶未入翰林，不諳國家典故，遂至失言，推其致誤之由，蓋因唐代寢殿習稱'長生殿'，其說良是。如《通鑒》卷二零七長安四年'太后寢疾居長生院'條胡三省注云：'長生院，即長生殿。明年五王誅二張，進至太后所寢長生殿，同此處也。蓋唐寢殿皆謂之長生殿，此武后寢疾之長生殿，洛陽宮寢殿也。肅宗大漸，越王係授甲長生殿，長安大明宮之寢殿也。白居易"七月七日長生殿，夜半無人私語時"，華清宮之長生殿也。'唐代宮中長生殿雖爲寢殿，獨華清宮之長生殿爲祀神之齋宮。胡氏混淆不清，遂至失考。"（《白居易集箋校》卷十二）〇比翼鳥：《爾雅·釋地》："南方有比翼鳥焉，不比不飛，其名謂之鶼鶼。"〇緜緜：《詩經·大雅·緜》"緜緜瓜瓞"。毛傳："緜緜，不絕貌。"

輯　錄

◎《新唐書·白居易傳》：居易於文章精切，然最工詩。初，頗以規諷得失，及其多，更下偶俗好，至數千篇，當時士人爭傳。鷄林行賈售其國相，率篇易一金，甚僞者，相輒能辯之。初，與元稹酬詠，故號"元白"；稹卒，又與劉禹錫齊名，號"劉白"。

◎白居易《與元九書》：自拾遺來，凡所遇所感，關於美刺興比者，又自武德迄元和，因事立題，題爲《新樂府》者，共一百五十首，謂之諷諭詩。又或退公獨處，或移病閒居，知足保和，吟玩情性者一百首，謂之閒適詩。又有事物牽於外，情理動於內，隨感遇而形於歎詠者一百首，謂之感傷詩。又有五言、七言、長句、絕句，自一百韻至兩韻者四百餘首，謂之雜律詩。……謂之諷諭詩，兼濟之志也；謂之閒適詩，獨善之義也。……今僕之詩，人所愛者，悉不過雜律詩與《長恨歌》以下耳。時之所重，僕之所輕。至於諷諭者，意激而言質；閒適者，思澹而辭迂。以質合迂，宜人之不愛也。

◎王定保《唐摭言》卷十五：白樂天去世，大中皇帝（宣宗）以詩弔之曰："綴玉聯珠六十年，誰教冥路作詩仙。浮雲不繫名居易，造化無爲字樂天。童子解吟長恨曲，胡兒能唱琵琶篇。文章已滿行人耳，一度思卿一愴然。"

◎胡應麟《詩藪·內編》卷六：樂天詩世謂淺近，以意與語合也。若語淺意深，語近意遠，則最上一乘，何得以此爲嫌！

◎胡震亨《唐音癸籤》卷十五：（樂府）別剏時事新題，杜甫始之，元、白繼之。……各自命篇名，以寓其諷刺之指，於朝政民風，多所關切，言者不爲罪，而聞者可以戒。嗣後曹鄴、劉駕、聶夷中、蘇拯、皮、陸之徒，相繼有作，風流益盛。

◎賀貽孫《詩筏》：長慶長篇，如白樂天《長恨歌》、《琵琶行》，元微之《連昌宮詞》諸作，才調風致，自是才人之冠。其描寫情事，如泣如訴，從焦仲卿篇得來，所不及焦仲卿者，正在描寫有意耳。

◎薛雪《一瓢詩話》：元白詩言淺而思深，意微而詞顯，風人之能事也。至於屬對精警，使事嚴切，章法變化，條理井然，其俚俗處而雅亦在其中。杜浣花之後，不可多得。

◎趙翼《甌北詩話》卷四：元白尚坦易，務言人所共欲言。……坦易者，多觸景生情，因事起意，眼前景，口頭語，自能沁人心脾，耐人咀嚼。

◎翁方綱《石洲詩話》卷二：詩至元白，針綫鈎貫，無乎不到，所以不及前人者，太露太盡耳。

◎劉熙載《藝概·詩概》：常語易，奇語難，此詩之初關也；奇語易，常語難，此詩之重關也。香山用常得奇，此境良非易到。

◎喬億《劍溪說詩·又編》：白樂天中懷坦蕩，見之於詩，亦洞澈表裏，曲盡事情，俾讀者欣然如對居易友也。然往往意太盡，語涉粗俗，似欠澄汰之功。

元　稹（779—831）

《新唐書·元稹傳》：元稹字微之，河南河內人。幼孤，母鄭賢而文，親授書傳。九歲工屬文，十五擢明經，判入等，補校書郎。元和元年舉制科，對策第一，拜左拾遺。性明銳，遇事輒舉。當路者惡之，出爲河南尉，以母喪解。服除，拜監察御史，按獄東川，因劾奏節度使嚴礪違詔過賦數百萬，沒入塗山甫等八十餘家田產奴婢。時礪已死，七刺史皆奪俸，礪黨怒。俄分司東都。（論奏）十餘事。會河南尹房式坐罪，稹舉劾，詔薄式罪，召稹還。次敷水驛，中人仇士良夜至，稹不讓，中人怒，擊稹敗面。宰相以稹年少輕樹威，失憲臣體，貶江陵士曹參軍，而李絳、崔群、白居易皆論其枉。久乃徙通州司馬，改虢州長史。元和末，召拜膳部員外郎。稹尤長於詩，與居易名相埒，天下傳諷，號"元和體"，往往播樂府。穆宗在東宮，妃嬪近習皆誦之，宮中呼元才子。稹之謫江陵，善監軍崔潭峻。長慶初，潭峻方親幸，以稹歌詞數十百篇奏御，帝大悅。即擢祠部郎中，知制誥。變詔書體，務純厚明切，盛傳一時。然其進非公議，爲士類訾薄。俄遷中書舍人、翰林承旨學士。數召入，禮遇益厚，自謂得言天下事。中人爭與稹交，魏弘簡在樞密，尤相善。裴度出屯鎮州，有所論奏，共沮却之。度三上疏劾弘簡、稹傾亂國政。帝迫群議，乃罷弘簡，而出稹爲工部侍郎。然眷倚不衰，未幾，進同中書門下平章事，朝野雜然輕笑。徙浙東觀察使。大和三年，召爲尚書左丞，務振綱紀。然稹素無檢，望輕，不爲公議所右。王播卒，謀復輔政甚力，訖不遂。俄拜武昌節度使。卒，年五十三，贈尚書右僕射。所論著甚多，行於世。稹始言事峭直，欲以立名，中見斥廢十年，信道不堅，乃喪所守。附宦貴得宰相，居位纔三月罷。晚彌沮喪，加廉節不飾云。

遣悲懷三首

【題解】 元稹原配韋叢卒於元和四年（809），享年二十七歲。元稹在其死後寫過不少哀婉動人的悼亡詩，此爲其中的代表作，語淺而情摯。清蘅塘退士評之曰："古今悼亡詩充棟，終無能出此三首範圍者，勿以淺近忽之。"(《唐詩三百首》卷六）詩題原作《三遣悲懷》，據別本改。

其　一

謝公最小偏憐女，自嫁黔婁百事乖。顧我無衣搜藎篋，泥他沽酒拔金釵。野蔬充膳甘長藿，落葉添薪仰古槐。今日俸錢過十萬，與君營奠復營齋。

○謝公：東晉謝安，位至宰相。事見《晉書·謝安傳》。韋叢之父韋夏卿亦官居高位，故以謝安擬之。○黔婁：春秋時隱士，不求仕進，家貧，死時衾不蔽體。其妻亦爲安貧樂道的賢德女子。事見《列女傳·魯黔婁妻》、《高士傳·黔婁先生》。○藎篋：藎，草名。藎篋，以藎草編織的箱子。

其　二

昔日戲言身後意，今朝皆到眼前來。衣裳已施行看盡，針綫猶存未忍開。尚想舊情憐婢僕，也曾因夢送錢財。誠知此恨人人有，貧賤夫妻百事哀。

其　三

閑坐悲君亦自悲，百年都是幾多時。鄧攸無子尋知命，潘岳悼亡猶費詞。同穴窅冥何所望，他生緣會更難期。唯將終夜長開眼，報答平生未展眉。

中華書局版《元稹集》卷九

○鄧攸無子：鄧攸字伯道，爲河東太守。永嘉中爲石勒所俘，後逃至江南。南逃時，步行擔其子與侄，度不能兩全，乃棄子全侄。後竟無子。時人義而哀之，爲之語曰："天道無知，使鄧伯道無兒。"事見《晉書·良吏傳》。○潘岳悼亡：潘岳，西晉文學家（事見《晉書》本傳）。文辭豔麗，尤善哀誄文字，曾作悼念亡妻的《悼亡詩》三首。○同穴：《詩經·王風·大車》："穀則異室，死則同穴。"○長開眼：陳寅恪曰："自比鰥魚，即自誓終鰥之義。"（《元白詩箋證稿》第四章）《釋名·釋親屬》："無妻曰鰥。鰥，昆也。昆，明也。愁悒不寐，目恒鰥鰥然也。故其字從魚，魚目恒不閉者也。"

| 輯　錄 |

一、關於元稹

◎洪邁《容齋隨筆》卷二：白樂天《長恨歌》、《上陽人歌》，元微之《連昌宮詞》，道開元間宮禁事，最爲深切矣。然微之有《行宮》一絕句云："寥落古行宮，宮花寂寞紅。白頭宮女在，閑坐說玄宗。"語少意足，有無窮之味。

◎胡應麟《詩藪·內編》卷三：元和中，李紳作《新樂府》二十章，元稹取其尤切者十五章和之，如《華原磬》、《西涼伎》之類。皆風刺時事，蓋仿杜陵爲之者。語句亦多仿工部，如《陰山道》、《縛戎人》等，音節時有逼近。第得其沉著，而不得其縱橫；得其渾樸，而不得其悲壯。

◎陳寅恪《元白詩箋證稿》第四章：微之天才也。文筆極詳繁切至之能事。既能於非正式男女間關係如與鶯鶯之因緣，詳盡言之於《會真詩傳》，則亦可推之於正式男女間關係如韋氏者，抒其情，寫其事，纏綿哀感，遂成古今悼亡詩一體之絕唱。

二、元白之比較

◎陳繹曾《文筌·詩譜》：白意古辭俗，元辭古意俗。

◎陸時雍《詩鏡總論》：微之多深著色，樂天多淺著趣。

◎賀裳《載酒園詩話·又編》：詩至元白實又一大變。兩人雖並稱，亦各有不同。選語之工，白不如元，波瀾之闊，元不如白。白蒼莽中存古調，元精工處亦雜新聲。既由風氣轉移，亦自才質有限。

張　籍 （766—約830）

《新唐書·張籍傳》：張籍者，字文昌，和州烏江（縣治在今安徽和縣東北）人。第進士，爲太常寺太祝。久次，遷秘書郎。（韓）愈薦爲國子博士。歷水部員外郎、主客郎中。當時有名士皆與游,而愈賢重之。籍性狷直,嘗責愈喜博簺及爲駁雜之說,論議好勝人,其排釋老不能著書若孟軻、揚雄以垂世者。籍爲詩,長於樂府,多警句。仕終國子司業。

節婦吟

【題解】　張籍自創的新樂府題。題下原注"寄東平李司空師道"。案"師道"當爲"師古"之誤。宋洪邁《容齋三筆》卷六"張籍陳無己詩"條曰:"張籍在他鎮幕府,鄆帥李師古又以書幣辟之,籍却而不納,而作《節婦吟》一章以寄之。"《舊唐書·憲宗本紀下》載元和十一年(816)十月"鄆州李師道加檢校司空",時張籍已任國子監助教,應無辭師道聘事。師古爲師道異母兄,平盧淄青節度使,貞元末嘗圖謀自立(詳見《舊唐書》本傳)。據《舊唐書》之《順宗本紀》《憲宗本紀》,師古貞元二十一年(805)三月兼檢校司空,元和元年(806)閏六月卒。其爲檢校司空時,張籍正守選待官。可見張籍所辭者乃李師古。此詩婉拒李之書幣,借男女情愛表明政治態度。鍾惺云"節義肝腸,以情款語出之"(《唐詩歸》卷三十),沈德潛《唐詩別裁集》則不錄此詩,謂"玩辭意,恐失節婦之旨"(《唐詩別裁集》卷八)。

君知妾有夫,贈妾雙明珠。感君纏綿意,繫在紅羅襦。妾家高樓連苑起,良人執戟明光裏。知君用心如日月,事夫誓擬同生死。還君明珠雙淚垂,恨不相逢未嫁時。

《四部叢刊》本《張司業集》卷一

○襦:短衣,漢樂府《陌上桑》:"緗綺爲下裙,紫綺爲上襦。"○執戟明光:執戟,秦漢時的宮廷侍衛官(如中郎、侍郎、郎中等)。因執勤時持戟,故名。《史記·滑稽列傳》:"官不過侍郎,位不過執戟。"明光,漢宮殿名。漢有明光宮,又未央宮漸臺西桂宮中有明光殿,均見《三輔黃圖》。

秋　思

【題解】沈德潛稱此詩"亦復人人胸臆語，與'馬上相逢無紙筆'一首（指岑參《逢入京使》）同妙"（《唐詩别裁集》卷二十），潘德輿《養一齋詩話》則譽之爲"七絶之絶境，盛唐諸巨手到此者亦罕"（卷三）。

洛陽城裏見秋風，欲作家書意萬重。復恐匆匆説不盡，行人臨發又開封。

《四部叢刊》本《張司業集》卷六

|輯　錄|

◎白居易《讀張籍古樂府》：張君何爲者，業文三十春。尤工樂府詩，舉代少其倫。爲詩意如何？六義相鋪陳。風雅比興外，未嘗著空文。……上可裨教化，舒之濟萬民；下可理情性，卷之善一身。

◎劉攽《中山詩話》：張籍樂府詞，清麗深婉，五言律詩亦平澹可愛，至七言詩，則質多文少。

◎張戒《歲寒堂詩話》卷上：張司業詩與元白一律，專以道得人心中事爲工，但白才多而意切，張思深而語精，元體輕而詞躁爾。

◎方南堂《輟鍛録》：白樂天歌行，平鋪直叙而不嫌其拖沓者，氣勝也；張文昌樂府，急管繁弦而不覺其踢踏者，趣勝也。

王　建（766—約830）

《唐才子傳》卷四：建字仲初，潁川（今河南許昌）人。大曆十年丁澤榜第二人及第，釋褐，授渭南尉，調昭應縣丞，諸司歷薦，遷大府寺丞、秘書丞、侍御史。大和中，出爲陝州司馬，從軍塞上，弓劍不離身。數年後歸，卜居咸陽原上。初游韓吏部門牆，爲忘年之友，與張籍契厚，唱答尤多。工爲樂府歌行，格幽思遠。二公之體，同變時流。建性耽酒，放浪無拘。《宫詞》特妙前古。建才贍，有作皆工。蓋嘗跋涉畏途，甘分窮苦。又於征戍遷謫，行旅離別，幽居官況之作，俱能感動神思，道人所不能道也。

案：據譚優學《王建行年考》（見《唐詩人行年考·續編》），王建生長於關中三輔（今陝西西安一帶）之地，潁川乃其祖籍。又大曆十年（775）建僅十歲，故是年中進士之説早爲諸家否定。各家多有疑其未第進士，亦未任渭南尉者。據《唐才子傳校箋》卷四，王建建中四年（783）前後出關輔，求學山東，與張籍同窗。貞元十六年（800）前後在幽州劉濟幕中從軍。後赴嶺南幕從事。元和八年（813）前自荆南赴魏博田弘正幕，八年離魏博回關輔，同年任昭應丞。大和二年（828）爲陝州司馬。

宫詞一百首（選三首）

【題解】 范攄《雲溪友議》卷下："王建校書爲渭南尉……先值內官王樞密（守澄），盡宗人之分，然彼我不均，復懷輕謗之色。忽因過飲，語及桓、靈信任中官，多遭黨錮之罪，而起興廢之事。樞密深憾其譏，詰曰：'吾弟所有《宫詞》，天下皆誦於口，禁掖深邃，何以知之？'建不能對。……爲詩以讓之，乃脱其禍也。建詩曰：'……不是當家頻向説，九重爭遣外人知？'"王建宫詞的材料來源於與王守澄的閒談，故真實。而險爲守澄陷之於禍，又可見其描寫的大膽。後世仿王之作甚多，以至前人有稱王建爲"宫詞之祖"者。此處所選三首，第一首寫宫中射獵；後兩首均寫宫怨，藝術表現一顯豁，一深婉，各有特色。

射生宫女宿紅妝，把得新弓各自張。臨上馬時齊賜酒，男兒跪拜謝君王。

○射生宫女：據《新唐書·兵志》，唐肅宗至德二載（757），擇便騎射者置衙前射生手千人，又稱供奉射生官、殿前射生。此處是借射生手之

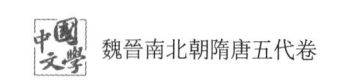

名稱參加射獵的宮女。

往來舊院不堪修，近敕宣徽別起樓。聞有美人新進入，六宮未見一時愁。

○宣徽：即宣徽院。唐肅宗以後設宣徽南北院使，以宦官擔任，總領宮中諸司及三班內侍的名籍與祭祀朝會宴饗供帳等事宜。詳見《文獻通考·職官十二》。

樹頭樹底覓殘紅，一片西飛一片東。自是桃花貪結子，錯教人恨五更風。

中華書局版《全唐詩》卷三百二

| 輯　錄 |

一、關於王建

◎范晞文《對牀夜語》卷二：古樂府當學王建，如《涼州行》、《刺促詞》、《古釵行》、《精衛詞》、《老婦歎鏡》、《短歌行》、《渡遼水》等篇，反覆致意，有古作者之風，一失於俗則俚矣。

◎管世銘《讀雪山房唐詩序例》：《竹枝》始於劉夢得，《宮詞》始於王仲初，後人仿爲之者，總無能掩出其上也。

二、合論張王

◎胡震亨《唐音癸籤》卷七：文章窮於用古，矯而用俗，如《史》、《漢》後六朝史之入方言俗語是也。籍、建詩之用俗亦然。王荆公題籍集云："看是尋常最奇崛，成如容易却艱辛。"凡俗言俗事入詩，較用古更難。知兩家詩體，大費鎔合在。

◎又引陳繹曾語：張籍祖《國風》，宗漢樂府，思難辭易。王建似張籍，古少今多。

◎翁方綱《石洲詩話》卷二：張、王樂府，天然清削，不取聲音之大，亦不求格調之高，此真善於紹古者。較之昌谷，奇豔不及，而真切過之。

◎李調元《雨村詩話》卷下：王建、張籍樂府，何曾一字險怪，而讀之入情入理，與漢魏樂府並傳。

劉禹錫（772—842）

《舊唐書·劉禹錫傳》：劉禹錫字夢得，彭城（今江蘇徐州）人。貞元九年擢進士第，又登宏辭科。禹錫精於古文，善五言詩，今體文章復多才麗。從事淮南節度使杜佑幕，典記室，尤加禮異。從佑入朝，爲監察御史。與吏部郎中韋執誼相善。貞元末，王叔文於東宮用事，後輩務進，多附麗之，禹錫尤爲叔文知獎，以宰相器待之。順宗即位，久疾不任政事，禁中文誥，皆出於叔文，引禹錫及柳宗元入禁中，與之圖議，言無不從。轉屯田員外郎，判度支鹽鐵案，兼崇陵使判官。時號二王、劉、柳。叔文敗，坐貶連州刺史，在道，貶朗州司馬。地居西南夷，土風僻陋，舉目殊俗，無可與言者。禹錫在朗州十年，唯以文章吟詠，陶冶情性。蠻俗好巫，每淫祀鼓舞，必歌俚辭。禹錫或從事於其間，乃依騷人之作，爲新辭以教巫祝。故武陵溪洞間夷歌，率多禹錫之辭也。初禹錫、宗元等八人犯衆怒，憲宗亦怒，故再貶。制有"逢恩不原"之令。然執政惜其才，欲洗滌痕累，漸序用之。會程異復掌轉運，有詔以韓皋及禹錫等爲遠郡刺史。元和十年，自武陵召還，宰相復欲置之郎署。時禹錫作《游玄都觀詠看花君子》詩，語涉譏刺，執政不悅，復出爲播州刺史。詔下，御史中丞裴度奏曰："劉禹錫有母，年八十餘。今播州西南極遠，猿狖所居，人亦罕至。禹錫誠合得罪，然其老母必去不得，則與此子爲死別。臣恐傷陛下孝理之風。伏請屈法，稍移近處。"乃改授連州刺史。去京師又十餘年，連刺數郡。大和二年，自和州刺史徵還，拜主客郎中。禹錫銜前事未已，復作《游玄都觀》詩，序言人嘉其才而薄其行。禹錫怒武元衡、李逢吉，而裴度稍知之。大和中，度在中書，欲令知制誥，執政又聞《詩序》，滋不悅，累轉禮部郎中、集賢院學士。度罷知政事，禹錫求分司東都。終以恃才褊心，不得久處朝列。六月，授蘇州刺史，就賜金紫。秩滿入朝，授汝州刺史，遷太子賓客，分司東都。禹錫晚年與少傅白居易友善，詩筆文章，時無在其右者。常與禹錫唱和往來，因集其詩而序之。其爲名流許與如此。夢得嘗爲《西塞懷古》、《金陵五題》等詩，江南文士稱爲佳作，雖名位不達，公卿大僚多與之交。開成初，復爲太子賓客分司，俄授同州刺史。秩滿，檢校禮部尚書、太子賓客分司。會昌二年七月卒，時年七十一，贈戶部尚書。

案：禹錫籍貫洛陽，郡望彭城，又韓柳文中時稱其"中山劉夢得"，中山亦劉氏郡望。

西塞山懷古

【題解】《水經注·江水》："江之右岸有黃石山，水逕其北，即黃石磯也。……山連延江側，東山偏高，謂之西塞。東對黃公九磯，所謂九圻者也。於行小難，兩山之間爲闕塞。"《元和郡縣圖志》卷二七："江南道鄂州武昌縣：西塞山在縣東八十五里，竦峭臨江。"《大清一統志·湖北武昌府》："西塞山在大冶縣東九十里，一名道士洑磯。"其地在今湖北省大冶縣東，爲長江中流要塞。《唐詩紀事》卷三九："長慶中，元微之、夢得、韋楚客同會樂天舍，論南朝興廢，各賦《金陵懷古》詩。劉滿引一杯，飲已即成，曰：'王濬樓船下益州……'白公覽詩曰：'四人探驪龍，子先獲珠，所餘鱗爪何用耶？'於是罷唱。"

王濬樓船下益州，金陵王氣黯然收。千尋鐵鎖沉江底，一片降幡出石頭。人世幾回傷往事，山形依舊枕寒流。今逢四海爲家日，故壘蕭蕭蘆荻秋。

中華書局版《劉禹錫集》卷二十四

○"王濬"句：《晉書·王濬傳》："王濬字士治，弘農湖人也。……

拜益州刺史。武帝謀伐吳，詔濬修舟艦。濬乃作大船連舫，方百二十步，受二千餘人。以木爲城，起樓櫓，開四出門，其上皆得馳馬來往。又畫鷁首怪獸於船首，以懼江神。舟楫之盛，自古未有。……太康元年正月，濬發自成都（攻吳）。"王濬，原作"西晉"，據趙駿烈本改。○"金陵"句：《太平御覽·州郡部》十六引《金陵圖》："昔楚威王見此有王氣，因埋金以鎮之，故曰金陵。秦併天下，望氣者言江東有天子氣，鑿地斷連岡，因改金陵爲秣陵。"庾信《哀江南賦序》："將非江表王氣，終於三百年乎！"黯，原作"漢"，據《全唐詩》改。○"千尋"二句：《王濬傳》："吳人於江險磧要害之處，並以鐵鎖橫截之，又作鐵錐長丈餘，暗置江中，以逆距船。先是，羊祜獲吳間諜，具知情狀。濬乃作大筏數十，亦方百餘步，縛草爲人，被甲持杖，令善水者以筏先行，筏遇鐵錐，錐輒著筏去。又作火炬，長十餘丈，大數十圍，灌以麻油，在船前，遇鎖，然炬燒之，須臾，融液斷絕，於是船無所礙。……濬自發蜀，兵不血刃，攻無堅城，夏口、武昌，無相支抗。於是順流鼓棹，徑造三山。……濬入於石頭，（孫）皓乃備亡國之禮，素車白馬，肉袒面縛，銜璧牽羊，大夫衰服，士輿櫬……造於壘門。濬躬解其縛，受璧焚櫬，送於京師。"《三國志·吳書·孫權傳》："（建安）十六年，權徙治秣陵。明年，城石頭，改秣陵爲建業。"《元和郡縣圖志》卷二五："江南道潤州上元縣：石頭城在縣西四里，即楚之金陵城也。吳改爲石頭城。建安十六年，吳大帝修築，以貯財寶軍器，有戍。……諸葛亮云'鍾山龍盤，石城虎踞'，言其形之險固也。"石頭城故址在今江蘇省南京市。○四海爲家：謂天下一統。《史記·高祖本紀》："天子以四海爲家。"

竹枝詞九首（選二首）

【題解】原詩《引》曰："四方之歌，異音而同樂。歲正月，余來建平，里中兒聯歌《竹枝》，吹短笛擊鼓以赴節。歌者揚袂睢舞，以曲多爲賢。聆其音，中黃鐘之羽。其卒章激訐如吳聲。雖傖儜不可分，而含思宛轉，有《淇澳》之豔。昔屈原居沅湘間，其民迎神，詞多鄙陋，乃爲作《九歌》。到於今荆楚鼓舞之。故余亦作《竹枝詞》九篇，俾善歌者颺之，附於末，後之聆巴歈，知變風之自焉。"《樂府詩集》卷八一："《竹枝》本出於巴渝。唐貞元中，劉禹錫在沅湘，以俚歌鄙陋，乃依騷人《九歌》作《竹枝》新辭九章，教里中兒歌之，由是盛於貞元、元和之間。"禹錫所作《竹枝詞》甚多，其寫作時、地向有爭議。《引》中所言"建平"乃古郡名，三國時吳所置，治所在今重慶市巫山縣，故可指夔州。又朗州一稱武陵郡，漢武陵郡於王莽時曾改爲建平郡，故建平亦可指朗州（治所在今湖南常德）。《新唐書·劉禹錫傳》謂劉貶朗州司馬時作《竹枝辭》十餘篇，郭茂倩亦從史所書謂作於沅湘（見前所引），葛立方《韻語陽秋》則以爲《竹枝》所詠多夔州事，乃夢得爲夔州刺史時所作（卷十五）。考較諸說，應以作於夔州爲是。《詩人玉屑》卷一五引黃庭堅語曰："劉夢得《竹枝》九章，詞意高妙，元和間誠可以獨步。道風俗而不俚，追古昔而不愧，比之杜子美《夔州歌》，所謂同工異曲也。"原作九首，此處選七、九兩首。

瞿唐嘈嘈十二灘，此中道路古來難。長恨人心不如水，等閑平地起波瀾。（原第七首）

○瞿唐：《水經注·江水》："江水又東逕廣溪峽，斯乃三峽之首也。……峽中有瞿塘、黃龕二灘，夏水迴復，沿溯所忌。"

山上層層桃李花，雲間煙火是人家。銀釧金釵來負水，長刀短笠去燒畬。（原第九首）

中華書局版《劉禹錫集》卷二十七

○燒畬：燒山草開荒。杜甫《秋日夔府詠懷奉寄鄭監李賓客一百韻》："煮井爲鹽速，燒畬度地偏。"仇注引《農書》："荆楚多畬田，先縱火燎爐，侯經雨下種，歷三歲土脈竭，復燹旁山。燹，爇火燎草。爐，火燒山界也。"

|輯　錄|

◎白居易《劉白唱和集解》：彭城劉夢得，詩豪者也。其鋒森然，少敢當者。

◎孟棨《本事詩·事感》：劉尚書自屯田員外左遷朗州司馬，凡十年始徵還。方春，作《贈看花諸君子》詩曰："紫陌紅塵拂面來，無人不道看花回。玄都觀裏桃千樹，盡是劉郎去後栽。"其詩一出，傳於都下。有素嫉其名者，白於執政，又誣其有怨憤。不數日，出爲連州刺史。其自叙云："貞元二十一年春，余爲屯田員外，時此觀未有花。是歲出牧連州，至荊南，又貶朗州司馬。居十年，詔至京師，人人皆言有道士手植仙桃滿觀，盛如紅霞，遂有前篇，以記一時之事。旋又出牧，於今十四年，始爲主客郎中。重游玄都，蕩然無復一樹，唯兔葵燕麥動搖於春風耳。因再題二十八字，以俟後再游。時大和二年三月也。"詩曰："百畝庭中半是苔，桃花淨盡菜花開。種桃道士歸何處？前度劉郎今獨來。"

◎陳繹曾《文筌·詩譜》：劉禹錫以意爲主，有氣骨。

◎胡震亨《唐音癸籤》卷七：禹錫有詩豪之目。其詩氣該今古，詞總華實，運用似無甚過人，却都愜人意，語語可歌，真才情之最豪者。

◎劉熙載《藝概·詩概》：劉夢得詩稍近徑露，大抵骨勝於白，而韻遜於柳。要其名雋獨得之句，柳亦不能掩也。

參考書目

《白居易集》，中華書局 1979 年版。

《白居易集箋校》，朱金城箋校，上海古籍出版社 1988 年版。

《白居易詩集校注》，謝思煒校注，中華書局 2006 年版。

《古典文學研究資料彙編·白居易卷》，陳友琴編，中華書局 1986 年版。

《元白詩箋證稿》，陳寅恪著，上海古籍出版社 1982 年版。

《元稹集》，中華書局 1982 年版。

《張司業集》，《四部叢刊》本。

《張籍集繫年校注》，徐禮節、余恕誠校注，中華書局 2011 年版。

《王建詩集校注》，尹占華校注，上海古籍出版社 2020 年版。

《劉禹錫集箋證》，瞿蛻園箋證，上海古籍出版社 1989 年版。

《劉禹錫集》，中華書局 1990 年版。

思考題

1. 試論白居易諷喻詩的藝術得失。
2. 劉熙載稱白居易能"用常得奇"，試舉例說明之。
3. 試論元稹悼亡詩。
4. 白居易稱劉禹錫"詩豪"，爲什麽？

第九節　韓孟詩派與李賀

韓　愈（768—824）

《新唐書·韓愈傳》：韓愈字退之，鄧州南陽（今屬河南）人。三歲而孤，隨伯兄會貶官嶺表。會卒，嫂鄭鞠之。愈自知讀書，日記數千百言，比長，盡能通六經、百家學。擢進士第。會董晉爲宣武節度使，表署觀察推官。晉卒，愈從喪出。不四日，汴軍亂，乃去依武寧節度使張建封，建封辟府推官。調四門博士，遷監察御史。上疏極論宮市，德宗怒，貶陽山令。改江陵法曹參軍。元和初，權知國子博士，分司東都，三歲爲真。改都官員外郎，即拜河南令，遷職方員外郎。坐（柳澗事）復爲博士。既才高數黜，官又下遷，乃作《進學解》以自諭。執政覽之，奇其才，改比部郎中、史館修撰。轉考功，知制誥，進中書舍人。憲宗將平蔡，裴度以宰相節度彰義軍，宣慰淮西，奏愈行軍司馬。愈請乘遽先入汴，說韓弘使葉力。元濟平，遷刑部侍郎。憲宗遣使者往鳳翔迎佛骨入禁中，三日，乃送佛祠。王公士人奔走膜唄，至爲夷法灼體膚，委珍貝，騰沓係路。愈聞惡之，乃上表。表入，帝大怒，持示宰相，將抵以死。裴度、崔羣曰："愈言訐牾，罪之誠宜。然非內懷至忠，安能及此？願少寬假，以來諫爭。"帝曰："愈言我奉佛太過，猶可容；至謂東漢奉佛以後，天子咸夭促，言何乖剌邪？愈，人臣，狂妄敢爾，固不可赦。"於是中外駭懼，雖戚里諸貴，亦爲愈言，乃貶潮州刺史。既至潮，以表哀謝。帝得表，頗感悔，欲復用之，皇甫鎛素忌愈直，即奏言："愈終狂疏，可且內移。"乃改袁州刺史。袁人以男女爲隸，過期不贖，則沒入之。愈至，悉計庸得贖所沒，歸之父母七百餘人。因與約，禁其爲隸。召拜國子祭酒，轉兵部侍郎。鎮州亂，殺田弘正而立王廷湊，詔愈宣撫。愈歸奏，帝大悅。轉吏部侍郎。長慶四年卒，年五十七，贈禮部尚書，謚曰文。愈性明銳，不詭隨。與人交，終始不少變。成就後進士，往往知名。經愈指授，皆稱"韓門弟子"。凡內外親若交友無後者，爲嫁遣孤女而恤其家。嫂鄭喪，爲服期以報。每言文章自漢司馬相如、太史公、劉向、揚雄後，作者不世出，故愈深探本元，卓然樹立，成一家言。其《原道》、《原性》、《師說》等數十篇，皆奧衍閎深，與孟軻、揚雄相表裏而佐佑六經云。至他文造端置辭，要爲不襲蹈前人者，然惟愈爲之，沛然若有餘，至其徒李翺、李漢、皇甫湜從而效之，遽不及遠甚。從愈游者，若孟郊、張籍，亦皆自名於時。

　　案：韓愈籍貫河陽（今河南孟州），郡望昌黎。貞元八年（792）進士。十二至十五年任宣武節度推官。貞元十九年因諫旱饑蠲租得罪李實，貶陽山令。二十一年改江陵法曹參軍。元和元年（806）至三年爲國子博士，居洛陽。元和十四年（819）因諫迎佛骨貶潮州刺史。詳見《唐才子傳校箋》卷五。

山　石

【題解】　寫作年代無考。清人方東樹謂其"衹是一篇游記，而叙寫簡妙，猶是古文手筆"，"不事雕琢，自見精彩"，"雖是順叙，却一句一樣境界。如展圖畫，觸目通層在眼"（《昭昧詹言》卷十二）。何焯則贊其"直書即目，無意求工而文自至。一變謝家模範之迹，如畫家之有荆、關也"（《義門讀書記》卷三十）。

山石犖确行徑微，黃昏到寺蝙蝠飛。升堂坐階新雨足，芭蕉葉大支子肥。僧言古壁佛畫好，以火來照所見稀。鋪牀拂席置羹飯，疏糲亦足飽我飢。夜深靜臥百蟲絕，清月出嶺光入扉。天明獨去無道路，出入高下窮烟霏。山紅澗碧紛爛熳，時見松櫪皆十圍。當流赤足踏澗石，水聲激激風吹衣。人生如此自可樂，豈必局促爲人鞿！嗟哉吾黨二三子，安得至老不更歸！

上海古籍出版社版《韓昌黎詩繫年集釋》卷二

〇支子：即梔子。常綠灌木，春夏開白花，可供觀賞。果實可入藥，亦可作黃色染料。杜甫《梔子》詩："梔子比衆木，人間誠未多。"〇疏糲：《史記·刺客列傳》："故進百金者，將用爲大人麤糲之費。"《索隱》："糲猶麤米也，脫粟也。"〇櫪：同櫟，落葉喬木名。〇鞿：《楚辭·離騷》"余雖好修姱以鞿羈兮"王逸注："韁在口曰鞿。"〇二三子：《論語·八佾》："二三子何患於喪乎？天下之無道也久矣，天將以夫子爲木鐸。"

八月十五夜贈張功曹

【題解】　永貞元年（805）作於郴州。張功曹，名署。韓愈《唐故河南令張君墓誌銘》曰："君諱署，字某，河間人。……方質有氣，形貌魁碩，長於文詞。以進士舉博學宏詞，爲校書郎。自京兆武功尉拜監察御史。爲幸臣所譖，與同輩韓愈、李方叔三人俱爲縣令南方（韓愈貶陽山令，張署貶臨武令）。二年，逢恩俱徙掾江陵。"宋魏仲舉《五百家注昌黎文集》（以下簡稱《五百家注》）卷三引樊汝霖曰："公與張以貞元二十一年（案：即永貞元年，公元805年）二月二十四日赦自南方，俱徙掾江陵，至是俟命於郴而作是詩。"方世舉《韓昌黎詩集編年箋注》（以下簡稱方世舉注）卷三曰："永貞元年，公爲江陵府法曹參軍，署爲功曹參軍，此詩雖未之任而官已定矣。"此詩結構獨特，被後人評爲"一篇古文章法"（方東樹《昭昧詹言》卷十二），"虛者實之，實者虛之，得反客爲主之法"（汪琬《批韓詩》）。

纖雲四卷天無河，清風吹空月舒波。沙平水息聲影絕，一杯相屬君當歌。君歌聲酸辭且苦，不能聽終淚如雨。洞庭連天九疑高，蛟龍出沒猩鼯號。十生九死到官所，幽居默默如藏逃。下牀畏蛇食畏藥，海氣濕蟄熏腥臊。昨者州前搥大鼓，嗣皇繼聖登夔皋。赦書一日行萬里，罪從大辟皆除死。遷者追迴流者還，滌瑕蕩垢朝清班。州家申名使家抑，坎軻祇得移荆蠻。判司卑官不堪說，未免捶楚塵埃間。同時輩流多上道，天路幽險難追攀。君歌且休聽我歌，我歌今與君殊科。一年明月今宵多，人生由命非由他，有酒不飲奈明何！

上海古籍出版社版《韓昌黎詩繫年集釋》卷三

〇屬：《漢書·灌夫傳》："及飲酒酣，夫起舞屬蚡。"顏師古注："屬，付也，猶今之舞訖相勸也。"〇"洞庭"句：洞庭見杜甫《登岳陽樓》注。九疑，九疑山即蒼梧山。《山海經·海內經》："南方蒼梧之丘，蒼梧之淵，其中有九疑山，舜之所葬。"郭璞注："其山九溪皆相似，故云九疑。古者總名其地爲蒼梧也。"〇"下牀"句：方世舉注："南方多蛇，又多畜蠱，以毒藥殺人。"〇"昨者"二句：《新唐書·百官志》三："少府監中尚署令：赦日……擊捆鼓千聲，集百官、父老、囚徒。"《舊唐書·順宗紀》：

"（貞元二十一年正月）丙申，即位於太極殿。……（二月）甲子，御丹鳳樓，大赦天下。"此二句言順宗李誦即位大赦事。注家多有謂大赦指貞元二十一年（805）八月憲宗李純登基事者，非。史載憲宗大赦在元和元年（806）正月（詳見兩唐書《憲宗紀》及《資治通鑒》卷二三六、二三七），與韓、張徙掾江陵之時不合。夔皋，舜時賢臣夔與皋陶。《書·舜典》："帝曰：皋陶……汝作士。""帝曰：夔，命汝典樂，教胄子。"○大辟：《書·呂刑》"大辟疑赦"孔傳："死刑也。"○滌瑕蕩垢：班固《東都賦》："於是百姓滌瑕蕩穢，而鏡至清。"○"州家"句：州家謂郴州刺史，使家謂湖南觀察使。沈欽韓《韓集補注》："是時楊憑爲湖南觀察使。"○荊蠻：指江陵。江陵古屬荊州，爲楚國地。楚國原名荊，周人泛稱南方民族爲蠻，故楚稱荊蠻。○"判司"二句：判司，唐代州郡諸曹參軍之統稱，皆七品卑官。東雅堂本《昌黎先生集》（卷三）："唐制：參軍簿尉有過即受笞杖之刑。"杜甫《送高三十五書記十五韻》："脫身簿尉中，始與捶楚辭。"杜牧《冬至日寄小侄阿宜詩》："參軍與簿尉，塵土驚動勷。一語不中治，笞箠滿身瘡。"二者可與韓詩互證。○殊科：不同類。《說文》："科，程也。程，品也。"《廣雅·釋言》："科，品也。"

謁衡岳廟遂宿岳寺題門樓

【題解】《五百家注》卷三引"補注"："公前後兩謫南方，初自陽山北還過衡，在永貞元年（805）八月，至潭（州）適當殘秋。《陪杜侍御遊湘西寺》詩云'是時秋向殘'是也。今云'我來正逢秋雨節'，故知此詩自陽山還時作。後自潮州移袁州，則元和十五年（820）十月，蓋未嘗過衡。"韓愈《祭河南張員外文》叙由陽山北歸，與張署"委舟湘流，往觀南嶽"，即指此次游歷。衡岳，即衡山。《爾雅·釋山》："江南，衡。"郭璞注："衡山，南岳。"《元和郡縣圖志》卷二九："江南道衡州衡山縣：衡山，南岳也，一名岣嶁山，在縣西三十里。"衡岳廟在今湖南省衡山縣西三十里。

五岳祭秩皆三公，四方環鎮嵩當中。火維地荒足妖怪，天假神柄專其雄。噴雲泄霧藏半腹，雖有絕頂誰能窮？我來正逢秋雨節，陰氣晦昧無清風。潛心默禱若有應，豈非正直能感通。須臾靜掃衆峰出，仰見突兀撐青空。紫蓋連延接天柱，石廩騰擲堆祝融。森然魄動下馬拜，松柏一逕趨靈宮。粉牆丹柱動光彩，鬼物圖畫填青紅。升階傴僂薦脯酒，欲以菲薄明其衷。廟令老人識神意，睢盱偵伺能鞠躬。手持杯珓導我擲，云此最吉餘難同。竄逐蠻荒幸不死，衣食纔足甘長終。侯王將相望久絕，神縱欲福難爲功。夜投佛寺上高閣，星月掩映雲朣朧。猿鳴鐘動不知曙，杲杲寒日生於東。

上海古籍出版社版《韓昌黎詩繫年集釋》卷三

○"五岳"句：《禮記·王制》："天子祭天下名山大川，五岳視三公。"《書·舜典》："望秩於山川。"孔傳："如其秩次望祭之，謂五岳牲禮視三公。"周以太師、太傅、太保爲三公，歷代官制不同，"三公"泛指最高官位。○"四方"句：《史記·封禪書》："昔三代之君皆在河洛之間，故嵩高爲中岳而四岳各如其方。"○"火維"二句：傳說衡岳之神爲赤帝祝融，《初學記》卷五引徐靈期《南岳記》及盛弘之《荆州記》曰："故南岳衡山，上承冥宿，銓德鈞物，故名衡山。下踞離宮，攝位火鄉，赤帝館其嶺，祝融托其陽，故號南岳。"○正直：指神明。《左傳·莊公三十二年》："神，聰明正直而壹者也。"○"紫蓋"二句：顧嗣立注引《長沙記》："衡山七十二峰，最大者五，芙蓉、紫蓋、石廩、天柱、祝融爲最高。"○廟令：《新唐書·百官志》四："五岳、四瀆，令各一人，正九品上，掌祭祀。"○"睢盱"句：睢盱，《淮南子·俶真訓》："於此，萬民睢睢盱盱然，莫不竦身而載聽視。"高誘注："睢睢盱盱，聽視之貌也。"鞠躬，《論語·鄉黨》："入公門，鞠躬如也。"《漢書·馮參傳》："宜鄉侯參鞠躬履方。"顏師古注："鞠躬，謹敬貌。"○"手持"二句：宋程大昌《演繁露》卷三："問卜於神，有器名杯珓，以兩蚌殼投空擲地，觀其俯仰，以斷休咎。……後人不專用蛤殼，或以竹，或以木斷削如蛤形而中分爲二，有仰有俯，故亦名杯珓。……其擲法則以半俯半仰者爲吉。"○"衣食"句：《後漢書·馬援傳》：援從弟少游曰："士生一世，但取衣食纔足，乘下澤車，御款段馬，爲郡掾吏，守墳墓，鄉里稱善人，斯可矣。"○"侯王"二句：清潘德輿評曰："高心勁氣，千古無兩。詩者心聲，信不誣也。"（《養一齋詩話》）○朣朧：《文選·潘岳〈秋興賦〉》："月朣朧以含光兮"。李善注引《埤蒼》曰："朣朧，欲明也。"○"猿鳴"句：謝靈運《從斤竹澗越嶺溪行》："猿鳴誠知曙，谷幽光未顯。"此翻用其意。○杲杲：日出光明貌。《詩經·衛風·伯兮》："其雨其雨，杲杲出日。"

附：   **嗟哉董生行**

淮水出桐柏山，東馳遙遙千里不能休。泚水出其側，不能千里，百里入淮流。壽州屬縣有安豐，唐貞元時，縣人董生召南隱居行義於其中。刺史不能薦，天子不聞名聲。爵祿不及門，門外惟有吏，日來徵租更索錢。嗟哉董生，朝出耕，夜歸讀古人書，盡日不得息，或山於樵，或水於漁。入廚具甘旨，上堂問起居。父母不慼慼，妻子不咨咨。嗟哉董生孝且慈，人不識，惟有天翁知。生祥下瑞無時期。家有狗乳出求食，雞來哺其兒，啄啄庭中拾蟲蟻，哺之不食鳴聲悲，傍徨躑躅久不去，以翼來覆待狗歸。嗟哉董生，誰將與儔？時之人，夫妻相虐，兄弟爲讎，食君之祿而令父母愁。亦獨何心？嗟哉董生無與儔！

調張籍

李杜文章在，光焰萬丈長。不知群兒愚，那用故謗傷？蚍蜉撼大樹，可笑不自量。伊我生其後，舉頸遙相望。夜夢多見之，晝思反微茫。徒觀斧鑿痕，不矚治水航。想當施手時，巨刃磨天揚。垠崖劃崩豁，乾坤擺雷硠。惟此兩夫子，家居率荒涼。帝欲長吟哦，故遣起且僵。翦翎送籠中，使看百鳥翔。平生千萬篇，金薤垂琳琅。仙官敕六丁，雷電下取將。流落人間者，太山一豪芒。我願生兩翅，捕逐出八荒。精神忽交通，百怪入我腸。刺手拔鯨牙，舉瓢酌天漿。騰身跨汗漫，不著織女襄。顧語地上友，經營無太忙？乞君飛霞珮，與我高頡頏。

|輯　錄|

一、關於韓愈

◎韓愈《荆潭唱和詩序》：夫和平之音淡薄，而愁思之聲要妙；歡愉之辭難工，而窮苦之言易好也。是故文章之作，恒發於羈旅草野。至若王公貴人，氣滿志得，非性能而好之，則不暇以爲。

◎司空圖《題柳柳州集後》：韓吏部歌詩數百首，其驅駕氣勢，若挾雷扶電，撐抉於天地之間，物狀奇怪，不得不鼓舞而徇其呼吸也。

◎胡仔《苕溪漁隱叢話·前集》卷十七引蘇軾語：書之美者，莫如顏魯公，然書法之壞自魯公始；詩之美者，莫如韓退之，然詩格之變自退之始。

◎陳師道《後山詩話》：退之以文爲詩，子瞻以詩爲詞，如教坊雷大使之舞，雖極天下之工，要非本色。

◎又引黃庭堅語：詩文各有體，韓以文爲詩，杜以詩爲文，故不工爾。

◎葉燮《原詩》卷一：唐詩爲八代以來一大變，韓愈爲唐詩之一大變，其力大，其思雄，崛起特爲鼻祖。宋之蘇、梅、歐、蘇、王、黃，皆愈爲之發其端，可謂極盛。

◎趙翼《甌北詩話》卷三：至昌黎時，李杜已在前，縱極力變化，終不能再辟一徑。唯少陵奇險處，尚有可推擴。故一眼覷定，欲從此辟山開道，自成一家，此昌黎注意所在也。然奇險處亦自有得失。蓋少陵才思所到，偶然得之；而昌黎則專以此求勝，故時見斧鑿痕迹，有心與無心異也。

◎又：昌黎不但創格，又創句法。《路旁堠》云："千以高山遮，萬以遠水隔。"此創句之佳者。凡七言多上四字相連，而下三字足之。乃《送區弘》云："落以斧引以縆徽"，又云："子去矣時若發機"，《陸渾山火》云："溺厥邑囚之崑崙"，則上三字相連，而下以四字足之。自亦奇闢，然終不可讀。

◎劉熙載《藝概·詩概》：昌黎詩往往以醜爲美。然此但宜施之古體，若用之近體則不受矣。

◎又：昌黎詩陳言務去，故有倚天拔地之意。

二、關於韓孟詩派

◎《舊唐書·孟郊傳》：韓愈一見以爲忘形之契，常稱其字曰東野，與之唱和於文酒之間。

◎《新唐書·盧仝傳》（《韓愈傳》附）：盧仝居東都，愈爲河南令，愛其詩，厚禮之。仝自號玉川子，嘗爲《月蝕詩》以譏切元和逆黨，愈稱其工。時又有賈島、劉乂（案當作叉），皆韓門弟子。

◎李商隱《齊魯二生·劉叉》：（叉）大軀，有聲力。常出入市井，殺牛擊犬豕，羅網鳥雀。亦或時因酒殺人，變姓名遁去。會赦得出。後流入齊魯，始讀書，能爲歌詩。然恃其故時所爲，輒不能俛仰貴人。穿屨破衣，從尋常人乞丐酒食爲活。聞韓愈善接天下士，步行歸之。既至，賦《冰柱》、《雪車》二詩，一旦居盧仝、孟郊之上。樊宗師以文自任，見叉拜之。後以爭語不能下諸公，因持愈金數斤去，曰："此諛墓中人所得耳，不若與劉君爲壽。"愈不能止，復歸齊魯。

◎辛文房《唐才子傳》卷五：馬異，睦州人也。禮部侍郎鮑防下進士第二人。少與皇甫湜同硯席，賦性高疏，詞調怪澀。雖風骨稜稜，不免枯瘠。盧仝聞之，頗合己志，願與結交，遂立同異之論，以詩贈答，斯亦怪之甚也。

◎趙翼《甌北詩話》卷三：蓋昌黎本好爲奇崛矞皇，而東野盤空硬語，妥帖排奡，趣尚略同，才力又相等，一旦相遇，遂不覺膠之投漆，相得無間，宜其傾倒之至也。

◎翁方綱《石洲詩話》卷二：韓門諸君子，除張文昌另一種，自當別論；皇甫持正、李習之、崔斯立皆不以詩名；惟孟東野、李長吉、賈閬仙、盧玉川四家，依仗筆力，自樹旗幟。蓋自中唐諸公漸趨平易，勢不可無諸賢之撐起。

孟　郊（751—814）

《新唐書・孟郊傳》：孟郊者，字東野，湖州武康（今浙江德清）人。少隱嵩山，性介，少諧合。愈一見爲忘形交。年五十，得進士第，調溧陽尉。縣有投金瀨、平陵城，林薄蒙翳，下有積水。郊閒往坐水旁，裴回賦詩，而曹務多廢。令白府，以假尉代之。分其半奉。鄭餘慶爲東都留守，署水陸轉運判官。餘慶鎮興元，奏爲參謀。卒，年六十四。張籍諡曰貞曜先生。郊爲詩有理致，最爲愈所稱，然思苦奇澀。李觀亦論其詩曰：＂高處在古無上，平處下顧二謝＂云。

案：孟郊貞元十二年（796）登進士第，四年後調溧陽尉，貞元二十年辭職。元和元年（806）受鄭餘慶辟任水陸轉運判官，元和九年入興元幕。詳《唐才子傳校箋》卷五。

苦寒吟

【題解】　孟郊自創之樂府詩題。《文選》卷二七有魏武帝《苦寒行》一首，後之擬作甚多，見郭茂倩《樂府詩集》卷三三＂相和歌辭・清調曲＂。亦有異名（如《北上行》），但無用＂吟＂者。本篇描寫冬日嚴寒，＂苦情悲響，不盡不止＂（《唐詩歸》卷三一鍾惺評孟郊《病客吟》語）。

天色寒青蒼，北風叫枯桑。厚冰無裂文，短日有冷光。敲石不得火，壯陰正奪陽。調苦竟何言，凍吟成此章。

人民文學出版社版《孟郊詩集校注》卷一

○＂北風＂句：樂府古辭《飲馬長城窟行》：＂枯桑知天風，海水知天寒。＂○壯陰：《文選・潘岳〈閑居賦〉》：＂若乃背冬涉春，陰謝陽施。＂

李善注引《神農本草》："春夏爲陽，秋冬爲陰。"此時嚴冬苦寒，陰氣已盛，故曰壯陰。

秋　懷（選一首）

【題解】詠懷組詩，共十五首，極寫老病困窮之感，爲孟郊重要代表作。此處選第二首。

秋月顏色冰，老客志氣單。冷露滴夢破，峭風梳骨寒。席上印病文，腸中轉愁盤。疑懷無所憑，虛聽多無端。梧桐枯崢嶸，聲響如哀彈。

人民文學出版社版《孟郊詩集校注》卷四

○崢嶸：枯槁貌，杜甫《枯柟》："楩柟枯崢嶸"。

游終南山

【題解】終南山，見杜甫《自京赴奉先縣詠懷五百字》注。華忱之、喻學才曰："唐人所游之終南山，即《漢書·地理志》所說的扶風武功縣境内的太一山。清閻若璩《尚書古文疏證》：'終南，南山之總名。太一，山之別號。'讀唐人游終南山詩，皆當作如是觀。"此詩被沈德潛稱爲"盤空出險語"（《唐詩別裁集》卷四），寫景雄奇而不幽僻，是孟集中不多見的明暢之作。

南山塞天地，日月石上生。高峰夜留日，深谷晝未明。山中人自正，路險心亦平。長風驅松柏，聲拂萬壑清。到此悔讀書，朝朝近浮名。

人民文學出版社版《孟郊詩集校注》卷四

○"南山"二句：譚元春曰："鑿空奇語，却不入魔。"（《唐詩歸》卷三一）○"高峰"句：原注："太白峰西，黃昏後見餘日。"

| 輯　錄 |

◎孟郊《夜感自遺》：夜學曉不休，苦吟神鬼愁。如何不自閑，心與身爲讎。

◎韓愈《薦士》：有窮者孟郊，受材實雄驁。冥觀洞古今，象外逐幽好。橫空盤硬語，妥帖力排奡。敷柔肆紆餘，奮猛卷海潦。榮華肖天秀，捷急逾響報。

◎《貞曜先生墓誌銘》：及其爲詩，劌目鉥心，刃迎縷解，鉤章棘句，掐擢胃腎。神施鬼設，間見層出。

◎李肇《唐國史補》卷下：元和已後，爲文章則學奇詭於韓愈，學苦澀於樊宗師。歌行則學流蕩於張籍。詩章則學矯激於孟郊，學淺切於白居易，學淫靡於元稹，俱名爲元和體。

◎趙璘《因話錄》卷三：韓文公與孟東野友善。韓文公文至高，孟長於五言，時號孟詩韓筆。

◎蘇軾《讀孟郊詩二首》：夜讀孟郊詩，細字如牛毛。寒燈照昏花，佳處時一遭。孤芳擢荒穢，苦語餘詩騷。水清石鑿鑿，湍激不受篙。初如食小魚，所得不償勞；又似煮彭蚏，竟日持空螯。要當鬥僧清，未足當韓豪。人生如朝露，日夜火消膏。何苦將兩耳，聽此寒蟲號。不如且置之，飲我玉色醪。（其一）

◎我憎孟郊詩，復作孟郊語。飢腸自鳴喚，空壁轉飢鼠。詩從肺腑出，出輒愁肺腑。有如黃河魚，出膏以自煮。（其二）

◎張戒《歲寒堂詩話》卷上：世以（孟郊）配賈島而鄙其寒苦，蓋未之察也。郊之詩，寒苦則信矣，然其格致高古，詞意精確，其才亦豈可易得？

◎魏泰《臨漢隱居詩話》：孟郊詩蹇澀，琢削不假，真苦吟而成，觀其句法格力可見矣。

◎費衮《梁溪漫志》卷七：自六朝詩人以來，古淡之風衰，流爲綺靡。東野獨一洗衆陋，其詩高妙簡古，力追漢魏作者。然亦恨其太過，蓋矯世不得不爾。

◎嚴羽《滄浪詩話·詩評》：孟郊之詩刻苦，讀之使人不歡。

◎元好問《論詩三十首》：東野窮愁死不休，高天厚地一詩囚。江山萬古潮陽筆，合在元龍百尺樓。

◎《唐詩歸》卷三一：鍾（惺）云：東野詩有孤峰峻壑之氣，其云郊寒者，高則寒，深則寒也，勿作貧寒一例看。

◎沈德潛《唐詩別裁集》卷四：郊之寒，過求高深，鄰於刻削，其實從真性情流出。

◎施補華《峴傭說詩》：孟東野奇傑之筆萬不及韓，而堅瘦特甚。譬之偪陽小城，小而愈固，不易攻破也。

◎劉熙載《藝概·詩概》：昌黎、東野兩家詩，雖雄富清苦不同，而同一好難爭險。惟中有質實深固者存，故較李長吉爲老成家數。

◎又：孟東野詩好處，黃山谷得之，無一軟熟句；梅聖俞得之，無一熱俗句。

賈　島（779—843）

蘇絳《賈司倉墓誌銘》(《全唐文》卷七六三)：公諱島，字浪仙，范陽（今北京市附近）人也。祖宗官爵，顧未研詳，中多高蹈不仕。公展其長材間氣，超卓挺生。六經百氏，無不該覽。妙之尤者，屬思五言，孤絕之句，記在人口。穿楊未中，遽罹誹謗。解褐授遂州長江主簿。三年在任，卷不釋手，秩滿遷普州司倉參軍，諸侯待之以賓禮，未嘗評人之是非。又工筆法，得鍾張之奧。所著文篇，不以新句綺靡爲意，淡然躡陶謝之蹤，片雲獨鶴，高步塵表。會昌癸亥歲七月二十八日，終於郡官舍，春秋六十有四。未及浹旬，又轉授晉州司戶參軍。榮命雖來，於公何有！

《新唐書·賈島傳》：島初爲浮屠，名無本。來東都，時洛陽令禁僧午後不得出，島爲詩自傷。（韓）愈憐之，因教其爲文，遂去浮屠，舉進士。當其苦吟，雖逢值公卿貴人，皆不之覺也。一日見京兆尹，跨驢不避，讕詰之，久乃得釋。累舉，不中第。文宗時，坐飛謗，貶長江主簿。會昌初，以普州司倉參軍遷司戶，未受命卒。

憶江上吳處士

【題解】吳處士，名不詳，《長江集》卷三《憶吳處士》云："半夜長安雨，燈前越客吟"，與本詩合觀，知吳爲閩人，客於長安，此時正在離京赴閩途中。處士，見杜甫《贈衛八處士》題解。紀昀曰："天骨開張，而行以灝氣，浪仙有數之作。"（《瀛奎律髓刊誤》卷二六）

閩國揚帆去，蟾蜍虧復團。秋風生渭水，落葉滿長安。此地聚會夕，當時雷雨寒。蘭橈殊未返，消息海雲端。

上海古籍出版社版《長江集新校》卷五

○閩國：今福建省一帶。《元和郡縣圖志》卷二九"江南道福州"："本閩越……漢初又爲閩越國。"○蟾蜍：代指月。《後漢書·天文志》上"言其時星辰之變，表像之應，以顯天戒，明王事焉"劉昭注引張衡《靈憲》："羿請無死之藥於西王母，姮娥竊之以奔月。……姮娥遂托身於月，是爲蟾蜍。"○"秋風"二句：謝榛曰："氣象雄渾，大類盛唐"（《四溟詩話》卷二）。生，一作"吹"。

附： <center>**題李凝幽居**</center>

閑居少鄰並，草徑入荒園。鳥宿池邊樹，僧敲月下門。過橋分野色，移石動雲根。暫去還來此，幽期不負言。

| 輯　錄 |

一、關於賈島

◎孟郊《戲贈無本二首》（其一）：長安秋聲乾，木葉相號悲。瘦僧臥冰凌，嘲詠含金痍。金痍非戰痕，峭病方在茲。詩骨聳東野，詩濤湧退之。有時踉蹌行，人驚鶴阿師。可惜李杜死，不見此狂癡。

◎司空圖《與李生論詩書》：賈浪仙誠有警句，視其全篇，意思殊餒，大抵附於蹇澀，方可致才。

◎盧文弨《抱經堂文集》十二"題賈長江詩集後"：長江詩雖不合雅奏，然尚有古意，讀之可以矯熟媚綺靡之習。

二、合論郊島

◎蘇軾《祭柳子玉文》：元輕白俗，郊寒島瘦。

◎嚴羽《滄浪詩話·詩評》：李杜數公，如金翅擘海，香象渡河，下視郊島輩，直蟲吟草間耳。

◎陸時雍《詩鏡總論》：讀孟郊詩如嚼木瓜，齒缺舌敝，不知味之所在。賈島詩如寒蟄，味雖不和，時有餘酸薦齒。

◎李重華《貞一齋詩說》：孟東野、賈浪仙卓犖偏才，俱以苦心孤詣得之。

◎施補華《峴傭說詩》：孟郊、賈島並稱，謂之郊寒島瘦。然賈萬不及孟，孟堅賈脆，孟深賈淺故也。

三、賈島之影響

◎辛文房《唐才子傳》卷九：（李洞）酷慕賈長江，遂銅寫島像，載之巾中。常持數珠念賈島佛，一日千遍。人有喜島者，洞必手錄島詩贈之，叮嚀再四曰："此無異佛經，歸焚香拜之。"

◎《舊五代史·孫晟傳》：（晟）少爲道士，工詩，於廬山簡寂觀，畫唐詩人賈島像，懸於屋壁，以禮事之。

◎嚴羽《滄浪詩話·詩辨》：近世趙紫芝、翁靈舒輩，獨喜賈島、姚合之詩，稍稍復就清苦之風，江湖詩人多效其體。

◎楊慎《升菴詩話》卷十一：晚唐之詩分爲二派：一派學張籍，則朱慶餘、陳標、任蕃、章孝標、司空圖、項斯其人也；一派學賈島，則李洞、姚合、方干、喻鳧、周賀、"九僧"其人也。其間雖多，不越此二派，學乎其中，日趨於下。其詩不過五言律，更無古體。五言律起結皆平平，前聯俗語十字一串帶過，後聯謂之"頸聯"，極其用工。又忌用事，謂之"點鬼簿"，惟搜眼前景而深刻思之。

◎余成教《石園詩話》卷二：韓門諸人，詩分兩派：朱慶餘、項斯以下，爲張籍之派；姚合、李洞、方干而下，則賈島之派也。

李 賀（790—816）

李商隱《李賀小傳》：長吉細瘦，通眉，長指爪，能苦吟疾書，最先爲昌黎韓愈所知。所與游者，王參元、楊敬之、權璩、崔植輩爲密。每旦日出，與諸公游，未嘗得題然後爲詩，如他人思量牽合以及程限爲意。恒從小奚奴，騎距驢，背一古破錦囊，遇有所得，即書投囊中。及暮歸，太夫人使婢受囊，出之，見所書多，輒曰："是兒要當嘔出心乃已爾。"上燈與食，長吉從婢取書，研墨疊紙足成之，投他囊中。非大醉及弔喪日率如此，過亦不復省。王、楊輩時復來探取寫去。長吉往往獨騎往還京洛，所至或時有著，隨棄之，故沈子明家所餘四卷而已。長吉將死時，忽晝見一緋衣人，駕赤虬，持一版，書若太古篆或霹靂石文者，云當召長吉。長吉了不能讀，欻下榻叩頭，言阿𡟰老且病，賀不願去。緋衣人笑曰："帝成白玉樓，立召君爲記，天上差樂，不苦也。"長吉獨泣，邊人盡見之。少之，長吉氣絕。

《新唐書·文藝傳》下：李賀字長吉，係出鄭王後。以父名晉肅，不肯舉進士，愈爲作《諱辨》，然卒亦不就舉。辭尚奇詭，所得皆驚邁，絕去翰墨畦徑，當時無能效者。樂府數十篇，雲韶諸工皆合之弦管。爲協律郎。卒，年二十七。每撰著，時爲（與游者）所取去。賀亦早世，故其詩歌世傳者鮮焉。

案：據朱自清《李賀年譜》，賀居河南福昌縣（今河南宜陽）之昌谷，故人稱昌谷。隴西爲其郡望。元和五年（810）賀應河南府試，冬舉進士入京，韓愈爲作《諱辨》。次年爲奉禮郎（兩唐書誤作協律郎）。卒於元和十一年。

李憑箜篌引

【題解】李憑，梨園弟子善箜篌者。唐楊巨源《聽李憑彈箜篌》："聽奏繁弦玉殿清，風傳曲度禁林明。君王聽樂梨園煖，翻到雲門第幾聲。"顧況也有《聽李供奉彈箜篌歌》。《舊唐書·音樂志》二："箜篌，漢武帝使樂人侯調所作，以祠太一。……舊說亦依琴製。今按其形，似瑟而小，七弦，用撥彈之，如琵琶。豎箜篌，胡樂也，漢靈帝好之。體曲而長，二十有二弦（《通典》曰二十三弦），豎抱於懷，用兩手齊奏，俗謂之擘箜篌。"此詩中李憑所彈應爲豎箜篌。《箜篌引》本爲樂府《相和歌》舊題，乃以箜篌伴奏之歌曲。此詩不沿古意，純寫箜篌音聲之美，李憑技藝之精。

　　吳絲蜀桐張高秋，空山凝雲頹不流。江娥啼竹素女愁，李憑中國彈箜篌。崑山玉碎鳳凰叫，芙蓉泣露香蘭笑。十二門前融冷光，二十三絲動紫皇。女媧煉石補天處，石破天驚逗秋雨。夢入神山教神嫗，老魚跳波瘦蛟舞。吳質不眠倚桂樹，露腳斜飛濕寒兔。

　　上海古籍出版社版《李長吉歌詩彙解》（見《三家評注李長吉歌詩》，下同）卷一

　　○吳絲蜀桐：指箜篌。《新唐書·地理志》五："蘇州吳郡，土貢絲葛、絲綿、八蠶絲。"左思《蜀都賦》："其樹則有……杞櫹椅桐。"王琦《李長吉歌詩彙解》（以下簡稱王注）："絲之精好者出自吳地，故曰吳絲；蜀中桐木宜爲樂器，故曰蜀桐。"○"空山"句：《列子·湯問》："薛譚學謳於秦青，未窮青之技，自謂盡之，遂辭歸。秦青弗止，餞於郊衢。撫節悲歌，聲振林木，響遏行雲。"○"江娥"句：江娥，即湘娥，指傳說中舜之二妃娥皇、女英。《列女傳·有虞二妃》："舜陟方死於蒼梧，號曰重華。二妃死於江湘之間，俗謂之湘君。"《博物志》卷八："堯之二女，舜之二妃，曰湘夫人。舜崩，二妃啼，以涕揮竹，竹盡斑。"素女愁，《史記·封禪書》："或曰：太帝使素女鼓五十弦瑟，悲，帝禁不止，故破其瑟爲二十五弦。"○崑山：產玉之地。李斯《諫逐客書》："致崑山之玉"。○"芙蓉"句：《劉子·言苑》："春葩含日似笑，秋葉泫露如泣。"○十二門：班固《西都賦》："立十二之通門。"《三輔黃圖》引《三輔決錄》："長安城，面三門，四面十二門。"○紫皇：《太平御覽》卷六五九引《秘要經》："太清九宮，皆有僚屬，其最高者稱太皇、紫皇、玉皇。"○"女媧"句：《淮南子·覽冥訓》："往古之時，四極廢，九州裂。天不兼覆，地不周載。……於是女媧煉五色石以補蒼天。"又見《列子·湯問》。○神嫗：《搜神記》卷四："永嘉中，有神見兗州，自稱樊道基。有嫗，號成夫人。夫人好音樂，能彈箜篌。聞人弦歌，輒便起舞。"王注："所謂神嫗疑用此事。"○"老魚"句：《列子·湯問》："瓠巴鼓琴而鳥舞魚躍。"此處似暗用此事。○"吳質"二句：吳質，疑即吳剛。《酉陽雜俎》卷一："舊言月中有桂，有蟾蜍。故異書言月桂高五百丈，下有一人常斫之，樹創隨合。人姓吳名剛，西河人，學仙有過，謫令伐樹。"寒兔，月中有兔的傳說來源久遠，《楚辭·天問》："厥利維何，而顧菟（同兔）在腹？"朱熹集注："此問……月有何利，而顧望之兔常居其腹乎？"

秋　來

【題解】 壯士、書客皆詩人自謂。全詩想象詭激，境界幽冷，有千古同悲之慨，頗見李賀個性。

桐風驚心壯士苦，衰燈絡緯啼寒素。誰看青簡一編書，不遣花蟲粉空蠹？思牽今夜腸應直，雨冷香魂弔書客。秋墳鬼唱鮑家詩，恨血千年土中碧。

上海古籍出版社版《李長吉歌詩彙解》卷一

○絡緯：見李白《長相思》注。王注："絡緯，莎雞也。其聲如紡績，故曰啼寒素。或曰絡緯故是蟋蟀，鳴則天寒而衣事起，故又名趣織。……啼寒素，猶趣織云。"○青簡：《後漢書·吳祐傳》："（吳）恢欲殺青簡以寫經書。"李賢注："殺青者，以火炙簡令汗，取其青易書，復不蠹，謂之殺青，亦謂汗簡。"○花蟲：王注："蠹蟲也。"○"思牽"二句：王注："苦心作書，思以傳後。奈無人觀賞，徒飽蠹魚之腹。如此即令嘔心鏤骨，章鍛句煉，亦有何益？思念至此，腸之曲者亦幾牽而直矣。不知幽風冷雨之中，乃有杳魂慇亐作書之客。"○"秋墳"句：鮑照有《代蒿里行》、《代挽歌》等喪歌，故云。王注："鬼唱鮑家詩，或古有其事，唐宋以後失傳。"《四庫全書總目》則曰："因鮑照有《蒿里吟》而生鬼唱，因鬼唱而生秋墳，非真有唱詩事也。"（卷一百五十）○"恨血"句：用萇弘事。據《左傳·哀公三年》，萇弘事周臣劉文公，劉與晉范氏世爲婚姻，在晉內訌中，周助范氏。晉卿趙鞅爲此聲討，周人遂殺萇弘。傳說其死後血化爲碧。《莊子·外物》："萇弘死於蜀，藏其血三年而化爲碧。"

金銅仙人辭漢歌并序

【題解】《三輔黃圖》卷五："武帝元封二年作甘泉通天臺，上有承露盤，仙人掌擎玉杯以承雲表之露。"《三輔故事》："建章宮承露盤，高二十丈，大十圍，上有仙人掌承露，和玉屑飲之。"《三國志·魏書·明帝紀》景初元年（237）裴注引《魏略》："是歲，徙長安諸鐘簴、駱駝、銅人、承露盤。盤折，銅人重不可致，留於霸城。"此詩即借此歷史故事抒興亡盛衰之感。

魏明帝青龍元年八月，詔宮官牽車西取漢孝武捧露盤仙人，欲立置前殿。宮官既拆盤，仙人臨載，乃潸然淚下。唐諸王孫李長吉遂作金銅仙人辭漢歌。

茂陵劉郎秋風客，夜聞馬嘶曉無迹。畫欄桂樹懸秋香，三十六宮土花碧。魏官牽車指千里，東關酸風射眸子。空將漢月出宮門，憶君清淚如鉛水。衰蘭送客咸陽道，天若有情天亦老。携盤獨出月荒涼，渭城已遠波聲小。

上海古籍出版社版《李長吉歌詩彙解》卷二

○"魏明帝"句：魏明帝，《三國志·魏書·明帝紀》："明皇帝諱叡，字元仲。"青龍元年（233），據《魏略》（見題解），徙銅人事在景初元年（237）。此處爲李賀誤記。○"仙人臨載"二句：《明帝紀》裴松之注引《漢晉春秋》："帝徙盤，盤折，聲聞數十里，金狄（銅人）或泣，因留霸城。"○"茂陵"句：劉郎，指漢武帝劉徹。《漢書·武帝紀》："（後元二年二月）丁卯，帝崩於五柞宮。……三月甲申，葬茂陵。"顏師古注引臣瓚曰："茂陵在長安西北八十里也。"劉徹《秋風辭》曰："歡樂極兮哀情多，少壯幾時兮奈老何！"故稱其爲秋風客。○三十六宫：班固《西都賦》："離宫別館，三十六所。"○咸陽道：《元和郡縣圖志》卷一："關內道京兆府咸陽縣：本秦舊縣也，孝公十二年於渭北城咸陽，自汧、隴徙都焉。……及漢興，以爲渭城縣，屬右扶風。按秦咸陽在今縣東二十二里，漢渭城縣亦理於此。……山南曰陽，水北曰陽，縣在北山之南，渭水之北，故曰咸陽。"秦咸陽即漢渭城，其治所在今陝西省咸陽市東北二十里。王注："此詩上言咸陽，下言渭城，似乎犯復而不拘者。咸陽道，指長安之道路而言；渭城者，指長安之地而言，似復而實非復也。"○波聲：指渭河水聲。

附： **蘇小小墓**

幽蘭露，如啼眼。無物結同心，煙花不堪剪。草如茵，松如蓋，風爲裳，水爲珮。油壁車，夕相待。冷翠燭，勞光彩。西陵下，風吹雨。

夢　天

老兔寒蟾泣天色，雲樓半開壁斜白。玉輪軋露濕團光，鸞珮相逢桂香陌。黃塵清水三山下，更變千年如走馬。遙望齊州九點煙，一泓海水杯中瀉。

浩　歌

南風吹山作平地，帝遣大吳移海水。王母桃花千遍紅，彭祖巫咸幾回死。青毛驄馬參差錢，嬌春楊柳含細煙。箏人勸我金屈卮，神血未凝身問誰。不須浪飲丁都護，世上英雄本無主。買絲繡作平原君，有酒唯澆趙州土。漏催水咽玉蟾蜍，衛娘髮薄不勝梳。看見秋眉換新綠，二十男兒那刺促！

|輯　錄|

◎杜牧《李賀集序》：雲煙綿聯，不足爲其態也；水之迢迢，不足爲其情也；春之盎盎，不足爲其和也；秋之明潔，不足爲其格也；風檣陣馬，不足爲其勇也；瓦棺篆鼎，不足爲其古也；時花美女，不足爲其色也；荒國陊殿，梗莽丘壟，不足爲其恨怨悲愁也；鯨呿鼇擲，牛鬼蛇神，不足爲其虛荒誕幻也。蓋《騷》之苗裔，理雖不及，辭或過之。《騷》有感怨刺懟，言及君臣理亂，時有以激發人意。乃賀所爲，無得有是！……賀生二十七年死矣，世皆曰："使賀且未死，少加以理，奴僕命《騷》可也。"

◎王得臣《麈史》卷中引宋景文語：太白仙才，長吉鬼才。

◎張戒《歲寒堂詩話》卷上：賀詩乃李白樂府中出，瑰奇譎怪則似之，秀逸天拔則不及也。賀有太白之語，而無太白之韻。

◎嚴羽《滄浪詩話·詩評》：人言太白仙才，長吉鬼才。不然，太白天仙之詞，長吉鬼仙之詞耳。

◎又：玉川之怪，長吉之瑰詭，天地間自欠此體不得。

◎王世貞《藝苑卮言》卷四：李長吉師心，故爾作怪，亦有出人意表者。然奇過則凡，老過則稚，此君所謂不可無一，不可有二。

◎沈德潛《說詩晬語》卷上：李長吉詩，每近《天問》、《招魂》，楚騷之苗裔也。

◎方扶南《李長吉詩集批注序》：李白、李賀皆取法於《九歌》，賀尤幽渺。學其長句者，義山死，飛卿浮，宋元入俗。工力之深如義山，學杜五排，學韓七古，學小杜五古，學劉中山七律，皆得其妙；獨學賀不近，賀亦詩傑矣哉！

◎《四庫全書總目》卷一百五十：賀之爲詩，冥心孤詣，往往出筆墨蹊徑之外，可意會而不可言傳。嚴羽所謂詩有別趣，非關於理者，以品賀詩，最得其似。故杜牧序稱其少加以理，可以奴僕命騷。而諸家所論，必欲一字一句爲之詮釋，故不免輾轉轇轕，反成滯相。又所用典故，率多點化其意，藻飾其文。宛轉關生，不名一格。如"羲和敲日玻璃聲"句，因羲和馭日而生敲日，因敲日而生玻璃聲，非真有敲日事也。

◎施補華《峴傭說詩》：李長吉七古，雖幽僻多鬼氣，其源實自《離騷》來，哀豔荒怪之語，殊不可廢。

◎錢鍾書《談藝錄》七"李長吉詩"：長吉穿幽入仄，慘澹經營，都在修辭設色，舉凡謀篇命意，均落第二義。……余嘗謂長吉文心，如短視人之目力，近則細察秋毫，遠則大不能睹輿薪；故忽起忽結，忽轉忽斷，複出傍生，爽肌戛魄之境，酸心刺骨之字，如明珠錯落，與《離騷》之連犿荒幻，而情意貫注，神氣籠罩者，固不類也。

◎又十"長吉曲喻"：長吉乃往往以一端相似，推而及之於初不相似之他端。余論山谷詩引申《翻譯名義集》所謂"雪山似象，可長尾牙；滿月似面，平添眉目"者也。如《天上謠》云："銀浦流雲學水聲。"雲可比水，皆流動故，此外無似處；而一入長吉筆下，則雲如水流，亦如水之流而有聲矣。《秦王飲酒》云："羲和敲日玻璃聲。"日比琉璃，皆光明故；而來長吉筆端，則日似玻璃光，亦必具玻璃聲矣。同篇云："劫灰飛盡古今平。"夫劫乃時間中事，平乃空間中事；然劫既有灰，則時間亦如空間之可掃平矣。他如《詠懷》之"春風吹鬢影"，《自昌谷到洛後門》之"石澗凍波聲"，《金銅仙人辭漢歌》之"清淚如鉛水"，皆類推而更進一層。古人病長吉好奇無理，不可解會，是蓋知有木義而未識有鋸義耳。

◎又十二"長吉用代字"：長吉又好用代詞，不肯直說物名。如劍曰"玉龍"，酒曰"琥珀"，天曰"圓蒼"，秋花曰"冷紅"，春草曰"寒綠"。偶一見之，亦復冷豔可喜，而長吉用之不已。蓋性僻耽佳，酷好奇麗，以爲尋常事物，皆庸陋不堪入詩。力避不得，遂從而飾以粉堊，繡其鞶帨焉。微情因掩，真質大傷。牛鬼蛇神，所以破常也；代詞尖新，所以文淺也。長吉鋪陳追琢，景象雖幽，懷抱不深；紛華散藻，易供搯撦。若陶、杜、韓、蘇大家，化腐爲奇，盡俗能雅，奚奴古錦囊中，固無此等語。蹊徑之偏者必狹，斯所以爲奇才，亦所以非大才歟。

參考書目

《韓愈全集校注》，屈守元、常思春主編，四川大學出版社 **1996** 年版。

《韓昌黎詩繫年集釋》，錢仲聯集釋，上海古籍出版社 **1984** 年版。

《韓愈資料彙編》，吳文治編，中華書局 **1983** 年版。

《孟郊詩集校注》，華忱之、喻學才校注，人民文學出版社 **1995** 年版。

《長江集新校》，李嘉言校，上海古籍出版社 **1983** 年版。

《賈島集校注》，齊文榜校注，人民文學出版社 **2001** 年版。

《賈島》，聞一多著，見上海古籍出版社 **1998** 年版《唐詩雜論》。

《三家評注李長吉歌詩》，清王琦等評注，上海古籍出版社 **1998** 年版。

《李賀詩集》，葉葱奇疏注，人民文學出版社 **1984** 年版。

《李賀年譜》，朱自清著，見《朱自清古典文學論文集》下，上海古籍出版社 **1981** 年版。

《李賀資料彙編》，吳企明編，中華書局 **1994** 年版。

思考題

1. 葉燮稱"韓愈爲唐詩之一大變"，爲什麽？你以爲此論如何？

2. 舉例說明韓愈的"以文爲詩"。

3. 韓詩尚奇險，得失若何？試論之。

4. 試評"郊寒島瘦"。

5. 杜牧認爲李賀詩"蓋《騷》之苗裔，理雖不及，辭或過之"，請結合作品，闡發你的見解。

6. 《秋來》抒寫的是什麽樣的情感？

7. 舉例說明李賀如何運用比喻手法。

8. 韓愈、孟郊、李賀皆尚奇，在此共性之上，他們各有什麽個性？

第十節　中唐其他詩人

劉長卿（生年不詳，卒於789至791年）

《新唐書·藝文志》四：《劉長卿集》十卷。字文房。至德監察御史，以檢校祠部員外郎爲轉運使判官，知淮西鄂岳轉運留後，鄂岳觀察使吳仲孺誣奏，貶潘州南巴尉。會有爲辨之者，除睦州司馬，終隨州刺史。

高仲武《中興間氣集》卷下：長卿員外有吏幹，剛而犯上，兩遭遷謫。

案：據《唐才子傳校箋》卷二，長卿於天寶六載（747）後進士及第。十四載（755），已任長州尉。至德二載（757）因事陷獄，十二月遇赦。上元元年（760）貶南巴尉。大曆十至十一年間（775—776）貶睦州司馬。大曆末建中初遷隨州刺史。

逢雪宿芙蓉山主人

【題解】 山名芙蓉者甚多，此不詳何處。主人，指作者投宿的人家。

日暮蒼山遠，天寒白屋貧。柴門聞犬吠，風雪夜歸人。

中華書局版《劉長卿詩編年箋注》下冊

〇白屋：《漢書·王莽傳》上："開門延士，下及白屋。"顏師古注："白屋，謂庶人以白茅覆屋者也。"又程大昌《演繁露》卷六："古者宫室有度，官不及數，則居室皆露本材，不容僭施采畫，是爲白屋也已。"

送靈澈上人

【題解】 劉禹錫《澈上人文集紀》："上人生於會稽，本湯氏子，聰察嗜學，不肯爲凡夫，因辭父兄出家，號靈澈，字源澄。雖受經論，一心好篇章，從越客嚴維學爲詩，遂籍籍有聞。維卒，乃抵吳興，與長老詩僧皎然游，講藝益至。……貞元中，西游京師，名振輦下，緇流疾之，造飛語激動中貴人，因侵誣得罪，徙汀州，會赦歸東越。時吳、楚間諸侯，多賓禮招延之。元和十一年，終於宣州開元寺。"

蒼蒼竹林寺，杳杳鐘聲晚。荷笠帶夕陽，青山獨歸遠。

中華書局版《劉長卿詩編年箋注》下册

○竹林寺：《大清一統志·江蘇蘇州府》："竹林寺在丹徒縣城南六里，創自晉時，久廢。明崇禎時重建。"

| 輯　録 |

◎權德輿《秦征君校書與劉隨州唱和詩序》：隨州劉君長卿……自以爲五言長城。

◎高仲武《中興間氣集》卷下：長卿自稱五言長城，詩體雖不新奇，甚能煉飾。大抵十首以上，語意稍同，於落句尤甚，思銳才窄也。

◎方回《瀛奎律髓》卷四二：劉長卿詩細淡而不顯焕，觀者當緩緩味之，不可造次一觀而已也。

◎胡應麟《詩藪·内編》卷六：盛唐摩詰，中唐文房，五六七言絶俱工，可言才矣。

◎胡震亨《唐音癸籤》卷七引《吟譜》：劉長卿最得騷人之興，專主情景。

◎賀貽孫《詩筏》：劉長卿詩能以蒼秀接盛唐之緒，亦未免以新雋開中晚之風。

◎方東樹《昭昧詹言》卷十八：文房詩多興在象外，專以此求之，則成句皆有餘味不盡之妙矣。

韋應物（737—約792）

《全唐詩》卷一八六：韋應物，京兆長安人。少以三衛郎事明皇，晚更折節讀書。永泰中，授京兆功曹，遷洛陽丞。大曆十四年，自鄠令制除櫟陽令，以疾辭不就。建中三年，拜比部員外郎。出爲滁州刺史。久之，調江州，追赴闕，改左司郎中，復出爲蘇州刺史。應物性高潔，所在焚香掃地而坐。唯顧況、劉長卿、丘丹、秦係、皎然之儔，得廁賓客，與之酬倡。其詩閑澹簡遠，人比之陶潛，稱陶韋云。

案：韋應物，兩唐書無傳，其事迹材料零散。據傅璇琮《韋應物繫年考證》（見《唐代詩人叢考》），其伯父、父、伯父之子俱善畫，名見《歷代名畫記》。安史之亂前，應物爲玄宗侍衛，任俠不羈。乾元二年（759）至大曆四年（769）入太學讀書，爲洛陽丞，因懲不法軍士被訟棄官。大曆九年（774）任京兆功曹並攝高陵宰，後遷鄠縣令，除櫟陽令。建中二年（781）除比部員外郎，建中四年（783）出爲滁州刺史。貞元二年（786）後，先後爲江州刺史、左司郎中、蘇州刺史。

寄全椒山中道士

【題解】 全椒縣，唐屬淮南道滁州，見繆荃孫《元和郡縣志闕卷逸文》卷二。此詩作於應物任滁州刺史時。鍾惺曰："此等詩，妙處在工拙之外。"（《唐詩歸》卷二六）蘇軾在惠州，曾依此詩韻作《寄鄧道士》曰："一杯羅浮春，遠餉采薇客。遙知獨酌罷，醉臥松下石。幽人不可見，清嘯聞月夕。聊戲庵中人，空飛本無迹。"洪邁以爲韋詩"高妙超詣，固不容詩說，而結尾兩句，非復語言思索可到"，蘇詩比之"不侔"（《容齋隨筆》卷十四）。

今朝郡齋冷，忽念山中客。澗底束荆薪，歸來煮白石。欲持一瓢酒，遠慰風雨夕。落葉滿空山，何處尋行迹。

中華書局版《韋應物詩集繫年校箋》卷七

○煮白石：晉葛洪《神仙傳·白石先生》："白石先生者，中黃丈人弟子也。嘗煮白石爲糧，因就白石山居，時人故號曰白石先生。"

附： **寄李儋元錫**

去年花裏逢君别，今日花開已一年。世事茫茫難自料，春愁黯黯獨成眠。身多疾病思田里，邑有流亡愧俸錢。聞道欲來相問訊，西樓望月幾回圓。

| 輯　錄 |

◎白居易《與元九書》：韋蘇州歌行，才麗之外，頗近興諷；其五言詩又高雅閑澹，自成一家之體。今之秉筆者，誰能及之！

◎司空圖《與李生論詩書》：王右丞、韋蘇州澄澹精緻。

◎蘇軾《書黃子思詩集後》：李杜之後，詩人繼作，雖間有遠韻，而才不逮意，獨韋應物、柳宗元發纖穠於簡古，寄至味於澹泊，非餘子所及也。

◎張戒《歲寒堂詩話》卷上：韋蘇州詩，韻高而氣清；王右丞詩，格老而味長。以標韻觀之，右丞遠不逮蘇州。至於詞不迫切，而味甚長，雖蘇州亦所不及也。

◎葛立方《韻語陽秋》卷一：韋應物詩平平處甚多，至於五字句，則超然出於畦徑之外。故白樂天云："韋蘇州五言詩，高雅閑澹，自成一家之體。"東坡亦云："樂天長短三千首，却愛韋郎五字詩。"

◎胡應麟《詩藪·內編》卷六：中唐五言絕，蘇州最古，可繼王孟。

◎《唐詩歸》卷二六：鍾（惺）云：韋蘇州等詩，胸中腕中，皆先有一段真至深永之趣。落筆自然清妙，非專以淺澹擬陶者。

◎沈德潛《唐詩別裁集》卷三：韋詩至處，每在淡然無意，所謂天籟也。

◎施補華《峴傭說詩》：後人學陶，以韋公爲最深，蓋其襟懷澄澹，有以契之也。

錢　起（約720—約780）

姚合《極玄集》上：字仲文，吳興（今浙江湖州）人。天寶十載進士。歷校書郎，終尚書郎、太清宮使。

《全唐文》卷三一九：大曆中官司勳員外郎、司封郎中，終考功郎中。

案：據傅璇琮《錢起考》，錢起爲天寶九載進士。開元二十六、七年間（739—740）游荆州。乾元元年（758）爲藍田尉，與王維唱和。仕終考功郎中。

省試湘靈鼓瑟

【題解】　省試，唐宋時由尚書省禮部舉行的考試，後稱會試。湘靈鼓瑟，爲此次省試詩題，出自《楚辭·遠游》："使湘靈鼓瑟兮，令海若舞馮夷。"湘靈，湘水之神，一說即舜之二妃，見楊廣《春江花月夜二首》注。《韻語陽秋》卷三曰："省題詩自成一家，非他詩比也。首韻拘於見題，則易於牽合；中聯縛於法律，則易於駢對；非若游戲於煙雲月露之形，可以縱橫在我者也。"故而"凡省試詩，類鮮佳者。如錢起《湘靈》之詩，億不得一"（《藝苑卮言》卷四）。此詩情致宛然，意境渾成，在當時就十分著名。末二句尤清泠雋永，以至被附會成作者月夜得之於鬼吟的傳說（見《舊唐書·錢徽傳》）。

善鼓雲和瑟，常聞帝子靈。馮夷空自舞，楚客不堪聽。苦調淒金石，清音入杳冥。蒼梧來怨慕，白芷動芳馨。流水傳湘浦，悲風過洞庭。曲終人不見，江上數峰青。

中華書局校刊本《全唐詩》卷二百二十八

〇"雲和"二句：點明題意。雲和，見王昌齡《西宮春怨》注。帝子,即湘靈。傳說舜之二妃爲堯之二女,故云。○"馮夷"二句:暗合《楚辭·遠游》詩意。馮夷,水神,即河伯。《水經注·洛水》引《竹書紀年》:"洛伯用與河伯馮夷鬭。"楚客,楚之遷客,指《遠游》作者。○"苦調"句:沈約《傷謝朓》:"調與金石諧。"此翻用其意。○蒼梧:見韓愈《八月十五夜贈張功曹》注。○湘浦:即瀟湘之浦,《水經注·湘水》:"二妃從征溺於湘江,神游洞庭之淵,出入瀟湘之浦。"又暗用《楚辭·九歌·河伯》:"送美人兮南浦"意。○"悲風"句:《楚辭·九歌·湘夫人》:"嫋嫋兮秋風,洞庭波兮木葉下。"

李 益（748—829）

《舊唐書·李益傳》:李益,肅宗朝宰相揆之族子。登進士第,長爲歌詩。貞元末,與宗人李賀齊名。每作一篇,爲教坊樂人以賂求取,唱爲供奉歌詞。其《征人歌》、《早行篇》,好事者畫爲屏障;"回樂峰前沙似雪,受降城外月如霜"之句,天下以爲歌詞。然少有癡病,而多猜忌,防閑妻妾,過爲苛酷,故時謂妒癡爲"李益疾";以是久之不調,而流輩皆居顯位。益不得意,北游河朔,幽州劉濟辟爲從事,常與濟詩,而有"不上望京樓"之句。憲宗雅聞其名,自河北召還,用爲秘書少監、集賢殿學士。自負才地,多所凌忽,爲衆不容,諫官舉其幽州詩句,降居散秩。俄復用爲秘書監,遷太子賓客、集賢學士、判院事,轉右散騎常侍。大和初,以禮部尚書致仕,卒。

《唐詩紀事》卷三十:益,姑臧（今甘肅武威）人,字君虞。大曆四年登第。

又:益錄其從軍詩贈左補闕盧景亮,自序云:從事十八載,五在兵間,故爲文多軍旅之思。或因軍中酒酣,或時塞上兵寢,投劍秉筆,散懷於斯文,率皆出乎慷慨意氣。

夜上受降城聞笛

【題解】《舊唐書·張仁愿傳》："（神龍三年）突厥默啜盡衆西擊突騎施娑葛，仁愿請乘虛奪取漠南之地，於河北築三受降城，首尾相應，以絕其南寇之路。……中宗竟從之。……六旬而三城俱就。以拂雲祠爲中城，與東、西兩城相去各四百餘里，皆據津濟，遙相應接，北拓地三百餘里，於牛頭朝那山北置烽候一千八百所。自是突厥不得度山放牧。"三城俱在今內蒙古自治區境內。中城在包頭市西，東城在托克托縣南，西城在杭錦後旗烏加河北岸。此詩所指應爲西受降城。

回樂烽前沙似雪，受降城下月如霜。不知何處吹蘆管，一夜征人盡望鄉。

中華書局校刊本《全唐詩》卷二百八十三

〇回樂烽：回樂縣境內的烽堠。回樂縣唐屬關內道靈州（見《元和郡縣圖志》卷四），故城在今寧夏回族自治區靈武市西南。烽，原作峰，據校語改。〇"不知"二句：《晉書·劉琨傳》："（琨）在晉陽，嘗爲胡騎所圍數重，城中窘迫無計，琨乃乘月登樓清嘯，賊聞之，皆悽然長歎。中夜奏胡笳，賊又流涕歔欷，有懷土之切。向曉復吹之，賊並棄圍而走。"此處化用之。蘆管，即胡笳。《太平御覽·樂部》十九引《晉先蠶儀注》："笳者，胡人卷蘆葉吹之以作樂也，故謂曰胡笳。"

附： 　　　　　喜見外弟又言別

十年離亂後，長大一相逢。問姓驚初見，稱名憶舊容。別來滄海事，語罷暮天鐘。明日巴陵道，秋山又幾重。

春夜聞笛

寒山吹笛喚春歸，遷客相看淚滿衣。洞庭一夜無窮雁，不待天明盡北飛。

|輯　錄|

◎胡應麟《詩藪·內編》卷六：七言絕，開元以下，便當以李益爲第一。如《夜上西城》、《從軍》、《北征》、《受降》、《春夜聞笛》諸篇，皆可與太白、龍標競爽，非中唐所得有也。

◎胡震亨《唐音癸籤》卷七：李君虞生長西涼，負才尚氣；流落戎旃，坎壈世故。所作從軍詩，悲壯宛轉，樂人譜入聲歌，至今誦之，令人悽斷。

◎賀裳《載酒園詩話·又編》：中唐人故多佳詩，不及盛唐者，氣力減耳。惟李君虞風氣不墜。

◎喬億《劍溪說詩》卷下：李君虞、劉夢得俱有樂府意，亦邈焉寡儔。

柳宗元（773—819）

《新唐書·柳宗元傳》：柳宗元字子厚，其先蓋河東（河東郡治所在今山西永濟）人。少精敏絕倫，爲文章卓偉精緻，一時輩行推仰。第進士、博學宏詞科，授校書郎，調藍田尉。貞元十九年，爲監察御史裏行。善王叔文、韋執誼，二人者奇其才，及得政，引內禁近，與計事，擢禮部員外郎，欲大進用。俄而叔文敗，貶邵州刺史，不半道，貶永州司馬。既竄斥，地又荒癘，因自放山澤間，其堙厄感鬱，一寓諸文，仿《離騷》數十篇，讀者咸悲惻。宗元久汩振，其爲文，思益深。元和十年，徙柳州刺史。時劉禹錫得播州，宗元曰："播非人所居，而禹錫親在堂，吾不忍其窮，無辭以白其大人，如不往，便爲母子永決。"即具奏，欲以柳州授禹錫而自往播。會大臣亦爲禹錫請，因改連州。柳人以男女質錢，過期不贖，子本均，則沒爲奴婢。宗元設方計，悉贖歸之。尤貧者，令書庸，視直足相當，還其質。已沒者，出己錢助贖。南方爲進士者，走數千里從宗元游，經指授者，爲文辭皆有法。世號柳柳州。十四年卒，年四十七。宗元少時嗜進，謂功業可就。既坐廢，遂不振。然其才實高，名蓋一時。韓愈評其文曰："雄深雅健，似司馬子長，崔、蔡不足多也。"既沒，柳人懷之，托言降於州之堂，人有慢者輒死。廟於羅池，愈因碑以實之云。

案：宗元貞元九年（793）登進士第，十二年登博學宏詞科，十四年授集賢殿正字（校書郎之說誤），十七年爲藍田尉。貞元二十一年（805）正月擢禮部員外郎，永貞元年（805）九月貶邵州，十一月再貶永州司馬。詳《唐才子傳》卷五。

登柳州城樓寄漳汀封連四州

【題解】永貞元年（805），柳宗元等八人貶州郡司馬，時稱"八司馬"。元和十年（815）重被起用。除淩準、韋執誼已卒於貶所，程異先被任用外，柳宗元、韓泰、韓曄、陳諫、劉禹錫分別任柳州（治所在今廣西壯族自治區）、漳州（治所在今福建）、汀州（治所在今福建上杭）、封州（治所在今廣東封開）、連州（治所在今廣東）等邊遠州郡刺史。本篇即作者抵柳州後寄贈四州刺史之作。

城上高樓接大荒，海天愁思正茫茫。驚風亂颭芙蓉水，密雨斜侵薜荔墻。嶺樹重遮千里目，江流曲似九迴腸。共來百越文身地，猶自音書滯一鄉！

中華書局版《柳宗元集》卷四十二

○"城上"二句：查慎行曰："起勢極高，與少陵'花近高樓'兩句同一手法"（《初白菴詩評》）。大荒，謂極其荒僻之地，語出《山海經·大荒西經》："大荒之中，有山名大荒之山，日月所入……是謂大荒之野。"○"驚風"二句：驚風，語出曹植《贈徐幹詩》："驚風飄白日，忽然歸西山。"颱,《說文·新附字》:"颱,風吹浪動也。"芙蓉,《古今注·草木》:"芙蓉,一名荷華,生池澤中,實曰蓮,花之最秀異者。"薜荔,《離騷》"貫薜荔之落蕊"王逸注:"薜荔,香草也,附木而生。"○"江流"句:江,指柳江。九迴腸,司馬遷《報任少卿書》:"腸一日而九迴。"蕭綱《應令詩》:"望邦畿兮千里曠,悲遙夜兮九迴腸。"○百越文身地:百越,亦作百粵,古南方越人之總稱,分布於今浙、閩、粵、桂諸地。《文選·賈誼〈過秦論〉》:"南取百越之地。"李善注引《漢書音義》:"百越非一種,若今言百蠻也。"《通典·州郡典》十四:"自嶺而南,當唐、虞、三代爲蠻夷之國,是百越之地。"《莊子·逍遙游》:"越人斷髮文身。"《史記·越王句踐世家》:"其先……封於會稽,以奉守禹之祀。文身斷髮,披草萊而邑焉。"

酬曹侍御過象縣見寄

【題解】 侍御,唐殿中侍御史或監察御史之簡稱。曹侍御,名不詳。象縣,唐屬嶺南道柳州,即今廣西壯族自治區象州縣。

破額山前碧玉流,騷人遙駐木蘭舟。春風無限瀟湘意,欲采蘋花不自由。

中華書局版《柳宗元集》卷四十二

○破額山:未詳,據詩意應在象縣一帶。○木蘭舟:見李白《江上吟》注。○"春風"二句:柳惲《江南曲》:"汀洲采白蘋,日落江南春。洞庭有歸客,瀟湘逢故人。"子厚詩化用此意。采芳贈遠之習屢見於《楚辭》,如《九歌·湘夫人》:"搴汀洲兮杜若,將以遺兮遠者。"《山鬼》:"折芳馨兮遺所思。"又《古詩·涉江采芙蓉》:"涉江采芙蓉,蘭澤多芳草。采之欲遺誰,所思在遠道。"此均爲"采蘋"之所本。

附：

漁　翁

漁翁夜傍西巖宿，曉汲清湘燃楚竹。煙銷日出不見人，欸乃一聲山水綠。迴看天際下中流，巖上無心雲相逐。

與浩初上人同看山寄京華親故

海畔尖山似劍鋩，秋來處處割愁腸。若爲化得身千億，散上峰頭望故鄉。

| 輯　錄 |

◎柳宗元《游南亭夜還叙志七十韻》：投迹山水地，放情詠《離騷》。

◎蘇軾《評韓柳詩》：柳子厚詩，在陶淵明下，韋蘇州上。退之豪放奇險則過之，而溫麗靖深不及也。所貴乎枯澹者，謂其外枯而中膏，似澹而實美，淵明、子厚之流是也。

◎陳繹曾《文筌·詩譜》：柳子厚斟酌陶謝之中，用意極工，造語極深。

◎胡震亨《唐音癸籤》卷七引《西溪詩話》：子厚詩雄深簡淡，迥拔流俗，至味自高，直揖陶、謝；然似入武庫，但覺森嚴。

◎賀貽孫《詩筏》：余觀子厚詩，似得摩詰之潔而頗近孤峭。其山水詩，類其鈷鉧潭諸記，雖邊幅不廣，而意境已足。

◎賀裳《載酒園詩話·又編》：宋人又多以韋柳並稱，余細觀其詩，亦甚相懸。韋無造作之煩，柳極鍛煉之力。韋真有曠達之懷，柳終帶排遣之意。

◎沈德潛《唐詩別裁集》卷四：柳州詩長於哀怨，得騷之餘意。

◎葉矯然《龍性堂詩話》：韓柳二家以詩論，韓具別才，柳却當家。韓之氣魄奇矯，柳不能爲；而雅淡幽峭，得騷人之致，則韓須讓柳一席也。

◎施補華《峴傭說詩》：柳子厚幽怨有得騷旨而不甚似陶公，蓋怡曠氣少，沈至語少也。

◎劉熙載《藝概·詩概》：陶、謝並稱，韋、柳並稱。蘇州出於淵明，柳州出於康樂。

【附·大曆十才子詩】

錢　起（約710—約780）

歸　雁

瀟湘何事等閑回，水碧沙明兩岸苔。二十五弦彈夜月，不勝清怨却飛來。

韓　翃（生卒年不詳）

寒　食

春城無處不飛花，寒食東風御柳斜。日暮漢宮傳蠟燭，輕煙散入五侯家。

司空曙（？—約790）

江村即事

釣罷歸來不繫船，江村月落正堪眠。縱然一夜風吹去，祇在蘆花淺水邊。

李　端（？—約785）

宿淮浦憶司空文明

愁心一倍長離憂，夜思千重戀舊游。秦地故人成遠夢，楚天涼雨在孤舟。諸溪近海潮皆應，獨樹邊淮葉盡流。別恨轉深何處寫，前程唯有一登樓。

盧　綸（約737—?）

晚次鄂州

雲開遠見漢陽城，猶是孤帆一日程。估客晝眠知浪靜，舟人夜語覺潮生。三湘衰鬢逢秋色，萬里歸心對月明。舊業已隨征戰盡，更堪江上鼓鼙聲！

| 輯　錄 |

一、關於錢起

◎高仲武《中興間氣集》卷上：（錢）員外詩，體格新奇，理致清贍。越從登第，挺冠詞林。文宗右丞，許以高格，右丞沒後，員外爲雄。芟齊宋之浮游，削梁陳之靡嫚，迥然獨立，莫之與群。士林語曰："前有沈宋，後有錢郎（士元）。"

◎王世貞《藝苑卮言》卷四：錢劉（長卿）並稱故耳，錢似不及劉。錢意揚，劉意沉；錢調輕，劉調重。

◎胡應麟《詩藪·內編》卷四：錢劉以降，篇什雖盛，氣骨頓衰，景象既殊，音節亦寡。

◎沈德潛《唐詩別裁集》卷三：仲文五言古彷彿右丞而清秀彌甚。然右丞所以高出者，能沖和能渾厚也。

◎《四庫全書總目》卷一五〇：大曆以還，詩格初變。開、寶渾厚之氣，漸遠漸漓。風調相高，稍趨浮響。升降之關，十子實爲之職志。（錢）起與郎士元，其稱首也。然溫秀蘊藉，不失風人之旨。前輩典型，猶有存焉。

二、大曆十才子與大曆詩風

◎姚合《極玄集》上：李端字正己，趙郡人，大曆五年進士。與盧綸、吉中孚、韓翃、錢起、司空曙、苗發、崔峒、耿湋、夏侯審唱和，號十才子。(案：關於十才子的成員，此說最早，《新唐書·文藝傳·盧綸傳》、《唐詩紀事》卷三十"盧綸"條所載同。)

◎胡應麟《詩藪·外編》卷三：《唐書·盧綸傳》明言吉中孚(以下人名與《極玄集》同，略)……與綸為十才子。其初人數如此，或去中孚、審與翃、峒，而益皇甫曾、李嘉祐、郎士元、李益，其人才視前雖勝，而非實錄。

◎《舊唐書·錢徽傳》：大曆中，(錢起)與韓翃、李端輩十人，俱以能詩出入貴游之門，時號"十才子"，形於圖畫。

◎胡應麟《詩藪·內編》卷四：大概中唐以後，稍厭精華，漸趨澹淨，故五七言律清空流暢，時有可觀。

◎卷六：五言絕……錢、劉以下，句漸工，語漸切，格漸下，氣漸悲。

◎吳喬《圍爐詩話》卷一：開寶諸公用心處，在詩之大端而好句自得；大曆以後，漸漸束心於句，句雖佳而詩之大端失矣。

◎管世銘《讀雪山房唐詩序例》：大曆諸公，善於言情，工於選料。

◎高仲武《中興間氣集》上：韓員外(翃)詩，匠意近於史，興致繁富。一篇一詠，朝士珍之，多士之選也。

◎余成教《石園詩話》卷一：韓君平(翃)七律健麗而對仗天成，七絕亦神情疏暢。

◎賀裳《載酒園詩話·又編》：韓翃在天寶中已有名，其詩始修辭逞態，有風流自賞之意。第姿韻雖增，風氣亦漸降。

◎又：耿湋詩善傳荒寂之景，寫細碎之事，讀之令人淒然。

◎又：劉長卿外，盧綸為佳，其詩亦以真而入妙。

◎胡震亨《唐音癸籤》卷七：盧詩開朗，不作舉止，陡發驚彩，煥爾觸目。

◎又：司空虞部(曙)婉雅閑淡，語近性情。

參考書目

《劉長卿詩編年箋注》，儲仲君箋注，中華書局 1996 年版。

《韋應物詩集繫年校箋》，孫望編著，中華書局 2002 年版。

《柳宗元集》，中華書局 1979 年版。

《柳宗元集校注》，尹占華、韓文奇校注，中華書局 2013 年版。

《柳宗元詩箋釋》，王國安箋釋，上海古籍出版社 1998 年版。

《古典文學研究資料彙編·柳宗元卷》，吳文治編，中華書局 1964 年版。

《柳宗元散論》，高海夫著，陝西人民出版社 1985 年版。

《李益詩注》，范之麟注，上海古籍出版社 1984 年版。

思考題

1. 何謂"大曆十才子"？

2. 胡應麟謂"錢、劉以下，句漸工，語漸切，格漸下，氣漸悲"，是與什麼時代比較而言？試結合作品言你之見。

3. 李益的邊塞題材七絕與王昌齡同類作品有何不同？

4. 前人論詩，每有合陶（淵明）、韋（應物）、柳（宗元）而言之者，試述三人之異同。

第十一節　杜牧與李商隱

杜　牧（803—852）

《舊唐書·杜牧傳》：牧字牧之，既以進士擢第，又制舉登乙第，解褐弘文館校書郎，試左武衛兵曹參軍。沈傳師廉察江西宣州，辟牧為從事、試大理評事。又為淮南節度推官、監察御史裏行，轉掌書記。俄真拜監察御史，分司東都，以弟顗病目棄官。授宣州團練判官、殿中侍御史、內供奉。遷左補闕、史館修撰，轉膳部、比部員外郎，並兼史職。出牧黃、池、睦三郡，復遷司勳員外郎、史館修撰，轉吏部員外郎。又以弟病免歸。授湖州刺史，入拜考功郎中、知制誥，歲中遷中書舍人。牧好讀書，工詩爲文，嘗自負經緯才略。武宗朝誅昆夷、鮮卑，牧上宰相書論兵事，李德裕稱之。注曹公所定《孫武十三篇》行於代。牧從兄悰隆盛於時，牧居下位，心常不樂。將及知命，得病，自爲墓誌、祭文。以疾終於安仁里，年五十。有集二十卷，曰《杜氏樊川集》，行於代。

《新唐書·杜牧傳》：會昌中，黠戛斯破回鶻，回鶻種落潰入漠南，牧說德裕不如遂取之，德裕善之。會劉稹拒命，詔諸鎮兵討之，牧復移書於德裕，俄而澤潞平，略如牧策。牧剛直有奇節，不爲齪齪小謹，敢論列大事，指陳病利尤切至。亦以疏直，時無右援者。牧於詩，情致豪邁，人號爲"小杜"，以別杜甫云。

題宣州開元寺水閣閣下宛溪夾溪居人

【題解】 杜牧任宣州（治所在今安徽）團練判官時，常游開元寺，《樊川集》中屢見題詠。其《題宣州開元寺》詩原注曰："寺置於東晉時。"《唐會要》卷四："天授元年十月二十九日，兩京及天下諸州各置大雲寺一所，開元二十六年六月一日，並改爲開元寺。"《大清一統志·安徽寧國府》："景德寺在宣城縣治北陵陽三峰上。《名勝志》：景德寺晉名永安，唐名開元，蘭若中之最勝者。"又曰："宛溪在宣城縣東門外，源出縣東南嶧山……至縣東北里許，與句溪合。"

六朝文物草連空，天澹雲閑今古同。鳥去鳥來山色裏，人歌人哭水聲中。深秋簾幕千家雨，落日樓臺一笛風。惆悵無因見范蠡，參差煙樹五湖東。

上海古籍出版社版《樊川詩集注》卷三

〇"六朝"句：六朝，宋王應麟《小學紺珠》："六朝：吳、東晉、宋、齊、梁、陳。"文物，指禮樂制度。語出《左傳·桓公二年》："文物以紀之，聲明以發之。"〇人歌人哭：《禮記·檀弓下》："晉獻文子成室，晉大夫發焉。張老曰：'美哉輪焉！美哉奐焉！歌於斯，哭於斯，聚國族於斯。'"又《列子·仲尼》："隸人之生，隸人之死，衆人且歌，衆人且哭。"張湛注："隸猶群輩也。亦不知其所以生，亦不知其所以死，故哀樂失其中，或歌或哭也。"此亦可備一說。〇范蠡：《史記·越王句踐世家》："范蠡事越王句踐，既苦身戮力，與句踐深謀二十餘年，竟滅吳，報會稽之恥……還反國，范蠡以爲大名之下，難以久居，且句踐爲人可與同患，難與處安……乃裝其輕寶珠玉，自與其私徒屬乘舟浮海以行，終不反。"《吳越春秋·句踐伐吳外傳》："（范蠡）乃乘扁舟，出三江，入五湖，人莫知其所適。"〇五湖：《周禮·夏官·職方氏》："東南曰揚州……其川三江，其浸五湖。"五湖之具體所指有多家說法，一說爲太湖別稱（見《國語·越語下》韋昭注、《文選·郭璞〈江賦〉》注引張勃《吳錄》、《後漢書·馮衍傳》下注引虞翻語），一說指洞庭、青草、鄱陽、彭蠡與太湖（見明楊慎《丹鉛總錄》卷二）。

登樂游原

【題解】 樂游原，亦稱樂游苑，故址在今陝西省西安市東南。《漢書·宣帝紀》："（神爵）三年春，起樂游苑。"《長安志》卷十一："萬年縣：樂游原，在縣南八里。"

長空澹澹孤鳥没，萬古銷沉向此中。看取漢家何事業？五陵無樹起秋風！

上海古籍出版社版《樊川詩集注》卷二

〇"萬古"句：岑參《與高適薛據同登慈恩寺浮圖》："五陵北原上，萬古青濛濛。"可與此參看。〇"五陵"句：五陵，班固《西都賦》："北眺五陵。"李善注："《漢書》曰：……高帝葬長陵，惠帝葬安陵，景帝葬陽陵，武帝葬茂陵，昭帝葬平陵。"據《元和郡縣圖志》，漢長陵在關內道京兆府咸陽縣東三十里，安陵在縣東北二十里，陽陵在縣東四十里，平陵在縣西北二十里（卷一），茂陵在興平縣東北十七里（卷二）。起秋風，漢武帝《秋風辭》："秋風起兮白雲飛。"沈德潛曰："樹樹起秋風，已不堪回首，況於無樹耶？"（《唐詩別裁集》卷二十）

赤　壁

【題解】　三國時赤壁之戰所在地諸說歧異，常見者有三。一說在今湖北省蒲圻市西北長江南岸，《元和郡縣圖志》卷二七："江南道鄂州蒲圻縣：赤壁山，在縣西一百二十里。北臨大江，其北岸即烏林，與赤壁相對，即周瑜用黃蓋策，焚曹公舟船敗走處。"此處亦稱嘉魚赤壁，清顧祖禹《讀史方輿紀要》卷七十六"嘉魚縣·赤壁山"："縣西七十里。《元和志》：山在蒲圻縣西一百二十里，時未置嘉魚也。其北岸相對者爲烏林，即周瑜焚曹操船處。……今江漢間言赤壁者有五……當以嘉魚之赤壁爲據。"一說在今湖北省武昌縣西（即江夏赤壁），主此說者始爲宋王象之，據《水經注·江水》"江水左逕百人山，右逕赤壁山北，昔周瑜與黃蓋詐魏武大軍處所也"，云赤壁即今武昌縣西之赤磯山，與紗帽山（即百人山）隔江相對（見《輿地紀勝》卷七十九）。一說在今湖北省嘉魚縣東北之江南岸，《大清一統志·湖北武昌府》："赤壁山：在嘉魚縣東北江濱。……按《水經注》，赤壁山在百人山南，應在嘉魚縣東北與江夏接界處，上去烏林且二百里。自《元和志》以赤壁與烏林相對，新志遂以爲在今縣西南，蓋誤以古蒲磯山爲赤壁矣。又按江夏縣東南七十里，亦有赤壁山，一名赤磯，一名赤圻，非周瑜破曹操處也。"諸說迄今無定論。又文人題詠每以黃州赤鼻磯爲赤壁古戰場，杜牧此詩疑即作於官黃州（唐屬淮南道，治黃岡縣，即今湖北省新洲區）刺史時，所詠者黃州赤壁，牧詩《齊安郡（即黃州）晚秋》"可憐赤壁爭雄渡，唯有蓑翁坐釣魚"可與本篇互證。

折戟沉沙鐵未銷，自將磨洗認前朝。東風不與周郎便，銅雀春深鎖二喬。

上海古籍出版社版《樊川詩集注》卷四

〇"東風"二句：周郎，《三國志·吳書·周瑜傳》："瑜時年二十四，吳中皆呼爲周郎。"東風，指赤壁火攻曹軍事。建安十三年（208），曹操進攻東吳，周瑜用部將黃蓋計，取輕便戰船數十，實以薪草，灌以膏油，裹以帷幕，以詐降接近曹軍戰船，同時放火。恰遇是日東南風急，曹軍大敗。事見《周瑜傳》及裴松之注引《江表傳》。銅雀，臺名，亦作"銅爵"，曹操所建。《三國志·魏書·武帝紀》："（建安十五年）冬，作銅雀臺。"晉陸翽《鄴中記》："銅爵臺高一十丈，有屋一百二十間。"據說曹操臨終遺命："吾婕好妓人，皆著銅爵臺。……月朝十五，輒向帳作妓（伎）"（見陸機《弔魏武帝文·序》）。二喬，《周瑜傳》："時得橋公兩女，皆國色也。（孫）策自納大橋，瑜納小橋。"裴注引《江表傳》："策從容戲瑜曰：'橋公二女雖流離，得吾二人作婿，亦足爲歡。'"橋、喬字通。清薛雪《一瓢詩話》稱此二句"妙絕千古。言公瑾軍功止藉東風之力，苟非乘風力之便以破曹兵，則二喬亦將被虜，貯之銅雀臺上。'春深'二字下得無賴，正是詩人調笑妙語。"宋許顗《彥周詩話》："孫氏霸業，繫此一戰，社稷存亡、生靈塗炭都不問，祇恐捉了二喬，可見措大不識好惡。"《歷代詩話考索》："夫詩人之詞微以婉，不同論言直遂也。牧之意，正謂幸而成功，幾乎家國不保。彥周未免錯會。"馮集梧《樊川詩集注》："詩不當如此論，此直村學究讀史見識，豈足與語詩人言近指遠之故乎？"

寄揚州韓綽判官

【題解】 韓綽，生平不詳，《樊川集》另有《哭韓綽》詩。揚州時爲淮南節度使治所，韓應爲淮南節度使判官。大和七至九年（833—835），杜牧曾任淮南節度使推官、掌書記，與韓爲同僚。此詩當爲牧離揚州後作。

青山隱隱水迢迢，秋盡江南草木凋。二十四橋明月夜，玉人何處教吹簫？

上海古籍出版社版《樊川詩集注》卷四

〇迢迢：原作遙遙，據校語改。〇二十四橋：宋沈括《夢溪筆談·補筆談》卷三："揚州在唐時最爲富盛……可紀者有二十四橋：(略)。"宋祝穆《方輿勝覽》："揚州府二十四橋，隋置，並以城門坊市爲名，後韓令坤省築州城，分布阡陌，別立橋梁，所謂二十四橋，或在或廢，不可得而考。"〇玉人：《拾遺記》："（蜀）先主甘后……玉質柔肌，態媚容冶。……河南獻玉人，高三尺。乃取玉人置后側……后與玉人潔白齊潤，觀者殆相亂惑。"

附：　　　過華清宮絕句三首

長安迴望繡成堆，山頂千門次第開。一騎紅塵妃子笑，無人知是荔枝來。

新豐綠樹起黃埃，數騎漁陽探使回。《霓裳》一曲千峰上，舞破中原始下來。

萬國笙歌醉太平，倚天樓殿月分明。雲中亂拍祿山舞，風過重巒下笑聲。

沈下賢

斯人清唱何人和？草徑苔蕪不可尋。一夕小敷山下夢，水如環佩月如襟。

|輯　錄|

◎李商隱《杜司勳》：高樓風雨感斯文，短翼差池不及羣。刻意傷春復傷別，人間惟有杜司勳。

◎胡仔《苕溪漁隱叢話·後集》卷十五：牧之於題詠，好異於人，如《赤壁》云：（略）。《題商山四皓廟》云："南軍不袒左邊袖，四皓安劉是滅劉。"皆反說其事。至《題烏江亭》，則好異而叛於理，詩云："勝負兵家不可期，包羞忍恥是男兒。江東子弟多才俊，捲土重來未可知。"項氏以八千人渡江，敗亡之餘，無一還者，其失人心爲甚，誰肯復附之，其不能捲土重來決矣。

◎許顗《彥周詩話》：杜牧之《題桃花夫人廟》詩云："細腰宮裏露桃新，脈脈無言度幾春。畢竟息亡緣底事？可憐金谷墜樓人！"僕謂此詩爲二十八字史論。

◎陳繹曾《文筌·詩譜》：杜牧主才，意俊思活。

◎楊慎《升菴詩話》卷五：律詩至晚唐，李義山而下，惟杜牧之爲最。宋人評其詩豪而豔，宕而麗，於律詩中特寓拗峭，以矯時弊，信然。

◎胡應麟《詩藪·外編》卷四：俊爽若牧之，綺藻若庭筠，精深若義山，整密若丁卯，皆晚唐錚錚者。其才，則許不如李，李不如溫，溫不如杜。

◎賀裳《載酒園詩話·又編》：杜紫微詩，惟絕句最多風調，味永趣長，有明月孤映，高霞獨舉之象。

◎全祖望《杜牧之論》（《鮚埼亭集外編》卷三七）：杜牧才氣，其唐長慶以後第一人耶？讀其詩古文詞，感時憤世，殆與漢長沙太傅相上下。

◎趙翼《甌北詩話》卷十一：杜牧之作詩，恐流於平弱，故措詞必拗峭，立意必奇闢，多作翻案語，無一平正者。方岳《深雪偶談》所謂好爲議論，大概出奇立異，以自見其長也。

◎洪亮吉《北江詩話》卷一：杜牧之與韓柳、元白同時，而文不同韓柳，詩不同元白，復能於四家外，詩文皆別成一家，可云特立獨行之士矣。

◎管世銘《讀雪山房唐詩序例》：杜紫微天才橫逸，有太白之風，而時出入於夢得。七言絕句一體，殆專其長。觀玉谿生"高樓風雨"云云，傾倒之至矣！

李商隱（約812—858）

《舊唐書·文苑傳》下：李商隱字義山，懷州河內（今河南沁陽）人。商隱幼能爲文，令狐楚鎮河陽，以所業文干之，年纔及弱冠。楚以其少俊，深禮之，令與諸子游。楚鎮天平、汴州，從爲巡官，歲給資裝，令隨計上都。開成二年，方登進士第，釋褐秘書省校書郎，調補弘農尉。會昌二年，又以書判拔萃。王茂元鎮河陽，辟爲掌書記，得侍御史。茂元愛其才，以子妻之。茂元雖讀書爲儒，然本將家子，李德裕素遇之，時德裕秉政，用爲河陽帥。德裕與李宗閔、楊嗣復、令狐楚大相讎怨。商隱既爲茂元從事，宗閔黨大薄之。時令狐楚已卒，子綯爲員外郎，以商隱背恩，尤惡其無行。俄而茂元卒，來游京師，久之不調。會給事中鄭亞廉察桂州，請爲觀察判官、檢校水部員外郎。大中初，白敏中執政，令狐綯在署，共排李德裕，逐之。亞坐德裕黨，亦貶循州刺史。商隱隨亞在嶺表累載。三年入朝，京兆尹盧弘正奏署掾曹，令典牋奏。明年，令狐綯作相，商隱屢啓陳情，綯不之省。弘正鎮徐州，又從爲掌書記。府罷入朝，復以文章干綯，乃補太學博士。會河南尹柳仲郢鎮東蜀，辟爲節度判官、檢校工部郎中。大中末，仲郢坐專殺左遷，商隱廢罷，還鄭州，未幾病卒。商隱能爲古文，不喜偶對。從事令狐楚幕，楚能章奏，遂以其道授商隱，自是始爲今體章奏。博學強記，下筆不能自休，尤善爲誄奠之辭。與太原溫庭筠、南郡段成式齊名，時號"三十六"。而俱無持操，恃才詭激，爲當塗者所薄，名宦不進，坎坷終身。

案：李商隱生平，兩唐書本傳訛誤甚多，馮浩《玉谿生年譜》、張采田《玉谿生年譜會箋》及今日諸家之說亦多歧義。今謹錄馮譜所正《舊唐書》本傳訛誤如下：令狐楚鎮河陽爲元和十三年（818），時李尚在稚年，弱冠以文干之說誤。娶王茂元女在進士登第、試宏詞不中後，時開成三年（838）。授秘書省校書郎、調補弘農尉在次年。王茂元會昌三年（843）節度河陽，同年卒。李任侍御史在盧弘正幕而非王茂元幕。鄭亞辟李爲掌書記而非觀察判官、檢校水部員外郎。李隨鄭亞在嶺表一年而非數載。史未載盧弘正任京兆尹。李於大中三年（849）還京，任盩厔尉，屬京兆府。次年盧鎮徐州，奏李爲侍御史、判官，非掌書記。柳仲郢在鎮五年，以政績内徵爲吏部侍郎，改兵部侍郎，充諸道鹽鐵轉運使，非"坐專殺左遷"。李隨柳還朝，奏充鹽鐵推官。

無題二首（選一首）

【題解】 無題詩爲李商隱之獨創。此類作品非成於一時一地，有托美人香草以寫志者，有婉轉哀豔以寫情者，難以一概而論（參見"輯錄"）。本篇顯然非比興寓托之作，所寫當爲作者親歷之情事。今人劉學鍇、余恕誠謂"二詩作於義山任職秘省期間，則開成四年春、會昌二年春、六年春似均有可能，頗難定編。馮（浩）繫開成四年初入秘省時，張（采田）繫會昌二年重官秘省時，均無確據。視首章末聯以'走馬蘭臺'爲蓬轉不定之生活，似帶身世沉淪孤子之感……或作於會昌六年春。然終乏確證，姑依張箋暫繫會昌二年春"（《李商隱詩歌集解》，下同）。原作二首，選第一首。

昨夜星辰昨夜風，畫樓西畔桂堂東。身無綵鳳雙飛翼，心有靈犀一點通。隔座送鈎春酒暖，分曹射覆蠟燈紅。嗟余聽鼓應官去，走馬蘭臺類轉蓬。

上海古籍出版社版《玉谿生詩集箋注》卷一

〇"心有"句：朱鶴齡《李義山詩集箋注》（以下簡稱朱注）："《南

州異物志》:'犀有靈異,表靈以角。'《漢書·西域傳》:'通犀翠羽之珍。'如淳曰:'通犀,謂中央色白,通兩頭。'"〇隔座送鈎:馮注:"周處《風土記》:'臘日飲祭之後,叟嫗兒童爲藏彄之戲,分爲二曹,以校勝負:若人偶,即敵對;人奇,即令奇人爲游附,或屬上曹,或屬下曹,名爲飛鳥,以齊二曹。'按:古皆作'藏彄',後多作'藏鈎',詳《歲時記》諸書。隔座送鈎者,送之使藏,今人酒令尚有遺意。"〇分曹射覆:《漢書·東方朔傳》:"上嘗使諸數家射覆,置守宫盂下,射之,皆不能中。"顔師古注:"於覆器下而置諸物,令射之,故云射覆。"《楚辭·招魂》:"菎蔽象棊,有六簙些。分曹並進,遒相迫些。"劉學鍇、余恕誠曰:"射覆,爲古代一種猜度預爲隱藏事物之游戲。後世酒令以字句隱寓事物,令人猜度,亦稱射覆。"〇"嗟余"二句:聽鼓,《新唐書·百官志》四上:"日暮,鼓八百聲而門閉;……五更二點,鼓自内發,諸街鼓承振,坊市門皆啓,鼓三千撾,辨色而止。"蘭臺,《舊唐書·職官志》二:"秘書省:龍朔改爲蘭臺,光宅改爲麟臺,神龍復爲秘書省。"馮注:"此云'走馬蘭臺',必爲秘書郎時也。……白香山詩自注:'秘書府即蘭臺也。'按:是唐人習稱。"轉蓬,曹操《却東西門行》:"田中有轉蓬,隨風遠飄揚。"曹植《雜詩》:"轉蓬離本根,飄颻隨長風。"

賈 生

【題解】《史記·屈原賈生列傳》:"賈生名誼,洛陽人也。年十八,以能誦詩屬書聞於郡中。孝文帝初立……廷尉乃言賈生年少,頗通諸子百家之書。文帝召以爲博士,是時賈生年二十餘,最爲少。……天子議以爲賈生任公卿之位,絳、灌、東陽侯、馮敬之屬盡害之……於是天子後亦疏之,不用其議,乃以賈生爲長沙王太傅。……後歲餘,賈生徵見。孝文帝方受釐,坐宣室。上因感鬼神事,而問鬼神之本。賈生因具道所以然之狀。

至夜半，文帝前席。既罷，曰：'吾久不見賈生，自以爲過之，今不及也。'"本篇即詠此事。

宣室求賢訪逐臣，賈生才調更無倫。可憐夜半虛前席，不問蒼生問鬼神！

上海古籍出版社版《玉谿生詩集箋注》卷一

○宣室：《三輔黃圖》："宣室，未央前殿正室也。"

杜工部蜀中離席

【題解】 劉學鍇、余恕誠曰："此擬杜工部體而以'蜀中離席'爲題之作。程氏（程夢星）謂杜甫無'蜀中離席'之題，殊不知此詩僅仿杜詩風格，非襲其舊題而亦步亦趨之作。……編年當依張箋，大中六年春自西川推獄歸東川時作。"

人生何處不離群？世路干戈惜暫分。雪嶺未歸天外使，松州猶駐殿前軍。座中醉客延醒客，江上晴雲雜雨雲。美酒成都堪送老，當壚仍是卓文君。

上海古籍出版社版《玉谿生詩集箋注》卷二（下同）

○"人生"二句：《義門讀書記》卷五七："起句尤似杜。鮑令暉詩：'人生誰不別？恨君早從戎'，發端奪胎於此。"○"雪嶺"二句：言唐廷與吐蕃、黨項之緊張關係尚未緩和。雪嶺，《元和郡縣圖志》卷三二："劍南道松州嘉誠縣：雪山，在縣東八十里。春夏常有積雪，故名。"馮注："《後漢書·班超傳》注：'西域有白山，通歲有雪，亦名雪山。'詳檢史志諸書，雪山綿亘遼遠，以界華、戎。而自蜀徼言之，切近松、茂、維、保諸州，唐初招撫黨項羌而羈縻之，其後皆陷於吐蕃。《通典》曰：'吐蕃國山有積雪。'黨項羌，漢西羌之別種，東界至松州，又有居雪山下，號雪山黨項者，亦爲吐蕃所破而臣屬之。故吐蕃南路入寇，松、維諸處最要衝。"

松州，馮注："《通典》與《舊書志》（案指《舊唐書·地理志》）：松州交川郡，歷代諸羌之域，唐置松州。有甘松嶺，江水所發之源，西北至吐蕃界九十里。貞觀初置松州都督府，督羈縻州，皆招撫黨項羌漸置。永徽以後，臣叛制置不一。"殿前軍，指天子禁軍。據《新唐書·兵志》，哥舒翰破吐蕃臨洮西之磨環川，即其地置神策軍。安史之亂後故地淪沒，詔屯陝州。及代宗避吐蕃幸陝，觀軍容使魚朝恩舉軍迎扈，帝幸其營，朝恩遂以軍歸禁中。自是寖盛，遂爲天子禁軍。神策軍雖處內，而多以禪將將兵征伐，往往有功。又肅宗時所置殿前射生左右軍元和中改天威軍，八年廢，以其兵分隸左右神策軍。時邊兵衣食多不贍，而戍卒屯防，所給最厚。諸將務爲詭辭，請遙隸神策軍，以贏稟賜。由是塞上往往稱神策行營。○"座中"句：《楚辭·漁父》："舉世皆濁我獨清，眾人皆醉我獨醒。"○"美酒"句：梁蕭子顯《代美女篇》："朝酤成都酒，暝數河間錢。"《唐國史補》卷下："酒則有……劍南之燒春。"商隱《碧瓦》詩："歌從雍門學，酒是蜀城燒。"○"當壚"句：《史記·司馬相如列傳》："相如與（文君）俱至臨邛，盡賣其車騎，買一酒舍酤酒，而令文君當鑪。相如身自著犢鼻褌，與保庸雜作，滌器於市中。"鑪同壚。又宋王讜《唐語林·賢媛》："蜀之士子，莫不沽酒，慕相如滌器之風。陳會郎中家以當壚爲業……元和元年及第。"

無題四首（選一首）

【題解】本組無題詩，含七律二首，五律、七古各一首，體裁不一，內容亦無內在聯繫，顯然非一時一地之作。此處選第一首，寫所思遠隔，輾轉難求之情。

來是空言去絕蹤，月斜樓上五更鐘。夢爲遠別啼難喚，書被催成墨未濃。蠟照半籠金翡翠，麝熏微度繡芙蓉。劉郎已恨蓬山遠，更隔蓬山一萬重!

○"蠟照"句:《楚辭·招魂》:"翡翠珠被,爛齊光些。"劉學鍇、余恕誠曰:"金翡翠,以金綫繡成翡翠鳥圖樣之帷帳。帷帳上部爲燭照所不及,故曰'半籠'。韋莊《菩薩蠻》:'香燈半捲流蘇帳。'意類此。或曰金翡翠指有翡翠鳥圖樣之羅罩,眠時用以罩在燭臺上掩暗燭光。溫庭筠《菩薩蠻》:'畫羅金翡翠,香燭銷成淚。'"○"麝熏"句:馮注:"鮑照詩:'七采芙蓉之羽帳。'此謂褥也,如杜詩'褥隱繡芙蓉'。"劉學鍇、余恕誠曰:"簾額、羽帳、被褥均可繡芙蓉圖案,此言'麝熏微度',自以指被褥爲宜。翡翠、芙蓉均爲男女歡愛之象徵。"○"劉郎"二句:李賀《金銅仙人辭漢歌》:"茂陵劉郎秋風客。"馮注:"用漢武求仙事。"劉學鍇、余恕誠曰:"劉郎、蓬山雖用漢武求仙事,然僅取其字面,實兼用劉晨、阮肇事。傳東漢永平中,剡縣人劉晨、阮肇入天台山采藥迷路,遇二仙女,被邀至仙洞。半載後返故里,子孫已七世。後重入天台訪女,蹤迹渺然。事見劉義慶《幽明錄》。晚唐詩人曹唐有《劉阮洞中遇仙人》詩等五首,即據此事敷演。詩中有'免令仙犬吠劉郎'、'此生無處訪劉郎'之句,是劉晨亦可稱劉郎。"蓬山,即蓬萊山。詳見李白《哭晁卿衡》及白居易《長恨歌》注。

錦 瑟

【題解】 自宋以來,說此詩者紛紜莫定。大致有愛情、悼亡、詠物(狀瑟之聲調)、自傷身世、自序詩集諸說(詳見"輯錄"),詩題也有女子名、樂器名、徑取詩之首二字爲題數解。今之論者多以爲解作義山晚年追思生平之作較爲合理。取發端二字爲題,於義山集中屢見,亦不足爲異。

錦瑟無端五十弦,一弦一柱思華年。莊生曉夢迷蝴蝶,望帝春心托杜鵑。滄海月明珠有淚,藍田日暖玉生煙。此情可待成追憶,祇是當時已惘然!

○"錦瑟"句：朱注引《周禮樂器圖》："雅瑟二十三弦，頌瑟二十五弦。飾以寶玉者曰寶瑟，繪文如錦者曰錦瑟。"《史記·封禪書》："或曰：太帝使素女鼓五十弦瑟，悲，帝禁不止，故破其瑟爲二十五弦。"無端，有無緣故、無心、無奈、不料諸義項（後三義詳見王鍈《詩詞曲語辭例釋》）。汪師韓《詩學纂聞》："《錦瑟》乃是以古瑟自況。……世所用者，二十五弦之瑟，而此乃五十弦之古制，不爲時尚。成此才學，有此文章，即已亦不解其故，故曰'無端'猶言無謂也。"○"莊生"句：《莊子·齊物論》："昔者莊周夢爲蝴蝶，栩栩然蝴蝶也，自喻適志與！不知周也。俄然覺，則蘧蘧然周也。不知周之夢爲蝴蝶與，蝴蝶之夢爲周與？"○"望帝"句：見李白《蜀道難》注。○"滄海"句：《博物志》卷二："南海外有鮫人，水居如魚，不廢織績，其眼能泣珠。"張箋認爲此句傷悼李德裕（見卷四），李貶死崖州，崖州又名珠崖郡（治所在今海南瓊山東南），爲產珠之地。○"藍田"句：《元和郡縣圖志》卷一："關內道京兆府藍田縣：本秦孝公置。按周禮，'玉之美者曰球，其次爲藍'，蓋以縣出美玉，故曰藍田。"《文選·班固〈西都賦〉》："陸海珍藏，藍田美玉。"李善注引《范子計然》曰："玉英出藍田。"宋王應麟《困學紀聞》卷十八："司空表聖云：戴容州謂詩家之景，如藍田日暖，良玉生煙，可望而不可置於眉睫之前也。李義山玉生煙之句蓋本於此。"張箋："可望而不可前，非令狐不足當之，借喻顯然。戴容州叔倫，蕭穎士門人，貞元十六年進士，在義山前，其語必有所出，唐時佚書固多也。"（卷四）○"此情"二句：高步瀛曰："如上所述，皆失意之事，故不待今日追憶惘然自失，即在當時已如此也。"（《唐宋詩舉要》卷五）

春　雨

【題解】　此因春雨感懷，寫雨中悵惘寥落之情，紀昀評其"宛轉有味"(《玉谿生詩說》)。作年不詳。

悵臥新春白袷衣,白門寥落意多違。紅樓隔雨相望冷,珠箔飄燈獨自歸。遠路應悲春晼晚,殘宵猶得夢依稀。玉璫緘札何由達,萬里雲羅一雁飛。

上海古籍出版社版《玉谿生詩集箋注》卷三(下同)

○白袷衣:白夾衣,閒居便服。《世說新語·雅量》"顧和始爲揚州從事"劉孝標注引《語林》:"周侯飲酒已醉,著白袷憑兩人,來詣丞相。"○白門:馮注:"此似取'白門楊柳'之意。""白門楊柳"出自南朝樂府民歌《楊叛兒》:"暫出白門前,楊柳可藏烏。歡作沉水香,儂作博山爐。"歌中"白門"爲男女戀人歡會之處。○春晼晚:宋玉《九辯》:"白日晼晚其將入兮。"○"玉璫"句:《玉臺新詠·古詩爲焦仲卿妻作》"耳著明月璫"吳兆宜注引《釋名》:"穿耳施珠曰璫。"劉學鍇、余恕誠曰:"古代常以玉璫爲男女間定情信物,寄書時每以之作爲禮物附寄,稱侑緘。義山《夜思》云:'寄恨一尺素,含情雙玉璫。'《燕臺秋》:'雙璫丁丁聯尺素。'"

隋　宫

【題解】　隋宮,指隋煬帝楊廣在江都(今江蘇揚州)所建宮室。《隋書·地理志》下"江都郡江陽縣"注:"有江都宮、揚子宮。"《輿地紀勝》卷三七:"淮南東路揚州:江都宮,煬帝於江都郡置宮,號江都宮。"據《大清一統志·江蘇揚州府》,江都宮在甘泉縣西七里故廣陵城內,顯福宮在甘泉縣東北,十宮在甘泉縣北五里,臨江宮在江都縣南二十里,亦曰揚子宮,諸宮皆煬帝建。何焯稱此詩"無句不佳,三四尤得杜家骨髓。前半展拓得開,後半發揮得足,眞大手筆"(《義門讀書記》卷五七)。

紫泉宮殿鎖煙霞,欲取蕪城作帝家。玉璽不緣歸日角,錦帆應是到天涯。

於今腐草無螢火，終古垂楊有暮鴉。地下若逢陳後主，豈宜重問《後庭花》！

○紫泉宮殿：指長安宮殿，語出司馬相如《上林賦》：“左蒼梧，右西極，丹水更其南，紫淵徑其北。”唐人避高祖李淵諱改“淵”爲“泉”。○蕪城：《文選·鮑照〈蕪城賦〉》李善注：“集云：‘登廣陵故城。’”廣陵即隋之江都，西漢時吳王劉濞建都於此，遂築城。南朝宋文帝時，廣陵太守劉懷之爲避北魏入侵率民燒城渡江；孝武帝時，竟陵王劉誕據廣陵反，兵敗死。兩遭兵禍，城遂荒蕪（見錢仲聯《鮑參軍集注》）。鮑照作賦後，蕪城遂爲廣陵別名。○“玉璽”二句：玉璽，漢蔡邕《獨斷》上：“天子（璽）以玉螭虎紐。古者尊卑共之。……秦以來，天子獨以印稱璽，又獨以玉，群臣莫敢用也。”宋吳曾《能改齋漫錄》卷四：“徐令《玉璽記》：‘玉璽者，傳國寶也。秦始皇取藍田玉，刻而爲之。’……蓋秦璽自漢以來，世世傳受，號傳國璽。”日角，指唐高祖李淵。《後漢書·光武帝紀》：“（光武帝）隆準日角”注引鄭玄《尚書中候·注》：“日角謂庭中骨起，狀如日。”劉孝標《辨命論》：“龍犀日角，帝王之表。”《舊唐書·唐儉傳》：“（高祖召唐儉）密訪時事，儉曰：‘明公日角龍庭，李氏又在圖牒，天下屬望……海內之權，指麾可取。’”同上《高祖紀》：武德元年（618）五月，隋恭帝遣使“奉皇帝璽綬於高祖”。錦帆指煬帝龍舟。《開河記》：“龍舟既成，泛江沿淮而下。……時舳艫相繼，連接千里，自大梁至淮口，聯緜不絕。錦帆過處，香聞千里。”○“於今”句：《禮記·月令》：“腐草爲螢。”《隋書·煬帝紀》：“（大業十二年五月），上於景華宮徵求螢火，得數斛，夜出游山，放之，光遍巖谷。”馮注：“景華宮在東都，而杜牧揚州詩‘秋風放螢苑，春草鬥雞臺’，則詠揚州事也。”○“終古”句：朱注引《隋書》：“煬帝自板渚引河作御道，植以楊柳，名曰隋堤，一千三百里。”《開河記》：“詔民間有柳一株賞一縑，百姓爭獻之。又令親種，帝自種一株，群臣次第種。……栽畢，帝御筆寫賜垂楊柳姓楊，曰楊柳也。”○“地下”二句：《隋遺錄》卷上：“帝（在江都）昏湎滋深，往往爲妖祟所惑。

嘗游吳公宅雞臺，恍惚間與陳後主相遇，尚喚帝爲殿下。後主……舞女數十許羅侍左右，中一人迥美。帝屢目之。後主云：'殿下不識此人耶？即麗華也。'……（煬帝）因請麗華舞《玉樹後庭花》。……後主問帝：'龍舟之游樂乎？始謂陛下致治在堯舜之上，今日復此逸游，大抵人生各圖快樂，囊時何見罪之深耶？'"

常　娥

【題解】　常娥，即姮娥，漢代爲避文帝劉恒諱，改爲常娥。張采田謂此詩"寫永夜不眠，悵望無聊之景況，亦托意遇合之作"（《李義山詩辨正》）。

雲母屏風燭影深，長河漸落曉星沉。常娥應悔偷靈藥，碧海青天夜夜心。

〇雲母屏風：《西京雜記》一載趙飛燕爲皇后，其女弟在昭陽殿，上遺禮物有雲母屏風。〇碧海：見李白《哭晁卿衡》注。

附：　　　　　宿駱氏亭寄懷崔雍崔袞

竹塢無塵水檻清，相思迢遞隔重城。秋陰不散霜飛晚，留得枯荷聽雨聲。

回中牡丹爲雨所敗二首（選一首）

浪笑榴花不及春，先期零落更愁人。玉盤迸淚傷心數，錦瑟驚弦破夢頻。萬里重陰非舊圃，一年生意屬流塵。前溪舞罷君回顧，併覺今朝粉態新。

夜雨寄北

君問歸期未有期，巴山夜雨漲秋池。何當共剪西窗燭，却話巴山夜雨時。

無題

相見時難別亦難，東風無力百花殘。春蠶到死絲方盡，蠟炬成灰淚始乾。曉鏡但愁雲鬢改，夜吟應覺月光寒。蓬山此去無多路，青鳥殷勤爲探看。

|輯　錄|

一、關於李商隱

◎崔珏《哭李商隱二首》（其二）：虛負凌雲萬丈才，一生襟抱未曾開。鳥啼花落人何在，竹死桐枯鳳不來。良馬足因無主踠，舊交心爲絕弦哀。九泉莫歎三光隔，又送文星入夜臺。

◎朱鶴齡箋本序（馮浩《玉谿生詩集箋注》附錄引）：玉谿生詩，沉博絕麗。……古人不得志於君臣朋友者，往往寄遙情於婉孌，結深怨於蹇修，以序其忠憤無聊纏綿宕往之致。唐至大和以後，閹人暴橫，黨禍蔓延。義山陷塞當塗，沉淪記室。其身危，則顯言不可而曲言之；其思苦，則莊語不可而謾語之。計莫若瑤臺璚宇、歌筵舞樹之間，言之可無罪，而聞之足以動。其《梓州吟》云"楚雨含情俱有托"，早已自下箋解矣。吾故曰：義山之詩，乃風人之緒音，屈、宋之遺響，蓋得子美之深而變出之者也。豈徒以徵事博奧，擷采妍華，與飛卿、柯古爭霸一時哉！

◎葉燮《原詩》卷四：李商隱七絕，寄托深而措辭婉，實可空百代無其匹也。

◎何焯《義門讀書記》卷五七：晚唐中，牧之與義山俱學子美。然牧之豪健跌宕而不免過於放，學之者不得其門而入，未有不入於江西派者；不如義山頓剉曲折，有聲有色，有情有味，所得爲多。

◎馮浩《玉谿生詩集箋注序》：晚唐以李義山爲巨擘。

◎施補華《峴傭說詩》：義山七律，得於少陵者深。故穠麗之中，時帶沉鬱，如《重有感》、《籌筆驛》等篇，氣足神完，直登其堂，入其室矣。飛卿華而不實，牧之俊而不雄，皆非此公敵手。

◎又：義山七絕以議論驅駕書卷，而神韻不乏，卓然有以自立。

◎田雯《古歡堂雜著》卷二：義山七律逐首擅場，特須鄭箋耳。蓋義山諸體之工，唐人實無出其右者，不獨七律也，又不獨香奩也。

◎管世銘《讀雪山房唐詩序例》：善學少陵七言律者，終唐之世，惟李義山一人。胎息在神骨之間，不在形貌，《蜀中離席》一篇，轉非其至也。義山當朋黨傾危之際，獨能乃心王室，便是作詩根源。其《哭劉蕡》、《重有感》、《曲江》等詩，不減老杜憂時之作。組織太工，或爲摘撦家藉口。然意理完足，神韻悠長，異時西崑諸公，未有能學而至者也。

◎劉熙載《藝概·詩概》：杜樊川詩雄姿英發，李樊南詩深情緜邈。

◎張采田《李義山詩辨正·無愁果有愁曲北齊歌》：玉谿古詩除《韓碑》、《偶成轉韻》外，宗長吉體者爲多，而寓意深隱，較昌谷尤過之，真深得比興之妙者也。晚唐昌谷之峭豔，飛卿之哀麗，皆詩家正宗。玉谿則合溫、李而一之，尤擅勝境。

◎又《宮中曲》：下谿古體雖多學長吉，然長吉語意峭豔，至於命篇，尚不脫樂府本色；義山宗其體而變其意，托寓隱約，恍惚迷幻，尤駕昌谷而上之，真《騷》之苗裔也。

◎馮浩《玉谿生詩集箋注》附錄引楊文公《談苑》：義山爲文，多簡閱書冊，左右鱗次，號"獺祭魚"。

二、關於李商隱無題詩

◎沈厚塽《李義山詩集輯評》紀昀評：無題諸作，有確有寄托者，"來是空言去絕蹤"之類是也；有戲爲豔語者，"近知名莫愁"之類是也；有實有本事者，如"昨夜星辰昨夜風"之類是也；有失去本題而後人題曰無題者，如"萬里風波一葉舟"一首是也；有失去本題而誤附於無題者，如"幽人不倦賞"一首是也。宜分別觀之，不必概爲深解。其有摘詩中字面爲題者，亦無題之類，亦有此數種，皆當分晰。

◎馮浩《玉谿生詩集箋注》卷一《無題二首（昨夜星辰）》箋評：自來解《無題》諸詩者，或謂其皆屬寓言，或謂其盡賦本事，各有偏見，互持莫決。余細讀全集，乃知實有寄托者多，直作豔情者少，夾雜不分，令人迷亂耳。

三、關於《錦瑟》

◎元好問《論詩三十首》：望帝春心托杜鵑，佳人錦瑟怨華年。詩家總愛西崑好，獨恨無人作鄭箋。

◎劉攽《中山詩話》：李商隱有《錦瑟》詩，人莫曉其意，或謂是令狐楚家青衣名也。

◎胡仔《苕溪漁隱叢話·前集》卷二二引黃朝英《緗素雜記》：義山《錦瑟》詩云：(略)。山谷道人讀此詩，殊不曉其意，後以問東坡。東坡云："此出《古今樂志》，云：錦瑟之爲器也，其弦五十，其柱如之，其聲也，適、怨、清、和。"案李詩"莊生曉夢迷蝴蝶"，適也；"望帝春心托杜鵑"，怨也；"滄海月明珠有淚"，清也；"藍田日暖玉生煙"，和也：一篇之中，曲盡其意，史稱其瑰邁奇古，信然。

◎卷十六：古今聽琴、阮、琵琶、箏、瑟諸詩，皆欲寫其音聲節奏，類以景物故實狀之，大率一律，初無中的句，互可移用，是豈真知音者？但其造語藻麗，爲可喜耳。……如玉谿生《錦瑟》詩……亦是以景物故實狀之，若移作聽琴、阮等詩，誰謂不可乎？

◎胡震亨《唐音癸籤》卷二三：以錦瑟爲真瑟者癡；以爲令狐楚青衣，以爲商隱莊事楚、狎綯，必綯青衣亦癡。商隱情詩借詩中兩字爲題者儘多，不獨《錦瑟》。

◎沈厚塽《李義山詩集輯評》朱彝尊評：此悼亡詩也。意亡者善彈此，故睹物思人，因而托物起興也。瑟本二十五弦，一斷而爲五十弦矣，故曰"無端"也，取斷弦之意也。"一弦一柱"而接"思華年"三字，意其人年二十五而殁也。蝴蝶、杜鵑，言已化去也；珠有淚，哭之也；玉生煙，葬之也，猶言埋香瘞玉也。此情豈待今日追憶乎？祇是當時生存之日，已常憂其至此而預爲之惘然，意其人必婉弱多病，故云然也。

◎馮浩《玉谿生詩集箋注》卷二《錦瑟》注：言瑟而曰錦瑟、寶瑟，猶言琴而曰玉琴、瑤琴，亦泛例耳。有弦必有柱，今者撫其弦柱而歎年華之倏過，思舊而神傷也，便是下文"追憶"二字，前人每以求深失之。("莊生"句）取物化之義，兼用莊子妻死，惠子弔之，莊子則方箕踞鼓盆而歌。("望帝"句）謂身在蜀中，托物寓哀。下半重致其撫今追昔之痛，五句美其明眸，六句美其容色，乃所謂"追憶"也。"惘然"緊應"無端"二字。"無端"者，不意得此佳偶也。當時睹此美色，已覺如夢如迷，早知好物必不堅牢耳。此悼亡詩定論也。以首二字爲題，集中甚多，何足泥也。余爲逐句箋定，情味彌出矣。

◎張采田《玉谿生年譜會箋》卷四：此爲全集壓卷之作，解者紛紛……迄不得其真象；惟何義門云："此篇乃自傷之詞，騷人所謂美人遲暮也"，其說近似。蓋首句謂行年無端將近五十。"莊生曉夢"，狀時局之變遷；"望帝春心"，歎文章之空托。而悼亡斥外之痛，皆於言外包之。"滄海"、"藍田"二句，則謂衛公毅魄久已與珠海同枯，令狐相業方且如玉田不冷。衛公貶珠崖而卒，而令狐秉鈞赫赫，用"藍田"喻之，即"節彼南山"意也。結言此種遭際，思之真爲可痛，而當日則爲人顛倒，實惘然若墮五里霧中耳，所謂"一弦一柱思華年"也，隱然爲一部詩集作解。

◎周振甫《詩詞例話》引錢鍾書《馮注玉谿生詩集詮評》未刊稿：李商隱《錦瑟》一篇，古來箋釋紛如。多以爲影射身世。何焯因宋本《義山集》舊次，《錦瑟》冠首，解爲："此義山自題其詩以開集首者"，視他說之瓜蔓牽引、風影比附者，最爲省淨。竊采其旨而疏通之。自題其詩，開宗明義，略同編集之自序。拈錦瑟發興，猶杜甫《西閣》第一首："朱紱猶紗帽，新詩近玉琴。"錦瑟玉琴，殊堪連類。首二句言華年已逝，篇什猶留，畢世心力，平生歡戚，清和適怨，開卷歷歷。"莊生……"此一聯言作詩之法也。心之所思，情之所感，寓言假物，譬喻擬象，如飛蝶徵莊生之逸興，啼鵑見望帝之沉哀，均義歸比興，無取直白。舉事宣心，故"托"；旨隱詞婉，故易"迷"。此即十八世紀以還，法國、德國心理學常語所謂"形象思維"；以"蝶"與"鵑"等外物形象體示"夢"與"心"之衷曲情思。"滄海……"此一聯言詩成之風格或境界，如司空圖所形容之《詩品》。今不曰"珠是淚"而曰"珠有淚"，以見雖化珠圓，仍含淚熱，已成珍玩，尚帶酸辛，具實質而不失人氣；"暖玉生煙"，此物此志，言不同常玉之堅冷。蓋喻己詩雖琢煉精瑩，而真情流露，生氣蓬勃，異於雕繪奪情、工巧傷氣之作。若後世所謂"崑體"，非不珠光玉色，而淚枯煙滅矣！珠淚玉煙亦正以"形象"體示抽象之詩品也。

參考書目

《樊川詩集注》，清馮集梧注，上海古籍出版社 1982 年版。

《杜牧集繫年校注》，吳在慶撰，中華書局 2008 年版。

《杜牧傳》，繆鉞著，人民文學出版社 1977 年版。

《杜牧年譜》，繆鉞著，人民文學出版社 1980 年版。

《玉谿生詩集箋注》，清馮浩箋注，上海古籍出版社 1979 年版。

《玉谿生年譜會箋》（含《李義山詩辨正》），張采田著，上海古籍出版社 2004 年版。

《李商隱詩歌集解》，劉學鍇、余恕誠著，中華書局 2004 年版。

《李商隱研究》，吳調公著，上海古籍出版社 1982 年版。

《李商隱資料彙編》（上、下），劉學鍇、余恕誠、黃世中編，中華書局 2001 年版。

思考題

1. 前人評小杜詩"豪而豔"、"雄姿英發"，試就其七言絕句論述之。

2. 試論杜牧詠史詩的藝術個性。

3. 試論李商隱無題詩的藝術價值。

4. "一篇《錦瑟》解人難"給我們什麼啟迪？

5. 劉熙載認爲"杜樊川詩雄姿英發，李樊南詩深情綿邈"，試以詩作爲例加以闡發。

6. 前人說李商隱學杜詩在神骨不在形貌，說說你的看法。

7. 六朝詩歌對李商隱有無影響？若有，是如何表現的？

第十二節　晚唐其他詩人

許　渾（約791—約858）

《唐才子傳》卷七：渾字仲晦，潤州丹陽（今屬江蘇）人，圉師之後也。大和六年李珪榜進士，爲當塗、太平二縣令。少苦學勞心，有清羸之疾，至是以伏枕免。久之，起爲潤州司馬。大中三年，拜監察御史，歷虞部員外郎，睦、郢二州刺史。嘗分司朱方，買田築室，後抱病退居丁卯澗橋村舍，暇日綴錄所作，因以名集。渾樂林泉，亦慷慨悲歌之士，登高懷古，已見壯心，故其格調豪麗，猶強弩初張，牙淺弦急，俱無留意耳。

案：許渾之字應作"用晦"。渾原籍洛陽，遷居丹陽。早年曾旅居巴蜀，北游薊門，並短期入參軍幕。大中三年（849）前，就曾奉使南海，到過桂州、韶州。晚年初爲郢州刺史，後改刺睦州。詳《唐才子傳校箋》卷七。

金陵懷古

【題解】金陵，戰國楚威王七年（前333）滅越後在今江蘇省南京市清涼山置金陵邑，金陵遂成南京之別稱。參見劉禹錫《西塞山懷古》注。謝榛認爲此詩若刪去中間兩聯，則氣象雄渾不下太白絕句（見《四溟詩話》卷二）。

玉樹歌殘王氣終，景陽兵合戍樓空。松楸遠近千官塚，禾黍高低六代宮。石燕拂雲晴亦雨，江豚吹浪夜還風。英雄一去豪華盡，唯有青山似洛中。

中華書局校刊本《全唐詩》卷五百三十三

○"玉樹"句：玉樹，《陳書·皇后傳》："後主自居臨春閣，張貴妃居結綺閣，龔、孔二貴嬪居望仙閣，並複道交相往來。……以宮人有文學者袁大捨等爲女學士。後主每引賓客對貴妃等游宴，則使諸貴人及女學士與狎客共賦新詩，互相贈答，采其尤豔麗者以爲曲詞，被以新聲，選宮女有容色者以千百數，令習而歌之，分部迭進，持以相樂。其曲有《玉樹後庭花》、《臨春樂》等，大指所歸，皆美張貴妃、孔貴嬪之容色也。"《舊唐書·音樂志》載杜淹語曰："陳將亡也，爲《玉樹後庭花》；齊將亡也，而爲《伴侶曲》，行路聞之，莫不悲泣，所謂亡國之音也。"王氣，見劉禹錫《西塞山懷古》注。唐汝詢曰："金陵至陳而滅，故以玉樹發端。"(《刪訂唐詩解》卷二一) ○"景陽"句：《陳書·後主紀》："後主聞兵至，從宮人十餘出後堂景陽殿，將自投於井。袁憲侍側，苦諫不從，後閣舍人夏侯公韻又以身蔽井，後主與爭久之，方得入焉。及夜，爲隋軍所執。" ○千官：《呂氏春秋·審分覽·君守》："大聖無事，而千官盡能。" ○"禾黍"句：《詩經·王風·黍離》毛序："《黍離》，閔宗周也。周大夫行役至於宗周，過故宗廟宮室，盡爲禾黍。閔周室之顛覆，彷徨不忍去而作是詩也。"六代，即六朝，見杜牧《題宣州開元寺水閣閣下宛溪夾溪居人》注。○"石燕"句：《水經注·湘水》："湘水又東北得洭口，水出永昌縣北羅山，東南流逕石燕山東，其山有石紺而狀燕，因以名山。其石或大或小若母子焉。及其雷風相薄，則石燕群飛，頡頏如真燕矣。" ○"江豚"句：《文選·郭璞〈江賦〉》："魚則江豚海狶。"李善注引《南越志》："江豚似豬。"《本草綱目·鱗四》集解引陳藏器曰："江豚生江中，狀如海豚而小，出沒水上，舟人候之占風。" ○"唯有"句：李白《金陵三首》其三："苑方秦地少，山似洛陽多。"王琦注："《景定建康志》：洛陽四山圍伊、洛、瀍、澗在中，建康亦四山圍秦淮、直瀆在中。故云風景不殊，舉目有山河之異。李白云'山似洛陽多'，許渾云'祇有青山似洛中'，謂此也。"

附：　　　　　　　　咸陽城東樓

一上高城萬里愁，蒹葭楊柳似汀洲。溪雲初起日沉閣，山雨欲來風滿樓。鳥下綠蕪秦苑夕，蟬鳴黃葉漢宮秋。行人莫問當年事，故國東來渭水流。

| 輯　錄 |

◎胡仔《苕溪漁隱叢話·前集》卷二四引《桐江詩話》：許渾集中佳句甚多，然多用"水"字，故國初人士云"許渾千首濕"是也。

◎高棅《唐詩品彙·七言律詩叙目》：元和後律體屢變，其間有卓然成家者，皆自鳴所長。若李商隱之長於詠史，許渾、劉滄之長於懷古，此其著也。用晦之凌歊臺、洛陽城、驪山、金陵諸篇，與乎蘊靈之長洲、咸陽、鄴都等作，其今古廢興、山河陳迹、淒涼感慨之意，讀之可爲一唱而三歎矣。

◎胡震亨《唐音癸籤》卷八引徐獻忠語：許郢州詩覺煙雲風鳥之思，揉弄亦已盡態。

◎許學夷《詩源辯體》卷三十：許渾五、七言律體格漸卑者，特以情淺而詞勝，工巧襯貼而多見斧鑿痕耳。

趙　嘏（約806—852後）

《唐才子傳》卷七：趙嘏字承祐，山陽（今江蘇淮安）人，會昌二年鄭言榜進士。大中中，仕爲渭南尉。一時名士大夫極稱道之。卑宦頗不如意。宣宗雅知其名，因問宰相："趙嘏詩人，曾爲好官否？可取其詩進來。"讀其詩，首題秦詩云："徒知六國隨斤斧，莫有群儒定是非。"上不悅，事寢。嘏豪邁爽達，多陪接卿相，出入館閣，如親屬。然能以書生，令遠近知重。

據《唐才子傳校箋》卷七，趙嘏青年時代曾北赴塞上，南游越中，後

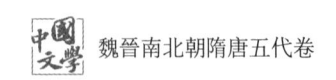

寓居宣城，與杜牧爲友。會昌初年（約841）有嶺南之行，歸江東後家於浙西。會昌四年（844）進士及第。

長安晚秋

【題解】《唐摭言》卷七："杜紫微（牧）覽趙渭南卷，《早秋》詩云：'殘星幾點雁橫塞，長笛一聲人倚樓。'吟味不已，因目嘏爲'趙倚樓'。"

雲物淒清拂曙流，漢家宮闕動高秋。殘星幾點雁橫塞，長笛一聲人倚樓。紫豔半開籬菊靜，紅衣落盡渚蓮愁。鱸魚正美不歸去，空戴南冠學楚囚。

中華書局校刊本《全唐詩》卷五百四十九

〇清：原作涼，據校語改。〇"鱸魚"句：《晉書·張翰傳》：吳郡人張翰被齊王冏辟爲大司馬東曹掾，"因見秋風起，乃思吳中菰菜、蓴羹、鱸魚膾，曰：'人生貴得適志，何能羈宦數千里以要名爵乎！'遂命駕而歸。……俄而冏敗，人皆謂之見機。"〇"空戴"句：《左傳·成公九年》："晉侯觀於軍府，見鍾儀，問之曰：'南冠而縶者，誰也？'有司對曰：'鄭人所獻楚囚也。'"

輯 錄

◎胡震亨《唐音癸籤》卷八：趙渭南才筆欲橫，故五字即窘，而七字能拓。蘸毫濃，揭響滿，爲穩於牧之，厚於用晦。若加以清英，砭其肥癡，取冠晚調不難矣。爲惜倚樓隻句摘賞，掩其平生。

◎吳師道《吳禮部詩話》：趙嘏多警句，能爲律詩，蓋小才也。

◎翁方綱《石洲詩話》卷二：許丁卯五律，在杜牧之下，溫岐之上。七律亦較溫清迥矣。趙嘏五七律，亦皆清迥，許之匹也。

羅　隱（833—909）

《舊五代史・羅隱傳》：羅隱，餘杭人。詩名於天下，尤長於詠史，然多所譏諷，以故不中第，大爲唐宰相鄭畋、李蔚所知。唐廣明中，因亂歸鄉里，節度使錢鏐辟爲從事。開平初，太祖以右諫議大夫徵，不至。魏博節度使羅紹威密表推薦，乃授給事中。終於錢塘。

《全唐詩》卷六五五：羅隱，字昭諫，餘杭人。本名橫，十上不中第，遂更名。從事湖南淮潤，無所合。久之，歸投錢鏐。累官錢塘令、鎮海軍掌書記、節度判官、鹽鐵發運副使、著作佐郎，奏授司勳郎。年七十七卒。

案：據《唐才子傳校箋》卷九，隱爲新城（今浙江富陽西南）人，大中末（約859）舉進士不第。咸通十一年（870）任衡陽主簿。廣明、中和間，隱居池州梅根浦六七載。其於錢鏐處歷官次序應爲拜秘書省著作郎，辟爲鎮海軍節度掌書記。光化三年（900）轉司勳郎中，充鎮海節度判官。開平三年（909）遷鹽鐵發運使。

魏城逢故人

【題解】　魏城縣，唐屬劍南道緜州（見《元和郡縣圖志》卷三三），治所在今四川省綿陽市東北。詩題一作"綿谷迴寄蔡氏昆仲"，故人應爲蔡氏兄弟。

一年兩度錦江游，前值東風後值秋。芳草有情皆礙馬，好雲無處不遮樓。山將別恨和心斷，水帶離聲入夢流。今日因君試迴首，淡煙喬木隔緜州。

中華書局版《羅隱集・甲乙集》

〇錦江：見杜甫《登樓》注。〇"芳草"二句：高步瀛謂"寫景極佳，而意極沉鬱，是謂神行"（《唐宋詩舉要》卷五）。

379

輯　錄

◎辛文房《唐才子傳》卷九：隱善屬文，詩筆尤俊，拔養浩然之氣。好諧謔，感遇輒發。自號"江東生"。自以當得大用，而一第落落，傳食諸侯，因人成事，深怨唐室。詩文凡以譏刺爲主，雖荒祠木偶，莫能免者。

◎李重華《貞一齋詩說》：羅江東筆甚爽傑，功稍粗疏。

◎薛雪《一瓢詩話》：羅昭諫爲三羅（案指隱、虬、鄴）之傑，調高韻響，絕非晚唐瑣屑，當與韋端己同日而語。

◎洪亮吉《北江詩話》卷六：七律至唐末造，惟羅昭諫最感慨蒼涼，沉鬱頓挫，實可以遠紹浣花，近儷玉溪。蓋由其人品之高，見地之卓，迥非他人所及。

溫庭筠（約812—866）

《新唐書·溫廷筠傳》（《舊唐書》本傳作"庭筠"）：彥博裔孫廷筠，少敏悟，工爲辭章，與李商隱皆有名，號"溫李"。然薄於行，無檢幅。又多作側辭豔曲，與貴冑裴諴、令狐滈等蒲飲狎昵。數舉進士不中第。思神速，多爲人作文。大中末，試有司，廉視尤謹，廷筠不樂，上書千餘言，然私占授者已八人，執政鄙其爲，授方山尉。徐商鎮襄陽，署巡官，不得志，去歸江東。令狐綯方鎮淮南，廷筠怨居中時不爲助力，過府不肯謁。丐錢揚子院，夜醉，爲邏卒擊折其齒，訴於綯。綯爲劾吏，吏具道其汙行，綯兩置之。事聞京師，廷筠遍見公卿，言爲吏誣染。俄而徐商執政，頗右之，欲白用。會商罷，楊收疾之，遂廢卒。本名岐，字飛卿。

案：兩唐書所載溫庭筠生平多誤。據夏承燾《溫飛卿繫年》，溫太原祁縣（今屬山西）人，開成四年（839）及大中初、大中九年（855）數試京兆不第。大中十三年（859）貶隨縣尉，同年依襄陽刺史徐商爲巡官。次年離襄陽，客江陵。咸通四年（863）過廣陵爲虞侯所辱，至長安雪冤，再貶方城尉。仕終國子助教。

過陳琳墓

【題解】《三國志·王粲傳》附《陳琳傳》："琳前爲何進主簿……進不納其言，竟以取禍。琳避難冀州，袁紹使典文章。袁氏敗，琳歸太祖（曹操）。太祖謂曰：'卿昔爲本初移書，但可罪狀孤而已，惡惡止其身，何乃上及父祖邪？'琳謝罪。太祖愛其才而不咎。"陳琳墓在今江蘇省邳州市（見《大清一統志·江蘇徐州府》）。

曾於青史見遺文，今日飄蓬過此墳。詞客有靈應識我，霸才無主始憐君。石麟埋沒藏春草，銅雀荒涼對暮雲。莫怪臨風倍惆悵，欲將書劍學從軍。

上海古籍出版社版《溫飛卿詩集箋注》卷四

○青史：《文選·江淹〈詣建平王上書〉》："俱啓丹冊，並圖青史。"李善注："《漢書》……有《青史子》（案見《藝文志》），《音義》曰：'古史官記事。'"○石麟：《西京雜記》三："（五柞宮）西有青梧觀，觀前有三梧桐樹。樹下有石麒麟二枚，刊其脅爲文字，是秦始皇驪山墓上物也。"○銅雀：臺名，見杜牧《赤壁》注。○書劍：《史記·項羽本紀》："項籍少時，學書不成，去，學劍，又不成。"同書《司馬相如列傳》："（相如）少時好讀書，學擊劍。"

|輯　錄|

◎歐陽修《六一詩話》：聖俞嘗語余曰："詩家……必能狀難寫之景，如在目前，含不盡之意，見於言外，然後爲至矣。……若溫庭筠'雞聲茅店月，人迹板橋霜'……則道路辛苦，羈愁旅思，豈不見於言外乎？"

◎辛文房《唐才子傳》卷八：(庭筠) 少敏悟，天才雄贍，能走筆成萬言。善鼓琴吹笛。側詞艷曲，與李商隱齊名，時號"溫李"。才情綺麗，尤工律賦。每試押官韻，燈下未嘗起草，但籠袖憑几，每一韻一吟而已。場中曰"溫八吟"。又謂八叉手成八韻，名"溫八叉"。

◎薛雪《一瓢詩話》：溫李並稱，就中却有異同。止如樂府，則玉谿不及太原，餘則太原不逮玉谿遠矣。

◎管世銘《讀雪山房唐詩序例》：七言律至長慶以後，奄奄一息。溫、李二集，正如漁歌牧笛，忽聞鐘鼓嘈吰。

韓　偓（842—914後）

《新唐書·韓偓傳》：韓偓字致光，京兆萬年（今陝西西安）人。擢進士第，佐河中幕府。召拜左拾遺，以疾解。後遷累左諫議大夫。宰相崔胤判度支，表以自副。王溥薦爲翰林學士，遷中書舍人。偓嘗與胤定策誅劉季述，昭宗反正，爲功臣。及胤召朱全忠討全誨，汴兵將至，偓勸胤督茂貞還衛卒，又勸表暴內臣罪，因誅全誨等；若茂貞不如詔，即許全忠入朝。未及用，而全誨等已劫帝西幸。偓夜追及鄠，見帝慟哭。至鳳翔，遷兵部侍郎，進承旨。帝反正，勵精政事，偓處可機密，率與帝意合，欲相者三四，讓不敢當。初，偓侍宴，全忠、胤臨陛宣事，坐者皆去席，偓不動，全忠怒偓薄己，悻然出。有譖偓喜侵侮有位，胤亦與偓貳。全忠見帝，斥偓罪，帝數顧胤，胤不爲解。全忠至中書，欲召偓殺之。鄭元規曰："偓位侍郎學士承旨，公無遽。"全忠乃止，貶濮州司馬。帝執其手流涕曰："我左右無人矣。"再貶榮懿尉，徙鄧州司馬。天祐二年，復召爲學士，還故官。偓不敢入朝，挈其族南依王審知而卒。

案：偓字又有作致堯、致元者，小字冬郎，號玉山樵人。父瞻，姨父李商隱。早有詩名，久困科場。龍紀元年（889）及第。任朝官時歷經乾寧、光化年間的藩鎮宦官之亂。因不阿附朱全忠被貶，晚年流落湖湘，終老於閩。參見《唐才子傳校箋》卷九。

故　都

【題解】　唐建都長安，昭宗天祐元年（904），朱全忠遷唐都於洛陽，四年（907），遂篡唐（見兩唐書《昭宗紀》、《哀帝紀》）。此詩中故都蓋指長安。

故都遙想草萋萋，上帝深疑亦自迷。塞雁已侵池籞宿，宮鴉猶戀女牆啼。天涯烈士空垂涕，地下強魂必噬臍。掩鼻計成終不覺，馮驩無路觝鳴雞。

中華書局校刊本《全唐詩》卷六百八十

○池籞：《漢書·宣帝紀》：“池籞未御幸者，假與貧民。”顏師古注引蘇林曰：“折竹以繩縣連禁籞，使人不得往來，律名爲籞。”應劭曰：“籞者，禁苑也。”○女牆：《釋名·釋宮室》：“城上垣曰睥睨……亦曰女墻。”○天涯烈士：作者自指。《韓非子·詭使》：“官爵所以勸民也，而好名義不進仕者，世謂之烈士。”曹操《步出夏門行》：“烈士暮年，壯心不已。”○“地下”句：《新五代史·唐六臣傳》：“（天祐三年）左僕射裴樞、獨孤損、右僕射崔遠、守太保致仕趙崇、兵部侍郎王贊、工部尚書王溥、吏部尚書陸扆，皆以無罪貶，同日賜死於白馬驛。凡縉紳之士與唐而不與梁者，皆誣以朋黨，坐貶死者數百人。”噬臍，《左傳·莊公六年》：三甥曰：“若不早圖，後君噬齊。”杜預注：“若齧腹齊，喻不可及。”齊，通臍。○“掩鼻”句：《韓非子·內儲說下》：“魏王遺荊王美人，荊王甚悅之。夫人鄭袖……因爲新人曰：‘王甚悅愛子，然惡子之鼻。子見王常掩鼻，則王長幸子矣。’於是新人從之，每見王常掩鼻。王謂夫人曰：‘新人見寡人常掩鼻，何也？’……對曰：‘頃嘗言惡聞王臭。’王怒曰：‘劓之。’”○“馮驩”句：《史記·孟嘗君列傳》：“（秦）昭王釋孟嘗君，孟嘗君得出，即馳去……夜半至函谷關。……關法雞鳴而出客，孟嘗君恐追之，客

383

之居下坐者有能爲鷄鳴，而鷄齊鳴，遂發傳出。"本篇用此事，但誤附之馮驩。馮驩亦爲孟嘗君客，事見《戰國策·齊策四》及《史記·孟嘗君列傳》。

附： 繞　廊

濃煙隔簾香漏泄，斜燈映竹光參差。繞廊倚柱堪惆悵，細雨輕寒花落時。

| 輯　錄 |

◎李商隱《韓冬郎即席爲詩相送一座盡驚……》：十歲裁詩走馬成，冷灰殘燭動離情。桐花萬里丹山路，雛鳳清於老鳳聲。

◎胡震亨《唐音癸籤》卷八：韓致堯冶游情篇，豔奪溫李，自是少年時筆。

◎《四庫全書總目》卷一五一：偓爲學士時，內預祕謀，外爭國是，屢觸逆臣之鋒，死生患難，百折不渝。晚節亦管寧之流亞，實爲唐末完人。其詩雖局於風氣，渾厚不及前人，而忠憤之氣，時時溢於語外。性情既摯，風骨自遒，慷慨激昂，迥異當時靡靡之響。其在晚唐，亦可謂文筆之鳴鳳矣。

◎翁方綱《石洲詩話》卷二：韓致堯香奩之體，溯自《玉臺》。

◎管世銘《讀雪山房唐詩序例》：唐末七言，韓致堯爲第一，去其香奩諸作，多出於愛君憂國，而氣格頗近渾成。

參考書目

《趙嘏詩注》，譚優學注，上海古籍出版社1985年版。

《羅隱集》，雍文華校輯，中華書局1983年版。

《溫飛卿詩集箋注》，清曾益等箋注，上海古籍出版社1980年版。

《溫庭筠全集校注》，劉學鍇撰，中華書局2007年版。

《韓偓集繫年校注》，吳在慶校注，中華書局2015年版。

思考題

1. 晚唐詩人爲什麼偏愛歷史題材？
2. 溫庭筠《過陳琳墓》"詞客有靈應識我，霸才無主始憐君"是什麼意思？

第十三節　詩僧與白話詩人

王梵志（生卒年不詳）

馮翊子《桂苑叢談·史遺》：王梵志，衛州黎陽（今河南浚縣）人也。黎陽城東十五里有王德祖者，當隋之時，家有林檎樹，生瘿大如斗。經三年，其瘿朽爛。德祖見之，乃撤其皮，遂見一孩兒，抱胎而出，因收養之。至七歲能語，問曰："誰人育我？"及問姓名，德祖具以實告："因林木而生，曰'梵天'（後改曰志）；我家長育，可姓王也。"作詩諷人，甚有義旨，蓋菩薩示化也。

案：有關王梵志的記載並非信史，且帶有明顯的神話色彩。對其人的時代和生平，海內外研究者作出了各不相同的推測。今人項楚教授認爲，《桂苑叢談》關於王生於隋代，爲衛州黎陽人的記載可視爲事實。此人在唐代民間應十分出名，因而才有關於他的神話流行。但此名爲"王梵志"的白話詩人並非現存全部王梵志詩的作者。現存約三百九十首"王梵志詩"並非一人一時之作，它包括了從初唐（以及更早）直至宋初許多無名白話詩人的作品。但其中數量最多、價值最高的部分（敦煌所出三卷本王梵志詩集）產生於初唐時期（詳見《王梵志詩校注·前言》）。

遙看世間人

【題解】 王梵志詩原無標題，研究者通常以首句擬題。本詩原列第一首。今人周一良曰："這首詩的首句'遙看世間人'，就暗示歎人間苦惱的味道。梵志詩中不少地方表達這種生不如死的思想。如第○○五首頭一句'可笑世間人'，末兩句'生時有痛苦，不如早死好'。第二四九首首句'生在常煩惱'，又'寄語冥路到，還我未生時'。第二六四首更明白地說：'你道生勝死，我道死勝生'，皆足爲佐證。有完整序文的兩個殘卷，卷首皆是'遙看世間人'這首隱約哀歎生不如死的詩，從最初編輯王梵志詩的人看來，也許多少有點總領全書的意味吧？"(《王梵志詩的幾條補注》，見《北京大學學報》一九八四年四期)

遙看世間人，村坊安社邑。一家有死生，合村相就泣。張口哭他屍，不知身去急。本是長眠鬼，蹔來地上立。欲似養兒甑，迴乾且就濕。前死深埋却，後死續即入。

上海古籍出版社版《王梵志詩校注》卷一

○"村坊"句：項楚《王梵志詩校注》（以下簡稱《校注》）："村坊：指城鄉人民居止之處。《舊唐書·食貨志》上：'在邑居者爲坊，郊外爲村。'《變文集·燕子賦》：'子孫滿天下，父叔遍村坊。'社邑：亦稱'邑社'、'義社'等，簡稱'社'或'邑'。古代民間結社，性質不盡相同。有宗教性者，以合力經營佛寺、舉辦法事爲宗旨。……亦有不以弘揚宗教爲宗旨者，則爲群眾之互助性組織。敦煌遺書伯三七三○《某甲等謹立社條》：'凡爲義邑，先須逐吉追凶。諸家若喪亡，便須匍匐成禮。'則正與本詩'一家有死生，合村相就泣'相吻合。"○死生：偏義復詞，指死。○長眠：指死。《校注》引《續高僧傳》卷十六《釋智遠傳》："後當將終，語諸僧曰：'吾今日作一覺長眠。'便入室右脇而臥。明日怪眠不覺，看之已終，方悟'長眠'語矣。"○欲似：《校注》："如似、好象。《廣記》卷二四九《王福畤》：'勔、勮、勃文章並清俊，近小者欲似不惡。'戴表元《齊東野語序》：'其詢官名，精乎其欲似郯子也；其訂輿圖，審乎其欲似晉伯宗也；其涉詞章禮樂，贍乎其欲似吳公子札也。'《變文集·秋胡變文》：'乃畫翠眉，便拂芙蓉，身著嫁時衣裳，羅扇遮面，欲似初嫁之時。'"○"迴乾"句：《校注》："迴乾就濕：義見《父母恩重難報經》：'第五迴乾就濕恩，頌曰：母願身投濕，將兒移就乾。'《變文集·維摩詰經講經文》：'迴乾就濕，恐男女之片時不安；洗浣濯時，怕癡騃之等閒失色。'又《父母恩重經講經文》：'慈母恩，實堪哀，十月三年受苦災。冒熱衝寒勞氣力，迴乾就濕費心懷。'此首'欲似'二句承接上文'本是長眠鬼，暫來地上立'，以'迴乾就濕'比喻去死就生。'乾'爲樂處，以喻死，'濕'爲苦處，以喻生，已暗喻生苦死樂之意。"

附：　　　　　城外土饅頭

城外土饅頭，餡草在城裏。一人喫一個，莫嫌沒滋味。

梵志翻著襪

梵志翻著襪，人皆道是錯。乍可刺你眼，不可隱我脚。

|輯　錄|

◎范攄《雲溪友議》卷下：梵志者，生於西域林木之上，因以梵志爲名。其言雖鄙，其理歸真。

◎敦煌寫本王梵志詩集原序：王梵志之遺文……不守經典，皆陳俗語。非但智士迴意，實亦愚夫改容。遠近傳聞，勸懲令善。貪婪之吏，稍息侵漁；尸祿之官，自當廉謹。……縱使大德講說，不及讀此善文。

寒　山（生卒年不詳）

閭丘胤《寒山子詩集序》：詳夫寒山子者，不知何許人也，自古老見之，皆謂貧人風狂之士。隱居天台唐興縣西七十里，號爲寒巖。每於茲地，時還國清寺。寺有拾得，知食堂，尋常收貯餘殘菜滓於竹筒內，寒山若來，即負而去。或長廊徐行，叫喚快活，獨言獨笑，時僧遂捉罵打趁，乃駐立撫掌，呵呵大笑，良久而去。且狀如貧子，形貌枯悴，一言一氣，理合其意，沉而思之，隱況道情，凡所啓言，洞該玄默。乃樺皮爲冠，布裘破弊，木屐履地。是故至人遁迹，同類化物。或長廊唱吟，唯言咄哉咄哉，三界輪回。或於村墅，與牧牛子而歌笑，或逆或順，自樂其性，非哲者安可識之矣。唯於竹木石壁書詩，并村墅人家廳壁上所書文句三百餘首，及拾得於土地堂壁上書言偈，并纂集成卷。

《太平廣記》卷五五引《仙傳拾遺》：寒山子者，不知其名氏，大曆中隱居天台翠屏山。其山深邃，當暑有雪，亦名寒巖，因自號寒山子。好爲詩，每得一篇一句，輒題於樹間石上，有好事者隨而錄之，凡三百餘首。多述山林幽隱之興，或譏諷時態，能警勵流俗。桐柏徵君徐靈府序而集之，分爲三卷，行於人間。十餘年，忽不復見。

案：寒山，姓名不傳，生卒年亦不詳。其事迹材料零散且不甚準確。如余嘉錫《四庫提要辨證》即考證閭丘胤序爲後人僞托（但其中應有真實處可資參考，故仍錄於此）。寒山詩雖有近僧者，其人未必爲僧，大約祇是隱居天台翠屏山的隱士。

城中娥眉女

【題解】寒山詩原無標題，項楚教授《寒山詩注》以首句擬題，下同。本詩原列十四，朱熹稱之爲"煞有好處，詩人未易到此"（《朱子語類》卷一百四〇）。

城中娥眉女，珠珮何珊珊。鸚鵡花前弄，琵琶月下彈。長歌三日響，短舞萬人看。未必長如此，芙蓉不耐寒。

中華書局版《寒山詩注》

吾心似秋月

【題解】 本詩原列五十一。

吾心似秋月，碧潭清皎潔。無物堪比倫，教我如何說。

中華書局版《寒山詩注》

○吾心似秋月：《大般涅槃經》卷五："譬如滿月，無諸雲翳。解脫亦爾，無諸雲翳。無諸雲翳，即真解脫。其解脫者，即是如來。"

| 輯　錄 |

◎《四庫全書總目》卷一四九：其詩有工語，有率語，有莊語，有諧語。至云"不煩鄭氏箋，豈待毛公解"，又似儒生語。大抵佛語菩薩語也。今觀所作，皆信手拈弄，全作禪門偈語，不可復以詩格繩之，而機趣橫溢，多足以資勸戒。

皎　然（720—約805）

《唐才子傳》卷四：皎然，字清晝，吳興（今屬浙江）人。俗姓謝，宋靈運之十世孫也。初入道，肆業杼山，與靈徹、陸羽同居妙喜寺。羽於寺傍創亭，以癸丑歲癸卯朔癸亥日落成，湖州刺史顏真卿名以"三癸"，皎然賦詩，時稱"三絕"。真卿嘗於郡齋集文士撰《韻海鏡源》，預其論著，至是聲價藉甚。貞元中，集賢御書院取高僧集上人文十卷藏之，刺史于頔爲之序。李端在匡岳，依止稱門生。一時名公，俱相友善，題云"晝上人"是也。往時住西林寺，定餘多暇，因撰序作詩體式，兼評古今人詩，爲《晝公詩式》五卷，及撰《詩評》三卷，皆議論精當，取捨從公，整頓狂瀾，出色騷雅。詩集十卷。

尋陸鴻漸不遇

【題解】《新唐書·隱逸傳》："陸羽字鴻漸，一名疾，字季疵，復州竟陵人。不知所生，或言有僧得諸水濱，畜之。……天寶中……廬火門山。上元初，更隱苕溪，自稱桑苧翁，闔門著書。或獨行野中，誦詩擊木，裴回不得意，或慟哭而歸，故時謂今接輿也。久之，詔拜羽太子文學，徙太常寺太祝，不就職。貞元末卒。羽嗜茶，著經三篇，言茶之原、之法、之具尤備，天下益知飲茶矣。"

移家雖帶郭，野徑入桑麻。近種籬邊菊，秋來未著花。扣門無犬吠，欲去問西家。報道山中去，歸時每日斜。

中華書局版《全唐詩》卷八百十五

○"近種"句：陶淵明《飲酒》："采菊東籬下，悠然見南山。"

附： 聞　鐘

古寺寒山上，遠鐘揚好風。聲餘月樹動，響盡霜天空。永夜一禪子，泠然心境中。

輯　錄

◎劉禹錫《澈上人文集序》：世之言詩僧多出江右，靈一導其源，護國襲之；清江揚其波，法振沿之。如么弦孤韻，瞥入人耳，非大樂之音。獨吳興晝公能備衆體。

◎嚴羽《滄浪詩話·詩評》：釋皎然之詩，在唐諸僧之上。唐詩僧有法震、法照、無可、護國、靈一、清江、無本、齊己、貫休也。

◎胡震亨《唐音癸籤》卷八：皎然《杼山集》清機逸響，閑澹自如，讀之覺別有異味在咀嚼之表。

貫　休（832—912）

《十國春秋·前蜀·貫休傳》：僧貫休，字德隱，俗姓姜氏，婺州蘭溪（今屬浙江）人也。七歲，出家爲童侍。與僧處默隔籬論詩，時人多爲驚異。受具之後，詩名大震。乾寧中，謁吳越武肅王，獻詩云："滿堂花醉三千客，一劍霜寒十四州。"武肅王命改爲四十州，乃可相見，貫休曰："州亦難添，詩亦難改，閑雲孤鶴，何不可飛！"遂擔簦游荆南，與吳融相遇，往復酬答，心相得也。會節度使成汭以誕生日，得歌詩百餘章，而貫休詩與焉。汭令幕僚鄭準評高下，準害其能，置貫休詩第三，貫休怒曰："藻鑒如此，其可久乎！"汭不勝其忿，遞放黔中。久之再至荆南，高季昌館之龍興寺，感時政，作《酷吏辭》，復被疏遠。遂至成都，高祖（王建）大悅，呼爲得得和尚，留住東禪院，賜賚優渥，署號禪月大師。已而建龍華道場，令居之。高祖常命誦近所撰詩，時貴戚滿坐，貫休欲諷之，乃舉《公子行》云："錦衣鮮華手擎鶻，閑行氣貌多輕忽。稼穡艱難總不知，五帝三皇爲何物？"高祖稱善，貴倖多有怨者。永平二年卒，年八十一。明年爲浮圖於成都北門外葬焉。與僧齊已並名。有《寶月集》一卷，《西岳集》四十卷，吳融爲之序。

古塞下曲四首（選一首）

【題解】　樂府《橫吹曲辭》有《出塞》、《入塞》舊題，詠征戰之事。《塞下曲》、《塞上曲》則爲唐人自創之新題樂府，所詠皆邊塞之事。原作四首，此處選第三首。

　　日向平沙出，還向平沙沒。飛蓬落軍營，驚鵰去天末。帝鄉青樓倚霄漢，歌吹掀天對花月。豈知塞上望鄉人，日日雙眸滴清血。

中華書局版《全唐詩》卷八二七

○"日向"二句：岑參《磧中作》："平沙萬里絕人煙。"○"帝鄉"句：帝鄉，本意爲仙鄉。《莊子·天地》："千歲厭世，去而上仙；乘彼白雲，至於帝鄉。"此處指京城，天子居處。青樓，《南史·齊廢帝東昏侯紀》："武帝興光樓上施青漆，世人謂之'青樓'。"亦指富豪之家所居樓房。曹植《美女篇》："問女何所居，乃在城南端。青樓臨大路，高門結重關。"○"日日"句：《韓非子·和氏》："和乃抱其璞而哭於楚山之下，三日三夜，泣盡而繼之以血。"

輯 錄

◎吳融《禪月集序》：上人之作，多以理勝，復能創新意，其語往往得景物於混茫自然之際，然其旨歸，必合於道。太白、樂天既歿，可嗣其美者，非上人而誰？

◎辛文房《唐才子傳》卷十：休一條直氣，海內無雙，意度高疏，學問叢脞，天賦敏速之才，筆吐猛銳之氣，樂府古律，當時所宗。雖尚崛奇，每得神助，餘人走下風者多矣。

參考書目

《王梵志詩校注》，項楚校注，上海古籍出版社1991年版。

《寒山詩注》，項楚著，中華書局2000年版。

思考題

試舉例討論唐代白話詩與文人詩藝術上的差異。

第二章

唐　文

概　說

　　唐文承前啓後，有繼承，又有新變，既揚六朝餘波，作辭采精緻的駢文；又革六朝弊習，倡散行流暢的古文。更善出入百家，變化今古，熔鑄前人精華，別開自家生面，開闢了宋以後散體文的發展道路。

　　唐文主要成就在散文。初唐文章以駢文爲主，但已有由駢入散的傾向，陳子昂是唐代第一個學西漢文辭的人，其政論都用散體，文學意味雖不足，但氣勢昂揚，富於激情。盛唐盛於詩，散文中也出現了前所未有的情調。李白文飛揚的神采，王維文清麗的境界，爲文章融入濃郁的詩意。以駢文見長的張說也有形神生動的散文碑誌。盛唐後期至中唐前期，相繼出現一批崇儒復古、謀求革新的作家，蕭穎士、李華、元結、獨孤及、梁肅、柳冕等，先後發聲提倡散體，反對駢文。他們的復古主張爲韓愈、柳宗元倡導古文運動奠定了理論基礎，文學史上通常稱他們爲古文運動的先驅者。但他們的作品大多帶駢文餘習且成就有限，表現着文體文風蛻變期的特點。

　　中唐後期，韓愈、柳宗元倡導古文運動，古文在理論和創作實踐上達到全盛期，一直發展到唐末五代。韓、柳有自成體系的古文理論，包括明道、養氣、學古、創新等各方面主張，旗幟鮮明，論辯有力。古文雖稱爲

"古文"，倡導學習先秦兩漢的散文語言，實則師其意而不師其辭，並要求從唐代活的語言中提煉新的書面散文語言，生動流暢，較近口語，擴大了文言文的表達功能，對後代散文發展影響很大。韓、柳的古文作品數量多、成就高，宏中肆外，無體不備，渾浩流轉，雄深雅健，給人們提供了古文的範本。韓愈氣盛文雄，在論說、書啓、贈序、碑誌、哀誄等各類應用文字中灌注充沛的激情，賦予其鮮明文學色彩。其戛戛獨造的成就不僅振起一代文風，亦足爲後世師法。柳宗元茹古涵今，精嚴奇峭，山水游記寫景出神入化，境界幽邃清冷，是中唐散文中文學意味最濃的部分；雜文、寓言設喻取譬，抒積鬱，論人事，義旨含蘊而文字尖新精警，佳篇甚多。李翱、皇甫湜等相從韓愈爲古文，擴大其影響。同時的白居易擅長寫明白曉暢的文章，樊宗師好爲奇奧生僻之作，劉禹錫也是古文好手，他們與韓、柳殊途同歸，唐代古文便被推到全盛階段。後起者有劉蛻、孫樵、杜牧諸人。唐末五代，又出現了皮日休、陸龜蒙、羅隱等作家，以短小犀利之筆譏刺現實，被魯迅譽爲"一塌糊涂的泥塘裏的光彩和鋒鋩"(《小品文的危機》)。

駢體文在唐代始終流行。上自詔敕，下至判辭、書牘、碑刻，公私文翰，無不習用。唐作家以激情、才思作駢文，使駢文得到生氣蓬勃的發展。初唐四傑於駢文中運用抑揚調暢之氣，和古文漸相接近。其創作華美而不失清新俊逸，抒情性強。中唐陸贄能不受駢儷拘束，自由發揮政論，情感懇切而氣度平和，是唐駢文中能切實用的一家。李商隱是晚唐駢文的代表作家，前人對其章奏評價甚高。但那些代人起草的文書，內容既因時過境遷失去意義，文字技巧也就無足多稱。而其哀誄文及部分書啓，在情感的深摯綿邈、措辭的委婉得體上，均堪稱佳作。唐代是駢文向散文靠攏的發展階段，駢文運用散文的情調、氣勢，而其聲韻、辭采的考究，也對散文有不可忽略的影響。就是在韓愈、柳宗元等古文大家的作品中，也可看到這種影響的存在。

| 輯　錄 |

◎梁肅《補闕李君前集序》：唐有天下幾二百載，而文章三變：初則廣漢陳子昂以風雅革浮侈；次則燕國張公說以宏茂廣波瀾；天寶以還，則李員外、蕭功曹、賈常侍、獨孤常州比肩而出，故其道益熾。

◎姚鉉《唐文粹序》：有唐三百年，用文治天下。陳子昂起於庸蜀，始振風雅，由是沈宋嗣興，李杜傑出，六義四始，一變至道。洎張燕公以輔相之才，專撰述之任，雄辭逸氣，聳動羣聽；蘇許公繼以宏麗，丕變習俗。而後蕭、李以二雅之辭本述作，常、楊以三盤之體演絲綸。郁郁之文，於是乎在。惟韓吏部超卓羣流，獨高邃古，以二帝三王爲根本，以六經四教爲宗師，憑陵轔轢，首唱古文，遏橫流於昏墊，闢正道於夷坦。於是柳子厚、李元賓、李翱、皇甫湜又從而和之。故論者以退之之文，可繼揚、孟，斯得之矣。至於賈常侍至、李補闕翰、元容州結、獨孤常州及、呂衡州溫、梁補闕肅、權文公德輿、劉賓客禹錫、白尚書居易、元江夏積，皆文之雄傑者歟！世謂貞元、元和之間，辭人咳唾皆成珠玉，豈誣也哉！

參考書目

《唐宋文舉要》，高步瀛選注，上海古籍出版社**1982**年版。
《全唐文紀事》，清陳鴻墀纂，上海古籍出版社**1987**年版。

第一節　初盛唐駢文

王　勃（650—676）

傳略見"隋唐五代文學"第一章第二節。

秋日登洪府滕王閣餞別序

【題解】 滕王閣舊址在今江西省南昌市。《舊唐書·高祖二十二子傳》："滕王元嬰，高祖第二十二子也，貞觀十三年受封。……授金州刺史。……（永徽）三年，遷蘇州刺史，尋轉洪州都督。"《全唐文》卷七四七韋愨《重修滕王閣記》："鍾陵郡……背郭郭不二百步，有巨閣稱滕王者。……考尋結構之始，蓋自永徽後，時滕王作蘇州刺史，轉洪州都督之所營造也。"《唐摭言》卷五："王勃著《滕王閣序》，時年十四。都督閻公不之信，勃雖在座，而閻公意屬子婿孟學士者爲之，已宿構矣。及以紙筆巡讓賓客，勃不辭讓。公大怒，拂衣而起，專令人伺其下筆。第一報云：'南昌故郡，洪都新府。'公曰：'亦是老生常談。'又報云：'星分翼軫，地接衡廬。'公聞之，沉吟不言。又云：'落霞與孤鶩齊飛，秋水共長天一色。'公瞿然而起曰：'此真天才，當垂不朽矣。'遂亟請宴所，極歡而罷。"《唐才子傳》卷一則云勃父福畤坐勃事左遷交趾令，"勃往省觀，途經南昌，時都督閻公新修滕王閣成，九月九日，大會賓客，將令其婿作記，以誇盛事。勃至入謁，帥知其才，因請爲之。勃欣然對客操觚，頃刻而就，文不加點，滿座大驚"。張志烈教授以爲王勃是年二十六歲，時上元元年（674）。（見《初唐四傑年譜》第一七七頁，巴蜀書社，1993年版。）

豫章故郡，洪都新府；星分翼軫，地接衡廬。襟三江而帶五湖，控蠻荆而引甌越。物華天寶，龍光射牛斗之墟；人傑地靈，徐孺下陳蕃之榻。雄州霧列，俊采星馳。臺隍枕夷夏之交，賓主盡東南之美。都督閻公之雅望，棨戟遙臨；宇文新州之懿範，襜帷暫駐。十旬休假，勝友如雲；千里逢迎，高朋滿座。騰蛟起鳳，孟學士之詞宗；紫電青霜，王將軍之武庫。家君作宰，路出名區；童子何知，躬逢勝餞。

○"豫章"二句：《漢書·地理志》："豫章郡，高帝置。"《元和郡縣圖志》卷二八："洪州：隋開皇九年平陳，置洪州。……武德……七年，改爲都督府。"○翼軫：二十八宿中的翼宿和軫宿，古謂楚之分野。漢袁康《越絕書》卷十二："楚故治郢，今南郡、南陽、汝南、淮陽、六安、九江、廬江、豫章、長沙，翼軫也。"（《晉書·天文志》以豫章入吳地牛斗之分野，故下文言"龍光射牛斗之墟"。）○衡廬：據《元和郡縣圖志》卷二九，江南道衡州管衡山縣，"衡山，南岳也，一名岣嶁山，在縣西三十里"。又江南道江州管潯陽縣，"廬山，在縣東三十二里"。此處以二山代稱衡、江二州。○三江五湖：《周禮·夏官·職方氏》："東南曰揚州……其川三江，其浸五湖。"賈公彥疏："江至潯陽南合爲一，東行至揚州，入彭蠡，復分爲三道而入海，故得有三江也。"五湖有多家說法，明楊慎《丹鉛總錄》卷二"五湖"："王勃文'襟三江而帶五湖'，則總言南方之湖。洞庭一也，青草二也，鄱陽三也，彭蠡四也，太湖五也。"就本篇言，此說爲近。○蠻荆：古楚地，今湖北省、湖南省一帶。○甌越：秦漢時分布在今浙江南部甌江流域的部族，爲百越之一。此處指古甌越所居之地。○"龍光"句：《晉書·張華傳》："初，吳之未滅也，斗牛之間常有紫氣……及吳平之後，紫氣愈明。……（雷）煥曰：'寶劍之精，上徹於天耳。……在豫章豐城。'……（華）即補煥爲豐城令。煥到縣，掘獄屋基，入地四丈餘，得一石函，光氣非常，中有雙劍，並刻題，一曰龍泉，一曰太阿。其夕，斗牛間氣不復見焉。"○"徐孺"句：《後漢書·徐稺傳》："徐稺字孺子，豫章南昌人也。家貧，常自耕稼，非其力不食。恭儉義讓，所居服其德。……時陳蕃爲（豫章）太守……在郡不接賓客，唯稺來特設一榻，去則懸之。"○俊采：采通寀，《爾雅·釋詁》："寀，寮，官也。"○臺隍：《說文·𨸏部》："隍，城池也。有水曰池，無水曰隍。"○東南之美：《爾雅·釋地》："東南之美者，有會稽之竹箭。"《世說新語·言語》："會稽賀生，體識清遠，言行以禮。不徒東南之美，實爲海內之秀。"○十旬休假：《資治通鑑·唐文宗太和五年》"旬休"胡注："一月三旬，遇旬則下直而休沐，謂之旬休。"○千里逢迎：《世說新語·簡傲》："嵇康與呂安善，每一相思，千里命駕。"○高朋滿座：《後漢書·孔融傳》："及退閒職，賓客日盈其門。常歎曰：'坐上客恒滿，尊中酒不空，吾無憂矣。'"○騰蛟起鳳：《西京雜記》二："董仲舒夢蛟龍入懷，乃作《春秋繁露》詞。""揚雄讀書，有人語之曰：'無爲自苦，玄故難傳。'忽然不見。雄著《太玄經》，夢吐鳳凰，集《玄》之上，頃而滅。"○紫電青霜：《古今注·輿服》："吳大皇帝有寶刀三、寶劍六。一曰白虹，二曰紫電，三曰辟邪……"《西京雜記》一："高祖斬白蛇劍……十二年一加磨瑩，刃上常若霜雪。開匣援鞘，輒有風氣，光彩射人。"○武庫：《晉書·杜預傳》："預在內七年，損益萬機，不可勝數，朝野稱美，號曰'杜武庫'，言其無所不有也。"

時維九月，序屬三秋。潦水盡而寒潭清，煙光凝而暮山紫。儼驂騑於上路，訪風景於崇阿。臨帝子之長洲，得天人之舊館。層臺聳翠，上出重霄；飛閣翔丹，下臨無地。鶴汀鳧渚，窮島嶼之縈回；桂殿蘭宮，即岡巒之體勢。披繡闥，俯雕甍。山原曠其盈視，川澤紆其駭矚。閭閻撲地，鐘鳴鼎食之家；舸艦迷津，青雀黃龍之軸。雲銷雨霽，彩徹區明。落霞與孤鶩齊飛，秋水共長天一色。漁舟唱晚，響窮彭蠡之濱；雁陣驚寒，聲斷衡陽之浦。

○驂騑：《禮記·曲禮上》孔穎達疏："車有一轅，而四馬駕之，中央兩馬夾轅者名服馬，兩邊名騑馬，亦曰驂馬。"○帝子、天人：均指滕王李元嬰。語出《漢書·孔光傳》："定陶王好學多材，於帝子行。"又《三國志·魏書·王粲傳》裴松之注引《魏略》："太祖遣（邯鄲）淳詣（曹）植。……淳歸，對其所知歎植之材，謂之'天人'。"○無地：《楚辭·遠游》："下崢嶸而無地兮，上寥廓而無天。"○鶴汀鳧渚：《西京雜記》二："梁孝王好營宮室苑囿之樂，作曜華之宮，築兔園，園中……又有雁池，池間有鶴州鳧渚。"○"閭閻"句：極言住戶之多。《說文·門部》："閭，里門也。""閽，里中門也。""撲地"有"遍地"之意，《文選·鮑照〈蕪城賦〉》："廛閈撲地，歌吹沸天。"〇鐘鳴鼎食：張衡《西京賦》："擊鐘鼎食，連騎相過。"〇舸艦：《方言》卷九："南楚江湘，凡船大者謂之舸。"《宋本玉篇》卷十八："艦，板屋舟也。"〇"青雀黃龍"句：《穆天子傳》五："天子乘鳥舟龍卒，浮於大沼。"郭璞注："舟皆以龍鳥爲形製，今吳之青雀舫，此其遺制者。"軸，通舳。〇"落霞"二句：《困學紀聞》卷十七："庾信《馬射賦》云：'落花與芝蓋齊飛，楊柳共春旗一色'，王勃效其語。"宋王楙《野客叢書》卷十三："王勃云：'落霞與孤鶩……'當時以爲工。僕觀駱賓王集亦曰：'斷雲將野鶴俱飛，竹響共雨聲相亂。'曰：'金颷將玉露俱清，柳黛與荷絪漸歇。'曰：'緇衣將素履同歸，廊廟與江湖齊致。'此類不一。則知當時文人，皆爲此等語。且勃此語不獨見於《滕王閣序》，如《山亭記》亦曰：'長江與斜漢爭流，白雲與紅塵並落。'……僕因觀《文選》及晉、宋間集，如劉孝標、王仲寶、陸士衡、任彥昇、沈休文、江文通之流，往往多有此語。信知唐人句格，皆有自也。"又明郎瑛《七修類稿》卷二一："落霞乃鳥也，余舊嘗於內臣養戶處見之，形如鸚歌少大，遍體緋，羽瑩雪。"亦可備一說。

遙襟甫暢，逸興遄飛。爽籟發而清風生，纖歌凝而白雲遏。睢園綠竹，氣凌彭澤之樽；鄴水朱華，光照臨川之筆。四美具，二難并。窮睇眄於中天，極娛游於暇日。天高地迥，覺宇宙之無窮；興盡悲來，識盈虛之有數。望長安於日下，目吳會於雲間。地勢極而南溟深，天柱高而北辰遠。關山難越，誰悲失路之人；萍水相逢，盡是他鄉之客。懷帝閽而不見，奉宣室以何年。嗟乎！時運不齊，命途多舛；馮唐易老，李廣難封。屈賈誼於長沙，非無聖主；竄梁鴻於海曲，豈乏明時。所賴君子見機，達人知命。老當益壯，寧移白首之心；窮且益堅，不墜青雲之志。酌貪泉而覺爽，處涸轍而相歡。北海雖賒，扶搖可接；東隅已逝，桑榆非晚。孟嘗高潔，空餘報國之情；阮籍倡狂，豈效窮途之哭！

○爽籟：《文選·殷仲文〈南州桓公九井作〉》："爽籟警幽律。"李善注："《爾雅》曰：'爽，差也。'簫管非一，故言爽焉。"○"纖歌"句：用《列子·湯問》秦青撫節悲歌響遏行雲典，詳李賀《李憑箜篌引》注。○睢園綠竹：睢園即西漢梁孝王的睢陽東苑（又稱兔園或菟園，故址在今河南省商丘市東南）。梁孝王好賓客，常聚文士於園中宴游。《水經注·睢水》："睢水又東南流，歷於竹圃，水次綠竹蔭渚，菁菁實望，世人言梁王竹園也。"枚乘《梁王菟園賦》："修竹檀欒夾池水。"○彭澤之樽：陶潛辭彭澤令，作《歸去來兮辭》，有"攜幼入室，有酒盈樽"之句。○"鄴水"二句：曹植曾於魏都鄴城作《公讌詩》："秋蘭被長阪，朱華冒綠池"（見《文選》卷二十）。又鍾嶸《詩品》卷上："宋臨川太守謝靈運，其源出於陳思（曹植）。"○四美：《文選·劉琨〈答盧諶〉》："音以賞奏，味以殊珍，文以明言，言以暢神。之子之往，四美不臻。"李善注："四美，音、味、文、言也。"○二難：《世說新語·規箴》："何晏、鄧颺令管輅作卦，云：'不知位至三公不？'卦成，輅稱引古義，深以戒之。……晏曰：'知幾其神乎，古人以為難；交疏吐誠，今人以為難。今君一面盡二難之道，可謂"明德惟馨"。'"○宇宙：《淮南子·原道訓》："橫四維而含陰陽，紘宇宙而章三光。"高誘注："四方上下曰宇，古往今來曰宙，以喻天地。"○"望長安"二句：《世說新語·夙惠》："舉目見日，不見長安。"又《世說新語·排調》："荀鳴鶴、陸士龍二人未相識，俱會張茂先坐。張令共語，以其並有大才，可勿作常語。陸舉手曰：'雲間陸士龍。'荀答曰：'日下荀鳴鶴。'"吳會，謂吳郡與會稽郡。○南溟：《莊子·逍遙遊》："是鳥也，海運則將徙於南溟。南溟者，天池也。"○"天柱"句：《神異經·中荒經》："崑崙之山，有銅柱焉。其高入天，所謂天柱也。"《爾雅·釋天》："北極謂之北辰。"《論語·為政》："為政以德，譬如北辰，居其所而眾星共之。"○溝水相逢：樂府《白頭吟》："今日斗酒會，明旦溝水頭。躞蹀御溝上，溝水東西流。"○"懷帝閽"句：《離騷》："吾令帝閽開關兮，倚閭閻而望予。"○"奉宣室"句：用賈誼事。見李商隱《賈生》題解。○馮唐易老：《史記·張釋之馮唐列傳》："（馮）唐以孝著，爲中郎署長，事文帝。文帝輦過，問唐曰：'父老何自爲郎？家安在？'唐具以實對。……拜唐爲車騎都尉，主中尉及郡國車士。七年，景帝立，以唐爲楚相，免。武帝立，求賢良，舉馮唐。唐時年九十餘，不能復爲官。"○李廣難封：《史記·李將軍列傳》："廣嘗與望氣王朔燕語曰：'自漢擊匈奴，而廣未嘗不在其中。而諸部校尉以下，才能不及中人，然以擊胡軍功取侯者數十人；而廣不爲後人，然無尺寸之功以得封邑者，何也？豈吾相不當侯也？且固命也？'"○"竄梁鴻"二句：《後漢書·逸民列傳》："梁鴻字伯鸞，扶風平陵人也。……受業太學，家貧而尚節介，博覽無不通，而不爲章句。……因東出關，過京師，作《五噫之歌》。……肅宗聞而非之，求鴻不得。乃易姓運期，名燿，字候光，與妻子居齊魯之間。有頃，又去適吳。……依大家皋伯通，居廡下，爲人賃舂。"○君子見機：《易·繫辭下》："君子見機而作，不俟終日。"○達人知命：《易·繫辭上》："樂天知命，故不憂。"○"老當益壯"二句：《後漢書·馬援傳》："（援）常謂賓客曰：'丈夫爲志，窮當益堅，老當益壯。'"樂府《白頭吟》："願得一心人，白頭不相離。"楊慎《丹鉛總錄》卷十三"青雲"："《史記》云：'伯夷、叔齊雖賢，得夫子而名益彰；顏淵雖篤學，附驥尾而行益顯。……閭巷之人，欲砥行立名者，非附青雲之士，惡能施於後世哉！'青雲之士，謂聖賢立言傳世者孔子是也。附青雲，則伯夷、顏淵是也。後世謂登仕路爲青雲，謬矣。試引數條以證之。高方《易占》：'青雲所覆，其下有賢人隱。'《續逸民傳》：'嵇康早有青雲之志。'《南史》：'陶弘景年十四五歲，見葛洪方書，便有養生之志。曰：仰青雲，睹白日，不爲遠矣。'……又袁彖贈隱士庾易詩曰：'白日清明，青雲遼亮。昔聞巢許，今睹臺尚。'阮籍詩：'抗身青雲中，網羅孰能施。'李太白詩：'獵客張兔罝，不能挂龍虎。所以青雲人，高歌在巖戶。'合而觀之，青雲豈仕進之謂乎！王勃文'窮且益堅，不墜青雲之志'，即《論語》視富貴如浮雲之旨。若窮而有覬覦富貴之心，則鄙夫而已矣。自宋人用青雲字於登科詩中，遂誤，至今不改。"○"酌貪泉"句：《晉書·良吏傳》："吳隱之字處默……弱冠而介立，有清操，雖日晏歠菽，不饗非其粟，儋石無儲，不取非其道。……爲龍驤將軍、廣州刺史……未至州二十里，地名石門，有水曰貪泉，飲者懷無厭之欲。隱之既至，語其親人曰：'不見可欲，使心不亂。越嶺喪清，吾知之矣。'乃至泉所，酌而飲之，因賦詩曰：'古人云此水，一歃懷千金。試使夷齊飲，終當不易心。'"○涸轍：《莊子·外物》："莊周家貧，故往貸粟於監河侯。監河侯曰：'諾。我將得邑金，將貸子三百金，可乎？'莊周忿然作色曰：'周昨來，有中道而呼者。周顧視車轍中，有鮒魚焉。……（鮒魚）曰：我東海之波臣也。君豈有斗升之水而活我哉？周曰：諾。我且南游吳越之土，激西江之水而迎子，可乎？鮒魚忿然作色曰：吾失我常與，我無所處。吾得斗升之水然活耳，君乃言此，曾不如早索我於枯魚之肆！'"○扶搖：《爾雅·釋天》："扶搖謂之飆。"《莊子·逍遙游》："摶扶搖而上者九萬里。"○"東隅"二句：《後漢書·馮異傳》："（漢光武帝）璽書勞異曰：'始雖垂翅回溪，終能奮翼黽池，可謂失之東隅，收之桑榆。'"周祈《名義考》卷二："《淮南子》：'西日垂景在樹端謂之桑榆，謂晚也。'……隅當作嵎，即書所謂嵎夷，東方日出之地。故曰東隅，謂蚤（早）也。（馮）異與赤眉戰，先敗績回溪，後破於澠池，言失之於蚤，收之於晚。"○"孟嘗"二句：《後漢書·循吏列傳》："孟嘗字伯周，會稽上虞人也。……策孝廉，舉茂才，拜徐令。……遷合浦太守。……以病自上，被徵當還。……隱處窮澤，身自耕傭。鄰縣士民慕其德，就居止者百餘家。桓帝時，尚書同郡楊喬上書薦嘗……竟不見用。"○"阮籍"二句：《晉書·阮籍傳》："（籍）時率意由駕，不由徑路，車迹所窮，輒慟哭而反。"

勃，三尺微命，一介書生。無路請纓，等終軍之弱冠；有懷投筆，愛宗愨之長風。捨簪笏於百齡，奉晨昏於萬里。非謝家之寶樹，接孟氏之芳鄰。他日趨庭，叨陪鯉對；今茲捧袂，喜托龍門。楊意不逢，撫凌雲而自惜；鍾期相遇，奏流水以何慚。嗚乎！勝地不常，盛筵難再；蘭亭已矣，梓澤丘墟。臨別贈言，幸承恩於偉餞；登高作賦，是所望於群公。敢竭鄙懷，恭疏短引；一言均賦，四韻俱成。請灑潘江，各傾陸海云爾。

中華書局版《王子安集注》卷八

○三尺微命：《禮記·玉藻》："紳（鄭玄注：紳，帶之垂者也）長制，士三尺。"《周禮·春官·大宗伯》："以九儀之命，正邦國之位：一命受職，再命受服，三命受位。"《周禮·春官·典命》鄭玄注："王之上士三命，中士再命，下士一命。"此句自比爲一命之士。○一介：《後漢書·杜詩傳》："臣詩伏自惟忖，本以史吏一介之才"，王先謙《集解》引周壽昌曰："介，微也，纖也。"○"無路請纓"二句：《漢書·終軍傳》："終軍字子雲，濟南人也。……南越與漢和親，（武帝）乃遣軍使南越……軍自請：'願受長纓，必羈南越王而致之闕下。'……死時年二十餘，故世謂之'終童'。"《禮記·曲禮上》："二十曰弱冠。"○"有懷"二句：《後漢書·班超傳》："（班超）家貧，常爲官傭書以供養。久勞苦，嘗輟業投筆歎曰：'大丈夫無他志略，猶當效傅介子、張騫立功異域，以取封侯，安能久事筆研間乎？'"《宋書·宗慤傳》："（宗）慤年少時，（叔父）柄問其志，慤曰：'願乘長風破萬里浪。'"○奉晨昏：《禮記·曲禮上》："凡爲人子之禮，冬溫而夏凊，昏定而晨省。"○謝家寶樹：《世說新語·言語》："謝太傅（安）問諸子侄：'子弟亦何預人事，而正欲使其佳？'諸人莫有言者，車騎（謝玄）答曰：'譬如芝蘭玉樹，欲使其生於階庭耳。'"○"接孟氏"句：《列女傳·鄒孟軻母》："鄒孟軻之母也，號孟母。其舍近墓，孟子少也，嬉游爲墓間之事，踴躍築埋。孟母曰：'此非吾所以居處。'乃去，舍市旁，其嬉戲爲賈人炫賣之事。孟母又曰：'此非吾所以居處也。'復徙舍學宮之旁。其嬉游乃設俎豆，揖讓進退。孟母曰：'真可以居吾子矣。'遂居。"○"他日"二句：《論語·季氏》："（孔子）嘗獨立，

（孔）鯉趨而過庭。曰：'學詩乎？'對曰：'未也。''不學詩，無以言。'鯉退而學詩。他日，又獨立，鯉趨而過庭。曰：'學禮乎？'對曰：'未也。''不學禮，無以立。'鯉退而學禮。"○龍門：《後漢書·李膺傳》："是時朝廷日亂，綱紀頹弛，膺獨持風裁，以聲名自高。士有被其容接者，名爲登龍門。"李賢注："以魚爲喻也，龍門，河水所下之口，在今絳州龍門縣。辛氏《三秦記》曰：'河津一名龍門，水險不通，魚鼈之屬莫能上，江海大魚薄集龍門下數千，不得上，上則爲龍也。'"○"楊意"二句：《史記·司馬相如列傳》："蜀人楊得意爲狗監，侍上。上讀《子虛賦》而善之，曰：'朕獨不得與此人同時哉！'得意曰：'臣邑人司馬相如自言爲此賦。'上驚，乃召問相如。""相如既奏《大人》之頌，天子大說，飄飄有凌雲之氣。"○"鍾期"二句：《列子·湯問》："伯牙善鼓琴，鍾子期善聽。伯牙鼓琴，志在登高山，鍾子期曰：'善哉，峨峨兮若泰山。'志在流水，鍾子期曰：'善哉，洋洋兮若江河。'伯牙所念，鍾子期必得之。"○蘭亭：《晉書·王羲之傳》："（羲之）嘗與同志宴集於會稽山陰之蘭亭，羲之自爲之序以申其志。"○梓澤：《晉書·石崇傳》："崇有別館在河陽之金谷，一名梓澤。"○臨別贈言：《說苑·雜言》："子路將行，辭於仲尼。曰：'贈汝以車乎？以言乎？'子路曰：'請以言。'"○登高作賦：《韓詩外傳》卷七："孔子游於景山之上，子路、子貢、顏淵從。孔子曰：'君子登高必賦。小子願者何？言其願，丘將啟汝。'"○潘江陸海：鍾嶸《詩品》卷上："晉平原相陸機，其源出於陳思。……晉黃門郎潘岳，其源出於仲宣。……陸才如海，潘才如江。"

| 輯　錄 |

◎楊炯《王勃集序》：壯而不虛，剛而能潤，雕而不碎，按而彌堅。

◎洪邁《容齋四筆》卷五：王勃等四子之文，皆精切有本原。其用駢儷作記序碑碣，蓋一時體格如此。

駱賓王（619—?）

傳略見"隋唐五代文學"第一章第二節。

代李敬業傳檄天下文

【題解】 作於光宅元年（684）九月。李敬業，唐英國公李勣（本姓徐，因功賜姓李）孫。《舊唐書·李敬業傳》："高宗崩，則天太后臨朝，既而廢帝爲廬陵王，立相王爲皇帝，而政由天后，諸武皆當權任，人情憤怨。時給事中唐之奇貶授括蒼令，長安主簿駱賓王貶授臨海丞，詹事司直杜求仁黟縣丞，敬業坐事左授柳州司馬，其弟盩厔令敬猷亦坐累左遷，俱在揚州。敬業用前盩厔尉魏思溫謀，據揚州。嗣聖元年七月，敬業遣其黨監察御史薛璋先求使江都，又令雍州人韋超詣璋告變，云'揚州長史陳敬之與唐之奇謀逆'，璋乃收敬之繫獄。居數日，敬業矯制殺敬之，自稱揚州司馬，詐言'高州首領馮子猷叛逆，奉密詔募兵進討'。是日開府庫，令士曹參軍李宗臣解繫囚及丁役、工匠，得數百人，皆授之以甲。錄事參軍孫處行拒命，敬業斬之以徇。遂據揚州，鳩聚民衆，以匡復廬陵爲辭。乃開三府：一曰匡復府，二曰英公府，三曰揚州大都督府。敬業自稱匡復府上將，領揚州大都督，以杜求仁、唐之奇、駱賓王爲府屬，餘皆僞署職位。旬日之間，勝兵有十餘萬。仍移檄諸郡縣，曰：（略）。"《新唐書·駱賓王傳》："（賓王）爲敬業傳檄天下，斥武后罪。后讀，但嘻笑，至'一抔之土未乾，六尺之孤安在'，矍然曰：'誰爲之？'或以賓王對，后曰：'宰相安得失此人！'"檄，用以徵召、曉喻、聲討的文書。《文心雕龍·檄移》："檄者，皦也。宣露於外，皦然明白也。……故其植義揚辭，務在剛健。插羽以示迅，不可使辭緩；露板以宣衆，不可使義隱。必事昭而理辨，氣盛而辭斷，此其要也。"明徐師曾《文體明辨·檄》："《釋文》云：檄，軍書也。《說文》云：以木簡爲書，長尺二寸，用以號召。若有急，則插雞羽而遣之，故謂之羽檄，言如飛之疾也。"清吳楚材、吳調侯稱本篇"雄文勁采，足以壯軍聲而作義勇"（《古文觀止》卷七）。

偽臨朝武氏者，人非温順，地實寒微。昔充太宗下陳，嘗以更衣入侍。洎乎晚節，穢亂春宫。密隱先帝之私，陰圖後庭之嬖。入門見嫉，蛾眉不肯讓人；掩袖工讒，狐媚偏能惑主。踐元后於翬翟，陷吾君於聚麀。加以虺蜴爲心，豺狼成性，近狎邪僻，殘害忠良，殺姊屠兄，弑君鴆母。神人之所共疾，天地之所不容。猶復包藏禍心，窺竊神器。君之愛子，幽之於别宫；賊之宗盟，委之以重任。嗚呼！霍子孟之不作，朱虚侯之已亡。燕啄皇孫，知漢祚之將盡；龍漦帝后，識夏庭之遽衰。

〇"偽臨朝"三句：《新唐書·后妃傳·則天武皇后》："（中宗）嗣聖元年，太后廢帝爲廬陵王，自臨朝，以睿宗即帝位。……自是太后常御紫宸殿，施慘紫帳臨朝。"地，地望。《新唐書·李義府傳》："貞觀中……修《氏族志》。……時（指高宗時）許敬宗以不載武后本望，義府亦恥先世不見叙，更奏刪正。"〇"昔充"二句：言武則天曾爲太宗才人。下陳，《文選·李斯〈上秦始皇書〉》："所以飾後宫，充下陳。"李善注："下陳，猶後列也。"以更衣入侍，《史記·外戚世家》："衛皇后字子夫……爲平陽主謳者。……武帝被霸上還，因過平陽主。……既飲，謳者進，上望見，獨説衛子夫。是日，武帝起更衣，子夫侍尚衣軒中，得幸。"〇"洎乎"二句：《新唐書·后妃傳》："高宗則天順聖皇后武氏，并州文水人。……太宗聞士彠女美，召爲才人，方十四。……高宗爲太子時入侍，悦之。"春宫，即東宫、太子宫。《資治通鑑·陳宣帝太建八年》："皇太子養德春宫，未聞有過。"胡三省注："太子居東宫，東方主春，故亦曰春宫。"〇"入門"二句：《楚辭·離騷》："衆女嫉余之蛾眉兮，謡諑謂余以善淫。"〇"掩袖"二句：見韓偓《故都》"掩鼻"注。《新唐書·后妃傳》："（武）才人有權數，詭變不窮。始下辭降體事后，后喜，數譽於帝，故進爲昭儀。……昭儀生女，后就顧弄，去，昭儀潛斃兒衾下。伺帝至，陽爲歡言，發衾視兒，死矣。又驚問左右，皆曰：'后適來。'昭儀即悲涕，帝不能察。……由是昭儀得入其訾，后無以自解。……昭儀乃誣后與母厭勝……（帝）下詔廢后。……進昭儀爲皇后。"〇翬翟：翬爲五彩山雉，翟爲長尾山雉。《舊唐書·輿服志》："皇后服有褘衣……以深青織成爲之，文爲翬翟之形。……受冊、助祭、朝會諸大事則服之。"〇聚麀：《禮記·曲禮上》："夫唯禽獸無禮，故父子聚麀。"鄭玄注："聚，猶共也。鹿牝曰麀。"〇"近狎"二句：邪僻，指許敬宗、李義府等人。忠良，指長孫無忌、上官儀、褚遂良等人。事見兩唐書各傳。〇殺姊屠兄：武則天爲皇后，異母兄元慶、元爽被其貶死於邊遠州郡，侄惟良、懷運及姐韓國夫人女賀蘭氏均爲其所殺。事見《舊唐書·外戚傳》。〇弒君鴆母：史書無記載，疑出於傳聞。〇神器：《文選·左思〈魏都賦〉》："劉宗委馭，巽其神器。"呂延濟注："神器，帝位。"〇"君之愛子"二句：高宗死，中宗李顯即位。武后廢其爲廬陵王，改立睿宗李旦爲帝。《新唐書·后妃傳》："睿宗雖立，實囚之，而諸武擅命。"《資治通鑒·則天后光宅元年》："政事決於太后，居睿宗於別殿，不得有所預。"〇賊之宗盟：指"諸武"及朝臣中之親信。〇霍子孟：霍光字子孟，漢昭帝時以大司馬大將軍輔政。昭帝死，昌邑王劉賀即位，荒淫失道，光廢之，改立宣帝，安定國家。事見《漢書·霍光傳》。〇朱虛侯：漢高祖子齊悼惠王劉肥次子劉章封朱虛侯。高祖死，呂后專權，諸呂用事，欲爲亂。劉章與丞相陳平、太尉周勃合謀，盡誅諸呂，迎立文帝。事見《漢書·高五王傳》。〇"燕啄"二句：《漢書·五行志》："成帝時童謠曰：'燕燕尾涎涎……燕飛來，啄皇孫，皇孫死，燕啄矢。'其後帝……過陽阿主作樂，見舞者趙飛燕而幸之，故曰'燕燕尾涎涎'，美好貌也。……後遂立爲皇后，弟昭儀賊害後宮皇子，卒皆伏辜，所謂'燕飛來，啄皇孫，皇孫死，燕啄矢'者也。"自則天立爲皇后，先後廢太子忠、弘、賢，廢太子皆被殺。皇族中被殺者更多。詳見《新唐書·高宗紀》及《則天皇后紀》。〇"龍漦"二句：相傳夏末有二龍降臨夏庭，自稱襃之二君。夏帝問卜於神後，以木盒將龍漦（龍所吐沫）留存起來。至周厲王末期，開啓木盒，龍漦流出，化爲玄黿，進入後宮。一未成年宮女感而有孕，生一女，即襃姒。幽王因寵愛襃姒，招致犬戎之禍，西周遂亡。事見《史記·周本紀》。《文選·李康〈運命論〉》："幽王之惑襃女也，袄始於夏庭。"語意本此。

敬業皇唐舊臣，公侯冢子。奉先君之成業，荷本朝之厚恩。宋微子之興悲，良有以也；桓君山之流涕，豈徒然哉！是用氣憤風雲，志安社稷。因天下之失望，順宇内之推心，爰舉義旗，誓清妖孽。南連百越，北盡三河，鐵騎成群，玉軸相接。海陵紅粟，倉儲之積靡窮；江浦黃旗，匡復之功何遠。班聲動而北風起，劍氣衝而南斗平。喑嗚則山岳崩頹，叱咤則風雲變色。以此制敵，何敵不摧；以此攻城，何城不克！

○先君：指祖李勣、父李震。見《新唐書·李勣傳》。○"宋微子"二句：微子名啓，爲殷紂王庶兄，封於宋，故稱宋微子。殷亡，微子朝周，過殷都廢墟，内心悲傷，作《麥秀歌》以寄意。見《尚書大傳》。○"桓君山"二句：桓譚字君山，東漢光武帝時拜議郎給事中，因上疏言時政及反對圖讖，貶六安郡丞。忽忽不樂，卒於路。事見《後漢書·桓譚傳》。流涕事史無明文。作者《靈泉頌》亦云"暫雪桓譚之涕"，未知所本。○推心：《後漢書·光武帝紀》上載光武帝劉秀破銅馬軍，降者不自安，"光武……乃自乘輕騎按行部陳，降者更相語曰：'蕭王（即光武帝）推赤心置人腹中，安得不投死乎！'"○百越：見柳宗元《登柳州城樓寄漳汀封連四州》注。○三河：見陳子昂《送魏大從軍》注。○"海陵"二句：《漢書·枚乘傳》："轉粟西鄉，陸行不絕，水行滿河，不如海陵之倉。"顏師古注引臣瓚曰："海陵，縣名也，有吳太倉。"《文選·左思〈吳都賦〉》："觀海陵之倉，則紅粟流衍。"李善注引《漢書》："太倉之粟，紅腐而不可食。"海陵，今江蘇省泰縣，唐屬揚州。○"江浦"二句：《三國志·吳書·孫權傳》裴松之注引《吳書》："陳化……爲郎中令，使魏。魏文帝因酒酣嘲問曰：'吳、魏峙立，誰將平一海內乎？'化對曰：'……舊說紫蓋黃旗，運在東南。'"庾信《哀江南賦》："連茂苑於海陵，跨橫塘於江浦。"○班聲：《左傳·襄公十八年》："有班馬之聲，齊師其遁。"○"劍氣"句：見王勃《秋日登洪府滕王閣餞別序》注。○"喑嗚"六句：《史記·淮陰侯列傳》："項王喑噁叱咤，千人皆廢。"《宋書·沈攸之傳》："顧盼則前後風生，喑嗚則左右電起，以此攻城，何城不克；以此赴敵，何陣能堅。"

公等或家傳漢爵，或地協周親，或膺重寄於爪牙，或受顧命於宣室。言猶在耳，忠豈忘心？一抔之土未乾，六尺之孤安在！儻能轉禍爲福，送往事居，共立勤王之勳，無廢舊君之命，凡諸爵賞，同指山河。若其眷戀窮城，徘徊歧路，坐昧先幾之兆，必貽後至之誅。請看今日之域中，竟是誰家之天下。移檄州郡，咸使知聞。

上海古籍出版社版《駱臨海集箋注》卷十

○家傳漢爵：《史記·高祖功臣侯者年表》載漢初封爵之誓曰："使河如帶，泰山若厲。國以永寧，爰及苗裔。"《集解》引應劭曰："封爵之誓，國家欲使功臣傳祚無窮。帶，衣帶也；厲，砥石也。"○周親：《書·泰誓》："雖有周親，不如仁人。"孔傳："周，至也。"○爪牙：《詩經·小雅·祈父》："祈父，予王之爪牙。"鄭玄箋曰："此勇力之士責司馬之詞也。"《漢書·李廣傳》："將軍者，國之爪牙也。"○"或受顧命"句：顧命，《書·顧命》："成王將崩，命召公、畢公率諸侯相康王，作顧命。"孔傳："臨終之命曰顧命。"宣室，見李商隱《賈生》注。○"一抔"二句：一抔之土，語出《史記·張釋之馮唐列傳》："假令愚民取長陵一抔土，陛下何以加其法乎？"高宗於光宅元年（684）八月葬乾陵，距駱賓王作此文僅月餘，故云抔土未乾。六尺之孤，《論語·泰伯》："可以托六尺之孤。"何晏集解引孔安國曰："六尺之孤，幼少之君。"○轉禍爲福：《史記·蘇秦列傳》蘇秦曰："臣聞古之善制事者，轉禍爲福，因敗爲功。"○送往事

409

居：《左傳·僖公九年》："公家之利，知無不爲，忠也；送往事居，耦俱無猜，貞也。"杜預注："往，死者；居，生者。"此處往指高宗，居指中宗。○勤王：《左傳·僖公二十五年》："求諸侯莫如勤王。諸侯信之，且大義也。"杜預注："勤，納王也。"○"凡諸爵賞"二句：見"家傳漢爵"注。○先幾之兆：《易·繫辭下》："幾者動之微，吉之先見者也。"○後至之誅：《周禮·大司馬》："比軍衆，誅後至者。"

思考題

試就王勃與駱賓王的駢文說說"四傑"的文有何特點。

第二節　初盛唐散文

陳子昂（659—700）

傳略見"隋唐五代文學"第一章第二節。

諫用刑書（節選）

【題解】《舊唐書·刑法志》："則天嚴於用刑，屬徐敬業作亂及豫、博兵起之後，恐人心動搖，欲以威制天下，漸引酷吏，務令深文，以案刑獄。……時周興、來俊臣等相次受制，推究大獄。……（俊臣等）招集告事數百人，共爲羅織，以陷良善。前後枉遭殺害者，不可勝數。……是時海內憎懼，道路以目。麟臺正字陳子昂上書……疏奏不省。"豫州刺史越王貞、博州刺史琅邪王沖起兵在垂拱四年（688），故此書當作於垂拱四年後。高步瀛稱此文"氣體樸厚，語意剴摯，猶存西漢風格"（《唐宋文舉要》）甲編卷一）。

……

臣聞古之御天下者，其政有三。王者化之，用仁義也；霸者威之，任權智也；強國脅之，務刑罰也。是以化之不足然後威之；威之不變然後刑之。故至於刑，則非王者所貴矣。況欲光宅天下，追功上皇，專任刑殺以爲威斷，可謂策之失者也。

○光宅天下：廣有天下之意。《書·堯典序》："昔在帝堯，聰明文思，光宅天下。"○上皇：《莊子·天運》："治成德備，監照下土，天下戴之，此謂上皇。"

臣伏睹陛下聖德聰明，游心太古。將制靜宇宙，保乂黎人。發號施令，出於誠慊。天下蒼生，莫不想望聖風，冀見神化。道德爲政，將待於陛下矣。且臣聞之，聖人出治，必有驅除，蓋天人之符，應休命也。日者東南微孼，敢謀亂常，陛下順天行誅，罪惡咸服，豈非天意欲彰陛下神武之功哉？而執事者不察天心，以爲人意。惡其首亂倡禍，法合誅屠，將息奸源，窮其黨與。遂使陛下大開詔獄，重設嚴刑，冀以懲創觀於天下。逆黨親屬及其交游，有迹涉嫌疑，辭相逮引，莫不窮捕考訊，枝葉蟠拏，大或流血，小禦魑魅。至有奸人熒惑，乘險相誣，糾告疑似，冀圖爵賞，叫於闕下者日有數矣。於時朝廷偟偟，莫能自固，海內傾聽，以相驚恐。賴陛下仁慈，憫斯危懼，賜以恩詔，許其大功以上一切勿論。時人獲泰，謂生再造。愚臣竊亦欣然賀陛下聖明得天下之機也。不謂議者異見，又執前圖。比者刑獄紛紛復起。陛下不深思天意，以順修期。尚以督察爲理，威刑爲務，使前者之詔不信於人。愚臣昧焉，竊恐非五帝三王伐罪弔人之意也。

○游心太古：《漢書·朱邑傳》："明主游心太古。"○保乂黎人：《書·君奭》："保乂有殷。"孔傳："安治有殷。"黎人，即黎民，唐避太宗諱改。《書·堯典》："黎民於變時雍。"孔傳："黎，衆。"○發號施令：《書·冏命》："發號施令，罔有不臧。"○"聖人"二句：《史記·秦楚之

411

際月表》："鄉秦之際，適足以資賢者爲驅除難耳。"《三國志·吳書·呂蒙傳》孫權曰："子敬答孤書云：'帝王之起，皆有驅除。'"○東南微孽：指李敬業據揚州起兵事。見駱賓王《代李敬業傳檄天下文》題解。○觀於天下：《爾雅·釋言》："觀，示也。"○挐：《說文》："挐，牽引也。"○禦魑魅：《左傳·文公十八年》："投諸四裔，以禦螭魅。"○熒惑：《逸周書·史記》："重丘遺之美女，續陽之君悅之，熒惑不治。"《戰國策·趙策二》張儀說趙王曰："凡大王之所信以爲從者，恃蘇秦之計。熒惑諸侯，以是爲非，以非爲是。"○偟偟：偟通惶。《廣雅·釋詁》二："惶，懼也。"○大功：喪服五服之一，服期通常爲九月。堂兄弟、未婚堂姊妹、已婚姑、姊妹、侄女及衆孫、衆子婦、侄婦等之喪，皆服大功；已婚女爲伯父、叔父、兄弟、侄、未婚姑、姊妹、侄女等服喪，亦服大功。參見《儀禮·喪服》。○機：《莊子·至樂》："萬物皆出於機，皆入於機。"成玄英疏："機者發動，所謂造化也。"○五帝三王：《白虎通·號》："五帝者何謂也？《禮》曰：黃帝、顓頊、帝嚳、帝堯、帝舜五帝也。……三王者何謂也？夏、殷、周也。"○伐罪弔人：《左傳·哀公二十三年》："以辭伐罪足矣，何必卜？"《大戴禮記·王言》孔子曰："彼廢道而不行，然後誅其君，致其征，弔其民。"魏明帝《櫂歌行》："伐罪以弔民。"唐避太宗諱改民爲人。

……

且愚人安則樂生，危則思變。故事有招禍，而法有起奸。倘大獄未休，支黨日廣，天下疑惑，相恐無辜，人情之變，不可不察。昔漢武帝時，巫蠱獄起。江充行詐，惑亂京師。致使太子奔走，兵交宮闕，無辜被害者以千萬數。劉氏宗廟幾傾覆矣。賴武帝得壺關三老上書，廓然感悟，夷江充三族，餘獄不論，天下少以安爾。臣每讀《漢書》至此，未嘗不爲戾太子流涕也。古人云，前事之不忘，後事之師。伏願陛下念之。

中華書局版《陳子昂集》卷九

○漢武帝時，巫蠱獄起：《漢書·武五子傳》："戾太子據，元狩元年立爲皇太子……武帝末，（其母）衛后寵衰，江充用事。充與太子及衛氏有隙，恐上晏駕後爲太子所誅，會巫蠱事起……充遂至太子宫掘蠱，得桐木人。時上疾，辟暑甘泉宫，獨皇后、太子在。太子（用少傅石德計）收捕充等……乃斬充以徇。……遂部賓客爲將率，與丞相劉屈氂等戰。……太子兵敗，亡，不得。……壺關三老茂上書（言太子冤），天子感悟。太子之亡也，東至湖，臧匿泉鳩里。……自度不得脱，即入室距户自經。……車千秋復訟太子冤，上遂擢千秋爲丞相，而族滅江充家。……上憐太子無辜，乃作思子宫，爲歸來望思之臺於湖，天下聞而悲之。"○"前事"二句：賈誼《過秦論》："野諺曰：前事之不忘，後事之師也。"高步瀛曰："武后廢中宗遷於房州，立豫王旦爲皇帝，旋改國號曰周，自稱皇帝，以豫王爲皇嗣。有告皇嗣謀反者，太常工人安金藏剖心以明皇嗣不反，乃得免。然則伯玉此言，非獨保全中宗，亦大有禆於睿宗矣。"（《唐宋文舉要》甲編卷一）

輯　錄

◎陳振孫《直齋書録解題》卷六：（子昂）詩文在唐初實是首起八代之衰者。韓退之《薦士》詩言"國朝盛文章，子昂始高蹈"，非虛語也。

◎《四庫全書總目》卷一四九：今觀其集，惟諸表序猶沿排儷之習，若論事書疏之類，實疏樸近古。

李　白（701—762）

傳略見"隋唐五代文學"第一章第六節。

與韓荆州書（節選）

【題解】開元二十二年（734）作於襄陽。韓荆州，名朝宗，初歷左拾遺，累遷荆州長史。開元二十二年，初置十道采訪使，朝宗以荆州長史兼判襄州刺史、山南東道采訪處置使。坐所任吏擅賦役，貶洪州刺史。天寶初，召爲京兆尹，出爲高平太守，貶吳興別駕，卒。喜識拔後進，嘗薦崔宗之、嚴武於朝，當時士流咸歸重之。事見《新唐書》本傳。本文意在求薦，但毫無卑詞乞憐態，氣盛神揚，既見李白傲岸不羈的風采，又透現盛唐豪放、進取的時代特色。

白聞天下談士相聚而言曰："生不用封萬戶侯，但願一識韓荆州。"何令人之景慕，一至於此耶！豈不以有周公之風，躬吐握之事，使海內豪俊，奔走而歸之，一登龍門，則聲譽十倍，所以龍蟠鳳逸之士，皆欲收名定價於君侯。願君侯不以富貴而驕之，寒賤而忽之，則三千賓中有毛遂，使白得穎脫而出，即其人焉。白，隴西布衣，流落楚漢。十五好劍術，遍干諸侯；三十成文章，歷抵卿相。雖長不滿七尺，而心雄萬夫。王公大人，許與氣義。此疇曩心迹，安敢不盡於君侯哉！君侯製作侔神明，德行動天地，筆參造化，學究天人。幸願開張心顏，不以長揖見拒。必若接之以高宴，縱之以清談，請日試萬言，倚馬可待。今天下以君侯爲文章之司命，人物之權衡，一經品題，便作佳士。而君侯何惜階前盈尺之地，不使白揚眉吐氣，激昂青雲耶！

中華書局版《李太白全集》卷二十六

○吐握：《韓詩外傳》卷三載周公戒伯禽曰："吾文王之子，武王之弟，成王之叔父也。又相天下。吾於天下亦不輕矣。然一沐三握髮，一飯三吐哺，猶恐失天下之士。"○豪俊：《淮南子·泰族訓》："智過萬人者謂之英，千人者謂之俊，百人者謂之豪，十人者謂之傑。"○登龍門：見王勃《秋日登洪府滕王閣餞別序》注。○毛遂：《史記·平原君虞卿列傳》載秦圍邯鄲，平原君赴楚求救，門客毛遂自薦隨行。平原君曰："夫賢士之處世也，譬若錐之處囊中，其末立見。今先生處勝之門下三年於此矣，左右未有所稱誦，勝未有所聞，是先生無所有也。"毛遂曰："臣乃今日請處囊中耳。使遂蚤得處囊中，乃穎脱而出，非特其末見而已。"○隴西布衣：李氏郡望在隴西，故曰。○長揖：拱手自上而至極下以爲禮，長揖不拜是平交之禮。《後漢書·趙壹傳》："（壹）舉郡上計到京師。是時司徒袁逢受計，計吏數百人皆拜伏庭中，莫敢仰視，壹獨長揖而已。"○倚馬可待：《世説新語·文學》："桓宣武北征，袁虎時從，被責免官。會須露布文，唤袁倚馬前令作。手不輟筆，俄得七紙，殊可觀。"

【附】

王　維（701—761）

傳略見"隋唐五代文學"第一章第四節。

山中與裴秀才迪書

【題解】　天寶三載之後、安史之亂以前作於輞川別業。裴秀才迪，見本編第一章第四節《輞川閑居贈裴秀才迪》題解。

　　近臘月下，景氣和暢，故山殊可過。足下方溫經，猥不敢相煩。輒便往山中，憩感配寺，與山僧飯訖而去。北涉玄灞，清月映郭。夜登華子岡，輞水淪漣，與月上下；寒山遠火，明滅林外；深巷寒犬，吠聲如豹；村墟夜舂，復與疏鐘相間。此時獨坐，僮僕靜默，多思曩昔，携手賦詩，步仄徑，臨清流也。當待春中，草木蔓發，春山可望，輕鯈出水，白鷗矯翼，露濕青皋，麥隴朝雊，斯之不遠，儻能從我游乎？非子天機清妙者，豈能以此不急之務相邀？然是中有深趣矣！無忽。因馱黄蘖人往，不一。山中人王維白。

中華書局版《王右丞集箋注》卷十八

○因馱黄蘖人往：黄蘖，落葉喬木，莖可製黄色染料，皮與根入藥。此句意謂借助入山采藥者送信。

思考題

1. 以散文創作爲例，試論陳子昂對文體文風改革的貢獻，並兼論其藝術得失。

2. 詩的"盛唐氣象"已爲論者公認，散文也有"盛唐氣象"嗎？試論之。

第三節　韓　愈

韓　愈（768—824）

傳略見"隋唐五代文學"第一章第九節。

原　道

【題解】《五百家注音辨昌黎先生文集》卷十一引樊汝霖曰："《淮南子》以《原道》首篇。許氏箋云：原，本也。"本篇主旨即在探求儒道本原。韓愈自稱"所著皆約六經之旨而成文，抑邪興正，辨時俗之所惑"（《上宰相書》），本文詆排佛老，呼吁重建道統，正可見此特色。故清人吳楚材、吳調侯曰："孔孟歿，大道廢，異端熾。千有餘年，而後得《原道》之書辭而闢之，理則布帛菽粟，氣則山走海飛，發先儒所未發，爲後學之階梯，是大有功名教之文。"（《古文觀止》卷七）

博愛之謂仁，行而宜之之謂義；由是而之焉之謂道，足乎己，無待於外之謂德。仁與義爲定名，道與德爲虛位：故道有君子小人，而德有凶有吉。老子之小仁義，非毀之也，其見者小也。坐井而觀天，曰天小者，非天小也。彼以煦煦爲仁，孑孑爲義，其小之也則宜。其所謂道，道其所道，非吾所謂道也；其所謂德，德其所德，非吾所謂德也。凡吾所謂道德云者，合仁與義言之也，天下之公言也。老子之所謂道德云者，去仁與義言之也，一人之私言也。

〇"博愛"句：《論語·顏淵》："樊遲問仁，子曰：'愛人。'"《孟子·離婁下》："仁者愛人。"《國語·周語下》韋注："博愛於人爲仁。"〇"行而宜之"句：《禮記·中庸》："義者，宜也。"〇"足乎己"二句：《禮記·樂記》："德者，得也。"《周禮·師氏》鄭注："在心爲德。"《詩經·大雅·皇矣》孔疏引服虔曰："在己爲德。"〇"仁與義"二句：黃震《黃氏日抄》卷五九："仁與義爲道德，去仁與義亦自以爲道德，故特指其位爲虛，而未嘗以道德爲虛也。"〇道有君子小人：《易·泰·象傳》："君子道長，小人道消也。"《禮記·中庸》："君子之道闇然而日章，小人之道的然而日亡。"〇德有凶有吉：《左傳·文公十八年》："孝敬忠信爲吉德，盜賊藏姦爲凶德。"〇老子之小仁義：《老子》十八章："大道廢，有仁義。"三十八章："失道而後德，失德而後仁，失仁而後義。"〇"坐井"三句：《太平御覽》卷六引《尸子》："自井中視星，所見不過數星；自丘上以望，則見始出也。非明益也，勢使然也。"此化用其意。〇煦煦：《漢書·東方朔傳》："愉愉呴呴。"顏師古注："呴呴，言語順也。"《韓信傳》："言語姁姁。"顏注："姁姁，和好貌也。"煦通呴、姁。〇孑孑：《釋名·釋兵》："狹而短者曰子盾，車上所持者也。子，小稱也。"又《漢書·高惠高后文功臣表》顏師古注："孑然，獨立貌。"〇"其所謂道"六句：《老子》又名《道德經》，其論道德之語屢見，如"人法地，地法天，天法道，道法自然"（二十五章）；"上德不德，是以有德；下德不失德，是以無德。上德無爲而無以爲，下德爲之而有以爲"（三十八章）。大抵皆強調自然無爲。

周道衰，孔子沒，火於秦，黃老於漢，佛於晉、魏、梁、隋之間，其言道德仁義者，不入於楊，則入於墨；不入於老，則入於佛。入於彼，必出於此。入者主之，出者奴之；入者附之，出者汙之。噫！後之人其欲聞仁義道德之說，孰從而聽之！老者曰：孔子，吾師之弟子也；佛者曰：孔子，吾師之弟子也。爲孔子者，習聞其說，樂其誕而自小也，亦曰：吾師亦嘗師之云爾。不惟舉之於其口，而又筆之於其書。噫！後之人雖欲聞仁義道德之說，其孰從而求之？甚矣，人之好怪也！不求其端，不訊其末，惟怪之欲聞。

〇火於秦：《史記·秦始皇本紀》：始皇三十四年（前213），李斯請"史官非秦記皆燒之；非博士官所職，天下敢有藏《詩》、《書》、百家語者，悉詣守、尉雜燒之。……制曰：可。"〇黃老於漢：《漢書·曹參傳》：孝惠元年（前194），參爲齊相。"聞膠西有蓋公，善治黃老言，使人厚幣請之。"同書《外戚傳》："竇太后好黃帝、老子言，景帝及諸竇不得不讀《老子》，尊其術。"《隋書·經籍志》三："自黃帝以下，聖哲之士，所言道者，傳之其人，世無師說。漢時，參始薦蓋公能言黃老，文帝宗之。自是相傳，道學衆矣。"王鳴盛《十七史商榷》卷六："漢初黃、老之學極盛，君如文、景，宮闈如竇太后，宗室如劉德，將相如曹參、陳平，名臣如張良、汲黯、鄭當時、直不疑、班嗣，處士如蓋公、鄧章、王生、黃子、楊王孫、安丘望之等皆宗之。東方朔戒子以首陽爲拙，柱下爲工，亦是宗黃、老者。"〇佛於晉、魏、梁、隋之間：《隋書·經籍志》四："後漢明帝夜夢金人飛行殿庭，以問於朝，而傅毅以佛對。帝遣郎中蔡愔及秦景使天竺求之，得佛經四十二章及釋迦立像。……魏黃初中，中國人始依佛戒，剃髮爲僧。……甘露中，有朱仕行者，往西域，至于闐國，得經九十章，晉元康中，至鄴譯之。……太始中，有月支沙門竺法護，西游諸國，大得佛經，至洛翻譯，部數甚多。佛教東流，自此而盛。……梁武大崇佛法，於華林園中，總集釋氏經典，凡五千四百卷。（隋）開皇元年，高祖普詔天下，任聽出家，仍令計口出錢，營造佛像。而京師及并州、相州、洛州等諸大都邑之處，並官寫一切經置於寺內，而又別寫，藏於祕閣。天下之人，從風而靡。"○"不入於楊"二句：《孟子·滕文公下》："聖王不作，諸侯放恣，處士橫議，楊朱、墨翟之言盈天下，天下之言不歸楊則歸墨。"○"老者曰"三句：《莊子·德充符》："無趾語老聃曰：孔丘之於至人，其未邪？彼何賓賓以學子爲？"同書《天運》："孔子行年五十有一而不聞道，乃南之沛見老聃。"○"佛者曰"三句：唐釋法琳《破邪論》引《清淨法行經》："佛遣三弟子震旦教化：儒童菩薩，彼稱孔子；光淨菩薩，彼稱顏回；摩訶迦葉，彼稱老子。"○"吾師亦嘗師之"句：《史記·老子韓非列傳》、《孔子家語·觀周》均載有孔子適周，問禮於老子事。即是韓愈亦曾謂"聖人無常師，孔子師郯子、萇弘、師襄、老聃"（《師說》）。

古之爲民者四，今之爲民者六；古之教者處其一，今之教者處其三。農之家一，而食粟之家六；工之家一，而用器之家六；賈之家一，而資焉之家六；奈之何民不窮且盜也！古之時，人之害多矣。有聖人者立，然後教之以相生養之道。爲之君，爲之師，驅其蟲蛇禽獸，而處之中土。寒，然後爲之衣；飢，然後爲之食；木處而顛，土處而病也，然後爲之宮室。爲之工，以贍其器用；爲之賈，以通其有無；爲之醫藥，以濟其夭死；爲之葬埋祭祀，以長其恩愛；爲之禮，以次其先後；爲之樂，以宣其壹鬱；爲之政，以率其怠倦；爲之刑，以鋤其強梗。相欺也，爲之符璽、斗斛、權衡以信之；相奪也，爲之城郭、甲兵以守之。害至而爲之備，患生而爲之防。今其言曰："聖人不死，大盜不止；剖斗折衡，而民不爭。"嗚呼，其亦不思而已矣！如古之無聖人，人之類滅久矣。何也？無羽毛鱗介以居寒熱也，無爪牙以爭食也。

○"古之爲民者四"二句：《穀梁傳·成公元年》："古者有四民：有士民，有商民，有農民，有工民。"今加僧、道，故曰六。○"古之教者"二句：《五百家注》引孫汝聽曰："聖人之教一，加佛老爲三。"○"爲之君"二句：《孟子·梁惠王下》："《書》曰：天降下民，作之君，作之師。"

○驅其蟲蛇禽獸：《孟子·滕文公上》："舜使益掌火，益烈山澤而焚之，禽獸逃匿。"《滕文公下》："（禹）驅蛇龍而放之菹。""周公……驅猛獸而百姓寧。"○"木處"三句：《易·繫辭下》："上古穴居而野處，後世聖人易之以宮室。"○壹鬱：《史記·屈原賈生列傳》賈誼弔屈原："獨堙鬱兮其誰語。"《漢書·賈誼傳》堙鬱作壹鬱。壹當作壺，《集韻》："音咽，壺鬱，不得泄也。"○"聖人不死"四句：見《莊子·胠篋》。

是故君者，出令者也；臣者，行君之令而致之民者也；民者，出粟米麻絲，作器皿，通貨財，以事其上者也。君不出令，則失其所以爲君。臣不行君之令而致之民，民不出粟米麻絲，作器皿，通貨財，以事其上，則誅。今其法曰：必棄而君臣，去而父子，禁而相生養之道，以求其所謂清淨寂滅者。嗚呼！其亦幸而出於三代之後，不見黜於禹、湯、文、武、周公、孔子也；其亦不幸而不出於三代之前，不見正於禹、湯、文、武、周公、孔子也。

○"是故君者"四句：《管子·重令》："尊君在乎行令……故曰虧令者死，益令者死，不行令者死，留令者死，不從令者死。"○誅：《廣雅·釋詁》一："誅，責也。"《禮記·曲禮上》："以足蹙路馬芻，有誅。"鄭玄注："誅，罰也。"○清淨寂滅：《俱舍論》十六："諸身語意三種妙行，名身語意三種清淨，暫永遠離一切惡行煩惱垢，故名爲清淨。"寂滅爲梵語涅槃之意譯，《無量壽經》卷上："超出世間，深樂寂滅。"

帝之與王，其號名殊，其所以爲聖一也。夏葛而冬裘，渴飲而飢食，其事殊，其所以爲智一也。今其言曰：曷不爲太古之無事？是亦責冬之裘者曰：曷不爲葛之之易也？責飢之食者曰：曷不爲飲之之易也？《傳》曰："古之欲明明德於天下者，先治其國；欲治其國者，先齊其家；欲齊其家者，先修其身；欲修其身者，先正其心；欲正其心者，先誠其意。"然則古之所謂正心而誠意者，將以有爲也。今也欲治其心，而外天下國家，滅其天常，子焉而不父其父，臣焉而不君其君，民焉而不事其事。孔子之作

《春秋》也，諸侯用夷禮則夷之，進於中國則中國之。《經》曰："夷狄之有君，不如諸夏之亡。"《詩》曰："夷狄是膺，荊舒是懲。"今也，舉夷狄之法而加之先王之教之上，幾何其不胥而爲夷也？

〇"帝之與王"三句：《白虎通·號》："帝王者何？號也。號者，功之表也。所以表功明德，號令臣下者也。德合天地者稱帝，仁義合者稱王。"〇"今其言曰"二句：《老子》八十章："小國寡民，使有什伯之器而不用。使民重死而不遠徙，雖有舟輿，無所乘之；雖有甲兵，無所陳之。使人復結繩而用之。甘其食，美其服，安其居，樂其俗。鄰國相望，雞犬之聲相聞，民至老死不相往來。"《莊子·胠篋》所論與此相似。〇《傳》：解說經義之書。《公羊傳·定公元年》："主人習其讀而問其傳。"何休注："讀謂經，傳謂訓詁。"《漢書·淮南衡山濟北王傳》："安入朝……（上）使爲《離騷傳》。"顏師古注："傳爲解說之，若《毛詩傳》。"〇"古之欲明明德"十句：見《禮記·大學》。〇"《經》曰"三句：見《論語·八佾》。邢昺疏："言夷狄雖有君長而無禮義，中國雖偶無君，若周召共和之年，而禮義不廢。"〇"夷狄是膺"二句：見《詩經·魯頌·閟宮》。

夫所謂先王之教者何也？博愛之謂仁，行而宜之之謂義，由是而之焉之謂道，足乎己無待於外之謂德。其文《詩》《書》《易》《春秋》，其法禮樂刑政，其民士農工賈，其位君臣父子師友賓主昆弟夫婦，其服麻絲，其居宫室，其食粟米果蔬魚肉：其爲道易明，而其爲教易行也。是故以之爲己，則順而祥；以之爲人，則愛而公；以之爲心，則和而平；以之爲天下國家，無所處而不當。是故生則得其情，死則盡其常，郊焉而天神假，廟焉而人鬼饗。曰：斯道也，何道也？曰："斯吾所謂道也，非向所謂老與佛之道也。堯以是傳之舜，舜以是傳之禹，禹以是傳之湯，湯以是傳之文武周公，文武周公傳之孔子，孔子傳之孟軻，軻之死，不得其傳焉。荀與揚，擇焉而不精，語焉而不詳。由周公而上，上而爲君，故其事行；由周公而下，下而爲臣，故其說長。然則如之何而可也？曰：不塞不流，不止不行。

人其人,火其書,廬其居,明先王之道以道之,鰥寡孤獨廢疾者有養也。其亦庶乎其可也。

上海古籍出版社版《韓昌黎文集校注》第一卷

○"郊焉"句:《漢書·郊祀志》上:"古者天子夏親郊祀上帝於郊,故曰郊。"假,音格。《詩經·商頌·玄鳥》:"四海來假,來假祁祁。"鄭玄箋:"假,至也。"朱熹集傳:"假,與格同。"○"荀與揚"三句:荀,荀況。揚,揚雄。韓愈《讀荀》:"孟氏醇乎醇者也,荀與揚大醇而小疵。"○"鰥寡"句:《孟子·梁惠王下》:"老而無妻曰鰥,老而無夫曰寡,老而無子曰獨,幼而無父曰孤。此四者,天下之窮民而無告者,文王發政施仁,必先斯四者。"《禮記·禮運》:"矜寡孤獨廢疾者皆有所養。"矜通鰥。

進學解

【題解】《舊唐書·韓愈傳》:"復爲國子博士,愈自以才高,累被擯黜,作《進學解》以自喻。執政覽其文而憐之,以其有史才,改比部郎中、史館修撰。"《禮記·經解》孔穎達疏引皇氏曰:"解者,分析之名。"曾國藩謂此文"仿東方朔《客難》、揚雄《解嘲》,氣味之淵懿不及,而論道論文二段精實處過之"(《求闕齋讀書錄》卷八)。文雖沿用辭賦形式,然而抒情寫憤,亦莊亦諧,出語精警,氣韻靈動。唐人就曾稱其"拔地倚天,句句欲活,讀之如赤手捕長蛇,不施鞿勒騎生馬,急不得暇,莫可捉搦"(孫樵《與王霖秀才書》)。

國子先生晨入太學,招諸生立館下,誨之曰:"業精於勤荒於嬉,行成於思毀於隨。方今聖賢相逢,治具畢張,拔去凶邪,登崇俊良。占小善者率以錄,名一藝者無不庸。爬羅剔抉,刮垢磨光。蓋有幸而獲選,孰云多而不揚?諸生業患不能精,無患有司之不明;行患不能成,無患有司之不公。"

○"國子先生"句:國子先生,韓愈自謂。元和七年(812),韓愈由職方員外郎被貶，第三次任國子博士。《新唐書·百官志》三："國子監……掌儒學訓導之政，總國子、太學、廣文、四門、律、書、算凡七學。""國子學：博士五人，正五品上。"太學，指國子監，因其相當於古之太學，故稱。○治具：《漢書·酷吏傳序》："法令者，治之具。"○庸：《說文》："庸，用也。"

言未既，有笑於列者曰："先生欺余哉！弟子事先生，於茲有年矣。先生口不絕吟於六藝之文，手不停披於百家之編；記事者必提其要，纂言者必鈎其玄；貪多務得，細大不捐；焚膏油以繼晷，恒兀兀以窮年。先生之於業，可謂勤矣。觝排異端，攘斥佛老，補苴罅漏，張皇幽眇；尋墜緒之茫茫，獨旁搜而遠紹；障百川而東之，迴狂瀾於既倒。先生之於儒，可謂有勞矣。沉浸醲鬱，含英咀華。作爲文章，其書滿家。上規姚姒，渾渾無涯；周誥殷盤，佶屈聱牙；《春秋》謹嚴，《左氏》浮誇；《易》奇而法，《詩》正而葩；下逮莊騷，太史所錄，子雲相如，同工異曲。先生之於文，可謂閎其中而肆其外矣。少始知學，勇於敢爲；長通於方，左右俱宜。先生之於爲人，可謂成矣。然而公不見信於人，私不見助於友，跋前躓後，動輒得咎。暫爲御史，遂竄南夷。三年博士，冗不見治。命與仇謀，取敗幾時。冬暖而兒號寒，年豐而妻啼飢。頭童齒豁，竟死何裨？不知慮此，而反教人爲？"

○六藝：六經，即《詩》、《書》、《禮》、《樂》、《易》、《春秋》。○纂：通撰。《漢書·司馬遷傳贊》："至孔氏纂之。"顏師古注："纂與撰同。"○晷：《說文》："晷，日景也。"○兀兀：見杜甫《自京赴奉先縣詠懷五百字》注。○觝排異端：《論語·爲政》："攻乎異端，斯害也已。"○攘斥：即排斥。《楚辭·七諫·沉江》："反離謗而見攘"，王逸注："攘，排也。"○補苴罅漏：《漢書·賈誼傳》："冠雖敝不以苴補。"顏師古注："苴者，履中之藉也。"引申爲填塞之意。《說文》："罅，裂也。"○張皇：大（見《廣雅·釋詁》一）。引申爲闡發。○醲鬱：《說文》："醲，厚酒也。"《廣雅·釋詁》三："醲，厚也。"司馬相如《上林賦》："酷烈淑鬱"。郭璞注："香氣盛也。"○"上規"二句：姚，虞舜之姓。姒，夏禹之姓。此指《尚書》中《虞書》、《夏書》。揚雄《法言·問神》："虞、夏之書渾渾爾。"李軌注："深大。"○"周誥"二句：《五百家注》卷十二引孫汝聽曰："周誥謂《大誥》、《康誥》、《酒誥》、《洛誥》之屬，殷盤謂《盤庚》三篇。佶屈聱牙，皆艱澀貌。"○方：《呂氏春秋·孝行覽·必己》："說如此其無方也。"高誘注："方，術。"○成：《詩·齊風·猗嗟》："儀既成兮"，鄭箋："成猶備也。"○跋前躓後：《詩經·豳風·狼跋》："狼跋其胡，載疐（同躓）其尾。"毛傳："老狼……進則躓其胡，退則跲其尾，進退有難。"○"暫爲"二句：韓愈貞元十九年（803）爲監察御史，同年冬，因上書獲罪貶爲陽山令。○頭童：《釋名·釋長幼》："山無草木者曰童。"人老髮禿，如山無草木，故云。○竟死何裨：《詩經·大雅·瞻卬》："譖始竟背。"鄭箋："竟猶終也。"

　　先生曰："吁！子來前！夫大木爲杗，細木爲桷，欂櫨侏儒，椳闑扂楔，各得其宜，施以成室者，匠氏之工也。玉札丹砂，赤箭青芝，牛溲馬勃，敗鼓之皮，俱收并蓄，待用無遺者，醫師之良也。登明選公，雜進巧拙，紆餘爲妍，卓犖爲傑，校短量長，惟器是適者，宰相之方也。昔者孟軻好辯，孔道以明，轍環天下，卒老於行；荀卿守正，大論是弘，逃讒於楚，廢死蘭陵。是二儒者，吐辭爲經，舉足爲法，絕類離倫，優入聖域，其遇於世何如也？今先生學雖勤而不繇其統，言雖多而不要其中，文雖奇而不濟於用，行雖修而不顯於衆。猶且月費俸錢，歲靡廩粟。子不知耕，婦不知織。乘馬從徒，安坐而食。踵常途之促促，窺陳編以盜竊。然而聖主不加誅，宰臣不見斥，茲非其幸歟？動而得謗，名亦隨之，投閑置散，乃分之宜。若夫商財賄之有亡，計班資之崇庳，忘己量之所稱，指前人之瑕疵，是所謂詰匠氏之不以杙爲楹，而訾醫師以昌陽引年，欲進其豨苓也。"

上海古籍出版社版《韓昌黎文集校注》第一卷

○"夫大木"二句：《爾雅·釋宮》："杗廇謂之梁。"郭璞注："屋大梁也。"又曰："桷謂之榱。"郭注："屋橡。"○欂櫨：欂爲壁柱，櫨爲斗拱。《說文通訓定聲·豫部》："單言曰櫨，累言曰欂櫨。……方木，似斗形，在短柱上，供承屋棟。"○侏儒：梁上短木。《爾雅·釋宮》："其（指梁）上楹謂之棳。"郭注："侏儒柱也。"○椳闑扂楔：《爾雅·釋宮》："樞謂之椳。"郭注："門户扉樞。"又："橛（門橛）謂之闑。"又："根謂之楔。"郭注："門兩旁木。"扂，門閂。《切韻·三十六忝》："扂閉户。"○"玉札"二句：四種名貴藥物。玉札，地榆。丹砂，硃砂。赤箭，天麻。青芝，龍芝。○"牛溲"二句：三種粗賤藥物。牛溲，車前草，一說牛尿。馬勃，菌類，治諸瘡。○卓犖：《後漢書·班固傳》下："卓犖乎方州"李賢注："卓犖，殊絕也。"○"孟軻好辯"二句：《孟子·滕文公下》孟子曰："予豈好辯哉，予不得已也。""楊墨之道不息，孔子之道不著。……吾爲此懼，閑先聖之道，距楊墨，放淫辭，邪說者不得作。"○"荀卿"四句：《史記·孟子荀卿列傳》："（荀卿）推儒、墨、道德之行事興壞，序列著數萬言。""齊襄王時，而荀卿最爲老師。齊尚修列大夫之缺，而荀卿三爲祭酒焉。齊人或讒荀卿，荀卿乃適楚，而春申君以爲蘭陵令。春申君死而荀卿廢，因家蘭陵。……（卒）葬蘭陵。"《正義》："蘭陵，縣，屬東海郡，今沂州承縣有蘭陵山。"其地在今山東省棗莊市東南。○庳，《法言·孝至》："庳則秦、儀、軮、斯，亦忠嘉矣。"李軌注："庳，下也。"○杙：小木樁。○"而訾醫師"二句：訾，《禮記·曲禮上》："不登高，不臨遠，不苟訾，不苟笑。"孔穎達疏："相毀曰訾。"昌陽，即菖蒲。《證類本草》卷六："菖蒲：久服輕身，聰耳目……延年益心智……一名昌陽。"豨苓，即豬苓。《證類本草》卷十三："豬苓：利水道……一名假豬屎。"

張中丞傳後叙

【題解】 張中丞，即張巡。巡，鄧州南陽（今屬河南）人，開元末進士，由太子通事舍人出爲清河令，調眞源（唐屬亳州，今河南鹿邑）令。安祿山反，譙郡（即亳州）太守楊萬石降敵，巡遂率兵入雍丘（今河南杞縣），起而抗敵，以弱勝强，卓有戰功。後至睢陽（今河南商丘），與太守許遠等合兵守城。至德二載（757）詔拜御史中丞。睢陽被圍經年，糧盡援絕，遂陷，巡與部將三十六人同時殉難。事見兩唐書《忠義傳》。徐師曾《文體明辨》：“按《爾雅》云：‘序，緒也。’字亦作‘叙’，言其善叙事理，次第有序，若絲之緒也。……其爲體有二，一曰議論，二曰叙事。”本文即冶二者於一爐，方苞稱本篇“神氣流注，章法渾成”，“生氣奮動處”與《史記》近；劉大櫆則以爲“通篇議論，盤屈排奡，鋒銛透露，皆韓公本色”（見馬其昶《韓昌黎文集校注》，以下簡稱馬注）。

元和二年四月十三日夜，愈與吳郡張籍閲家中舊書，得李翰所爲《張巡傳》。翰以文章自名，爲此傳頗詳密。然尚恨有闕者：不爲許遠立傳，又不載雷萬春事首尾。

○吳郡張籍：《新唐書》本傳稱張籍爲和州烏江人，此云吳郡，蓋其郡望。○“得李翰”句：《舊唐書·文苑傳》下：“（李）華宗人翰，亦以進士知名。……爲文精密，用思苦澀。……祿山之亂，從友人張巡客宋州。巡率州人守城，賊攻圍經年，食盡矢窮方陷。當時薄巡者言其降賊，翰乃序巡守城事迹，撰張巡、姚誾等傳兩卷上之，肅宗方明巡之忠義，士友稱之。”其文宋時猶存，《新唐書·藝文志》“史部雜傳記類”著錄李翰《張巡姚誾傳》二卷，今佚。○許遠：杭州鹽官（今浙江海寧西南）人。安史之亂時拜睢陽太守。事見兩唐書《忠義傳》。○“又不載”句：《新唐書·忠義傳》：“雷萬春者，不詳所來，事巡爲偏將。……萬春將兵，方略不及霽雲，而彊毅用命。每戰，巡任之與霽雲鈞。"李塗《文章精義》："雷萬春俗本誤耳，前半篇是說巡、遠，後半篇是南霽雲，即不及雷萬春事。"馬注引儲欣曰："不載首尾者，如《唐書》云：'雷萬春者，不詳所從來。'前人不載，後人自不詳也。睢陽戰鬭，南雷略同，張公任雷與南無二，又偕公同日死節，而首尾不載，所以恨其闕。《春秋》之法，傳著傳疑，闕者已矣。惟往來汴徐間，得南將軍事而具書之，著以傳著，史法固然。"

遠雖材若不及巡者，開門納巡，位本在巡上，授之柄而處其下，無所疑忌，竟與巡俱守死，成功名。城陷而虜，與巡死先後異耳。兩家子弟材智下，不能通知二父志，以爲巡死而遠就虜，疑畏死而辭服於賊。遠誠畏死，何苦守尺寸之地，食其所愛之肉，以與賊抗而不降乎？當其圍守時，外無蚍蜉蟻子之援，所欲忠者，國與主耳。而賊語以國亡主滅，遠見救援不至，而賊來益衆，必以其言爲信。外無待而猶死守，人相食且盡，雖愚人亦能數日而知死處矣，遠之不畏死亦明矣。烏有城壞其徒俱死，獨蒙愧耻求活？雖至愚者不忍爲，嗚呼，而謂遠之賢而爲之邪？

〇"遠雖材若不及巡"七句：《新唐書·張巡傳》："（張巡）馬裁三百，兵三千。至睢陽，與太守許遠、城父令姚誾等合。……至德二載，祿山死，慶緒遣其下尹子琦將同羅、突厥、奚勁兵與（楊）朝宗合，凡十餘萬，攻睢陽。……遠自以材不及巡，請稟軍事而居其下，巡受不辭，遠專治軍糧戰具。"〇"城陷而虜"二句：《新唐書·張巡傳》：城陷，"（巡）與遠俱執。……（尹子琦）送遠洛陽，至偃師，亦以不屈死。"〇"兩家子弟"二句：《新唐書·許遠傳》："大曆中，巡子去疾上書曰：'孽胡南侵，父巡與睢陽太守遠各守一面。城陷，賊所入自遠分。尹子琦分郡部曲各一方，巡及將校三十餘皆割心剖肌，慘毒備盡，而遠與麾下無傷。……故遠心向背，梁、宋人皆知之。……遠與臣不共戴天，請追奪官爵，以刷冤耻。'詔下尚書省，使去疾與（遠子）許峴及百官議。皆以去疾證狀最明者，城陷而遠獨生也。且遠本守睢陽，凡屠城以生致主將爲功，則遠後巡死不足惑。……當此時去疾尚幼，事未詳知，且艱難以來，忠烈未有先二人者，事載簡書，若日星不可妄輕重。議乃罷。然議者紛紜不齊。"〇食其所愛之肉：《資治通鑒·唐肅宗至德二載》："尹子奇（琦）久圍睢陽，城中食盡……羅雀掘鼠，鼠雀又盡；巡出愛妾，殺以食士，遠亦殺其奴；然後括城中婦人食之，繼以男子老弱。人知必死，莫有叛者。"〇賊語以國亡主滅：史無明文，無考。〇"外無待"句：《新唐書·張巡傳》："御史大夫賀蘭進明代（李）巨節度（河南），屯臨淮，許叔冀、尚衡次彭城，皆觀望莫肯救。……賊知外援絕，圍益急。"〇"雖至愚者"三句：《孟子·萬章上》："自鬻以成其君，鄉黨自好者不爲，而謂賢者爲之乎？"

說者又謂遠與巡分城而守，城之陷自遠所分始，以此詬遠。此又與兒童之見無異。人之將死，其藏腑必有先受其病者；引繩而絕之，其絕必有處。觀者見其然，從而尤之，其亦不達於理矣。小人之好議論，不樂成人之美如是哉！如巡、遠之所成就，如此卓卓，猶不得免，其他則又何說！

〇尤：《詩經·鄘風·載馳》："許人尤之"毛傳："尤，過也。"〇不樂成人之美：《論語·顏淵》："子曰：君子成人之美，不成人之惡，小人反是。"〇"如巡、遠之所成就"三句：《新唐書·張巡傳》："時議者或謂巡始守睢陽，衆六萬，既糧盡，不持滿，按隊出再生之路，與夫食人，寧若全人？"

當二公之初守也，寧能知人之卒不救，棄城而逆遁？苟此不能守，雖避之他處何益？及其無救而且窮也，將其創殘餓羸之餘，雖欲去，必不達。二公之賢，其講之精矣。守一城，捍天下，以千百就盡之卒，戰百萬日滋之師，蔽遮江淮，沮遏其勢，天下之不亡，其誰之功也！當是時，棄城而圖存者，不可一二數；擅強兵坐而觀者，相環也。不追議此，而責二公以死守，亦見其自比於逆亂，設淫辭而助之攻也。

〇"及其無救"四句：《新唐書·張巡傳》："衆議東奔，巡、遠議，以睢陽江淮保障也，若棄之，賊乘勝鼓而南，江淮必亡，且帥飢衆行，必不達。"○"守一城"二句：《左傳·桓公十二年》杜注："扞，衛也。"《成公十二年》杜注："扞，蔽也。"扞捍字同。李翰《進張中丞傳表》："巡進軍睢陽，扼其咽領，前後拒守。自春徂冬，大戰數十，小戰數百，以少擊衆，以弱擊強，出奇無窮，制勝如神，殺其凶醜凡九十餘萬。賊所以不敢越睢陽而取江淮，江淮所以保全者，巡之力也。"《資治通鑑·唐肅宗至德二載》司馬光《考異》曰："唐人皆以全江淮爲巡、遠功。按睢陽雖當江淮之路，城既被圍，賊若欲取江淮，繞出其外，睢陽豈能障之哉！蓋巡善用兵，賊畏巡爲後患，不滅巡則不敢越過其南耳。"○"棄城而圖存者"二句：譙郡太守楊萬石、雍丘縣令令狐潮先後降敵。山南東道節度使魯炅棄南陽奔襄陽，靈昌太守許叔冀奔彭城。事見《新唐書·張巡傳》、《資治通鑑·肅宗至德二載》。○比：《論語·爲政》："君子周而不比。"集解引孔安國曰："阿黨爲比。"○淫辭：《孟子·公孫丑上》："淫辭知其所陷。"

愈嘗從事於汴、徐二府，屢道於兩府間，親祭於其所謂雙廟者。其老人往往說巡、遠時事云：南霽雲之乞救於賀蘭也，賀蘭嫉巡、遠之聲威功績出己上，不肯出師救。愛霽雲之勇且壯，不聽其語，彊留之，具食與樂，延霽雲坐。霽雲慷慨語曰："雲來時，睢陽之人不食月餘日矣。雲雖欲獨食，義不忍；雖食，且不下咽！"因拔所佩刀斷一指，血淋漓，以示賀蘭。一座大驚，皆感激爲雲泣下。雲知賀蘭終無爲雲出師意，即馳去。將出城，抽矢射佛寺浮圖，矢著其上磚半箭，曰："吾歸破賊，必滅賀蘭，此矢所以志也。"愈貞元中過泗州，船上人猶指以相語。城陷，賊以刃脅降巡，巡不屈，即牽去，將斬之。又降霽雲，雲未應。巡呼雲曰："南八，男兒死耳，不可爲不義屈！"雲笑曰："欲將以有爲也，公有言，雲敢不死！"即不屈。

○愈嘗從事於汴、徐二府：宣武軍節度使董晉鎮汴州（今河南開封）、武寧軍節度使張建封鎮徐州（今屬江蘇）時，韓愈曾先後爲推官。見《新唐書》本傳。○雙廟：《新唐書·張巡傳》：巡、遠殉難後，肅宗"丁詔贈巡揚州大都督、遠荆州大都督……皆立廟睢陽，歲時致祭。……號'雙廟'

云。"〇南霽雲：《新唐書·忠義傳》："南霽雲者，魏州頓丘人，少微賤，爲人操舟。祿山反，鉅野尉張沼起兵討賊，拔以爲將。尚衡……以爲先鋒，遣至睢陽，與張巡計事。退謂人曰：'張公開心待人，真吾所事也。'……乃事巡，巡厚加禮。"〇賀蘭：即賀蘭進明。〇浮圖：《魏書·釋老志》："凡宮塔制度，猶依天竺舊狀而重構之，從一級至三五七九，世人相承，謂之浮圖，或云佛圖。"〇志：《周禮·春官·保章氏》："掌天星以志星辰日月之變動。"鄭玄注："志，古文識。識，記也。"〇泗州：唐屬河南道，治臨淮（今江蘇盱眙西北）。見《元和郡縣圖志》卷九。

張籍曰：有于嵩者，少依於巡，及巡起事，嵩常在圍中。籍大曆中於和州烏江縣見嵩，嵩時年六十餘矣。以巡，初嘗得臨渙縣尉。好學，無所不讀。籍時尚小，粗問巡、遠事，不能細也。云：巡長七尺餘，鬚髯若神。嘗見嵩讀《漢書》，謂嵩曰："何爲久讀此？"嵩曰："未熟也。"巡曰："吾於書，讀不過三遍，終身不忘也。"因誦嵩所讀書，盡卷不錯一字。嵩驚，以爲巡偶熟此卷，因亂抽他帙以試，無不盡然。嵩又取架上諸書，試以問巡，巡應口誦無疑。嵩從巡久，亦不見巡常讀書也。爲文章，操紙筆立書，未嘗起草。初守睢陽時，士卒僅萬人，城中居人戶，亦且數萬，巡因一見問姓名，其後無不識者。巡怒，鬚髯輒張。及城陷，賊縛巡等數十人坐，且將戮，巡起旋，其衆見巡起，或起或泣。巡曰："汝勿怖，死，命也。"衆泣不能仰視。巡就戮時，顏色不亂，陽陽如平常。遠寬厚長者，貌如其心。與巡同年生，月日後於巡，呼巡爲兄。死時年四十九。嵩貞元初死於亳宋間。或傳嵩有田在亳宋間，武人奪而有之，嵩將詣州訟理，爲所殺。嵩無子，張籍云。

上海古籍出版社版《韓昌黎文集校注》第二卷

〇和州烏江縣：唐屬淮南道。縣治在今安徽省和縣東北。〇臨渙：唐屬河南道亳州（見《元和郡縣圖志》卷七），縣治在今安徽省宿州市西北。〇僅萬人：《說文》段玉裁注："唐人文字，僅多訓庶幾之幾。如杜詩：

'山城僅百層。'韓文：'初守睢陽時，士卒僅萬人。'"○起旋：《左傳·定公三年》："夷姑射旋焉。"杜預注："旋，小便。"○陽陽：《詩經·王風·君子陽陽》毛傳："陽陽，無所用其心也。"○亳宋：亳州唐屬河南道，州治在今安徽省，宋州即睢陽。

藍田縣丞廳壁記

【題解】　封演《封氏聞見記》卷五："朝廷百司諸廳，皆有壁記，敘官秩創置及遷授始末。原其作意，蓋欲著前政履歷，而發將來健羨焉。故爲記之體，貴其說事詳雅，不爲苟飾。……韋氏《兩京記》云：'郎官盛寫壁記，以紀當廳前後遷除出入，寖以成俗。'然則壁記之由，當是國朝（唐）以來，始自臺省，遂流郡邑耳。"本文雖沿舊體，內容與寫作手法却多有新創。故前人評其"純用戲謔，而憐才共命之意，沉痛處自在言外"（曾國藩《求闕齋讀書錄》卷八）。"純以詼詭出之，當從傲睨一切中玩其神味"（馬注引張裕釗語）。藍田縣，唐屬關內道京兆府，今爲陝西省西安市轄縣。崔斯立於元和十年（815）任藍田縣丞，韓愈時任考功郎中、知制誥，本文即作於此年。

丞之職所以貳令，於一邑無所不當問。其下主簿、尉，主簿、尉乃有分職。丞位高而偪，例以嫌，不可否事。文書行，吏抱成案詣丞，卷其前，鉗以左手，右手摘紙尾，雁鶩行以進，平立，睨丞曰："當署！"丞涉筆占位署，惟謹，目吏，問："可不可？"吏曰"得"，則退，不敢略省，漫不知何事。官雖尊，力勢反出主簿、尉下。諺數慢，必曰"丞"，至以相訾謷。丞之設，豈端使然哉！

○"丞之職"四句：唐制，京都旁各縣爲畿縣（藍田即爲畿縣），置令一人，正六品上；丞一人，正八品上；主簿一人，正九品上；尉一人，正九品下。令爲主官，丞爲副職。縣設錄事、司功、司倉、司户、司兵、司法、司士七司，主簿領錄事司，負諸司總責。尉分理諸司。詳見《通典·職官典》十五。○慢：散慢官，冗員。韓愈詩《酬崔少府》："但聞赤縣尉，不比博士慢。"又《論變鹽法事宜狀》："請停觀察使見任，改散慢官。"與此文可互證。○訾謷：攻訐詆毀。○端：本。

博陵崔斯立，種學績文，以蓄其有，泓涵演迤，日大以肆。貞元初，挾其能，戰藝於京師，再進再屈千人。元和初，以前大理評事言得失黜官，再轉而爲丞茲邑。始至，喟曰："官無卑，顧材不足塞職。"既噤不得施用，又喟曰："丞哉，丞哉！余不負丞，而丞負余。"則盡枿去牙角，一躡故迹，破崖岸而爲之。

○種學績文：《禮記·禮運》："修禮以耕之，陳義以種之，講學以耨之。"種學之義本此。《詩經·豳風·七月》："八月載績，載玄載黃，我朱孔陽。"績文之義本此。蓋以耕織爲比，言其勤學能文。○"貞元初"四句：崔斯立貞元四年（788）進士及第，六年中博學宏詞科。千，底本闕其處，作□，今據《文苑英華》補。一本作於，誤。或疑當作其，然無所據。朱熹曰："唐人試宏詞者甚少，如貞元九年僅三十二人而已，作'千人'恐非是。"高步瀛曰："屈千人者，如杜子美《醉歌行》所謂'筆陣橫掃千人軍'也，不必問試者數目，朱說似泥。"（《唐宋文舉要》甲編卷三）○噤：《說文》："噤，口閉也。"○枿：同櫱。《詩經·商頌·長發》："苞有三櫱。"陸德明《經典釋文》引韓詩曰："櫱，絕也。"

丞廳故有記，壞漏污不可讀，斯立易桷與瓦，墁治壁，悉書前任人名氏。庭有老槐四行，南牆鉅竹千梃，儼立若相持，水㶁㶁循除鳴。斯立痛掃漑，對樹二松，日哦其間。有問者，輒對曰："余方有公事，子姑去！"

考功郎中、知制誥韓愈記。

上海古籍出版社版《韓昌黎文集校注》第二卷

○桷：見《進學解》注。○㶁㶁：水聲。○哦：《玉篇》："哦……吟哦也。"○考功郎中、知制誥：《新唐書·百官志》二："（中書舍人）以……

一人知制誥，頗進畫。……開元初，以他官掌詔敕策命，謂之'兼知制誥'。"韓愈即以考功郎中兼知制誥。

送董邵南序

【題解】 姚鼐《古文辭類纂·序目》："贈序類者，老子曰：君子贈人以言。顏淵、子路之相違，則以言相贈處；梁王觴諸侯於范臺，魯君擇言而進，所以致敬愛陳忠告之誼也。唐初贈人，始以序名，作者亦衆。至於昌黎，乃得古人之意，其文冠絕前後作者。"董邵南，壽州安豐（今安徽省壽縣西南）人，參見韓詩《嗟哉董生行》。董舉進士不得志，去游河北，韓愈作此序送之。清陳景雲曰："董生不得志於有司，事在貞元中，詳見公詩。時仕路雍滯，兩河諸侯競引豪傑為謀主，由是藩鎮益強，朝廷旰食。……董生北游，正幕府急才，王室多事之日。文中立言，尚欲招燕趙之士，則鬱鬱適茲土者，其亦可以息駕矣。送之所以留之，其辭絞而婉矣。"（《韓集點勘》卷三）

燕趙古稱多感慨悲歌之士。董生舉進士，連不得志於有司，懷抱利器，鬱鬱適茲土，吾知其必有合也。董生勉乎哉！

夫以子之不遇時，苟慕義彊仁者皆愛惜焉，矧燕趙之士出乎其性者哉！然吾嘗聞風俗與化移易，吾惡知其今不異於古所云邪？聊以吾子之行卜之也。董生勉乎哉！

吾因子有所感矣，為我弔望諸君之墓，而觀於其市，復有昔時屠狗者乎？為我謝曰："明天子在上，可以出而仕矣！"

上海古籍出版社版《韓昌黎文集校注》第四卷

○"燕趙"句：《史記·刺客列傳》："荊軻既至燕，愛燕之狗屠及善擊筑者高漸離。荊軻嗜酒，日與狗屠及高漸離飲於燕市，酒酣以往，高漸離擊筑，荊軻和而歌於市中，相樂也，已而相泣，旁若無人者。"《漢書·

地理志》下："趙、中山地薄人衆……丈夫相聚游戲，悲歌忼慨。"○舉進士：被舉薦參加進士科考試。《唐摭言》卷一："始自武德辛巳歲（即武德四年，公元621年）四月一日，敕諸州學士及早有明經及秀才、俊士、進士，明於理體爲鄉里所稱者，委本縣考試，州長重覆，取其合格，每年十月，隨物入貢。斯我唐貢士之始也。"○有司：主持考試的官員。唐進士試原由吏部主持，玄宗開元二十四年（736）始歸禮部（見《新唐書·選舉志》）。○懷抱利器：《三國志·魏書·陳思王植傳》："植常自憤怨抱利器而無所施。"○慕義彊仁：鄒陽《獄中上書自明》："夫王奢、樊於期……行合於志，而慕義無窮也。"《禮記·表記》："子曰：仁有三……仁者安仁，知者利仁，畏罪者強仁。"○望諸君之墓：樂毅墓。樂毅，戰國時趙人。曾助燕昭王攻齊，下七十餘城。昭王死，惠王立，被猜疑，歸趙，趙封於觀津，號望諸君。事見《史記·樂毅列傳》。《元和郡縣圖志》卷十五："磁州邯鄲縣：樂毅墓，在縣西南十八里。"

祭田橫墓文

【題解】田橫，戰國齊王田氏之後，秦末起兵反秦，曾自立爲齊王，後爲漢兵所敗。《史記·田儋列傳》："漢王立爲皇帝……田橫懼誅，而與其徒屬五百餘人入海，居島中。高帝……使使赦田橫罪而召之。……田橫乃與其客二人乘傳詣洛陽。未至三十里，至尸鄉廄置，橫……遂自剄，令客奉其頭，從使者馳奏之高帝。高帝……以王者禮葬田橫。既葬，二客穿其冢旁孔，皆自剄，下從之。高帝聞之，乃大驚，以田橫之客皆賢，'吾聞其餘五百人在海中'，使使召之。至則聞田橫死，亦皆自殺。於是乃知田橫兄弟能得士也。"《集解》引應劭曰："尸鄉在偃師。"《正義》："齊田橫墓在偃師西五十里。"歸有光稱此文："寥寥數言，而悲感之意無窮。"馬其昶曰："詞意皆騰空際，似爲橫發，又似不爲橫發，此等文不徒以雕琢造語

爲工也。"（均見《韓昌黎文集校注》）

貞元十一年九月，愈如東京，道出田橫墓下，感橫義高能得士，因取酒以祭，爲文而弔之。其辭曰：

事有曠百世而相感者，余不自知其何心。非今世之所稀，孰爲使余嘘唏而不可禁？余既博觀乎天下，曷有庶幾乎夫子之所爲？死者不復生，嗟余去此其從誰？當秦氏之敗亂，得一士而可王，何五百人之擾擾，而不能脫夫子於劍鋩？抑所寶之非賢，亦天命之有常？昔闕里之多士，孔聖亦云其遑遑；苟余行之不迷，雖顛沛其何傷。自古死者非一，夫子至今有耿光。跽陳辭而薦酒，魂髣髴而來享。

上海古籍出版社版《韓昌黎文集校注》第五卷

○東京：唐以洛陽爲東京。○"當秦氏"二句：《史記·秦始皇本紀》："（秦二世元年）七月，戍卒陳勝等反故荆地，爲'張楚'，勝自立爲楚王……山東郡縣少年苦秦吏，皆殺其守尉令丞反，以應陳涉，相立爲侯王，合從西鄉，名爲伐秦，不可勝數也。"○擾擾：《國語·晉語六》："唯有諸侯，故擾擾焉。"○"昔闕里"句：闕里，《漢書·梅福傳》："今仲尼之廟不出闕里"顔師古注："闕里，孔子舊里也。"《孔子家語·七十二弟子解》："顔繇，顔回父，字季路，孔子始教學於闕里，而受學。"顧炎武《日知錄·闕里》："《史記·魯世家》：'煬公築茅闕門。'蓋闕門之下，其里即名闕里，而夫子之宅在焉。"其地在今山東省曲阜市。多士：語出《詩經·大雅·文王》："濟濟多士，文王以寧。"此處指孔子門徒眾多。○"孔聖"句：《孟子·滕文公下》："孔子三月無君，則皇皇如也。"皇皇通遑遑。○"苟余行"二句：《楚辭·離騷》："苟余情其信姱以練要兮，長顑頷亦何傷。"《九章·涉江》："苟余心之端直兮，雖僻遠之何傷。"此處即化用楚辭成句。○耿光：《書·立政》："以覲文王之耿光。"孔傳："能使四夷賓服，所以見祖之光明。"○跽：《說文》："跽，長跪也。"

【附】

送李愿歸盤谷序

太行之陽有盤谷。盤谷之間，泉甘而土肥，草木藂茂，居民鮮少。或曰：謂其環兩山之間，故曰"盤"；或曰：是谷也，宅幽而勢阻，隱者之所盤旋。友人李愿居之。

愿之言曰："人之稱大丈夫者，我知之矣。利澤施於人，名聲昭於時。坐於廟朝，進退百官，而佐天子出令。其在外，則樹旗旄，羅弓矢，武夫前呵，從者塞途，供給之人，各執其物，夾道而疾馳。喜有賞，怒有刑。才畯滿前，道古今而譽盛德，入耳而不煩。曲眉豐頰，清聲而便體，秀外而惠中，飄輕裾，翳長袖，粉白黛綠者，列屋而閑居，妬寵而負恃，爭妍而取憐。大丈夫之遇知於天子，用力於當世者之所爲也。吾非惡此而逃之，是有命焉，不可幸而致也。窮居而野處，升高而望遠，坐茂樹以終日，濯清泉以自潔。采於山，美可茹；釣於水，鮮可食。起居無時，惟適之安。與其有譽於前，孰若無毀於其後；與其有樂於身，孰若無憂於其心。車服不維，刀鋸不加，理亂不知，黜陟不聞。大丈夫不遇於時者之所爲也，我則行之。伺候於公卿之門，奔走於形勢之途，足將進而趑趄，口將言而囁嚅，處穢汙而不羞，觸刑辟而誅戮，徼倖於萬一，老死而後止者，其於爲人賢不肖何如也？"

昌黎韓愈聞其言而壯之，與之酒而爲之歌曰："盤之中，維子之宮；盤之土，維子之稼；盤之泉，可濯可沿；盤之阻，誰爭子所？窈而深，廓其有容；繚而曲，如往而復。嗟盤之樂兮，樂且無央！虎豹遠迹兮，蛟龍遁藏；鬼神守護兮，呵禁不祥。飲且食兮壽而康，無不足兮奚所望？膏吾車兮秣吾馬，從子於盤兮，終吾生以徜徉。"

試大理評事王君墓誌銘

君諱適，姓王氏。好讀書，懷奇負氣，不肯隨人後舉選。見功業有道路可指取，有名節可以戾契致，困於無資地，不能自出，乃以干諸公貴人，借助聲勢。諸公貴人既志得，皆樂熟軟媚耳目者，不喜聞生語，一見輒戒門以絕。上初即位，以四科募天下士。君笑曰："此非吾時邪？"即提所作書，緣道歌吟，趨直言試。既至，對語驚人，不中第，益困。

久之，聞金吾李將軍年少喜士，可撼。乃蹐門告曰："天下奇男子王適願見將軍白事。"一見語合意，往來門下。盧從史既節度昭義軍，張甚，奴視法度士，欲聞無顧忌大語；有以君生平告者，即遣客鉤致。君曰："狂子不足以共事。"立謝客。李將軍由是待益厚，奏為其衛胄曹參軍，充引駕仗判官，盡用其言。將軍遷帥鳳翔，君隨往。改試大理評事，攝監察御史，觀察判官。櫛垢爬癢，民獲蘇醒。

居歲餘，如有所不樂。一旦載妻子入閿鄉南山不顧。中書舍人王涯、獨孤郁，史部郎中張惟素，比部郎中韓愈日發書問訊，顧不可強起，不即薦。明年九月，疾病，輿醫京師，其月某日卒，年四十四。十一月某日，即葬京城西南長安縣界中。曾祖爽，洪州武寧令；祖微，右衛騎曹參軍；父嵩，蘇州崑山丞。妻上谷侯氏處士高女。

高固奇士，自方阿衡、太師，世莫能用吾言，再試吏，再怒去，發狂投江水。初，處士將嫁其女，懲曰："吾以齟齬窮，一女憐之，必嫁官人，不以與凡子。"君曰："吾求婦氏久矣，唯此翁可人意；且聞其女賢，不可以失。"即謾謂媒嫗："吾明經及第，且選，即官人。侯翁女幸嫁，若能令翁許我，請進百金為嫗謝。"諾許，白翁。翁曰："誠官人邪？取文書來！"君計窮吐實。嫗曰："無苦，翁大人，不疑人欺我，得一卷書粗若告身者，我袖以往，翁見，未必取視，幸而聽我。"行其謀。翁望見文書銜袖，果信不疑，曰："足矣！"以女與王氏。生三子，一男二女。男三歲夭死，長女嫁亳州永城尉姚挺，其季始十歲。銘曰：

鼎也不可以柱車，馬也不可使守閭。佩玉長裾，不利走趨。祇繫其逢，不繫巧愚。不諧其須，有銜不祛。鑽石埋辭，以列幽墟。

柳子厚墓誌銘

子厚諱宗元。七世祖慶爲拓跋魏侍中，封濟陰公。曾伯祖奭爲唐宰相，與褚遂良、韓瑗俱得罪武后，死高宗朝。皇考諱鎮，以事母棄太常博士，求爲縣令江南。其後以不能媚權貴失御史；權貴人死，乃復拜侍御史。號爲剛直，所與游皆當世名人。

子厚少精敏，無不通達。逮其父時，雖少年，已自成人，能取進士第，嶄然見頭角，眾謂柳氏有子矣。其後以博學宏詞授集賢殿正字。雋傑廉悍，議論證據今古，出入經史百子，踔厲風發，率常屈其座人。名聲大振，一時皆慕與之交，諸公要人爭欲令出我門下，交口薦譽之。

貞元十九年，由藍田尉拜監察御史。順宗即位，拜禮部員外郎。遇用事者得罪，例出爲刺史；未至，又例貶永州司馬。居閒，益自刻苦，務記覽，爲詞章，泛濫停蓄，爲深博無涯涘，而自肆於山水間。元和中，嘗例召至京師，又偕出爲刺史，而子厚得柳州。既至，歎曰："是豈不足爲政邪！"因其土俗，爲設教禁，州人順賴。其俗以男女質錢，約：不時贖，子本相侔，則沒爲奴婢。子厚與設方計，悉令贖歸；其尤貧力不能者，令書其傭，足相當，則使歸其質。觀察使下其法於他州，比一歲，免而歸者且千人。衡湘以南爲進士者，皆以子厚爲師；其經承子厚口講指畫爲文詞者，悉有法度可觀。

其召至京師而復爲刺史也，中山劉夢得禹錫亦在遣中，當詣播州。子厚泣曰："播州非人所居，而夢得親在堂。吾不忍夢得之窮，無辭以白其大人;且萬無母子俱往理。"請於朝,將拜疏,願以柳易播,雖重得罪,死不恨。遇有以夢得事白上者,夢得於是改刺連州。嗚呼!士窮乃見節義!今夫平居里巷相慕悅,酒食游戲相徵逐,詡詡強笑語以相取下,握手出肺肝相示,指天日涕泣,誓生死不相背負,真若可信;一旦臨小利害,僅如毛髮比,反眼若不相識,落陷阱,不一引手救,反擠之,又下石焉者,皆是也。此宜禽獸夷狄所不忍爲,而其人自視以爲得計。聞子厚之風,亦可以少愧矣!

子厚前時少年,勇於爲人,不自貴重顧藉,謂功業可立就,故坐廢退;既退,又無相知有氣力得位者推挽,故卒死於窮裔。材不爲世用,道不行於時也。使子厚在臺省時,自持其身已能如司馬刺史時,亦自不斥;斥時,有人力能舉之,且必復用不窮。然子厚斥不久,窮不極,雖有出於人,其文學辭章,必不能自力以致必傳於後如今,無疑也。雖使子厚得所願,爲將相於一時,以彼易此,孰得孰失,必有能辨之者。

子厚以元和十四年十一月八日卒,年四十七。以十五年七月十日歸葬萬年先人墓側。子厚有子男二人,長曰周六,始四歲;季曰周七,子厚卒乃生。女子二人,皆幼。其得歸葬也,費皆出觀察使河東裴君行立。行立有節概,重然諾,與子厚結交,子厚亦爲之盡,竟賴其力。葬子厚於萬年之墓者,舅弟盧遵。遵,涿人,性謹慎,學問不厭。自子厚之斥,遵從而家焉,逮其死不去。既往葬子厚,又將經紀其家,庶幾有始終者。銘曰:

是惟子厚之室,既固既安,以利其嗣人。

| 輯　錄 |

一、韓愈論文

◎《題歐陽生哀辭後》:愈之爲古文,豈獨取其句讀不類於今者邪?思古人而不得見,學古道則欲兼通其辭。通其辭者,本志乎古道者也。

◎《送孟東野序》:大凡物不得其平則鳴;草木之無聲,風撓之鳴;水之無聲,風蕩之鳴。其躍也或激之，其趨也或梗之，其沸也或炙之。金石之無聲，或擊之鳴。人之於言也亦然，有不得已者而後言，其歌也有思，其哭也有懷，凡出乎口而爲聲者，其皆有弗平者乎！

◎《荊潭唱和詩序》：夫和平之音淡薄，而愁思之聲要妙；讙愉之辭難工，而窮苦之言易好也。是故文章之作，恒發於羈旅草野。至若王公貴人，氣滿志得，非性能而好之，則不暇以爲。

◎《答李翊書》：將蘄至於古之立言者，則無望其速成，無誘於勢利，養其根而竢其實，加其膏而希其光。根之茂者其實遂，膏之沃者其光曄，仁義之人，其言藹如也。

◎又：惟陳言之務去，戛戛乎其難哉。

◎又：氣，水也；言，浮物也。水大而物之浮者大小畢浮。氣之與言猶是也，氣盛則言之短長與聲之高下者皆宜。

◎《送窮文》：不專一能，怪怪奇奇。

二、韓文藝術

◎蘇洵《上歐陽內翰第一書》：韓子之文，如長江大河，渾浩流轉，魚黿蛟龍，萬怪惶惑，而抑遏蔽掩，不使自露，而人望見其淵然之光，蒼然之色，亦自畏避不敢迫視。

◎蘇軾《書吳道子畫後》：詩至於杜子美，文至於韓退之，書至於顏魯公，畫至於吳道子，而古今之變，天下之能事畢矣。

◎朱熹《韓文考異序》：抑韓子爲文，雖以力去陳言爲務，而又必以文從字順各識其責爲貴。

◎李塗《文章精義》：退之諸墓誌，一人一樣，絕妙。

◎又：退之誌樊紹述，其文似樊紹述；誌子厚，其文似子厚。春蠶作繭，見物即成性，極巧。

◎俞文豹《吹劍錄》：韓文公、荊公，皆好孟子，皆好辯。

◎劉大櫆《論文偶記》：文貴變，《易》曰："虎變文柄，豹變文蔚。"又曰："物相雜，故曰文。"故文者，變之謂也。一集之中篇篇變，一段之中句句變，神變，氣變，境變，音節變，字句變，惟昌黎能之。

◎林紓《韓柳文研究法·韓文研究法》：與書一體，漢人多求詳盡，如司馬遷之報任少卿、李陵之答蘇武是也。六朝人則簡貴，不多說話。……獨昌黎與人書則因人而變其詞，有陳乞者，有抒憤罵世而吞咽者，有自明氣節者，有講道論德者，有解釋文字，爲人導師者。一篇之成，必有一篇之結構，未嘗有信手揮灑之文字，熟讀不已，可悟無數法門。

三、韓文之地位與影響

◎李翱《韓公行狀》：後進之士，其有志於古文者，莫不視公以爲法。

◎蘇軾《潮州韓文公廟碑》：匹夫而爲百世師，一言而爲天下法。是皆有以參天地之化，關盛衰之運。……自東漢以來，道喪文弊，異端並起，歷唐貞觀、開元之盛，輔以房、杜、姚、宋而不能救。獨韓文公起布衣，談笑而麾之，天下靡然從公，復歸於正，蓋三百年於此矣。文起八代之衰，而道濟天下之溺，忠犯人主之怒，而勇奪三軍之帥。豈非參天地，關盛衰，浩然而獨存者乎！

◎劉開《與阮芸臺宮保論文書》（《孟塗文集》卷四）：夫退之起八代之衰，非盡掃八代而去之也，但取其精而汰其粗，化其腐而出其奇。其實八代之美，退之未嘗不備有也。

◎劉熙載《藝概·文概》：韓文起八代之衰，實集八代之成。蓋惟善用古者能變古，以無所不包，故能無所不掃也。

參考書目

《韓昌黎文集校注》，馬其昶校注，馬茂元整理，上海古籍出版社1986年版。

《韓愈文集彙校箋注》，劉真倫、岳珍校注，中華書局2010年版。

思考題

1. 韓愈自言"氣盛則言之短長與聲之高下者皆宜"，此"氣"與孟子"養氣說"有無關聯？在韓文創作中是如何體現這一理論的？請舉例說明。

2. 前人每以爲韓文類《孟子》，爲什麼？試以作品爲例論述之。
3. 試論韓愈碑誌的新變。
4. 以《原道》爲例，論韓愈議論文的個性特點。
5. 舉例說明韓文的抒情特色。
6. 仿作贈序一篇（二百字左右）。

第四節　柳宗元

柳宗元（773—819）

傳略見"隋唐五代文學"第一章第十節。

桐葉封弟辯

【題解】《呂氏春秋·審應覽·重言》："成王與唐叔虞燕居，援梧葉以爲珪而授唐叔虞曰：'余以此封女（汝）。'叔虞喜，以告周公。周公以請曰：'天子其封虞邪？'成王曰：'余一人與虞戲也。'周公對曰：'臣聞之，天子無戲言，天子言則史書之，工誦之，士稱之。'於是遂封叔虞於晉。"《史記·晉世家》："晉唐叔虞者，周武王子而成王弟。……成王與叔虞戲，削桐葉爲珪以與叔虞，曰：'以此封若。'史佚因請擇日立叔虞。成王曰：'吾與之戲耳。'史佚曰：'天子無戲言。言則史書之，禮成之，樂歌之。'於是遂封叔虞於唐。"吳楚材、吳調侯評曰："前幅連設數層翻駁，後幅連下數層斷案，俱以理勝，非尚口舌便便也。讀之反復重疊愈不厭，如眺層巒，但見蒼翠。"（《古文觀止》卷九）

古之傳者有言，成王以桐葉與小弱弟，戲曰："以封汝。"周公入賀。

王曰："戲也。"周公曰："天子不可戲。"乃封小弱弟於唐。

吾意不然。王之弟當封耶？周公宜以時言於王，不待其戲而賀以成之也；不當封耶？周公乃成其不中之戲，以地以人與小弱者爲之主，其得爲聖乎？且周公以王之言，不可苟焉而已，必從而成之耶？設有不幸，王以桐葉戲婦寺，亦將舉而從之乎？凡王者之德，在行之何若。設未得其當，雖十易之不爲病；要於其當，不可使易也，而況以其戲乎？若戲而必行之，是周公教王遂過也。

吾意周公輔成王，宜以道，從容優樂，要歸之大中而已，必不逢其失而爲之辭。又不當束縛之，馳驟之，使若牛馬然，急則敗矣。且家人父子尚不能以此自克，況號爲君臣者耶？是直小丈夫缺缺者之事，非周公所宜用，故不可信。

或曰：封唐叔，史佚成之。

中華書局版《柳宗元集》卷四

〇唐：其地所在諸說不一。《史記·晉世家》："唐在河、汾之東，方百里。"據此，張守節《正義》以爲在晉州平陽縣（今山西臨汾西南），顧炎武《日知錄》卷三一認爲在翼城（今屬山西）。又《漢書·地理志》"太原郡晉陽縣"原注："故《詩》唐國，周成王滅唐，封弟叔虞。"晉陽在今山西省太原市西南。〇婦寺：《詩經·大雅·瞻卬》："時維婦寺。"毛傳："寺，近也。"《周禮·天官·寺人》："寺之言侍也。"〇遂過：《國語·周語下》："如是，而鑄之金，磨之石，繫之絲木，越之匏竹，節之鼓而行之，以遂八風。"韋昭注："遂，順也。"《孟子·公孫丑下》："古之君子，過則改之。今之君子，過則順之。"〇大中：《易·大有·彖》："柔得尊位大中，而上下應之，曰大有。"王弼注："處尊以柔，居中以大。"後因以大中指無過無不及的中正之道。柳宗元以"大中之道"爲其政治理想，故此概念屢見於柳集中，如"旁羅列以交貫兮，求大中之所宜"（《懲咎賦》）；"立大中，去大惑，捨是而曰聖人之道，吾未信也。"（《時令論下》）；"守大中以動乎外而不變乎內"(《說車贈楊誨之》)。〇"必不逢其失"句：《孟子·告子下》："逢君之惡其罪大。"《公孫丑下》："今之君子豈徒順之，又從爲之辭。"〇"是直小丈夫"句：《孟子·公孫丑下》："予豈若是小丈夫然哉？"缺缺，即缺缺，《老子》五十八章："其政察察，其民缺缺。"蔣錫昌《老子校詁》："缺缺，機詐滿面貌。"〇史佚：《左傳·僖公十五年》"且史佚有言"杜注："史佚，周武王時太史，名佚。"

愚溪詩序

【題解】 作者《與楊誨之書》云："方築愚溪東南爲室，耕野田，圃堂下，以詠至理。"《輿地紀勝》卷五六："永州：愚溪在州西一里，水色藍，謂之染水，或曰冉氏嘗居於此，故名冉溪，又曰染溪，柳子厚更名曰愚溪。"本文乃爲《八愚詩》所作之序（原詩已佚），何焯曰："詞意殊怨憤不遜，然不露一迹。"（《義門讀書記》卷三十六）

灌水之陽有溪焉，東流入於瀟水。或曰：冉氏嘗居也，故姓是溪爲冉溪。或曰：可以染也，名之以其能，故謂之染溪。余以愚觸罪，謫瀟水上，愛是溪，入二三里，得其尤絕者家焉。古有愚公谷，今予家是溪，而名莫定，土之居者猶齗齗然，不可以不更也，故更之爲愚溪。

愚溪之上，買小丘爲愚丘。自愚丘東北行六十步，得泉焉，又買居之爲愚泉。愚泉凡六穴，皆出山下平地，蓋上出也。合流屈曲而南，爲愚溝。遂負土累石，塞其隘爲愚池。愚池之東爲愚堂，其南爲愚亭，池之中爲愚島，嘉木異石錯置，皆山水之奇者，以余故，咸以愚辱焉。

夫水，智者樂也。今是溪獨見辱於愚，何哉？蓋其流甚下，不可以溉灌；又峻急，多坻石，大舟不可入也；幽邃淺狹，蛟龍不屑，不能興雲雨。無以利世，而適類於余，然則雖辱而愚之，可也。甯武子"邦無道則愚"，智而爲愚者也；顏子"終日不違如愚"，睿而爲愚者也，皆不得爲真愚。今余遭有道，而違於理，悖於事，故凡爲愚者莫我若也。夫然，則天下莫能爭是溪，余得專而名焉。

溪雖莫利於世，而善鑒萬類，清瑩秀澈，鏘鳴金石，能使愚者喜笑眷慕，樂而不能去也。余雖不合於俗，亦頗以文墨自慰，漱滌萬物，牢籠百態，而無所避之。以愚辭歌愚溪，則茫然而不違，昏然而同歸，超鴻蒙，混希夷，寂寥而莫我知也。於是作《八愚詩》，紀於溪石上。

中華書局版《柳宗元集》卷二十四

○灌水：孫汝聽注引羅含《湘中記》："有灌水有烝水，皆注湘。"《元和郡縣圖志》卷二九："江南道永州灌陽縣：灌水，在縣西南一百二里。"○瀟水：《讀史方輿紀要》卷八一"湖廣永州府・零陵縣"："瀟水，源出寧遠縣九疑山，流至道州東北三江口……又西北流至府城外，又北流至湘口，會於湘江。"○愚公谷：《說苑・政理篇》："齊桓公出獵，逐鹿而走入山谷中，見一老翁，而問之曰：'是爲何谷？'對曰：'爲愚公之谷。'桓公問其故，對曰：'以臣名之。'"○齗齗：《史記・魯周公世家》太史公曰："余聞孔子稱曰'甚矣魯道之衰也！洙泗之間齗齗如也'。"《集解》引徐廣曰："蓋幼者患苦長者，長者忿愧自守，故齗齗爭辯，所以爲道衰也。"○"夫水"二句：《論語・雍也》："子曰：知者樂水，仁者樂山。"○"甯武子"二句：《論語・公冶長》："子曰：甯武子，邦有道則知，邦無道則愚。其知可及也，其愚不可及也。"○"顏子"二句：《論語・爲政》："子曰：吾與回言終日，不違，如愚。退而省其私，亦足以發，回也不愚。"○鴻蒙：《莊子・在宥》："雲將東游，過扶搖之枝而適遭鴻蒙。"成玄英疏："鴻蒙，元氣也。"○希夷：《老子》十四章："視之不見名曰夷，聽之不聞名曰希。"

始得西山宴游記

【題解】《輿地紀勝》卷五六：“永州，西山在零陵縣西五里，柳子厚愛其勝境，有《西山宴游記》。”《大清一統志·湖南永州府》：“西山在零陵縣西。……《縣志》：在縣西隔河二里。自朝陽巖起，至黃茅嶺北，長亘數里，皆西山也。”其地在今湖南省永州市零陵區西湘江外二里。

自余爲僇人，居是州，恒惴慄。其隟也，則施施而行，漫漫而游。日與其徒上高山，入深林，窮迴溪，幽泉怪石，無遠不到。到則披草而坐，傾壺而醉。醉則更相枕以臥，臥而夢。意有所極，夢亦同趣。覺而起，起而歸。以爲凡是州之山水有異態者，皆我有也，而未始知西山之怪特。

今年九月二十八日，因坐法華西亭，望西山，始指異之。遂命僕人過湘江，緣染溪，斫榛莽，焚茅茷，窮山之高而止，攀援而登，箕踞而遨，則凡數州之土壤，皆在衽席之下。其高下之勢，岈然洼然，若垤若穴，尺寸千里，攢蹙累積，莫得遁隱。縈青繚白，外與天際，四望如一。然後知是山之特立，不與培塿爲類，悠悠乎與顥氣俱，而莫得其涯；洋洋乎與造物者游，而不知其所窮。引觴滿酌，頹然就醉，不知日之入。蒼然暮色，自遠而至，至無所見，而猶不欲歸。心凝形釋，與萬化冥合。然後知吾嚮之未始游，游於是乎始，故爲之文以志。是歲，元和四年也。

中華書局版《柳宗元集》卷二十九

○僇人：僇同戮，謂遭貶謫。僇人即戮民，《莊子·大宗師》：“丘，天之戮民也。”○惴慄：《詩經·秦風·黃鳥》：“惴惴其慄。”○隟：同隙。○施施：《詩經·王風·丘中有麻》：“將其來施施。”鄭箋：“施施，舒行。”○夢亦同趣：趣同趨，《漢書·王吉傳》：“竊見當世趨務不合於道者”顏師古注：“趣讀曰趨。趣，向也。”○法華西亭：柳宗元《永州法華寺新作西亭記》：“法華寺居永州，地最高。有僧曰覺照，照居寺西廡下。

廡之外有大竹數萬，又其外山形下絕。然而薪蒸篠蕩蒙雜擁蔽，吾意伐而除之，必將有見焉。……遂命僕人持刀斧，群而翦焉。叢莽下頹，萬類皆出，曠焉茫焉，天爲之益高，地爲之加闢……余時謫爲州司馬，官外乎常員，而心得無事。乃取官之祿秩，以爲其亭。"○湘江：《元和郡縣圖志》卷二九："永州零陵縣：湘水經州西十餘里。"○染溪：即愚溪，見《愚溪詩序》。○箕踞：《漢書·張耳傳》："高祖箕踞罵詈。"顏師古注："箕踞者，謂申兩脚其形如箕。"○"岈然"二句：《玉篇》："岭岈，山深之狀。"《說文》："垤，蟻封也。"○培塿：本作部婁。《左傳·襄公二十四年》："部婁無松柏"，杜預注："部婁，小阜。"應劭《風俗通·山澤·培》引《左傳》作"培塿"。○"洋洋"句：《詩經·陳風·衡門》："泌之洋洋，可以樂飢。"《莊子·大宗師》："彼方且與造物者爲人（爲偶意），而游乎天地之一氣。"

附：　　　　　　鶻　說

有鷙曰鶻者，穴於長安薦福浮圖有年矣。浮圖之人室宇於其下者，伺之甚熟，爲余說之曰："冬日之夕，是鶻也，必取鳥之盈握者完而致之，以燠其爪掌，左右而易之。旦則執而上浮圖之跂焉。縱之，延其首以望，極其所如往，必背而去焉。苟東矣，則是日也不東逐，南北西亦然。"

嗚呼！孰謂爪吻毛翮之物而不爲仁義器耶？是固無號位爵祿之欲，里閭親戚朋友之愛也，出乎殼卵，而知攫食決裂之事爾，不爲其他。凡食類之飢，唯旦爲甚，今忍而釋之，以有報也。是不亦卓然有立者乎？用其力而愛其死，以忘其飢，又遠而違之，非仁義之道耶？恒其道，一其志，不欺其心，斯固世之所難得也。

余又疾夫今之說曰：以煦煦而嘿，徐徐而俯者，善之徒；以翹翹而厲，炳炳而白者，暴之徒。今夫梟鵂，晦於晝而神於夜；鼠不穴寢廟，循牆而走，是不近於煦煦者耶？今夫鶻，其立趯然，其動砉然，其視的然，其鳴革然,是不近於翹翹者耶?由是而觀其所爲,則今之說爲未得也。孰若鶻者,吾願從之。毛耶翮耶,胡不我施?寂寥太清,樂以忘飢。

蝜蝂傳

蝜蝂者,善負小蟲也。行遇物,輒持取,卬其首負之。背愈重,雖困劇不止也。其背甚澀,物積因不散,卒躓仆不能起。人或憐之,爲去其負。苟能行,又持取如故。又好上高,極其力不已,至墜地死。

今世之嗜取者,遇貨不避,以厚其室,不知爲己累也,唯恐其不積。及其怠而躓也,黜棄之,遷徙之,亦以病矣。苟能起,又不艾。日思高其位,大其祿,而貪取滋甚,以近於危墜,觀前之死亡不知戒。雖其形魁然大者也,其名,人也,而智則小蟲也。亦足哀夫!

鈷鉧潭西小丘記

得西山後八日,尋山口西北道二百步,又得鈷鉧潭。潭西二十五步,當湍而浚者爲魚梁。梁之上有丘焉,生竹樹。其石之突怒偃蹇,負土而出,爭爲奇狀者,殆不可數。其嶔然相累而下者,若牛馬之飲於溪;其衝然角列而上者,若熊羆之登於山。丘之小不能一畝,可以籠而有之。問其主,曰:"唐氏之棄地,貨而不售。"問其價,曰:"止四百。"余憐而售之。李深源、元克己時同游,皆大喜,出自意外。即更取器用,鏟刈穢草,伐去惡木,烈火而焚之。嘉木立,美竹露,奇石顯。由其中以望,則山之高,雲之浮,溪之流,鳥獸之遨游,舉熙熙然迴巧獻技,以效茲丘之下。枕席而臥,則清泠之狀與目謀,瀯瀯之聲與耳謀,悠然而虛者與神謀,淵然而靜者與心謀。不匝旬而得異地者二,雖古好事之士,或未能至焉。

噫!以茲丘之勝,致之灃、鎬、鄠、杜,則貴游之士爭買者,日增千金而愈不可得。今棄是州也,農夫漁父過而陋之,賈四百,連歲不能售。

而我與深源、克己獨喜得之，是其果有遭乎！書於石，所以賀茲丘之遭也。

| 輯　錄 |

一、關於柳文

◎柳宗元《答韋中立論師道書》：始吾幼且少，爲文章，以辭爲工。及長，乃知文者以明道，是固不苟爲炳炳烺烺，務采色、誇聲音而以爲能也。……故吾每爲文章，未嘗敢以輕心掉之，懼其剽而不留也；未嘗敢以怠心易之，懼其馳而不嚴也；未嘗敢以昏氣出之，懼其昧沒而雜也；未嘗敢以矜氣作之，懼其偃蹇而驕也。抑之欲其奧，揚之欲其明，疏之欲其通，廉之欲其節，激而發之欲其清，固而存之欲其重，此吾所以羽翼夫道也。本之《書》以求其質，本之《詩》以求其恆，本之《禮》以求其宜，本之《春秋》以求其斷，本之《易》以求其動，此吾所以取道之原也。參之穀梁氏以厲其氣，參之孟、荀以暢其支，參之莊、老以肆其端，參之《國語》以博其趣，參之《離騷》以致其幽，參之太史公以著其潔，此吾所以旁推交通而以爲之文也。

◎李贄《藏書》卷三九：柳宗元文章識見議論，不與唐人班行者，《封建論》卓且絕矣。

◎孫梅《四六叢話》卷三二：自有四六以來，辭致縱橫，風調高騫，至徐庾極矣；筆力古勁，氣韻沉雄，至燕公極矣；驅使卷軸，詞華絢爛，至四傑極矣；意思精密，情文婉轉，至義山極矣。及宋歐蘇諸公，筆勢一變，創爲新逸，又或一道也。惟子厚晚而肆力古文，與昌黎角力起衰，垂法萬世。推其少時，實以詞章知名，詞科起家，其鎔鑄烹鍊，色色當行。蓋其筆力已具，非復雕蟲篆刻家數。然則有歐蘇之筆者必無四傑之才；有義山之工者必無燕公之健；沿及兩宋，又於徐庾風格去之遠矣。獨子厚以古文之筆而鑪韛於對仗聲偶間，天生斯人，使駢體古文合爲一家，明源流之無二致。嗚呼，豈可及也哉！

◎劉熙載《藝概·文概》：柳文如奇峰異嶂，層見疊出，所以致之者有四種筆法：突起、紆行、峭收、縵迴也。

◎又：柳州記山水，狀人物，論文章，無不形容盡致，其自命爲"牢籠百態"

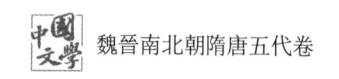

固宜。

◎李慈銘《越縵堂讀書記·八·文學》：子厚終身摧抑，見於文辭者，若不勝其哀怨。

◎林紓《畏廬續集》：子厚之文，古麗奇峭，似六朝而實非六朝。由精於小學，每下一字必有根據。體物既工，造語尤古。讀之令人如在鬱林、陽朔間，奇情異采，匪特不易學，而亦不能學。

◎張敦頤《韓柳音釋序》：柳文簡古不易校，其用字奧僻或難曉。

二、韓柳比較

◎呂本中《童蒙詩訓》：韓退之文渾大廣遠難窺測，柳子厚文分明見規模次第。

◎陳繹曾《文筌·古文矜式》：韓退之敘事、議論、辭令無不善者，出入百家，變化古今，無不備矣，文中之聖者也；柳子厚敘事、議論無不善者，取古人之精華，中當時之體制，酌古準今，自是一家，比退之微方耳。

◎茅坤《唐宋八大家文鈔》卷首：吾嘗論韓文如大將指揮，堂堂正正，而分合變化，不可端倪；柳則偏裨銳師，驍勇突擊，囊沙背水，出奇制勝，而刁斗仍自森嚴。韓如五岳四瀆，奠乾坤而涵萬類；柳則峨眉天姥，孤峰矗雲，飛流噴雪，雖無生物之功，自是宇宙洞天福地。其並稱千古，豈虛也哉！

◎王文祿《文脈》卷一：學稱孟荀，文稱韓柳。韓發孟，柳類荀。孟、韓氣昌而理顯，荀、柳氣澀而理晦。

◎劉熙載《藝概·文概》：昌黎之文如水，柳州之文如山。"浩乎""沛然"，"曠如""奧如"，二公殆各有會心。

◎陳衍《石遺室論文》卷四：（昌黎）文之工者：第一傳狀碑誌，第二贈序，第三雜記，第四序跋，第五乃書說論辨。柳文人皆以雜記爲第一。

思考題

1. 試論柳宗元山水游記的藝術個性。
2. 閱讀《蝜蝂傳》，思考其與傳統史傳文的區別。
3. 明人王文祿認爲"韓發孟，柳類荀"，試以韓柳論說文爲例談談你的看法。

4. 結合作品討論韓柳古文藝術風格的差異。

第五節　中晚唐古文

李　翱（約773—836）

《新唐書·李翱傳》：李翱字習之，中進士第，始調校書郎，累遷，元和初，爲國子博士、史館修撰。再遷考功員外郎。初，諫議大夫李景儉表翱自代。景儉斥，翱下除朗州刺史。久之，召爲禮部郎中。翱性峭鯁，論議無所屈，仕不得顯官，怫鬱無所發，見宰相李逢吉，面斥其過失，逢吉詭不校。有司白免官，逢吉更表爲廬州刺史。入爲諫議大夫，知制誥，改中書舍人。後歷遷桂管、湖南觀察使，山南東道節度使，卒。翱始從昌黎韓愈爲文章，辭致渾厚，見推當時，故有司亦謚曰文。

題燕太子丹傳後

【題解】燕太子丹，燕王喜長子。《史記》無專傳，事見《史記·燕召公世家》："燕見秦且滅六國，秦兵臨易水，禍且至燕。太子丹陰養壯士二十人，使荆軻獻督亢地圖於秦，因襲刺秦王。秦王覺，殺軻，使將軍王翦擊燕。二十九年，秦攻拔我薊，燕王亡，徙居遼東，斬丹以獻秦。……三十三年，秦拔遼東，虜燕王喜，卒滅燕。"《隋書·經籍志》、《舊唐書·經籍志》"小說家"著錄《燕丹子》，本篇所云疑即此書。本文雖爲序跋，但筆意飛鶱，於短章中極轉折頓挫之勢。

荆軻感燕丹之義，函匕首入秦劫始皇，將以存燕霸諸侯。事雖不成，然亦壯士也。惜其智謀不足以知變識機。始皇之道，異於齊桓，曹沫功成，荊軻殺身，其所遭者然也。及欲促檻車駕秦王以如燕，童子婦人且明其不能，而軻行之，其弗就也非不幸。燕丹之心，苟可以報秦，雖舉燕國猶不顧，況美人哉？軻不曉而當之，陋矣。

《四部叢刊》本《李文公集》卷五

○"始皇之道"五句：《史記·刺客列傳》："曹沫者，魯人也……爲魯將，與齊戰，三敗北。魯莊公懼，乃獻遂邑之地以和。……齊桓公許與魯會於柯而盟。桓公與莊公既盟於壇上，曹沫執匕首劫齊桓公……桓公乃許盡歸魯之侵地。"同傳載燕太子丹謂荊軻曰："誠得劫秦王，使悉反諸侯侵地，若曹沫之與齊桓公，則大善矣。"又載荊軻臨死箕踞以罵："事所以不成者，以欲生劫之，必得約契以報太子也。"○及欲促檻車駕秦王以如燕：今本《燕丹子》不載此事，未知所本。○"燕丹之心"四句：《史記·刺客列傳》："燕太子丹者，故嘗質於趙，而秦王政生於趙，其少時與丹驩。及政立爲秦王，而丹質於秦。秦王之遇燕太子丹不善，故丹怨而亡歸，歸而求爲報秦國者。""（太子丹）尊荊卿爲上卿，舍上舍。太子日造門下，供太牢具，異物間進，車騎美女恣荊軻所欲，以順適其意。"《燕丹子》卷下："太子爲置酒華陽之臺。酒中，太子出美人能琴者。軻曰：'好手琴者！'太子即進之。軻曰：'但愛其手耳。'太子即斷其手，盛以玉槃奉之。"

輯 錄

◎《四庫全書總目》卷一百五十：翺爲韓愈之姪婿，故其學皆出於愈。……自稱高愍女、楊烈婦傳，不在班固、蔡邕下，其自許稍過。……故才與學雖皆遜愈，不能鎔鑄百氏皆如己出，而立言具有根柢。大抵溫厚和平，俯仰中度，不似李觀、劉蛻諸人有矜心作意之態。

◎陳衍《石遺室論文》卷四：李文純正不矜奇，而讀之時時令人動色，自不平衍。

皮日休（約834—約883）

《唐才子傳》卷八：日休，字襲美，一字逸少，襄陽人也。隱居鹿門山，性嗜酒，癖詩，號"醉吟先生"，又自稱"醉士"；且傲誕，又號"間氣布衣"，言己天地之間氣也。以文章自負，尤善箴銘。咸通八年，禮部侍郎鄭愚下及第，爲著作郎，遷太常博士。時值末年，虎狼放縱，百姓手足無措，上下所行，皆大亂之道，遂作《鹿門隱書》六十篇，多譏切謬政。日休性沖泊無營，臨難不懼。乾符喪亂，東出關，爲毗陵副使，陷巢賊中，巢惜其才，授以翰林學士，日休惶恐踢跼，欲死未能，劫令作讖文以惑衆，曰："欲知聖人姓，田八二十一；欲知聖人名，果頭三屈律。"賊疑其裏恨，必譏己，遂殺之。臨刑神色自若，無知不知皆痛惋也。日休在鄉里，與陸龜蒙交擬金蘭，日相贈和。

案：皮日休，兩唐書無傳。出身寒微，咸通八年（867）進士及第。十年入蘇州刺史崔璞幕，與陸龜蒙結交酬唱。回京後任太常博士。乾符二年（875）又到吳郡，爲毗陵副使。五年，黃巢義軍攻克杭州、越州，皮日休參加義軍。廣明元年（880）義軍入長安，黃巢稱帝，以皮日休爲翰林學士。日休之死有因作讖語爲黃巢所殺、巢敗後爲唐軍所誅、依吳越錢鏐而終數說。

讀《司馬法》

【題解】《史記·司馬穰苴列傳》："齊威王使大夫追論古者司馬兵法，而附穰苴於其中，因號曰《司馬穰苴兵法》。"《漢書·藝文志》"禮"類著錄《軍禮司馬法》百五十五篇。又"兵家"類曰："兵家者，蓋出古司馬之職，王官之武備也。……下及湯武受命，以師克亂而濟百姓，勤之以仁義，行之以禮讓，《司馬法》是其遺事也。"據此則兵書均可稱司馬法。本篇所云《司馬法》疑即泛指而非專稱。

古之取天下也以民心，今之取天下也以民命。

唐、虞尚仁，天下之民從而帝之，不曰取天下以民心者乎？漢、魏尚權，驅赤子於利刃之下，爭寸土於百戰之内。由士爲諸侯，由諸侯爲天子，非兵不能威，非戰不能服，不曰取天下以民命者乎？

由是編之爲術，術愈精而殺人愈多，法益切而害物益甚。嗚呼！其亦不仁矣！

蚩蚩之類，不敢惜死者，上懼乎刑，次貪乎賞。民之於君，由子也，何異乎父欲殺其子，先絀以威，後啗以利哉！

孟子曰："'我善爲陣，我善爲戰'，大罪也。"使後之士於民有是者，雖不得土，吾以爲猶土焉。

中華書局版《皮子文藪》卷七

○編之爲術：指編爲兵法一類著作。○蚩蚩：《詩經·衛風·氓》："氓之蚩蚩。"毛傳："氓，民也。蚩蚩者，敦厚之貌。"○由子也：由通猶。○"我善爲陣"三句：見《孟子·盡心下》。○士：通仕。

【附·晚唐小品文】

皮日休（約834—約883）

鹿門隱書（四則）

古之官人也，以天下爲己累，故己憂之。今之官人也，以己爲天下累，故人憂之。……

嗚呼！才望顯於時者，殆哉。一君子愛之，百小人妒之。一愛固不勝於百妒，其爲進也，難。

古之殺人也，怒。今之殺人也，笑。

古之置吏也，將以逐盜。今之置吏也，將以爲盜。

羅　　隱（833—909）
傳略見"隋唐五代文學"第一章第十二節。

英雄之言

物之所以有韜晦者，防乎盜也。故人亦然。夫盜亦人也，冠履焉，衣服焉。其所以異者，退遜之心、正廉之節，不常其性耳。視玉帛而取之者，則曰牽於寒餓；視家國而取之者，則曰救彼塗炭。牽於寒餓者，無得而言矣；救彼塗炭者，則宜以百姓心爲心，而西劉則曰"居宜如是"，楚籍則曰"可取而代"。意彼未必無退遜之心、正廉之節，蓋以視其靡曼驕崇，然後生其謀耳。爲英雄者猶若是，況常人乎？是以峻宇逸游，不爲人所窺者，鮮也。

| 輯　　錄 |

◎方回《羅詔諫讒書跋》：《讒書》乃憤悶不平之言，不遇於當世而無所以泄其怒之所作。

◎魯迅《小品文的危機》：唐末詩風衰落，而小品放了光輝。但羅隱的《讒書》幾乎全部是抗爭和憤激之談；皮日休和陸龜蒙自以爲隱士，別人也稱之爲隱士，而看他們在《皮子文藪》和《笠澤叢書》中的小品文，並沒有忘記天下，正是一塌糊涂的泥塘裏的光彩和鋒鋩。

參考書目

《李文公集》,《四部叢刊》本。

《皮子文藪》,蕭滌非、鄭慶篤整理,中華書局 1959 年版。

思考題

1. 試論晚唐小品文的諷刺藝術。

2. 仿李翶《題燕太子丹傳後》,試作一段史論文字(二百字以內)。

第六節　中晚唐駢文

陸　贄（754—805）

《舊唐書·陸贄傳》:陸贄字敬輿,蘇州嘉興(今屬浙江)人。年十八登進士第,以博學宏詞登科,授華州鄭縣尉。又以書判拔萃,選授渭南縣主簿,遷監察御史。德宗在東宮時,素知贄名,乃召爲翰林學士,轉祠部員外郎。建中四年,朱泚謀逆,從駕幸奉天。時天下叛亂,機務填委,徵發指蹤,千端萬緒,一日之內,詔書數百。贄揮翰起草,思如泉注,初若不經思慮,即成之後,莫不曲盡事情,中於機會,胥吏簡札不暇,同舍皆伏其能。轉考功郎中,依前充職。嘗啓德宗曰:"今盜遍天下,輿駕播遷,陛下宜痛自引過,以感動人心。"德宗然之。故奉天所下書詔,雖武夫悍卒,無不揮涕感激,多贄所爲也。德宗還京,轉中書舍人,學士如故。贄爲朋黨所擠,同職害其能,加以言事激切,動失上之歡心,故久之不爲輔相。其於議論應對,明練理體,敷陳剖判,下筆如神,當時名流,無不推挹。(貞元)八年四月,以贄爲中書侍郎、門下同平章事。戶部侍郎、判度支裴延齡,奸宄用事,天下嫉之如仇,以得幸於天子,無敢言者,贄獨以身當之，累上疏極言其弊。延齡日加譖毀，十年十二月，除太子賓客，罷知政事。十一年春，旱，邊軍芻粟不給，延齡言贄與張滂、李充等搖動軍情，德宗怒，將誅贄等四人，會諫議大夫陽城等極言論奏，乃貶贄爲忠州別駕。順宗即位，與陽城、鄭餘慶同詔徵還。詔未至而贄卒，時年五十二，贈兵部尚書，諡曰宣。

奉天請罷瓊林大盈二庫狀（節選）

【題解】《舊唐書·德宗紀》："（建中四年）八月丁未，李希烈率衆三萬攻哥舒曜於襄城。……冬十月丙午，詔涇原節度使姚令言率涇原之師救哥舒曜。丁未，涇原軍出京城，至滻水，倒戈謀叛，姚令言不能禁。上令載繒綵二車，遣晉王往慰諭之，亂兵已陣於丹鳳闕下，促神策軍拒之，無一人至者。與太子諸王妃主百餘人出苑北門，右龍武軍使令狐建方教射於軍中，聞難，聚射士得四百人扈從。其夕至咸陽，飯數匕而過。戊申，至奉天。……亂兵既剽京城，屯於白華，乃於晉昌里迎朱泚爲帥，稱太尉，居含元殿。"《元和郡縣圖志》卷一："關內道京兆府奉天縣梁山：高宗天皇大帝乾陵所在，因名曰奉天。"其地即今陝西省乾縣。《資治通鑑·德宗興元元年》：春正月，"上於行宮廡下貯諸道貢獻之物，榜曰瓊林大盈庫。陸贄以爲戰守之功，賞賚未行，而遽私別庫，則士卒怨望，無復鬭志，上疏諫。……上即命去其榜"。狀，文體名，向上陳述意見或事實的文書。

右：臣聞作法於涼，其弊猶貪；作法於貪，弊將安救？示人以義，其患猶私；示人以私，患必難弭。故聖人之立教也，賤貨而尊讓，遠利而尚廉。天子不問有無，諸侯不言多少，百乘之室，不畜聚斂之臣。夫豈皆能忘其欲賄之心哉？誠懼賄之生人心而開禍端，傷風教而亂邦家耳。是以務鳩斂而厚其帑櫝之積者，匹夫之富也；務散發而收其兆庶之心者，天子之富也。天子所作，與天同方。生之長之，而不恃其爲；成之收之，而不私其有；付物以道，混然忘情。取之不爲貪，散之不爲費。以言乎體則博大，以言乎術則精微。亦何必撓廢公方，崇聚私貨，降至尊而代有司之守，辱萬乘以效匹夫之藏。虧法失人，誘姦聚怨，以斯制事，豈不過哉！

○右：凡進狀，先摘錄事由列於正文之前，故正文之首多冠一"右"字，以示文中所論即前列事件。○"作法於涼"四句：《左傳·昭公四年》載鄭子產作丘賦，渾罕曰："君子作法於涼，其弊猶貪；作法於貪，弊將若之何？"杜預注："涼，薄也。"○"天子不問"二句：《荀子·大略》："天子不言多少，諸侯不言利害。"○"百乘"二句：《禮記·大學》："百乘之家，不畜聚斂之臣。與其有聚斂之臣，寧有盜臣。此謂國不以利爲利，以義爲利也。"鄭玄注："百乘之家，有采地者也。"○鳩：《爾雅·釋詁》："鳩，聚也。"○"生之長之"四句：《老子》第十章："生而不有，爲而不恃，長而不宰，是謂元德。"○付物以道：謂任其自然。意本《老子》"道法自然"（二十五章）。○撓廢公方：《資治通鑒·德宗興元元年》節引此文，胡三省注："撓……屈曲也。方，法也。"○至尊：《儀禮·喪服·傳》："天子，至尊也。"○萬乘：《孟子·梁惠王上》："萬乘之國，弒其君者，必千乘之家。"趙岐注："萬乘謂天子也。"

夫國家作事，以公共爲心者，人必樂而從之；以私奉爲心者，人必咈而叛之。故燕昭築金臺，天下稱其賢；殷紂作玉杯，百代傳其惡。蓋爲人與爲己殊也。周文之囿百里，時患其尚小；齊宣之囿四十里，時病其太大。蓋同利與專利異也。爲人上者，當辨察茲理，灑濯其心，奉三無私，以壹有衆。人或不率，於是用刑。然則宜其利而禁其私，天子所恃以理天下之具也。捨此不務，而壅利行私，欲人無貪，不可得已。今茲二庫，珍幣所歸，不領度支，是行私也；不給經費，非宣利也。物情離怨，不亦宜乎！

○燕昭築金臺：見陳子昂《薊丘覽古贈盧居士藏用》注。○殷紂作玉杯：《韓非子·喻老》："昔者紂爲象箸而箕子怖，以爲象箸必不加於土鉶，必將犀玉之杯。象箸玉杯，必不羹菽藿，則必旄象豹胎。"○"周文"四句：《孟子·梁惠王下》："齊宣王問曰：文王之囿方七十里，有諸？……（孟子）曰：民猶以爲小也。曰：寡人之囿方四十里，民猶以爲大，何也？曰：文王之囿方七十里，芻蕘者往焉，雉兔者往焉，與民同之。民以爲小不亦宜乎？……臣聞郊關之內有囿方四十里，殺其麋鹿者如殺人之罪……民以爲大不亦宜乎？"文王囿百里之說見揚雄《羽獵賦》。○灑濯其心：《左傳·襄公二十一年》臧武仲曰："在上位者灑濯其心，壹以待人。"○"奉三無私"二句：《禮記·孔子閒居》："天無私覆，地無私載，日月無私照。奉斯三者以勞天下，此之謂三無私。"《書·大禹謨》："濟濟有衆。"○度支：掌理財賦的官職。唐尚書省戶部設度支郎中。安史亂後因軍費大增，又以宰相爲度支使。

智者因危而建安，明者矯失而成德。以陛下天姿英聖，倘加之見善必遷，是將化蓄怨爲銜恩，反過差爲至當。促殄遺孽，永垂鴻名，易如轉規，指顧可致。然事有未可知者，但在陛下行與否耳。能則安，否則危；能則成德，否則失道。此乃必定之理也，願陛下慎之惜之！

《四部叢刊》本《唐陸宣公集》卷十四

○見善必遷：《易·益·象傳》："君子以見善則遷，有過則改。"○轉規：《後漢書·馬援傳》朱勃詣闕上書曰："勢如轉規。"李賢注："規，員也。《孫子》曰：戰如轉員石於萬仞之山者，勢也。"

| 輯　錄 |

◎趙翼《廿二史劄記》卷二十：陸宣公奏議，雖亦不脫駢偶之習，而指切事情，纖微畢到，其氣又渾灝流轉，行乎其所不得不行，此豈可以駢偶少之！

◎劉熙載《藝概·文概》：陸宣公奏議，評以四字，曰：正實切事。

◎又：陸宣公奏議，妙能不同於賈生。賈生之言猶不見用，況德宗之量非文帝比，故激昂辯折有所難行，而紆餘委備可以巽入。且氣愈平婉，愈可將其意之沉切。故後世進言多學宣公一路，惟體制不必仍其排偶耳。

李商隱（約812—858）

傳略見"隋唐五代文學"第一章第十一節。

上河東公啓

【題解】 河東公，柳仲郢。《舊唐書·柳仲郢傳》："仲郢字諭蒙，元和十三年進士擢第……大中年轉梓州刺史、劍南東川節度使。"馮浩曰："仲郢辟商隱為判官。……河東，柳氏郡望也。仲郢後至咸通初封河東男。"（見《樊南文集詳注》，下同）李商隱入梓州柳仲郢幕，約在大中五年（851）秋冬季。此文即作於梓幕。

商隱啓：兩日前於張評事處伏睹手筆，兼評事傳指意，於樂籍中賜一人，以備紉補。某悼傷已來，光陰未幾。梧桐半死，纔有述哀；靈光獨存，且兼多病。眷言息胤，不暇提攜。或小於叔夜之男，或幼於伯喈之女。檢庾信荀娘之啓，常有酸辛；詠陶潛通子之詩，每嗟漂泊。

○張評事：名不詳。商隱有《為同州張評事潛謝辟并聘錢啓二首》，未知張潛與此文張評事是否一人。○樂籍：妓女之隸教坊者。○紉補：《禮記·內則》："衣裳綻裂，紉箴請補綴。"○"某悼傷以來"二句：馮浩曰："義山於大中五年喪妻王氏。"○梧桐半死：枚乘《七發》："龍門之桐，高百尺而無枝……其根半死半生。"○述哀：馮浩曰："《文選·江淹〈雜體詩〉》有潘黃門岳述哀，謂悼婦詩。"○靈光獨存：王延壽《魯靈光殿賦序》："自西京未央、建章之殿，皆見隳壞，而靈光巋然獨存。"○叔夜之男：《晉書·嵇康傳》："嵇康字叔夜。"嵇康《與山巨源絕交書》："男年八歲，未及成人。"○伯喈之女：《後漢書·蔡邕傳》："蔡邕字伯喈。"《藝文類聚·樂部》四引《蔡琰別傳》："琰字文姬，邕之女。年六歲，（邕）夜鼓琴弦斷，琰曰：第二弦。邕故斷一弦，琰曰：第四弦。"○庾信荀娘之啓：庾信有《謝趙王賚息苟娘絲布啓》稱"某息苟娘"。據《周書·庾信傳》，信子名立。倪璠注曰："苟娘豈立小字耶？"○陶潛通子之詩：陶淵明《責子》："通子垂九齡，但覓梨與栗。"

所賴因依德宇，馳驟府庭。方思效命旌旄，不敢載懷鄉土。錦茵象榻，石館金臺，入則陪奉光塵，出則揣摩鉛鈍。兼之早歲，志在玄門，及到此都，更敦夙契。自安衰薄，微得端倪。至於南國妖姬，叢臺妙妓，雖有涉於篇什，實不接於風流。

○因依德宇：《國語·晉語四》寺人勃鞮曰："今君之德宇何不寬裕也？"《晉書·陸玩傳》："（玩）所辟（掾屬）皆寒素有行之士……由是搢紳之徒莫不廕其德宇。"○馳驟府庭：謝朓《拜中軍記室辭隋王牋》："榮立府庭，恩加顏色。"○金臺：即黃金臺。見陳子昂《薊丘覽古贈盧居士藏用》注。○光塵：《三國志·吳書·陸遜傳》陸遜與關羽書曰："延慕光塵，思稟良規。"○揣摩鉛鈍：《戰國策·秦策一》："（蘇秦）得太公陰符之謀，伏而誦之，簡練以爲揣摩。"班固《答賓戲》："搦朽摩鈍，鉛刀皆能一斷。"○玄門：《老子》第一章："玄之又玄，衆妙之門。"○衰薄：禰衡《鸚鵡賦》："嗟祿命之衰薄。"○南國妖姬：曹植《雜詩》："南國有佳人，容華若桃李。"○叢臺妙妓：《文選·張衡〈東京賦〉》："楚築章華於前，趙建叢臺於後。"薛綜注："《史記》曰：趙武靈王起叢臺。"《水經注·濁漳水》："（牛首）水又東經叢臺南，六國時趙王之臺也。"《漢書·地理志》下："趙、中山……女子彈弦跕躧，游媚富貴，遍諸侯之後宮。"曹植《七啓》："才人妙妓，遺世越俗。"

況張懿仙本自無雙，曾來獨立。既從上將，又托英僚。汲縣勒銘，方依崔瑗；漢庭曳履，猶憶鄭崇。寧復河裏飛星，雲間墮月，窺西家之宋玉，恨東舍之王昌！誠出恩私，非所宜稱。伏惟克從至願，賜寢前言。使國人盡保展禽，酒肆不疑阮籍。則恩優之理，何以加焉？下冒尊嚴，伏用悼灼。謹啓。

上海古籍出版社版《樊南文集》卷四

○"張懿仙"句：張懿仙，所賜妓姓名。無雙，《古詩爲焦仲卿妻作》："精妙世無雙。"○獨立：《漢書·外戚傳》李延年歌曰："北方有佳人，絕世而獨立。"○"既從上將"六句：《後漢書·崔瑗傳》："遷汲令……爲人開稻田數百頃。視事七年，百姓歌之。"《北堂書鈔·政術部》十曰：瑗爲汲令，"吏民立碑，頌德紀迹"。《漢書·鄭崇傳》："哀帝擢爲尚書僕射，數求見諫諍，上初納用之。每見曳革履，上笑曰：'我識鄭尚書履聲。'"馮浩曰："汲縣頂英僚，漢庭頂上將，皆以喻其所歡。"○河裏飛星：《荆楚歲時記》："七月七日爲牽牛織女聚會之夜。傅玄《擬天問》云：七月七日，牽牛織女會天河，此則其事也。"○雲間墮月：謝靈運《東陽溪中贈答詩》："可憐誰家郎，緣流乘素舸。但問情若爲，月就雲中墮。"○窺西家之宋玉：《文選·宋玉〈登徒子好色賦〉》："臣東家之子……嫣然一笑，惑陽城，迷下蔡。然此女登牆窺臣三年，至今未許也。"○恨東舍之王昌：李商隱《代應》詩："誰與王昌報消息？"馮浩注："梁武帝《河中之水歌》：人生富貴何所望，恨不早嫁東家王。……《襄陽耆舊傳》：王昌字公伯，爲東平相、散騎常侍，早卒。婦任城王曹子文女。錢希言桐薪意其人身爲貴戚，出相東平，則姿儀俊美，爲世所共賞可知。按：王昌唐人習用，崔顥云'十五嫁王昌'，上官儀云'東家復是憶王昌'，必有事實，今無可考耳。"（《玉溪生詩集箋注》卷三）○國人盡保展禽：展禽，春秋時魯大夫，曾任士師（見《論語·微子》），因食邑柳下，謚惠，故稱柳下惠。《詩經·小雅·巷伯》毛傳："魯人有男子獨處於室，鄰之釐（嫠）婦又獨處於室。夜暴風雨至而室壞，婦人趨而托之，男子閉户而不納。婦人自牖與之言曰：……子何不若柳下惠然，嫗（《禮記·樂記》鄭玄注：'體曰嫗。'）不逮門之女，國人不稱其亂。"○酒肆不疑阮籍：《世說新語·任誕》："阮公鄰家婦有美色，當壚酤酒。阮與王安豐常從婦飲酒，阮醉，便眠其婦側。夫始殊疑之，伺察，終無他意。"

輯　錄

◎孫梅《四六叢話》卷二五：魏晉哀章，尤尊潘令；晚唐奠醊，最重樊南。潘情深而文之綺密尤工，李文麗而情之惻愴自見。

◎卷三二：徐庾以來，聲偶未備。王楊之作，才力太肆。沿及五代，不免靡弱，宋代作者，不無疏拙。惟樊南甲乙，則今體之金繩，章奏之玉律也。循諷終篇，其聲切無一字之聲屈，其抽對無一語之偏枯。才斂而不肆，體超而不空，學者捨是何從入乎！

參考書目

《唐陸宣公集》，《四部叢刊》本。

《樊南文集》，清馮浩詳注，錢振倫、錢振常箋注，上海古籍出版社1988年版。

《李商隱文編年校注》，劉學鍇、余恕誠著，中華書局2002年版。

思考題

1. 陸宣公奏議與賈誼的政論文在說理方法上有什麼不同？

2. 前人云"李文麗而情之惻愴自見"，請將李商隱的詩與文結合起來思考這一特點。

第三章

唐五代詞

概　說

　　詞是唐五代興起的一種合樂而歌的新體詩。當時習稱"曲"、"曲子"、"曲子詞"，後來才稱"詞"，別稱"倚聲"、"樂府"、"近體樂府"、"詩餘"、"長短句"等。

　　詞是音樂語言與文學語言結合的產物。古人大多認爲詞源於漢魏六朝樂府與唐代近體詩。事實上二者有重要區別。後者大多先成詩歌，再以樂曲配合；前者則先有曲調，再按其曲拍調譜來填製歌詞。詞的長短有固定格律，與樂府中句式長短自由的雜言體截然不同。詞與樂府詩的區別還在於詞所配合的是新興的音樂。隋唐時代，中國音樂發生了很大變化。由於政治、軍事、通商、傳教、文化交流等種種原因，少數民族音樂與外國音樂大量傳入中原地區，形成集南北、胡漢、雅俗、宗教世俗等各種音樂之大成的新樂，它們不僅流行於民間，而且進入上層社會和宮廷。曲式繁複變化多端，自然需要有短長錯落、抑揚婉轉的歌詞與之配合，這樣就有了嚴格意義上的詞。唐代城市經濟的發展，中外交流的頻繁，酒筵歌席的需要，也是曲子詞興起的重要社會原因。唐肅宗時崔令欽撰《教坊記》著錄玄宗時名曲、大曲三百二十四種，其中近八十種見於今存唐宋詞調中。這類詞調，多數不是從樂府或近體詩衍變來的。

　　唐代曲子詞最早流行於民間。敦煌曲子詞的發現，爲詞體起源於民間提供了直接的證據。在寫作時代較早的敦煌民間詞中，已經具有多樣而且比較完備的形式，其技巧雖不成熟，但年代遠在文人寫作之前。中晚唐時文人填詞之風日益盛行。中唐文人填詞者甚多，張志和、劉禹錫、白居易爲其中成績顯著者。但他們的主要成就還在詩，寫詞不過以餘力爲之。其詞無論意境、風格還是體段、句式，都與江南民歌和律絕相近，詞之爲體還有待於進一步成長壯大。進入晚唐，填詞的風氣更普遍，所用的詞調有所增加，詞的藝術日漸成熟。標誌着文人詞成熟的作家是溫庭筠。他才思敏捷，精通音律，生涯疏狂，出入酒樓妓館，逐弦吹之音，爲側豔之詞，成爲第一個大力作詞的文人，也是唐代留存詞作最多的詞人。他將晚唐詩中色澤穠豔、情思婉約、感受細膩的特色移植到詞中，創出了語言、意象、結構、意境迥別於詩的婉約詞風，爲五代西蜀花間詞派所推崇，因而被稱爲"花間鼻祖"（王士禛《花草蒙拾》）。

　　五代十國時期，中原板蕩，文化衰落。但由於君主和上層文人的流連聲色，適應女樂聲伎的詞作空前發展，成就遠超過同時的詩文，爲宋代詞體文學的進一步繁榮奠定了基礎。五代詞壇的中心是西蜀與南唐。這兩地軍事力量弱小，經濟文化却發達，在北方戰禍連綿之時，保持着相對穩定。而其統治者又大多喜好文藝，因而成爲詞人薈萃的兩大基地。

　　西蜀詞人的詞大多收集於後蜀趙崇祚所編的《花間集》。《花間集》共收錄晚唐至當時詞人詞十八家，除溫庭筠、皇甫松、和凝、孫光憲外，餘如韋莊、薛昭蘊、牛嶠、張泌、毛文錫、牛希濟、歐陽炯、顧敻、魏承班、鹿虔扆、閻選、尹鶚、毛熙震、李珣等，或爲蜀人，或曾在蜀做官游處。這些作者的入選，顯然是以氣類相引，遂構成以柔靡婉麗爲主要風格的花間派。韋莊是與溫庭筠並稱的花間詞人代表。他的詞內容除了與溫詞相似的豔情離愁外，還有故國之思，傷時之悲，風格清麗疏淡，善用白描手法。

其他花間詞人，大都蹈襲溫、韋餘風，但內中也有能別開生面者，如鹿虔扆的《臨江仙》（金鎖重門荒苑靜）抒寫興亡之感；李珣、歐陽炯和孫光憲描寫南國自然風光，間或涉及民情風俗，語言清麗活潑；孫光憲抒寫邊塞感受的詞作也頗具特色。

南唐詞的成就比花間派更高。其代表作者爲馮延巳、南唐中主李璟和後主李煜。馮延巳詞，宋人輯得一百二十首，其中可靠者約一百首，爲唐五代詞人存詞最多者。其詞雖不外乎以深婉蘊藉風格寫閑情離思與傷春悲秋之情，但主題已接觸到文人士大夫的內心世界，對宋代晏殊、張先、歐陽修等人有很大影響。李璟詞可確定者僅存四首，哀婉莊重，在創造詞境方面達到很高水準。李煜是一個全力以詞抒寫個人生活與情感體驗的人。初期詞作多寫宮廷享樂生活，但在藝術上已顯示出清新淺淡特色。國破被囚後，他愴懷家國，一往情深，直抒胸臆，滿紙嗚咽，大幅度地突破了在慘綠愁紅的物象渲染中流露感情的傳統寫法，以落盡繁華的語言、不加烘托的白描寫沉痛真切的情感，開拓了抒情詞前所未有的藝術境界，因而王國維說"詞至李後主而眼界始大，感慨遂深，遂變伶工之詞而爲士大夫之詞"（《人間詞話》）。

輯　錄

◎王灼《碧雞漫志》卷一：蓋隋以來，今之所謂曲子者漸興，至唐稍盛。今則繁聲淫奏，殆不可數。

◎趙令畤《侯鯖錄》卷七引王安石語：古之歌者皆先有詞後有聲，故曰："詩言志，歌永言，聲依永，律和聲。"如今先撰腔子，後填詞，却是永依聲也。

◎陳廷焯《白雨齋詞話》卷八：唐五代小詞，皆以婉約爲宗，長調不多見，亦少佳篇。

◎又：唐詩可以越兩晉六朝，而不能越蘇、李、曹、陶者，彼已臻其極也。宋詞可以越五代，而不能越飛卿、端己者，彼已臻其極也。

◎歐陽炯《花間集序》：鏤玉雕瓊，擬化工而迴巧；裁花剪葉，奪春豔以爭鮮。是以唱雲謠則金母詞清，挹霞醴則穆王心醉。名高白雪，聲聲而自合鸞歌；響遏行雲，字字而偏諧鳳律。楊柳大堤之句，樂府相傳；芙蓉曲渚之篇，豪家自製。莫不爭高門下，三千玳瑁之簪；競富樽前，數十珊瑚之樹。則有綺筵公子，繡幌佳人，遞葉葉之花箋，文抽麗錦；舉纖纖之玉指，拍按香檀。不無清絕之辭，用助嬌嬈之態。自南朝之宮體，扇北里之倡風。何止言之不文，所謂秀而不實。有唐以降，率土之濱，家家之香徑春風，寧尋越豔；處處之紅樓夜月，自鎖嫦娥。在明皇朝則有李太白應制《清平樂》詞四首，近代溫飛卿復有《金筌集》，邇來作者，無媿前人。

參考書目

《唐宋名家詞選》，龍榆生編選，古典文學出版社 1957 年版。

《全唐五代詞》，張璋、黃畬編，上海古籍出版社 1986 年版。

《唐五代詞選集》，黃進德選注，上海古籍出版社 1993 年版。

《唐宋詞人年譜》，夏承燾著，上海古籍出版社 1979 年版。

第一節　唐文人詞

李　白（701—762）

傳略見"隋唐五代文學"第一章第六節。

菩薩蠻

【題解】原唐教坊曲名，後用爲詞調。唐蘇鶚《杜陽雜編》卜："大中初，女蠻國貢雙龍犀……明霞錦。……其國人危髻金冠，瓔珞被體，故謂之菩薩蠻。當時倡優遂製《菩薩蠻》曲，文士亦往往聲其詞。"宋釋文瑩《湘山野錄》卷上："此詞不知何人寫在鼎州滄水驛樓，復不知何人所撰。魏道輔（泰）見而愛之。後至長沙，得古集於子宣（曾布）內翰家，乃知李白所作。"此詞及下一首《憶秦娥》是否李白所作尚難斷定，南宋黃昇將二詞編入《唐宋諸賢絕妙詞選》，但後人多有疑李白時尚未有詞，此爲"晚唐人詞，嫁名太白"者（見胡應麟《少室山房筆叢·續筆叢》）。

平林漠漠煙如織，寒山一帶傷心碧。暝色入高樓，有人樓上愁。玉梯空佇立，宿鳥歸飛急。何處是歸程？長亭連短亭。

　　《四部叢刊》本《唐宋諸賢絕妙詞選》卷一（下同）

〇"何處"二句：庾信《哀江南賦》："十里五里，長亭短亭。"許昂霄《詞綜偶評》："玩末二句乃遠客思歸口氣，或注作'閨情'，恐誤。"連，通行本作"更"。

憶秦娥

【題解】　黃昇《唐宋諸賢絕妙詞選》卷一《巫山一段雲》注："唐詞多緣題所賦，《臨江仙》則言仙事，《女冠子》則述道情，《河瀆神》則詠祠廟，大概不失本題之意。爾後漸變，去題遠矣。"此詞亦屬緣題所賦之類，調名蓋取之於"秦娥夢斷秦樓月"句。王國維曰："太白純以氣象勝。'西風殘照，漢家陵闕'寥寥八字，遂關千古登臨之口。"（《人間詞話》卷上）

簫聲咽，秦娥夢斷秦樓月。秦樓月，年年柳色，霸陵傷別。　　樂游原上清秋節，咸陽古道音塵絕。音塵絕，西風殘照，漢家陵闕。

〇"簫聲咽"二句：用蕭史弄玉事。見盧照鄰《長安古意》注。秦娥，《方言》卷二："秦晉之間，美貌謂之娥。"〇霸陵：漢文帝陵墓，在今陝西省西安市東。附近有霸（亦作灞）橋，《三輔黃圖》卷六："霸橋在長安東，跨水作橋。漢人送客至此橋，折柳贈別。"〇樂游原：見杜牧《登樂游原》題解。

輯　錄

◎黃昇《唐宋諸賢絕妙詞選》卷一：二詞(指李白《菩薩蠻》、《憶秦娥》)爲百代詞曲之祖。

◎劉熙載《藝概·詞曲概》：太白《菩薩蠻》、《憶秦娥》兩闋，足抵少陵《秋興》八首。想其情景，殆作於明皇西幸後乎？

溫庭筠（約812—866）

傳略見"隋唐五代文學"第一章第十二節。

菩薩蠻（選二首）

【題解】沈雄《古今詞話·詞辨》卷上："溫庭筠善屬詞。唐宣宗好歌《菩薩蠻》，令狐（綯）相公假溫手修撰以進。有'小山重疊金明滅'句，爲《重疊金》。"《花間集》錄溫庭筠《菩薩蠻》十四首，《全唐詩》錄十五首（其中一首始見於《尊前集》）。此處所選爲一、二兩首。

小山重疊金明滅，鬢雲欲度香腮雪。懶起畫蛾眉，弄妝梳洗遲。照花前後鏡，花面交相映。新帖繡羅襦，雙雙金鷓鴣。

〇"小山"句：許昂霄《詞綜偶評》："小山，蓋指屏山而言。"溫庭筠《郭處士擊甌歌》："晴碧煙滋重疊山，羅屏半掩桃花月。"《歸國遙》："曉屏山斷續。"皆其證。〇蛾眉：出《詩經·衛風·碩人》："螓首蛾眉。"〇帖：鑲嵌。

水精簾裏頗黎枕，暖香惹夢鴛鴦錦。江上柳如煙，雁飛殘月天。藕絲秋色淺，人勝參差剪。雙鬢隔香紅，玉釵頭上風。

文學古籍刊行社版《花間集》卷一（下同）

○"水精"句：水精即水晶。李白《玉階怨》："却下水精簾，玲瓏望秋月。"頗黎，《本草綱目·金石二》："玻璃本作頗黎。頗黎，國名也。其瑩如水，其堅如玉，故名水玉，與水精同名。"《集解》引陳藏器曰："玻璃，西國之寶也，玉石之類，生土中。"○人勝：宗懍《荆楚歲時記》："正月七日爲人日。以七種菜爲羹，剪綵爲人或鏤金箔爲人，以貼屏風，亦戴之頭鬢。又造花勝以相遺，登高賦詩。"○颭：顫動。温庭筠《詠春幡》："玉釵颭不定，香步獨徘徊。"韓偓《安貧》："手風慵展一行書，眼暗休尋九局圖。"皆其證。

更漏子

【題解】 更漏子，詞調名，其創始未詳。温庭筠所作六首皆就題發揮，詠更漏之事。南宋胡仔曰："庭筠工於造語，極爲綺靡……《更漏子》（玉爐香）一詞尤佳。"（《苕溪漁隱叢話·後集》卷十七）

玉爐香，紅蠟淚，偏照畫堂秋思。眉翠薄，鬢雲殘，夜長衾枕寒。梧桐樹，三更雨，不道離情正苦。一葉葉，一聲聲，空階滴到明。

○眉翠：翠指深青色，即黛色。古代婦女以黛色顏料畫眉作青黑色，即韓愈文所言"粉白黛綠"（《送李愿歸盤谷序》），故云。

附： 夢江南（選二首）

千萬恨，恨極在天涯。山月不知心裏事，水風空落眼前花，摇曳碧雲斜。

梳洗罷，獨倚望江樓。過盡千帆皆不是，斜暉脈脈水悠悠，腸斷白蘋洲。

| 輯　錄 |

◎黃昇《唐宋諸賢絕妙詞選》卷一：（溫飛卿）詞極流麗，宜爲《花間集》之冠。

◎劉熙載《藝概·詞曲概》：溫飛卿詞精妙絕人，然類不出乎綺怨。

◎陳廷焯《白雨齋詞話》卷一：飛卿詞全祖《離騷》，所以獨絕千古。《菩薩蠻》、《更漏子》諸闋，已臻絕詣，後來無能爲繼。

◎卷七：飛卿詞，大半托詞帷房，極其婉雅，而規模自覺宏遠。周、秦、蘇、辛、姜、史輩，雖姿態百變，亦不能越其範圍。本原所在，不容以形迹勝也。

◎汪東《唐宋詞選》評語：詞宗唐五代，猶詩之宗漢魏也。然唐人爲詞，多以餘事及之；至溫篇什始工，尤爲獨絕。

◎俞平伯《讀詞偶得·詩餘閑評》：飛卿之詞，每截取可以調和的諸印象而雜置一處，聽其自然融合，在讀者心眼中，仁者見仁，知者見知，不必問其脈絡神理如何如何，而脈絡神理按之則儼然自在。

◎施蟄存《讀飛卿詞劄記》：唐詞不始於溫飛卿，然至飛卿而詞始變爲文人之文學。

【附·中唐文人詞】

韋應物（737—約792）

傳略見"隋唐五代文學"第一章第十節。

調笑令

胡馬，胡馬，遠放燕支山下。跑沙跑雪獨嘶，東望西望路迷。迷路，迷路，邊草無窮日暮。

白居易（772—846）

傳略見"隋唐五代文學"第一章第八節。

憶江南

江南憶，最憶是杭州。山寺月中尋桂子，郡亭枕上看潮頭。何日更重游？

長相思

汴水流，泗水流，流到瓜洲古渡頭。吳山點點愁。　　思悠悠，恨悠悠，恨到歸時方始休。月明人倚樓。

劉禹錫（772—842）

傳略見"隋唐五代文學"第一章第八節。

憶江南

春去也！多謝洛城人。弱柳從風疑舉袂，叢蘭裛露似霑巾，獨笑亦含嚬。

| 輯　錄 |

◎況周頤《蕙風詞話》卷二：唐賢爲詞，往往麗而不流，與其詩不甚相遠也。劉夢得《憶江南》"春去也"云云，流麗之筆，下開北宋子野、少游一派。

參考書目

《唐宋諸賢絕妙詞選》，《四部叢刊》本。
《花間集》，五代後蜀趙崇祚編，文學古籍刊行社1958年版。
《溫韋馮詞新校》，曾昭岷校訂，上海古籍出版社1988年版。

思考題

1. 以溫庭筠兩首《菩薩蠻》爲例，試說詞的意象及抒情方式與詩有何不同。

2. 你認爲溫詞有無寄托？

第二節　花間詞

韋　莊（約836—910）

《唐才子傳》卷十：莊字端己，京兆杜陵人也。少孤貧力學，才敏過人。莊應舉，正黃巢犯闕，兵火交作，遂著《秦婦吟》。亂定，公卿多訝之，號爲"秦婦吟秀才"。乾寧元年，蘇檢榜進士，釋褐授校書郎。李詢宣諭西川，舉莊爲判官。後王建辟爲掌書記。尋徵起居郎，建表留之。及建開僞蜀，莊托在腹心，首預謀畫，其郊廟之禮，冊書赦令，皆出莊手。以功臣授吏部侍郎同平章事。……弟藹，撰莊詩爲《浣花集》六卷，及莊嘗選杜甫、王維等五十二人（案應爲一百四十二人）詩爲《又玄集》，以繼姚合之《極玄》，今並傳世。

案：據夏承燾《韋端己年譜》，韋莊爲韋應物四世孫。五十九歲進士及第前，家境貧寒，屢試不第。四十五歲時在長安逢黃巢起義，陷身兵火，大病，弟妹相失。後逃離長安，客洛陽，流寓江南。六十六歲入蜀，自此終身仕蜀。

菩薩蠻（選二首）

【題解】　韋莊《菩薩蠻》共五首，此處所選爲一、二兩首。清張惠言以爲作於蜀中（見《詞選》卷一）。今尋繹詞意，應爲黃巢起義時流寓江南所作。

　　紅樓別夜堪惆悵，香燈半捲流蘇帳。殘月出門時，美人和淚辭。琵琶金翠羽，弦上黃鶯語。勸我早還家，綠窗人似花。

　　○紅樓：段成式《酉陽雜俎續集》卷五："長樂坊安國寺：紅樓，睿宗在藩時舞榭。"詩詞中常以之指富家女子閨房，如白居易《秦中吟·議婚》："紅樓富家女，金縷繡羅襦。"○"香燈"句：庾信《燈賦》："香添然蜜，氣雜燒蘭。爐長宵久，光青夜寒。"又曰："翡翠珠被，流蘇羽帳。"○"琵琶"句：金翠羽指美人之釵簪。王粲《神女賦》："戴金羽之首飾，珥照夜之珠璫。"孟浩然《庭橘》："骨刺紅羅被，香黏翠羽簪。"皆其例。此句謂美人以金簪撥弄琵琶。○黃鶯語：琵琶聲。語本白居易《琵琶行》："間關鶯語花底滑。"○綠窗：代指美人閨房。李紳《鶯鶯歌》："綠窗嬌女字鶯鶯，金雀婭鬟年十七。"白居易《妻初授邑號告身》："日高猶睡綠窗中。"

　　人人盡說江南好，游人祇合江南老。春水碧於天，畫船聽雨眠。鑪邊人似月，皓腕凝霜雪。未老莫還鄉，還鄉須斷腸。

文學古籍刊行社版《花間集》卷二（下同）

　　○"鑪邊"句：化用文君當鑪（見李商隱《杜工部蜀中離席》注）及阮籍從當壚鄰婦飲酒（見李商隱《上河東公啓》注）事。○霜：原作雙，據《唐宋諸賢絕妙詞選》改。

荷葉杯

【題解】唐教坊曲名（見《教坊記》），後用作詞調。韋原作二首，此處選第二首。《詞林紀事》卷二引楊湜《古今詞話》曰："韋莊以才名寓蜀，王建割據，遂羈留之。莊有姬人，資質豔麗，兼善詞翰。建聞之，托以教內人爲詞強莊奪去。莊追念怏怏，作《荷葉杯》、《小重山》詞，情意悽怨，人相傳播，盛行於時。姬後聞之，遂不食而卒。"或以爲此說不足爲據，本首純爲追念所歡之詞（詳李冰若《栩莊漫記》）。此詞哀婉纏綿，許昂霄謂"語淡而悲，不堪多讀"（《詞綜偶評》）。

記得那年花下，深夜，初識謝娘時。水堂西面畫簾垂，携手暗相期。

惆悵曉鶯殘月，相別，從此隔音塵。如今俱是異鄉人，相見更無因。

〇"記得"三句：湯顯祖評曰："情景逼真，自與尋常豔詞不同。"（湯評本《花間集》卷一）謝娘，唐宰相李德裕有歌姬謝秋娘，李眷之甚隆。後因以謝娘指歌妓。〇隔音塵：謝莊《月賦》："美人邁兮音塵闕。"

附：　　　　　　**思帝鄉**

春日游，杏花吹滿頭。陌上誰家年少，足風流。妾擬將身嫁與，一生休。縱被無情棄，不能羞。

女冠子二首

四月十七，正是去年今日。別君時，忍淚佯低面，含羞半斂眉。不知魂已斷，空有夢相隨。除却天邊月，沒人知。

昨夜夜半，枕上分明夢見。語多時，依舊桃花面，頻低柳葉眉。半羞還半喜，欲去又依依。覺來知是夢，不勝悲。

秦婦吟

中和癸卯春三月，洛陽城外花如雪。東西南北路人絕，綠楊悄悄香塵滅。路旁忽見如花人，獨向綠楊陰下歇。鳳側鸞欹鬢脚斜，紅攢黛斂眉心折。借問女郎何處來？含顰欲語聲先咽。回頭斂袂謝行人，喪亂漂淪何堪說！三年陷賊留秦地，依稀記得秦中事。君能爲妾解金鞍，妾亦與君停玉趾。前年庚子臘月五，正閉金籠教鸚鵡。斜開鸞鏡懶梳頭，閑憑雕欄慵不語。忽看門外起紅塵，已見街中擂金鼓。居人走出半倉惶，朝士歸來尚疑誤。是時西面官軍入，擬向潼關爲警急。皆言博野自相持，盡道賊軍來未及。須臾主父乘奔至，下馬入門癡似醉。適逢紫蓋去蒙塵，已見白旗來匝地。扶羸攜幼競相呼，上屋緣牆不知次。南鄰走入北鄰藏，東鄰走向西鄰避。北鄰諸婦咸相湊，戶外崩騰如走獸。轟轟崐崐乾坤動，萬馬雷聲從地湧。火迸金星上九天，十二官街煙烘炯。日輪西下寒光白，上帝無言空脈脈。陰雲暈氣若重圍，宦者流星如血色。紫氣潛隨帝座移，妖光暗射台星坼。家家流血如泉沸，處處冤聲聲動地。舞伎歌姬盡暗捐，嬰兒稚女皆生棄。東鄰有女眉新畫，傾國傾城不知價。長戈擁得上戎車，回首香閨淚盈把。旋抽金綫學縫旗，纔上雕鞍教走馬。有時馬上見良人，不敢迴眸空淚下。西鄰有女真仙子，一寸橫波翦秋水。妝成祇對鏡中春，年幼不知門外事。一夫跳躍上金階，斜袒半肩欲相恥。牽衣不肯出朱門，紅粉香脂刀下死。南鄰有女不記姓，昨日良媒新納聘。琉璃階上不聞行，翡翠簾前空見影。忽看庭際刀刃鳴，身首支離在俄頃。仰天掩面哭一聲，女弟女兄同入井。北鄰少婦行相促，旋解雲鬟拭眉綠。已聞擊柝壞高門，不覺攀緣上重屋。須臾四面火光來，欲下迴梯梯又摧。煙中大叫猶求救，梁上懸屍已作灰。妾身幸得全刀鋸，不敢踟躕久回顧。旋梳蟬鬢逐軍行，強展蛾眉出門去。舊里從茲不得歸，六親自此無尋處。一從陷賊經三載，終日驚憂心膽碎。夜臥千重劍戟圍，朝餐一味人肝膽。鴛幃縱入豈成歡，寶貨雖多非所愛。蓬頭面垢眉猶赤，幾轉橫波看不得。衣裳顛倒言語異，面上誇功雕作字。柏臺多士盡狐精，蘭省諸郎皆鼠魅。還將短髮戴華簪，不脫朝衣纏繡被。翻持象笏作三公，倒佩金魚爲兩史。朝聞奏對入朝堂，暮見喧呼來酒市。一朝五鼓人驚起，叫嘯喧爭如竊議。夜來探馬入皇城，昨日官軍收赤水。赤水去城一百里，朝若來兮暮應至。凶徒馬上暗吞聲，女伴閨中潛生喜。皆言冤憤此時銷，必謂妖徒今日死。逡巡走馬傳聲急，又道官軍全陣入。大彭小彭相顧憂，二郎四郎抱鞍泣。沉沉數日無消息，必謂軍前已銜璧。簸旗掉劍却來歸，又道官軍悉敗績。四面從茲多厄束，一斗黃金一升粟。尚讓廚中食木皮，黃巢几上刲人肉。東南斷絕無糧道，溝壑漸平人漸少。六軍門外倚僵屍，七架營中填餓殍。長安寂寂今何有？廢市荒街麥苗秀。采樵斫盡杏園花，修寨誅殘御溝柳。華軒繡轂皆銷散，甲第朱門無一半。含元殿上狐兔行，花萼樓前荊棘滿。昔時繁盛皆埋沒，舉目淒涼無故物。內庫燒為錦繡灰，天街踏盡公卿骨。來時曉出城東陌，城外風煙如塞色。路旁時見游奕軍，坡下寂無迎送客。霸陵東望人煙絕，樹鎖驪山金翠滅。大道俱成棘子林，行人夜宿牆匡月。明朝曉至三峰路，百萬人家無一戶。破落田園但有蒿，摧殘竹樹皆無主。路旁試問金天神，金天無語愁於人。廟前古柏有殘枿，殿上金爐生暗塵。一從狂寇陷中國，天地晦冥風雨黑。案前神水咒不成，壁上陰兵驅不得。閑日徒歆奠饗恩，危時不助神通力。我今愧恧拙為神，且向山中深避匿。寰中簫管不曾聞，筵上犧牲無處覓。旋教魔鬼傍鄉村，誅剝生靈過朝夕。妾聞此語愁更愁，天遣時災非自由。神在山中猶避難，何須責望東諸侯。前年又出楊震關，舉頭雲際見荊山。如從地府到人間，頓覺時清天地閑。陝州主帥忠且貞，不動干戈惟守城。蒲津主帥能戢兵，千里晏然無戈聲。朝攜寶貨無人問，夜插金釵唯獨行。明朝又過新安東，路上乞漿逢一翁。蒼蒼面帶苔蘚色，隱隱身藏蓬荻中。問翁本是何鄉曲，底事寒天霜露宿？老翁暫起欲陳詞，却坐支頤仰天哭。鄉園本貫東畿縣，歲歲耕桑臨近甸。歲種良田二百廛，年輸戶稅三十萬。小姑慣織褐絁袍，中婦能炊紅黍飯。千間倉兮萬斯箱，黃巢過後猶殘半。自從洛下屯師旅，日夜巡兵入村塢。匣中秋水拔青蛇，旗上高風吹白虎。入門下馬若旋風，罄室傾囊如捲土。家財既盡骨肉離，今日殘年一身苦。一身苦兮何足嗟，山中更有千萬家。朝飢山草尋蓬子，夜宿霜中臥荻

477

花。妾聞此老傷心語，竟日闌干淚如雨。出門惟見亂梟鳴，更欲東奔何處所？仍聞汴洛舟車絕，又道彭門自相殺。野色徒銷戰士魂，河津半是冤人血。適聞有客金陵至，見說江南風景異。自從大寇犯中原，戎馬不曾生四鄙。誅鋤竊盜若神功，惠愛生靈如赤子。城壕固護敹金湯，賦稅如雲送軍壘。奈何四海盡滔滔，湛然一境平如砥。避難徒為闕下人，懷安却羨江南鬼。願君舉棹東復東，詠此長歌獻相公。

【附】

皇甫松（生卒年不詳）

夢江南

蘭燼落，屏上暗紅蕉。閑夢江南梅熟日，夜船吹笛雨蕭蕭，人語驛邊橋。

牛希濟（生卒年不詳）

生查子

春山煙欲收，天澹稀星小。殘月臉邊明，別淚臨清曉。　語已多，情未了，回首猶重道。記得綠羅裙，處處憐芳草。

歐陽炯（896—971）

南鄉子

路入南中，桄榔葉暗蓼花紅。兩岸人家微雨後，收紅豆，樹底纖纖擡素手。

顧敻（生卒年不詳）

訴衷情

永夜拋人何處去，絕來音。香閣掩，眉斂，月將沉。爭忍不相尋，怨孤衾。換我心，爲你心，始知相憶深。

孫光憲（約895—968）

浣溪沙

蓼岸風多橘柚香，江邊一望楚天長，片帆煙際閃孤光。　目送征鴻飛杳杳，思隨流水去茫茫，蘭紅波碧憶瀟湘。

謁金門

留不得，留得也應無益。白紵春衫如雪色，揚州初去日。　輕別離，甘拋擲，江上滿帆風疾。却羨彩鴛三十六，孤鸞還一隻。

鹿虔扆（生卒年不詳）

臨江仙

金鎖重門荒苑靜，綺窗愁對秋空，翠華一去寂無蹤。玉樓歌吹，聲斷已隨風。　煙月不知人事改，夜闌還照深宮。藕花相向野塘中，暗傷亡國，清露泣香紅。

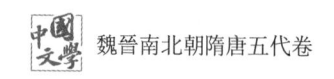

李　珣（881後—?）

巫山一段雲

古廟依青嶂，行宮枕碧流。水聲山色鎖妝樓，往事思悠悠。　　雲雨朝還暮，煙花春復秋。啼猿何必近孤舟，行客自多愁。

南鄉子

相見處，晚晴天，刺桐花下越臺前。暗裏迴眸深屬意，遺雙翠，騎象背人先過水。

| 輯　錄 |

　　一、關於韋莊

◎周濟《介存齋論詞雜著》：端己詞，清豔絕倫，初日芙蓉春月柳，使人想見風度。

◎陳廷焯《白雨齋詞話》卷一：韋端己詞，似直而紆，似達而鬱，最爲詞中勝境。

◎又：端己《菩薩蠻》四章，惓惓故國之思，而意婉詞直，一變飛卿面目，然消息正自相通。余嘗謂後主之視飛卿，合而離者也；端己之視飛卿，離而合者也。

◎王國維《人間詞話附錄》：端己詞情深語秀，雖規模不及後主、正中，要在飛卿之上。觀昔人顏謝優劣論可知矣。

　　二、花間集與花間派詞人

◎晁謙之《題花間集》：《花間集》十卷，皆唐末才士長短句。情真而調逸，思深而言婉。嗟乎！雖文之靡無補於世，亦可謂工矣。

◎陸游《花間集跋》：唐自大中後，詩家日趣淺薄，其間傑出者亦不復有前輩宏妙渾厚之作，久而自厭，然梏於俗尚，不能拔出。會有倚聲作詞者，本欲酒間易曉，頗擺落故態，適與六朝跌宕意氣差近，此集所載是。

◎李冰若《栩莊漫記》：花間詞十八家，約可分爲三派：鏤金錯彩，縟麗擅長，而意在閨帷，語無寄託者，飛卿一派也；清綺明秀，婉約爲高，而言情之外，兼書感興者，端己一派也；抱樸守質，自然近俗，而詞亦疏朗，雜記風土者，德潤（李珣）一派也。張泌詞蓋介乎溫韋之間而與韋最近。

◎又：歐陽炯《南鄉子》八首，多寫炎方風物……其詞寫物真切，樸而不俚，一洗綺羅香澤之態，而爲寫景紀俗之詞，與李珣可謂笙磬同音者矣。

◎又：葆光子（孫光憲號）詞婉約精麗處，神似韋莊。其《浣溪沙》最有名，孫洙評謂其絕無含蓄而自然入妙。

◎陳廷焯《白雨齋詞話》：孫孟文（光憲）詞氣甚遒，措辭亦多警煉。

◎況周頤《餐櫻廡詞話》：顧敻豔詞，多質樸語，妙在分際恰合。孫光憲便涉俗。

◎《詞林紀事》卷二引倪瓚語：鹿公（虔扆）高節，偶爾寄情倚聲，而曲折盡變，有無限感慨。

參考書目

《韋莊詞校注》，劉金城校注，夏承燾審訂，中國社會科學出版社1981年版。

《花間集》，五代後蜀趙崇祚編，文學古籍刊行社1958年版。

《花間集注》，華鍾彥注，中州書畫社1983年版。

《花間集校注》，楊景龍校注，中華書局2014年版。

思考題

1. 試比較溫韋詞風之異同。
2. 略述《花間集》。

第三節　南唐詞

馮延巳（903—960）

《十國春秋·南唐·馮延巳傳》：馮延巳一名延嗣，字正中，廣陵（今江蘇揚州）人也。及長，以文雅稱。白衣見烈祖（李昇），授秘書郎。元宗（李璟）以吳王爲元帥，用延巳掌書記。給事中常夢錫屢言延巳小人，不可使在王左右。烈祖感其言，將斥之，會晏駕不果。元宗立，保大初，拜諫議大夫、翰林學士，遷戶部侍郎、翰林學士承旨，又進中書侍郎，復與其弟延魯交結魏岑、陳覺、查文徽，侵損時政，時人謂之"五鬼"。四年，同平章事、集賢殿大學士，罷爲太子少傅。俄以左僕射同平章事。建隆元年五月乙丑卒，年五十八，諡忠肅。延巳工詩，雖貴且老不廢。尤喜爲樂府詞。元宗常因曲宴內殿，從容謂："'吹皺一池春水'，何干卿事？"延巳對曰："安得如陛下'小樓吹徹玉笙寒'，特高妙也。"時喪敗不支，稽首稱臣於敵，以苟安歲月，而君臣相謔乃如此。

鵲踏枝

【題解】唐玄宗時教坊曲名，後用爲詞調，即《蝶戀花》。馮擅此調，今傳十四首（中有與歐陽修詞相混者）。此處選第二首，陳廷焯稱"可謂沉著痛快之極，然却是從沉鬱頓挫來"（《白雨齋詞話》卷六）。

誰道閑情拋擲久，每到春來，惆悵還依舊。日日花前常病酒，敢辭鏡裏朱顏瘦。　　河畔青蕪堤上柳，爲問新愁，何事年年有？獨立小橋風滿袖，平林新月人歸後。

上海古籍出版社版《全唐五代詞》卷四

○敢：張相《詩詞曲語辭匯釋》："敢，猶肯也。"（卷一）"肯，猶豈也。"（卷二）○"河畔"句：樂府古辭《飲馬長城窟行》："青青河畔草，綿綿思遠道。"又李商隱《隋宮》詩朱鶴齡注引《隋書》："煬帝自板渚引河作御道，植以楊柳，名曰隋堤。"

附： 謁金門

風乍起，吹皺一池春水。閑引鴛鴦香徑裏，手挼紅杏蕊。　　鬬鴨闌干獨倚，碧玉搔頭斜墜。終日望君君不至，舉頭聞鵲喜。

|輯　錄|

◎劉熙載《藝概·詞曲概》：韋端己、馮正中諸家詞，留連光景，惆悵自憐，蓋亦易飄颺於風雨者。若第論其吐屬之美，又何加焉！

◎又：馮延巳詞，晏同叔得其俊，歐陽永叔得其深。

◎陳廷焯《白雨齋詞話》卷一：馮正中詞，極沉鬱之致，窮頓挫之妙，纏綿忠厚，與溫韋相伯仲也。

◎馮煦《唐五代詞選序》：吾家正中翁，鼓吹南唐，上翼二主，下啓晏歐，實正變之樞紐，短長之流別。

◎王國維《人間詞話》卷上：馮正中詞雖不失五代風格，而堂廡特大，開北宋一代風氣。與中、後二主詞皆在《花間》範圍之外，宜《花間集》中不登其隻字也。

◎又："畫屏金鷓鴣"，飛卿語也，其詞品似之。"弦上黃鶯語"，端己語也，其詞品亦似之。正中詞品，若欲於其詞句中求之，則"和淚試嚴妝"，殆近之歟？

李　璟（916—961）

《十國春秋·南唐·元宗本紀》：元宗名璟，字伯玉，烈祖長子，初名景通。風度高秀，工屬文。烈祖受禪，封吳王，徙封齊王，爲諸道兵馬大元帥。昇元四年八月，立爲皇太子。即皇帝位，改元保大。（周師數次南侵），中興元年三月改元交泰，壬辰，周耀兵江口。帝懼其南渡，遣樞密使陳覺奉表貢方物，請傳位太子弘冀，以國爲附庸。夏五月，下令去帝號，稱國主（史稱中主或嗣主）。宋受周禪，改元建隆。三月，遣使貢絹二萬匹、銀萬兩如宋。秋七月，貢宋金器五百兩、銀器三千兩、羅紈千匹、絹五千匹。自是貢獻尤數，歲費以萬計。建隆二年六月，殂於（南都）長春殿，年四十六。

浣溪沙

【題解】 原爲唐教坊曲名，後用作詞調。李璟所作爲其別體，又稱《攤破浣溪沙》。萬樹《詞律》卷三："此調本以《浣溪沙》原調結句，破七字爲十字，故名《攤破浣溪沙》。後又另名《山花子》耳。"

菡萏香銷翠葉殘，西風愁起綠波間。還與韶光共憔悴，不堪看。細雨夢回雞塞遠，小樓吹徹玉笙寒。多少淚珠無限恨，倚闌干。

上海古籍出版社版《全唐五代詞》卷四

〇"菡萏"二句：王國維謂"大有衆芳蕪穢、美人遲暮之感"（《人間詞話》）。菡萏，荷花之別稱。〇"還與"二句：陳廷焯稱其"沉之至，鬱之至，凄然欲絕"（《白雨齋詞話》卷一）。王鍈《詩詞曲語辭例釋》："還，已，已經，時間副詞。……李璟《山花子》詞：'菡萏香銷……'上猶云'已憔悴'，故下云'不堪看'。"〇雞塞：即雞鹿塞。《漢書·匈奴傳》下："漢遣長樂衛尉高昌侯董忠、車騎都尉韓昌將騎萬六千，又發邊郡士馬以千數，送單于出朔方雞鹿塞。"顏師古注："在朔方窳渾縣西北。"其故址在今內蒙古自治區磴口縣西北。

附： 　　　　浣溪沙

手捲真珠上玉鈎，依前春恨鎖重樓。風裏落花誰是主，思悠悠。

青鳥不傳雲外信，丁香空結雨中愁。回首綠波三楚暮，接天流。

李　煜（937—978）

《十國春秋・南唐・後主本紀》：後主名煜，字重光，初名從嘉，元宗第六子也。爲人仁惠，有慧性。雅善屬文，工書畫，知音律。建隆二年，元宗南遷，立爲太子，留金陵監國。六月，元宗晏駕，嗣立於金陵，更今名。乙亥歲春二月壬戌，宋師拔金陵闕城。冬十一月乙未，城陷。國主帥司空、知左右内史事殷崇義等四十五人肉袒降於軍門。明年春正月辛未，至汴京。乙亥，宋太祖御明德樓，止令國主等白衣紗帽至樓下待罪，詔並釋之，賜賚有差（封李煜違命侯）。太宗即位，始去違命侯，加特進，封隴西郡公。太平興國三年七月辛卯薨，年四十二，是日七夕也。後主蓋以是日生。

烏夜啼

【題解】　樂府《清商曲辭・吳聲歌曲》舊題。《舊唐書・音樂志》二：『《烏夜啼》，宋臨川王義慶所作也。元嘉十七年，徙彭城王義康於豫章。義慶時爲江州，至鎮，相見而哭，爲帝所怪，徵還宅，大懼。妓妾夜聞烏啼聲，扣齋閣云：「明日應有赦。」其年更爲南兗州刺史，作此歌。』唐玄宗時教坊有此曲（見《教坊記》），後用爲詞調。一名《相見歡》。黄昇謂『此詞最悽惋，所謂亡國之音哀以思』（《唐宋諸賢絶妙詞選》卷一）。近人俞陛雲曰：『後闋僅十八字，而腸迴心倒，一片淒異之音，傷心人固別有懷抱。』（《南唐二主詞輯述》）

無言獨上西樓，月如鈎。寂寞梧桐深院，鎖清秋。　剪不斷，理還亂，是離愁。別是一般滋味，在心頭。

上海古籍出版社版《全唐五代詞》卷四（下同）

清平樂

【題解】唐教坊曲名。用於詞調，首見於溫庭筠詞（《碧雞漫志》卷五云歐陽炯稱李白"有應制《清平樂》四首"，應爲《清平調》之誤。《尊前集》所載李白《清平樂》亦可能爲後人僞托）。至五代已爲文人所習用。

別來春半，觸目柔腸斷。砌下落梅如雪亂，拂了一身還滿。　雁來音信無憑，路遙歸夢難成。離恨恰如春草，更行更遠還生。

○"雁來"句：《漢書·蘇武傳》："常惠教（漢）使者謂單于，言天子射上林中，得雁，足有係帛書，言武等在某澤中。"詩詞中因常用雁足傳書事。此處反用其意。○"離恨"二句：《楚辭·招隱士》："王孫游兮不歸，春草生兮萋萋。"樂府古辭《飲馬長城窟行》："青青河畔草，綿綿思遠道。"語本此。

浪淘沙

【題解】原爲唐教坊曲名，後用作詞調。唐人所作本爲七言絶句體。劉禹錫、白居易作《浪淘沙》皆以調爲題，如"濯錦江邊兩岸花，春風吹浪正淘沙"（劉禹錫）、"暮去朝來淘不住，遂令東海變桑田"（白居易）。至李煜另創新聲爲長短句，分上下片。《苕溪漁隱叢話·前集》卷五九引《西清詩話》："南唐李後主歸朝後，每懷江國，且念嬪妾散落，鬱鬱不自聊，嘗作長短句云：'簾外雨潺潺……'含思悽惋，未幾下世。"俞陛雲稱此詞"尤極悽黯之音，如峽猿之三聲腸斷也"（《南唐二主詞輯述》）。

簾外雨潺潺，春意闌珊。羅衾不耐五更寒。夢裏不知身是客，一餉貪歡。

獨自莫憑闌，無限江山。別時容易見時難。流水落花春去也，天上人間。

○"別時"句：曹丕《燕歌行》："別日何易會日難，山川悠遠路漫漫。"《顏氏家訓·風操》："別易會難，古人所重。江南餞送，下泣言離。"

破陣子

【題解】 唐教坊曲名，出自《破陣樂》，後用爲詞調。《詞譜》卷十四："陳暘《樂書》云：'唐《破陣樂》屬龜茲部，秦王所製，舞用二千人，皆畫衣甲，執旗旆。外藩鎮春衣犒軍設樂，亦舞此曲，兼馬軍引入場，尤壯觀也。'按唐《破陣樂》乃七言絶句，此蓋因舊曲名，另度新聲。"

四十年來家國，三千里地山河。鳳閣龍樓連霄漢，玉樹瓊枝作煙蘿，幾曾識干戈？　　一旦歸爲臣虜，沈腰潘鬢消磨。最是倉皇辭廟日，教坊猶奏別離歌，垂淚對宮娥。

○四十年來家國：南唐自開國（937）至亡國（975），已近四十年。○三千里地山河：南唐極盛時據有三十五州，號爲大國。（見馬令《南唐書·建國譜》）○沈腰潘鬢：《南史·沈約傳》："（約）與徐勉素善，遂以書陳情於勉，言己老病，百日數旬，革帶常應移孔，以手握臂，率計月小半分。"潘岳《秋興賦》序曰："余春秋三十有二，始見二毛。"賦曰："斑鬢髟以承弁兮"。

附： 　　　　　　　　虞美人

風回小院庭蕪綠，柳眼春相續。憑闌半日獨無言，依舊竹聲新月似當年。

笙歌未散尊前在，池面冰初解。燭明香暗畫樓深，滿鬢清霜殘雪思難任。

烏夜啼

林花謝了春紅，太匆匆。無奈朝來寒雨，晚來風。　燕脂淚，留人醉，幾時重。自是人生長恨，水長東。

一斛珠

曉妝初過，沉檀輕注些兒箇。向人微露丁香顆，一曲清歌，暫引櫻桃破。

羅袖裛殘殷色可，杯深旋被香醪涴。繡牀斜憑嬌無那，爛嚼紅茸，笑向檀郎唾。

輯　錄

◎周濟《介存齋論詞雜著》：李後主詞如生馬駒不受控捉。

◎又：王嬙、西施，天下美婦人也。嚴妝佳，淡妝亦佳，粗服亂頭，不掩國色。飛卿，嚴妝也；端己，淡妝也；後主則粗服亂頭矣。

◎王國維《人間詞話》：溫飛卿之詞，句秀也；韋端己之詞，骨秀也；李重光之詞，神秀也。

◎又：詞至李後主而眼界始大，感慨遂深，遂變伶工之詞而爲士大夫之詞。

◎又：後主之詞，真所謂以血書者也。

參考書目

《李璟李煜詞》，詹安泰編注，人民文學出版社 1982 年版。

《南唐二主詞箋注》，王仲聞校訂，陳書良、劉娟箋注，中華書局 2013 年版。

思考題

1. 王國維說李煜"變伶工之詞而爲士大夫之詞",你贊同這一觀點嗎?試舉例論述之。

2. 略說李煜詞的語言特色。

第四章

唐小説

概　説

　　中國小説在魏晉南北朝時期還處於萌芽階段，大多是一些沒有結構的叢殘小語式的記敍，粗陳梗概，文筆簡約。及至唐代，小説呈現出前所未有的面貌，主要體現在唐人小説創作觀念的變化和小説自身發展過程中新體的出現兩方面。至此，文人纔有意識地作小説，建立了相當完整的短篇小説的形式，由雜記式的叢殘小語變爲大篇文章，由三言兩語的記録變爲複雜故事的描繪。在形式上注意結構，對人物注意心理性格的描寫與形象的塑造，情節更複雜，内容則更偏重於人情世態，生活氣息濃厚。唐傳奇的出現，標誌着中國古代短篇小説趨於成熟。"傳奇"一詞在古代文獻中有多種含義。此處我們使用這一概念指的是唐人文言短篇小説，它得名於晚唐裴鉶的小説集《傳奇》。

　　唐傳奇是在六朝小説和唐代社會商業經濟發達的基礎上發展起來的，其源雖出六朝志怪、佚事小説與史部雜傳中某些人物傳記，但在唐代社會經濟文化背景下，另有一些因素幫助或刺激了唐傳奇的成長。首先是深受唐代市井民衆歡迎的各種俗文學，如"説話"、變文、俗賦等的影響。這些民間通俗文學韻散相間，想象豐富，語言生動，而且大多講唱結合，形式活潑。從傳奇的內容和形式上，可窺見其吸收融化俗文學長處的痕迹。其次是廣泛流行於唐代社會的佛道兩教的影響。兩教的經典和文藝作品（如變文、壁畫等）中包含着不少情節變幻曲折、想象豐富離奇的故事，它們對唐傳奇的題材、構思以至細節描繪都有一定影響。第三是唐代古文運動提供給唐傳奇的有利條件。古文運動所倡導的新文體，是比較接近當時口語、句法，適宜自由表達思想的散體文，這種文體用於敘事、狀物、言情遠勝於駢文。文體的解放，間接地促進小說的發展；而傳奇小說的興盛，對文體文風改革也不無推進作用。唐代古文運動的發展，恰與唐傳奇由興起到全盛的過程相符，二者之間應有一定聯繫。此外，唐代士人浪漫的風尚、追新求異好奇的社會心理，以及唐代舉進士者"行卷"、"溫卷"的風氣，蓬勃興盛的唐代詩歌的藝術技巧的滲透，都在一定程度上刺激、促進了唐傳奇的創作。

自唐初至玄宗、肅宗時，是唐傳奇發展的初期階段。這時期作品現存很少，藝術也不完美，但描寫已趨細緻，情節已較多變化。《古鏡記》、《補江總白猿傳》顯示了六朝志怪向唐代小說發展的過渡形態。高宗、武后時張鷟所撰的《游仙窟》以駢儷之文寫男女偶合豔遇，文辭華豔淺俗，又時時穿插詩歌韻語，體制與唐代民間講唱文學相近，從中可見變文、俗賦等的影響。玄宗、肅宗時是詩的盛世，傳奇創作則相對顯得寂寞。

自代宗至文宗時是唐傳奇的繁榮階段，名家輩出，佳作如林，最優秀的單篇傳奇，幾乎都產生於這一時期。從題材上大致可分爲神怪、愛情、歷史、俠義諸類，其中也有些內容交叉。神怪類題材雖沿六朝志怪傳統，但內容、形式都有新特色。沈既濟《枕中記》、李公佐《南柯太守傳》都寫榮華富貴如夢境之空幻難憑，有一定現實意義。神怪兼愛情類佳作甚多，以沈既濟《任氏傳》、李朝威《柳毅傳》最爲傑出，它們故事情節離奇曲折，人物形象動人，文辭也很優美，所寫實際都是以愛情婚姻爲核心的人情世態，若剝去其神怪外衣，就是優秀的愛情小說。專寫人間愛情的傳奇中，成就最高的是白行簡的《李娃傳》與蔣防的《霍小玉傳》，兩傳奇故事波瀾起伏，人物形神豐滿，文筆細膩生動。它們與《鶯鶯傳》、《南柯太守傳》、《柳毅傳》等，共同標誌着唐傳奇藝術的高峰。此外，以歷史事件爲素材的傳奇如陳鴻《長恨歌傳》、《東城老父傳》，表現俠義精神的如李公佐《謝小娥傳》等，也都獨具特色。這一時期，已開始出現傳奇專集，最著名的是牛僧孺《玄怪錄》和薛用弱《集異記》。

自文宗時至唐末，是唐傳奇發展的後期。這一時期，單篇傳奇數量減少，佳篇名家也不多。而傳奇專集則大量出現，蔚成風氣。其中較著名的，有李復言《續玄怪錄》、裴鉶《傳奇》、袁郊《甘澤謠》等。由於專集大量產生，作品總數遠遠超過前兩期，其中一些故事寫得細緻生動，尤其是俠義和諷刺題材取代愛情題材而興起，也豐富了唐傳奇的內涵。例如《甘澤謠》之《紅綫》、《傳奇》之《聶隱娘》、《崑崙奴》等；另外，作者尚有爭議的《虯髯客傳》更是晚唐豪俠傳奇中成就最高的一篇。但總體而言，本時期傳奇多數篇幅短，叙事簡，成就不如中期突出。到了唐末，傳奇集的內容變得瑣雜起來，有的復與六朝志怪小說接近，有的轉化爲名人遺事佚聞的記載，失去了傳奇的結構和趣味，唐傳奇這一文學樣式也就漸趨衰微。

毋庸置疑，唐傳奇堪稱唐代小說中最爲精彩的一部分，但它並非唐小說的全部。唐代仍然有似魏晉南北朝那種簡古粗疏的作品，但它們並不是對前代的簡單重複。與唐傳奇發展過程中歷史因素向文學虛構轉化相反，包括志人小說在內的一部分小說的文學性萎縮而歷史性膨脹，成爲"史官末事"，將之稱爲"筆記"或"筆記小說"也許更爲恰當。這種變化，蓋與史家觀點影響有關。傳統史家始終把小說看作史傳的附庸，如劉知幾的《史通》就將小說列爲正史之附庸，視爲史家補闕之用，許多筆記小說的作者，其創作動機正與此相符。例如，李德裕《次柳氏舊聞》序就稱自己作書的目的是"以備史官之闕"，李肇《國史補》更是將此目的標之書名，此類作品還很多。具體來說，則各有偏重。或錄雜史，除上述兩種，還有劉肅《大唐新語》、趙璘《因話錄》等；或記詩話，如范攄《雲溪友議》、孟棨《本事詩》；或明考據，如封演《封氏聞見記》、李匡文《資暇錄》；或述專題，如孫棨《北里志》、崔令欽《教坊記》等。其寫作目的，皆不在供人欣賞，而在於提供資料。

志怪小說到了唐代，既有如六朝一樣的叢殘小語，又有融彙了傳奇筆法的作品。因志怪乃傳奇的重要源頭，故作爲新體的一些傳奇作品難免有較重的志怪之舊痕；另一方面，舊體創作也受到新體的影響。二者之分別，實難劃定一個明確界限，祗能通過對具體篇章的創作意識和審美特徵的分析作出判斷。凡着意而爲且"叙述宛轉，言辭華豔"的作品，就可稱之爲傳奇；反之，則列爲志怪。這與其內容是寫人還是語怪無關。唐代有許多專集是兩種作品兼而有之的，如收錄志怪較多的段成式《酉陽雜俎》、牛肅《紀聞》、戴孚《廣異記》、陸勳《集異記》、張讀《宣室志》等，皆有不少傳奇作品在其中。

《南柯太守傳》、《霍小玉傳》與《柳毅傳》

【題解】《南柯太守傳》、《霍小玉傳》、《柳毅傳》均爲唐傳奇名篇。《南柯太守傳》，李公佐撰，一題《大槐宮記》、《大槐國傳》、《南柯記》。今所見本，係《太平廣記》所引（注出《異聞錄》，改題《淳于棼》）。該文雖以靈怪爲題材，却是現實社會的折射，以人生如夢幻警誡熱衷於功名利祿者。《霍小玉傳》，蔣防撰。初載於《太平廣記》。寫人情，見世態，情節曲折，性格鮮明，堪稱唐傳奇壓卷之作。《柳毅傳》，一題《洞庭靈姻傳》，原載《太平廣記》卷四一九（注出《異聞集》），李朝威撰。述柳毅爲龍女傳書事，情節委宛曲致，人物生動傳神。

南柯太守傳

　　東平淳于棼，吳楚游俠之士，嗜酒使氣，不守細行，累巨産，養豪客。曾以武藝補淮南軍裨將，因使酒忤帥，斥逐落魄，縱誕飲酒爲事。家住廣陵郡東十里，所居宅南有大古槐一株，枝幹修密，清陰數畝，淳于生日與群豪大飲其下。

　　貞元七年九月，因沉醉致疾。時二友人於坐扶生歸家，臥於堂東廡之下。二友謂生曰："子其寢矣，余將秣馬濯足，俟子小愈而去。"生解巾就枕，昏然忽忽，髣髴若夢。見二紫衣使者，跪拜生曰："槐安國王遣小臣致命奉邀。"生不覺下榻整衣，隨二使至門。見青油小車，駕以四牡，左右從者七八，扶生上車，出大戶，指古槐穴而去，使者即驅入穴中。生意頗甚異之，不敢致問。忽見山川風候，草木道路，與人世甚殊。前行數十里，有郛郭城堞，車輿人物，不絕於路。生左右傳車者傳呼甚嚴，行者亦爭闢於左右。又入大城，朱門重樓，樓上有金書，題曰"大槐安國"。執門者趨拜奔走，旋有一騎傳呼曰："王以駙馬遠降，令且息東華館。"因前導而去。

　　俄見一門洞開，生降車而入。彩檻雕楹，華木珍果，列植於庭下；几案茵褥，簾幃餚膳，陳設於庭上。生心甚自悅。復有呼曰："右相且至。"生降階祗奉。有一人紫衣象簡前趨，賓主之儀敬盡焉。右相曰："寡君不以弊國遠僻，奉迎君子，托以姻親。"生曰："某以賤劣之軀，豈敢是望。"右相因請生同詣其所。行可百步，入朱門。矛戟斧鉞，布列左右，軍吏數百，辟易道側。生有平生酒徒周弁者，亦趨其中，生私心悅之，不敢前問。右相引生升廣殿，御衛嚴肅，若至尊之所。見一人長大端嚴，居正位，衣素練服，簪朱華冠。生戰栗，不敢仰視。左右侍者令生拜，王曰："前奉賢尊命，不棄小國，許令次女瑤芳奉事君子。"生但俯伏而已，不敢致詞。王曰："且就賓宇，續造儀式。"有旨，右相亦與生偕還館舍。生思念之，意以爲父在邊將，因歿虜中，不知存亡。將謂父北蕃交遜，而致茲事。心甚迷惑，不知其由。是夕，羔雁幣帛，威容儀度，妓樂絲竹，殽膳燈燭，車騎禮物之用，無不咸備。有群女，或稱華陽姑，或稱青溪姑，或稱上仙子，或稱下仙子，若是者數輩，皆侍從數千，冠翠鳳冠，衣金霞帔，綵碧金鈿，目不可視。遨游戲樂，往來其門，爭以淳于郎爲戲弄。風態妖麗，言詞巧豔，生莫能對。復有一女謂生曰："昨上巳日，吾從靈芝夫人過禪智寺，於天竹院觀石延舞《婆羅門》，吾與諸女坐北牖石榻上。時君少年，亦解騎來看，君獨強來親洽，言調笑謔。吾與窮（瓊）英妹結絳巾，挂於竹枝上，君獨不憶念之乎？又七月十六日，吾於孝感寺侍上真子，聽契玄法師講《觀音經》。吾於講下捨金鳳釵兩隻，上真子捨水犀合子一枚。時君亦講筵中於師處請釵合視之，賞歎再三，嗟異良久。顧余輩曰：'人之與物，皆非世間所有。'或問吾氏，或訪吾里，吾亦不答。情意戀戀，矚盼不捨，君豈不思念之乎？"生曰："中心藏之，何日忘之。"群女曰："不意今日與君爲眷屬。"復有三人，冠帶甚偉，前拜生曰："奉命爲駙馬相者。"中一人與生且故，生指曰："子非馮翊田子華乎？"田曰："然。"生前，執手敘舊久之。生謂曰："子何以居此？"子華曰："吾放游，獲受知於右相武成侯段公，因以栖托。"生復問曰："周弁在此，知之乎？"子華曰："周生，貴人也，職爲司隸，權勢甚盛，吾數蒙庇護。"言笑甚歡，俄傳聲曰："駙馬可進矣。"三子取劍佩冕服更衣之。子華曰："不意今日獲睹盛禮，無以相忘也。"

　　有仙姬數十，奏諸異樂，婉轉清亮，曲調悽悲，非人間之所聞聽。有執燭引導者亦數十，左右見金翠步障，彩碧玲瓏，不斷數里。生端坐車中，心意恍惚，甚不自安，田子華數言笑以解之。向者群女姑娣，各乘鳳翼輦，亦往來其間。至一門，號"修儀宮"，群仙姑姊，亦紛然在側。令生降車輦拜，揖讓升降，一如人間。徹障去扇，見一女子，云號金枝公主，年可十四五，儼若神仙。交歡之禮，頗亦明顯。生自爾情義日洽，榮曜日盛，出入車服，游宴賓御，次於王者。王命生與群寮備武衛，大獵於國西靈龜山。山阜峻秀，川澤廣遠，林樹豐茂，飛禽走獸，無不蓄之。師徒大獲，竟夕而還。生因他日啓王曰："臣頃結好之日，大王云奉臣父之命。臣父頃佐邊將，用兵失利，陷沒胡中，爾來絕書信十七八歲矣。王既知所在，臣請一往拜覲。"王遽謂曰："親家翁職守北土，信問不絕，卿但具書狀知聞，未用便去。"遂命妻致饋賀之禮，一以遣之。數夕還答，生驗書本意，皆父平生之迹，書中憶念教誨，情意委曲，皆如昔年。復問生親戚存亡，閭里興廢。復言路道乖遠，風煙阻絕，詞意悲苦，言語哀傷。又不令生來覲。云："歲在丁丑，當與女相見。"生捧書悲咽，情不自堪。他日，妻謂生曰："子豈不思爲政乎？"生曰："我放蕩不習政事。"妻曰："卿但爲之，余當奉贊。"妻遂白於王。累日，謂生曰："吾南柯政事不理，太守黜廢，欲藉卿才，可曲屈之，便與小女同行。"生敦受教命。王遂敕有司備太守行李，因出金玉錦繡，箱奩僕妾車馬，列於廣衢，以餞公主之行。生少游俠，曾不敢有望，至是甚悅。因上表曰："臣將門餘子，素無藝術。猥當大任，必敗朝章。自悲負乘，坐致覆餗。今欲廣求賢哲，以贊不逮。伏見司隸潁川周弁忠亮剛直，守法不回，有毗佐之器。處士馮翊田子華清慎通變，達政化之源。二人與臣有十年之舊，備知才用，可托政事。周請署南柯司憲，田請署司農，庶使臣政績有聞，憲章不紊也。"王並依表以遣之。

其夕，王與夫人餞於國南。王謂生曰："南柯國之大郡，土地豐壤，人物豪盛，非惠政不能以治之，況有周、田二贊，卿其勉之，以副國念。"夫人戒公主曰："淳于郎性剛好酒，加之少年。爲婦之道，貴乎柔順，爾善事之，吾無憂矣。南柯雖封境不遙，晨昏有間，今日暌別，寧不沾巾。"

生與妻拜首南去，登車擁騎，言笑甚歡，累夕達郡。郡有官吏、僧道、耆老、音樂、車輂、武衛、鑾鈴，爭來迎奉。人物闐咽，鐘鼓喧嘩不絕。十數里，見雉堞臺觀，佳氣鬱鬱。入大城門。門亦有大榜，題以金字，曰"南柯郡城"。見朱軒棨戶，森然深邃。生下車省風俗，療病苦，政事委以周、田，郡中大理。自守郡二十載，風化廣被，百姓歌謠，建功德碑，立生祠宇。王甚重之，賜食邑，錫爵位，居台輔。周、田皆以政治著聞，遞遷大位。生有五男二女，男以門蔭授官，女亦娉於王族，榮耀顯赫，一時之盛，代莫比之。

是歲，有檀蘿國者，來伐是郡。王命生練將訓師以征之，乃表周弁將兵三萬，以拒賊之衆於瑤臺城。弁剛勇輕進，師徒敗績，弁單騎裸身潛遁，夜歸城。賊亦收輜重鎧甲而還。生因囚弁以請罪，王並捨之。是月，司憲周弁疽發背，卒。生妻公主遘疾，旬日又薨。生因請罷郡，護喪赴國，王許之。便以司農田子華行南柯太守事。生哀慟發引，威儀在途，男女叫號，人吏奠饋，攀轅遮道者，不可勝數。遂達於國。王與夫人素衣哭於郊，候靈轝之至。諡公主曰"順儀公主"。備儀仗羽葆鼓吹，葬於國東十里盤龍岡。是月，故司憲子榮信，亦護喪赴國。

生久鎮外藩，結好中國，貴門豪族，靡不是洽。自罷郡還國，出入無恒，交游賓從，威福日盛，王意疑憚之。時有國人上表云："玄象謫見，國有大恐，都邑遷徙，宗廟崩壞。釁起他族，事在蕭牆。"時議以生僭侈之應也，遂奪生侍衛，禁生游從，處之私第。生自恃守郡多年，曾無敗政，流言怨悖，鬱鬱不樂。王亦知之，因命生曰："姻親二十餘年，不幸小女夭枉，不得與君子偕老，良用痛傷。"夫人因留孫自鞠育之。又謂生曰："卿離家多時，可暫歸本里一見親族，諸孫留此，無以爲念。後三年，當令迎卿。"生曰："此乃家矣，何更歸焉？"王笑曰："卿本人間，家非在此。"生忽若惛睡，瞢然久之，方乃發悟前事，遂流涕請還。王顧左右以送生，生再拜而去。復見前二紫衣使者從焉。至大戶外，見所乘車甚劣，左右親使御僕，遂無一人，心甚歎異。

生上車，行可數里，復出大城，宛是昔年東來之途，山川原野，依然如舊。所送二使者，甚無威勢。生逾怏怏。生問使者曰："廣陵郡何時可到？"二使謳歌自若。久之乃答曰："少頃即至。"俄出一穴，見本里閭巷，不改往日。凄然自悲，不覺流涕。二使者引生下車，入其門，升其階，已身臥於堂東廡之下。生甚驚畏，不敢前近。二使因大呼生之姓名數聲，生遂發寤如初，見家之僮僕擁篲於庭，二客濯足於榻，斜日未隱於西垣，餘樽尚湛於東牖。夢中倏忽，若度一世矣。生感念嗟歎，遂呼二客而語之。驚駭，因與生出外，尋槐下穴。生指曰：“此即夢中所經入處。"二客將謂狐狸木媚之所爲祟，遂命僕夫荷斤斧，斷擁腫，折查柹，尋穴究源。旁可袤丈，有大穴，根洞然明朗，可容一榻，上有積土壤，以爲城郭臺殿之狀，有蟻數斛，隱聚其中。中有小臺，其色若丹，二大蟻處之，素翼朱首，長可三寸，左右大蟻數十輔之，諸蟻不敢近，此其王矣，即槐安國都也。又窮一穴，直上南枝可四丈，宛轉方中，亦有土城小樓，群蟻亦處其中，即生所領南柯郡也。又一穴，西去二丈，磅礴空朽，嵌窞異狀，中有一腐龜殼，大如斗，積雨浸潤，小草叢生，繁茂翳薈，掩暎振殼，即生所獵靈龜山也。又窮一穴，東去丈餘，古根盤屈，若龍虺之狀，中有小土壤，高尺餘，即生所葬妻盤龍岡之墓也。追想前事，感歎於懷，披閱窮迹，皆符所夢。不欲二客壞之，遽令掩塞如舊。

是夕，風雨暴發。旦視其穴，遂失群蟻，莫知所去。故先言“國有大恐，都邑遷徙"，此其驗矣。復念檀蘿征伐之事，又請二客訪迹於外。宅東一里，有古涸澗，側有大檀樹一株，藤蘿擁織，上不見日。旁有小穴，亦有群蟻隱聚其間。檀蘿之國，豈非此耶。嗟乎！蟻之靈異，猶不可窮，況山藏木伏之大者所變化乎？時生酒徒周弁、田子華，並居六合縣，不與生過從旬日矣。生遽遣家僮疾往候之。周生暴疾已逝，田子華亦寢疾於牀。生感南柯之浮虛，悟人世之倏忽，遂栖心道門，絕棄酒色。後三年，歲在丁丑，亦終於家，時年四十七，將符宿契之限矣。

公佐貞元十八年秋八月，自吳之洛，暫泊淮浦，偶覿淳于生棼，詢訪遺迹。翻覆再三，事皆擯實，輒編錄成傳，以資好事。雖稽神語怪，事涉非經，而竊位著生，冀將爲戒。後之君子，幸以南柯爲偶然，無以名位驕於天壤間云。

前華州參軍李肇贊曰："貴極祿位，權傾國都。達人視此，蟻聚何殊！"

中華書局點校本《太平廣記》卷四百七十五（有據別本校改處）

霍小玉傳

大曆中，隴西李生名益，年二十，以進士擢第。其明年，拔萃，俟試於天官。夏六月，至長安，舍於新昌里。生門族清華，少有才思，麗詞嘉句，時謂無雙，先達丈人，翕然推伏。每自矜風調，思得佳偶，博求名妓，久而未諧。長安有媒鮑十一娘者，故薛駙馬家青衣也，折券從良，十餘年矣。性便僻，巧言語，豪家戚里，無不經過，追風挾策，推爲渠帥。常受生誠託厚賂，意頗德之。

經數月，李方閑居舍之南亭，申未間，忽聞扣門甚急。云是鮑十一娘至。攝衣從之，迎問曰："鮑卿，今日何故忽然而來？"鮑笑曰："蘇姑子作好夢也未？有一仙人，謫在下界，不邀財貨，但慕風流。如此色目，共十郎相當矣。"生聞之驚躍，神飛體輕，引鮑手且拜且謝曰："一生作奴，死亦不憚。"因問其名居，鮑具說曰："故霍王小女字小玉，王甚愛之。母曰淨持，淨持即王之寵婢也。王之初薨，諸弟兄以其出自賤庶，不甚收錄，因分與資財，遣居於外。易姓爲鄭氏，人亦不知其王女。資質穠豔，一生未見。高情逸態，事事過人，音樂詩書，無不通解。昨遣某求一好兒郎，格調相稱者。某具說十郎，他亦知有李十郎名字，非常歡愜。住在勝業坊古寺曲，甫上車門宅是也。已與他作期約，明日午時，但至曲頭覓桂子，即得矣。"

鮑既去，生便備行計。遂令家僮秋鴻，於從兄京兆參軍尚公處假青驪駒、黃金勒。其夕，生澣衣沐浴，修飾容儀，喜躍交並，通夕不寐。遲明，巾幘，引鏡自照，惟懼不諧也。徘徊之間，至於亭午。遂命駕疾驅，直抵勝業。至約之所，果見青衣立候，迎問曰："莫是李十郎否？"即下馬，令牽入屋底，急急鎖門。見鮑果從內出來，遙笑曰："何等兒郎造次入此？"生調誚未畢，引入中門。庭間有四櫻桃樹，西北懸一鸚鵡籠，見生入來，即語曰："有人入來，急下簾者！"生本性雅淡，心猶疑懼，忽見鳥語，愕然不敢進。

逡巡，鮑引淨持下階相迎，延入對坐。年可四十餘，綽約多姿，談笑甚媚。因謂生曰："素聞十郎才調風流，今又見容儀雅秀，名下固無虛士。某有一女子，雖拙教訓，顏色不至醜陋，得配君子，頗爲相宜。頻見鮑十一娘說意旨，今亦便令永奉箕帚。"生謝曰："鄙拙庸愚，不意顧盼，倘垂采錄，生死爲榮。"遂命酒饌，即令小玉自堂東閣子中而出，生即拜迎。但覺一室之中，若瓊林玉樹，互相照曜，轉盼精彩射人。既而遂坐母側。母謂曰："汝嘗愛念'開簾風動竹，疑是故人來'，即此十郎詩也。爾終日吟想，何如一見？"玉乃低鬟微笑，細語曰："見面不如聞名，才子豈能無貌？"生遂連起拜曰："小娘子愛才，鄙夫重色，兩好相映，才貌相兼。"母女相顧而笑，遂舉酒。數巡，生起，請玉唱歌，初不肯，母固強之。發聲清亮，曲度精奇。酒闌，及暝，鮑引生就西院憩息。閑庭邃宇，簾幕甚華。鮑令侍兒桂子、浣沙與生脫靴解帶。須臾，玉至，言敘溫和，辭氣宛媚。解羅衣之際，態有餘妍，低幃暱枕，極其歡愛，生自以爲巫山洛浦不過也。中宵之夜，玉忽流涕觀生曰："妾本倡家，自知非匹，今以色愛，托其仁賢。但慮一旦色衰，恩移情替，使女蘿無托，秋扇見捐。極歡之際，不覺悲至。"生聞之，不勝感歎，乃引臂替枕，徐謂玉曰："平生志願，今日獲從。粉骨碎身，誓不相捨。夫人何發此言？請以素縑，著之盟約。"玉因收淚，命侍兒櫻桃，褰幄執燭，授生筆研。玉管弦之暇，雅好詩書，筐箱筆研，皆王家之舊物。遂取繡囊，出越姬烏絲欄素縑三尺以授生。生素多才思，援筆成章，引諭山河，指誠日月，句句懇切，聞之動人。染畢，命藏於寶篋之內。自爾婉孌相得，若翡翠之在雲路也。如此二歲，日夜相從。

其後年春，生以書判拔萃登科，授鄭縣主簿。至四月，將之官，便拜慶於東洛。長安親戚，多就筵餞。時春物尚餘，夏景初麗，酒闌賓散，離惡縈懷。玉謂生曰："以君才地名聲，人多景慕，願結婚媾，固亦衆矣。況堂有嚴親，室無冢婦，君之此去，必就佳姻，盟約之言，徒虛語耳。然妾有短願，欲輒指陳，永委君心，復能聽否？"生驚怪曰："有何罪過，忽發此辭，試說所言，必當敬奉。"玉曰："妾年始十八，君才二十有二。迨君壯室之秋，猶有八歲。一生歡愛，願畢此期，然後妙選高門，以諧秦晉，亦未爲晚。妾便捨棄人事，剪髮披緇，夙昔之願，於此足矣。"生且愧且感，不覺涕流，因謂玉曰："皎日之誓，死生以之。與卿偕老，猶恐未愜素志，豈敢輒有二三？固請不疑，但端居相待。至八月，必當却到華州，尋使奉迎，相見非遠。"

更數日，生遂訣別東去。到任旬日，求假往東都覲親。未至家日，太夫人已與商量表妹盧氏，言約已定。太夫人素嚴毅，生逡巡不敢辭讓，遂就禮謝，便有近期。盧亦甲族也，嫁女於他門，聘財必以百萬爲約，不滿此數，義在不行。生家素貧，事須求貸，便托假故，遠投親知，涉歷江淮，自秋及夏。生自以孤負盟約，大愆回期，寂不知聞，欲斷其望。遙托親故，不遺漏言。

玉自生逾期，數訪音信。虛詞詭說，日日不同。博求師巫，遍詢卜筮。懷憂抱恨，周歲有餘，羸臥空閨，遂成沉疾。雖生之書題竟絕，而玉之想望不移。賂遺親知，使通消息，尋求既切，資用屢空。往往私令侍婢潛賣篋中服玩之物，多托於西市寄附鋪侯景先家貨賣。曾令侍婢浣沙將紫玉釵一隻，詣景先家貨之。路逢內作老玉工，見浣沙所執，前來認之曰："此釵，吾所作也。昔歲霍王小女將欲上鬟，令我作此，酬我萬錢，我嘗不忘。汝是何人？從何而得？"浣沙曰："我小娘子即霍王女也。家事破散，失身於人，夫婿昨向東都，更無消息。悒怏成疾，今欲二年。令我賣此，賂遺於人，使求音信。"玉工淒然下泣曰："貴人男女，失機落節，一至於此。我殘年向盡，見此盛衰，不勝傷感。"遂引至延先公主宅，具言前事。公主亦爲之悲歎良久，給錢十二萬焉。

時生所定盧氏女在長安，生既畢於聘財，還歸鄭縣。其年臘月，又請假入城就親，潛卜靜居，不令人知。有明經崔允明者，生之中表弟也，性甚長厚。昔歲常與生同歡於鄭氏之室，杯盤笑語，曾不相間，每得生信，必誠告於玉。玉常以薪芻衣服資給於崔，崔頗感之。生既至，崔具以誠告玉。玉恨歎曰："天下豈有是事乎？"遍請親朋，多方召致，生自以愆期負約，又知玉疾候沉綿，慚恥忍割，終不肯往。晨出暮歸，欲以回避。玉日夜涕泣，都忘寢食，期一相見，竟無因由。冤憤益深，委頓牀枕。

自是長安中稍有知者，風流之士，共感玉之多情；豪俠之倫，皆怒生之薄行。時已三月，人多春游，生與同輩五六人詣崇敬寺玩牡丹花，步於西廊，遞吟詩句。有京兆韋夏卿者，生之密友，時亦同行，謂生曰："風光甚麗，草木榮華。傷哉鄭卿，銜冤空室！足下終能棄置，實是忍人。丈夫之心，不宜如此。足下宜爲思之！"

歎讓之際，忽有一豪士，衣輕黃紵衫，挾朱彈，丰神雋美，衣服輕華，唯有一剪頭胡雛從後，潛行而聽之。俄而前揖生曰："公非李十郎者乎？某族本山東，姻連外戚，雖乏文藻，心嘗樂賢。仰公聲華，常思覯止。今日幸會，得睹清揚。某之敝居，去此不遠，亦有聲樂，足以娛情。妖姬八九人，駿馬十數匹，唯公所欲。但願一過。"生之儕輩，共聆斯語，更相歎美。因與豪士策馬同行，疾轉數坊，遂至勝業。生以近鄭之所止，意不欲過。便托事故，欲回馬首。豪士曰："敝居咫尺，忍相棄乎？"乃鞚挾其馬，牽引而行，遷延之間，已及鄭曲。生神情恍惚，鞭馬欲回。豪士遽命奴僕數人，抱持而進，疾走推入車門，便令鎖却。報云："李十郎至也！"一家驚喜，聲聞於外。

先此一夕，玉夢黃衫丈夫抱生來，至席，使玉脫鞋。驚寤而告母，因自解曰："鞋者諧也，夫婦再合。脫者解也，既合而解，亦當永訣。由此徵之，必遂相見，相見之後，當死矣。"凌晨，請母妝梳。母以其久病，心意惑亂，不甚信之。僶勉之間，強爲妝梳。妝梳纔畢，而生果至。玉沉綿日久，轉側須人。忽聞生來，欻然自起，更衣而出，怳若有神。遂與生相見，含怒凝視，不復有言。羸質嬌姿，如不勝致，時復掩袂，返顧李生。感物傷人，坐皆欷歔。頃之，有酒餚數十盤，自外而來，一座驚視。遽問其故，悉是豪士之所致也。因遂陳設，相就而坐。玉乃側身轉面，斜視生良久，遂舉杯酒酹地曰："我爲女子，薄命如斯；君是丈夫，負心若此。韶顏稚齒，飲恨而終。慈母在堂，不能供養。綺羅弦管，從此永休。徵痛黃泉，皆君所致。李君李君，今當永訣！我死之後，必爲厲鬼，使君妻妾，終日不安！"乃引左手握生臂，擲杯於地，長慟號哭數聲而絕。母乃舉屍置於生懷，令喚之，遂不復蘇矣。生爲之縞素，旦夕哭泣甚哀。將葬之夕，生忽見玉穗帷之中，容貌妍麗，宛若平生。著石榴裙，紫襠襠，紅綠帔子，斜身倚帷，手引繡帶，顧謂生曰："愧君相送，尚有餘情。幽冥之中，能不感歎？"言畢，遂不復見。明日，葬於長安御宿原，生至墓所，盡哀而返。

後月餘，就禮於盧氏。傷情感物，鬱鬱不樂。夏五月，與盧氏偕行，歸於鄭縣。至縣旬日，生方與盧氏寢，忽帳外叱叱作聲，生驚視之，則見一男子，年可二十餘，姿狀溫美，藏身映幔，連招盧氏。生惶遽走起，繞幔數匝，倐然不見。生自此心懷疑惡，猜忌萬端，夫妻之間，無聊生矣。或有親情，曲相勸喻，生意稍解。

後旬日，生復自外歸，盧氏方鼓琴於牀，忽見自門拋一斑犀鈿花合子，方圓一寸餘，中有輕絹，作同心結，墜於盧氏懷中。生開而視之，見相思子二，叩頭蟲一，發殺觜一，驢駒媚少許。生當時憤怒叫吼，聲如豺虎，引琴撞擊其妻，詰令實告。盧氏亦終不自明。爾後往往暴加捶楚，備諸毒虐，竟訟於公庭而遣之。盧氏既出，生或侍婢媵妾之屬，暫同枕席，使加妒忌，或有因而殺之者。生嘗游廣陵，得名姬曰營十一娘者，容態潤媚，生甚悅之。每相對坐，嘗謂瑩曰："我嘗於某處得某姬，犯某事，我以某法殺之。"日日陳說，欲令懼己，以肅清閨門。出則以浴斛覆瑩於牀，周回封署，歸必詳視，然後乃開。又畜一短劍，甚利，顧謂侍婢曰："此信州葛溪鐵，唯斷作罪過頭。"大凡生所見婦人，輒加猜忌，至於三娶，率皆如初焉。

中華書局點校本《太平廣記》卷四百八十七（有據別本校改處）

柳毅傳

儀鳳中，有儒生柳毅者，應舉下第，將還湘濱。念鄉人有客於涇陽者，遂往告別。至六七里，鳥起馬驚，疾逸道左。又六七里，乃止。見有婦人，牧羊於道畔。毅怪視之，乃殊色也。然而蛾臉不舒，巾袖無光。凝聽翔立，若有所伺。毅詰之曰："子何苦而自辱如是？"婦始楚而謝，終泣而對曰："賤妾不幸，今日見辱問於長者。然而恨貫肌骨，亦何能媿避？幸一聞焉：妾洞庭龍君小女也，父母配嫁涇川次子。而夫婿樂逸，爲婢僕所惑，日以厭薄。既而將訴於舅姑。舅姑愛其子，不能御。迨訴頻切，又得罪舅姑。舅姑毀黜以至此。"言訖，歔欷流涕，悲不自勝。又曰："洞庭於茲，相遠不知其幾多也。長天茫茫，信耗莫通，心目斷盡，無所知哀。聞君將還吳，密通洞庭，或以尺書，寄托侍者，未卜將以爲可乎？"毅曰："吾義夫也。聞子之說，氣血俱動，恨無毛羽，不能奮飛，是何可否之謂乎！然而洞庭，深水也，吾行塵間，寧可致意耶？唯恐道途顯晦，不相通達，致負誠托，又乖懇願。子有何術，可導我邪？"女悲泣且謝曰："負載珍重，不復言矣。脫獲回耗，雖死必謝。君不許，何敢言？既許而問，則洞庭之與京邑，不足爲異也。"毅請聞之。女曰："洞庭之陰，有大橘樹焉，鄉人謂之社橘。君當解去茲帶，束以他物，然後叩樹三發，當有應者。因而隨之，無有碍矣。幸君子書叙之外，悉以心誠之話倚托，千萬無渝。"毅曰："敬聞命矣。"女遂於襦間解書，再拜以進。東望愁泣，若不自勝。毅深爲之戚，乃置書囊中。因復問曰："吾不知子之牧羊，何所用哉？神祇豈宰殺乎？"女曰："非羊也，雨工也。""何爲雨工？"曰："雷霆之類也。"數顧視之，則皆矯顧怒步，飲齕甚異，而大小毛角，則無別羊焉。毅又曰："吾爲使者，他日歸洞庭，幸勿相避。"女曰："寧止不避，當如親戚耳。"語竟，引別東去。不數十步，回望女與羊，俱亡所見矣。

其夕，至邑而別其友。月餘到鄉，還家，乃訪於洞庭。洞庭之陰，果有社橘。遂易帶向樹，三擊而止。俄有武夫出於波間，再拜請曰："貴客將自何所至也？"毅不告其實，曰："走謁大王耳。"武夫揭水指路，引毅以進。謂毅曰："當閉目，數息可達矣。"毅如其言，遂至其宫。始見臺閣相向，門戶千萬，奇草珍木，無所不有。夫乃止毅停於大室之隅，曰："客當居此以伺焉。"毅曰："此何所也？"夫曰："此靈虛殿也。"諦視之，則人間珍寶，畢盡於此。柱以白璧，砌以青玉，牀以珊瑚，簾以水精。雕琉璃於翠楣，飾琥珀於虹棟。奇秀深杳，不可殫言。然而王久不至。毅謂夫曰："洞庭君安在哉？"曰："吾君方幸玄珠閣，與太陽道士講《火經》。少選當畢。"毅曰："何謂《火經》？"夫曰："吾君龍也，龍以水爲神，舉一滴可包陵谷。道士乃人也，人以火爲神聖，發一燈可燎阿房。然而靈用不同，玄化各異。太陽道士精於人理，吾君邀以聽焉。"

語畢而宫門闢，景從雲合，而見一人，披紫衣，執青玉。夫躍曰："此吾君也。"乃至前以告之。君望毅而問曰："豈非人間之人乎？"毅對曰："然。"毅遂設拜，君亦拜。命坐於靈虛之下。謂毅曰："水府幽深，寡人暗昧。夫子不遠千里，將有爲乎？"毅曰："毅，大王之鄉人也。長於楚，游學於秦。昨下第，間驅涇水右涘，見大王愛女牧羊於野，風鬟雨鬢，所不忍視。毅因詰之。謂毅曰，爲夫婿所薄，舅姑不念，以至於此。悲泗淋漓，誠怛人心。遂托書於毅。毅許之。今以至此。"因取書進之。洞庭君覽畢，以袖掩面而泣曰："老父之罪，不能鑒聽，坐貽聾瞽，使閨窗孺弱，遠罹搆害。公乃陌上人也，而能急之。幸被齒髮，何敢負德？"詞畢，又哀咤良久。左右皆流涕。時有宦人密視君者，君以書授之，令達宮中。須臾，宮中皆慟哭。君驚謂左右曰："疾告宮中，無使有聲。恐錢塘所知。"毅曰："錢塘，何人也？"曰："寡人之愛弟。昔爲錢塘長，今則致政矣。"毅曰："何故不使知？"曰："以其勇過人耳。昔堯遭洪水九年者，乃此子一怒也。近與天將失意，塞其五山。上帝以寡人有薄德於古今，遂寬其同氣之罪。然猶縻繫於此。故錢塘之人，日日候焉。"

語未畢，而大聲忽發，天拆地裂，宮殿擺簸，雲煙沸湧。俄有赤龍長千餘尺，電目血舌，朱鱗火鬣，項掣金鎖，鎖牽玉柱，千雷萬霆，激繞其身，霰雪雨雹，一時皆下。乃擘青天而飛去。毅恐蹶仆地。君親起持之曰："無懼，固無害。"毅良久稍安，乃獲自定。因告辭曰："願得生歸，以避復來。"君曰："必不如此。其去則然，其來則不然。幸爲少盡繾綣。"因命酌互舉，以款人事。

俄而祥風慶雲，融融怡怡，幢節玲瓏，簫韶以隨。紅妝千萬，笑語熙熙。後有一人，自然蛾眉，明璫滿身，綃縠參差。迫而視之，乃前寄辭者。然若喜若悲，零淚如絲。須臾，紅煙蔽其左，紫氣舒其右，香氣環旋，入於宮中。君笑謂毅曰："涇水之囚人至矣。"君乃辭歸宮中。須臾，又聞怨苦，久而不已。有頃，君復出，與毅飲食。又有一人披紫裳，執青玉，貌聳神溢，立於君左。君謂毅曰："此錢塘也。"毅起，趨拜之。錢塘亦盡禮相接，謂毅曰："女姪不幸，爲頑童所辱。賴明君子信義昭彰，致達遠冤。不然者，是爲涇陵之土矣。饗德懷恩，詞不悉心。"毅撝退辭謝，俯仰唯唯。然後回告兄曰："向者辰發靈虛，巳至涇陽，午戰於彼，未還於此。中間馳至九天，以告上帝。帝知其冤，而宥其失。前所遣責，因而獲免。然而剛腸激發，不遑辭候，驚擾宮中，復忤賓客。愧惕慚懼，不知所失。"因退而再拜。君曰："所殺幾何？"曰："六十萬。""傷稼乎？"曰："八百里。""無情郎安在？"曰："食之矣。"君撫然曰："頑童之爲是心也，誠不可忍。然汝亦太草草。賴上帝顯聖，諒其至冤。不然者，吾何辭焉。從此已去，勿復如是。"錢塘復再拜。是夕，遂宿毅於凝光殿。

明日，又宴毅於凝碧宮。會友戚，張廣樂，具以醪醴，羅以甘潔。初笳角鼙鼓，旌旗劍戟，舞萬夫於其右。中有一夫前曰："此《錢塘破陣樂》。"旌鉦傑氣，顧驟悍栗。坐客視之，毛髮皆豎。復有金石絲竹，羅綺珠翠，舞千女於其左。中有一女前進曰："此《貴主還宮樂》。"清音宛轉，如訴如慕。坐客聽之，不覺淚下。二舞既畢，龍君大悅，錫以紈綺，頒於舞人。然後密席貫坐，縱酒極娛。酒酣，洞庭君乃擊席而歌曰："大天蒼蒼兮，大地茫茫。人各有志兮，何可思量？狐神鼠聖兮，薄社依牆。雷霆一發兮，其孰敢當？荷貞人兮信義長，令骨肉兮還故鄉。齊言慚愧兮何時忘？"洞庭君歌罷，錢塘君再拜而歌曰："上天配合兮，生死有途。此不當婦兮，彼不當夫。腹心辛苦兮，涇水之隅。風霜滿鬢兮，雨雪羅襦。賴明公兮引素書，令骨肉兮家如初。永言珍重兮無時無。"錢塘君歌闋，洞庭君俱起，奉觴於毅。毅踧踖而受爵。飲訖，復以二觴奉二君。乃歌曰："碧雲悠悠兮，涇水東流。傷美人兮，雨泣花愁。尺書遠達兮，以解君憂。哀冤果雪兮，還處其休。荷和雅兮感甘羞，山家寂寞兮難久留。欲將辭去兮悲綢繆。"歌罷，皆呼萬歲。洞庭君因出碧玉箱，貯以開水犀。錢塘君復出紅珀盤，貯以照夜璣。皆起進毅。毅辭謝而受。然後宮中之人，咸以綃綵珠璧，投於毅側，重疊煥赫。須臾，埋沒前後。毅笑語四顧，愧撝不暇。洎酒闌歡極，毅辭起，復宿於凝光殿。

翌日，又宴毅於清光閣。錢塘因酒作色，踞謂毅曰："不聞猛石可裂不可捲，義士可殺不可羞耶？愚有衷曲，欲一陳於公。如可，則俱在雲霄；如不可，則皆夷糞壤。足下以爲何如哉？"毅曰："請聞之。"錢塘曰："涇陽之妻，則洞庭君之愛女也。淑性茂質，爲九姻所重。不幸見辱於匪人，今則絕矣。將欲求託高義，世爲親戚，使受恩者知其所歸，懷愛者知其所付。豈不爲君子始終之道者？"毅肅然而作，欻然而笑曰："誠不知錢塘君屡困如是！毅始聞跨九州，懷五岳，洩其憤怒；復見斷鎖金，擘玉柱，赴其急難。毅以爲剛決明直，無如君者。蓋犯之者不避其死，感之者不愛其生，此真丈夫之志。奈何簫管方洽，親賓正和，不顧其道，以威加人？豈僕之素望哉？若遇公於洪波之中，玄山之間，鼓以鱗鬚，被以雲雨，將迫毅以死，毅則以禽獸視之。亦何恨哉！今體被衣冠，坐談禮義，盡五常之志性，負百行之微旨。雖人世賢傑，有不如者，況江河靈類乎？而欲以蠢然之軀，悍然之性，乘酒假氣，將迫於人，豈近直哉！且毅之質，不足以藏王一甲之間。然而敢以不伏之心，勝王不道之氣。惟王籌之！"錢塘乃逡巡致謝曰："寡人生長宮房，不聞正論。向者詞述疏狂，妄突高明，退自循顧，戾不容責。幸君子不爲此乖間可也。"其夕，復歡宴，其樂如舊。毅與錢塘遂爲知心友。

明日，毅辭歸。洞庭君夫人別宴毅於潛景殿，男女僕妾等，悉出預會。夫人泣謂毅曰："骨肉受君子深恩，恨不得展媿戴，遂至睽別。"使前涇陽女當席拜毅以致謝。夫人又曰："此別豈有復相遇之日乎？"毅其始雖不諾錢塘之請，然當此席，殊有歎恨之色。宴罷辭別，滿宮悽然，贈遺珍寶，怪不可述。毅於是復循途出江岸。見從者十餘人，擔囊以隨，至其家而辭去。

毅因適廣陵寶肆，鬻其所得。百未發一，財以盈兆。故淮右富族咸以爲莫如。遂娶於張氏，亡，又娶韓氏。數月，韓氏又亡。徙家金陵，常以鰥曠多感，或謀新匹。有媒氏告之曰："有盧氏女，范陽人也。父名曰浩，嘗爲清流宰，晚歲好道，獨游雲泉，今則不知所在矣。母曰鄭氏。前年適清河張氏，不幸而張夫早亡。母憐其少，惜其慧美，欲擇德以配焉。不識何如？"毅乃卜日就禮。既而，男女二姓俱爲豪族，法用禮物，盡其豐盛。金陵之士，莫不健仰。居月餘，毅因晚入戶，視其妻，深覺類於龍女，而逸豔豐厚，則又過之。因與話昔事。妻謂毅曰："人世豈有如是之理乎？"經歲餘有一子。毅益重之。既產，踰月，乃穠飾換服，召親戚，相會之間，笑謂毅曰："君不憶余之於昔也？"毅曰："夙爲洞庭君女傳書，至今爲憶。"妻曰："余即洞庭君之女也。涇川之冤，君使得白。銜君之恩，誓心求報。洎錢塘季父論親不從，遂至睽違，天各一方，不能相問。父母欲配嫁於濯錦小兒某。惟以心誓難移，親命難背，既爲君子棄絕，分無見期，而當初之冤，雖得以告諸父母，而誓報不得其志，復欲馳白於君子。值君子累娶，當娶於張，已而又娶於韓。洎張韓繼卒，君卜居於茲。故余之父母乃喜余得遂報君之意。今日獲奉君子，咸善終世，死無恨矣。"因嗚咽，泣涕交下，對毅曰："始不言者，知君無重色之心；今乃言者，知君有感余之意。婦人匪薄，不足以確厚永心。故因君愛子，以托相生。未知君意如何？愁懼兼心，不能自解。君附書之日，笑謂妾曰：'他日歸洞庭，慎無相避。'誠不知當此之際，君豈有意於今日之事乎？其後季父請於君，君固不許。君乃誠將不可邪，抑忿然邪？君其話之。"毅曰："似有命者。僕始見君於長涇之隅，枉抑憔悴，誠有不平之志。然自約其心者，達君之冤，餘無及也。以言'慎勿相避'者，偶然耳。豈有意哉？洎錢塘逼迫之際，唯理有不可直，乃激人之怒耳。夫始以義行爲之志，寧有殺其婿而納其妻者邪？一不可也。某素以操真爲志尚，寧有屈於己而伏於心者乎？二不可也。且以率肆胸臆，酬酢紛綸，唯直是圖，不遑避害。然而將別之日，見君有依然之容，心甚恨之。終以人事扼束，無由報謝。吁！今日，君，盧氏也，又家於人間。則吾始心未爲惑矣。從此以往，永奉歡好，心無纖慮也。"妻因深感嬌泣，良久不已。有頃，謂毅曰："勿以他類，遂爲無心。固當知報耳。夫龍壽萬歲，今與君同之，水陸無往不適，君不以爲妄也。"毅嘉之曰："吾不知國客乃復爲神仙之餌。"乃相與覲洞庭。既至而賓主盛禮，不可具紀。後居南海，僅四十年。其邸第輿馬珍鮮服玩，雖侯伯之室，無以加也。毅之族咸遂濡澤。以其春秋積序，容狀不衰，南海之人，靡不驚異。洎開元中，上方屬意於神仙之事，精索道術，毅不得安，遂相與歸洞庭。凡十餘歲，莫知其迹。

至開元末，毅之表弟薛嘏爲京畿令，謫官東南，經洞庭，晴晝長望，俄見碧山出於遠波。舟人皆側立曰："此本無山，恐水怪耳。"指顧之際，山與舟相逼。乃有彩船自山馳來，迎問於嘏。其中有一人呼之曰："柳公來候耳。"嘏省然記之，乃促至山下，攝衣疾上。山有宮闕如人世，見毅立於宮室之中，前列絲竹，後羅珠翠，物玩之盛，殊倍人間。毅詞理益玄，容顏益少。初迎嘏於砌，持嘏手曰："別來瞬息，而髮毛已黃。"嘏笑曰："兄爲神仙，弟爲枯骨，命也。"毅因出藥五十丸遺嘏，曰："此藥一丸可增一歲耳。歲滿復來，無久居人世，以自苦也。"歡宴畢，嘏乃辭行。自是已後，遂絕影響。嘏常以是事告於人世。殆四紀，嘏亦不知所在。隴西李朝威叙而歎曰：五蟲之長，必以靈者，別斯見矣。人，裸也，移信鱗蟲。洞庭含納大直，錢塘迅疾磊落，宜有承焉。嘏詠而不載，獨可鄰其境。愚義之，爲斯文。

魯迅編校《唐宋傳奇集》卷二

唐人志怪（一則）

建中初有人牽馬訪馬醫，稱馬患脚，以二十鐶求治。其馬毛色骨相，馬醫未常見，笑曰："君馬大似韓幹所畫者，真馬中固無也。"因請馬主逸市門一匝，馬醫隨之。忽值韓幹，幹亦驚曰："真是吾設色者。"乃知隨意所匠，必冥會所肖也。遂摩挲，馬若蹶，因損前足。幹心異之。至舍視其所畫馬本，脚有一點黑缺，方知是畫通靈矣。馬醫所獲錢，用歷數主，乃成泥錢。

中華書局版《酉陽雜俎·續集》卷二

| 輯　錄 |

◎高彥休《唐闕史序》：皇朝濟濟多士，聲名文物之盛，兩漢纔足以扶輪捧轂而

已，區區魏晉周隋以降，何足道哉！故自武德、貞觀而後，吮筆爲小說、小錄、稗史、野史、雜錄、雜記者多矣。貞元、大曆以前，捃拾無遺事。

◎李肇《國史補》：沈既濟撰《枕中記》，莊生寓言之類；韓愈撰《毛穎傳》，其文尤高，不下史遷。二篇真良史才也。

◎洪邁《容齋隨筆》卷十五：大率唐人多工詩，雖小說戲劇，鬼物假托，莫不宛轉有思致，不必顓門名家而後可稱也。

◎洪邁《夷堅乙志》序：逮干寶之《搜神》，奇章公之《玄怪》，谷神子之《博異》，《河東》之記，《宣室》之志，《稽神》之錄，皆不能無寓言於其間。

◎劉克莊《後村先生大全集》卷一七三《詩話前集》：唐人敘述奇遇，如后土夫人事，托之韋郎；無雙事，托之仙客；鶯鶯事，雖元稹自敘，猶借張生爲名。惟沈下賢《秦夢記》，牛僧孺《周秦行記》，李群玉《黃陵廟詩》，皆攬歸其身，名檢掃地矣。

◎趙彥衛《雲麓漫鈔》卷八：唐之舉人，先藉當世顯人，以姓名達之主司，然後以所業投獻；踰數日又投，謂之温卷。如《幽怪錄》、《傳奇》等皆是也。蓋此等文備衆體，可以見史才、詩筆、議論。

◎陶宗儀《南村輟耕錄》卷二十七：稗官廢而傳奇作，傳奇作而戲曲繼。

◎虞集《道園學古錄》卷三十八《寫韻軒記》：蓋唐之才人，於經藝道學有見者少，徒知好爲文辭，閑暇無所用心，輒想像幽怪遇合才情恍惚之事，作爲詩章答問之意。傅會以爲說。盍簪之次，各出行卷以相娛玩，非必真有是事，謂之傳奇。元稹、白居易猶或爲之，而況他乎！遂相傳信。雖爲其道者，若文吳之事，亦久而莫之察，良可悲夫。

◎胡應麟《少室山房筆叢正集》卷二十九：小說家一類，又自分數種。一曰志怪，《搜神》、《述異》、《宣室》、《酉陽》之類是也。一曰傳奇，《飛燕》、《太真》、《崔鶯》、《霍玉》之類是也。一曰雜錄，《世說》、《語林》、《瑣言》、《因話》之類是也。一曰叢談，《容齋》、《夢溪》、《東谷》、《道山》之類是也。一曰辨訂，《鼠璞》、《雞肋》、《資暇》、《辨疑》之類是也。一曰箴規，《家訓》、《世範》、《勸善》、《省心》之類是也。叢談、雜錄二類，最易相紊。又往往兼有四家，而四家類多獨行，不可攙入二類者。

至於志怪、傳奇，尤易出入。或一書之中，二事並載；一事之內，兩端具存，姑舉其重而已。

◎卷三十六：唐人小說，如柳毅傳書洞庭事，極鄙誕不根，文士亟當唾去。而詩人往往好用之。夫詩中用事本不論虛實，然此事特誕而不情，造言者至此，亦橫議可誅者也。

◎又：至唐人乃作意好奇，假小說以寄筆端。如《毛穎》、《南柯》之類尚可。若《東陽夜怪錄》稱"成自虛"，《玄怪錄》"元無有"，皆但可付之一笑。其文氣亦卑下亡足論……惟《廣記》所錄唐人閨閣事，咸綽有情致，詩詞亦大率可喜。

◎卷四十一：傳奇之名，不知起自何代。陶宗儀謂唐爲傳奇，宋爲戲諢，元爲雜劇，非也。唐所謂傳奇，自是小說書名，裴鉶所撰。中如《藍橋》等記，詩詞家至今用之。然什九妖妄寓言也。裴晚唐人，高駢幕客。以駢好神仙，故撰此以惑之。其書頗事藻繪，而體氣俳弱。蓋晚唐文類爾。然中絕無歌曲樂府，若今所謂戲劇者。何得以《傳奇》爲唐名，或以中事迹相類。後人取爲戲劇張本。因展轉爲此稱不可知。范文正記岳陽樓，宋人譏曰"傳奇體"，則固以爲文也。

◎楊慎《升庵集》卷五十六：詩盛於唐，其作者往往托於傳奇小說神仙幽怪以傳於後，而其詩大有絕妙今古、一字千金者。

◎孫鑛《書畫跋跋》：延壽南北史，雖姿態穠郁，然祇長於叙碎小事，稍近傳奇小說。

◎謝肇淛《五雜俎》卷十三：晉之《世說》，唐之《酉陽》，卓然爲諸家之冠。其叙事文采，足見一代典刑，非徒備遺忘而已也。……故讀書者，不博覽稗官諸家，如啖粱肉而棄海錯，坐堂皇而廢臺沼也，俗亦甚矣！

◎章學誠《文史通義·詩話》：小說出於稗官……唐人乃有單篇，別爲傳奇一類（自注：專書一事始末，不復比類爲書）。大抵情鍾男女，不外離合悲歡。紅拂辭楊，繡襦報鄭，韓、李緣通落葉，崔、張情導琴心，以及明珠生還，小玉死報，凡如此類，或附會疑似，或竟托子虛，雖情態萬殊，而大致略似。其始不過淫思古意，辭客寄懷，猶詩家之樂府古豔諸篇也。

◎彭羨《唐人說薈》序：則夫領異標新，多多益善，稱觀止者，惟唐人小說乎！

蓋其人本擅大雅著作之才，而托於稗官，綴爲卮言，上之備廟朝之典故，下之亦不廢里巷之叢談與閨閫之逸事。至於論文講藝，裨益詞流，志怪搜神，洩宣奧府，窺子史之一斑，作集傳之具體，胥在乎是。今夫陟岱華之雄奇，摩天捫宿而烟岑丹壑，寸步玲瓏，未可封我屨齒也。泝河海之浩瀚，浴日排空，而別渚芳洲，尺波澄澹，未可臨流而返也。讀唐人小說，亦猶是也。

◎周克達《唐人說薈》序：漢魏以來，《說苑》、《皇覽》等書，皆其濫觴。嗣後說部紛綸，非不有斐然可觀者，然未能如唐人之說之善。此其人皆意有所托，借他事以導其憂幽之懷，遣其慷慨鬱伊、無聊之況，語淵麗而情悽惋，一唱三歎，有遺音者矣。

◎俞建卿《晉唐小說六十種》序：說部之書，汗牛充庫，而大抵別爲兩派。晉唐尚文，宋元尚理。

◎胡適《論短篇小說》：唐朝的散文短篇小說很多，好的却實在不多。我看來看去，祇有張說的《虬髯客傳》可算得上品的"短篇小說"……唐以前的小說，無論散文韻文，都祇能敘事，不能用全副氣力描寫人物。《虬髯客傳》寫虬髯客極有神氣，自不用說了。就是寫紅拂、李靖等"配角"，也都有自性的神情風度。這種"寫生"手段，便是這篇的第三層長處。有這三層長處，所以我敢斷定這篇《虬髯客傳》是唐代第一篇"短篇小說"。……唐人的小說，最好的莫如《虬髯客傳》。……唐人的小說，大都屬於理想主義。如《虬髯客傳》、《紅綫》、《聶隱娘》諸篇。

◎魯迅《中國小說史略》第八篇：小說亦如詩，至唐代而一變，雖尚不離於搜奇記逸，然敘述宛轉，文辭華艷，與六朝之粗陳梗概者較，演進之迹甚明，而尤顯者乃在是時則始有意爲小說。胡應麟（《筆叢》三十六）云："變異之談，盛於六朝，然多是傳錄舛訛，未必盡幻設語，至唐人乃作意好奇，假小說以寄筆端。"其云"作意"，云"幻設"者，則即意識之創造矣。此類文字，當時或爲叢集，或爲單篇，大率篇幅曼長，記敘委曲，時亦近於俳諧，故論者每訾其卑下，貶之曰"傳奇"，以別於韓柳輩之高文。顧世間則甚風行，文人往往有作，投謁時或用之爲行卷，今頗有留存於《太平廣記》中者（他書所收，時代及撰人多錯誤不足據），實唐代特絕之作也。

◎同上：傳奇者流，源蓋出於志怪，然施之藻繪，擴其波瀾，故所成就乃特異，其間雖亦或托諷喻以紓牢愁，談禍福以寓懲勸，而大歸則究在文采與意想，與昔之傳鬼神明因果而外無他意者，甚異其趣矣。

◎魯迅《六朝小說和唐代傳奇文有怎樣的區別》（見《且介亭雜文二集》）：唐代傳奇文可就大兩樣了：神仙人鬼妖物，都可以隨便驅使；文筆是精細、曲折的，至於被崇尚簡古者所詬病；所敘的事，也大抵具有首尾和波瀾，不止一點斷片的談柄；而且作者往往故意顯示著這事迹的虛構，以見他想象的才能了。

◎陳寅恪《元白詩箋證稿》第一章《長恨歌》：今日所謂唐代小說者，亦起於貞元元和之世，與古文運動實同一時，而其時最佳小說之作者，實亦即古文運動中之中堅人物是也……是故唐代貞元元和間之小說，乃一種新文體，不獨流行當時……此種文體之興起與古文運動有密切關係，其優點在便於創造，而其特徵則尤在備具眾體也。

閱讀篇目

張　鷟《游仙窟》　陳玄祐《離魂記》　沈既濟《枕中記》、《任氏傳》

白行簡《李娃傳》　元　稹《鶯鶯傳》　《虬髯客傳》（作者待考）

裴　鉶《傳　奇》　牛僧孺《玄怪錄》

《唐摭言》卷八"憂中有喜"條。

《闕史》"裴晉公大度"條（《太平廣記》卷二四四引，題《皇甫湜》）；"杜舍人牧湖州"條（《太平廣記》卷二七三引，題《杜牧》）。

《雲溪友議》卷一"李相公紳"條（《太平廣記》卷二六九引，題《李紳》）。

參考書目

《太平廣記》，宋李昉等編，中華書局1981年版。

《唐人小說》，汪辟疆編，上海古典文學出版社1955年版。

《唐宋傳奇集》，魯迅編校，人民文學出版社 1953 年版。

《中國小說史略》第八、第九、第十篇，魯迅著，見《魯迅全集》第九冊，人民文學出版社 1991 年版。

《元白詩箋證稿》第一章，陳寅恪著，見《元白詩箋證稿》，上海古籍出版社 1978 年版。

《讀鶯鶯傳》、《讀東城老父傳》，陳寅恪著，見《金明館叢稿初編》，三聯書店 2001 年版。

《歷代筆記概述》，劉葉秋著，中華書局 1980 年版。

《唐宋筆記語辭匯釋》，王鍈著，中華書局 1990 年版。

《唐五代志怪傳奇叙錄》，李劍國著，南開大學出版社 1993 年版。

《唐人筆記小說考索》、《唐代筆記小說叙錄》，見《周勛初文集》第五冊，周勛初著，江蘇古籍出版社 2000 年版。

《唐代小說史》，程毅中著，人民文學出版社 2003 年版。

《中國歷代小說論著選》，黃霖、韓同文選注，江西人民出版社 2000 年版。

《唐傳奇箋證》，周紹良著，人民文學出版社 2000 年版。

《六朝隋唐仙道類小說研究》，李丰楙著，臺灣學生書局 1986 年版。

《唐五代小說的文化闡釋》，程國賦著，人民文學出版社 2002 年版。

附說

敦煌俗文學

敦煌俗文學指敦煌遺書中的唐五代通俗文學作品。清光緒二十五年（1899），在敦煌莫高窟藏經洞發現了四萬餘卷古代遺書，其中多數爲寫本，一小部分是刻本。這些書籍除用漢文書寫外，還有用梵文及和闐、龜茲、回紇、藏等多種文字抄寫者，内容涉及經史子集、詩詞曲賦、通俗文學、圖經、方志、醫藥、曆書等。這是20世紀人類文化史上的重大發現，引起了國際學術界的極大關注。在不長的時間内（1907—1914），英、法、俄、日、美等國的探險者紛紛前往敦煌，大量劫掠。剩餘部分在運往北京途中又遭到清政府大小官員的竊取。因此，敦煌遺書被發現不久，就流散到倫敦、巴黎、列寧格勒、日本等地，國内北京圖書館收藏敦煌遺書近萬卷，多屬佛道經典。

敦煌遺書是中國民族文化寶藏，它們爲研究中古時期的社會歷史、政治經濟、宗教思想、科學技術、文化藝術以及當時的中西交往提供了豐富的資料。它的發現導致了一門國際性綜合學術敦煌學的産生。敦煌俗文學是敦煌學研究的重要對象。在已發現的敦煌遺書中，有相當數量的文學作品，除少數文人作品及某些專集、選集殘卷外，大多是唐五代時期流傳於民間的通俗文學作品。主要有以下幾類：

一、變文。變文是唐代佛寺禪門講經同民間說唱文學相結合的產物，是生長於中國民族文化的土壤，秉承漢魏六朝樂府、志怪小說、雜賦等文學傳統，並在演繹佛理經義的佛教文學影響和啓迪下，逐漸發展起來的一種新興文體。它的特點是詩文相間、韻散結合、說唱結合，以散文敘述，韻語吟唱，交替往復，直至終篇。語言特點是文白相雜的語體文，通俗生動，意旨淺顯。題材或取自佛經神變故事，或源於歷史故事和民間傳說，或直接表現現實社會中的英雄人物，大都具有濃郁的民間色彩，因而受到僧俗人等的歡迎，成爲當時民間喜聞樂見的文學樣式。唐代變文可分爲講唱佛經故事的佛陀變文和講唱非佛經故事的世俗變文兩大類。這兩類在敦煌遺書中都保存了不少，前者如《大目乾連冥間救母變文》，後者如《伍子胥變文》等。

二、話本小說。話本小說是唐代民間“說話”藝人講說故事的底本。其特點是多以歷史故事爲題材，以散文敘述爲主，間有少數詩詞，語言特點質樸練達，接近口語。其中如《廬山遠公話》、《葉淨能詩》、《韓擒虎話本》、《唐太宗入冥記》等，在一定程度上反映了當時人民的理想和願望。這類話本小說爲研究唐傳奇的發展和宋元話本的淵源，提供了新的資料和探索途徑。

三、俗賦、詞文等。敦煌賦包括兩類作品：一是文人賦作，如《文選》中的《西京賦》、《嘯賦》和王績《元正賦》、劉瑕《駕幸溫泉賦》、劉長卿《酒賦》、白行簡《天地陰陽交歡大樂賦》等。二是通俗故事賦，如《韓朋賦》、《晏子賦》、《燕子賦》等以“賦”爲名的作品，和漢魏六朝以來文人賦不同，它們已初步擺脫駢詞儷句的形式，采用白話賦體鋪陳歷史和民間故事，語言通俗暢達、故事性强，同小說較接近。由於是流傳民間的賦作，故稱爲“俗賦”。此外，敦煌遺書中還有以唱詞形式出現的《季布罵陣詞文》，駁詰議論性的雜文《茶酒論》，以及屬於宗教文學的講經文、押座义和佛贊、偈頌等。

四、歌辭。指托於曲調、能發聲歌唱的辭，包括曲子辭和大曲辭。歌辭作者大部分闕名，從歌辭內容和寫本的題記年代，可推斷其大多爲唐、五代時期的作品，少數爲詩人文士所作，其餘均爲民間作品。雖然從文學技巧上看，它們還比較稚拙，但所反映的民間現實生活和各種人物的思想感情則往往真切動人。它們爲詞體文學的發展和繁榮提供了良好的基礎。

五、詩歌。其中有古代選本《玉臺新詠》、《文選》和唐代詩歌選集、詩集殘卷如《唐人選唐詩》、《詩總集》、《白香山集》、《高適詩集》等，還有一些唐代詩人的詩篇、詩句如韋莊的《秦婦吟》等。這些雖不屬俗文學範圍，但可彌補《全唐詩》之不足，也可供校勘之用。彙集了初唐白話詩人王梵志及其他民間詩人相近作品的"王梵志詩"，在敦煌遺書中保存數量最多，是研究唐代白話詩的珍貴資料。

敦煌俗文學作品的表現手法雖然比較稚拙，但在藝術上仍有值得重視的成就。首先是作品題材的多樣化。它們在廣闊的社會領域展現了佛寺禪門和世俗生活的各個方面，不僅描繪佛國天堂、冥界地獄，更有現實社會的真實記錄和人情世態的生動表現。由於作者大都來自民間，多從社會下層的內部觀察生活，因而他們所寫的世相百態比文人文學更真實，更具體，涉及面也更廣。其次是語言的俗化。作爲民間流傳的俗文學作品，敦煌文學保存了大量當時的口語俚詞，並具有文學語言的準確精煉性，形成了俚俗、生動、潑辣、幽默的語言風格，它所創造的散韻結合、詩文並用的體式，儘管還不夠完善，但已顯示了後代俗文學的發展方向。第三是表現手法上的不拘一格，敢於創新。敦煌俗文學既注重對現實的客觀描繪，又充分發揮藝術想象來表達人們的情感和願望。這些對後代的詩、詞、小說、戲劇和民間說唱文學都有一定的影響。

敦煌俗文學在中國文學史上有不可忽視的地位。它不僅表現了民間通俗文學自身的生命力和存在價值，而且顯示了詩歌、詞曲、辭賦、小說、講唱文學等多種文學樣式的起源與演化的軌迹，證實了俗文學與文人文學之間千絲萬縷的聯繫，印證了文學同音樂、戲曲、繪畫、雕塑等藝術形式間相互影響的存在，解釋了文學發展史上長期模糊不清的某些現象。在文學史與各體文學研究日益深入的今天，人們已愈來愈重視敦煌俗文學的價值。

參考書目

《敦煌變文集》，王重民、王慶菽、向達、周一良、啓功、曾毅公編，人民文學出版社1957年版。

《敦煌變文選注》，項楚著，巴蜀書社1990年版。

《敦煌變文校注》，黃征、張湧泉校注，中華書局1997年版。

《敦煌歌辭總編》，任半塘編著，上海古籍出版社1987年版。

《敦煌歌辭總編匡補》，項楚著，臺灣新文豐出版公司1994年版。

《敦煌詩歌導論》，項楚著，臺灣新文豐出版公司1993年版。

《敦煌文學叢考》，項楚著，上海古籍出版社1991年版。

《敦煌賦彙》，張錫厚錄校，江蘇古籍出版社1996年版。